U0123851

吐鲁番交河故城

敦煌莫高窟黨河

附录

叙　録

李偉國　郭子建　陳　菁　吴耀琨

上博 01（2405）　佛説維摩詰經卷上

卷幅 428.5cm×24.5cm，11 紙，紙長 42.4cm。首殘。厚白麻紙，色灰白，微黄褐，有水漬印。卷心高 22.5cm，天頭、地脚各 1cm。每紙 28 行，每行 23 字。墨烏絲欄。字體隸楷，硬毫筆書寫，墨色中黑。每段首行天頭有墨點。文中有增改字，第 6 紙下端有三字横寫於地脚。卷中有："菩薩品第四"、"諸法言品第五"、"不思議品第六"三品題。卷尾題記："麟嘉五年六月九日王相高寫竟，疏拙，見者莫笑也。"卷背另寫有文字。

定名據《大正藏》。參見《大正藏》第十四卷第四七四號〔三國・吴〕支謙譯《佛説維摩詰經》卷上，第 523 頁下 6 行至第 528 頁上 3 行。有異文。此經今通行者爲〔後秦〕鳩摩羅什譯本。

"維摩詰"之"詰"卷中作"鞊"。梁僧祐《出三藏記集》有西晋太康間所出《維摩鞊經一卷》，"一本云《維摩鞊名解》"，又有《删維摩鞊經一卷》，"先出《維摩》煩重，(竺法)護删出逸偈也"。則西晋時"維摩詰"猶作"維摩鞊"，後涼承之，此卷可爲實證。

書法沉著有力，結體運筆富隸味，爲敦煌所出北朝早期寫經精品。

上博 01（2405）V　佛經論釋

寫於《佛説維摩詰經卷上》背面，抄寫方向同正面，上下倒。首殘。紙面粗糙，色略黄。卷心高 22.1cm，天頭、地脚各 1.2cm。每紙 31 行，每行 28 字。墨烏絲欄，字體隸楷，墨色稍淡。第 3、4 紙頗類漢簡。第 9 紙中始以雙行抄寫。卷中有"第十品"至"品第廿七"字樣，無品題。

據内容擬題。文涉"第九"至"第廿七"共十九品，論釋範圍略與《摩訶般若波羅蜜經》第九至第廿八品及《大智度論》第十至第廿八品内容相當，似爲般若類經典早期節譯本的論釋之作。中有云："此經本天竺語，宛妙而理易，今改爲秦文，故不便也。"則其所釋經論或爲後秦時（公元 384 年—417 年）所譯。又云："頭陀者，晋言抖擻。"則其撰者似爲東晋（公元 317 年—420 年）後人。抄寫時代應稍後於正面的後涼麟嘉五年王相高寫《佛説維摩詰經卷上》。

上博 02（2415）　比丘尼戒經一卷

卷幅 536cm×24.5cm，13 紙，紙長 42cm。首殘，曾經裝裱。麻紙，紙表有簾紋，經打光，色黄，卷首返白灰。卷心高 21.3cm，天頭，地脚各 1.6cm。每紙 26 行，每行 24 字。鉛烏絲欄。字體隸楷略帶行，硬毫筆書寫，墨色濃匀。經文每段前有"✓"號，文中時有校改。卷尾題："比丘尼戒經一卷"。卷末尾題後有題記八行："二年九月六日瓜州城東建文寺比丘法渕寫訖。/ 夫玄門重閫，非四目之所闚；旨理冲壑，豈素篔之所鉛。/ 故乃三賢斯徒而卓尔，十聖慈例而曚寵。然大聖矜悼 / 迷蠢，應跡形名，捨深禪定，誕化娑婆。形輝則天人拱 / 手而歸依，名彰則群品翫之吟咏。當斯之運，孰不槉耀者哉！/ 是以梵釋寺比丘尼乾英，敬寫《比丘尼戒經》一弓，以斯微善，願七世 / 父母、所生父母、現在家眷及以己身，弥勒三會，悟在首初。所 / 願如是。　一校竟。"重裝包首題簽："前涼二年寫比丘尼戒經　石室无上上品"。下有"陳闇偶得"白文方印。

參見《敦煌寶藏》第 104 册第 96 頁上 12 行至 103 頁上末行，北 7080(盈 95)《大比丘尼戒經》。比丘法淵題記無年號，陳闇署"前涼二年"，猶在公元四世紀初，不知何據。李正宇《郭煌地區古代祠廟寺觀簡志》(載《敦煌學輯刊》1988 年第 1、2 期）認爲此法淵即西涼僧人法泉，《晋書》有其事蹟，唐人避高祖諱改"淵"爲"泉"。然敦煌三代時稱瓜州，漢置敦煌郡，前涼置沙州，後魏太武帝於郡置敦煌鎮，明帝罷鎮立瓜州，時距西涼已百年，法泉不應見及，或法淵所題"瓜州城"，爲沿用古稱。《比丘尼戒》自晋至姚秦有多種譯本，或單行，或入律集，此本與今《大正藏》所收各本均不全同。

上博 03（2416）　大般涅槃經卷第六

卷幅 621.3cm×23.6cm，15 紙，紙長 43.2cm。曾經裝

裱。潢麻紙，色黄、茶。卷心高 20.2cm，天頭、地脚各 1.7cm。每紙 23 行，每行 17 字。烏絲欄。字體楷，墨色濃匀。卷尾題："大般涅槃經卷第六"。尾題後有題記二則。一爲"比丘道舒受持"，一爲"清信尹嘉禮受持。/ 開九、開十、開十一年各一遍"。卷前裱有另紙陳闇題跋，長 96.8cm，高 22.5cm。重裝包首題簽："隋寫大般涅槃經第六卷（比丘道舒等款）精品"。

參見《大正藏》第十二卷第三七四號〔北凉〕曇無讖譯本，第 400 頁中 2 行至第 404 頁上末行；又見同卷第三七五號〔南朝・宋〕慧嚴等改編本，第 640 頁下倒數第 8 行至第 645 頁上 5 行，皆跨其卷六、卷七兩卷。"尹嘉禮"名尚見於俄藏 Ф69《大般涅槃經卷第卅六》及日本橘目《大般涅槃經卷第十二》卷末題記，該二卷卷末還有隋大業年間造經者比丘慧休題記。重裝接紙越州陳闇（字季侃）大書"石室寶書"四字，寫《敦煌石室藏經記》一篇，復跋云："此卷遒勁雋秀，已開唐楷之門。卷末有比丘道舒、清信尹嘉禮兩款，並有開皇九年、十年、十一年校誦題識，至足珍貴。"按開皇爲隋文帝年號，在大業前，尹嘉禮既曾題字於大業寫卷而署"開九"云云，則非開皇而係開元可知，陳氏誤。此卷見載於姜亮夫《莫高窟年表》。

上博 04（2420）　大般涅槃經卷第九

卷幅 738.5cm × 23.4cm，6 紙，紙長 144.7cm。潢麻紙，研光上蠟，色黄褐。曾經裝裱。卷心高 19.9cm，天頭 1.7cm，地脚 1.8cm。每紙 84 行，共 422 行，每行 17 字。鉛烏絲欄。字體楷，墨色濃匀。卷首、卷尾題："大般涅槃經卷第九"。尾題後有"校訖"二字。重裝包首題簽："唐硬黄蠟牋精寫大般涅槃經全卷　无上精品"，下有"闇"朱文橢圓印。

參見《大正藏》第十二卷第三七四號〔北凉〕曇無讖譯本，第 417 頁下 1 行至 422 頁中末行。本件卷首在曇無讖譯本卷中，卷尾同。據藏章"闇"可知亦爲陳闇舊藏。紙幅比一般敦煌所出寫經紙長兩倍有餘，質地上佳，書法用筆受褚遂良影響，沉厚堅挺，整齊華美，屬盛唐寫經精品。

上博 05（3260）　大般涅槃經卷第九

卷幅 1042cm × 23.8cm，22 紙，紙長 50cm 左右。潢麻薄寫經紙，色黄、微褐。卷首殘，曾經裝裱，前引首有仿金粟山藏經紙 2 紙。卷心高 18.6cm，天頭 2.9cm，地脚 2.3cm。每紙 31 行，第 17 紙僅 29 行，第 18 紙首加黏 1 行，爲 32 行。每行 17 字。未見欄綫。字體楷，略帶隸意，墨色濃匀。卷中題："大般涅槃經菩薩品第十六"。卷尾題："大般涅槃經卷第九"。卷末附有施主大都督吐知勤明的《發願文》六行："建德二年，歲次癸巳，正月十五日，清信弟子大都督吐 / 知勤明發心，普爲法界衆生、過去七世父母亡靈、/ 眷屬，逮及亡兒，亡女，并及現在妻息、親感、知識，/ 敬造《大涅槃》《大品》并雜經等，流通供養。願弟 / 子生生世世值佛聞法，恆念菩提，心心不斷；又 / 願一切衆生，同厭四流，早成正覺。"卷首有"絅齋長物"、"九鍾精舍"兩方朱文方印。卷尾有"吳士鑑珍藏敦煌莫高窟石室北朝唐人寫經卷子"、"陳曾壽"、"水出牂牁故且蘭東北入江"三方朱文方印。並有鄭沅、王仁俊、清道人、梁鼎芬、朱孝臧、曾傑、馬叙倫等題跋七條。重裝包首題簽："北周建德二年寫經卷子　燉煌莫高窟石室秘藏宣統二年爲 / 絅齋侍讀所得　寶琛題"。

參見《大正藏》第十二卷第三七五號〔南朝・宋〕慧嚴等改編本卷第九《月喻品第十五》、《菩薩品第十六》，第 657 頁中第 9 行至第 665 頁上第 14 行卷末。吐知勤爲當時北方少數民族複姓，吐知勤明《周書》、《北史》無載。大都督爲勳官名，八命，西魏大統中始置領鄉兵，北周建德二年列爲戎秩，地位不低。此卷書法結體方正，書風整飾而又婉和，已開隋唐楷體規範先河。舊藏家吳士鑑（1868—1934 年）字絅齋，宣統二年（1910 年）得自敦煌。

上博 06（3295）　觀世音菩薩像

卷幅 23.8cm × 31.8cm。白麻紙，色白泛褐，有簾紋。正中刊印觀世音菩薩立像。觀音足下設蓮花寶座，右手提花籃，左手二指相扣，三指上升作説法印。項間披帛飄舞，胸前垂有瓔珞，背光圓圈上綴以華蓋。像左側懸功德幡，文曰："歸義軍節度使檢校太傅曹元忠造"。右側方柱題："大慈大悲救苦觀世音菩薩"。

參見《敦煌寶藏》第 54 册插圖"美 706 號"（原大英博物館藏），及第 133 册第 284 頁伯 4514 號。該二像下端尚存造像記 13 行："弟子歸義軍節度、瓜 / 沙等州觀察處置、管 / 內營田、押蕃落等使、/ 特進、檢校太傅、譙 / 郡開國侯曹元忠 / 雕此印板，奉爲城隍安 / 泰，闔郡康寧，東西之道 / 路開通，南北之兇渠順 / 化，勵疾消散，刁斗藏 / 音，隨喜見聞，俱霑福 / 祐。于時大晉開運四 / 年丁未歲七月十五 / 日記。匠人雷延美。"經核對，本件與之係同一板本。五代後晉開運三年即爲契丹所滅，造像記末署開運四年，當是邊遠地區信息不通所致，敦煌遺書中此類現像頗多。

此像施印者曹元忠乃曹議金之子，晉出帝開運三年（946 年）二月爲沙州留後。宋太祖建隆三年（962 年）正月依前檢校太傅，兼中書令。開寶元年（968 年）稱敦煌王。開寶三年（970 年）稱西平王。開寶七年（974 年）卒（見姜亮夫《敦煌學論文集・瓜沙曹氏年表補正》）。

上博 07（3296）　觀自在菩薩像

卷幅 18.2cm × 40.5cm，1 紙。楮紙，色褐，三紙黏于原襯一厚楮紙上。卷心高 40cm。此印本畫幡，上欄雕印觀自在菩薩像，作結跏趺坐于蓮花座上，左手執蓮花，右手作説法印。佛身被環繞於墨線同心圓圈中，天空撒有鮮花，佛身下布有海浪，本尊左右兩旁置有蓮花座供奉字牌，左旁字牌題"聖觀自在菩薩"；右旁字牌題"普施受持供養"。下欄雕印發願文 14 行，每行 15 字，字體楷，墨色濃。此幡墨印填彩，施以紅、黄、緑三色繪，天地頭裱有寶藍四瓣花錦文圖案。綫條清晰，格調典雅。

參見《敦煌寶藏》第 54 册插圖"美 700 號"，第 55 册插圖"美 813 號"，本件與之係同一板本。

上博 08 (3297)　佛像

卷幅 36.5cm×28.5cm。2 紙，首紙僅 1cm。首尾缺失，上下稍殘。白麻紙，色白灰。卷心高 23cm。共印佛像 21 尊，各像墨框 5.1cm×7.5cm，分上、中、下三排，每排列 7 尊，皆結跏趺坐於蓮花座上，雙手舉起，手心向胸，有背光項光。

此件形製與"上博 22(9591) 佛像"類似，當亦爲泥印者。

上博 09 (3298)　佛像

紙幅 45cm×31cm，1 紙。白麻紙，色微褐。厚 0.16 mm 左右。繪佛像結跏趺坐於雙層蓮花座上，身着披肩式袈裟，袒胸露臂，左手手心向上，右手手心向下，相對捧於胸前。身後有背光、項光，上有華蓋。全圖以墨綫鉤描輪廓，隨之暈染紅、黄、藍、緑等色。佛像左旁有藏文三行，爲咒文及"世尊如來佛保佑我，保佑我"，右旁有藏文二行，爲咒文及"敬禮世尊佛"。背面有藏文一行，意爲"保佑我，保佑我"。（北京圖書館東主才讓釋文）

上博 10 (3299)　佛像

紙幅 26.4cm×26.2cm，1 紙。白麻紙，色白褐。正中畫釋迦牟尼佛坐像，左右有脅侍菩薩像各一尊，佛前左右有合十跽坐男女供養信徒各一人。釋迦施大無畏、與願印，結跏趺坐於仰瓣雙層蓮花座上，身着褊袒右肩式袈裟，胸前飾卍字，身後有背光、項光及火焰，爲釋迦牟尼三十二相之一"吉祥海雲相"，在佛像中罕見。

此畫佛着袈裟上滿途朱砂，蓮座花瓣用白色敷染，色調反差強烈，脅侍菩薩像體姿修長娟美，衣帶帔帛飄舉，具有絲綢薄軟的質感。畫面氣氛典雅，綫劃流暢明快，著色燦爛，反映了唐代佛教繪畫的高度水平。

上博 11 (3300)　佛像

紙幅 18.5cm×28cm，1 紙，色白。畫一蓮瓣形佛龕，外緣爲火焰紋，下部方座繪菱花紋飾。此外空白部分已被剪去，下穿一繩。龕中畫釋迦牟尼佛於蓮花座上結跏趺坐，着通肩大衣，作禪定印，有背光、項光，項光頂部爲火焰紋。

上博 12 (3303)　法花經疏卷第二

卷幅 805.6cm×29cm，20 紙，紙長 40.6cm。卷首缺，尾稍殘。白麻紙，紙色上半截淺黄，下半截深黄。全卷下半截有水漬印。卷心高 25cm，天頭、地脚各 2cm。每紙 26 行，每行 20 至 23 字不等。烏絲欄。字體草，墨色濃匀。每段被釋經文前均有硃點區別。第 11 紙中有 3 行似爲另一人所寫。卷尾題："法花經疏卷第二"。卷背有硃色雜寫四行。包卷紙題："唐人寫法華經卷第二卷"。

參見《續藏經》壹 52 套第 4 册〔唐〕窺基撰《法華經玄贊》卷二，第 323 頁上之上欄第 2 行"業巧便向"至第 332 頁下之上欄卷末。有異文。

上博 13 (3314)　佛説首楞嚴三昧經卷下

卷幅 101.5cm×27.5cm，2 紙，紙長 50.5cm。首尾殘，第 2 紙第 12、13 行下端殘數字，第 16 行漫漶 3 字，末行至倒 10 行上半截殘。曾經裝裱。白麻紙，色淺褐。卷心高 24.9cm，天頭、地脚各 1.3cm。每紙 29 行，每行 17 至 18 字不等。烏絲欄。字體隸楷，墨色濃匀。卷首下端有"馮恕之印"白文方印。卷尾下端有"公度所藏隋唐墨寶"白文方印。卷後另紙有王樹枏(陶廬)題贈"公度先生"款，下有"陶廬"朱文方印。重裝包首題："晉人寫經　頗具漢魏遺法，陶廬老人得之吐魯番 / 三堡土中。希世之寶耶?"下有"浮碧亭主人"朱文長方印。

定名據《大正藏》。參見《大正藏》第十五卷第六四二號第 639 頁中 6 行至 640 頁上 8 行，稍有異文。王樹枏字晉卿，清河北新城人，曾任新疆藩司，著有《新疆訪古録》。

上博 14 (3315)　佛説觀佛三昧海經卷第一

卷幅 302cm×27.7cm，7 紙，紙長 42.7cm。首殘，曾經裝裱。白麻紙，厚 0.085mm，色白，泛褐，中有水漬印。卷心高 23.6cm，天頭 2.1cm，地脚 1.9cm。每紙 23 行，每行 17 字。墨烏絲欄。字體隸楷，硬毫筆書寫，墨色濃匀。每段首有墨點。卷中題："觀相品第三"。卷尾題："佛説觀佛三昧海經卷第一"。尾題下有："比丘僧洪所供養經"、"一校已"等字。重裝包首啟功題簽："晉比丘僧洪寫觀佛三昧海經"。下有"啟功之印"朱文方印。

參見《大正藏》第十五卷第六四三號第 648 頁中倒 3 行至第 650 頁中 10 行。本件較《大正藏》所載少卷末一段經文，有異文。

上博 15（3317）　法華經文外義一卷

卷幅 1560cm × 26.2cm,30 紙，紙長 52cm。首殘，卷前加接紙裝裱。短纖維染黄寫經紙，簾格細匀，厚 0.07mm 左右。卷心高 21.6cm, 天頭、地脚各 2.3cm。第 28 至 30 紙卷心欄高 18.5cm, 上下各出格 3 字。文中有校改字。每紙 34 行，共 1020 行，每行 30 字左右。烏絲欄。字體楷帶隸，夾章草。墨色中。卷尾題:"法華經文外義一卷"。尾題下有"一校竟"三字。後另有題記:"大統十一年，歲次乙丑，九月廿一日，比丘惠襲於法海寺寫訖，流通末代不絶也。"卷前接紙背有啟功題簽。

《法華經文外義》爲各種大藏經所未收，亦不見於他處所藏敦煌文獻。惠襲之名，又見於英藏 S2732 大統五年寫《維摩經義記卷第四》卷尾題記。此卷見載於姜亮夫《莫高窟年表》。

上博 16（3318）　禮无量壽佛求生彼國文

卷幅 116.7cm × 27.4cm，3 紙，紙長 40.1cm。白麻寫經紙，厚 0.098mm 左右，色白，有水漬印。第二紙中上部殘二字。卷心高 23cm，天頭 2.1cm，地脚 2.3cm。每紙 16 至 18 行，每行 20 至 21 字。無欄線。字體楷帶隸，墨色濃匀。卷首題:"禮无量壽佛求生彼國文"。卷末發願文 10 行，字稍小，中有"白衣弟子祀馬部司馬豐祖自惟宿釁彌深，生遭末運……故割減所資，敬寫《十方佛名》一卷"云云，末署"大統十七年歲次辛未五月六日抄訖"。卷外有啟功題簽、"啟功之印"朱文方印。

此卷見載於姜亮夫《莫高窟年表》。

上博 17（3321）　妙法蓮華經卷第三

卷幅 982.5cm × 26.5cm,21 紙，紙長 47.5cm。首殘。潢麻紙，厚 0.075mm 左右，色黄，卷首色褐。全卷下端有水漬印。卷心高 20cm, 天頭 3.5cm, 地脚 3cm。每紙 28 行，每行 17 字。烏絲欄。字體楷，墨色稍淡，不甚匀。第 6 紙等處有塗改字。卷中題:"妙法蓮華經授記品第六"、"妙法蓮華經化城喻品第七"。卷尾題:"妙法蓮華經卷第三"。尾題後有題記:"大唐顯慶四年，菩薩戒弟子翟遷謹造。"卷首有"忍槎攷藏"、"蹇梁閣"朱文方印，卷尾有"曾在不因人熱之室"朱文長方印。重裝包首啟功題簽:"唐顯慶四年翟遷造蓮華經"，下有"啟功之印"白文方印。

參見《大正藏》第九卷第二六二號第 19 頁上倒 8 行至第 27 頁中 9 行。有異文。此卷見載于姜亮夫《莫高窟年表》。

上博 18（3322）　妙法蓮華經卷第五

卷幅 273cm × 25.5cm,6 紙，紙長 49cm。首殘。潢麻寫經紙，厚 0.13mm 左右，色黄，稍褐。下端有水漬印。卷心高 20.5cm, 天頭 2.6cm, 地脚 2.4cm。每紙 28 行，每行 17 字。烏絲欄。字體楷，墨色中匀。卷尾題:"妙法蓮華經卷第五"。後有題記二行:"儀鳳二年二月十三日羣書手張昌文寫，/ 用紙二十張。"末有"德化李氏凡將閣珍藏"朱文方印。重裝包首題簽:"初唐寫妙法蓮華經　元白觀題"，其兩旁題:"儀鳳二年二月十三日"、"羣書手張昌文寫。凡將齋舊藏"。下有"啟功之印"白文方印。

參見《大正藏》第九卷第二六二號第 44 頁上第 7 行至第 46 頁中第 14 行。此卷見載于姜亮夫《莫高窟年表》。

上博 19（3323）　金剛般若波羅蜜經

卷幅 454cm × 25.3cm,10 紙，紙長 50.5cm。首殘，首尾經裝裱，有軸。潢麻紙，色黄褐，厚 0.08mm 左右。卷心高 19.5cm, 天頭 3cm, 地脚 2.8cm。每紙 28 行，每行 17 字。烏絲欄。字體楷，墨色濃匀。卷尾題:"金剛般若波羅蜜經"。後有題記三行:"開元二年二月十三日，弟子索洪範奉爲 / 聖主、七代父母、見存父母及諸親、法界衆生 / 敬造金剛般若經七卷、多心經七卷。"卷首有"蹇梁閣"朱文方印。第 3 至 4 紙有"忍槎攷藏"騎縫白文方印。卷末有"曾在不因人熱之室"朱文長方印。重裝包首題簽:"唐開元二年索洪範造金剛經　啟功鑒定題簽"。下有"啟功之印"白文方印。

參見《大正藏》第八卷第二三五號第 749 頁中倒 7 行至第 752 頁下 3 行，有異文。此卷見載于姜亮夫《莫高窟年表》。

上博 20（8918）　1. 書信

卷幅 29.1cm × 24.3cm,1 紙，上下皆殘。白麻紙，色白，微褐。卷心高 24.3cm。共 9 行，首行字數最多，16 字。字體行，墨色中。

據內容定名爲"書信"。此件與另三件寫經殘片被近人裝裱成一軸。其中第二與第三件間裱紙上有字一行:"維摩詰所説經卷上首尾全"，然卷中無此經。包首題簽云:"敦煌唐賢書札暨寫經四種"，應包括前述未裱入之《維摩詰所説經》在內。今據實際所有書信一種、寫經三種分别著録。

上博 20（8918）　2. 佛説觀無量壽佛經

卷幅 23.2cm × 24.2cm,1 紙，首尾殘。潢麻寫經紙，色黄。卷心高 19.9cm，天頭 2.4cm，地脚 1.9cm。共 13 行，每行 17 字。烏絲欄。字體楷，墨色濃匀。

定名據《大正藏》。參見《大正藏》第十二卷第三六五號第 343 頁上首行至 15 行。

上博 20（8918）　3. 佛教著作

卷幅 26.5cm×24cm，2 紙，均殘。白麻寫經紙，色褐。卷心高 19cm，天頭 2.8cm，地腳 2.2cm。共 15 行，每行 17 至 18 字不等。烏絲欄。字體楷，墨色濃匀。

此件未查到出處，今據内容暫定名爲"佛教著作"。

上博 20（8918）　4. 金光明最勝王經卷第一

卷幅 55cm×24.3cm，2 紙，首紙殘。白麻寫經紙，色黄褐。卷心高 20cm，天頭 2.2cm，地腳 2.1cm。共 35 行，每行 16 至 17 字不等。烏絲欄。字體楷，墨色濃匀。尾題："金光明最勝王經卷第一"。尾題後空一行，再抄有字音二行。

參見《大正藏》第十六卷第六六五號第 407 頁下倒 4 行至第 408 頁上末行。

上博 21（8958）A　索鐵子牒

卷幅 29.5cm×25cm，1 紙，首及下端殘。白麻紙，色黄褐。卷心高 25cm。共 14 行，首行字最多，17 字。字體行，墨色濃淡不匀。

上博此號藏品共有二紙殘片，擬名爲"唐索鐵子狀牒卷"。今據其内容分爲二件分别著録。

上博 21（8958）B　渠人轉帖

卷幅 26cm×25cm，1 紙，尾及下端殘。白麻紙，厚 0.2mm 左右，色黄褐，有水漬印。卷心高 25cm。共 10 行，第 5 行字最多，爲 13 字。字體行草，墨色濃淡不匀。首行上端題："渠人轉帖"。

上博 22（9591）　佛像

紙幅 30cm×27.5cm，1 紙。白麻紙，色白灰。卷心高 24.5cm。經裝裱爲立軸。以墨捺印佛像 24 尊，各像墨框 4.8cm×6cm，分上下四排，每排 6 尊，皆結跏趺坐於雙層蓮花座上，雙手下垂置於腹前作禪定印，有背光、項光。佛像上另紙有"乙丑夏六月衡陽曾熙"、"(康)有爲"、"乙丑五月杭州鄒壽祺"題跋并鈐印，下另紙有"旃蒙赤奮若夏五月餘杭褚德彝記"題跋并鈐印。卷首另紙題簽："敦煌石室唐人泥印佛像"，下有"龔釗"白文方印。康有爲題跋認爲此件係印本，鄒壽祺、褚德彝跋定爲泥版印本。

上博 23（19714）　佛説佛名經

卷幅 441.4cm×25.8cm，9 紙，紙長 48.5cm。曾經裝裱。白麻紙，色白。卷心高 23.8cm。第 1 至 6 紙天頭多不空，地腳 0.8cm 左右，分上下二排寫佛名，佛名上各有一彩繪趺坐蓮臺佛像，共有南无衆炎佛、南无妙香佛等 176 尊。第 7 至 9 紙天頭 0.6cm，地腳 1.3cm 左右，書懺悔文，其中插有彩繪佛像 6 尊。懺悔文是《普賢十願》中的第四品。每紙書佛名者 16 行，每行字數不等；書懺悔文者 25 行，每行 19 至 21 字不等。字體楷，墨色中黑。卷前裱有陳誾題識三則。卷首及各紙騎縫有"寶晉室主"朱文長方章，卷末有"陳誾度隴所得"朱文方印。卷後有許承堯題跋，及高振霄、丁輔之、唐源鄴、胡佐卿、王禔、葉爲銘、邊成、金梁、余重耀、程以道、方巖、徐克芳、黄敦良、葛書徵等人題觀款并鈐印多方。重裝包首題簽："梁寫繪佛名圖經　庚申得于蘭州"。函外題："敦煌石室寫繪佛陀經卷　丙戌春勁宇署簽"。

佛名經類之典籍至繁，現存於《大正藏》和敦煌石窟所出者各有多種。此卷先佛名後懺悔文，體製與《大正藏》所收三十卷本及北京圖書館等地所藏十六卷本《佛説佛名經》相同，今據以定名。卷中佛名部分參見《大正藏》第十四卷第四四七號《現在賢劫千佛名經》，第 378 頁中 14 行"南無衆焰佛"至下 14 行"南無大光佛"，第 379 頁上 23 行"南無寶名佛"至中末行"南無利慧佛"；《敦煌寶藏》第 9 册 S1238 號《賢劫千佛名經》，第 335 頁上 21 行至第 357 頁下 9 行。懺悔文部分參見《大正藏》第十四卷第四四一號《佛説佛名經》卷十六，第 249 頁中第 23 行至第 250 頁上。又參見《敦煌寶藏》第 134 册 P4639 號《佛名經懺悔文》，第 111 頁下第 7 行至第 114 頁下末行(本書圖版 1 至 6)，二者形製相同，佛名上皆繪有佛像。

據包首題簽，此件乃陳誾"庚申得於蘭州"，時在 1920 年。

上博 24（24579）　論語鄭玄注

卷幅 54cm×27cm，2 紙。首尾及下端殘。原爲麻紙，曾裱以皮紙，色棕。卷心高 23cm，天頭 2.4cm，地腳 1.6cm。每紙 32 行，每行 27 大字，有雙行小字注釋，每行 39 字左右。烏絲欄。字體楷，墨色中，稍淡。文中有硃點。

原題殘，檢爲《論語・子罕篇》，正文起"子云吾不試故藝"至"猗者立"，存 328 字。何晏《論語集解》相應部分引鄭玄注三條，均在此卷注中，又法藏敦煌卷子 P2510《論語》，各篇題下明標"孔氏本、鄭氏注"，其中有《子罕》篇，相應部分與此卷基本相同。根據以上兩點，定爲鄭玄注本。

上博 24（24579）V　書信

寫於《論語鄭玄注》卷背。字體行草，墨色中匀。殘破，曾用當時字紙修補。縱 5 行(其中一行倒寫)，首字"諸"；横 6 行，末 3 字"思憶也"。

卷中有"謹專奉狀不宣"、"正要面款平章耳"等語，當爲書信，但書寫者於紙背或横或竪信手揮灑，又似爲草稿。

上博 25（25644）　佛説佛名經卷第六

卷幅 1467cm×31.5cm，35 紙，紙長 45cm。卷軸裝。首紙爲潢麻紙，色黄褐；其後各紙爲白麻紙，色本白。下有襯紙，曾經小修補。上下稍殘，上半截有水漬印。卷心高 28.5cm，天頭、地脚各 1.5cm。每紙 20 行，每行字數不等，多爲上下各寫一佛名，佛名字數多者每行寫一個，懺悔文每行 17 至 20 字不等。烏絲欄。墨色自淡至濃，字體楷。首紙爲彩繪佛像，畫佛趺坐蓮臺，左下有"李葂之印"方印，"之"字爲朱文，其餘三字爲白文。像後題："佛説佛名卷第六"。卷尾題："佛説佛名經卷第六"。第 2 紙首及中部有殘紅，不規則，似紙戳，各段末（第 5、8、10、13、21、23、26、28 紙上部）有彩繪小佛像。卷尾題後有題記五行："敬寫大佛名經貳伯捌拾捌卷，伏願／城隍安泰，百姓康寧，／府主尚書曹公己躬永壽，繼紹長／年，合宅枝羅，常然慶吉。于時大／梁貞明陸年，歲次庚辰，伍月拾伍日記。"其末三字上有 2cm 見方陰文鈐印一枚，難以辨認。卷軸紙上端有一"上"字，下端有一"下"字。卷尾背面有"勘畢"二字。

定名據卷尾原題。參見《敦煌寶藏》第 61 册北 654 號（成 72），第 7 頁下至 23 頁上。略有異文。此經板本衆多，情況複雜。此卷文字與《大正藏》所收之十二卷本、三十卷本皆不同。參閲方廣錩《關于敦煌遺書〈佛説佛名經〉》（載《敦煌吐魯番學研究論文集》漢語大詞典出版社 1991 年 4 月第一版）。題記中之"府主尚書曹公"，當即曹議金。曹氏籍隸亳州（今安徽亳縣），其先世因官徙居沙州（治設敦煌）。曹議金是節度使張承奉的部將，後梁時爲沙州長史。後梁末帝貞明五年（919 年），因張氏後嗣中絶，衆推曹議金爲帥，實主沙州政權。後唐莊宗同光二年（924 年）方受朝命，爲歸義軍節度使，沙州刺史，檢校司空。約卒於後晉高祖天福三年（938 年）。

上博 26（26885）　書信

卷幅 31.5cm×29.5cm，1 紙。有殘缺。白麻紙，色灰白。字心高 26.5cm，天頭 3cm，地脚裁去。共 12 行，每行 15 至 18 字不等。無欄綫。字體行，墨色淡。有"合肥孔氏珍藏"朱文方印。藏家原擬卷名："唐人寫變文殘頁"。

此爲晚唐五代邊陲軍士信札。中有"縣令都頭"云云，晚唐官制，一部之軍謂之一都，其部帥呼爲都頭，敦煌文獻中屢見（如法藏 P2814、P3016 等）。信中録入《上都頭書》一首，七言十六句，大體兩句一韻，似通俗歌謡。文中有改竄塗抹，書法率真。

上博 27（34666）　阿恕伽王經卷第十一

卷幅 318.5cm×26cm，9 紙，紙長 37.6cm，首殘，第 1 至 4 紙上部有破洞。白麻紙，中厚，色白灰。卷心高 21.7cm，天頭 2cm，地脚 2.3cm。每紙 22 行，每行 17 字。烏絲欄。字體楷，硬毫筆書寫，墨色中勾。卷尾題："阿恕伽王經卷第十一"。尾題後空一行，有"一校已"三字。再空一行，題："清信女張榮愛所寫供養"。卷尾背面下端有"二号"二字。包卷紙寫有"北魏特徵"四字。

參見《大正藏》第五十卷第二〇四二號《阿育王傳卷第七・阿育王現報因緣第四》，第 129 頁上第 13 行至 131 頁上末行。略有異文。

上博 28（35559）　起世經卷第六

卷幅 803.3cm×25cm，17 紙，紙長 47.1cm，經裝裱成卷軸。潢麻薄紙，色灰褐。卷心高 20cm，天頭、地脚各 2.5cm。每紙 26 行，每行 17 字，鉛烏絲欄。字體楷，墨色濃匀。有蛀洞。每五行有折痕，第 2 紙第 10 行天頭上有一"氛"字。第 3 紙第 14 行天頭上有一"侯"字。第 13 紙第 2 行天頭上有一"恒"字。卷首題："起世經阿脩羅品之二　卷六"。卷中題有："起世經四天王品第七"、"起世經三十三天品第八"。卷尾題："起世經卷第六"。尾題下有"古經堂藏"朱文方印。

參見《大正藏》第一卷第二四號第 337 頁中第 3 行至第 342 頁中第 11 行。略有異文。此卷書風近歐陽詢、柳公權，似爲中唐時寫經。

上博 29（36225）　大般若波羅蜜多經卷第九十四

卷幅 732.5cm×25.9cm，17 紙，紙長 44.1cm。有原裝朱漆軸棒。白麻紙，厚 0.085mm 左右，色黄，有水漬印。卷心高 20cm，天頭 3.1cm，地脚 2.8cm。每紙 28 行，每行 17 字。烏絲欄。字體楷，墨色中匀。卷首首行題："大般若波羅蜜多經卷第九十四"。次行題："初分求般若品第廿七之六　三藏法師玄奘奉　詔譯"。卷尾題："大般若波羅蜜多經卷第九十四"。卷首標題下有"印淨之？收藏"朱文長方印。

參見《大正藏》第五卷第二二〇號第 520 頁下倒第 4 行至 526 頁上第 13 行。

上博 30（36642）　妙法蓮華經化城喻品第七

卷幅 547.5cm×26.1cm，12 紙，紙長 47.5cm。第 6 紙下端殘。潢麻紙，厚 0.06mm 左右，色黄，有水漬印。卷心高 20.4cm，天頭 2.7cm，地脚 3cm。每紙 31 行，每行 17 字。烏絲欄。字體楷，墨色濃。卷首題："妙法蓮華經化城喻品第七"。卷尾題："妙法蓮華經卷第三"。卷尾題後有題記 12 行:"上元二年十月廿三日,門下省羣書手公孫仁約寫,/ 用麻紙十九張。/ 裝潢經手解集,/ 初校普光寺僧玄遇,/ 再校普光寺僧玄遇,/ 三校普光寺僧玄遇,/ 詳閱太原寺大德神苻,/ 詳閱太原寺大德嘉尚,/ 詳閱太原寺寺主慧立,/ 詳閱太原寺上座道成,/ 判官司農寺上林署令李德,/ 使朝散大夫守尚舍奉御閻玄道監。"

參見《大正藏》第九卷第二六二號第 22 頁上倒 12 行至 27 頁中第 9 行。此寫卷現存 12 紙,據題記中所云"用麻紙十九張",可知前缺去 7 紙。又唐朝有兩個"上元"年號,前爲高宗,後爲肅宗,此卷題記中之"上元"當是高宗李治的年號,因此卷詳閱太原寺寺主慧立在高宗咸亨二年程君度等所寫《妙法蓮華經》中亦是監校人(見姜亮夫《莫高窟年表》)。

上博 31 (36643)　請紙牒

卷幅 157cm×29.4cm,4 紙,紙長 42cm。第 1 紙殘。經裱裝。白麻紙,色淺褐。卷心高 29cm,天頭略有空。每紙 6 至 14 行不等,共 36 行,每行 13 字左右。字體楷,簽名草,墨色深。第 3 紙第 2 行第 2、7 字左分別有淺紅點一。第 3 紙有"西州都督府之寶"朱文方印。紙背三接縫處下端各有一"沙"字。

全卷由四牒黏合而成,第一、二牒爲健兒杜奉開元十六年二月五日、三月三日狀請上抄紙牒,第三牒爲録事司史李藝請更給前件紙牒,第四牒爲録事司連同前牒歸檔記録。其間有主管官員批示。據內藤乾吉《西域發見唐代官文書之研究》(《西域文化研究》第三《敦煌吐魯番社會經濟資料》下,京都,1960 年);小田義久《關於大谷文書與吐魯番文書》(《龍谷大學佛教文化研究所所報》第 11 號,1987 年)二文,上博此件是接在大谷文書 5839、黄文弼《吐魯番考古記》所刊《虞候司及法曹司請料紙牒》及大谷文書 5840 三件文書之前的同組文書,當亦出自吐魯番哈拉和卓舊城。

上博 32 (37493)　十地論善慧地第九卷之十一

卷幅 867cm×27cm,24 紙,紙長 37cm。首殘。白麻紙,厚 0.09mm 左右,色白,微褐,有水漬印。卷心高 18.7cm,天頭 4.2cm,地脚 4.1cm。每紙 22 行,每行 17 至 18 字不等。烏絲欄。字體楷,稍有隸意,墨色中匀。卷尾題:"十地論善慧地第九卷之十一"。尾題後一行下有"一校"二字。

參見《大正藏》第二十六卷第一五二二號《十地經論善慧地第九卷之十一》,第 187 頁中第 5 行至第 193 頁中末行。

上博 33 (37494)　出曜經卷第十

卷幅 739cm×25.2cm,17 紙,紙長 45.5cm。首殘。潢麻紙,厚 0.13mm,色黄,卷首泛白,有水漬印,第 10 紙有污漬。卷心高 22.2cm,天頭、地脚各 1.5cm。每紙 26 行,每行 18 字,第 8 紙第 2 行始每行 25 字。淡墨烏絲欄。字體隸楷,硬毫筆書寫,墨色稍淡,匀潤。段首加點。卷中題:"出曜經惟念品第十五"。卷尾題:"出曜經惟念品第十五竟　第十弖"。包卷紙題:"南北朝人書出曜經惟念品第十五卷"。

參見《大正藏》第四卷第二一二號《出曜經》卷第十六忿怒品第十五、卷第十七惟念品第十六,第 695 頁下倒 12 行至第 702 頁中 6 行。略有異文。本件與之分卷不同,但實含二品,故據編例及尾題中之"第十卷"定名。

上博 34 (37495)　大方等无想經大雲卷第三

卷幅 345.5cm×27.1cm,9 紙,紙長 41cm。首殘。白麻紙,厚 0.075mm,色灰、茶,有水漬印。卷心高 19.5cm,天頭 4cm,地脚 3.6cm。每紙 26 行,每行 18 字左右。烏絲欄。字體楷,略有隸意,墨色濃匀。卷中有:"大方等无想經大雲初分金剛智健度第十六"至"大方等无想經大雲初分正法健度第卅五"共二十分題。卷尾題:"大方等无想經大雲卷第三"。卷首背面上部有一"上"字。包卷紙題:"南北朝人書大方等无想經大雲卷第三卷"。

定名據卷尾原題。參見《大正藏》第十二卷第三八七號《大方等無想經》卷第三,第 1091 頁上 12 行至 1094 頁上 9 行。

上博 35 (37496)　大佛頂如來密因脩證了義諸菩薩萬行首楞嚴經卷第二

卷幅 722.5cm×26cm,15 紙,紙長 47cm。首下端略殘。有軸,有軸頭。麻紙,厚 0.12mm 左右,色褐。卷心高 19.3cm,天頭 3.3cm,地脚 3.4cm。每紙 28 行,每行 17 字。烏絲欄。字體楷,墨色濃。卷首題:"大佛頂如來密因脩證了義諸菩薩萬行首楞嚴(下殘)"。卷尾題:"大佛頂萬行首楞嚴經卷第二"。

定名據卷首原題及《大正藏》。參見《大正藏》第十九卷第九四五號第 110 頁上 11 行至第 114 頁下 13 行。

上博 36 (37497)　妙法蓮華經卷第一

卷幅 863.2cm×25.4cm,19 紙,紙長 49cm。首殘。潢麻紙,厚 0.09mm 左右,色黄褐,有水漬印。卷心高 19.9cm,天頭 3cm,地脚 2.5cm。每紙 28 行,每行 16 至 17 字不等。鉛烏絲欄。字體楷,墨色中黑。卷中題:"妙法蓮華經方便品第二"。卷尾題:"妙法蓮華經卷第一"。卷首上部有"吳盦"朱文方印、"歙許芚父游隴所得"朱文長方印。

參見《大正藏》第九卷第二六二號第2頁上14行至第10頁中倒6行。略有異文。

上博37（37498）　大方廣佛華嚴經兜率天宮菩薩雲集偈讃佛品第廿

卷幅300.7cm×28.7cm，8紙，紙長44.7cm。前缺。潢麻紙，厚0.095mm左右，色黄褐。卷心高20.6cm，天頭4cm，地脚4.1cm。每紙27行，每行17至20字不等。烏絲欄。字體楷，墨色深。卷首題："大方廣佛華嚴經兜率天宮菩薩雲集偈讃佛品第廿"。卷尾題："華嚴經卷第十一"。尾題後有題記一行："清信女任元姜爲亡夫支寅苟寫。"卷軸包紙有"万六"二字。包卷紙題："南北朝任元姜寫華嚴經卷第十一卷"。

定名據卷首原題及編例。參見《大正藏》第九卷第二七八號第485頁上3行至第488頁上16行。據其第478頁脚注⑪、第485頁脚注①、第488頁脚注①，可知本寫卷同其參校之宮本，卷第十一中共有二品，尚有"如來昇兜率天宮一切寶殿品第十九"。本寫卷首行即題經品名，前無空白，亦未題卷數，末題經名及卷數，觀其形製，亦可知其前當缺去一品。

上博38（37499）　大乘無量壽經（藏文）

卷幅133.5cm×31.7cm，3紙，紙長44cm。白麻紙，厚0.14mm左右，色白灰。每紙二框，各横21cm，縱27.5cm，烏絲横欄。藏文，横寫，每紙19行，每行字數不等。墨色中。首尾題全，首題先列梵音題名，再有藏文題名。卷尾題記："抄經人朗乎偉增。三校：埃昂初校，埃俄昂再校，帕旺三校。"

今據北京圖書館東主才讓先生釋文定名。

上博39（37903）　大般涅槃經卷第卌

卷幅798.8cm×26.3cm，16紙，紙長50cm，首殘缺。白麻寫經紙，厚0.13mm左右，色黄，有水漬印。卷心高20.2cm，天頭3.1cm，地脚3cm。每紙27至28行，每行17至18字。烏絲欄。字體行楷，墨色灰黑。第13、14紙各有一字硃改，第6、16紙有二字硃改，第15紙有三字硃改。卷尾題："大般涅槃經卷第卌"。尾題後有題記三行："大唐天寶六載三月廿二日，優婆夷普賢 / 奉爲二親及己身敬寫涅槃經一部。經生 / 燉煌郡上柱國王崇藝、上柱國張嗣瓌等寫。"

參見《大正藏》第十二卷第三七四號〔北涼〕曇無讖譯本，第598頁下3行至603頁下倒6行。略有異文。

上博40（39341）　造莫高窟記

卷幅32.5cm×30cm，1紙，首尾均殘，經裝裱爲軸。白麻紙，色灰。卷心高30cm。共18行，每行23至25字不等。無欄線。字體行楷，墨色濃淡不勻。裱紙題簽："唐人莫高窟記殘稿　友三先生屬羅振玉題"。下有"臣振玉印"白文方印、"文學侍從"朱文方印。裱紙右還題有："唐僧妙琬清逸，不減晉人，真墨寶也　丹斧記"。其下有"友三心賞"朱文方印。裱紙左上有"丹父氏"白文方印，左下有袁克文題跋："此唐人寫唐人造莫 / 高窟記十八行，森玉檢得 / 於唐人寫經殘紙中以相贈。自鳴沙 / 山石室出而唐人手澤傳於海內外者夥矣，從未聞 / 有關於石室之文章，此幀不特寶其翰墨已也。寒雲。"下有"袁克文"方印，其中"袁"字爲朱文，"克文"二字爲白文；"寒雲"白文方印。

題名據內容擬定。記中有"因届於莫高靈巖之伽藍，申虔謁也。公顧謂諸官曰：'萬里勝邑，地帶鳴沙；三危遠邊，境鄰昌海。爲東井之巨防，作西服之咽喉。幽此山峒，功德無量，與公等敬造一窟，垂裕千齡，'"云云。施造者姓氏及造窟年月殘去。敦煌文獻中，同類卷子有P3720《張淮深造窟記》（S5630同）、《莫高窟記》、P3608《大唐隴西李氏莫高窟修功德記》等。題記諸人中之"丹斧"，即張延禮，江蘇儀徵人，有金石骨董癖，善書法，卒於1937年。

上博41（39643）　金剛般若波羅蜜經

卷幅125cm×25.5cm，4紙，紙長46cm。首尾殘。白麻紙，厚0.095mm左右，色灰，有水漬印。卷心高20.3cm，天頭2.5cm，地脚2.7cm。每紙28行，每行17字。烏絲欄。字體楷，墨色中勻。

定名據《大正藏》，參見《大正藏》第八卷第二三五號〔後秦〕天竺三藏鳩摩羅什譯《金剛般若波羅蜜經》，第749頁上第10行至下倒5行。

上博42（39644）　大小乘廿二問本

卷幅454cm×31.8cm，10紙，紙長46.5cm。首殘，卷內有破損。白麻紙，厚0.16mm，色白，數紙深褐，有煙薰漬、霉漬，首數紙脆。卷心高28.6cm，天頭1.7cm，地脚1.5cm。每紙32行，每行26字左右。紙折欄。字體楷，墨色中，不甚勻。朱筆斷句點勘。卷尾題："大小乘廿二問本"。現僅存第九問以後部分。

參見《大正藏》第八十五卷第二八一八號《大乘二十二問本》，第1186頁下倒13行至第1192頁下14行。

上博43（39645）　大乘稻芊經隨聽疏一卷

卷幅591cm×30.8cm，14紙，紙長43cm。卷首下端

殘。白麻紙，厚 0.1mm 左右，色白，間褐。卷心高 27cm，天頭 2.2cm，地脚 1.6cm。第 8 紙以下卷高 31.5cm，第 13 紙卷高 32cm。每紙 36 至 37 行，每行 32 字。墨烏絲欄。字體楷，不佳，墨色稍淡。卷首題："大乘稻芉經聽疏"。卷尾題："大乘稻芉經隨聽疏一卷"。卷首背題簽："稻芉經"。

定名據卷尾原題。參見《大正藏》第八十五卷第二七八二號第 543 頁下倒 10 行至第 556 頁中 17 行。有異文。

上博 44 (39646)　大乘无量壽經

卷幅 216cm×30.5cm，5 紙，紙長 43.7cm。首紙破損。白麻紙，色淺褐。卷心高 27cm，天頭 1.8cm，地脚 1.7cm。每紙 30 行，每行 34 至 36 字不等。烏絲欄。字體楷，墨色淺。卷首題："大乘无量壽經"。卷尾題："佛説无量壽宗要經"。卷末尾題後第 5 行中段署："索慎言"。

定名據卷首原題。參見《大正藏》第十九卷第九三六號第 82 頁首行至第 84 頁下末行。略有異文。索慎言之名尚見於北京圖書館之冬 83 號、結 94 號、上海圖書館之 76 號《大乘無量壽經》卷尾題記。姜亮夫《敦煌學論文集》附録《敦煌經卷題名録》謂"索慎言"還見於北京圖書館之日 28 號、律 99 號《大乘無量壽經》。經查《敦煌寶藏》所收該二號影印件，未見。

上博 45 (40794)　維摩詰經卷中

卷幅 974.5cm×26.2cm，21 紙，紙長 47.2cm。原有軸，首殘，有水漬印。白麻紙，厚 0.12mm 左右，色茶褐。卷心高 20cm，天頭 3.2cm，地脚 3cm。每紙 28 行，每行 17 字。烏絲欄。字體楷，墨色中。卷中題有："不思議品第六"、"觀衆生品第七"、"佛道品第八"、"入不二法門品第九"等四品題。卷尾題："維摩詰經卷中"。首紙背面有一墨寫符號。末紙背面有"幼賡"朱文圓印。

定名據卷尾原題。參見《大正藏》第十四卷第 475 號〔後秦〕鳩摩羅什譯《維摩詰所説經》卷中，第 544 頁上倒 4 行至第 551 頁下末行。

上博 46 (40795)　大般若波羅蜜多經卷第十七

卷幅 794.5cm×26.1cm，17 紙，紙長 47.6cm。有軸，軸有軸頭。潢麻紙，有簾紋，色白，略褐。厚 0.11mm 左右。卷心高 19.8cm，天頭 3.2cm，地脚 3.1cm。每紙 28 行，每行 17 字。烏絲欄。字體楷，墨色稍淡。卷首首行題："大般若波羅蜜多經卷第十七"。次行題："初分教誡教授品第七之七　三藏法師玄奘奉　詔譯"。卷尾題："大般若波羅蜜多經卷第十七"。卷尾軸內有"張良友寫"四字。卷首背有"高正玉印"朱文方印。

參見《大正藏》第五卷第二二〇號第 90 頁下 11 行至第 96 頁上 4 行。張良友之名尚見於北京圖書館藏之宙 89 號、調 40 號、薑 28 號、陽 5 號、出 13 號、岡 48 號及日本橘目《大乘無量壽經》。

上博 47 (40796)　大般若波羅蜜多經卷第三百廿六

卷幅 802cm×26.1cm，17 紙，紙長 47.5cm。有軸。白麻寫經紙，厚 0.13mm 左右，色茶。卷心高 20.6cm，天頭 3cm，地脚 2.5cm。每紙 28 行，每行 17 字。烏絲欄。字體楷，草率，墨色不甚匀。卷首首行題："大般若波羅蜜多經卷第三百廿六"。次行題："初分退轉品第卌九之二　三藏法師玄奘奉　詔譯"。卷尾題："大般若波羅蜜多經卷第三百廿六"。卷首有"……藏經印"朱文方印半印，卷尾有"報恩寺藏經印"朱文方印、"三界寺藏經"陽文長方墨印。卷首背有"高正玉印"朱文方印。

參見《大正藏》第六卷第二二〇號第 666 頁首行至第 671 頁中末行。三界寺、報恩寺見於敦煌遺書者甚多，參閱姜亮夫《敦煌學論文集》附録《敦煌經卷壁畫中所見寺觀録》。

上博 48 (41379)

包背裝方册。絹包紙封皮，稍殘破。厚白麻紙 100 頁，每頁紙幅 10.4cm×30.5cm。色白，略黄，有水漬印。字心高 29cm，天頭、地脚各 0.75cm。每頁多爲 6 行，每行字數不等。烏絲欄。字體楷，墨色不一。封面右上首行題："庚辰年八月十七　氾之"。次行書："了丄"。封底左下有倒寫"燥企"二字。封面內頁上部墨繪金剛薩埵菩薩像。封底內頁抄有文字。

册中所録文獻甚多，其中，"28. 十二時普勸四衆依教修行"末尾題記云："時當同光二載……。""同光"爲五代後唐莊宗年號，當公元 923 至 926 年。又"37. 清泰四年曹元深祭神文"首云："維大唐清泰四年……。""清泰"爲後唐末帝年號，當公元 934 至 936 年（"清泰"實僅三年，文中稱四年當是邊遠地區不知改元所致）。據之，則此册爲五代時物。今據其內容分别定名、著録。

1. 高聲念佛讚

見本號圖版 1 至 2（第 5 行）。共 11 行。首題："高聲念佛讚"。下空一格小字注："有十種功德"。後有正文共 10 行，每行七言韻文四句共 28 字。

參見《敦煌寶藏》第 43 册第 467 頁上 6 行至下 6 行（S 5572 號），其首題下署"釋法照"，或爲撰譯者名。略有異文。

2. 念佛之時得見佛讚

見圖版2第6至8行。共3行。首題:"念佛之時得見佛讚"。後有正文2行,每行七言韻文四句共28字。

參見《敦煌寶藏》第126册第335頁上首行至4行(P 3118號)。

3. 校量坐禪念佛讚

見圖版2末4行。共4行。首題:"校量坐禪念佛讚"。末題:"念佛讚竟一本"(此或爲三種念佛讚之總題)。中有正文2行,每行七言韻文四句共28字。

參見《敦煌寶藏》第126册第335頁上5行至8行(P 3118號《較量坐稻念佛讚》)。

4. 妙法蓮華經觀世音菩薩普門品第廿五

見圖版3至17。頁面以横綫分爲上下兩欄,下欄約占五分之三。上欄除本題第一面有經變圖外,均爲空白。下欄抄寫經文。半頁6行,行15至16字。圖版17天頭有横寫"佛母經"三字。首題:"妙法蓮華經觀世音菩薩普門品第廿五"。尾題:"觀音經一卷"。

參見《大正藏》第九卷第二六二號第56頁下2行至58頁中7行。

5. 大隨求啓請

見圖版18首行至11行。首尾皆題:"大隨求啓請"。正文10行。前8行爲七言文句,第1至7行爲四句計28字,第8行爲二句計14字。末2行爲雜言。

參見《敦煌寶藏》第116册第570頁上9行至下2行(P2197號《陀羅尼啓請及咒等》)。該卷此段首題:"佛説大隨求真言啓請"。末雙行小字書:"特進試鴻臚卿大興善寺三藏沙門大廣智不空譯。"

6. 尊勝真言啓請

見圖版18末行至20第6行。首題:"尊勝真言啟請"。正文18行。多爲每行七言四句,第5至7行每行六言四句,第15、16行爲雜言。

7. 佛説加句靈驗佛頂尊勝陁羅尼神妙章句真言

見圖版20第7至10行。共4行。首行書:"佛説加句靈驗佛頂尊勝陁羅尼神妙章句真言曰"。末行爲梵文。

今據其首句定名。

8. 佛説除蓋障真言

見圖版20末二行。共2行。首行上部題:"佛説除蓋障真言"。

9. 佛説佛頂尊勝陁羅尼經

見圖版21至31第4行。半頁6行,行25至28字不等。圖版31地腳有"人八金"三字。首行題:"佛説佛頂尊勝陁羅尼經"。次行題:"罽賓沙門佛陁波利奉詔譯"。末行題:"佛頂尊勝陁羅尼經"。

參見《大正藏》第十九卷第九六七號第349頁下倒6行至352頁上倒3行。

10. 金光明最勝王經大辯才天女品第十五之一

見圖版31第6行至34第4行。共35行,每行字數不等。首尾無題。

定名據《大正藏》。參見《大正藏》第十六卷第六六五號第435頁上首行至17行,中二行至下5行。本件較《大正藏》所收少一段共24句七言文句。

11. 藥師經心呪

見圖版34第5至7行。共3行。首行上題:"藥師經心呪"。每行21至24字不等。

12. 佛説八陽經心咒

見圖版34倒5行至倒3行上3字。共3行。首行25字,次行24字。首行上題:"佛説八陽經心呪"。

參見《敦煌寶藏》第42册第276頁上9行至11行(S 5373號《佛説八陽神呪經》)。

13. 發願文

見圖版34倒3行第4字至末行。共3行,五言文句11句。

題名據内容擬定。參見《敦煌寶藏》第42册第687頁(S5460號《千手千眼觀世音菩薩廣大圓滿无礙大悲心陁羅尼經卷第一》卷首"發願文")。

14. 佛母經一卷

見圖版35至36。每半頁6行,共23行,每行23至25字不等。首尾皆題:"佛母經一卷"。

參見《大正藏》第八十五卷第二八一九號第1463頁上倒12行至中倒5行。有異文。

15. 佛説父母恩重經

見圖版37至40倒4行。每半頁6行,共45行。每行24至27字不等。首題:"佛説父母恩重經"。尾題:"佛説父母恩重經一卷"。

參見《大正藏》第八十五卷第二八八七號第1403頁中倒8行至1404頁上倒4行。有異文。

16. 佛説地藏菩薩經

見圖版40倒3行至41倒4行。共12行。每行27至29字不等。首題:"佛説地藏菩薩經"。尾題:"佛説地藏菩薩經一卷"。首、次、末行上有"[符號]"符號。

參見《大正藏》第八十五卷第二九〇九號第1455頁中倒6行至下12行。

17. 佛説閻羅王受記令四衆逆脩生七齋往生淨土經

見圖版41倒3行至46倒5行。每半頁6行,每行26字左右。首題:"佛説閻羅王受記令四衆逆脩生七齊往生淨土經"。尾題:"佛説閻羅王受記經一卷"。首、末行及前五段首上有"⸗"符號。

參見《敦煌寶藏》第26册第244頁上2行至246頁上倒2行(S3147號《佛説閻羅王授記四衆逆脩生七齋往生淨土經》)。本件首題中"齋"原作"齊",據經文及S3147號經題改。

18. 佛説大威德熾盛光如來吉祥陁羅尼經

見圖版46倒4行至47倒3行。共14行,每行26至29字不等。首題:"佛説大威德熾盛光如來吉祥陁羅尼經"。尾題:"佛説大威德熾盛光經"。首、末行及段首有"⸗"符號。

參見《敦煌寶藏》第116册第506頁下(P2194號)、第120册第102頁上(P2382號)。

19. 摩利支天經

見圖版47倒2行至49第2行。共16行,每行24至28字不等。首、尾皆題:"摩利支天經"。首、末行及段首有"⸗"符號。

參見《敦煌寶藏》第131册第163頁上至164頁上(P3824號)。略有異文。本經與《大正藏》所載各本文字不同。

20. 八大人覺經一卷

見圖版49第3行至50。共22行,每行25至27字不等。首行、末行皆題:"八大人覺經一卷"。

參見《大正藏》第十七卷第七七九號《佛説八大人覺經》,第715頁中2行至下3行,本經較之每段末多一字。

21. 妙法蓮華經度量天地品第二十八

見圖版51首二行。共2行。首行題:"妙法蓮華經度量天地品第二十八"。次行24字。墨色淡。

參見《大正藏》第八十五卷第二八七二號《妙法蓮華經度量天地品第二十九》,第1355頁下9行至12行。

22. 佛説北方大聖毗沙門天王經

見圖版51第3行至59。每半頁6行,每行25至28字不等,夾有雙行小字注。圖版55天頭有"口天支"三字,地腳有"天口"二字。圖版57地腳有"上菩"二字。圖版59倒3行地腳有一"上"字。首行上題:"佛説北方大聖毗沙門天王經"。

參見《敦煌寶藏》第43册第428頁上至433頁下(S5560號)。

23. 護身真言

見圖版60第1至5行。共5行。首行書:"護身真言曰"。文中有雙行小字注。

定名據首句。參見《敦煌寶藏》第43册第336頁上6行至17行(S5541號《密教雜咒經・護身真言》)。

24. 毗沙門天王真言

見圖版60第6至7行。共2行。首行題:"毗沙門天王真言"。

參見《敦煌寶藏》第43册第336頁上倒4行至末行(S5541號《密教雜咒經・毗沙門天王真言》)。

25. 吉祥天女真言

見圖版60第8行。僅1行。上題:"吉祥天女真言"。

參見《敦煌寶藏》第43册第336頁下第1至5行(S5541號《密教雜咒經・吉祥天女真言》)。

26. 佛説普賢菩薩滅罪陁羅尼呪

見圖版60倒3行至61第3行。共6行,每行24至25字。首行書:"佛説普賢菩薩滅罪陁羅尼呪曰"。

定名據首句。參見《大正藏》第十八卷第九〇一號《陀羅尼集經》,第840頁中第8至15行;《敦煌寶藏》第43册第336頁下5行至337頁上2行(S5541號《密教雜咒經・佛説普賢菩薩滅罪陁羅尼呪》)。

27. 大般若經難信解品第卌四之廿五

見圖版61第4行至64第6行。每半頁6行,每行字數不等。墨色濃淡不一。首行題:"大般若經難信解品第卌四之廿五"。

參見《大正藏》第六卷第二二〇號《大般若波羅蜜多經》卷第二百五・初分難信解品第三十四之二十四,第21頁上倒2行至中3行。

28. 十二時普勸四衆依教修行

見圖版64第7行至78第1行。每半頁6行,每行字數不等。首行題:"十二時普勸四衆依教修行"。文中有朱筆斷句,標題及十二時辰上有"㇃"符號。末有題記三行:"時當同光二載三月廿三日,東方漢國鄜州觀音院僧智嚴,俗/姓張氏,往西天求法,行至沙州,依龍光〈立〉寺憩歇一雨月説/法,將此十二時來留教衆,後歸西天去展轉寫取流傳者也。"下有小字:"与敬念"。

參見《敦煌寶藏》第113册第271頁下至276頁下(P2054號)。

29. 勸善文

見圖版78第2行至79倒3行。每半頁6行，每行字數不等。文中有朱筆斷句，第1、4及末行天頭有"亼"符號。首行書："釋迦牟尼佛，慈悲苦海作舟舩，願救火宅人"。末行書："釋迦牟尼佛，慈悲苦海作舩師，願救火宅人"。

參見《敦煌寶藏》第125册451頁下11行至452頁上末行（P2963號V《勸善文》）。略有異文。今據其定名。

30. 雜言詩（石女無夫主）

見圖版79倒2行至80第4行。共6行，比前後文低三字書寫。中有朱筆斷句，首尾無題。

此件未查到相應現存文獻。今據其文體及首句擬題。

31. 每月十齋

見圖版80第5行至末行。共8行，每行23至25字不等。首行天頭有"亼"符號，文中有朱點。首行上書："每月十齋曰"。

定名據首句。參見《敦煌寶藏》第43册第343頁下12行至344頁下5行（S5541號《密教雜咒經》）。

32. 開元皇帝勸十齋讚

見圖版81首2行。首句書："開元皇帝勸十亲讚曰"。上有"亼"符號，下空一格，再有七言、七言、六言、七言文句共4句，句間有朱筆斷句。文末有"㇆"符號。下再有"　敬念"三字。

定名據首句。參見《敦煌寶藏》第43册第341頁上倒7行至倒3行（S5541號《密教雜咒經・佛勸十齋讚曰》）。

33. 十二月禮佛名

見圖版81第3行至82倒2行。共21行。每半頁6行，每行23至28字不等。文分二段，段首及文中"月日"字樣上有"亼"符號。文末有"㇆"符號。

題名據本文內容擬。參見《敦煌寶藏》第16册第467頁下5行至倒3行（S2143號《十二月禮多記》）。有異文。又見第43册第341頁上倒2行至343頁上倒2行（S5541號《密教雜咒經》）。

34. 上皇勸善断肉文

見圖版82末行至83第4行。共5行。文中有朱筆斷句。首行天頭有"亼"符號，次行下有塗改字，文末有"㇆"符號。首行上題："上皇勸善断肉文"。下有"　敬念"三字。

參見《敦煌寶藏》第43册第343頁上倒2行至下11行（S5541號《密教雜咒經》）。

35. 九想觀一卷

見圖版83第5行至87第7行。每半頁6行（圖版87爲半頁5行），每行24字左右。首行至圖版85第6行，文中有朱筆斷句及"亼"符號。首行題："九想觀一卷并序"。下有"　敬念"三字。

36. 白侍郎十二時行孝文

見圖版87倒3行至89末行。每半頁6行，每行22字左右。文中有朱筆斷句，標題及每句首有"亼"符號，文末有"㇆"符號。首題："白侍郎十二時行孝文"。

37. 清泰四年曹元深祭神文

見圖版90至93第7行。每半頁6行，每行23字左右。首尾無題。

題名據內容擬。曹元深，曹議金子，晉出帝天福八年（943年）正月，加檢校太傅，充沙州歸義軍節度使；開運二年（945年）卒。參見姜亮夫《敦煌學論文集・瓜沙曹氏年表補正》。

38. 受戒文

見圖版93第8行至99第3行第18字。首至圖版96前半頁每半頁6行，每行25至29字不等。圖版96後半頁8行，圖版97前半頁9行，後半頁11行，圖版98每半頁9行，每行字數不等。首題："受戒文"。

參見《敦煌寶藏》第43册第344頁下5行至351頁下末行（S5541號《密教雜咒經》），該卷尾缺。有異文。

39. 沙弥五得十數文

見圖版99第3行第19字至倒2行。共14行，每行28至30字不等。首題："沙弥五得十數文"。上有"亼"符號，下空一格後書寫正文。

參見《敦煌寶藏》第126册第38頁上（P3015號《沙彌五德十數》）。有異文。

40. 八戒文

見圖版99末行至100第4行。共5行，每行字數不等。自第2行起，"八戒"爲通行大字書寫，其福報以雙行小字注於其下，惟第三戒亦爲小字。首題："八戒文"。下空一格後書寫正文。

41. 沙弥十戒

見圖版100第4行至101第10行上二字。首書："沙弥十戒云"。此數字與其後文中"第一"至"第十"，及"然此十戒不依相護輒有違犯者招何等罪業其事云何"諸字爲通行大字，其餘爲小字書寫。

定名據首句。參見《敦煌寶藏》第121册第27頁下至28頁下(P2476號《沙彌十戒文》)。有異文。

42. 沙弥六念

見圖版**101第**10行第3字至12行。共3行,次行中部字迹漫漶,**末行**26字。首題:"沙弥六念"。

參見《敦煌寶藏》第45册第1頁下(S6053號《六念文》)。

43. 佛説閻羅王阿孃住

見圖版101第13至16行。共4行。次行字最多,爲31字。首題:"仏説閻羅王阿孃住"。

上博49 (44057)A　受戒懺悔文

卷幅85.5cm×30.1cm,2紙,紙長42.5cm。首尾殘。粗白麻紙,厚0.155mm左右,色褐,有水漬印。卷心高29cm,天頭約1cm。首紙36行,次紙34行,每行30字左右。無欄綫。字體行楷,墨色濃淡不匀。第二紙中題有:"受戒懺悔文"。卷前接紙題簽:"石晉天福八年燉煌經卷/癸酉衷題"。接紙另粘一紙,題:"燉煌石室經卷/石晉天福八年/癸卯"。又小字題:"僧戒律罕見品也/辛未二月初八景兄所/贈　?希"。

參見《敦煌寶藏》第37册第122頁上倒6行至123頁下(S4624號《受戒文》)。

上博49 (44057)AV　1. 雙林裏歌 2. 雜寫 3. 天福八年燉煌鄉文書

此三項寫於《受戒懺悔文》背面。

1. 雙林裏歌　共4行,分别爲15字、22字、21字、3字。字體行楷,墨色中。有塗改字。此件爲雜言歌行體,第1、4、5、7句下偏右有小字"雙林裏",似爲複唱標志。今據其體裁特徵定名爲"雙林裏歌"。

2. 雜寫　僅1行,共22字。字體行楷,墨色稍淡。與"雙林裏歌"約空1行距離。

3. 天福八年燉煌鄉文書　一紙條黏於《受戒懺悔文》紙背,距"雜寫"約31cm。書字2行,下端殘。首行13字。字體行,墨色淡。首行書:"天福八年二月廿日燉煌鄉百姓"。今據之定名。

上博49 (44057)B　大聖文殊師利菩薩像及供養文

紙幅21.3cm×32.5cm,1紙。白麻紙,厚0.11mm左右,色白,略黄。卷心16.5cm×28cm。木刻墨印。分爲上下二欄。上欄爲文殊師利菩薩坐騎於獅上,左手垂置獅背,右手於胸前執如意,有火焰紋背光、項光。獅子足踏蓮花,獅前左方崑崙奴雙手緊拉繮繩,獅前右方一童子合掌禮拜。下方爲雲氣。像兩旁有字牌,左書:"大聖文殊師利菩薩"。右書:"普勸志心供養受持"。下欄有供養文13行,行13字左右,字體行楷。

參見《敦煌寶藏》第54册插圖"美703號",二者爲同一板本。

上博50 (44955)　佛説救疾經一卷

卷幅236cm×27.2cm,6紙,紙長42.5cm。首稍殘。白麻寫經紙,厚0.11mm,色白,接紙處返褐。卷心高19.5cm,天頭3.8cm,地脚3.9cm。每紙22行,每行16至18字不等。墨烏絲欄,草率。字體行楷,墨色稍淡。卷首題:"佛説□疾▭卷"。卷後有題記五行:"武德六年四月廿七日,清信佛/弟子索行善敬造。願閻浮/提中所有幽厄疾病者,籍此/福田悉除差,普及六道蒼生,/滅同斯慶。"卷末有"孫鼎"朱文方印。

定名據《大正藏》。參見《大正藏》第八十五卷第二八七八號第1361頁中12行至第1362頁下9行。《大正藏》所載經文有缺字,本件可補其缺。

上博51 (44956)　金剛般若波羅蜜經

卷幅534cm×24.8cm,11紙,紙長49.2cm,首尾全,曾經後人裝裱。潢麻紙,色黄褐。卷心高21.5cm,天頭1.8cm,地脚1.5cm。末紙卷心高20.2cm。每紙29行,每行17字。朱絲欄。字體楷,墨色中匀。卷首、卷尾題:"金剛般若波羅蜜經"。重裝包首題簽:"唐人寫金剛經甲申初秋易厂署"。下有"阿成"朱文長方印。卷前引首長80cm,題有:"唐賢遺蹟　許寶蘅",右上有"御賜博涉藝文"朱文長方印,左下有"史廬七十後所作"朱文方印。後有"孫鼎之印"白文方印。卷末尾題後有"曾在孫師匡處"朱文長方印。原卷後裱入"誦經圖"一幅,畫一佛端坐蓮花座上,有背光;右下有一經卷包袱;左有一白衣人端坐石几前,几上置經卷。圖右上題:"誦經圖　甲申秋九月上浣易厂居士"。後有"蔡印鍾濟"白文方印。圖右下有"慎自廔"朱文方印,圖左下有"樂此不倦"、"孫師匡攷藏金石書畫"二朱文方印。其後尚有"甲申重陽前五日嬰闇居士秦更年"題跋二、"瞿唐杜進高"題跋、"甲申重陽後四日鶴孫梅鐵"題五言律詩二首并跋、"丙戌春日太初沈熙乾"題七言絶句三首并跋、"丙戌二月安順周兹緒至德周伯鼎"題觀款,及印章多枚。

參見《大正藏》第八卷第二三五號第748頁下倒12行至752頁下3行(鳩摩羅什譯本)。其中圖版12第11行"須菩提説法者無法可説是名説法"下,無"爾時慧命須菩提白佛言"至"是名衆生"一段62字(見《大正藏》同卷第751頁下16至19行)。此62字乃唐長慶二年僧靈幽依豪州鍾離寺石刻本增入，則此卷之書寫，猶在長慶以前。

上博 52 (44957)　摩訶般若波羅蜜經魔事品第卅五

卷幅 299cm×26.5cm，7 紙，紙長 50.3cm。潢麻寫經紙，色黄，厚 0.75mm 左右。卷心高 19.7cm，天頭 3.5cm，地脚 3.3cm。每紙 28 行，每行 17 字。烏絲欄。字體楷，墨色中匀。卷首題："摩訶般若波羅蜜經魔事品第卅五"。卷尾題："摩訶般若波羅蜜經卷第廿"。包卷紙題："芥藏樓藏唐人經卷"。下有"師匡平生精力所聚"白文方印。

參見《大正藏》第八卷第二二三號第 318 頁中 13 行至 320 頁中 9 行。

上博 53 (44958)　妙法蓮華經卷第二

卷幅 179.5cm×25.7cm，4 紙，分别長 52cm、45cm、43.5cm、39cm。首殘。寫經紙，厚 0.07mm 左右，色熏黑，有摺痕、水漬印，中有破痕。卷心高 19.9cm，天頭 2.7cm，地脚 3.1cm。每紙 30 行，每行 16 字。烏絲欄。字體楷，墨色深。卷尾題："妙法蓮華經卷第二"。尾題後有題記 12 行："上元三年四月十九日祕書省楷書孫爽寫，/ 用紙廿張。/ 裝潢手解集，/ 初校化度寺僧法界，/ 再校化度寺僧法界，/ 三校化度寺僧法界，/ 詳閲太原寺大德神符，/ 詳閲太原寺大德嘉尚，/ 詳閲太原寺主慧立，/ 詳閲太原寺上座道成，/ 判官司農寺上林署令李德，/ 使朝散大夫守尚舍奉御閻玄道監。"卷末有"孫鼎"朱文方印。

參見《大正藏》第九卷第二六二號第 17 頁中倒數第 7 行至 19 頁上 12 行。本件題記中之"上元"爲唐高宗李治的年號，因其後所列之裝潢手、詳閲、監造者皆同於本書"上博 30"，可參閲該號叙録。

上博 54 (44959)　大般若波羅蜜多經卷第四百卅一

卷幅 892.5cm×26.8cm，17 紙，紙長 53cm。天頭、地脚有破痕。潢麻寫經紙，厚 0.08mm 左右，色黄，有蟲蛀、水漬印。卷心高 21cm，天頭 2.8cm，地脚 3cm。每紙 28 行，每行 17 字。烏絲欄。字體楷，墨色稍淡。卷首首行題："大般若波羅蜜多經卷第四百卅一　三藏法師玄奘奉詔譯"。次行題："第二分經文品第卅六之一"。卷尾題："大般若波羅蜜多經卷第四百卅一"。經文中有朱筆點。尾題後有："一校了"、"重校了"六字。卷首有"孫鼎"朱文長方印。尾題下有"曾在孫師匡處"朱文長方印。

參見《大正藏》第七卷第二二〇號第 166 頁上倒 10 行至 171 頁中末行。

上博 55 (44960)　大乘百法明門論開宗義記

卷幅 121.5cm×27.5cm，4 紙，紙長 37cm。紙破經黏貼，不平。白麻紙，厚 0.085mm 左右，色白，泛黄。卷心高 25.8cm，天頭 1cm，地脚 0.7cm。每紙 24 行，每行 27 字左右。無欄線。字體行楷，墨色深淺不匀。正文中有硃點。包卷紙題："芥藏樓藏唐人經卷"。下有"師匡平生精力所聚"白文方印。

定名據《大正藏》。參見《大正藏》第八十五卷第二八一〇號《大乘百法明門論開宗義記》，第 1054 頁下倒數第 10 行至 1055 頁上第 2 行(本號圖版 1 首 7 行)；第 1053 頁中倒數第 2 行至 1054 頁下第 14 行(圖版 1 第 8 行至本號末)。

上博 55 (44960)V　釋迦譜

寫於同號"大乘百法明門論開宗義記"背面。卷心高 26.3cm，天頭 0.7cm，地脚 0.5cm。每紙 23 行，每行 25 字左右。無欄線。字體草，墨色不匀。卷首題："釋迦譜略叙三門　一所依賢劫　二氏族根源　三七世相承"。下有"孫鼎"朱文方印。卷末有"德化李氏木齋閤家供養經"朱文方印。

參見《大正藏》第五十卷第二〇四一號《釋迦氏譜》，第 84 頁下 7 行至 20 行(本書圖版 1 首 14 行)，第 85 頁上 8 行至下末行(圖版 1 第 14 行至圖版 3 第 9 行)，第 86 頁下 4 行至 13 行(圖版 3 第 10 行至 12 行)，第 86 頁下 20 行至 87 頁上 9 行(圖版 3 第 12 行至末)。本卷文字較簡略。

上博 56 (44961)　佛説父母恩重經一卷

卷幅 100cm×24cm，3 紙，紙長 42cm，卷首至 24cm 處殘裂。麻紙，厚 0.2mm 左右，色棕。卷心高 21cm，天頭、地脚各 1.5cm。每紙 22 行，每行 18 字左右。無欄線。字體楷，墨色中。卷尾題："佛説父母恩重經一卷"。尾題後有題記五行："于唐中和貳載壬寅，中夏六月上旬四日，/ 清河張奉信因酒泉防戍，與孔奴奴 / 寫恩重經。願先亡姟妣，得生西 / 方，後霑二人，所求稱意，作者遂心，/ 法界含生，各顧少分。故記。"卷尾有"孫鼎"朱文方印。

參見《大正藏》第八十五卷第二八八七號第 1403 頁下 9 行至 1404 頁上倒 4 行。

上博 57 (44962)　持世經卷第三

卷幅 834cm×26cm，17 紙，紙長 52cm。卷首殘缺，卷尾稍殘。潢麻寫經紙，厚 0.07mm，色黄，稍褐。第 14 紙後水漬印嚴重。卷心高 18.6cm，天頭、地脚各 3.7cm。每紙 29 行，每行 17 字左右。烏絲欄。字體楷，墨色濃匀。卷中題有:"世間出世間品第九"、"有爲無爲法品第十"、"本事品第十一"、"囑累品第十二"等四品題。卷尾題:"持世經卷第三"。尾題後有題記一行:"大隋開皇九〔年〕四月八日,皇□衆生敬造一切經,流通供養。"卷末下端有"孫鼎"朱文方印。包卷紙首行題:"芥藏樓藏唐人經卷"。下有"師匡平生精力所聚"白文方印。次行偏下題:"開皇九年"。

參見《大正藏》第十四卷第四八二號第661頁上倒3行至666頁中末行(《持世經卷第四》)。據姜亮夫《莫高窟年表》所録,有開皇九年皇后爲法界衆生造《大樓炭經》卷第三(P2413號)、《佛説甚深大迴向經》(S2154號),其卷末皆題:"大隋開皇九年四月八日,皇后爲法界衆生敬造一切經,流通供養。"本卷題記文字與之同,則"皇"字後殘缺者當爲"后爲法界"四字。

上博58 (47259)　大般涅槃經卷第卅

卷幅809.5cm×26.2cm,23紙,紙長36cm。有原軸。卷首殘,首有襯紙。潢麻紙,厚0.1mm左右,色黄。卷心高18.8cm,天頭、地脚各3.7cm。每紙23行,每行17字。烏絲欄。字體楷,墨色中匀。卷尾題:"大般涅槃經卷第卅"。卷末有"韞華"朱文圓印三枚、"陳曾佑印"朱文方印、"宲研齋玫藏書畫碑帖印"白文長方印。卷首背面襯紙上、下各有一"韞華"朱文圓印。

參見《大正藏》第十二卷第三七四號第540頁下倒8行至546頁下倒2行(曇無讖譯本),本卷較之少末二段文字。

上博59 (47282)　楞伽經卷第二

卷幅1032.5cm×25.9cm,21紙,紙長51.5cm。卷首前缺,另黏一段紙。潢麻紙,厚0.75mm左右,色黄。卷心高20.3cm,天頭3.2cm,地脚2.4cm。每紙28行,每行17字。鉛烏絲欄。字體楷,墨色濃匀。卷尾題:"楞伽經卷第二"。

參見《大正藏》第十六卷第六七〇號《楞伽阿跋多羅寶經》卷第二,第490頁中12行至497頁下10行。

上博60 (50677)　百法述

卷幅154cm×30cm,4紙,紙長43.5cm。首尾殘,近卷末有破痕四處。白麻紙,厚0.055mm左右,色白,略黄。卷心高25.4cm,天頭、地脚各2.3cm。每紙27行,每行24字左右。烏絲欄。字體草,墨色濃匀。卷中文字偶有塗改。

此卷據内容擬題。參見《敦煌寶藏》第105册第26至35頁,北7238(崑六)《百法述》。

上博61 (51033)　大般涅槃經菩薩品第十六

卷幅763.5cm×26.5cm,18紙,紙長42.5cm。潢麻紙,厚0.09mm左右,色黄。卷心高20.2cm,天頭3.3cm,地脚3cm。每紙24行,每行17字。烏絲欄。字體楷,墨色中匀。卷首題:"大般涅槃經菩薩品第十六",其下空數格另有小字"九"。卷尾題:"大般涅槃經卷第九"。卷首背面中部、卷尾背面中上部各有一"省三"朱文長方印。

定名據卷首原題。參見《大正藏》第十二卷第三七五號《大般涅槃經》(三十六卷本),第658頁下4行至第663頁下倒10行,本卷較之少卷末五段文字。

上博62 (51081)　妙法蓮華經化城喻品第七

卷幅416.6cm×25.5cm,9紙,紙長50.7cm。卷中缺二紙,卷尾殘,曾經裝裱。潢麻紙,色黄,下端稍有水漬印。卷心高20.3cm,天頭、地脚各2.6cm。每紙28行,每行17字。鉛烏絲欄。字體楷,墨色中匀。卷首題:"妙法蓮華經化城喻品第七"。包首題簽:"唐人書妙法蓮華經真迹　梅景書屋珍藏"。

參見《大正藏》第九卷第二六二號第22頁上倒12行至25頁上倒9行(圖版1至10),第25頁下倒8行至26頁上倒7行(圖版10中部至11)。

上博63 (51089)　大般涅槃經卷第卅

卷幅855cm×25.2cm,18紙,紙長49cm。首殘。潢麻紙,厚0.095mm左右,色黄,卷首偏褐,上下有水漬印。卷心高20.1cm,天頭2.6cm,地脚2.5cm。每紙28行,每行17字。烏絲欄。字體楷,墨色濃匀。卷尾題:"大般涅槃經卷第卅"。第5、6紙,第9、10紙,第11、12紙及以下各紙間背面接縫處皆有"弍思"朱文橢圓騎縫印。卷首背面有字,上爲"三十",下似爲"十行 ঀ";有朱文印三枚,上下二印爲"王允若印"方印,中部一印同騎縫印"弍思"。卷尾背面有字,似爲"方尺/行丈/八十八行/ ঀ";有朱文印四枚,一爲"人生弍樂",一爲"弍思",二爲"王允若印"。

參見《大正藏》第十二卷第三七四號第541頁上11行至546頁下倒2行,本卷較之少末二段文字。

上博64 (51106)　大般涅槃經後分卷第卌二

卷幅795.5cm×26.2cm,19紙,紙長42.7cm。原有軸。潢麻紙,厚0.1mm左右,色黄,略褐,卷尾褐色,上下有水漬印。第1、2紙有針眼。卷心高19.9cm,天頭3.1cm,地脚3.2cm(末紙卷心高20.2cm,欄線不齊)。每紙25行,每行17字。鉛烏絲欄。字體楷,墨色濃匀。卷首題:"大般涅槃經機感荼毗品　卌二"。卷中題有:"大般涅槃經聖軀廓閏品"。卷尾題:"大般涅槃經後分卷第卌二”。尾題與正文間有題記一行:“大唐永徽二年,佛弟子華雲昇敬寫。”卷首背面上部有一“已”字。

參見《大正藏》第十二卷第三七七號第906頁下14行至912頁上11行,本卷較之少末三行文字。藏經中此經分爲上下二卷,本件相當于其下卷。

上博65 (51107)　大乘无量壽經

卷幅166.5cm×31cm,4紙,紙長41.7cm。首尾全。潢麻紙,厚0.1mm左右,有簾紋,色白、黄,有水漬印。卷心高28cm,天頭1.3cm,地脚1.7cm。每紙29行,每行30至45字不等。鉛烏絲欄。字體楷,墨色中勻。卷首題:“大乘无量壽經”。卷尾題:“佛説无量壽宗要經”。尾題後二行下端款識:“令狐晏寫”。

參見《大正藏》第十九卷第九三六號第82頁上2行至84頁下末行。姜亮夫《敦煌學論文集》附録《敦煌經卷題名録》“令狐晏兒”條:“其名見北京之文五一又餘五七又成二五又成五六又雲六〇、稱二八諸卷,皆《無量壽宗要經》,每卷末題‘令狐晏兒寫’。”本卷款識中之“令狐晏”疑即“令狐晏兒”。

上博66 (51108)　灌頂經卷第八

卷幅432.8cm×27.8cm,8紙,紙長56cm。有原軸。白麻紙,厚0.16mm左右,色白稍泛黄,有蟲蛀痕。卷心高21.4cm,天頭、地脚各3.2cm。每紙26行,每行17字。鉛烏絲欄。字體楷,墨色濃勻。卷首題:“佛説灌頂摩尼羅亶大神咒經第八”。卷尾題:“灌頂經卷第八”。正文與尾題間有題記一行:“大唐乾封元年,弟子許化時沐手敬造。”卷軸紙上有字一行,首二字爲“可乙”,末二字爲“正了”,中間數字曾經塗抹,難以辨認。包首題簽:“灌頂經卷第八”。

參見《大正藏》第二十一卷第一三三一號第517頁下首行至521頁上3行。有異文。

上博67 (51610)　大佛頂如來密因脩證了義諸菩薩萬行首楞嚴經卷第三

卷幅695.5cm×26.6cm,15紙,紙長47cm。原有軸。白麻紙,厚0.125mm左右,有簾紋,色白,微褐,有水漬印。卷心高20.2cm,天頭3.4cm,地脚3cm。每紙28行,每行17字。烏絲欄。字體楷,墨色稍淡不勻。卷首題:“大佛頂如來密因脩證了義諸菩薩萬行首楞嚴經第三”。卷尾題:“大佛頂萬行首楞嚴經卷第三”。尾題後有字一行:“右大唐脩州沙門懷迪共梵僧於廣州譯”。

參見《大正藏》第十九卷第九四五號第114頁下14行至第119頁中末行。

上博68 (51611)　妙法蓮華經卷第七

卷幅703.4cm×26.2cm,16紙,紙長47.4cm。首紙破損,有霉點。潢麻紙,厚0.1mm左右,色黄。卷心高19.9cm,天頭3.3cm,地脚3cm。每紙28行,每行17字。烏絲欄。字體楷,墨色黑勻。卷首題:“妙法蓮華經觀世音菩薩普門品第二十五”。卷中題:“妙法蓮華經陀羅尼品第二十六”、“妙法蓮華經莊嚴王本事品第二十七”、“妙法蓮華經普賢菩薩勸法品第二十八”。卷尾題:“妙法蓮華經卷第七”。卷首背有“有头有尾上中”六字。每二紙接縫處地脚有“長民”騎縫章,此朱文圓印以末紙最清晰,第11紙上此印在天頭。

參見《大正藏》第九卷第二六二號第56頁下2行至第62頁中1行。

上博69 (51612)　大般若波羅蜜多經卷第五百七十四

卷幅739.6cm×27.2cm,16紙,紙長46.5cm。白麻紙,厚0.09mm左右,色白泛黄。卷心高20.1cm,天頭3.9cm,地脚3.2cm。每紙28行,每行17字。烏絲欄。字體楷,墨色濃勻。卷首首行題:“大般若波羅蜜多經卷第五百七十四”。次行題:“第七曼殊師利分之一　三藏法師玄奘奉　詔譯”。卷尾題:“大般若波羅蜜多經卷第五百七十四”。

參見《大正藏》第七卷第二二〇號第964頁上倒8行至969頁上末行。

上博70 (51613)　大佛頂如來蜜因脩證了義諸菩薩萬行首楞嚴經卷第十

卷幅587cm×25.8cm,12紙,紙長49cm。卷首破,有題字被擦去。染黄麻紙,厚0.165mm左右,色黄,部分白、褐。卷心高20.5cm,天頭2.2cm,地脚3.1cm。每紙28行,每行17字。烏絲欄。字體楷,墨色稍淡。卷首題:“大佛頂如來蜜因脩證了義諸菩薩萬行首楞嚴經第十”。卷尾題:“大佛頂萬行首楞嚴經卷第十”。

參見《大正藏》第十九卷第九四五號第151頁中17行至第155頁中4行。

上博71 (51614)　維摩詰所説經卷中

卷幅386.5cm×27cm,8紙,紙長48.5cm。尾殘。麻紙,厚0.165mm左右,色褐,有水漬印。卷心高20.3cm,天頭3.4cm,地脚3.3cm。每紙28行,每行17字。墨烏絲欄。字體楷,墨色中。卷首題:“維摩詰所説經文殊師利問疾品第五　卷中”。卷中題:“不思議品第六”。卷首背接紙題簽:“敦煌石室秘寶”。卷尾背面有一朱文方印。

參見《大正藏》第十四卷第四七五號第544頁上倒5

行至第547頁上3行。

上博72（51615）　妙法蓮華經卷第四

卷幅297cm×26.5cm，8紙，紙長47.8cm。染黄麻紙，厚0.09mm左右，色黄，有水漬印。卷心高19.3cm，天頭、地腳各3.6cm。每紙28行，每行17字。烏絲欄。字體楷，墨色中匀。卷首題："妙法蓮華經授學無學人記品第九"。卷首前有接紙，下端有字："共61%"。其背面題："敦煌石室遺墨"。卷尾背面有"半生壯志被消磨"朱文長方印。

定名據《大正藏》及編例。參見《大正藏》第九卷第二六二號第29頁中倒8行至30頁中倒5行（本書圖版1至4），第27頁下15行至29頁中倒9行（本書圖版4至9）。本卷二段黏倒，經文除第九品外，實尚有第八品。

上博73（51616）　妙法蓮華經卷第四

卷幅80.5cm×27cm，2紙，紙長48.5cm。首殘。白麻紙，厚0.185mm左右，色淺褐，有水漬印。卷心高20.8cm，天頭、地腳各3.1cm。每紙28行，每行17字。字體楷，墨色深。卷尾題："妙法蓮華經見寶塔品第十一"。

定名據《大正藏》及編例。參見《大正藏》第九卷第二六二號第31頁下第8行至32頁中16行。本卷現存部分實有二品，即"法師品第十"經文與"見寶塔品第十一"品題。

上博74（51617）　瑜伽師地論卷第二十八

卷幅201.5cm×26.5cm，5紙，紙長46.1cm。白麻紙，厚0.155mm左右，色淺褐。卷心高20.5cm，天頭2.8cm，地腳3.2cm。每紙28行，每行16至17字不等。鉛烏絲欄。字體楷，墨色中匀。有硃筆圈點、花點。

定名據《大正藏》。參見《大正藏》第三十卷第一五七九號第438頁上16行至第439頁中倒8行。

上博75（54863）　金剛般若波羅蜜經

卷幅470cm×24.6cm，11紙，紙長48.4cm。首殘，第10紙下端殘7行，曾經裱裝。白麻紙，色褐。卷心高21.3cm，天頭2cm，地腳1.3cm。每紙27行，每行17字。烏絲欄。字體楷，墨色中匀。第6紙天頭有一"人"字。卷尾題："金剛般若波羅蜜經"。卷首右上殘處及第5行下有"陳柱審定"朱文方印。卷末尾題下有"陳柱字柱尊廣西北流人也少時名繩孔"白文方印、"好爲詩及駢散文亦喜收藏金石書畫"朱文方印。重裝包首題簽："唐人寫經　十萬卷藏　陳柱題"。

參見《大正藏》第八卷第二三五號《金剛般若波羅蜜經》（鳩摩羅什譯本），第749頁中14行至752頁下3行。

上博76（63821）　釋迦牟尼涅槃圖

畫幅35cm×20.4cm。絹本彩繪。原裝式已不可考，今改作册頁；殘損嚴重，經補綴裱貼，略有填色接筆。圖中釋迦牟尼右脇而卧，臉相丰潤圓滿，雙目開啟，身着朱紅袈裟。身後有圈形項光和火焰紋身光，腳部和項背部有雙娑羅樹，樹上有七角星形樹葉紋和花形紋飾。背景有數種網狀山形樹葉紋。卧床以蜂窩形紋飾爲主。圖中無弟子、護法等其他人物形像。

畫面所示爲釋迦牟尼佛在雙林間涅槃的情景。從圖像風格看，應爲晚唐五代之作。

上博77（69592）　妙法蓮華經序品第一

卷幅142.5cm×24.5cm，3紙，紙長49.3cm。首尾不全，有蛀洞，曾經裝裱。白麻紙，色黄。卷心高20.5cm，天頭1.8cm，地腳2.2cm。每紙28行，每行17字左右。鉛烏絲欄。字體楷，墨色濃匀。末行下有"？藏"朱文方印。卷前另紙有"甲申端陽前二日（沈）尹默"題識，及"沈"朱文方印、"尹默"白文方印、"石田小築"朱文方印。卷後另紙有趙熙題跋并印，"甲申秋九月一日（謝）無量"題跋并印，乙酉中春張大千題跋并印。

定名據《大正藏》。參見《大正藏》第九卷第二六二號第2頁中倒11行至第3頁下10行。

上博78（69594）　大般若波羅蜜多經卷第六十四

卷幅186cm×26.1cm，5紙，紙長46cm。首尾均殘，天頭、地腳有破痕，水漬印。麻紙，厚0.11mm左右，色茶褐。卷心高20.2cm，天頭2.6cm，地腳3.3cm。每紙28行，每行17字。鉛烏絲欄。字體楷，墨色濃匀。卷背尾、中有"勤慎"騎縫章。

定名據《大正藏》。參見《大正藏》第五卷第二二〇號第359頁中倒4行至第360頁下倒4行。

上博79（69595）　妙法蓮華經如來壽量品第十六

卷幅189cm×25.5cm，6紙，紙長45.3cm。潢麻紙，厚0.1mm左右，色黄，有水漬印。卷心高20cm，天頭2.7cm，地腳2.8cm。每紙28行，每行17字。鉛烏絲欄。字體楷，墨色濃匀。卷首題："妙法蓮華經如來壽量品第十六"。

參見《大正藏》第九卷第二六二號第42頁上末行至第44頁上4行。

上博 80（71558）　大般涅槃經卷第二十三

卷幅 659cm×27.7cm，14 紙，紙長 47cm。白麻紙，厚 0.125mm 左右，色白，略褐，有水漬印。第 9 紙下有火燒洞。卷心高 19.9cm，天頭 3.8cm，地脚 4cm。每紙 28 行，每行 17 字。烏絲欄。字體楷，墨色中。卷首題："大般涅槃經光明遍照高貴德王菩薩品之三　二十三"。卷尾題："大般涅槃經卷第二十三"。

參見《大正藏》第十二卷第三七四號第 498 頁中 3 行至 499 頁上 2 行（本書圖版 1 至 3），第 499 頁下末行至 503 頁下末行（本書圖版 3 至 17）。

上博附 01（10697）　佛説金剛香菩薩大明成就儀軌經卷上

卷幅 624cm×25.2cm，12 紙，紙長 52.7cm。經裝裱。白麻紙，色白夾黄，略有蟲蛀、水漬痕。卷心高 20.8 cm，天頭 2.5cm，地脚 1.9cm。每紙 29 行，每行 16 字。烏絲欄。字體楷，墨色略淡。卷首首行題："大宗新譯三藏聖教序"，下有千字文號"給"。次行有"御製"二字。卷中題："佛説金剛香菩薩大明成就儀軌經卷上／西天譯經三藏朝散大夫試鴻臚卿傳法大師臣施護奉　詔譯"。卷尾題："佛説金剛香菩薩大明成就儀軌經卷上"。尾題後有題記 19 行，記載"證義"，"綴文"，"筆授"，"監譯經"等人姓名。末書"大宋淳化五年四月　日進"，"一校了"。卷末有"陳印景陶"白文方印、"愨齋收藏"朱文方印、"松窗審定"白文方印。卷前引紙上有"法隆寺一切經"方墨印。

傳世品。參見《大正藏》第二十卷第一一七〇號第 691 頁下 13 行至第 695 頁上 7 行。上海圖書館藏《中阿鋡經卷第五》，亦有"法隆寺一切經"、"松窗審定"、"愨齋收藏"等印，見吳織、胡羣耘《上海圖書館藏敦煌遺書目録》（《敦煌研究》1986 年第二期），目録中有説明："此件可能不是敦煌藏經洞遺物，存之待考。"此卷見載於姜亮夫《莫高窟年表》。

上博附 02（13838）　佛説長阿含第四分世記經欝單曰品第二

卷幅 225.5cm×22cm，3 紙，分别長 84cm，121.5cm、20cm。曾經裝裱。麻紙，色略褐。卷心高 20cm，天頭 1.1 cm，地脚 0.9cm。每行 17 字。烏絲欄。字體楷，墨色濃匀。卷首題簽："唐寫本佛告比丘欝單越經　西蠡"；"唐人書欝單越經上上品　己卯初夏吳雲爲過雲樓主人題"，下有"吳雲"白文方印；"佛告比丘欝單越經"（篆字），下有"退樓審定"白文方印，"顧子山祕篋印"朱文長方印，"過雲樓百種"朱文長圓印。卷末有"芑孫審定"、"程瑶田鑒定"、"趙氏 □ 印"朱文方印，"江？明書畫印"朱文長方印，"長廷"白文長方印。卷後依次裱有清光緒五年吳雲跋、嘉慶四年程瑶田跋、嘉慶九年王芑孫跋，並鈐印多方。裝卷木盒題："唐人書欝單越經　暢甫題"。

傳世品。定名據《大正藏》。參見《大正藏》第一卷第一號《佛説長阿含經》，第 117 頁下第 15 行至第 119 頁中第 23 行。《大正藏》"欝單越"之"越"字作"曰"。上海圖書館藏傳世品《入楞伽經卷第一》陶濬宣題跋有云："唐人寫經傳世最著者曰《欝單越經》、《七寶轉輪經》、《靈飛經》、《兜沙經》。"（見吳織、胡羣耘《上海圖書館藏敦煌遺書目録》第 186 號，《敦煌研究》1986 年第 3 期）。其中之《欝單越經》即上博此卷。《靈飛經》由元袁桷（清容）定爲唐鍾紹京書，墨跡本今僅存 43 行。程瑶田跋此《欝單曰經》稱"仰逼《轉輪》，俯侔《靈飛》，洵爲唐人法書傑製"。

上博附 03（34667）　法花玄贊卷第六

卷幅 116cm×27.1cm，4 紙，紙長 37cm。首紙殘，曾經裝裱。寫經紙，色黄白。卷心高 25.1cm，天頭 1.1cm，地脚 0.9cm。共 64 行，每行 19 至 21 字不等。烏絲欄。字體草，墨色濃匀。卷尾題："法花玄贊卷第六"。第 3 紙第 3、4 行間有"故擇"二紅字。卷後裱有董其昌、謝稚柳題跋各一紙，謝跋下有"謝稚"白文方印、"稚柳"朱文方印。二跋間有"古希天子"朱文圓印、"壽"白文長方印、"五福五代堂寶"朱文方印、"淳化畫寶"朱文大方印。重裝包首題簽："唐人草書法華玄贊　謝稚柳題"。下鈐"謝稚"白文方印、"稚柳"朱文方印。

傳世品。參見《續藏經》第壹輯第伍拾貳套第五册〔唐〕窺基撰《法華經玄贊》卷六，第 420 頁下之上欄第 5 行至 421 頁下之上欄末。有異文。卷中"世"作"卋"，爲避唐太宗諱。董跋謂書法"簡澹一洗唐朝姿媚之習，宋四大家皆出於此。余每臨之，亦得一斑"。謝跋謂"筆勢頗類懷素晚年體"。由"古希天子"等印，知此物曾入清朝宫廷。《法華玄贊》見於敦煌文獻者亦有多卷。

上博附 04（34668）　佛説一切如來真實攝大乘現證三昧大教王經卷第五

卷幅 695.4cm×28cm，12 紙，紙長 57cm。首紙略殘，有蛀洞。寫經紙，色黄。卷心高 22cm，天頭 2.8cm，地脚 3.2cm。每紙 30 行，每行 15 至 17 字不等。烏絲欄。字體楷，墨色深。卷首題："佛説一切如來真實攝大乘現證三昧大教／王經卷第五　匡／西天譯經三藏朝奉大夫試光禄卿傳法大師賜紫沙門臣施護等奉　詔譯"。卷尾題："佛説一切如來真實攝大乘現證三昧大教／王經卷第五　匡"。卷首題前低一格有題記三行："福州等覺禪院住持傳法廣慧大師達杲收印經板頭錢，恭爲／今上皇帝祝延聖壽，闔郡官僚同資禄位，彫造／大藏經印板五百餘函。時大觀三年八月　日謹題。"卷末有僧正源、介先、達杲、沖真等人題名,注"三校了"。卷首中有"高山寺"朱文長方印,下有"福庵審定"朱文長方印。

傳世品。參見《大正藏》第十八卷第八八二號第352頁中第2行至356頁中倒8行。等覺禪院即東禪寺,北宋後期曾籌資刊刻大藏經,世稱《福州東禪寺大藏》或《福州藏》、《崇寧藏》。《東寺經藏一切經目録》"匿"字此經題下注"大觀四年八月刊"。但卷第五"大觀三年八月刊",與此卷題記相合。

上博附05 (35765)　金剛般若波羅蜜經

卷幅461cm×17.2cm,9紙,紙長58.8cm。白綿紙,色白略褐。殘破,有水漬印,略有摺痕,重新裱裝。卷心高14.1cm,天頭1.6cm,地脚1.5cm。每紙50至51行,每行16字。上下粗墨界。字體楷帶行,墨色中。卷首題有"金剛般若波羅"等字,卷尾題:"金剛般若波羅蜜經"。卷首有發願文。卷尾真言、補闕真言連題七行,又有題記七行:"當寺賜紫妙濟大師□/經一卷所得功德用□/先考許七郎□/生界然希功德□/上答四恩□/法界衆生/紹興四年甲□。"

傳世品。參見《大正藏》第八卷第748頁至第752頁鳩摩羅什譯本。此卷有三十二分分目。原卷殘破特甚,經黏合,卷首黏合順序有誤。

上博附06 (35817)　妙法蓮華經卷第一卷端佛畫及題記

原件爲經摺裝,僅存經變圖及題記,分三塊裱爲手卷,卷幅104cm×27cm。另題跋2紙,長35.5cm。磁青紙,色深藍。卷心高23.8cm,天頭1.4cm,地脚1.8cm。字體楷,墨色金銀,卷首題:"妙法蓮華經卷第一"。末有題記三行:"信佛弟子杜遇特發志誠,敬寫金銀字妙法蓮華經一十部,奉/爲四恩三有,普及一切有情,自他同得福德智惠二種,莊/嚴讀誦,見聞俱登　佛果。時開寶六年癸酉,六月十二日題。"卷後另紙有高卧山題跋及朱文長方象形印。其右上有"一日之辰"白文長方印。重裝包首題簽:"宋杜遇寫金銀字妙法蓮華經卷端禮佛圖"。

傳世品。正文殘去。上海博物館另藏有杜遇寫經摺裝金銀字《妙法蓮華經》卷五,見"上博附07"。上海圖書館藏有其卷六,見吳織、胡羣耘《上海圖書館藏敦煌遺書》,編號085(《敦煌研究》1986年第二期)。

上博附07 (37503)　妙法蓮華經卷第五

經摺裝,55開。每開紙幅22.7cm×29.6cm。略有折縫傷、破孔、蛀痕。磁青紙,厚0.08mm左右,紙質細密,色深藍。卷心高23.3cm,天頭3.3cm,地脚3cm。每開12行,每行17字。金絲欄。字體楷,標題及"佛"字金色,餘字銀色。銀書小部分發黑,略有剥落。第1、2開爲金粉佛畫,後有題記三行:"信佛弟子杜遇特發志誠,敬寫金銀字妙法蓮華經一十部,/奉爲四恩三有,普及一切有情,自他同得福德智惠二種,莊/嚴讀誦,見聞俱登　佛果。時開寶六年癸酉,六月十二日題。"第3開起爲經文。首行題:"妙法蓮華經卷第五",次行題:"姚秦三藏法師鳩摩羅什奉詔譯",三行題:"安樂行品第十四"。中有"妙法蓮華經從地涌出品第十五"、"妙法蓮華經如來壽量品第十六"、"妙法蓮華經分別功德品第十七"等品題。尾題:"妙法蓮華經卷第五"。第1開經變圖右下有"國瑾印"白文方印。第3開首題下有"訓真書屋書畫圖記"白文長方印、"天?所尚"白文方印。尾題下有硃筆字:"董誥　比丘文□"。其下有"南海康有爲更生所藏金石書畫"朱文方印、"虞琴經眼"、"无竟觀"白文方印。册末左下尚有一白文方印,印文難以辨認。上夾板題:"南無大乘妙法蓮華經"。

傳世品。參見《大正藏》第九卷第二六二號第37頁上3行至46頁中14行。

上博附08 (38193)　大方廣佛華嚴經卷第十一

卷幅572.5cm×27.8cm,12紙,紙長51cm。金粟山藏經紙,黄褐底,白花。卷心高23cm,天頭2.8cm,地脚2cm。每紙27行,每行17字。朱絲欄。字體楷,墨色濃匀。前後割水爲藍底金粉佛畫。首行題:"大方廣佛華嚴經卷第十一"。下有雙行小字:"章　一十二紙/大和寧國藏"。次行題:"毗盧遮那品第六"。卷尾題:"大方廣佛華嚴經卷第十一"。卷首有"金黼廷瘦仙氏攷藏"朱文長方印,"金氏祕笈"、"瘦仙所藏"、"徐文臺竹隱盦攷藏印"、"紫珊秘玩"朱文方印。尾題下有"金黼廷瘦仙氏攷藏"朱文長方印,"徐文臺竹隱盦攷藏印"朱文方印。重裝包首題簽:"唐人寫經長卷　篴漁珍玩。"下有"滁安"朱文方印。

傳世品。參見《大正藏》第十卷第二七九號第53頁下倒數12行至第57頁下倒11行。又《大正藏》《法寶總目録》第二册《唐本一切經目録》唐實叉難陀譯本《華嚴經》卷10—20爲"章"字號,與此相合。"徐文臺"、"紫珊"即清上海人徐渭仁,卒於1853年。此本楷法端秀精嚴。

上博附09 (41125)　胞胎經一卷

卷幅338cm×29.2cm,7紙,紙長57cm。卷首殘缺,第3紙有空白16行。經裝裱。厚潢麻紙,色黄褐。卷心高23.6cm,天頭3.4cm,地脚2.2cm。每紙29行,每行17字。朱絲欄。字體楷,墨色濃。卷尾題:"胞胎經一卷"。後有題記八行:"大宋皇祐元年,歲次己丑,正月二十三日起首寫造。/都會首顔允成、高惟節、/顧儼、曹惟鏐、孫希遜、錢文禄,/勾當維那僧志宣、監院賜紫元寓,/勸緣住持賜紫淨慧大師嗣彬。/ 蘇州長洲縣尹山鄉弟子何承臻并妻 / 徐氏二娘捨淨財寫此經一函，上答 / 四恩，下資三有，各保身位安康者。”卷前接紙有“煜峰所藏”白文方印。第 3 紙空白處兩側有“煜峰”騎縫白文方印。卷末有“煜峰鑑賞”白文方印，“孫氏弘一齋印”朱文方印。卷後裱紙上有“佛法僧寶”雙勾朱文方印。重裝包首題簽:“宋人寫經卷　煜峰先生命題 / 戊寅冬月 ? 園書。”

傳世品。參見《大正藏》第十一卷第三一七號《佛説胞胎經》，第 888 頁下末行至第 889 頁中末行及 889 頁下 8 行至第 890 頁中末行。

上博附 10 (42206)　1. 大般若波羅蜜多經卷第五　2. 大般若波羅蜜多經第二分佛母品第四十六之二　3. 大般若波羅蜜多經卷第四百三十一　4. 大般若波羅蜜多經第二分示相品第四十七之一

卷幅 621cm×26.5cm，11 紙，紙長 60cm。首缺。厚砑光寫經紙，色褐。卷心高 23.8cm，天頭 1.4cm，地脚 1.3 cm。每紙 30 行，每行 17 字。朱絲欄。字體楷，墨色濃匀。卷尾加黏金粟山藏經紙 5 張，有軸，玉軸頭。卷末有題記四行:“維皇宋熙寧元年，龍集戊申，二月甲辰朔，二十六日己巳起首寫造，周同書。/ 同校勘僧法藴，/ 勾當寫造大藏報願僧惠明，/ 都勸緣住持傳法沙門知禮並校勘。”卷首有“韓印泰華”白文方印，“小亭”、“許氏漢卿珍藏”朱文方印。第 1、2 紙中部有朱文印，字跡不清。卷末有“許福旺號漢卿别字淳齋珍藏”、“小亭祕玩”朱文方印，“玉雨堂印”白文方印。包首題簽:“宋熙寧元年寫經　武林韓氏玉雨堂收藏 / 甲辰夏日秋韶獲觀題檢”。下有朱文方印二方及“淳齋”二字。

傳世品。此卷曾經後人黏合，次序錯雜。玆據《大正藏》分爲四件，依次參見《大正藏》第五卷第二二〇號第 24 頁上 17 行至中 4 行(本書圖版 1)、第 23 頁下 3 行至 24 頁上 3 行(圖版 1 末至 3 中)、第 24 頁中 5 行至下 5 行(圖版 3 中至 4)、第 25 頁上 7 行至下 8 行(圖版 4 末至 7)，以上爲 1. 大般若波羅蜜多經卷第五；第七卷第 229 頁下 11 行至 230 頁上 12 行(圖版 7 末至 9 中)，以上爲 2. 大般若波羅蜜多經第二分佛母品第四十六之二；第七卷第 170 頁上 1 行至中 2 行(圖版 9 中至 10)，以上爲 3. 大般若波羅蜜多經卷第四百三十一；第 230 頁中 13 行至下 13 行(圖版 10 末至 12 中)、第 231 頁上 16 行至中 16 行(圖版 12 中至 13)、第 230 頁下 13 行至 231 頁上 16 行(圖版 13 末至 15 中)、第 231 頁中 16 行至倒數第 2 行(圖版 15 中至 16)，以上爲 4. 大般若波羅蜜多經第二分示相品第四十七之一。

此卷舊藏者韓泰華(小亭、玉雨堂)爲清代藏書家。

上博附 11 (51079)　大方廣佛花嚴經卷第卅二

卷幅 676cm×23.8cm，14 紙，紙長 51.5cm。曾經裝裱，有軸頭，前有褐色接紙 5cm。潢麻寫經紙，色黄，微褐。卷心高 21.7cm，天頭 1.1cm，地脚 1cm。每紙 24 行，每行 17 字。烏絲欄。字體楷，墨色濃匀。卷首題:“大方廣佛花嚴經十迴向品第廿五之十　卅二　新譯”。卷尾題:“大方廣佛花嚴經卷第卅二。”卷首接紙與寫經紙接縫處正、背面，卷尾題下有“法隆寺一切經”墨方印。卷首有“吴湖颿珍藏印”朱文方印，“吴須舍藏”朱文長方印。卷尾有“梅景書屋祕笈”朱文長方印，另有二印被擦去。卷後另紙有吴湖帆跋、雨厂跋。包首題簽:“唐人寫經卷　宋裝本　吴氏四歐堂藏”。

傳世品。參見《大正藏》第十卷第二七九號第 171 頁上首行至第 174 頁中末行。此本原爲長卷，後曾改爲四行一折，復又割裂重裱爲長卷。吴湖帆題跋有云:“此卷吾家舊藏，非敦煌發現本，其先不知所出，書法與經文較敦煌本無大出入，惟紙色則傳世較古耳。”知此卷爲傳世品。又癸亥暮秋(1923 年)雨厂跋，以爲“此卷紙質字體均在唐以前，以時證事，則法隆寺當爲晉義熙間之寺宇”，按此經譯者實叉難陀爲唐武周時人，則此卷决非唐前本。

年　表

郭子建

393 年　後涼麟嘉五年

上博 01 (2405)　佛説維摩詰經卷上

卷末題記:"麟嘉五年六月九日王相高寫竟,疏拙,見者莫笑也。"

545 年　西魏大統十一年

上博 15 (3317)　法華經文外義一卷

卷末題記:"大統十一年,歲次乙丑,九月廿一日,比丘惠襲於法海寺寫訖,流通末代不絶也。"

551 年　西魏大統十七年

上博 16 (3318)　禮无量壽佛求生彼國文

卷末題記:"大統十七年,歲次辛未,五月六日抄訖。"

573 年　北周建德二年

上博 05 (3260)　大般涅槃經卷第九

卷末功德記:"建德二年,歲次癸巳,正月十五日,清信弟子大都督吐知勤明發心,普爲法界衆生,過去七世父母亡靈、眷屬,逮及亡兒、亡女,并及現在妻息、親戚、知識,敬造《大涅槃》《大品》并雜經等,流通供養。願弟子生生世世値佛聞法,恆念菩提,心心不斷;又願一切衆生,同厭四流,早成正覺。"

589 年　隋開皇九年

上博 57 (44962)　持世經卷第三

卷末題記:"大隋開皇九〔年〕四月八日,皇〔后爲法界〕衆生敬造一切經,流通供養。"

623 年　唐武德六年

上博 50 (44955)　佛説救疾經一卷

卷末題記:"武德六年四月廿七日,清信佛弟子索行善敬造。願閻浮提中所有幽厄疾病者,藉此福田悉除差,普及六道蒼生,滅(咸)同斯慶。"

651 年　唐永徽二年

上博 64 (51106)　大般涅槃經後分卷第卌二

卷末題記:"大唐永徽二年,佛弟子華雲昇敬寫。"

659 年　唐顯慶四年

上博 17 (3321)　妙法蓮華經卷第三

卷末題記:"大唐顯慶四年,菩薩戒弟子翟遷謹造。"

666 年　唐乾封元年

上博 66 (51108)　灌頂經卷第八

卷末題記:"大唐乾封元年,弟子許化時沐手敬造。"

675 年　唐上元二年

上博 30 (36642)　妙法蓮華經化城喻品第七

卷末題記:"上元二年十月廿三日,門下省羣書手公孫仁約寫,用麻紙十九張。裝潢經手解集,初校普光寺僧玄遇,再校普光寺僧玄遇,三校普光寺僧玄遇,詳閲太原寺大德神苻,詳閲太原寺大德嘉尚,詳閲太原寺寺主慧立,詳閲太原寺上座道成,判官司農寺上林署令李德,使朝散大夫守尚舍奉御閻玄道監。"

按: 唐高宗、肅宗皆有"上元"年號。此卷所題"上元二年"當是唐高宗年號,説見叙録。

676 年　唐上元三年

上博 53 (44958)　妙法蓮華經卷第二

卷末題記:"上元三年四月十九日祕書省楷書孫爽寫,用紙廿張。裝潢手解集,初校化度寺僧法界,再校化度寺僧法界,三校化度寺僧法界,詳閲太原寺大德神苻,詳閲太原寺大德嘉尚,詳閲太原寺主慧立,詳閲太原寺上座道成,判官司農寺上林署令李德,使朝散大夫守尚舍奉御閻玄道監。"

677年　唐儀鳳二年

上博18(3322)　妙法蓮華經卷第五

卷末題記:"儀鳳二年二月十三日群書手張昌文寫,用紙二十張。"

714年　唐開元二年

上博19(3323)　金剛般若波羅蜜經

卷末題記:"開元二年二月二十三日,弟子索洪乾奉爲聖主、七代父母、見存父母及諸親、法界衆生敬造金剛般若經七卷、多心經七卷。"

721年　唐開元九年

上博03(2416)　大般涅槃經卷第六

卷末題:"比丘道舒受持。"又題:"清信尹嘉禮受持。開九、開十、開十一年各一遍。"

按:"開九、開十、開十一年"即唐開元九年、十年、十一年,説見叙録。

728年　唐開元十六年

上博31(36643)　請紙牒

中云:"……右件紙今要上抄,請處分。開元十六年三月　日健兒杜奉牒。"

747年　唐天寶六載

上博39(37903)　大般涅槃經卷第卌

卷末題記:"大唐天寶六載三月廿二日,優婆夷普賢奉爲二親及己身敬寫涅槃經一部。經生燉煌郡上柱國王崇藝、上柱國張嗣瓌等寫。"

882年　唐中和二年

上博56(44961)　佛説父母恩重經一卷

卷末題記:"于唐中和貳載壬寅,中夏六月上旬四日,清河張奉信因酒泉防戍,與孔奴奴寫恩重經。願先亡㚷妣,得生西方,後需二人,所求稱意,作者遂心,法界含生,各顧少分。故記。"

920年　後梁貞明六年

上博25(25644)　佛説佛名經卷第六

卷末題記:"敬寫大佛名經貳佰捌拾捌卷,伏願城隍安泰,百姓康寧,府主尚書曹公己躬永壽,繼紹長年,合宅枝羅,常然慶吉。于時大梁貞明陸年,歲次庚辰,伍月拾伍日記。"

924年　後唐同光二年

上博48(41379)　28.十二時普勸四衆依教修行

文末題記:"時當同光二載三月廿三日,東方漢國鄜州觀音院僧智嚴,俗姓張氏,往西天求法,行至沙州,依龍光寺憩歇一雨月説法,將此十二時来留教衆,後歸西天去,展轉寫取流傳者也。"

943年　後晉天福八年

上博49(44057)AV　3.天福八年燉煌鄉文書

首云:"天福八年二月廿日燉煌鄉百姓……"

973年　宋開寶六年

上博附06(35817)　妙法蓮華經卷第一卷端佛畫及題記

卷首題記:"信佛弟子杜遇特發志誠,敬寫金銀字妙法蓮華經一十部,奉爲四恩三有,普及一切有情,自他同得福德智惠二種,莊嚴讀誦,見聞俱登佛果。時開寶六年癸酉,六月十二日題。"

973年　宋開寶六年

上博附07(37503)　妙法蓮華經卷第五

册首題記:"信佛弟子杜遇特發志誠,敬寫金銀字妙法蓮華經一十部,奉爲四恩三有,普及一切有情,自他同得福德智惠二種,莊嚴讀誦,見聞俱登佛果。時開寶六年癸酉,六月十二日題。"

994年　宋淳化五年

上博附01(10697)　佛説金剛香菩薩大明成就儀軌經卷上

卷末題記:"應制較會藏經字學賜紫沙門臣雲□證義,講法華經百法論賜紫沙門臣處圓證義,講維摩金剛若般□經明教大師賜紫沙門臣道夫〔證義〕,講法華經百法唯識論正法大師賜紫沙門臣守遵〔證義〕,講維摩上生經百法論宣教大師賜紫沙門臣惠達證義,講八經四論法濟大師賜紫沙門臣從□證義,講維摩上生經因明唯識論證覺大師賜紫沙門臣守貞證義,講圓覺經起信唯識論崇梵大師賜紫沙門臣仁□證義,應制慧通大師賜紫沙門臣智逐綴文,梵學光梵大師賜紫沙門臣惟淨筆授,梵學傳大教通梵大師賜紫沙門臣清沼筆授,左衛副僧録知教門事智照大師賜紫沙門臣惠温證義,西天譯經三藏朝散大夫試鴻臚卿傳教大師臣法天〔證梵〕文,西天譯經三藏朝散大夫試光禄卿明教大師臣法賢證梵文,殿頭高品朝奉郎檢校國子祭酒守內侍省內謁者監兼御史中丞驍騎尉監譯經臣楊继詮,右內率府副率銀青光禄大夫檢校兵部尚書兼御史大夫上柱國監譯經臣張美,翰林學士中大夫中書舍人權主□部流內銓兼□昭文館柱國清河縣開國男食邑三百户賜紫□臣張□潤文。

大宋淳化五年四月　日進。"

1049年　宋皇祐元年

上博附09 (41125)　胞胎經一卷

卷末題記:"大宋皇祐元年,歲次己丑,正月二十三日起首寫造。都會首顔允成、高惟節、顧儼、曹惟鏐、孫希遜、錢文禄,勾當維那僧志宣、監院賜紫元寓,勸緣住持賜紫淨慧大師嗣彬。蘇州長洲縣尹山鄉弟子何承臻并妻徐氏二娘捨淨財寫此經一函,上答四恩,下資三有,各保身位安康者。"

1068年　宋熙寧元年

上博附10 (42206)　大般若波羅蜜多經

卷末題記:"維皇宋熙寧元年,龍集戊申,二月甲辰朔,二十六日己巳起首寫造,周同書。同校勘僧法蘊,勾當寫造大藏報願僧惠明,都勸緣住持傳法沙門知禮并校勘。"

1109年　宋大觀三年

上博附04 (34668)　佛説一切如來真實攝大乘現證三昧大教王經卷第五

卷首題記:"福州等覺禪院住持傳法廣慧大師達杲收印經板頭錢,恭爲今上皇帝祝延聖壽,闔郡官僚同資禄位,彫造大藏經印板五百餘函。時大觀三年八月　日謹題。"

1134年　宋紹興四年

上博附05 (35765)　金剛般若波羅蜜經

卷末殘存題記7行:"當寺賜紫妙濟大師□經一卷所得功德用□先考許七郎□生界然希功德□上答四恩□法界衆生□紹興四年甲□。"

分類目録

府憲展

佛　　教

阿含部

佛説長阿含第四分世記經欝單曰品第二　上博附 02
起世經卷第六　上博 28

本緣部

出曜經卷第十　上博 33

般若部

大般若波羅蜜多經卷第五　上博附 10·1
大般若波羅蜜多經卷第十七　上博 46
大般若波羅蜜多經卷第六十四　上博 78
大般若波羅蜜多經卷第九十四　上博 29
大般若經難信解品第卌四之廿五　上博 48·27
大般若波羅蜜多經卷第三百廿六　上博 47
大般若波羅蜜多經卷第四百卅一　上博 54
大般若波羅蜜多經卷第四百三十一　上博附 10·3
大般若波羅蜜多經第二分佛母品第四十六之二　上博附 10·2
大般若波羅蜜多經第二分示相品第四十七之一　上博附 10·4
大般若波羅蜜多經卷第五百七十四　上博 69
摩訶般若波羅蜜經魔事品第卌五　上博 52
金剛般若波羅蜜經　上博 19
金剛般若波羅蜜經　上博 41
金剛般若波羅蜜經　上博 51
金剛般若波羅蜜經　上博 75
金剛般若波羅蜜經　上博附 05

法華部

妙法蓮華經序品第一　上博 77
妙法蓮華經卷第一　上博 36
妙法蓮華經卷第二　上博 53
妙法蓮華經卷第三　上博 17
妙法蓮華經化城喻品第七　上博 30
妙法蓮華經化城喻品第七　上博 62
妙法蓮華經卷第四　上博 72
妙法蓮華經卷第四　上博 73
妙法蓮華經如來壽量品第十六　上博 79
妙法蓮華經卷第五　上博 18
妙法蓮華經卷第五　上博附 07
妙法蓮華經卷第七　上博 68
妙法蓮華經觀世音菩薩普門品第廿五　上博 48·4

華嚴部

大方廣佛華嚴經卷第十一　上博附 08
大方廣佛華嚴經兜率天宮菩薩雲集偈讚佛品第廿　上博 37
大方廣佛花嚴經卷第卅二　上博附 11

寶積部

胞胎經一卷　上博附 09
佛説觀無量壽佛經　上博 20·2

涅槃部

大般涅槃經卷第六　上博 03
大般涅槃經卷第九　上博 04
大般涅槃經卷第九　上博 05
大般涅槃經菩薩品第十六　上博 61
大般涅槃經卷第二十三　上博 80
大般涅槃經卷第卅　上博 58
大般涅槃經卷第卅　上博 63
大般涅槃經卷第卌　上博 39
大般涅槃經後分卷第卌二　上博 64
大方等无想經大雲卷第三　上博 34

經集部

佛説佛名經　上博 23
佛説佛名經卷第六　上博 25
佛説維摩詰經卷上(支謙譯)　上博 01
維摩詰經卷中(鳩摩羅什譯)　上博 45
維摩詰所説經卷中　上博 71
持世經卷第三　上博 57
佛説首楞嚴三昧經卷下　上博 13
佛説觀佛三昧海經卷第一　上博 14
金光明最勝王經卷第一　上博 20·4
金光明最勝王經大辯才天女品第十五之一　上博 48·10
楞伽經卷第二　上博 59
八大人覺經一卷　上博 48·20

律　部

比丘尼戒經一卷　上博 02

論　部

十地論善慧地第九卷之十一　上博 32
瑜伽師地論卷第二十八　上博 74

密教部

佛説一切如來真實攝大乘現證三昧大教王經卷第五　上博附 04
大佛頂如來密因修證了義諸菩薩萬行首楞嚴經卷第二　上博 35
大佛頂如來密因修證了義諸菩薩萬行首楞嚴經卷第三　上博 67
大佛頂如來密因修證了義諸菩薩萬行首楞嚴經卷第十　上博 70
佛説佛頂尊勝陁羅尼經　上博 48·9
佛説加句靈驗佛頂尊勝陁羅尼神妙章句真言(有目無文)　上博 48·7
尊勝真言啟請　上博 48·6
灌頂經卷第八　上博 66
藥師經心呪　上博 48·11
大乘无量壽經　上博 44
大乘无量壽經　上博 65
大乘無量壽經(藏文)　上博 38
佛説大威德熾盛光如來吉祥陁羅尼經　上博 48·18
佛説八陽經心呪　上博 48·12
佛説普賢菩薩滅罪陁羅尼呪　上博 48·26
佛説金剛香菩薩大明成就儀軌經卷上　上博附 01
佛説除蓋障真言　上博 48·8
大隨求啟請　上博 48·5
佛説北方大聖毗沙門天王經　上博 48·22
毗沙門天王真言　上博 48·24
摩利支天經　上博 48·19
吉祥天女真言　上博 48·25
護身真言　上博 48·23

經疏部

法華經文外義一卷　上博 15
法華經疏卷第二　上博 12
法華玄贊卷第六　上博附 03
大乘稻芉經隨聽疏一卷　上博 43

論疏部

大乘百法明門論開宗義記　上博 55
百法述　上博 60
佛經論釋(般若部,待考)　上博 01V

諸宗部

大小乘廿二問本　上博 42
佛教著作(序文? 待考)　上博 20·3

史傳部

釋迦譜　上博 55B
阿恕伽王經卷第十一　上博 27

念誦部

雙林裏歌　上博 49AV1
禮无量壽佛求生彼國文　上博 16
十二月禮佛名　上博 48·33
每月十齋　上博 48·31
開元皇帝勸十齋讚　上博 48·32
上皇勸善断肉文　上博 48·34
勸善文　上博 48·29
高聲念佛讚　上博 48·1
念佛之時得見佛讚　上博 48·2
校量坐禪念佛讚　上博 48·3
發願文　上博 48·13
八戒文　上博 48·40
沙弥十戒　上博 48·41
受戒文　上博 48·38
受戒懺悔文　上博 49A
沙弥五得十數文　上博 48·39
沙弥六念　上博 48·42

疑似部

妙法蓮華經度量天地品第二十八　上博 48·21
佛説救疾經一卷　上博 50

佛說父母恩重經　上博 48·15
佛說父母恩重經一卷　上博 56
佛說地藏菩薩經　上博 48·16
佛說閻羅王受記令四衆逆修生七齋往生淨土經　上博 48·17
佛母經一卷　上博 48·14

圖像部

妙法蓮華經卷第一卷端佛畫及題記　上博附 06
金剛薩埵菩薩像　上博 48
妙法蓮華經觀世音菩薩普門品卷首佛畫　上博 48·4
佛像　上博 08
佛像　上博 09
佛像　上博 10
佛像　上博 11
佛像　上博 22
釋迦牟尼涅槃圖　上博 76
觀世音菩薩像　上博 06
觀自在菩薩像　上博 07
大聖文殊師利菩薩像及供養文　上博 49B

經 史 子 集

論語鄭玄注　上博 24

文　書

請紙牒　上博 31
索鐵子牒　上博 21A
清泰四年曹元深祭神文　上博 48·37
天福八年敦煌鄉文書　上博 49AV3
渠人轉帖　上博 21B
造莫高窟記　上博 40
書信　上博 20·1
書信　上博 24V
書信　上博 26

俗 文 學

雜言詩(石女無夫主)　上博 48·30
九想觀一卷　上博 48·35
十二時普勸四衆依教修行　上博 48·28
白侍郎十二時行孝文　上博 48·36
佛說閻羅王阿孃住　上博 48·43

雜　寫

雜寫　上博 12V
雜寫　上博 34V
雜寫　上博 45V1
雜寫　上博 49AV2
雜寫　上博 63V1
雜寫　上博 63V2
雜寫　上博 64V
雜寫　上博 68V
雜寫(藏文)　上博 09V

索　引

郭 子 建

1. 本索引收録《上海博物館藏敦煌吐魯番文獻》一書中之文獻標題名，以及原有題記、印章中所見人名、寺名。後人題跋及印章中的人名等不入索引。
2. 文獻標題名如有簡稱或異名，以全稱或通用名爲主目，簡稱或異名括注於後。例如：

   維摩詰所説經(維摩詰經)

   佛教文獻標題名如與學界通用之《大正藏》、《續藏經》所載者不一致，爲便於檢索，將《大正藏》、《續藏經》所載之標題名括注於後，并在其下加一横線。例如：

   大小乘廿二問本(大乘二十二問本)

   法花玄贊(法花經疏、法華經玄贊)
3. 主目後括注之簡稱或異名，另立參見目。例如：

   維摩詰經　見維摩詰所説經

   大乘二十二問本　見大小乘廿二問本

   法花經疏　見法花玄贊

   法華經玄贊　見法花玄贊
4. 被索名後列出所見文獻編號，可用於檢索目録、正文黑白圖版、彩色圖版、叙録等。例如：

   王相高　　上博 01

   建文寺　　上博 02

   被索者倘係佛教文獻標題名，在標題名下縮一格依次列品名、卷數及文獻編號。例如：

   妙法蓮華經

   　序品第一　　上博 77

   　化城喻品第七　　上博 30

   　　上博 62

   　如來壽量品第十六　　上博 79

   　……

   　卷第二　　上博 53

   　卷第三　　上博 17

   　卷第四　　上博 72

   　　上博 73

   　……
5. 本索引按四角號碼檢字法編排。被索名按首字的四角號碼排列。首字相同按次字的四角號碼排列，並在被索名前出第一、二角號碼。次字相同按第三字的四角號碼排列。餘者依此類推。
6. 爲便利讀者用不同方法檢索，另附被索名首字的筆畫四角號碼對照表。

筆畫四角號碼對照表

本表將被索名之首字依筆畫及起筆一、丨、丿、丶、乛排列，字後注出四角號碼。

二　畫

十 4000$_0$
八 8000$_0$
九 4001$_7$

三　畫

三 1010$_1$
上 2110$_0$
大 4003$_0$

四　畫

王 1010$_4$
天 1043$_0$
元 1021$_1$
支 4040$_7$
比 2171$_0$
仁 2121$_0$
介 8022$_0$
公 8073$_2$
尹 1750$_7$
孔 1241$_0$

五　畫

正 1010$_1$
白 2600$_0$
令 8030$_7$
玄 0073$_2$
出 2277$_2$

六　畫

吉 4060$_1$
百 1060$_0$
吐 6401$_0$
任 2221$_4$
守 3034$_2$

七　畫

志 4033$_1$
李 4040$_7$
杜 4491$_0$
何 2122$_0$
每 8050$_7$
佛 2522$_7$
沙 3912$_0$
沖 3510$_6$
妙 4942$_0$

八　畫

帕 4620$_0$
知 8640$_0$
受 2040$_7$
金 8010$_9$
念 8033$_2$
周 7722$_0$
法 3413$_1$
阿 7122$_0$

九　畫

持 5404$_1$
毗 6101$_0$
胞 7721$_2$
建 1540$_0$

十　畫

起 4780$_1$
埃 4313$_4$
索 4090$_3$
校 4094$_8$
造 3430$_6$
徐 2829$_4$
神 3520$_6$
高 0022$_7$
朗 3772$_0$
書 5060$_1$
孫 1249$_3$

十一畫

乾 4841$_7$
梵 4421$_7$
處 2124$_1$
曹 5560$_6$
從 2828$_1$
惟 9001$_4$
許 0864$_0$
清 3512$_7$
張 1123$_2$

十二畫

華 4450$_4$
達 3430$_4$
報 4744$_7$
惠 5033$_3$
雲 1073$_1$
開 7744$_1$
智 8660$_0$
等 8834$_1$
普 8060$_1$
尊 8034$_6$
道 3830$_6$
渠 3190$_4$
發 1224$_7$

十三畫

瑜 1812$_1$
楊 4692$_7$
楞 4692$_7$
嗣 6722$_0$
解 2725$_2$

十四畫

嘉 4046$_5$
僧 2826$_6$
鄜 0722$_7$
翟 1721$_4$
維 2091$_4$

十五畫

慧 5533$_7$
請 0562$_7$
論 0862$_7$
摩 0025$_2$

十六畫

閻 7777$_7$
錢 8315$_3$
龍 0121$_1$

十八畫

雙 2040$_7$
禮 3521$_8$
雜 0091$_4$
顏 0128$_6$

十九畫

藥 4490$_4$
懷 9003$_2$

二十畫

勸 4422$_7$
釋 2694$_1$

二十一畫

護 0464$_7$
灌 3411$_4$
顧 3128$_6$

二十五畫

觀 4621$_0$

敦煌吐魯番文獻集成

The Corpus of

Dunhuang-Turfan Manuscripts

敦煌莫高窟三危山沙丘

敦煌莫高窟全景

上海古籍出版社
上海博物館 編

上海博物館藏敦煌吐魯番文獻

②

48—80
附01—11

上海古籍出版社
一九九三年·上海

Dunhuang-Turfan Manuscripts Collected in Shanghai Museum

②

48—80

Add. 01 – 11

Shanghai Chinese Classics Publishing House
Shanghai Museum

Shanghai Chinese Classics Publishing House
Shanghai, 1993

敦煌吐魯番文獻集成

總策畫 魏同賢

顧問 季羨林
潘重規
饒宗頤

滬新登字109號

上海博物館藏敦煌吐魯番文獻

編　　者　上海古籍出版社　上海博物館
執行編輯　李偉國
攝　　影　嚴克勤
責任編輯　郭子建
裝幀設計　嚴克勤

上海博物館藏敦煌吐魯番文獻 ②
編者　上海古籍出版社　上海博物館
出版　上海古籍出版社
上海瑞金二路二七二號　郵政編碼二〇〇〇二〇
印製　上海古籍印刷廠

開本787×1092mm 1/8　印張四三·二五　插頁四〇
一九九三年十月第一版　一九九三年十月第一次印刷
ISBN 7-5325-1675-X　Z·250

The Corpus of Dunhuang-Turfan Manuscripts

PLANNER-IN-CHIEF

Wei Tongxian

CONSULTANTS

Ji Xianlin

Pan Chonggui

Rao Zongyi

Dunhuang-Turfan Manuscripts Collected in Shanghai Museum

PARTICIPATING INSTITUTIONS

Shanghai Chinese Classics Publishing House
Shanghai Museum

EXECUTIVE EDITOR

Li Weiguo

PHOTOGRAPHER

Yan Keqin

EDITOR-IN-CHARGE

Guo Zijian

COVER DESIGN

Yan Keqin

Dunhuang-Turfan Manuscripts Collected in Shanghai Museum Volume 2

PARTICIPATING INSTITUTIONS

Shanghai Chinese Classics Publishing House
Shanghai Museum

PUBLISHER

Shanghai Chinese Classics Publishing House
(272 Ruijin Erlu, Shanghai 200020, China)

PRINTER

Shanghai Chinese Classics Printing Factory

Octavo 787×1092 mm 43.25 Printed sheets 40 Insets
First Edition October 1993 First printing October 1993
ISBN 7-5325-1675-X Z·250

上海博物館藏敦煌吐魯番文獻第二册目録（上博48—80上博附01—11）

上博48（41379）

上博 48 (41379)

附録

彩色圖版目録

一　上博48(41379)　叢抄册

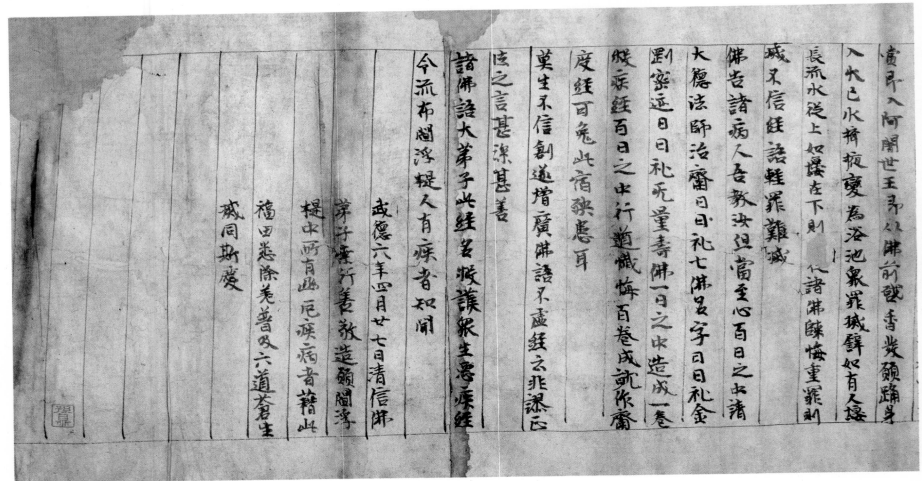

實𢌞入阿闍世王身以佛前燒香發願踊身
入火已水擠掩覆為浴池衆罪滅辟如有人遠
長流水從上如瀑左下則[illegible]諸佛餘悔重罪副
滅不信經語罪難滅
佛告諸病人吾教汝但當至心百日之中請
大德法師治齋日日礼七佛名字日日礼金
剛密迹日日礼无量壽佛一日之中造成一卷
救疾經百日之中行道懺悔百卷成就作齋
度經可免此宿殃患耳
莫生不信創遂增廣佛語不虛經言非謬正
信之言甚深甚善
諸佛語大弟子此經若救護衆生患疾經
今流布閻浮提人有疾者知聞
武德六年四月廿七日清信佛
弟子懷行善敬造願閻浮
提中所有此厄疾病者藉此
福田悉除差普及六道蒼生
咸同斯慶

二　上博50(44955)　佛說救疾經一卷　(卷尾)

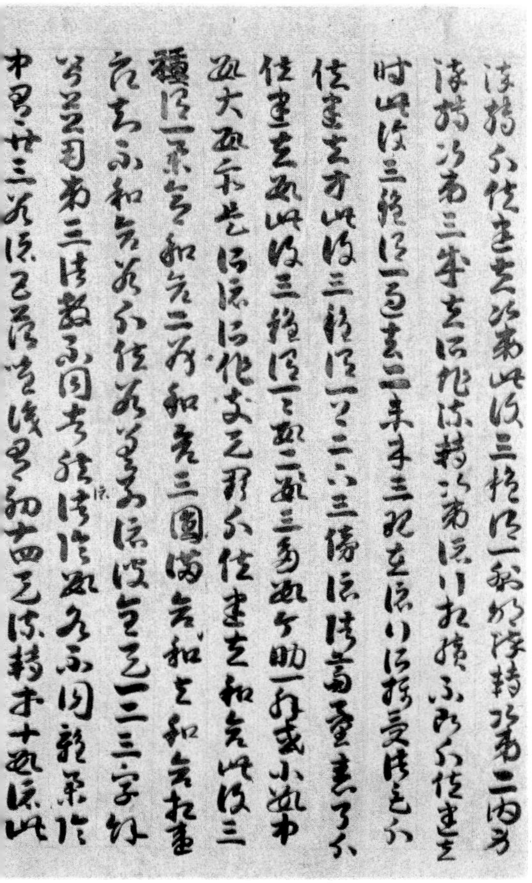

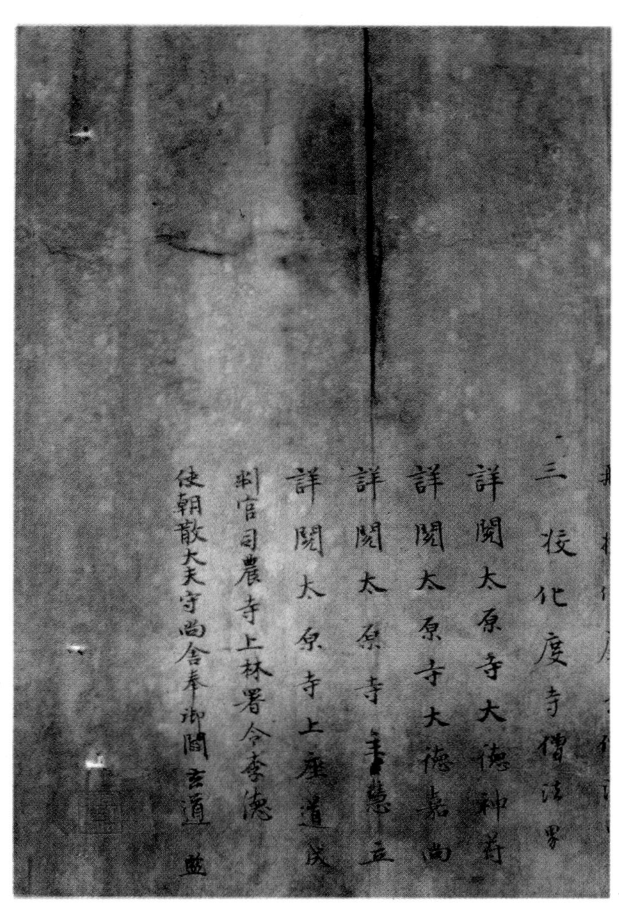

三校化度寺僧法界
詳閱太原寺大德神符
詳閱太原寺大德嘉尚
詳閱太原寺寺主慧立
詳閱太原寺上座道成
判官司農寺上林署令李德
使朝散大夫守尚舍奉御閻玄道 監

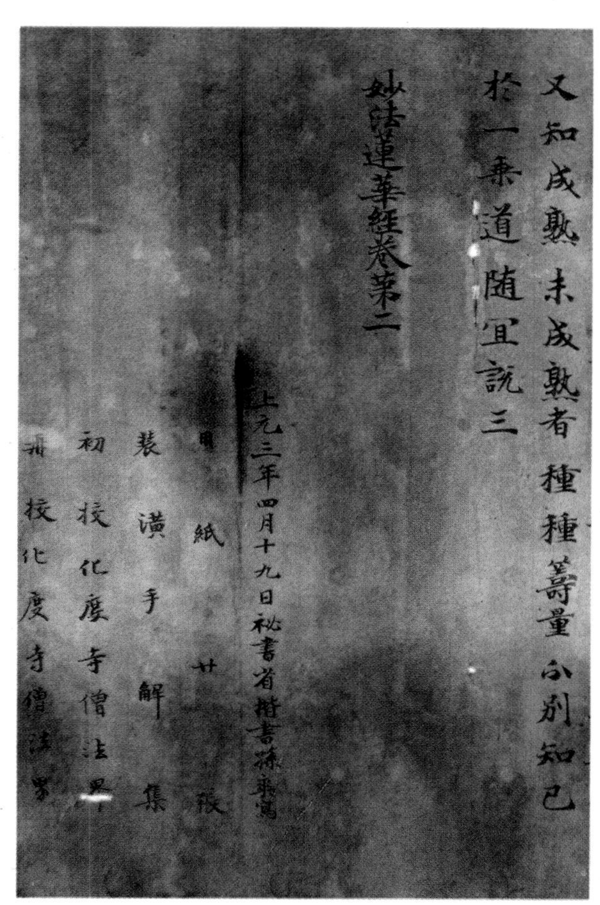

又知成熟未成熟者 種種善量分別知已
於一乘道 隨宜說三

妙法蓮華經卷第二

上元三年四月十九日秘書省楷書孫玄爽寫
用紙廿張
裝潢手解集
初校化度寺僧法界
再校化度寺僧法界

三　上博53(44958)　妙法蓮華經卷第二　(卷尾)

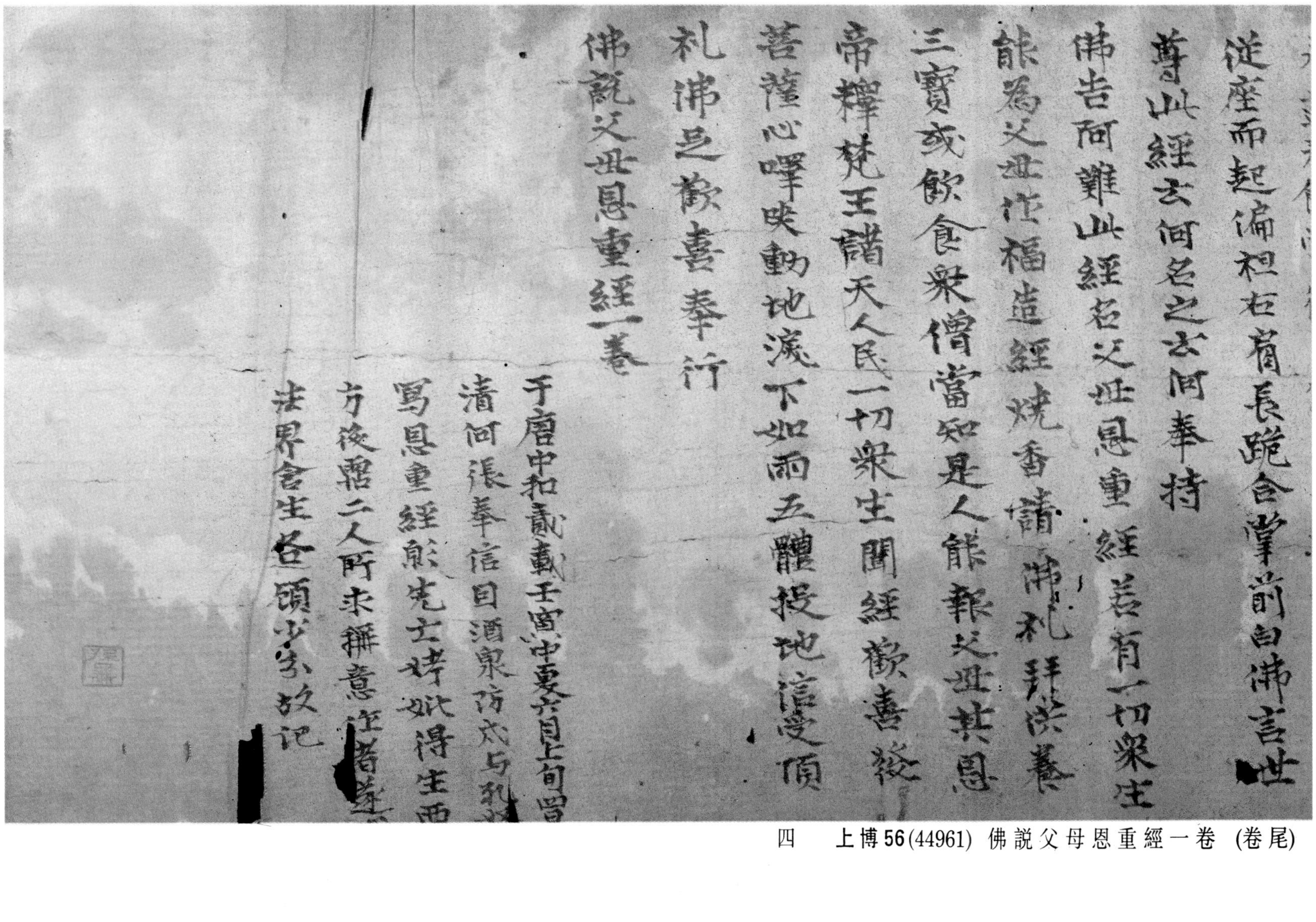

從座而起偏袒右肩長跪合掌前白佛言世
尊此經云何名之云何奉持
佛告阿難此經名父母恩重經若有一切眾生
能為父母作福造經燒香請佛礼拜供養
三寶或飲食眾僧當知是人能報父母其恩
帝釋梵王諸天人民一切眾生聞經歡喜發
菩薩心嗥哭動地淚下如雨五體投地信受頂
礼佛足歡喜奉行
佛說父母恩重經一卷

于唐中和貳載壬寅中夏六月上旬冒
清河張奉信因酒泉防戍与我
寫恩重經施先亡姊妣得生西
方後照二人所求稱意往者
法界含生咸頌[illegible]故記

四　上博56(44961)　佛說父母恩重經一卷　(卷尾)

五　上博60(50677)　百法述　(局部)

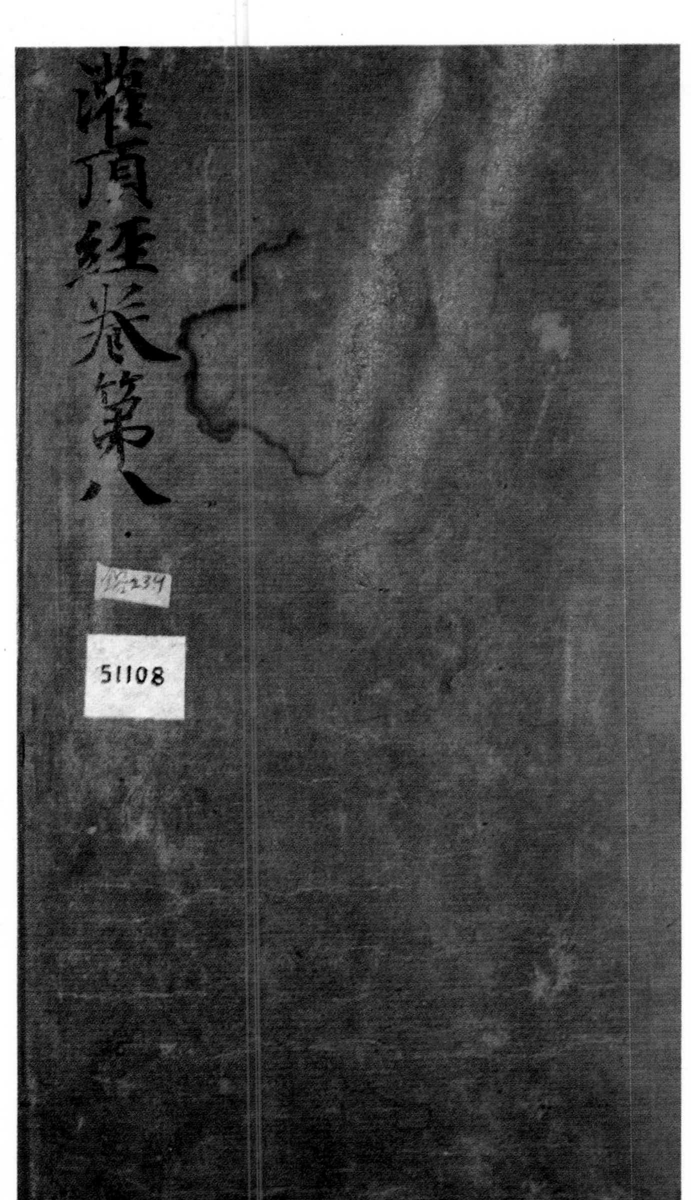

七　上博66(51108)　灌頂經卷第八　(包首)

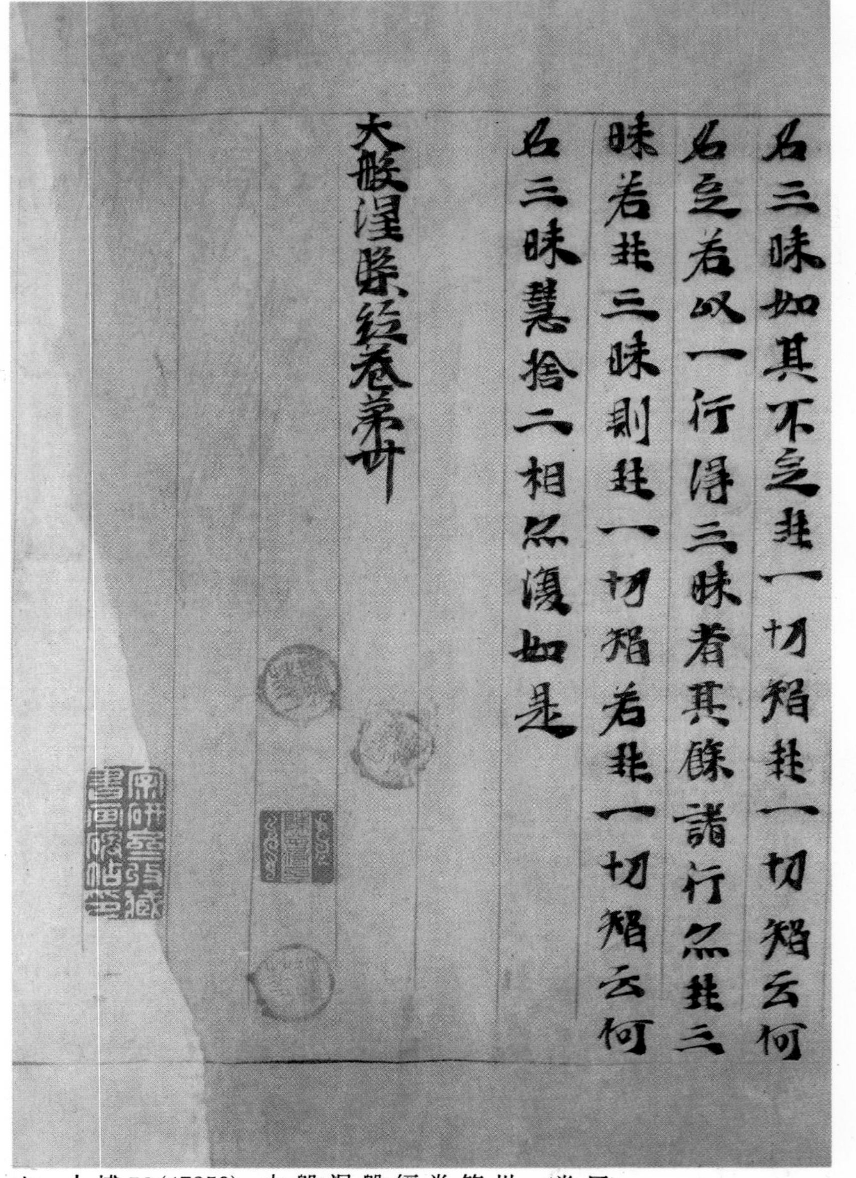
名三昧如其不空非一切相非一切相云何
名空若以一行得三昧者其餘諸行名非三
昧若非三昧則非一切相若非一切相云何
名三昧慧捨二相名護如是

大般涅槃經卷第卅

六　上博58(47259)　大般涅槃經卷第卅　(卷尾)

八　上博75(54863)　金剛般若波羅蜜經　(卷首)　(卷尾)

而體式不殊，蓋彼時寫手使之然也。至唐鍾紹京有名一時，其佳書～無上者，此卷字畫而精能，觀其下筆及迴轉章帶，皆有法度。子杰留心字學，其寶玩之。

甲申端陽前二日於重慶

嘉陵江畔 石田小草平題

眾生 又見彼土 現在諸佛 及聞諸佛 所說經法 并見彼諸 比丘比丘尼 優婆塞優婆夷 諸

九　上博77(69592)　妙法蓮華經序品第一　(題跋)

若人有福 曾供養佛 志求勝法 為說緣覺
若有佛子 修種種行 求無上慧 為說淨道
文殊師利 我住於此 見聞若斯 及千億事
如是眾多 今當略說 我見彼土 恒沙菩薩
種種因緣 而求佛道 或有行施 金銀珊瑚
真珠摩尼 車磲馬瑙 金剛諸珍 奴婢車乘
寶飾輦輿 歡喜布施 迴向佛道 願得是乘
三界第一 諸佛所歎 或有菩薩 駟馬寶車
欄楯華蓋 軒飾布施 復見菩薩 身肉手足
及妻子施 求無上道 又見菩薩 頭目身體
欣樂施與 求佛智慧 文殊師利 我見諸王
往詣佛所 問無上道 便捨樂土 宮殿臣妾
剃除鬚髮 而被法服 或見菩薩 而作比丘
獨處閑靜 樂誦經典 又見菩薩 勇猛精進
入於深山 思惟佛道 又見離欲 常處空閑
深修禪定 得五神通 又見菩薩 安禪合掌
以千萬偈 讚諸法王 復見菩薩 智深志固
能問諸佛 聞悉受持 又見佛子 定慧具足
以無量喻 為眾講法 欣樂說法 化諸菩薩
破魔兵眾 而擊法鼓 又見菩薩 寂然宴默
天龍恭敬 不以為喜 又見菩薩 處林放光
濟地獄苦 令入佛道 又見佛子 未嘗睡眠
經行林中 勤求佛道 又見具戒 威儀無缺
淨如寶珠 以求佛道 又見佛子 住忍辱力
增上慢人 惡罵捶打 皆悉能忍 以求佛道
又見菩薩 離諸戲笑 及癡眷屬 親近智者
一心除亂 攝念山林 億千萬歲 以求佛道
或見菩薩 餚饍飲食 百種湯藥 施佛及僧
名衣上服 價直千萬 或無價衣 施佛及僧
千萬億種 栴檀寶舍 眾妙臥具 施佛及僧
清淨園林 華果茂盛 流泉浴池 施佛及僧
如是等施 種種微妙 歡喜無厭 求無上道
或有菩薩 說寂滅法 種種教詔 無數眾生
或見菩薩 觀諸法性 無有二相 猶如虛空

上博77(69592)　妙法蓮華經序品第一　(局部)

上博77(69592)　妙法蓮華經序品第一　(題跋)

大宗新譯三藏聖教序

御製　給

大矣哉我佛之教也化導群迷闡揚宗性廣
博宏辯英彥莫能究其旨精微妙說庸愚豈
可度其源義理幽玄真空莫測包括萬象譬
喻無垠綜法網之紀綱演無際之正教拔四生
於苦海譯三藏之秘言天地變化乎陰陽日
月盈虧乎寒暑大則說諸善惡細則比於恒
沙含識萬端井可盡述若窺像法如影隨形
離六情以長存歷千劫而可久須彌納藏於
芥子如來坦蕩於無邊達磨西來法傳東土
宣揚妙理順從指歸彼岸菩提受可生賊用
行於五濁惡趣極溺於三業途中經垂世以
難窮道無私而求泰雪山貝葉銀臺耀日
歲月煙蘿起香象之向遠巍巍罕測杳杳難
名所以道貫十聖德被三賢玄道起於乾元
衆妙生乎太易俯繁形類竅鑿昏明彼是
非開茲蒙昧有西域法師天息災等常持
四忍早悟三乘翻貝葉之真詮續人天之
聖教芳猷重啓運偶昌時潤五聲於文章暢
四始於風律堂堂容止穆穆輝華曠劫而皆
熟重明玄門昭顯軌範而於充妙法淨業騰
音利益有情俱登覺岸無成障礙校諸疏藏

一〇　上博附01(10697)　佛説金剛香菩薩大明成就儀軌經卷上(卷首聖教序)

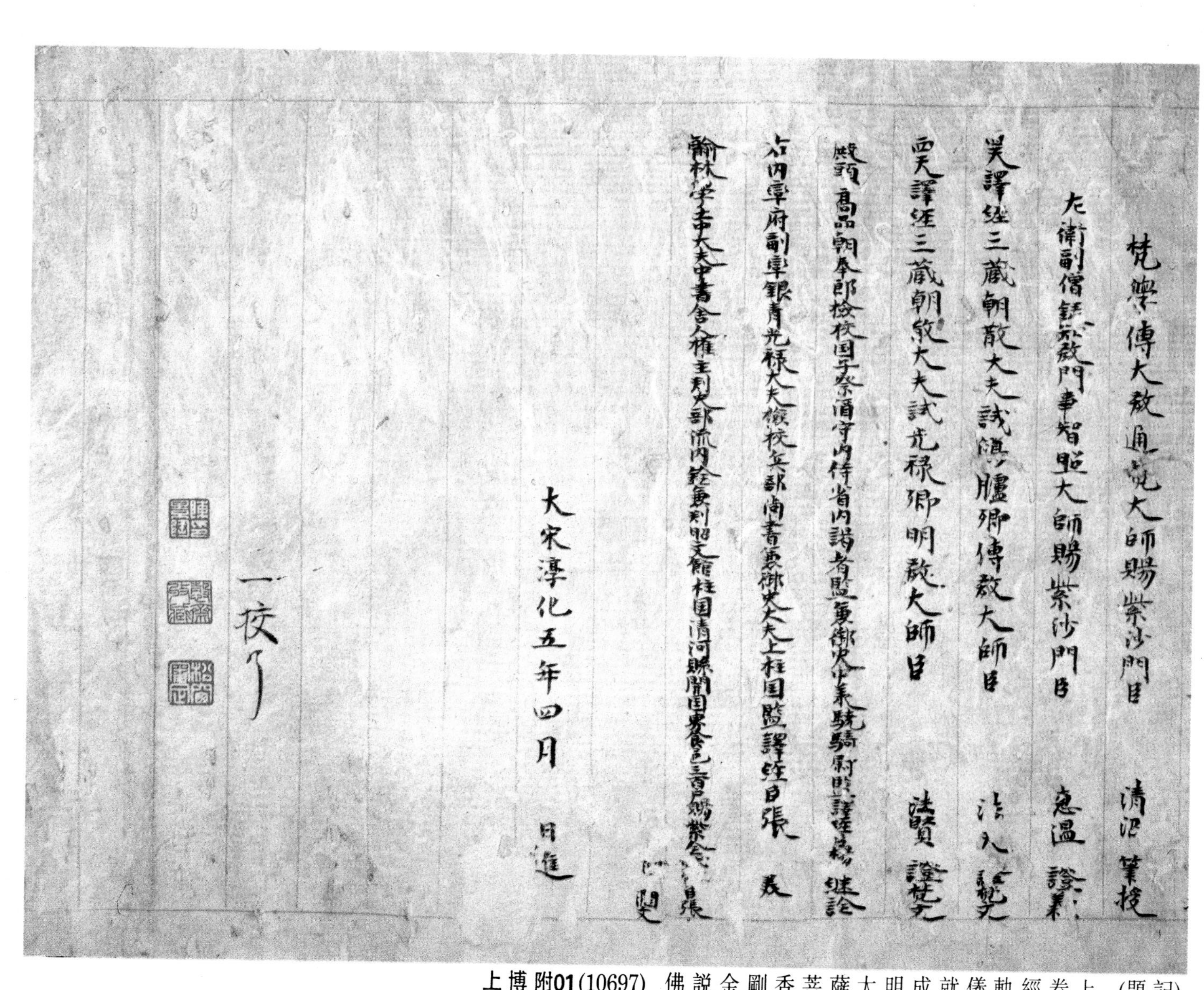

梵學傳大教通慧大師賜紫沙門臣　清沼　筆授
左街副僧錄宣梵教門事智照大師賜紫沙門臣　惠溫　證義
譯經三藏朝散大夫試鴻臚卿傳教大師臣　法天　證梵文
西天譯經三藏朝散大夫試光祿卿明教大師臣　法賢　證梵文
殿頭高品朝奉郎檢校國子祭酒守內侍省內謁者監兼御史中丞騎都尉臣監譯經使　繼詮
右內率府副率銀青光祿大夫檢校兵部尚書兼御史大夫上柱國監譯經臣張　美
翰林學士中大夫中書舍人權主判史館事修國史上柱國清河縣開國男食邑三百戶賜紫金魚袋臣張　洎

大宋淳化五年四月　日進

一校了

上博附01(10697)　佛説金剛香菩薩大明成就儀軌經卷上　(題記)

信佛弟子杜遇特發志誠敬寫金銀字妙法蓮華經一十部
奉為四恩三有普及一切有情自他同得福德智慧二種莊
嚴讀誦見聞俱登　佛果時開寶六年癸酉六月十二日題

一一　上博 附07(37503)　妙法蓮華經卷第五　(冊首佛畫)

妙法蓮華經卷第五

姚秦三藏法師鳩摩羅什奉　詔譯

安樂行品第十四

尒時文殊師利法王子菩薩摩訶薩白佛言
世尊是諸菩薩甚為難有敬順佛故發大誓
願於後惡世護持讀說是法華經世尊菩薩
摩訶薩於後惡世云何能說是經佛告文殊
師利若菩薩摩訶薩於後惡世欲說是經當
安住四法一者安住菩薩行處親近處能為
衆生演說是經文殊師利云何名菩薩摩訶
薩行處若菩薩摩訶薩住忍辱地柔和善順
而不卒暴心亦不驚又復於法無所行而觀
諸法如實相亦不行不分別是名菩薩摩訶
薩行處云何名菩薩摩訶薩親近處菩薩摩
訶薩不親近國王王子大臣官長不親近諸
外道梵志尼揵子等及造世俗文筆讚詠外
書及路伽耶陁逆路伽耶陁者亦不親近諸
有兇戲相扠相撲及那羅等種種變現之戲

上博 附07(37503)　妙法蓮華經卷第五　(冊首)

福州等覺禪院住持傳法廣慧大師達杲收印經板頭錢恭為
今上皇帝祝延 聖壽闔郡官僚同資祿位彫造
大藏經印板五百餘函 時大觀三年八月 日謹題
佛說一切如來真實攝大乘現證三昧大教
王經卷第五 匡
西天譯經三藏朝奉大夫試光祿卿傳法大師賜紫沙門臣施護奉 詔譯
金剛界大曼拏羅廣大儀軌分第一之五
尒時具德持金剛者聞諸如來勸請語已即
入一切如來三昧出生金剛加持三摩地說
此金剛界大曼拏羅頌曰
復次我今當演說 最上廣大曼拏羅
具相循如金剛界 是故名為金剛界
如教次第應安立 曼拏羅中諸相分
先以大薩埵大印 普徧加持作觀想
於前印處即當起 如理觀視於諸方
以高舉相次第行 金剛薩埵應念誦
應取新線堅妙合 稱其分量而善用
行人持線以秤量 隨力應作曼拏羅

高山寺

一二 上博附04 (34668) 佛說一切如來真實攝大乘現證三昧大教王經卷第五 (卷首)

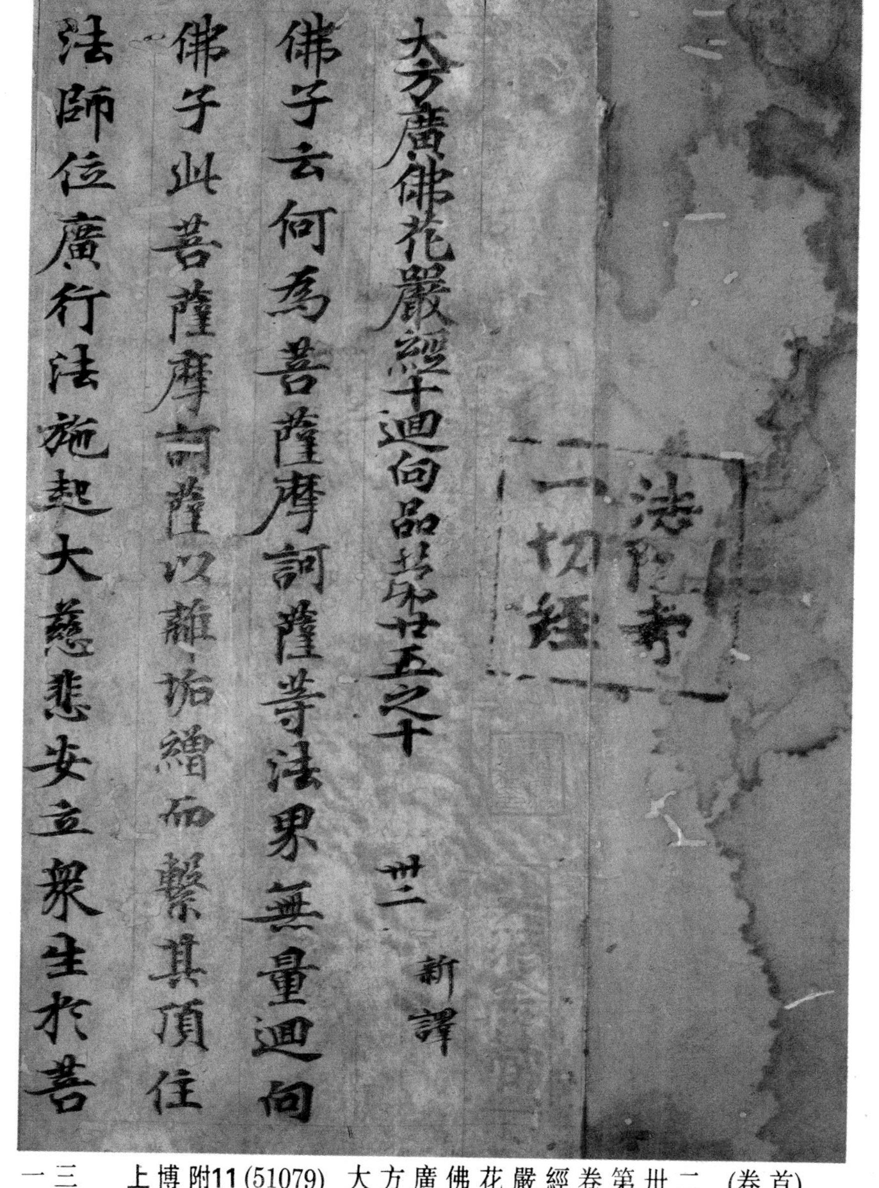
大方廣佛花嚴經十迴向品第廿五之十 卌二 新譯
佛子云何為菩薩摩訶薩等法界無量迴向
佛子此菩薩摩訶薩以離垢繒而繫其頂住
法師位廣行法施起大慈悲安立眾生於菩

法隆寺
一切經

一三 上博附11 (51079) 大方廣佛花嚴經卷第卌二 (卷首)

入一切三世入一切眾生業報智入一切菩
薩善巧方便智入一切菩薩出生智入一切
菩薩清淨境界智入一切佛自在神通入一
切無邊法界於此安住修菩薩行
大方廣佛花嚴經卷第卌二

法隆寺
一切經

上博附11 (51079) 大方廣佛花嚴經卷第卌二 (卷尾)

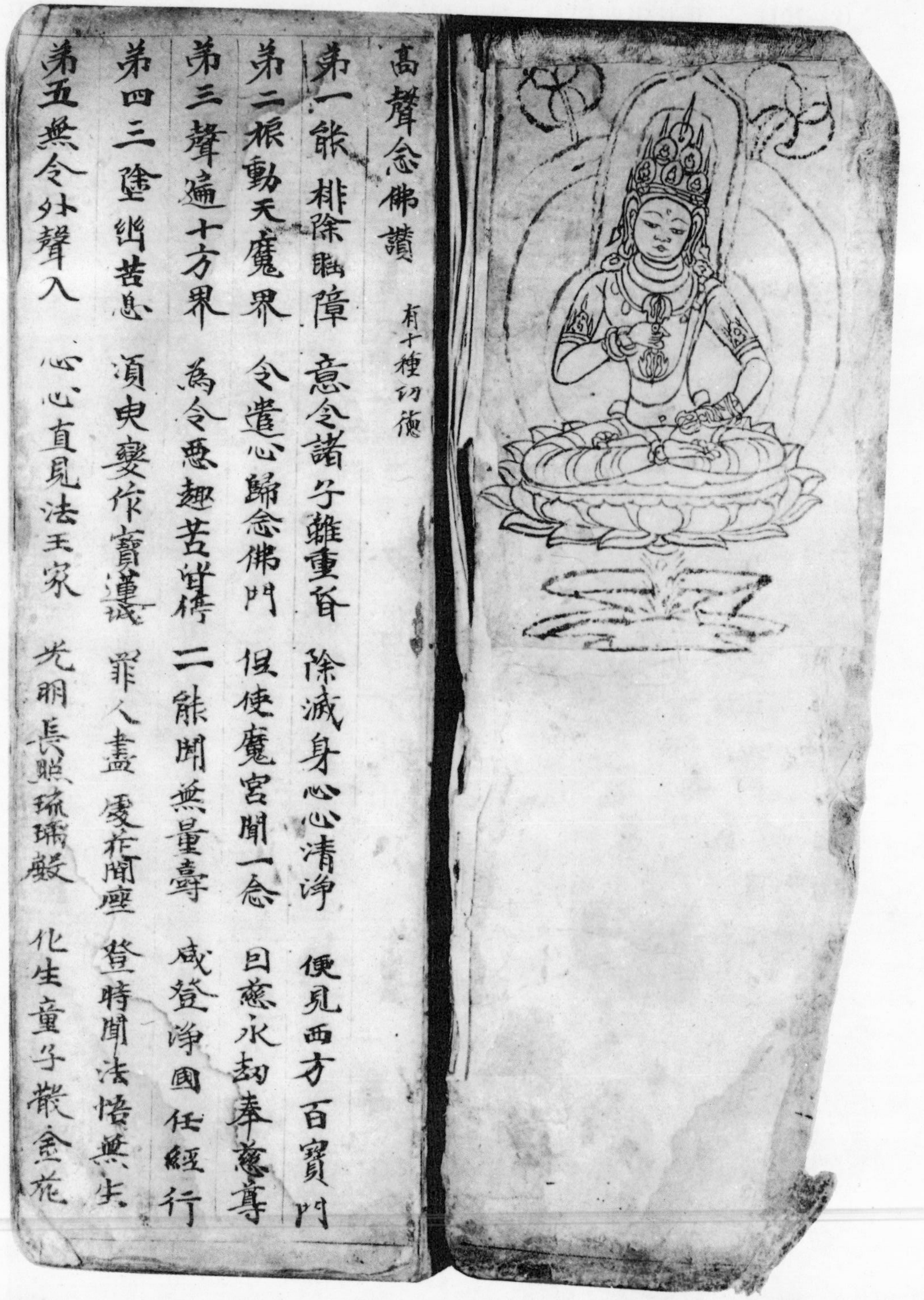

上博 48 (41379)　1. 高聲念佛讚　(101－1)

上博 48 (41379)　（封皮）

弟六妄念心無穀　彌陀淨剎想中成　寶樹林間宣妙法　聲聲唯諸大乘經
弟七勇猛勤精進　無明塵垢自消除　念念常觀極樂國　彌陀慈主贈明珠
弟八諸佛皆歡喜　常來護念信心人　一一感令不退轉　臨終證得紫金身
弟九能入深三昧　寂滅無為無漏禪　念時無念見諸佛　永超生死離人天
弟十由具諸功德　恒沙福智果圓明　臨終淨國蓮花座　彌陀聖衆自親迎
念佛之時得見佛讚
念佛一聲一花佛　皆從口出坐佼蓮　念佛千聲千化佛　跏趺正坐在吾前
一日常稱一万佛　計佛高伍出梵天　願我臨終值諸佛　迎將淨土證三賢
校量坐禪念佛讚
如來說法元無二　只為衆生心不平　終禪志願禪心淨　念佛唯求化佛迎
一箇駕車山上走　一箇乘船水上行　山水高低雖有異　成功得利兩俱平
念佛讚竟一本

上博 48 (41379)　1. 高聲念佛讚　2. 念佛之時得見佛讚
3. 校量坐禪念佛讚　(101－2)

妙法蓮花經觀世音菩薩普門品第廿五
尒時無盡意菩薩即從座起偏袒右肩
合掌向佛而作是言世尊觀世音菩薩以
何因緣名觀世音佛告無盡意菩薩善
男子若有無量百千萬億衆生受諸苦
惱聞是觀世音菩薩一心稱名觀世音
菩薩即時觀其音聲皆得解脫
若有持是觀世音菩薩名者設入大火
火不能燒由是菩薩威神力故若為大
水所漂稱其名号即得淺處若有無
量百千萬億衆生為求金銀琉璃硨磲

上博 48 (41379)　4. 妙法蓮華經觀世音菩薩普門品第廿五　(101－3)

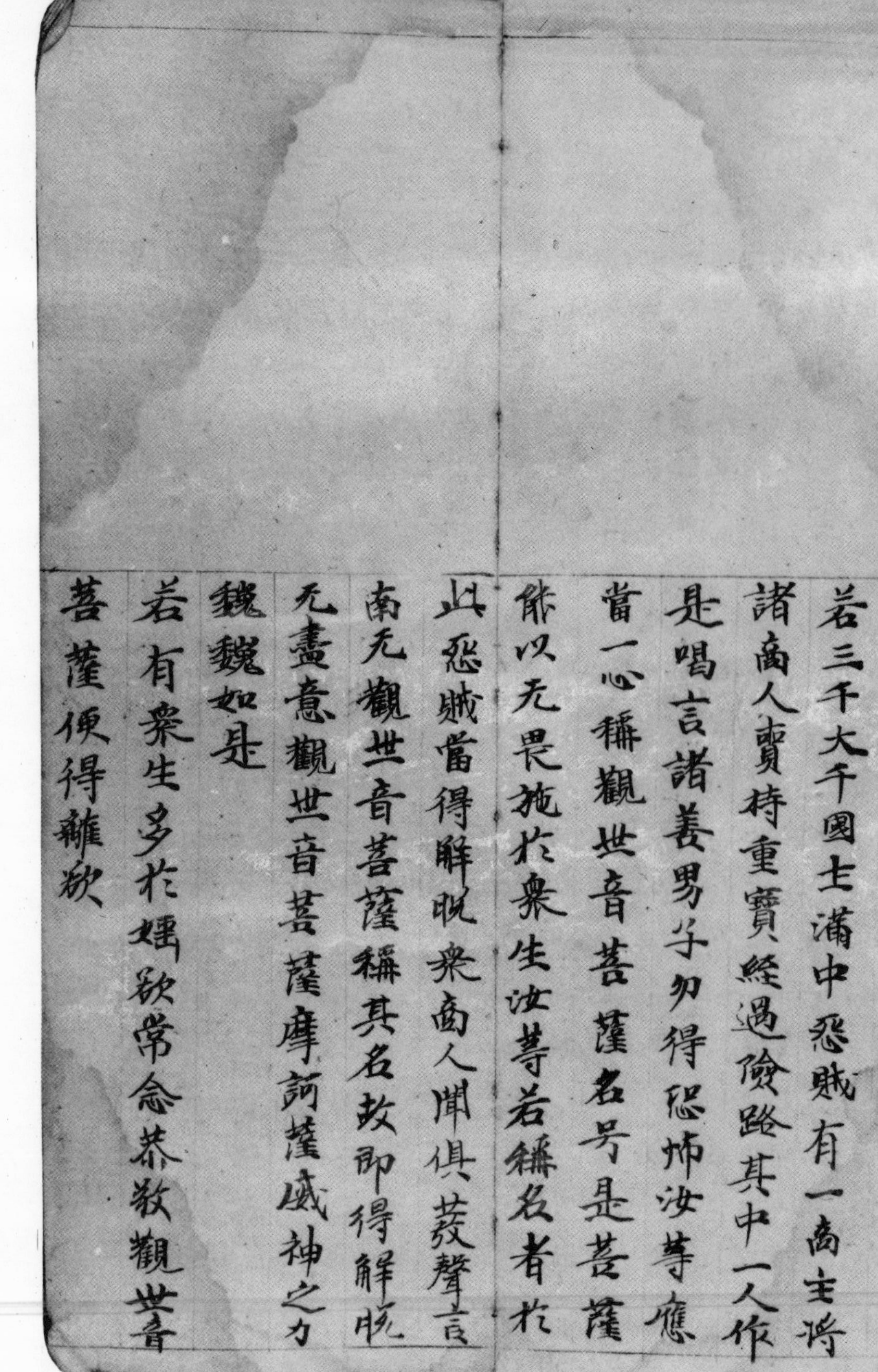
即得解脱
若三千大千國土滿中怨賊有一商主將
諸商人賫持重寶經過險路其中一人作
是唱言諸善男子勿得恐怖汝等應
當一心稱觀世音菩薩名号是菩薩
能以无畏施於衆生汝等若稱名者於
此怨賊當得解脱衆商人聞俱發聲言
南无觀世音菩薩稱其名故即得解脱
无盡意觀世音菩薩摩訶薩威神之力
巍巍如是
若有衆生多於婬欲常念恭敬觀世音
菩薩便得離欲

上博 48 (41379) 4. 妙法蓮華經觀世音菩薩普門品第廿五 (101－5)

瑪瑙珊瑚虎珀真珠等寶入於大海假使
黑風吹其舩舫漂墮羅刹鬼國其中若
有乃至一人稱觀世音菩薩名者是諸
人等皆得解脱羅刹之難以是因緣
名觀世音
若復有人臨當被害稱觀世音菩薩
名者彼所執刀杖尋段段壞而得解脱
若三千大千國土滿中夜叉羅刹欲來惱
人聞其稱觀世音菩薩名者是諸惡
鬼尚不能以惡眼視之况復加害設復有
人若有罪若无罪杻械枷鎖檢繫其
身稱觀世音菩薩名者皆悉斷壞

上博 48 (41379) 4. 妙法蓮華經觀世音菩薩普門品第廿五 (101－4)

若多嗔恚常念恭敬觀世音菩薩便
得離嗔
若多愚癡常念恭敬觀世音菩薩便
得離癡无盡意觀世音菩薩有如是
等大威神力多所饒益是故衆生常
應心念
若有女人設欲求男礼拜供養觀世
音菩薩便生福德智慧之男設欲求女
便生端正有相之女宿殖德本衆人愛
敬
无盡意觀世音菩薩有如是力若有衆
生恭敬礼拜觀世音菩薩福不唐捐

上博 48 (41379) 4. 妙法蓮華經觀世音菩薩普門品第廿五 (101－6)

是故衆生皆應受持觀世音菩薩名号
无盡意若有人受持六十二億恒河沙菩薩
名字復盡形供養飲食衣服卧具醫藥
於汝意云何是善男子善女人功德多不
无盡意言甚多世尊
若復有人受持觀世音菩薩名号乃至
一時礼拜供養是二人福正等无異於
百千萬億劫不可窮盡无盡意
受持觀世音菩薩名号得如是无
量无邊福德之利
无盡意菩薩白佛言世尊觀世音
菩薩云何遊此娑婆世界云何而為

上博 48 (41379) 4. 妙法蓮華經觀世音菩薩普門品第廿五 (101－7)

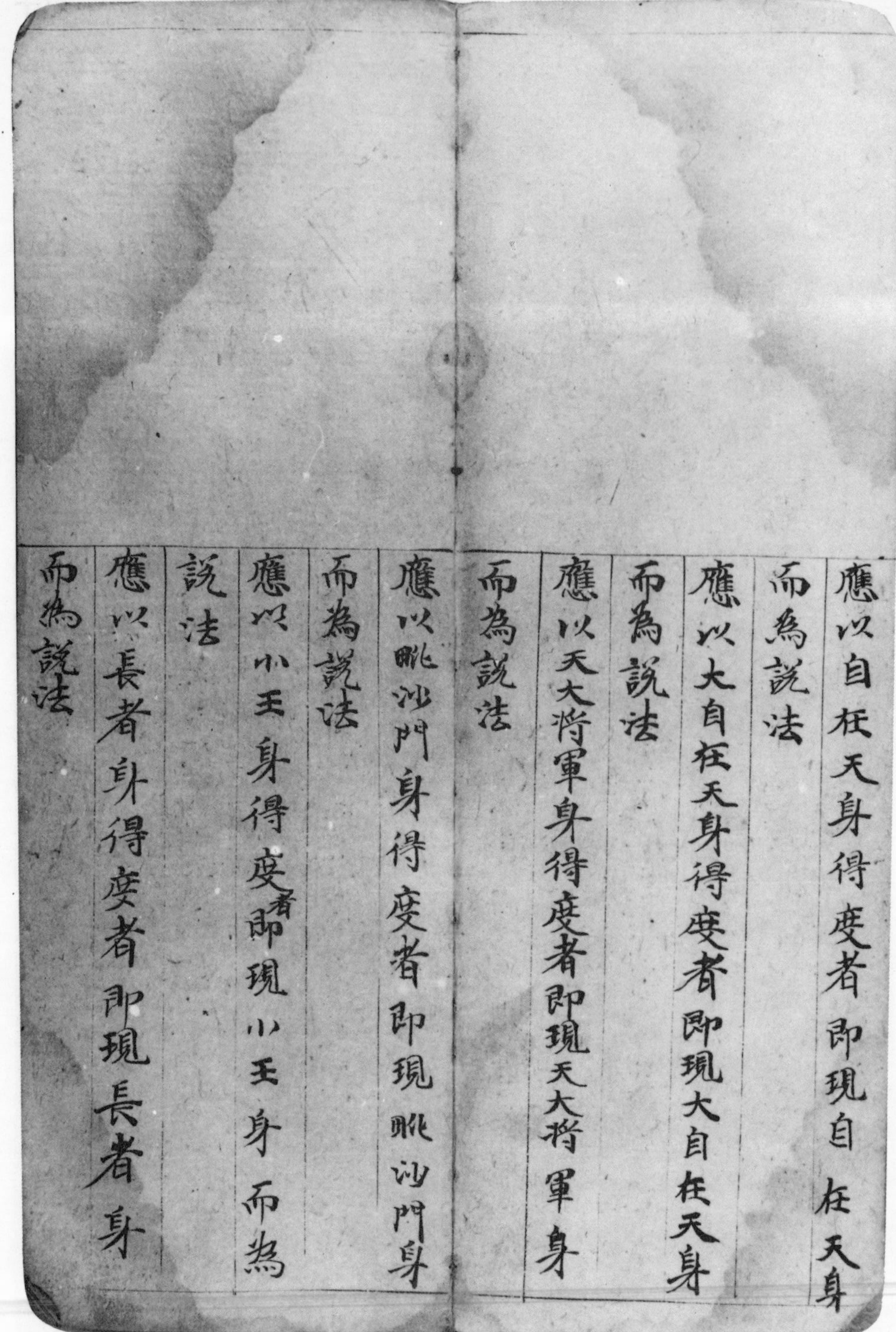
應以自在天身得度者即現自在天身
而為說法
應以大自在天身得度者即現大自在天身
而為說法
應以天大將軍身得度者即現天大將軍身
而為說法
應以毗沙門身得度者即現毗沙門身
而為說法
應以小王身得度者即現小王身而為
說法
應以長者身得度者即現長者身
而為說法

上博 48 (41379) 4. 妙法蓮華經觀世音菩薩普門品第廿五 (101－9)

衆生說法方便之力其事云何佛告
无盡意菩薩善男子若有國土衆
生應以佛身得度者觀世音菩薩
即現佛身而為說法
應以辟支佛身得度者即現辟支佛身
而為說法
應以聲聞身得度者即現聲聞身
而為說法
應以梵王身得度者即現梵王身
而為說法
應以帝釋身得度者即現帝釋身
而為說法

上博 48 (41379) 4. 妙法蓮華經觀世音菩薩普門品第廿五 (101－8)

應以居士身得度者即現居士身而
為說法
應以宰官身得度者即現宰官身
而為說法
應以婆羅門身得度者即現婆羅門身
而為說法
應以比丘比丘尼優婆塞優婆夷身得度
者即現比丘比丘尼優婆塞優婆夷身
而為說法
應以長者居士宰官婆羅門婦女身得
度者即現婦女身而為說法
應以童男童女身得度者即現童男童

上博 48 (41379) 4. 妙法蓮華經觀世音菩薩普門品第廿五 (101－10)

女身而為說法
應以天龍夜叉乾闥婆阿脩羅迦樓羅緊
那羅摩睺羅伽人非人等身得度者即
皆現之而為說法
應以執金剛身得度者即現執金剛身
而為說法
无盡意是觀世音菩薩成就如是功德以
種種形遊諸國土度脫衆生是故汝等
應當一心供養觀世音菩薩是觀世
音菩薩摩訶薩於怖畏急難之中
能施无畏是故此娑婆世界皆号之
為施无畏者无盡意菩薩白佛言世

上博 48 (41379) 4. 妙法蓮華經觀世音菩薩普門品第廿五 (101－11)

尊我今當供養觀世音菩薩即解頸
中寶珠瓔珞價直百千兩金而以與之
作是言仁者受此法施珎寶瓔珞時觀
世音菩薩不肯受之无盡意復白觀世
音菩薩言仁者愍我等故受此瓔珞
尒時佛告觀世音菩薩當愍此无盡意
菩薩及四衆天龍夜叉乾闥婆阿脩羅
迦樓羅緊那羅摩睺羅伽人非人等故
受是瓔珞即時觀世音菩薩愍諸四衆
及於天龍人非人等受其瓔珞分作
二分一分奉釋迦牟尼佛一分奉多寶
佛塔无盡意觀世音菩薩有如是

上博 48 (41379)　4. 妙法蓮華經觀世音菩薩普門品第廿五　(101－12)

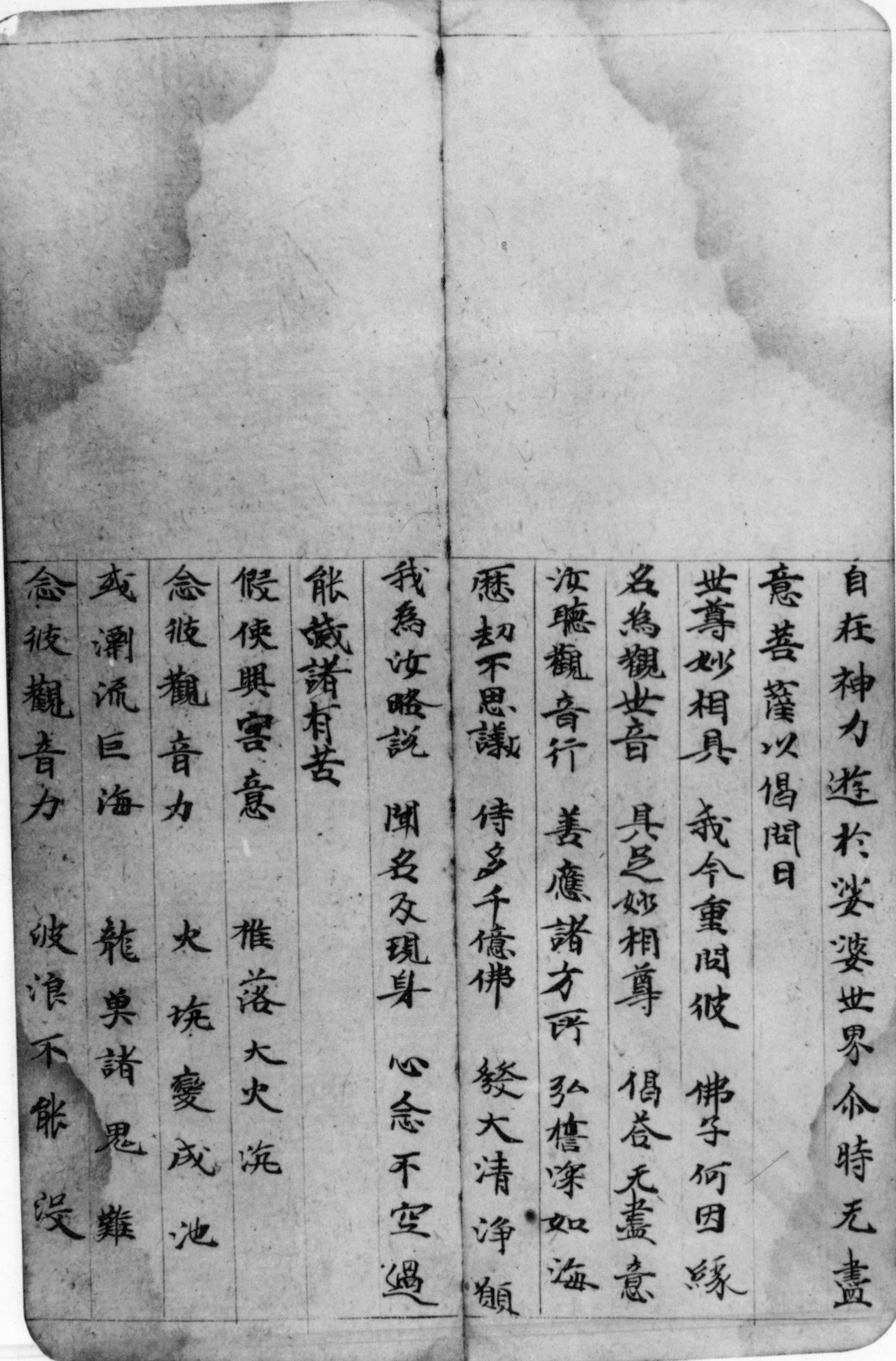

自在神力遊於娑婆世界尒時无盡
意菩薩以偈問曰
世尊妙相具　我今重問彼　佛子何因緣
名為觀世音　具足妙相尊　偈荅无盡意
汝聽觀音行　善應諸方所　弘誓深如海
歷劫不思議　侍多千億佛　發大清淨願
我為汝略說　聞名及現身　心念不空過
能滅諸有苦
假使興害意　推落大火坑
念彼觀音力　火坑變成池
或漂流巨海　龍魚諸鬼難
念彼觀音力　波浪不能沒

上博 48 (41379)　4. 妙法蓮華經觀世音菩薩普門品第廿五　(101－13)

或在須弥峯　為人所推墮
念彼觀音力　如日虛空住
或被惡人逐　墮落金剛山
念彼觀音力　不能損一毛
或值怨賊遶　各執刀加害
念彼觀音力　咸即起慈心
或遭王難苦　臨刑欲壽終
念彼觀音力　刀尋段段懷
或囚禁枷鎖　手足被杻械
念彼觀音力　釋然得解脫
呪咀諸毒藥　所欲害身者
念彼觀音力　還著於本人

上博 48 (41379)　4. 妙法蓮華經觀世音菩薩普門品第廿五　(101－14)

或遇惡羅刹　毒龍諸鬼等
念彼觀音力　時悉不敢害
若惡獸圍遶　利牙爪可怖
念彼觀音力　疾走无邊方
蚖虵及蝮蝎　氣毒烟火燃
念彼觀音力　尋聲自迴去
雲雷鼓掣電　降雹澍大雨
念彼觀音力　應時得消散
衆生被困厄　无量苦逼身
觀音妙智力　能救世間苦
具足神通力　廣脩智方便
十方諸國土　无刹不現身

上博 48 (41379)　4. 妙法蓮華經觀世音菩薩普門品第廿五　(101－15)

種種諸惡趣　地獄鬼畜生
生老病死苦　以漸悉令滅
真觀清淨觀　廣大智慧觀
悲觀及慈觀　常願常瞻仰
无垢清淨光　慧日破諸闇
能伏災風火　普明照世間
悲體戒雷震　慈音妙大雲
澍甘露法雨　滅除煩惱炎、
諍訟經官處　怖畏軍陣中
念彼觀音力　衆怨悉退散
妙音觀世音　梵音海潮音
勝彼世間音　是故須常念

上博 48 (41379)　4. 妙法蓮華經觀世音菩薩普門品第廿五　(101－16)

念念勿生疑　觀世音淨聖
於苦惱死厄　能為作依怙
具一切功德　慈眼視衆生
福聚海无量　是故應頂礼
尒時持地菩薩即從座起前白佛言
世尊若有衆生聞是觀世音菩薩
品自在之業普門示現神通力
者當知是人功德不少佛說是普門
品時衆中八万四千衆生皆發无
等等阿耨多羅三藐三菩提心
觀音經一卷

上博 48 (41379)　4. 妙法蓮華經觀世音菩薩普門品第廿五　(101－17)

稽首歸命十方佛　真如藏海甘露門　三賢十聖應真僧　願賜威神加念力
希有惣持秘密教　能發圓明廣大心　我今隨分略稱揚　迴施法界諸含識
灌頂能除妙章句　金剛座上尊勝王　為滅七返傍生路　願為金手摩我頂
九十九億如來傳　流通變化濟含靈　普印發心登彼岸
此是佛頂之經　恒沙諸佛蜜法　如來滅度之時　封閉安居寶塔
諸衆共同佛會　讚嘆如來勝業　大迦葉刻血觀杪　書在貝多之葉
不可思議秘密　能消衆生惡業　有人歷耳暫聞　便得罪除千劫
經云善住感空聲　七日命終生善道　於母胎中无兩目　七返畜生食穢污
如來廣為說真言　令得天人免斯苦　行人遇歎得生天　枯骨冢塵生淨土
清信長者受佛言　讚嘆如來說宿緣　何雜林中見枯骨　遂取香花而結壇
不忍見衆生受此苦　遂乃禪中入空觀　觀見龜鼈及水族　後見餓鬼道中安
又見六類諸禽獸　常在三塗地獄間　呪土散霑亡骨上　隨其等類得生天

上博 48 (41379)　6. 尊勝真言啟請　(101－19)

大隨求啓請
仰啓蓮花胎藏聖　无邊清淨惣持門　普遍光明照十方　願賜應化三千界
如意寶印從心現　无能勝主大明王　常住如來三昧中　超入瑜伽圓覺位
毗盧遮那尊演說　金剛手捧妙真言　流傳蜜語在真經　悲地助修成就法
五濁遇逆心覺悟　誓求无上大菩提　凝然三昧觀本尊　故號隨求得自在
依法誦滿落叉遍　此生證居歡喜地　現身不遭諸枉橫　火焚水溺及刀傷
不為軍陣損其身　賊盜興心自灌喜　縱犯波羅十惡罪　无量劫煞大真人
五逆根本七无遮　憶念隨聲自消滅　真言聖力功无量　故我宜讚難思議
願此福勝施含生　速證无為超悲地
佛說。普遍光明焰鬘。无垢清淨熾盛思惟。如意寶印心。无能勝大明王。即得大自在。
惣持大隨求。陁羅尼神妙章句。
大隨求啓請
尊勝真言啓請

上博 48 (41379)　5. 大隨求啟請　6. 尊勝真言啟請　(101－18)

尊勝此呪不思議 堪爲衆生洗塵垢 若人持者雖蹤塵 清信仍須斷葷慈
呪去不許行邪道 莫學愚迷飲癡酒 善住持者免輪迴 蟻子之身不重受
何處讚嘆 魚鱉上得生天 林中讚歎 鳥獸並皆獲利益
佛頂尊勝陀羅尼 爲四衆人説 一爲薄福衆生説 二爲短命不能長
三爲破齋及破戒 四爲五逆向耶孃 今日得聞尊勝呪 千劫重罪自消亡
流通變化濟含靈 是故我今常讚念

佛説加句靈驗佛頂尊勝陀羅尼神妙章句真言曰
穢積金剛聖者降伏六欲天主真言
此是釋迦牟尼佛化身
若人受誠受持一切惡鬼神不敢近

佛説除蓋障真言
唵 骨嚕 二合 馱曩 吽 嗡 涉嚩 二合 賀
唵 阿悉哆 阿悉哆 阿蘭哆 阿蘭哆 菩提悉嚩賀

上博 48 (41379) 6. 尊勝真言啟請 7. 佛説加句靈驗佛頂尊勝陁羅尼神妙章句真言 8. 佛説除蓋障真言 (101－20)

佛説佛頂尊勝陀羅尼經

罽賓沙門佛陀波利奉 詔譯

如是我聞一時薄伽梵在室羅筏住誓多林給孤獨園與大苾芻衆千二百五十人俱又與諸大菩薩僧三万二千人俱尒時三十三天於善法堂會有一天子名曰善住與諸大天遊於園觀又與大天受勝尊貴與諸天女前後圍繞歡喜遊戲種種音樂共相娛樂受諸快樂

尒時善住天子即於夜分聞有聲言善住天子却後七日命欲將盡命終之後生贍部洲受七返畜生身即受地獄苦從地獄出希得人身生於貧賤家於母胎即無兩目尒時善住天子聞此聲已即大驚怖身毛皆竪愁憂不樂速疾往詣天帝釋所悲啼號哭惶怖無計頂礼帝釋二足尊已白帝釋言聽我所説我與諸天女共相圍繞受諸快樂聞有聲言善住天子却後七日命將欲盡命終之後生贍部

上博 48 (41379) 9. 佛説佛頂尊勝陁羅尼經 (101－21)

洲七返受畜生身受七身已即墮諸地獄從地獄出希得人身生貧
賤家而無兩目天帝云何令我得免斯苦尒時帝釋聞善住天子語已甚
大驚愕即自思惟此善住天子受何七返惡道之身尒時帝釋須臾靜
住入定諦觀即見善住當受七返惡道之身所謂猪狗野干獼猴蟒
虵烏鷲等身食諸穢惡不淨之物尒時帝釋觀見善住天子當墮
七返惡道之身極助苦惱痛割於心諦思無計何所歸依唯有如來應
正等覺令其善住得免斯苦
尒時帝釋即於此日初夜分時以種種花鬘塗香末香以妙天衣莊嚴執持往
詣誓多林園於世尊所到已頂礼佛足右遶七匝即於佛前廣大供養佛前
蹦跪而白佛言世尊善住天子云何當受七返畜生惡道之身具如上說
尒時如來頂上放種種光遍滿十方一切世界已其光還來遶佛三匝從
佛口入佛便微笑告帝釋言天帝有陁羅尼名為如來佛頂尊勝能

上博 48 (41379) 9. 佛説佛頂尊勝陁羅尼經 (101－22)

淨一切惡道能淨除一切生死苦惱又能淨除諸地獄閻羅王界畜生之
苦又破一切地獄能迴向善道天帝此佛頂尊勝陁羅尼若有人聞一經
於耳先世所造一切地獄惡業皆悉消滅當得清淨之身隨所生處憶
持不忘從一佛刹至一佛刹從一天界至一天界遍歷三十三天所生之處憶持不忘天
帝若人命欲將終須臾憶念此陁羅尼還得增壽得身口意淨身無苦
痛隨其福利隨處安隱一切如來之所觀視一切天神恒常侍衛為人
所敬惡障消滅一切菩薩同心覆護天帝若人能須臾讀誦此陁羅尼
者此人所有一切地獄畜生閻羅王界餓鬼之苦破壞消滅無有遺餘諸佛
刹土及諸天宮一切菩薩所住之門無有鄣礙隨意趣入尒時帝釋白
佛言世尊唯願如來為衆生說增益壽命之法
尒時世尊知帝釋意心之所念樂聞佛說是陁羅尼法況曰
曩謨婆誐嚩帝引 怛㘑二合引路引枳也二合 鉢囉二合 底尾始瑟吒二合引野引 沒馱引

上博 48 (41379) 9. 佛説佛頂尊勝陁羅尼經 (101－23)

哩囕薩嚩薩埵難佐引迦野跛哩尾秫弟引薩嚩蘖底跛哩秫弟引薩嚩怛
他蘖哆室佐二合銘引三摩濕嚩二合娑引演覩薩嚩怛他引蘖哆引三摩濕嚩二合
娑引地瑟恥二合帝沒馱沒馱尾沒馱尾沒馱冒馱野冒馱野尾冒馱野尾冒馱
野三滿哆跛哩秫弟引薩嚩怛他引蘖哆引紇哩二合娜野地瑟姹二合曩地瑟
恥哆摩賀引母捺嚟二合娑嚩賀引
佛告帝釋言此呪名淨除一切惡道佛頂尊勝陁羅尼能除一切罪業等障
能破一切穢惡道苦天帝此陁羅尼八十八殑伽沙俱胝百千諸佛同共宣
說隨喜受持大如來知印印之為破一切衆生穢惡道義故為一切地獄
畜生閻羅王界衆生得解脫故臨急苦難墮生死海中衆生得解脫故短
命薄福無救護衆生樂造雜染惡業衆生故說又此陁羅尼於贍部洲
住持力故能令地獄惡道衆生種種流轉生死薄福衆生不信
善惡業失正道衆生等得解脫義故佛告天帝我說此陁羅尼付囑

上博 48 (41379)　9. 佛說佛頂尊勝陁羅尼經　(101－25)

野婆誐嚩帝引怛你也二合他引唵引尾戍引馱野尾戍引馱野娑摩三滿跢嚩引
婆引娑引娑頗二合羅拏誐底誐賀引曩娑嚩二合婆引尾秫弟引阿鼻引詵左引
覩銘引素蘖多二合引嚩囉嚩左引曩阿引蜜嘌二合哆引鼻引曬引罽引摩賀引
滿怛囉二合鉢乃引阿賀引囉阿賀引囉阿庾散引馱囉抳弍引馱野誐誐曩尾
秫弟引嗢瑟抳二合引灑尾惹左野尾秫弟引娑引賀引娑囉二合囉濕銘二合散祖引
你帝薩嚩怛他引誐哆引嚩路引羯頞殺播引囉蜜哆引波剁布引囉抳薩嚩怛
他引蘖哆引紇哩二合娜野地瑟姹二合曩地瑟恥二合哆摩賀引母捺囉二合引嚩
日囉二合嚩迦引野僧賀引哆曩尾秫弟引薩嚩囉拏引播引野納蘖底跛
利尾秫弟引鉢囉二合底顊襪嘌哆二合引野阿欲秫弟引三摩野地瑟恥二合帝引摩
抳摩賀引摩抳怛闥哆部引哆句引致引跛哩秫弟引尾娑普二合吒沒他地秫
弟惹野惹野尾惹野尾惹野娑摩二合囉娑摩二合囉薩嚩沒馱引地瑟恥二合
哆秫弟引嚩日哩二合嚩日囉二合蘖陛嚩日引囉二合嚂二合婆引嚩引覩摩摩稱名受持舍引

上博 48 (41379)　9. 佛說佛頂尊勝陁羅尼經　(101－24)

於汝汝當授與善住天子復當受持讀誦思惟愛樂憶念供養於贍
部洲一切衆生廣為宣說此陁羅尼印亦為一切諸天子故說此陁羅尼印
付囑於汝天帝汝當善持守護勿令忘失
天帝若人須臾得聞此陁羅尼千劫已來積造惡業重鄣應受種種流
轉生死地獄餓鬼畜生閻羅王界阿脩羅身夜叉羅刹鬼神布單那羯
吒布單那阿波娑摩羅蚊虻龜狗蟒虵一切諸鳥及諸猛獸一切蠢動
含靈乃至蟻子之身更不重受即得轉生諸佛如來一生補處菩薩
同會處生或得大姓婆羅門家生或得剎利種種家生或得豪貴勝
家生天帝此人得如上貴處生者皆由聞此陁羅尼故轉所生處皆得
清淨天帝乃至得到菩提道場冣勝之處皆由讚美此陁羅尼功德如是天
帝此陁羅尼名為吉祥能淨一切惡道此佛頂尊勝陁羅尼猶如日
藏摩尼之寶淨無瑕穢淨等虛空光燄照徹無不周遍若諸衆生

上博 48 (41379)　9. 佛説佛頂尊勝陁羅尼經　(101－26)

持此陁羅尼亦復如是亦如閻浮檀金明淨柔軟令人喜見不為穢惡之
所染著天帝若有衆生持此陁羅尼亦復如是乘斯善淨得生善
道天帝此陁羅尼所在之處若能書寫流通受持讀誦聽聞供養能
如是者一切惡道皆得清淨一切地獄苦惱皆悉消滅
佛告天帝若人能書寫此陁羅尼安高幢上或安臺上或安樓上乃至安
置窣堵波中天帝若有苾芻尼優婆塞優婆夷族姓男族姓女於
幢等上或見或與相近其影映身或風吹陁羅尼上幢等上塵落在身上
天帝彼諸衆生所有罪業應墮惡道地獄畜生閻羅王界餓鬼阿脩
羅身惡道之苦皆悉不受亦不為罪垢染汙天帝此等衆生為一切諸
佛之所受記皆得不退轉於阿耨多羅三藐三菩提天帝何況更以多
諸供具花鬘塗香末香寶幢幡蓋等衣服瓔珞作諸莊嚴於四衢道造
窣堵波安置陁羅尼合掌恭敬旋遶行道歸依礼拜天帝彼人能如是

上博 48 (41379)　9. 佛説佛頂尊勝陁羅尼經　(101－27)

供養者名摩訶薩埵真是佛子持法棟梁又是如來全身舍利窣堵波塔
尒時閻摩羅法王於時夜分來詣佛所到已以種種天衣妙花塗香莊嚴供養
佛已遶佛七匝頂礼佛足而作是言我聞如是演說讚持大力陁羅尼
故來脩學若有受持讀誦是陁羅尼者我常隨逐守護不令持者墮
於地獄以彼順如來言教而護念之
尒時護世四天大王遶佛三匝白佛言尊 唯願如來為我廣說持陁羅尼
法尒時佛告四天大王汝今諦聽我當為汝宣說受持此陁羅尼法亦為短命
諸衆生說當先洗浴著新淨衣白月圓滿十五日時持齋誦此陁羅尼滿
其千遍令短命衆生還得增壽永離病苦一切業鄣悉皆消滅一切地獄
諸苦亦得解脫諸飛鳥畜生含靈之類聞此陁羅尼一經於耳盡此一
身更不復受佛言若遇大惡病聞陁羅尼即得永離一切諸病亦得
消滅應墮惡道亦得除斷即得往生極樂世界從此身已後更不受

上博 48 (41379) 9. 佛說佛頂尊勝陁羅尼經 (101－28)

胞胎之身所生之處蓮化生一切生處憶持不忘常識宿命
佛言若人先造一切極重罪業遂即命終乘斯惡業應墮地獄或墮畜生
閻羅王界或墮餓鬼乃至墮大阿鼻地獄或生水中或生禽獸異類之身取
其亡者隨身分骨以土一把誦此陁羅尼二十一遍散亡者骨上即得生天
佛 若人能日日誦此陁羅尼二十一遍應消一切世間廣大供養捨身往
生極樂世界若常誦念得大涅槃復增壽命受勝快樂捨此身已即
得往生種種微妙諸佛刹土常與諸佛俱會一處一切如來恒為演說微
妙之義一切世尊即授其記身光照曜一切刹土佛言若誦此陁羅尼法
於其佛前先取淨土作壇隨其大小方四角作以種種草花散於壇上燒
衆名香右膝著地胡跪心常念佛作慕陁羅尼印屈其頭指以大母指
押合掌當其心上誦此陁羅尼一百八遍訖於其壇中如雲王雨花能遍
供養八十八俱胝殑伽沙那庾多百千諸佛彼佛世尊咸共讚言善哉

上博 48 (41379) 9. 佛說佛頂尊勝陁羅尼經 (101－29)

尒時世尊舒金色臂摩善住天子頂而為說法授菩提記
佛言此經名淨一切惡道佛頂尊勝陁羅尼汝當受持尒時大衆聞法
歡喜信受奉行
佛頂尊勝陁羅尼經

昌蒲 趴者　　牛黄 瞿盧折娜　　苜蓿香 塞畢力迦　　麝香 莫訶婆伽

雄黄 末捺眵羅　　合昏樹 尸利灑　　白及 目達羅　　芎藭 闍莫迦
苟杞根 苫弭　　松脂 室利薜瑟得迦　　桂皮 咄者　　香附子 目窣哆
沉香 惡揭嚕　　栴檀 栴檀娜　　零凌香 多揭羅　　丁子 索瞿者
鬱金 茶矩麼　　婆律膏 揭羅婆　　篳香 捺剌柂　　竹黄 鵄路戰娜
細豆蔻 蘇泣迷羅　　甘松 苫弭哆　　藿香 缽怛羅　　苇根香 嗢尸羅
叱脂 薩洛計　　艾納 世黎也　　安息香 窶具攞　　芥子 薩利殺跛

上博 48 (41379)　9. 佛説佛頂尊勝陁羅尼經　10. 金光明最勝王經大辯才天女品第十五之一　(101－31)

希有真是佛子即得无鄣礙智三昧得大菩提心莊嚴三昧持此陁羅
尼法應如是佛言天帝釈以此方便一切衆生應墮地獄道令得解脫一
切惡道亦得清淨復令持者增益壽命天帝汝去將釈此陁羅尼授
與善住天子滿其七日汝與善住俱来見我
尒時天帝於世尊所受此陁羅尼法奉持還於本天授與善住天子
尒時善天子受此陁羅尼已滿六日六夜依法受持一切願滿應受一切惡
道苦即得解脫住菩提道增壽無量甚大歡喜高聲歎言希
有如来希有妙法希有明驗甚為難得令我解脫
尒時帝釋至弟七日與善住天子將諸天衆嚴持花鬘塗香末香
寶幢幡蓋天衣瓔珞微妙莊嚴往詣佛所設大供養以妙天衣及諸
瓔珞供養世尊遶百千迊於佛前立踊躍歡喜而坐
聽法

上博 48 (41379)　9. 佛説佛頂尊勝陁羅尼經　(101－30)

上博 48 (41379)　10. 金光明最勝王經大辯才天女品第十五之一
(101－32)

上博 48 (41379)　10. 金光明最勝王經大辯才天女品第十五之一
(101－33)

上博 48 (41379) 14. 佛母經一卷 (101－35)

上博 48 (41379) 10. 金光明最勝王經大辯才天女品第十五之一
11. 藥師經心呪 12. 佛説八陽經心呪
13. 發願文 (101－34)

切利天下至娑羅雙樹間正見如来殯殮以訖唯有僧伽梨衣疊著
棺邊鉢盂錫杖樹其樹上有二師子自任而死十大弟子向天號哭
尒時佛母手攜此物而作是言此是我子生存在日持用此物化導
衆生此物今无主也尒時佛母遶棺三匝却住一面悲淚而言告言
慈子汝是我子我是汝母汝今入般涅槃云何不留半偈之法尒時如来
聞母覺聲金棺自開却坐千葉蓮花臺上為母說法
世間皆空　諸行无常　是生滅法　生滅滅以　寂滅為樂
尒時佛母聞此法以心生歡喜還歸本天未至天所住立虛空心
生慈悲嗚呼大哭天地震動淚下如雨雲中百鳥皆作哭聲一切恩
愛會有別離何其如来入般涅槃
佛母經一卷

上博 48 (41379)　14. 佛母經一卷　(101－36)

佛說父母恩重經
如是我聞一時佛在王舍城耆闍崛山中與大菩薩摩訶薩及聲聞
眷屬俱亦與比丘比丘尼優婆塞優婆夷一切諸天人民及天龍鬼神等
皆来集會一心聽佛說法瞻仰尊顏目不暫捨佛言人生在世
父母為親非父不生非母不育是以寄託母胎懷身十月歲滿月
充母子俱顯生墮草上父母養育卧則蘭車父母懷抱和和弄
聲含笑未語飢時須食非母不哺渴時須飲非母不乳母中飢時
吞苦吐甘推乾就濕非義不親非母不養慈母養兒去離蘭車
十指甲中食子不淨應各有八斛四斗論母之恩昊天罔極嗚呼
慈母云何可報阿難白佛言世尊父母云何可報其恩唯願說之佛告
阿難汝好諦聽善思念之吾當為汝分別解說父母之恩昊天罔極
云何可報若有孝順慈孝之子能為父母作福造經或以七月十五

上博 48 (41379)　15. 佛說父母恩重經　(101－37)

日能造佛𮜍名盂蘭盆獻佛得果能報父母之恩若復有人書寫
此經流布世人受持讀誦當知此人報父母恩父母云何可報但父母
至於行來東西隣里井竈碓磨不時還家我兒家中啼哭憶母
母即心驚兩乳汁出即知家中我兒憶我即得還家兒遙見母來
或在蘭車搖頭弄腦或復曳腹隨行嗚呼向母母為憐子曲身下就
長舒兩手拂拭塵土嗚和其口開懷出乳以乳與之母見兒歡兒見
母喜二情恩悲親愛慈重莫復過是二歲三歲弄意始行於其食
時非母不知父母行來值他坐席或得餅肉不敢啖味懷挾來歸
歸向其子十來九得恒常歡喜一過不得憍啼佯哭憍子不孝又
必有慈順遂至長大朋友交遊梳頭摩鬢欲得好衣覆蓋身弊衣
破故父母自著新好綿帛先與其子至於行來官私急疾傾
心南北逐子東西橫簪上頭既索妻婦得他子女父母轉

上博 48 (41379)　15. 佛說父母恩重經　(101－38)

踈私房屋室共相語樂父母年高氣力衰老終朝至暮不來借
問或復父孤母寡獨守空房猶如客人寄止他舍常無恩愛復無濡
被寒苦辛厄難遭之甚年老色衰多饒蟣虱夙夜不臥長吟歎
息何罪宿愆生此不孝之子或時喚呼瞋目驚怒婦兒罵詈低頭含
咲妻復不孝復五摘夫妻和合同作五逆彼時喚呼急疾取使
十呼九違盡不從順罵詈瞋恚不如早死強在地上父母聞之悲哭
懊惱流淚雙下啼哭目腫汝初小時非吾不長但吾生汝不如本無
背丁蘭木母川靈感應孝順董黯生義之報德郭巨至孝天賜
黃金迦葉國王入山射獵挽弓射鹿悟傷閃子二父母仰天悲嘷由是至
孝諸天下藥塗瘡閃子還活父母眼開明覩日月不慈不孝天不感
應閃子更生父母開目人之孝順百行為本外書內經
明文成記

上博 48 (41379)　15. 佛說父母恩重經　(101－39)

佛告阿難若善男子善女人能為父母受持讀誦書寫父母恩重
大乘摩訶般若波羅蜜經一句一偈逕耳目者所有五逆重罪悉得
消滅永盡无餘常得見佛聞法速得解脫阿難從座而起偏袒右肩
長跪合掌前白佛言世尊此經當何名之云何奉持佛告阿難此經
名父母恩重經若有一切眾生能為父母作福造經燒香請佛礼拜
供養三寶或飯食眾僧當依是人能報父母其恩帝釋梵王諸天
人民一切眾生聞經歡喜發菩提心嚎哭動地淚下如雨五體投地信
受頂礼佛足歡喜奉行
佛說父母恩重經一卷
佛說地藏菩薩經
介時地藏菩薩住在南方瑠璃世界以淨天眼觀地獄之中受苦眾生
鐵碓碓擣鐵磨磨鐵犁耕鐵鋸解鑊湯涌沸猛火旦吞飢則吞熱

上博 48 (41379)　15. 佛説父母恩重經　16. 佛説地藏菩薩經
(101－40)

鐵丸渴飲銅汁受諸苦惱无有休息地藏菩薩不忍見之即從南方来
到地獄中与閻羅王共同一處別床而坐有四種因緣一者恐閻羅王
斷罪不憑 二者恐文案交錯 三者未合死者受罪了出地獄池邊
若有善男子善女人造地藏菩薩像寫地藏菩薩經及念地藏菩薩
名者此人定得往生西方極樂世界從一佛國至一佛國從一天堂至一天
堂若有人造地藏菩薩像寫地藏菩薩經及念地藏菩薩名此人定
得往生西方極樂世界此人捨命之日地藏菩薩親自来迎常得与
地藏菩薩共同一處 聞佛所說皆大歡喜信受奉行
佛說地藏菩薩經一卷
佛說閻羅王受記令四眾逆脩生七齋往生淨土經
如是我聞一時佛在鳩尸那城阿維跋提河邊娑羅雙樹間臨般涅
槃時普集大眾及諸菩薩摩訶薩諸天龍王天主帝釋四天大王閻

上博 48 (41379)　16. 佛説地藏菩薩經　17. 佛説閻羅王受記令四衆
逆脩生七齋往生淨土經　(101－41)

羅天子太山府君司命司錄五道大神地獄官典悉來聚集礼敬世
尊合掌而立
尒時佛告大衆閻羅天子於未來世當得作佛名曰普賢王如来
國土嚴淨百寶莊嚴國名華嚴菩薩充滿多生習善為犯戒
故退落琰魔天中作大魔王管攝諸鬼科斷閻浮提十惡五逆
一切罪人繫閉六牢日夜受苦輪轉其中隨業報身定生注死若
復有人脩造此經受持讀誦捨命之後必出三塗不入地獄在生
之日煞父害母破齋破戒煞諸牛羊鷄狗毒虵一切重罪應入地獄十劫
五劫若造此經及諸尊像記在業鏡閻羅歡喜判官其人生富貴
家免其罪過若有善男子善女人比丘比丘尼優婆塞優婆夷預脩生
七齋每月二時十五日三十日若新死依一七計至七七百日一年三年
並須請此十王名字每七有一王下檢察必須作齋功德有无即報

上博 48 (41379)　17. 佛說閻羅王受記令四衆逆脩生七齋往生淨土經

(101－42)

天曹地府供養三寶祈設十王唱名納狀狀上六曹官善惡童子奏上天
曹地府冥官等記在名案身到日時當便配生快樂之處不住中
陰四十九日身死已後若待男女六親眷屬追救命過十王若闕一
齋乖在一王并新死亡人留連受苦不得出生遲滯一劫是故勸汝作
此齋事如至齋日到无財物及有事忙不得作齋請佛延遲福應
其齋日下食兩盤紙錢餧飼新亡之人并歸在一王得免冥間業報
飢餓之苦若是生在之日作此齋者名為預脩生七齋七分功德盡
皆得之若亡沒已男女六親眷屬為作齋者七分功德亡人唯得一分六
分生人將去自種自得非關他人與之
尒時普廣菩薩言若有善男子善女人等能脩此十王逆脩生七及
亡人齋得善神下來礼敬凡夫凡夫云何得賢聖善神礼我凡夫一切
善神并閻羅天子及諸菩薩欽敬皆生歡喜

上博 48 (41379)　17. 佛說閻羅王受記令四衆逆脩生七齋往生淨土經

(101－43)

尒時地藏菩薩龍樹菩薩救苦觀世音菩薩普廣菩薩常悲菩薩
常㮾菩薩陁羅尼菩薩金光菩薩文殊師利菩薩彌勒菩薩普賢
菩薩等稱讚世尊哀慜凡夫說此妙經枚死枚生頂礼佛足
尒時二十八重一切獄主與閻羅天子六道冥官礼拜發願若有四衆
比丘比丘尼優婆塞優婆夷若造此經讚誦一偈我當免其罪過送出地
獄往生天宮不令繫滯受諸苦惱尒時閻羅天子說偈白佛
南无阿波羅　日度數千河　衆生无定相　猶如水上波
願得智慧風　漂與法輪河　光明照世界　巡歷悉經過　普救衆生苦
降鬼攝訞魔　四王行世界　傳佛脩多羅　凡夫脩善少　顛倒信邪多
持經免地獄　書寫過灾痾　超度三界難　永不見夜叉　生處登高位
富貴壽延長　至心誦此經　天王恒守護　欲得无罪咎　莫信邪師卜
祭鬼煞衆生　為此入地獄　念佛把真經　應當自誡勗　手把金剛刀

上博 48 (41379)　17. 佛說閻羅王受記令四衆逆脩生七齋往生淨土經
(101－44)

斷除魔種族　佛行平等心　衆生不具足　脩福似微塵　造罪如山岳
欲得命延長　當脩造此經　能除地獄苦　往生豪族家　善神恒守護
造經讀誦人　忽尒无常至　善使自來迎　天王相引接　攜手入金城
尒時閻羅法王白佛言世尊我發使乘黑馬把黑幡著黑衣檢亡人
家造何功德准名放牒抽出罪人不違誓願伏願世尊聽我檢齋
十王名字
弟一七齋秦廣王下　弟二七齋宋帝王下
弟三七齋杓江王下　弟四七齋五官王下
弟五七齋閻羅王下　弟六七齋變成王下
弟七七齋太山王下　百日齋平正王下
一年齋都市王下　三年齋五道大轉輪王下
尒時閻羅法王更廣勸信心善男子善女人等努力脩此十王齋

上博 48 (41379)　17. 佛說閻羅王受記令四衆逆脩生七齋往生淨土經
(101－45)

具足免十惡五逆之罪並得天王當令四大野叉王守護此經不令
陏没督首世尊地獄罪人多是用三寶財物并諸造惡業人在
諸獄受苦嘗闇无億報諸信心可自誡慎勿犯三寶財物業報難
容見此經者應當脩學得離地獄之因
介時琰摩羅法王歡喜頂礼退坐一面佛告阿難此經名閻羅王受
記令四衆預脩生七及新亡人齋功德往生淨土經汝等比丘比丘尼優婆
塞優婆夷天龍八部鬼神諸菩薩等當奉持流傳國界依教奉行
佛說閻羅王受記經一卷
佛說大威德熾盛光如來吉祥陁羅尼經
如是我聞一時佛在淨居天宮說文殊大集會告諸遊空天衆二十八宿
十二宮神九曜諸天等言我於過去娑羅樹王佛所受此大威德熾盛光如
來吉祥陁羅尼而說呪曰

上博 48 (41379) 17. 佛說閻羅王受記令四衆逆脩生七齋往生淨土經
18. 佛說大威德熾盛光如來吉祥陁羅尼經 (101－46)

南無三滿哆 沒馱喃 阿鉢羅底 賀哆捨 娑那喃 唵佉佉 佉呬佉呬
吽吽引 入嚩囉 入嚩羅 鉢羅 入嚩囉 鉢囉 入嚩囉 底瑟𠱄 底瑟𠱄
瑟致哩 娑普吒 娑普吒 扇底伽 室哩曳 娑嚩賀
佛言此陁羅尼能除一切世間八万種不吉祥事復能成就八万種
大吉祥事一切衆生如過年灾月厄土火惡星蝕惟惡人臨逼於身
皆當至心誦持此呪一切灾障自然銷散所有怨家毒藥不能為害
起惡心者返受其殃此佛如來是諸星神之本師若人空念如來号
一切灾禍盡變吉祥何呪清淨誦持真言焚香持花供養尊像普
告四衆信受奉行
佛說大威德熾盛光經
摩利支天經
如是我聞一時婆在舍衛國祇樹給孤獨園介時告諸比丘有天名摩利

上博 48 (41379) 18. 佛說大威德熾盛光如來吉祥陁羅尼經
19. 摩利支天經 (101－47)

支天常行日前彼摩利支天无人能見无人能捉不為人欺誑不為人
債其財物不為怨家能得其便
告諸比丘若有善男子善女人聞是摩利支天名者應作是言我弟
子某甲知摩利支天名故无人能見我无人能捉我不為人欺誑我不為人
縛我不為人債我財物不為怨家能得我便尒時世尊即說呪曰
怛姪他 安迦末斯 末迦末斯 支婆羅末斯 摩訶支婆羅末斯 安多
利陁 鄔摩莎訶 於行路中護我非行路中護我晝日護我夜中
護我於惡怨家中護我王難護我賊難護我一切處一切時護我弟子
某甲 娑婆訶
告諸比丘若有善男子善女人比丘比丘尼優婆塞優婆夷國王大臣及
諸比丘人民等聞是摩利支天陁羅尼一心受持者不為如上諸惡所
害告比丘若有能書寫讀誦受持著髻中若著衣中隨身而行

上博 48 (41379) 19. 摩利支天經 (101－48)

一切諸惡悉皆退散无敢當者時比丘聞佛所說歡喜奉行
摩利支天經
八大人覺經一卷
為佛弟子常於晝夜至心誦念八大人覺第一覺悟世間無常國
土危脆四大苦空五陰無我生滅變異虛偽無主心是惡源形為罪藪
如是觀察漸離生死来
第二覺知多欲為苦生死疲勞從貪欲起少欲無為身心自在道
第三覺知心無厭足唯得多求增長罪惡菩薩不尒常念知足安
貧守道唯慧是業
第四覺知懈怠墜落常行精進破煩惱惡摧伏四魔出陰
界獄
第五覺悟愚癡生死菩薩常念廣學多聞增長智慧成就辯才

上博 48 (41379) 19. 摩利支天經 20. 八大人覺經一卷 (101－49)

教化一切悉以大樂
苐六覺知貧苦多怨橫結惡緣菩薩布施等念怨親不念舊
惡不增惡人生
苐七覺悟五欲過患雖為俗人不染世樂念三衣瓦鉢法器志願出
家守道淨白梵行高遠慈悲一切知
苐八覺知生死熾然苦惱无量發大乘心普濟一切願代衆生受无
量苦令諸衆生畢竟大樂如此八事乃是諸佛菩薩大人之所覺
悟精進行道慈悲脩惠乘法身船至涅槃岸復還生死度脫衆
生以前八事開導一切令諸衆生覺生死苦捨離五欲脩心聖道
若佛弟子誦此八念念中滅無无罪進趣菩提速登正覺永
斷生死常住快樂
八大人覺經一卷

上博 48 (41379)　20. 八大人覺經一卷　(101－50)

妙法蓮華經度量天地品第二十八
尒時觀世音菩薩摩訶薩從座而起整衣服偏袒有肩頭着地
佛說北方大聖毗沙門天王經　南无東方藥師瑠璃光如來補處日曜菩
薩月淨菩薩提頭賴吒天王青帝龍王護法善神智牀增長地神
堅牢金剛密迹八万四千鬼神等大慈大悲常當擁護南无一切留
難障難飢饉疾病惡病刀兵飢饉天下一切衆生一切苦惱四百四病
一時消滅　南无南方寶相如來補處藥王菩薩藥上菩薩毗樓勒叉天
王赤帝龍王護法善神智牀增長地神堅牢金剛密迹八万四千鬼神等
大慈大悲常當擁護　南无一切留難障難飢饉疾病惡病刀兵飢饉天
下一切衆生一切苦惱四百四病一時消滅　南无西方阿弥陁如來補處觀
音菩薩大勢至菩薩毗樓博叉天王西方白帝龍王護法善神智牀增

上博 48 (41379)　21. 妙法蓮華經度量天地品第二十八
22. 佛說北方大聖毗沙門天王經　(101－51)

上博 48 (41379)　22. 佛說北方大聖毗沙門天王經　(101－53)

上博 48 (41379)　22. 佛說北方大聖毗沙門天王經　(101－52)

上博 48 (41379)　22. 佛説北方大聖毗沙門天王經　(101－55)

上博 48 (41379)　22. 佛説北方大聖毗沙門天王經　(101－54)

菩薩不捨三界菩薩諸賢聖降臨來 禪定呪曰 跢姪他 薩婆陀羅
尼曇恭羅耶 㗚醯羲醯 鉢囉 麼輸馱 薩跢耶莎訶 唵薩婆
提婆 那伽 阿那利莎訶 唵 麼訶麼訶 耶 㗚醯羲醯莎婆
訶 唵薩婆勃陀三麼耶 㗚醯羲醯 鉢羅 磨輸陀 薩瑤莎訶
若有善男善女人被諸惡鬼衆邪魍魎之所惱亂者取石榴枝
及楊柳枝隱誦此呪輕打病人无病不差呪曰 南无薩婆勃陀 達摩
僧伽比耶 南无阿利耶 婆盧吉帝 攝代羅篤菩提薩多跋篤
南无跋折羅摩尼篤 菩提薩多 婆篤怛伽他 徙叱徙叱 迦耶婆訶
輪王佛頂一字真言 曩謨三儞多 没馱喃 步嚕唵莎訶
文殊菩薩五髻真言曰 唵阿羅跛左曩莎訶

上博 48 (41379)　22. 佛説北方大聖毗沙門天王經　(101－56)

如意輪菩薩真言 唵鉢娜麼進跢 麼坧人縛羅吽莎訶
金剛菩薩述壽真言 唵縛曩 喩憙曬莎婆訶
地藏菩薩破地獄真言 唵佉羅帝野莎訶
辟支佛普施餓鬼真言 南无步布哩迦哩多哩怛他誐哆耶
唵步布諦迦哩哆 哩怛陀誐多莎訶
阿弥陀佛往生淨土真言 唵 帝律尼莎婆訶
消災菩薩真言 曩謨三儞多没馱喃 唵麼喻囉
鉢羅帝扇帝迦 莎婆訶 報父母恩真言曰 曩謨三滿
多没馱喃 唵 他那伽耶莎婆訶 常歡喜真言曩謨
三滿多没馱喃 唵河羅喜羅莎訶

上博 48 (41379)　22. 佛説北方大聖毗沙門天王經　(101－57)

滅惡趣真言 唵 薩婆縛播野 莽唅莎婆訶 發菩提心真
言 唵 冒地質多 毋怛波曩野弭 莎訶 佛慈護真言 唵 沒
馱髯怛哩縛囉羅落乂感莎婆訶 生天真言 唵倶閑莎婆訶
解怨結真言 唵 娜賀娜薩縛訥瑟吒鉢羅訥瑟吒喃莎婆訶
孔雀王消災真言 唵 麼俞羅鈍羅帝廍庶迦莎婆訶 新雨八大龍王
下雨真言 唵 麼羅麼羅 至利至利 朱漏莎訶 七十七日夜雨吉 記在三月上旬定
六月七日夜閑 彌勒下生真言 嗔迷訶罣你二合莎訶 文殊菩薩護身真
言 唵 咲嗒唎娑莎婆訶 甘露開喉真言 唵 素嚕播耶怛他
蘗哆哆耶 怛你他 唵 素嚕素嚕 鉢羅素嚕 鉢羅素嚕 莎婆訶
斷雨知次 九龍施雨真言 曩謨薩縛怛他蘗哆多縛路枳帝 唵 婆羅婆
羅 三波囉波羅吽莎訶 五月合 記在四月上旬 衣下雨吉 為定山其會五 下者先 記次七月灾害 餓鬼開喉
真言 曩謨三滿多沒馱喃 唵 曩謨部布哩帝迦多莎訶

上博 48 (41379)　22. 佛說北方大聖毗沙門天王經　(101－58)

大集福德真言 南無陁耶伽耶莎訶 燈供養真言 曩謨三滿多沒
馱喃 唵 縛羅路計弥莎婆訶 薩無量真言 唵 麼麼訶賖怛羅
耶莎訶 舍身藤空悲無量真言 唵 麼麼訶賀曾娑娜莎訶
九龍斷雨喜無量真言 唵 佉馱鉢羅麼耶莎訶 次四月十七日 合有雨灾 記在七月上旬 開戴 斯祥大吉凶
舍無量真言 唵 麼一戶開乞叉耶莎訶 海龍王除災雨真言 弟三注 印晦豫
黑雲五日大吉 會其去三有七等 唵 阿弥陁婆耶三滿鬼吒哆毗茀莎婆訶 記在六月上旬為定
八月十三日合九大雨 降下九俫事吉 南無阿弥三婆糅多吡他 唵 阿羯車阿羯吽吽叭叭莎婆訶
南無阿弥他藕遮耶他喃遮庶羯攘耶吽吽吒吒叭叭莎訶
大海龍王下雨真言 南無叻柱如不下莫提利跢提忽忽力力結結
摩訶莎訶 真言法烏撿娑摩 隨心真言 唵 栨羅析倶嚧陁
摩訶鉢囉曷羅怛訶皷遮毗吉罪烏撿娑摩倶嚧陁 上
唵吽莎婆訶

上博 48 (41379)　22. 佛說北方大聖毗沙門天王經　(101－59)

上博 48（41379） 26. 佛説普賢菩薩滅罪陁羅尼呪
27. 大般若經難信解品第卌四之卄五 （101－61）

上博 48（41379） 23. 護身真言 24. 毗沙門天王真言 25. 吉祥天女真言 26. 佛説普賢菩薩滅罪陁羅尼呪 （101－60）

上博 48 (41379)　27. 大般若經難信解品第卅四之廿五　(101－63)

上博 48 (41379)　27. 大般若經難信解品第卅四之廿五　(101－62)

上博 48 (41379)　27. 大般若經難信解品第卅四之廿五
28. 十二時普勸四衆依教修行　(101－64)

上博 48 (41379)　28. 十二時普勸四衆依教修行　(101－65)

安宅兆·古栢寒松蓬荒草·津梁險路一無憑·合眼沉淪三惡道
莫任運·要思忖·也須自覓安穩·如今一向為生涯·前程將甚
為支准·要慈悲·莫慳悋·小々違情但含忍·聽法聞經勉力為
持齋念佛加精進·今日言·是衆愆·万計頭々相接引·就中孤
露要安存·切是臨危莫相損·自知非·須識分·一步無常漸相
近·自家身是自家終·別人誰肯相哀愍·抱忠貞·行孝順·
無利之談休話論·但將好事讓他人·早晚使羅勝百倍·見師
僧·要參問·我慢身心須剋損·信諭之人若到來·為君置出
輪迴本·合出卯·人浩々·丹焰金烟生洞渺·纔將曙色襯三山
漸腦嶽明光八表·動行人·飛宿鳥·初鑠峯巒漸溪沼·生成万
物力能深·開析千花功不小·利雖多·害不少·說著門徒須痛惱
能令渠鬢作蒼狼·巧使紅顏成暮燥·孕者生·壽者夭·壯氣

英雄被老侵·古來姜太公暑潘安·誰免無常鬧侵耗·上三皇
下四皓·潘岳姜容壽老·八元八愷葬丘陵·三傑三張塵
荒草·鬪文才·逞詞藻·三箆五車何足討·盡推松柏有堅
貞·也被消磨見枯槁·實勸人·齊生好·只有迴心歸聖道
慈悲喜捨離慳貪·忍辱柔和除倨傲·少誅求·莫剋巧·業報
惣由心所造·但斷貪嗔及癡愚·便是如來無漏教·見善人
相倣效·利益之門須愛樂·貪財嗜色險婦人·也莫嫌他相交
棹·自恬和·捨喧鬧·息意忘緣真要妙·依前不改舊時心
万劫輪迴何日了·食時辰·若時節·善男善女聽我說
不論居肆与人家·多是煮炰刲腥血·或豬羊·或鵝鴨
盡向此時遭割劉·贒鱗斷落口猶開·肝肚攜來氣全熱·或
渾炮·或細切·盡逞無明恣貪啜·教他忍苦受刀砧·猶嫌不

或平安或逼嶌肅肅高僧離竹院起草叢莪鸞鳳臺霸
帗鍾作灌光椀倫巢兆懸蓋傘王佛金容光爍爛神祇
之類求跡着鵰鳥已来皆飽滿利存三益家眷亢是有求
皆滿愿不唯權却万般灾兼乃蠲除千戶難賓頭盧大
羅漢應供此時天下遍如斯施設益羣生惣是如来巧
方便彌陀國兜率院要去何人爲障難十齋八戒有功勞
六道三塗無繫絆佛法中須用意得此人身直容易
若落邊方下賤中佛法師僧水難值難後人須慶喜
百分之人無一三幸於乱世遇彌陀又喜殘年逢法會
學持齋究經義親近大乘生惠智夜夜長燃照佛燈朝
朝勤礎掩兆水念觀音持勢至一串數珠安袖裏目前
灾難不能侵臨終又如眠睡相利益言切須記切果教君

上博 48 (41379) 28. 十二時普勸四衆依教修行 (101－69)

羡情無怳扁一般命無別爭不教他抱究結業鏡無情下
待君此時巧難無分雪焰摩王親斷決
一一招當敢枉柺不論錢兩惣還他如此相饒幾時歇縱爲
人神氣劣知命多灾形困缀爭如蔬素遠飢瘡免被
究家隨後檝況此身如聚沫終是無常歸壞滅暫時
光贓爲肥充雨日不安癩如剉熱油澆沸湯潑號訴求
誰睬聒貪貪之意若豺狼毒惡之心似羅剎我此言
真實勸只要人聞心改懺自茲直到佛涅槃洗滌身心交
淨潔罪誰無要猛烈一懺直交如沃雪求生淨土礼彌
陀九品花中常快活隅中巳時家善脉事皆從
此時難一時如来持鉢中二當天衆經行散純陁供香積飰
法會齋筵陳供獻卅三天刹和金鍾處處道場排玉饌

上博 48 (41379) 28. 十二時普勸四衆依教修行 (101－68)

上博 48 (41379)　28. 十二時普勸四衆依教修行　(101－70)

上博 48 (41379)　28. 十二時普勸四衆依教修行　(101－71)

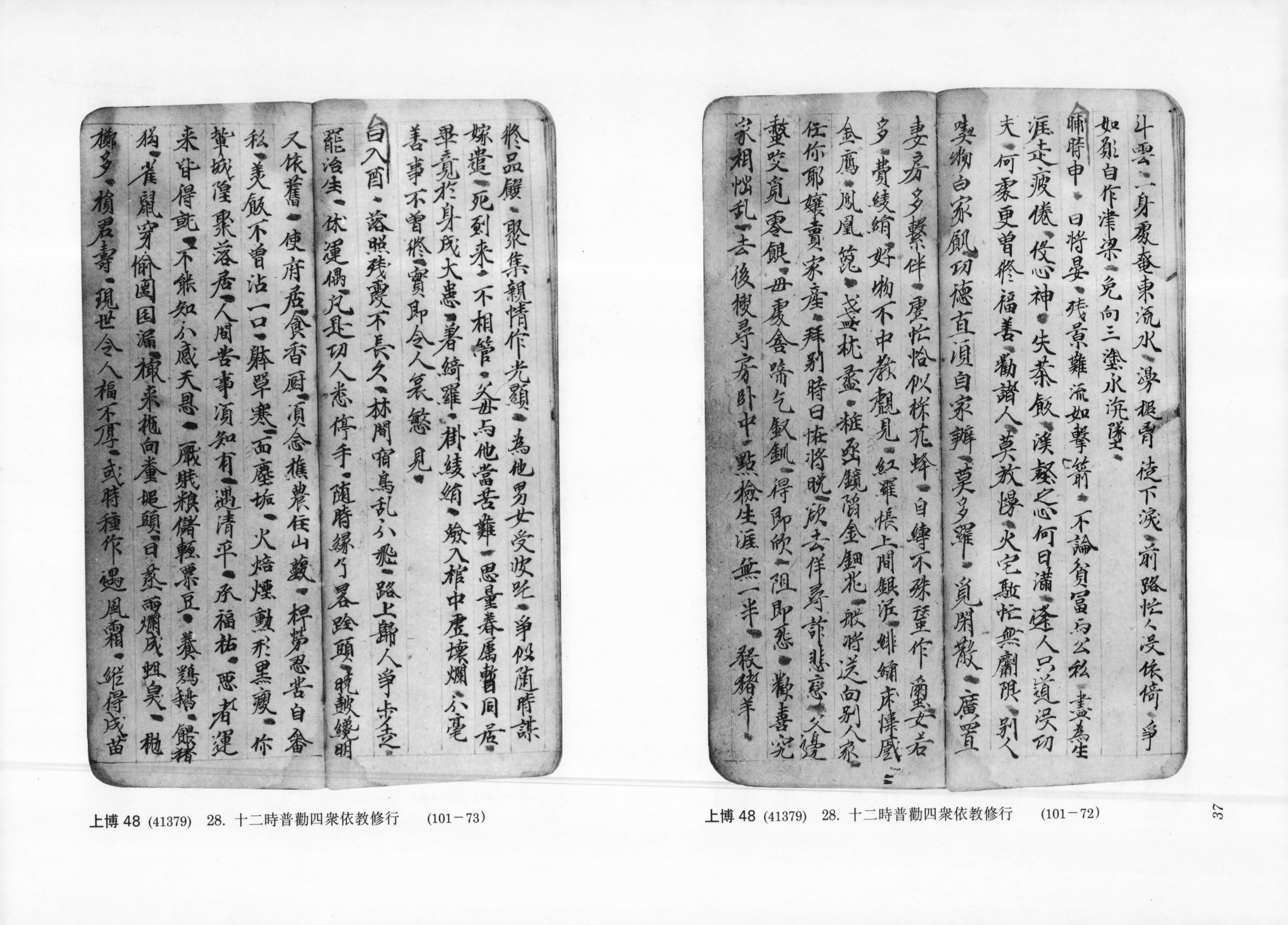

上博 48 (41379) 28. 十二時普勸四衆依教修行 (101－73)

上博 48 (41379) 28. 十二時普勸四衆依教修行 (101－72)

多稗莠，嬾善人，親惡友，習狎薰行乖睍夌文，開多使七戒戲
余衆無非兩般斗，年既秋，漸蒲柳，起坐呻吟力衰朽，閑經
業重睡昏昏，買肉腳輕行起走，遊漸行動元來一依舊，不
須目下[illegible]儸，吱吒怱在無常後
黃昏戌，有可說，皷罷長街人不出，莫言遇夜得身閑
弄錢歡睹猶貪鬧，還往來，路妻室，半夜烹炮飡未畢，臺
盤腳下酒滂沲，頰傑面前多碎骨，鄰舍亡亡迷亢亢，將為長年
保安吉，忽然福盡欲乖張，寒暑交成臥有疾，死王來
去叅孔，前路忙忙黑如漆，業繩牽入鐵城中，萬檀千箱阿誰
物，棺光當，埋土窟，一善不修身已卒，有親男女為追齋
七分之中唯得一，若姑姨，或弟姪，六分之中也無失，爭如少健自家
修，聞來更念彌陀佛，清信男，清信女，聽我今朝相勸善

上博 48 (41379) 28. 十二時普勸四衆依教修行 (101－74)

最生曾早結緣來，此時方得相逢遇，或身心，少瞋妬，莫遊莫身
為家主長，百般變佞耳邊來，實懷且為貪安取，行無傷，言
有據，凡事酌量須得所，資裝粉黛莫奢華，衣服綾羅須儉
素，或子孫，或兒婦，衣食恩怜須遍布，丈夫忠性善恬和，兒
子媳婦輕誠節，盧賢和，作規矩，小大安存如子母，欲無口業兌
人嫌，児大嫌匙亦付與，自然行，離前路，莫著殘年能幾許
更饒留似石崇家，難免身為墳下土
人定亥，盡日驅馳夜方外，聚頭燈下飲極酣，朱漆盤中
毀臟膾，或公私，或買賣，悶染結交多聚會，終年迷亂長
無明，豈信佛門堪倚賴，縱發心，無志耐，棟點師僧論過非，雖遂
善境暫迴心，忽遇違緣還卻退，少蹉跎，老追悔，紹強開經禮
力敗，將錢布施男女嗔，用物設齋妻子怪，勸莫忙，教且待，方便

上博 48 (41379) 28. 十二時普勸四衆依教修行 (101－75)

悲孤孀，沒依倚，駿驥背會相似。霜天寒夜自嗟吁，骨冷衣單
夕夕悲，對愁悲，行人抛幼累。惧別愁明啼不寐，少妻燈下坐交頤，
老母堂中愁噎指(?)。或冒豪，或負遺，各自前生緣果異。或藏草
舍避驚憂，或臥紅羅歡宴醉。或往期，或失意，聚散悲歡事
難紀。思量一夜百千家，幾户悲憂幾家喜。晝屬人，夜屬鬼，
夕遞遷，何日罷。驢中霜鬢逐時添，頰上桃花隨日謝。樹樹空(?)軒
車，多宅舍，蘭室屏幃紈綺盡。一朝福盡死王來，生事
落然難顧藉。善修心，惡要怕，不是虛言相誑詐。閻王未
肯受人賕，殺鬼豈能容諂詐。火宅忙，須割捨，自古無常誰免
者。普寄浮生白日中，終歸永卧黃泉下。
時當同光二載三月廿三日，東方漢國鄜州觀音院僧智嚴，俗
姓張氏，往西天求法，行至沙州，依龍光寺憩歇一兩月說

上博 48 (41379)　28. 十二時普勸四衆依教修行　　(101－77)

意徒為貪碌，何如少健自交分。莫交直到年衰邁，眼目昏，耳沈
聵，漸覺心神轉昏昧。寢寢長逢過往人，神魂已入幽冥界。後
生時，恣癡愛，終日留情聲色內。三科法上沒堅牢，五陰形軀
終破壞。不聰明，少知解，貪噉衆生結究害。涅槃正路此時迷，
生死病源何日差。称陁佛，功力大，能為勞生除障蓋。猛抛家務
且勤來，看看被送荒郊外。
夜半子，時刻巡還有終始。或前或後即差殊，一例無常
歸大地。夜既蘭，天似水，汁轉河迴人起睡。有時却坐草堂
中，悲見人間無限事。悲囚徒，牢獄裏，夜靜領來方拷掠(?)，
杖鞭纏縛苦難任，皮肉瘡疼連骨髓。悲病人，久在(?)牀，四體
沉沉難起上(?)。床頭一盞寂寥燈，枕畔兩行瘡甚淚。悲孕婦，
日將至，停燭焚香告天地。性命惟憂須剋間，渾家大小專專侍

上博 48 (41379)　28. 十二時普勸四衆依教修行　　(101－76)

上博 48 (41379)　29. 勸善文　30. 雜言詩(石女無夫主)　(101－79)

上博 48 (41379)　28. 十二時普勸四衆依教修行　29. 勸善文　(101－78)

上博 48 (41379) 32. 開元皇帝勸十齋讚 33. 十二月禮佛名 (101－81)

上博 48 (41379) 30. 雜言詩(石女無夫主) 31. 每月十齋 (101－80)

上博 48 (41379) 34. 上皇勸善断肉文 35. 九想觀一卷 (101－83)

上博 48 (41379) 33. 十二月禮佛名 34. 上皇勸善断肉文 (101－82)

猖子築城弄土一藂〻行來失伴窺門覓歸家喚飯容遲射
日〻過庠〻序鬪詠詩書何那聚路上逢人喚父〻不知自是白頭翁
第三觀 臧少年 盡是栁戍氣力全 拓石翹關雀鬭壯 彎弓遥
射五陵前 各騁英雄兵吏部 論詩說賦定華篇 三軍不肯隨
𨍭節 久竟爭遊車馬前 求作樂 愛管弦 覺走貪杯益酒
泉 呼用日〻追於賞 結伴朝〻花菓園
第四觀 賞猶歡 紅顏美皃盡時離 朝將玉管堂前弄 夜取鳴
琴月下彈 南莊北宅多樂造 東閣西閣命朝官 亭臺起
而連雲合 能將白馬夜遊盤 香車繡帳未童引 金鞍鏤鐙
月耶殘 留情引客前堂置 寵愛閨人後院安 一過富貴多妻
妾 袍襂資莲尔許般 每將鷹鸝蕃雲外 或將歌舞借人看 奇〻
異〻哉〻 紅顏欲老何誰催 忽捻明鏡堂前照 一莖白髮送愁來

第五觀 衰老時 鬢〻邊白髮亂如絲 起坐唯聞腰背裏痛 目下淚
常唫 窗〻 只見堂前孫子鬧 誰知門外任還希 皮寬肉盡無
筋力 眼暗逢人問始知 盤中美食看便飽 槽中駿馬不能騎 西山
日暮無光影 陌上〻枕枯樹枝 紅顏能不存終始 白髮偏能
善改移 昔時少年興八樂 如今聞曲轉生悲 不離黃泉寸步
地 猶存活計勸妻兒
第六觀 病在床 想中困苦斷人腸
百骨節頭一時痛 黃昏魂魄膽飛颺 左旋右轉如山重 昔時氣
力何誰將 百味飲食將來喫 口苦嫌甘不肯嘗 丈夫今日對如此
黃金白玉用何將 縱使神農多本草 莫唯解老病斷承望 路逢莊
為來相趂怕怱將 身入井藏井下 四虵催命促 攀枝二鼠咬藤
傷 此是衆生命盡處 君知者審思量 吾我只今何處在 千
金究竟是無常 如來上求難遇別 況凡夫得久長

髑髏白骨揔離分，只見終冬霜雪變，何曾白骨永長存。冬
月草裏白如敉，春夏草生骨不新，縱使黃天日日照，終歸
變化作灰塵。世人每思九想觀，不知何處是我身，若也世間合
有我，在生富貴揔猶人。十二因緣輪迴轉，但是无常莫共親。
智者若能悟此事，聽取西方淨土因。西方有佛号彌陀，
國名極樂遍娑羅，百鳥靈禽皆念善，樹葉風吹擊法螺，六
趣輪迴爭路入，彼方極樂少經過。

白侍郎十二時行孝文

平旦寅，早起堂前參二親，處分家中送檶水，莫交父母喚
聲頻。

上博 48（41379） 35. 九想觀一卷 36. 白侍郎十二時行孝文 （101－87）

弟七觀守魂空，骨肉歸於地水風，眼看四大還蒿里，妻兒哽噎氣
填胸，憂悲惱歸吡哭，永别權殘一老翁，恰到黃昏男女怕，將知生
死路何同，東家西舍懸桃板，北户南隣問吉凶，非但亡人身奄化，
孝家借索不相容，權時未得歸泉壤，誰知門外絶行蹤，高托
華堂不得外，終歸荒野守荊蓁，疇野舊來閑只是亡人鎮此間，
親情眷屬永長别，送來只是到荒山，荒山寂寂多墳墓，寂寂門
無鎖亦無關，莫[illegible]孤墳人不守，古往今來無再還。
弟八觀壞爛時，行人見者皺雙眉，一切虎狼分噉食，鵶鵲爭
貪體上飛，昔時妻妾多憐愛，今日權殘阿那知，蠅蛆鼻孔穢令人
怕，螻蟻無親強守屍，對頭虛化無人我，何不驚心覺悟思，可可
笑笑奇奇行人，灑淚徹心悲，空寂還空須了見，悟空真性自然
知，地水火風歸本位，衆生知覺遣无為。
弟九觀停孤墳

上博 48（41379） 35. 九想觀一卷 （101－86）

日出卯　立身之本須行孝甘脆盤中莫使空時時奉上知飢飽
食時辰　居家理務最須勤無事等閑莫外宿歸來勞費父孃嗔
禺中巳　忠孝之心不合二竭力懃酬乳哺恩自得名高上史記
正南午　侍奉尊親莫詞訢迴乾就濕長成人如今豈合論辛苦
日昳未　在家行孝兼行義莫取妻言兄弟疎却交父母流雙淚
晡時申　父母堂前莫動塵縱有步步不稱意向前少語善諮聞

上博 48 (41379)　36. 白侍郎十二時行孝文　(101－88)

日入酉　但願父母得長壽身如松栢色堅貞莫令愚人多飲酒
黃昏戌　下簾拂床早教畢安置父母臥高堂睡定然乃抽身出
人定亥　父母年高須保愛但能行孝向尊親必得揚明於後世
夜半子　孝養父母存終始百年恩愛暫時間莫令愚人不歡喜
雞鳴丑　高樓火宅安得久常觀父母發慈心孝傳題名終不朽

上博 48 (41379)　36. 白侍郎十二時行孝文　(101－89)

上博 48（41379） 37. 清泰四年曹元深祭神文　（101－91）

上博 48（41379） 37. 清泰四年曹元深祭神文　（101－90）

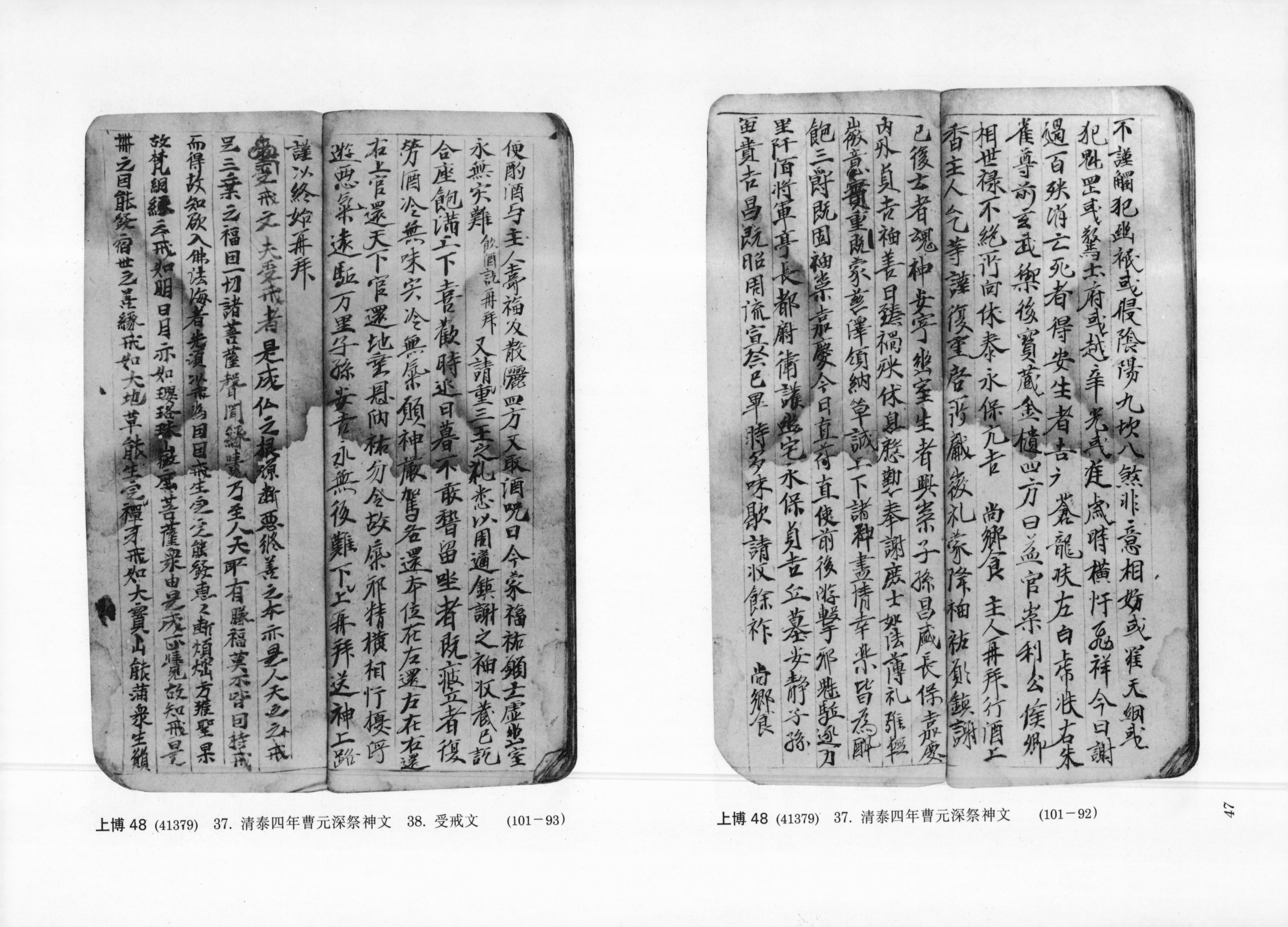

上博 48（41379） 37. 清泰四年曹元深祭神文 38. 受戒文 （101－93）

上博 48（41379） 37. 清泰四年曹元深祭神文 （101－92）

戒如大慈父能扶衆生出苦戒如大尊母能與衆生樂戒如大明燈能破長夜闇
戒如摩尼珠雨寶齊之取以於大病患中戒如為大良藥於三惡道中戒如橋
梁生死海中戒為船栰故薩遮尼乾子經云若得人身不得歸三寶不受八戒捨此
身已乃至芥子之身尚自不得況得壽具足之身佛弟子等信知聖教取說
善惡不然各各至誠受持如來清淨八戒一日一夜堅持不犯當失人身天夫欲受戒先須
啓請諸佛賢聖為作證明方可戒品身中圓滿各各至心聽依口道　弟子某甲等

合道場人稽首和南十方諸佛諸大菩薩無邊化身舍利浮圖碎形寶塔
羅漢初轉四諦法輪雙樹後揚三乘奧典經行措下獨覺聖人空山問得
道羅漢上至非相非非相天四禪四空五淨居等色界自在尸弃梵王
釋提桓因六欲天子龍神八部護世四王散手鎮君金剛蜜跡閻羅天
子五道大神太山府軍察命司録天曹地府善惡部官左膊右肩
罪福童子護齋護戒護法善福神日宮月宮光明梵衆山空石屋

上博 48 (41379)　38. 受戒文　(101－94)

室離俗諸仙曠野丘陵道大力神鬼向梟地獄羅刹夜叉十八泥犁
牛頭獄卒鳩槃荼鬼行病鬼王巡歷人間行諸毒氣貽乱邪化春蠢動
含靈有形无形有相无相有天眼者有天耳者他心通者宿命通
者普願知巾來入道場證明弟子慈悲攝受慈愍故敬礼常住
三寶啓請已來次當懺悔然後受戒若不懺悔猶如穢器盛食人不
喜食譬如濁水置之明珠威力水則澄清懺悔之亦佛弟子各各至心虔
恭合掌一一懺悔具聽依口道　弟子某甲等合道場人自從无始曠大劫
來至於今日受凡夫身流浪生死妄相煩惱繫縛身心不覺知造十惡
業殺生无量斷大慈種偷盜无量衆人財寶邪行无量污淨梵行
妄語无量欺誑一切惡口无量毀辱衆生兩舌无量鬪乱和合綺語无
量喜弄聖凡貪鬼敬无量心无厭足瞋恚无量打罵衆生又造五逆无
間重罪殺父害母煞阿羅漢出佛身血破和合僧破塔壞寺焚燒經

上博 48 (41379)　38. 受戒文　(101－95)

上博 48 (41379) 38. 受戒文 (101－97)

上博 48 (41379) 38. 受戒文 (101－96)

上博 48 (41379) 38. 受戒文 (101－98)

上博 48 (41379) 38. 受戒文 39. 沙弥五得十數文 40. 八戒文
(101－99)

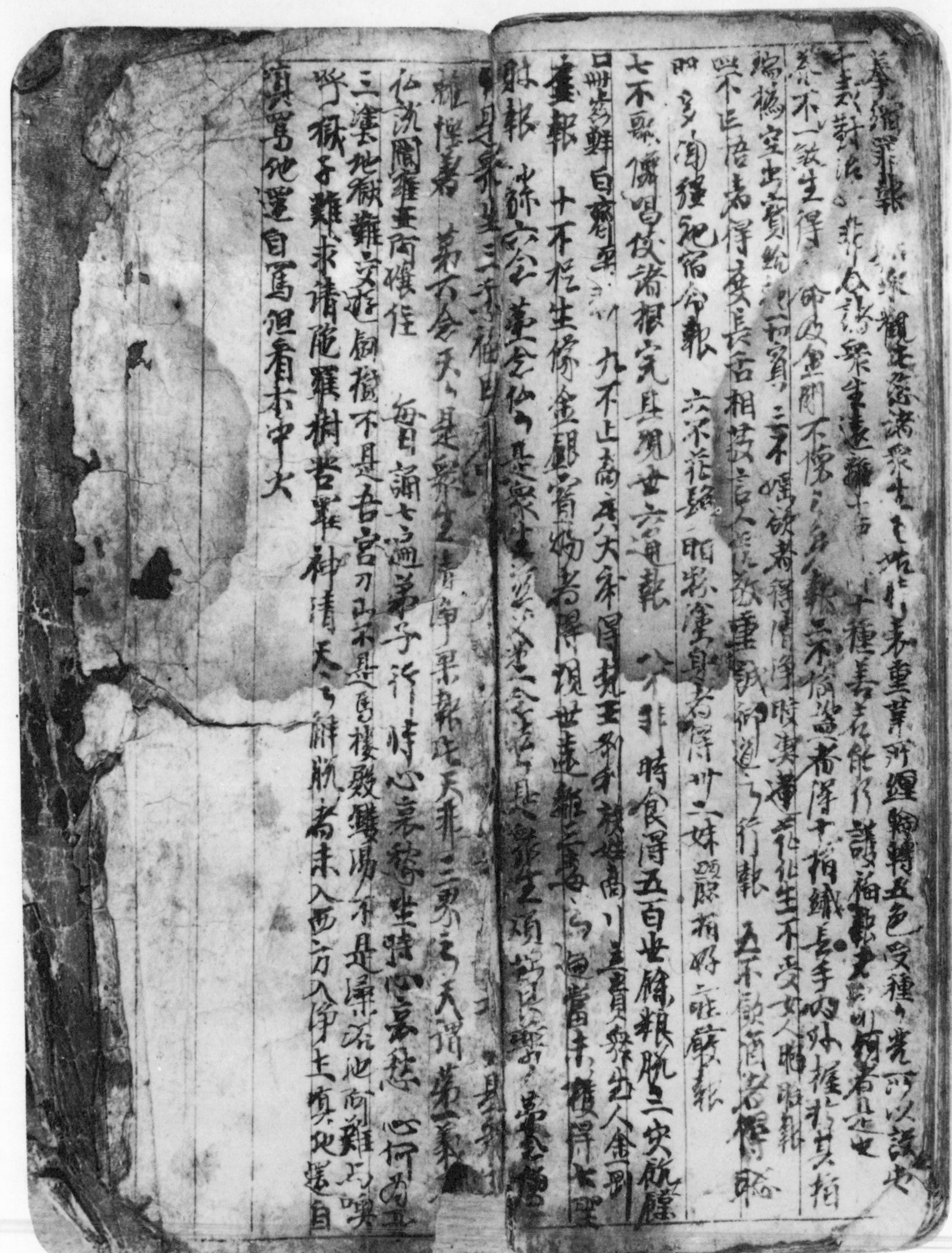

上博 48 (41379) 41. 沙弥十戒 42. 沙弥六念 43. 佛説閻羅王阿孃住 (101－101)

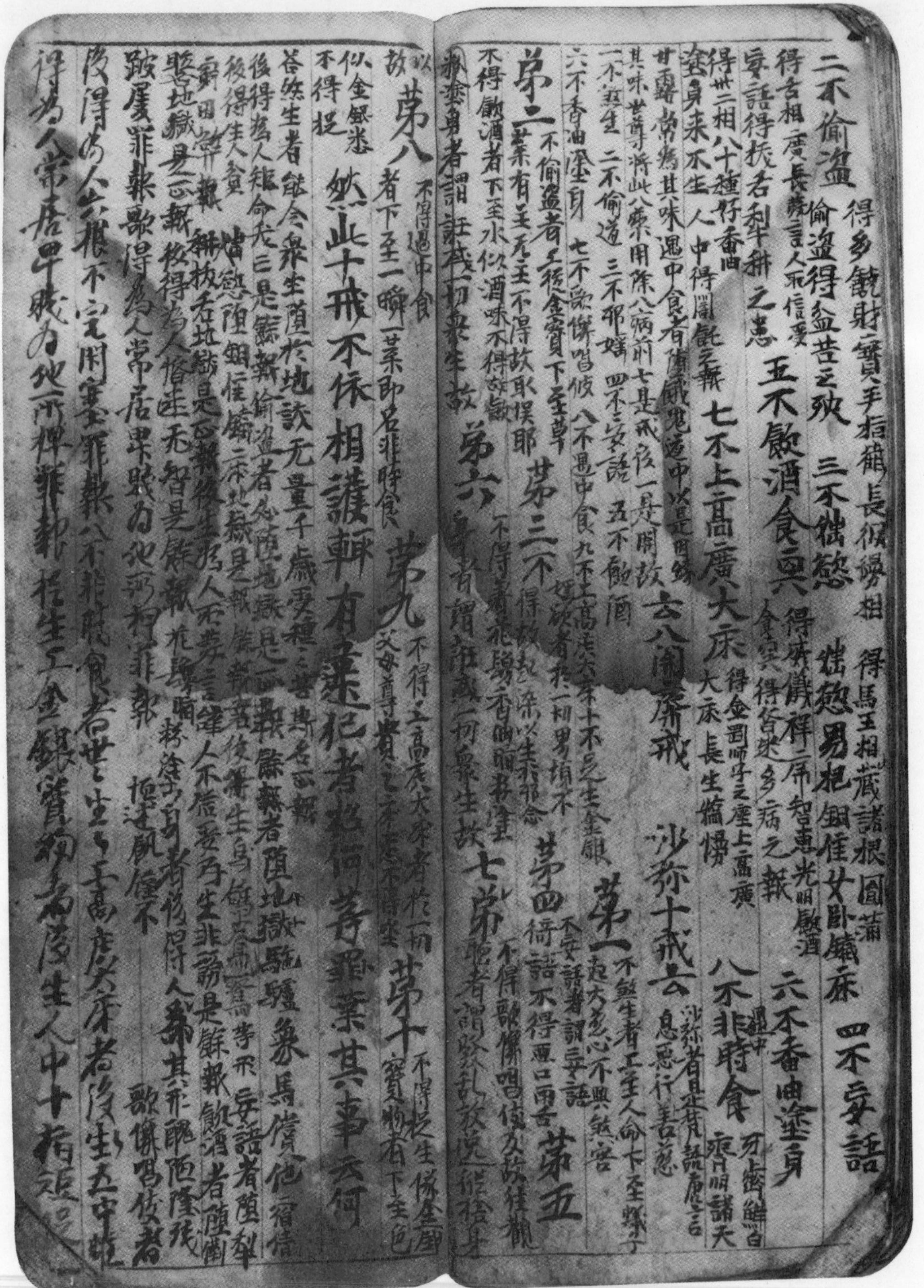

上博 48 (41379) 40. 八戒文 41. 沙弥十戒 (101－100)

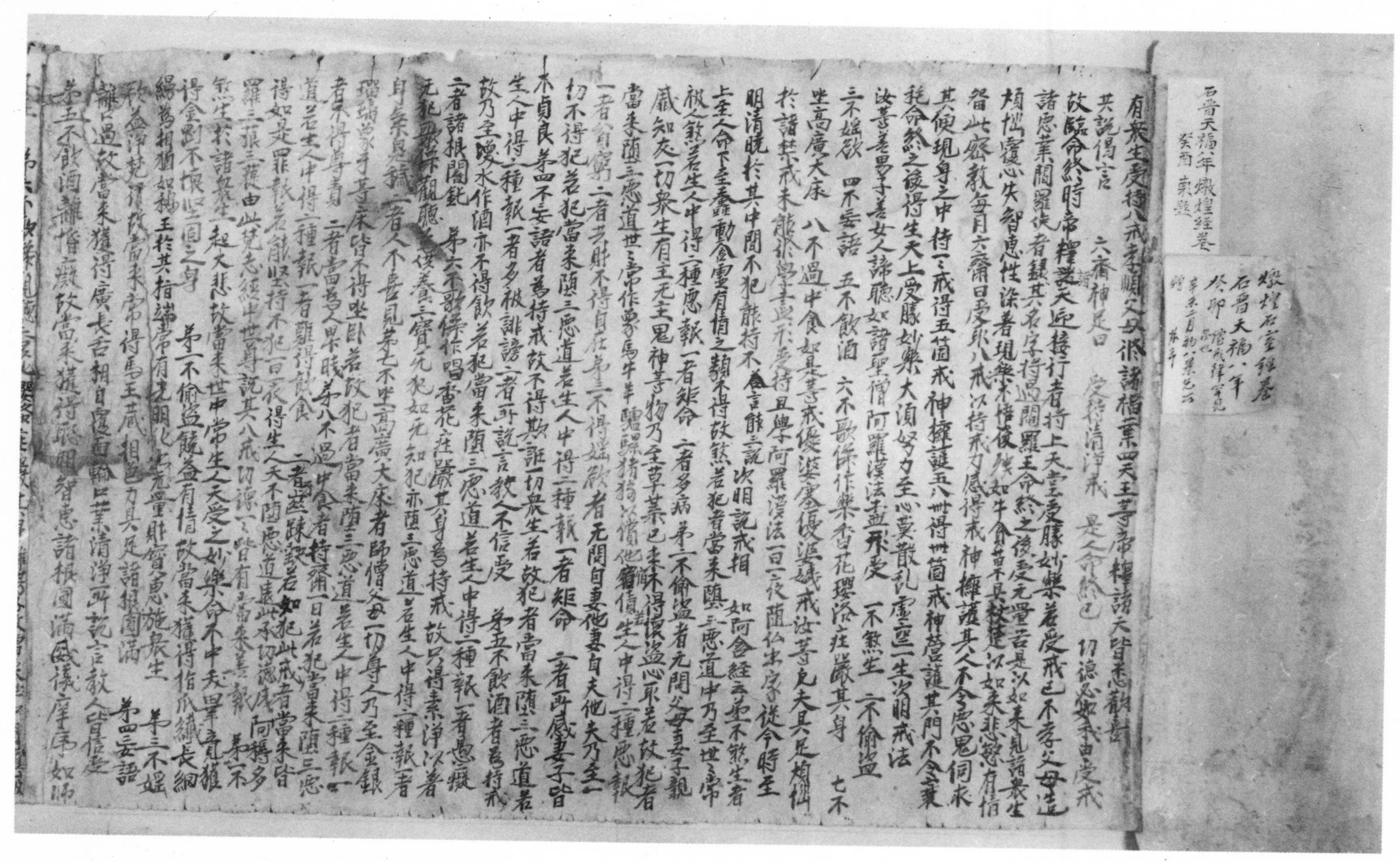

上博 49 (44057)A　受戒懺悔文　　(2－1)

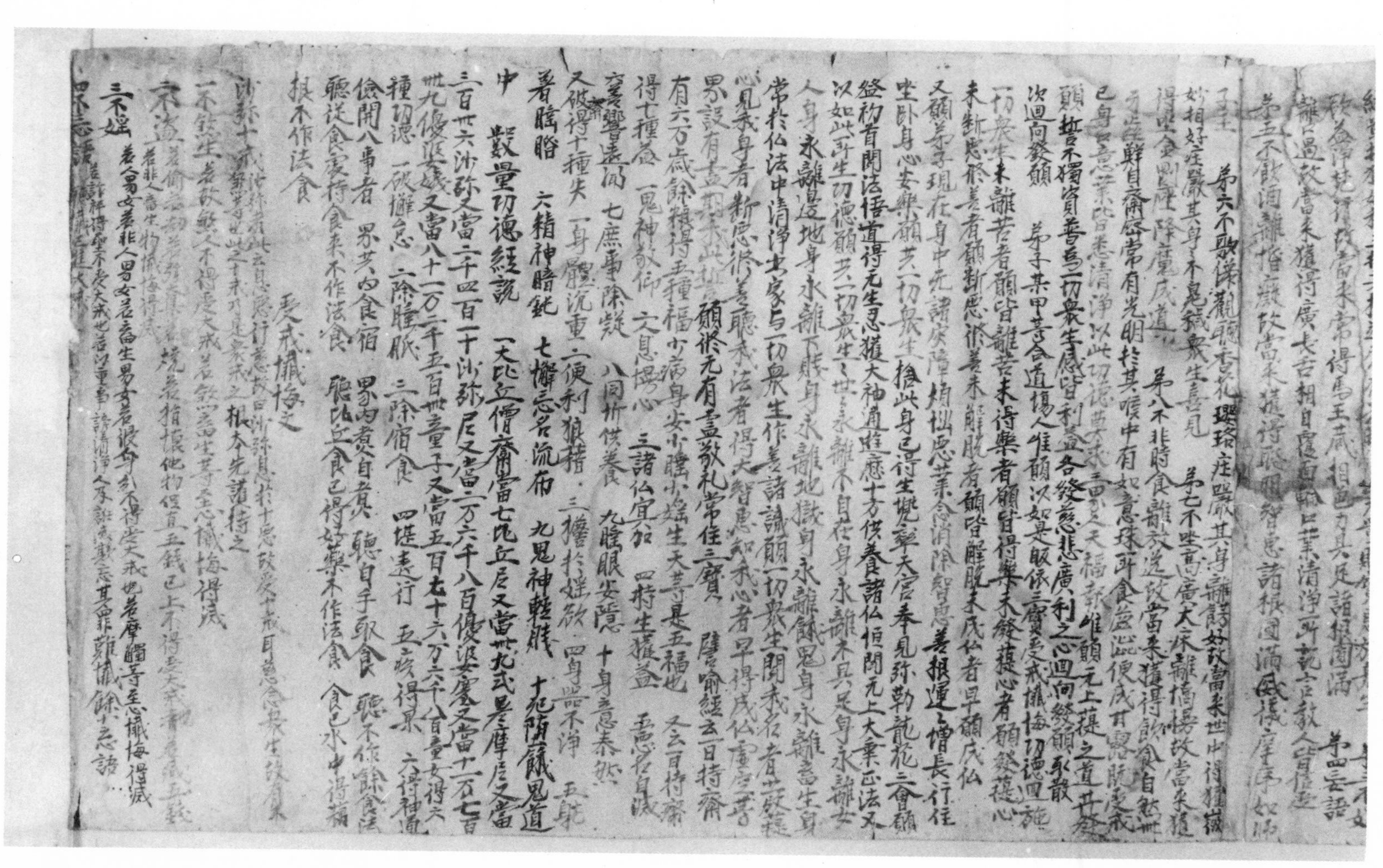

上博 49 (44057)A　受戒懺悔文　　(2－2)

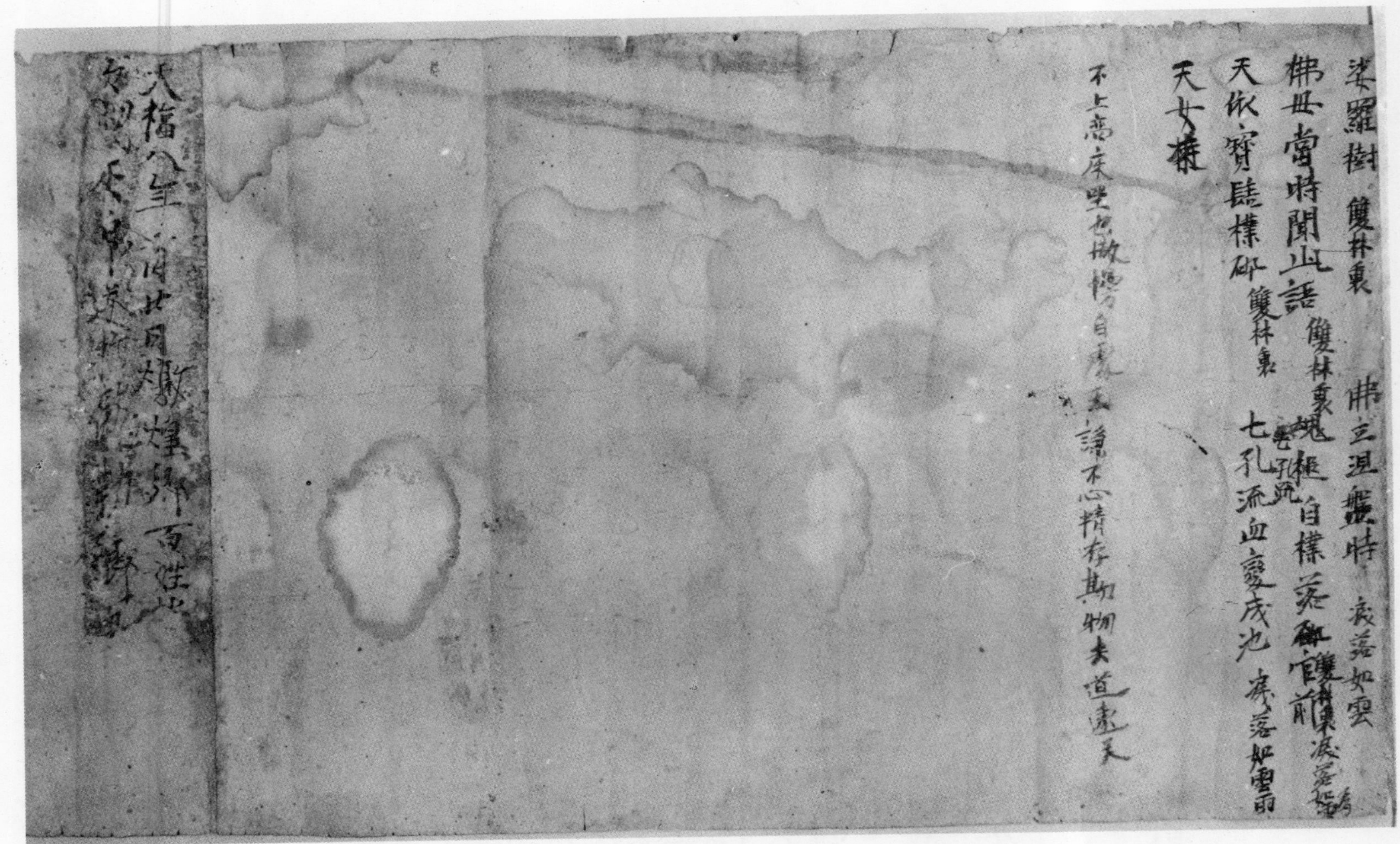

上博 49 (44057)AV　1. 雙林裏歌　2. 雜寫　3. 天福八年燉煌鄉文書

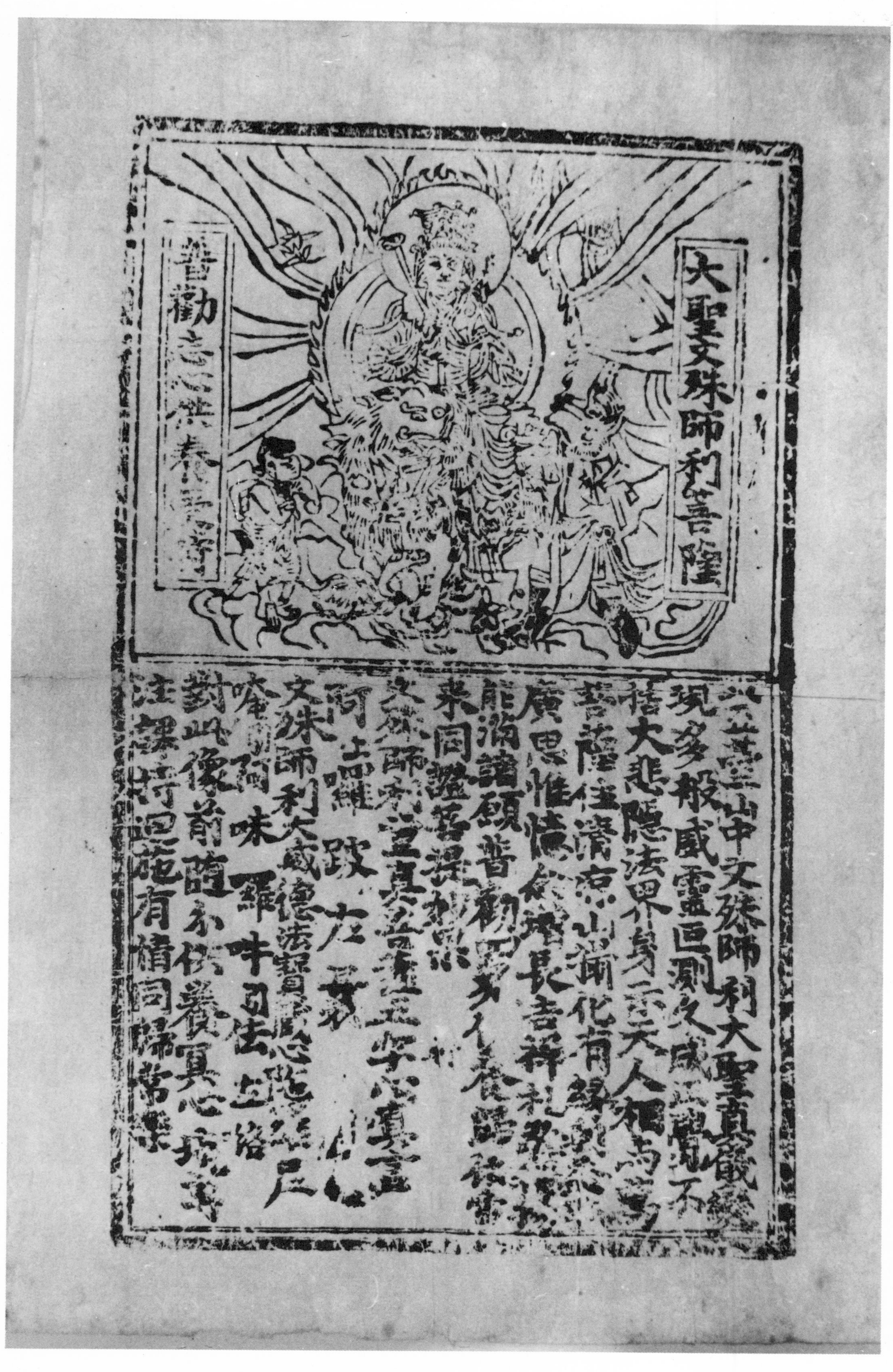

上博 49 (44057)B　大聖文殊師利菩薩像及供養文

佛説救疾　一卷
尒時佛在娑羅雙樹間臨般涅槃時舍利弗
阿難及无量諸天菩薩摩訶薩
一切諸天人皆來集會
佛還正坐告阿難言吾當入般涅槃吾欲將諸
弟子及諸菩薩摩訶薩并與眷屬等遊巡
國界安行人民无諸苦惱惡鬼侵害諸魔遠
乱世間和順善救三寶皆悉恭敬　无餘
侵害三寶者
佛案行周遍國內迴來本處路見三人身體
創臟不可附近面目與腫膸眉墮落言語不轉
衣服染汗身負荷擔細步徐行復似疾人以、
乞丐為命
佛問此三人汝何所來何國之子此三人各皆嘿然
佛復慇懃問之三問不答佛即以善方便化之
三人答言我等是幽厄之子用向苦問
佛問此三人汝之所疾從何所起由何所得三人
答言我之所患不知何由不覺痛痒創遂
踏廣願世尊說病本緣使我開解
佛即告阿難并集眷屬乃至七佛名字悉來
集坐吾為此人觀其宿業即調七佛
第一惟衛佛　第二式佛　第三隨葉佛

上博 50 (44955)　佛説救疾經一卷　(6－1)

第一惟衛佛　第二式佛　第三隨葉佛
第四拘樓秦佛　第五拘那含牟尼佛　第六迦葉佛
第七釋迦文佛　此七佛悉來集坐
佛復問七佛言三人病是誰與之七佛從座而起各
各答言我无與者佛即入三昧禪定諦觀三
病知疾本緣
七佛白言世尊此疾不從地生即自檢悉發之
與是金剛密迹見惡人以金剛杵打之當面生
創膸眉即由犯三寶使之坐也
佛即問金剛密迹復何因緣與此三人病也金
剛答言世尊我願恒在佛左右為護三寶故
不令惡人侵害如來善心沉沒我見此三人
一犯如來毀損尊像二犯正法陵蔑經像斷
滅聖教善法沉寒三犯僧聚害大眾能使四
道衆僧遂從陵滅金剛密迹白佛言誠犯餘
神病不如此膸眉不落其創痒膿世有可治犯
三寶者非世諦之師可能治也面目生光身
中腑出金剛密迹白佛言我先願世尊得道
之時恒在左右為防三寶使衆魔惡鬼惡人
不來侵惱若目惡人陵辱竊盜三寶者我
金剛杵碎其頭如阿梨樹落地七分金剛密迹
白佛言此三人者一從父母并及已上眷屬目

上博 50 (44955)　佛説救疾經一卷　(6－2)

不來復惱者目惡人陵辱竊盜三寶者我
金剛杵碎其頭而梨樹沿地七分金剛密迹
白佛言此三人者一從父母并及七世罪累相
牽受此惡報或從自身微犯不覺誤有詠
犯不時懺悔罪遂墳庳治此惡之病唯有蘇
心諸佛懺心七佛發露金剛至心頂七佛藏
力可令消滅重罪
佛告一切眾生凡三寶物有人取者不問隱顯
入手每倍七佛答言若是佛物入手十倍十年
不還密迹生憤能使取者惡病若是經像
之物入手七倍七年不還能使取者惡病若是
眾僧常住之物入手五倍五年不還故生欺
捍能使取者惡病
阿難白佛言世尊閻浮提人多生不信謂无
三寶復犯者眾招致惡病罪積死驗
閻浮提人煞父母害法儀及佰佛星磨有郫
者誅之正身能使惡病
若有人保任是寶者六齋之日佛前稽者使
人交報或四天王下或太子或下使者下或三十
三天下或大仙人下或刹命下或金剛力士下
當下之日注人善惡宜行善事不宜作惡或
有人偷却經像之物知如故為使人惡病

上博 50 (44955)　佛說救疾經一卷　　(6－3)

當下之日注人善惡宜行善事不宜作惡或
有人偷却經像之物知如故為使人惡病
或舉持金銀銅鐵或有闇取三寶之物及以
錢粟絹帛之物逕年有如不還能使人惡病
或人呪攢撓佛形像摧毀佛身或燒景聖容
或默滅經句或將內人僧伽藍內宿或將內人入
佛塔裏共內人言語信要或共內人共相貪樸
或身生注返如此之事能使人惡病如此之事
又又當病不至三年
或有人闇取他人齋米供齋之調知而故取能
使人惡病
若有人取他餘色與他內人受者知情與者
同罪二人俱病
或有人闇取僧尼雜器知而不還能使人病若
有人共經像牛驢行不淨行能使人病雖是
畜生擬作經像乃至三年病
或有人將內人入三寶屋不行淨法能使人
病若有人妻穢淨行尼能使人病
若有人安經像屋裏死木函藏之在下共內
人宿能使人病不出三年
一切身指惡病宜以苦重懺悔罪從心生罪從

上博 50 (44955)　佛說救疾經一卷　　(6－4)

人心宿能徒人病不出三年
一切身指惡病宜以苦重懺悔罪從心生罪從
心滅心如天堂心如地獄作手是天堂覆手是
地獄欲滅身中重罪至心懺悔莫生懈退慚
告七佛及金剛密迹諸大菩薩及諸眷屬此
三病人云何可濟金剛大士以發本緣今者可
慈方便方宜攝濟得免此人病苦世稱如來
大慈大悲
七佛各各白言世尊衆生蠢蠢皆有佛性
此人之病易除消滅金剛問之金剛密迹是
吾長兄阿難是吾小弟吾之眷屬數不可計
阿毗陀仙能禁毒氣阿羅羅仙能呪惡鬼
三十三天能下法水雪山大醫能降妙藥甘
露諸來能潤枯涸阿闍世王身犯重罪尚有
可消身創除滅佛以方便身復如故不消不
滅是病者心中生也
佛即以觀心虛實化作大池方圓四千步論
中炭火問阿闍世王汝能入此大池除滅汝
罪創裏平復阿闍世王言若能滅我罪我
當即入阿闍世王即以佛前發香發願踊身
入火已水揥疱變為浴池衆罪滅鋍如有人墮

上博 50 (44955) 佛說救疾經一卷 (6－5)

入火已水揥疱變為浴池衆罪滅鋍如有人墮
長流水從上如墮在下則[illegible]化諸佛餘悔重罪新
滅不信經語雖罪難滅
佛告諸病人吾教汝但當至心百日之中諸
大德法師治齋日日礼七佛名字日日礼金
剛密迹日日礼无量壽佛一日之中造成一卷
救疾經百日之中行道懺悔百卷成訖作齋
度經可免此宿殃患耳
莫生不信創遂增廣佛語不虛經云非謬正
法之言甚深甚善
諸佛語大弟子此經名救護衆生要疾經
令流布閻浮提人有疾者知聞
武德六年四月廿七日清信佛
弟子奉行善敬造願閻浮
提中所有幽厄疾病者藉此
福田悉除差普及六道含生
咸同斯慶

上博 50 (44955) 佛說救疾經一卷 (6－6)

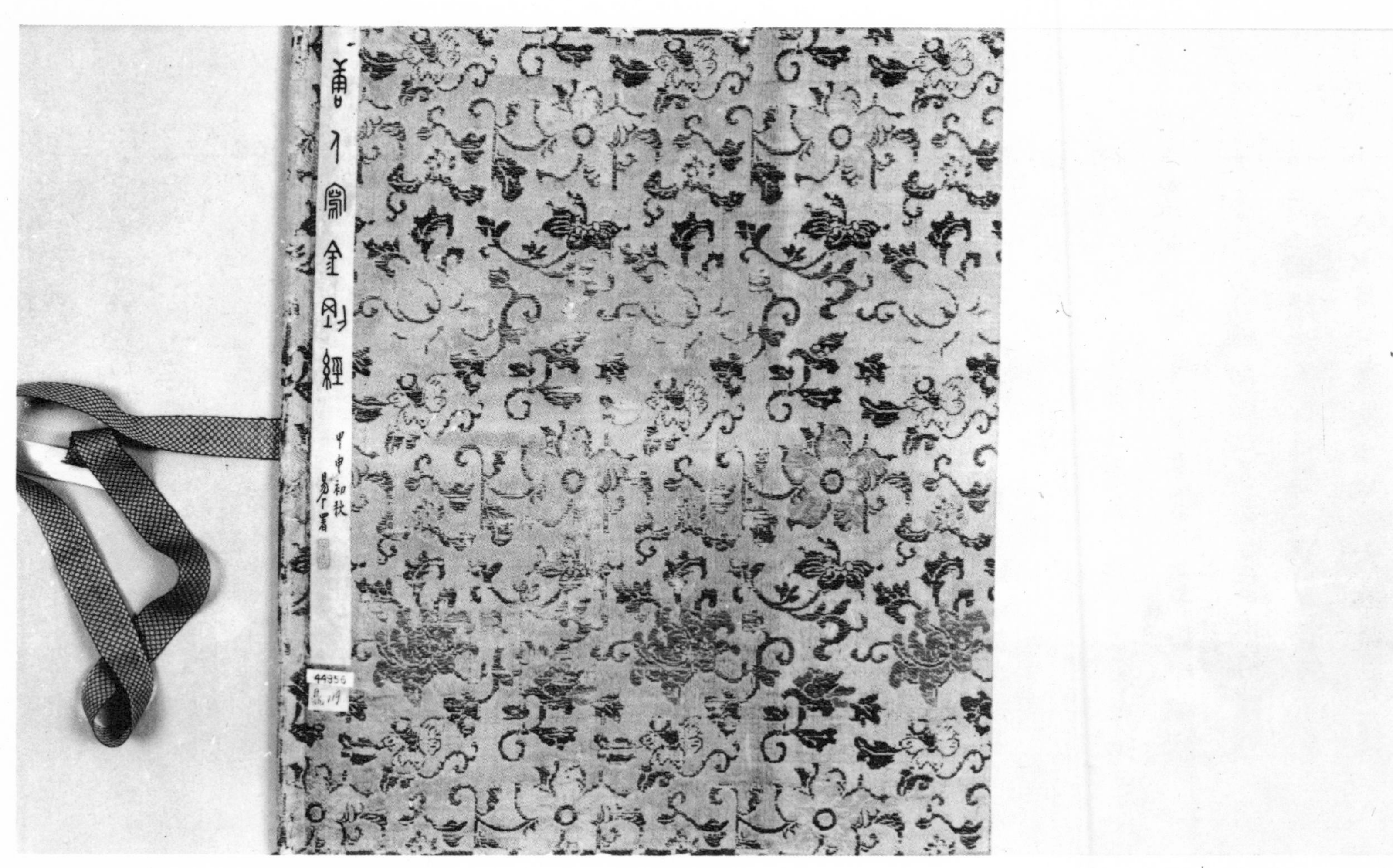

上博 51 (44956)　金剛般若波羅蜜經　　（包首）

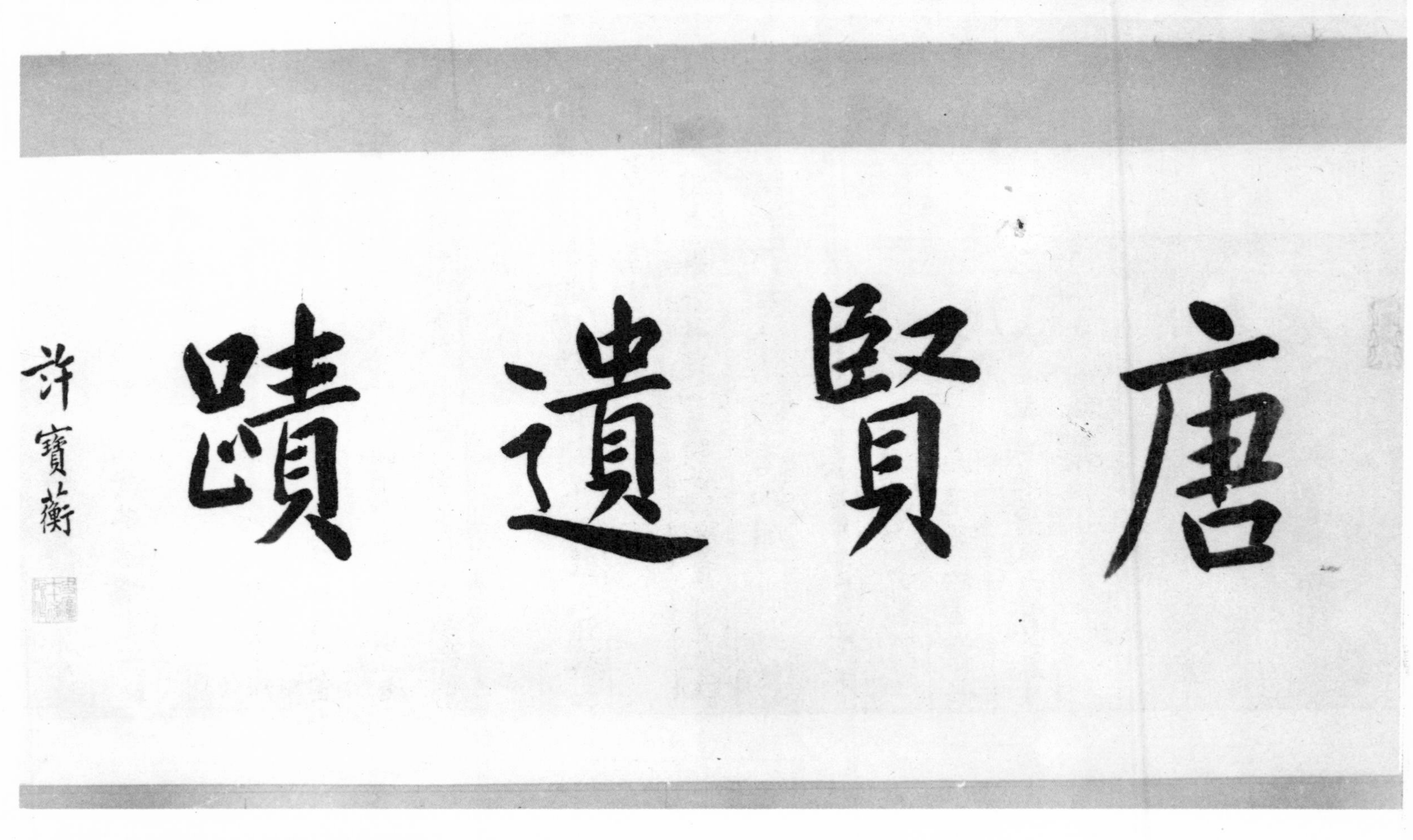

上博 51 (44956)　金剛般若波羅蜜經　　（題跋6－1）

金剛般若波羅蜜經
如是我聞一時佛在舍衛國祇樹給孤獨園
與大比丘衆千二百五十人俱尒時世尊食
時著衣持鉢入舍衛大城乞食於其城中次
第乞已還至本處飯食訖收衣鉢洗足已敷
座而坐時長老須菩提在大衆中即從座起
偏袒右肩右膝著地合掌恭敬而白佛言希
有世尊如來善護念諸菩薩善付囑諸菩
薩世尊善男子善女人發阿耨多羅三藐三菩
提心應云何住云何降伏其心佛言善哉善
哉須菩提如汝所說如來善護念諸菩薩善
付囑諸菩薩汝今諦聽當為汝說善男子善
女人發阿耨多羅三藐三菩提心應如是住
如是降伏其心唯然世尊願樂欲聞
佛告須菩提諸菩薩摩訶薩應如是降伏其
心所有一切衆生之類若卵生若胎生若濕生
若化生若有色若无色若有想若无想若
非有想若非无想我皆令入无餘涅槃而滅
度之如是滅度无量无數无邊衆生實无衆

上博 51 (44956) 金剛般若波羅蜜經 (15－1)

若化生若有色若无色若有想若无想若
非有想若非无想我皆令入无餘涅槃而滅
度之如是滅度无量无數无邊衆生實无衆
生得滅度者何以故須菩提若菩薩有我相
人相衆生相壽者相即非菩薩
復次須菩提菩薩於法應无所住行於布施
所謂不住色布施不住聲香味觸法布施須
菩提菩薩應如是布施不住於相何以故若菩
薩不住相布施其福德不可思量須菩提於
意云何東方虛空可思量不不也世尊須菩提
南西北方四維上下虛空可思量不不也世尊須
菩提菩薩无住相布施福德亦復如是不可
思量須菩提菩薩但應如所教住須菩提於
意云何可以身相見如來不不也世尊不可以身
相得見如來何以故如來所說身相即非身相
佛告須菩提凡所有相皆是虛妄若見諸相
非相則見如來
須菩提白佛言世尊頗有衆生得聞如是言
說章句生實信不佛告須菩提莫作是說如
來滅後後五百歲有持戒脩福者於此章句
能生信心以此為實當知是人不於一佛二佛三
四五佛而種善根已於无量千萬佛所種諸
善根聞是章句乃至一念生淨信者須菩提
如來悉知悉見是諸衆生得如是无量福德

上博 51 (44956) 金剛般若波羅蜜經 (15－2)

四五佛而種善根已於无量千萬佛所種諸
善根聞是章句乃至一念生淨信者須菩提
如來悉知悉見是諸衆生得如是无量福德
何以故是諸衆生无復我相人相衆生相壽者
相无法相亦无非法相何以故是諸衆生若心
取相則爲著我人衆生壽者若取法相即
著我人衆生壽者何以故若取非法相即著我
人衆生壽者是故不應取法不應取非法以
是義故如來常說汝等比丘知我說法如筏
喻者法尚應捨何况非法
須菩提於意云何如來得阿耨多羅三藐三
菩提耶如來有所說法耶須菩提言如我解
佛所說義无有定法名阿耨多羅三藐三菩
提亦无有定法如來可說何以故如來所說
法皆不可取不可說非法非非法所以者何一
切賢聖皆以无爲法而有差别
須菩提於意云何若人滿三千大千世界七
寶以用布施是人所得福德寧爲多不須菩
提言甚多世尊何以故是福德即非福德性
是故如來說福德多若復有人於此經中受
持乃至四句偈等爲他人說其福勝彼何以故
須菩提一切諸佛及諸佛阿耨多羅三藐三
菩提法皆從此經出須菩提所謂佛法者
即非佛法

上博 51 (44956) 金剛般若波羅蜜經 (15－3)

菩提法皆從此經出須菩提所謂佛法者
即非佛法
須菩提於意云何須陁洹能作是念我得須陁洹
果不須菩提言不也世尊何以故須陁洹
名爲入流而无所入不入色聲香味觸法是名
須陁洹須菩提於意云何斯陁含能作是念
我得斯陁含果不須菩提言不也世尊何以故斯
陁含名一往來而實无往來是名斯陁含須菩提
於意云何阿那含能作是念我得阿那含果
不須菩提言不也世尊何以故阿那含名爲不
來而實无來是故名阿那含須菩提於意
云何阿羅漢能作是念我得阿羅漢道不
須菩提言不也世尊何以故實无有法名
阿羅漢世尊若阿羅漢作是念我得阿
羅漢道即爲著我人衆生壽者世尊佛說
我得无諍三昧人中最爲第一是第一離
欲阿羅漢我不作是念我是離欲阿羅漢
世尊我若作是念我得阿羅漢道世尊則
不說須菩提是樂阿蘭那行者以須菩提
實无所行而名須菩提是樂阿蘭那行
佛告須菩提於意云何如來昔在然燈佛所
於法有所得不不也世尊如來昔在然燈佛所
於法實无所得須菩提於意云何菩薩莊
嚴佛土不不也世尊何以故莊嚴佛土者則非

上博 51 (44956) 金剛般若波羅蜜經 (15－4)

於法實无所得須菩提於意云何菩薩莊
嚴佛土不不也世尊何以故莊嚴佛土者則非
莊嚴是名莊嚴是故須菩提諸菩薩摩訶
薩應如是生清淨心不應住色生心不應
住聲香味觸法生心應无所住而生其心須菩
提譬如有人身如須弥山王於意云何是身為
大不須菩提言甚大世尊何以故佛說非身
是名大身
須菩提如恒河中所有沙數如是沙等恒河
於意云何是諸恒河沙寧為多不須菩提
言甚多世尊但諸恒河尚多无數何况其沙
須菩提我今實言告汝若有善男子善女
人以七寶滿尒所恒河沙數三千大千世界以用
布施得福多不須菩提言甚多世尊佛告須
菩提若有善男子善女人於此經中乃至受
持四句偈等為他人說而此福德勝前福德
復次須菩提隨說是經乃至四句偈等當知
此處一切世間天人阿脩羅皆應供養如佛塔
廟何况有人盡能受持讀誦須菩提當知是
人成就最上第一希有之法若是經典所在之
處則為有佛若尊重弟子
尒時須菩提白佛言世尊當何名此經我等
云何奉持佛告須菩提是經名為金剛般若
波羅蜜以是名字汝當奉持所以者何須菩

上博 51 (44956) 金剛般若波羅蜜經 (15－5)

云何奉持佛告須菩提是經名為金剛般若
波羅蜜以是名字汝當奉持所以者何須菩
提佛說般若波羅蜜則非般若波羅蜜須菩
提於意云何如來有所說法不須菩提白佛
言世尊如來无所說須菩提於意云何三千
大千世界所有微塵是為多不須菩提言甚
多世尊須菩提諸微塵如來說非微塵是名微
塵如來說世界非世界是名世界須菩提於意
云何可以三十二相見如來不不也世尊何
以故如來說三十二相即是非相是名三十
二相須菩提若有善男子善女人以恒河沙
等身命布施若復有人於此經中乃至受持
四句偈等為他人說其福甚多
尒時須菩提聞說是經深解義趣涕淚悲泣
而白佛言希有世尊佛說如是甚深經典我
從昔來所得慧眼未曾得聞如是之經世尊
若復有人得聞是經信心清淨則生實相當
知是人成就第一希有功德世尊是實相者
則是非相是故如來說名實相世尊我今得
聞如是經典信解受持不足為難若當來世
後五百歲其有眾生得聞是經信解受持是
人則為第一希有何以故此人无我相人相眾
生相壽者相所以者何我相即是非相人相眾
生相壽者相即是非相何以故離一切諸相則

上博 51 (44956) 金剛般若波羅蜜經 (15－6)

人則爲第一希有何以故此人无我相人相衆
生相壽者相所以者何我相即是非相人相衆
生相壽者相即是非相何以故離一切諸相則
名諸佛
佛告須菩提如是如是若復有人得聞是經
不驚不怖不畏當知是人甚爲希有何以故
須菩提如來說第一波羅蜜非第一波羅蜜
是名第一波羅蜜
須菩提忍辱波羅蜜如來說非忍辱波羅蜜
何以故須菩提如我昔爲歌利王割截身體
我於尒時无我相无人相无衆生相无壽者
相何以故我於往昔節節支解時若有我相
人相衆生相壽者相應生瞋恨須菩提又念
過去於五百世作忍辱仙人於尒所世无我相
无人相无衆生相无壽者相是故須菩提菩
薩應離一切相發阿耨多羅三藐三菩提心
不應住色生心不應住聲香味觸法生心應
生无所住心若心有住則爲非住是故佛說
菩薩心不應住色布施須菩提菩薩爲利
益一切衆生應如是布施如來說一切諸相
即是非相又說一切衆生則非衆生須菩提
如來是真語者實語者如語者不誑語者
不異語者須菩提如來所得法此法无實无
虛須菩提若菩薩心住於法而行布施如人

上博 51 (44956) 金剛般若波羅蜜經 (15－7)

不異語者須菩提如來所得法此法无實无
虛須菩提若菩薩心住於法而行布施如人
入闇則无所見若菩薩心不住法而行布施
如人有目日光明照見種種色須菩提當來之
世若有善男子善女人能於此經受持讀誦
則爲如來以佛智慧悉知是人悉見是人皆得
成就无量无邊功德
須菩提若有善男子善女人初日分以恒河
沙等身布施中日分復以恒河沙等身布施後
日分亦以恒河沙等身布施如是无量百千萬
億劫以身布施若復有人聞此經典信心不逆
其福勝彼何况書寫受持讀誦爲人解說
須菩提以要言之是經有不可思議不可稱
量无邊功德如來爲發大乘者說爲發最
上乘者說若有人能受持讀誦廣爲人說如
來悉知是人悉見是人皆成就不可量不可稱
无有邊不可思議功德如是人等則爲荷
擔如來阿耨多羅三藐三菩提何以故須
菩提若樂小法者著我見人見衆生見壽者
見則於此經不能聽受讀誦爲人解說須菩
提在在處處若有此經一切世間天人阿脩
羅所應供養當知此處則爲是塔皆應恭敬
作禮圍遶以諸華香而散其處
復次須菩提善男子善女人受持讀誦此經

上博 51 (44956) 金剛般若波羅蜜經 (15－8)

作礼圍遶以諸華香而散其處
復次須菩提善男子善女人受持讀誦此經
若為人輕賤是人先世罪業應墮惡道以今
世人輕賤故先世罪業則為消滅當得阿耨
多羅三藐三菩提須菩提我念過去无量阿
僧祇劫於然燈佛前得值八百四千萬億那
由他諸佛悉皆供養承事无空過者若復有
人於後末世能受持讀誦此經所得功德於
我所供養諸佛功德百分不及一千萬億分乃
至筭數譬喻所不能及須菩提若善男子善
女人於後末世有受持讀誦此經所得功德我
若具說者或有人聞心則狂亂狐疑不信須
菩提當知是經義不可思議果報亦不可
思議
尒時須菩提白佛言世尊善男子善女人發
阿耨多羅三藐三菩提心云何應住云何降
伏其心佛告須菩提善男子善女人發阿耨
多羅三藐三菩提者當生如是心我應滅度
一切衆生滅度一切衆生已而无有一衆生實
滅度者何以故若菩薩有我相人相衆生相
壽者相則非菩薩所以者何須菩提實无
有法發阿耨多羅三藐三菩提者須菩提於
意云何如來於然燈佛所有法得阿耨多羅

上博 51 (44956) 金剛般若波羅蜜經 (15－9)

壽者相則非菩薩所以者何須菩提實无
有法發阿耨多羅三藐三菩提者須菩提於
意云何如來於然燈佛所有法得阿耨多羅
三藐三菩提不不也世尊如我解佛所說義
佛於然燈佛所實无有法得阿耨多羅三藐
三菩提佛言如是如是須菩提實无有法如來
得阿耨多羅三藐三菩提須菩提若有法如
來得阿耨多羅三藐三菩提者然燈佛則不與
我授記汝於來世當得作佛号釋迦牟尼以
實无有法得阿耨多羅三藐三菩提是故然
燈佛與我授記作是言汝於來世當得作佛
号釋迦牟尼何以故如來者即諸法如義若有
人言如來得阿耨多羅三藐三菩提須菩提
實无有法佛得阿耨多羅三藐三菩提須菩
提如來所得阿耨多羅三藐三菩提於是中
无實无虛是故如來說一切法皆是佛法須
菩提所言一切法者即非一切法是故名一切法
須菩提譬如人身長大須菩提言世尊如來
說人身長大則為非大身是名大身須菩提菩薩
亦如是若作是言我當滅度无量衆生則不
名菩薩何以故須菩提實无有法名為菩
薩是故佛說一切法无我无人无衆生无壽
者須菩提若菩薩作是言我當莊嚴佛土是

上博 51 (44956) 金剛般若波羅蜜經 (15－10)

名菩薩何以故須菩提實无有法名爲菩
薩是故佛説一切法无我无人无衆生无壽
者須菩提若菩薩作是言我當莊嚴佛土是
不名菩薩何以故如來説莊嚴佛土者即非
莊嚴是名莊嚴須菩提若菩薩通達无我法
者如來説名真是菩薩
須菩提於意云何如來有肉眼不如是世尊如
來有肉眼須菩提於意云何如來有天眼不
如是世尊如來有天眼須菩提於意云何如來
有慧眼不如是世尊如來有慧眼須菩提於
意云何如來有法眼不如是世尊如來有法眼
須菩提於意云何如來有佛眼不如是世尊
如來有佛眼須菩提於意云何如恒河中所
有沙佛説是沙不如是世尊如來説是沙
須菩提於意云何如一恒河中所有沙有如
是等恒河是諸恒河所有沙數佛世界如是
寧爲多不甚多世尊佛告須菩提尒所國
土中所有衆生若干種心如來悉知何以故如
來説諸心皆爲非心是名爲心所以者何須菩
提過去心不可得現在心不可得未來心不可
得須菩提於意云何若有人滿三千大千世
界七寶以用布施是人以是因緣得福多不如
是世尊此人以是因緣得福甚多須菩提若
福德有實如來不説得福德多以福德无

上博 51 (44956) 金剛般若波羅蜜經 (15－11)

是世尊此人以是因緣得福甚多須菩提若
福德有實如來不説得福德多以福德无
故如來説得福德多
須菩提於意云何佛可以具足色身見不不
也世尊如來不應以具足色身見何以故如來
説具足色身即非具足色身是名具足色身
須菩提於意云何如來可以具足諸相見不
不也世尊如來不應以具足諸相見何以故
如來説諸相具足即非具足是名諸相具足
須菩提汝勿謂如來作是念我當有所説法
莫作是念何以故若人言如來有所説法即
爲謗佛不能解我所説故須菩提説法者
无法可説是名説法須菩提白佛言世尊
佛得阿耨多羅三藐三菩提爲无所得耶如
是如是須菩提我於阿耨多羅三藐三菩提
乃至无有少法可得是名阿耨多羅三藐三菩
提復次須菩提是法平等无有高下是名阿
耨多羅三藐三菩提以无我无人无衆生无
壽者脩一切善法則得阿耨多羅三藐三菩
提須菩提所言善法者如來説非善法是
名善法須菩提若三千大千世界中所有諸須
弥山王如是等七寶聚有人持用布施若人
以此般若波羅蜜經乃至四句偈等受持爲
他人説於前福德百分不及一百千萬億分

上博 51 (44956) 金剛般若波羅蜜經 (15－12)

以此般若波羅蜜經乃至四句偈等受持爲
他人說於前福德百分不及一百千萬億分
乃至筭數譬喻所不能及
須菩提於意云何汝等勿謂如來作是念我
當度衆生須菩提莫作是念何以故實无有
衆生如來度者若有衆生如來度者如來則
有我人衆生壽者須菩提如來說有我者則
非有我而凡夫之人以爲有我須菩提凡夫
者如來說則非凡夫須菩提於意云何可以三
十二相觀如來不須菩提言如是如是以三
十二相觀如來佛言須菩提若以三十二相
觀如來者轉輪聖王則是如來須菩提白佛
言世尊如我解佛所說義不應以三十二相
觀如來尒時世尊而說偈言
若以色見我以音聲求我是人行邪道不能見如來
須菩提汝若作是念如來不以具足相故得阿
耨多羅三藐三菩提須菩提莫作是念如
來不以具足相故得阿耨多羅三藐三菩提
須菩提汝若作是念發阿耨多羅三藐三菩
提者說諸法斷滅莫作是念何以故發阿耨
多羅三藐三菩提者於法不說斷滅相須菩
提若菩薩以滿恒河沙等世界七寶布施若
復有人知一切法无我得成於忍此菩薩勝
前菩薩所得功德何以故須菩提以諸菩薩

上博 51 (44956) 金剛般若波羅蜜經 (15－13)

復有人知一切法无我得成於忍此菩薩勝
前菩薩所得功德何以故須菩提以諸菩薩
不受福德故須菩提白佛言世尊云何菩薩
不受福德須菩提菩薩所作福德不應貪
著是故佛說不福德須菩提若有人言如來
若來若去若坐若卧是人不解我所說義何
以故如來者无所從來亦无所去故名如來須
菩提若善男子善女人以三千大千世界碎爲
微塵於意云何是微塵衆寧爲多不甚多
世尊何以故若是微塵衆實有者佛則不
說是微塵衆所以者何佛說微塵衆則非
非微塵衆是名微塵衆世尊如來所說三
千大千世界則非世界是名世界何以故若世界
實有者則是一合相如來說一合相則非一合
相是名一合相須菩提一合相者則是不可說
但凡夫之人貪著其事須菩提若人言佛說
我見人見衆生見壽者見須菩提於意云何
是人解我所說義不不也世尊是人不解如
來所說義何以故世尊說我見人見衆生見
壽者見即非我見人見衆生見壽者見是名
我見人見衆生見壽者見須菩提發阿耨多
羅三藐三菩提心者於一切法應如是知如是
見如是信解不生法相須菩提所言法相者如
來說即非法相是名法相須菩提若有人

上博 51 (44956) 金剛般若波羅蜜經 (15－14)

見如是信解不生法相須菩提所言法相者如
來說即非法相是名法相須菩提若有人
以滿无量阿僧祇世界七寶持用布施若有
善男子善女人發菩薩心者持於此經乃至
四句偈等受持讀誦為人演說其福勝彼
何為人演說不取於相如如不動何以故
一切有為法如夢幻泡影如露亦如電應作如是觀
佛說是經已長老須菩提及諸比丘比丘尼優
婆塞優婆夷一切世間天人阿脩羅聞佛所
說皆大歡喜信受奉行

金剛般若波羅蜜經

上博 51 (44956)　金剛般若波羅蜜經　　(15－15)

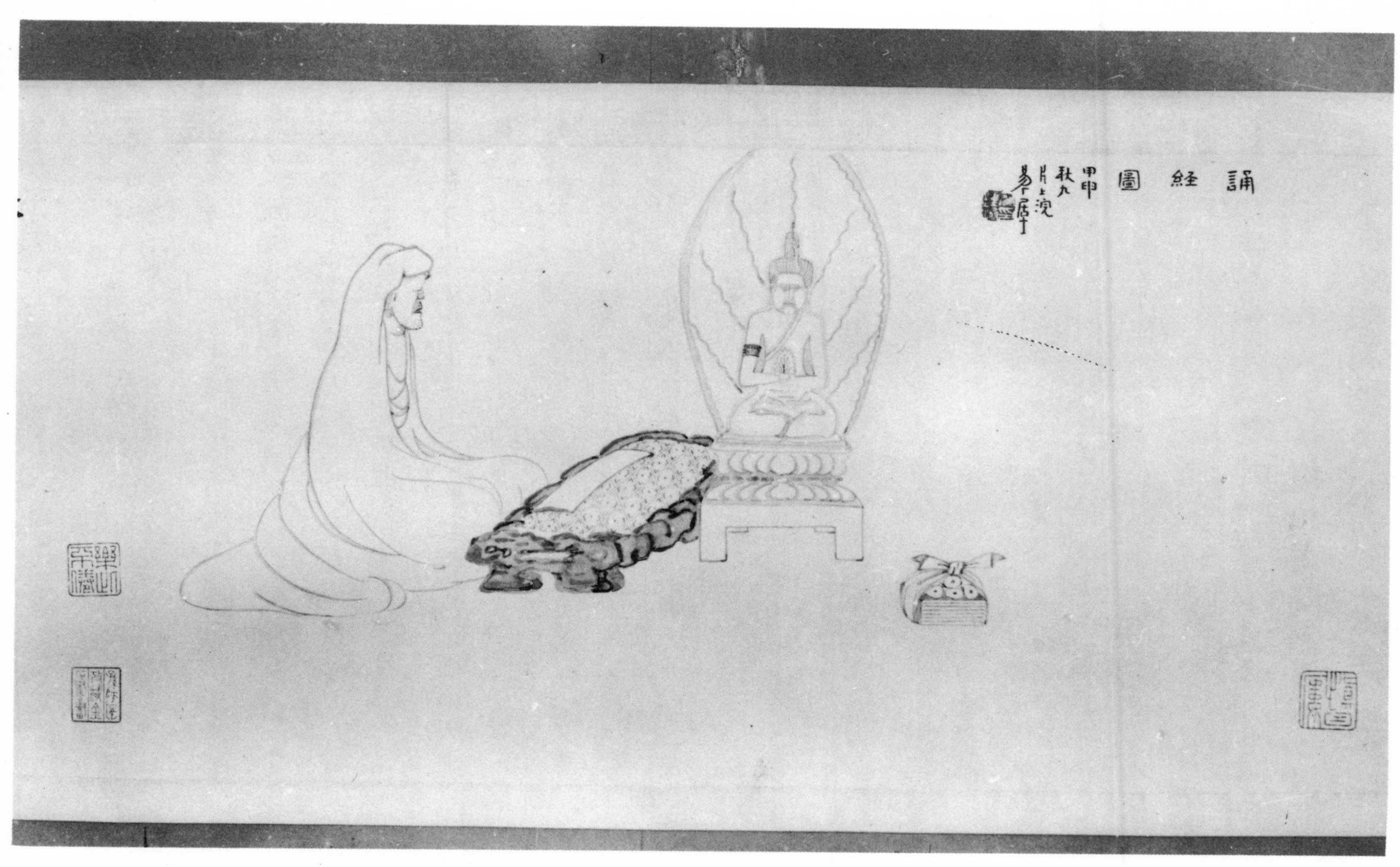

上博 51 (44956)　金剛般若波羅蜜經　　(題跋6－2)

上博 51 (44956) 金剛般若波羅蜜經 (題跋6－3)

上博 51 (44956) 金剛般若波羅蜜經 (題跋6－4)

上博 51 (44956) 金剛般若波羅蜜經 (題跋6－5)

上博 51 (44956) 金剛般若波羅蜜經 (題跋6－6)

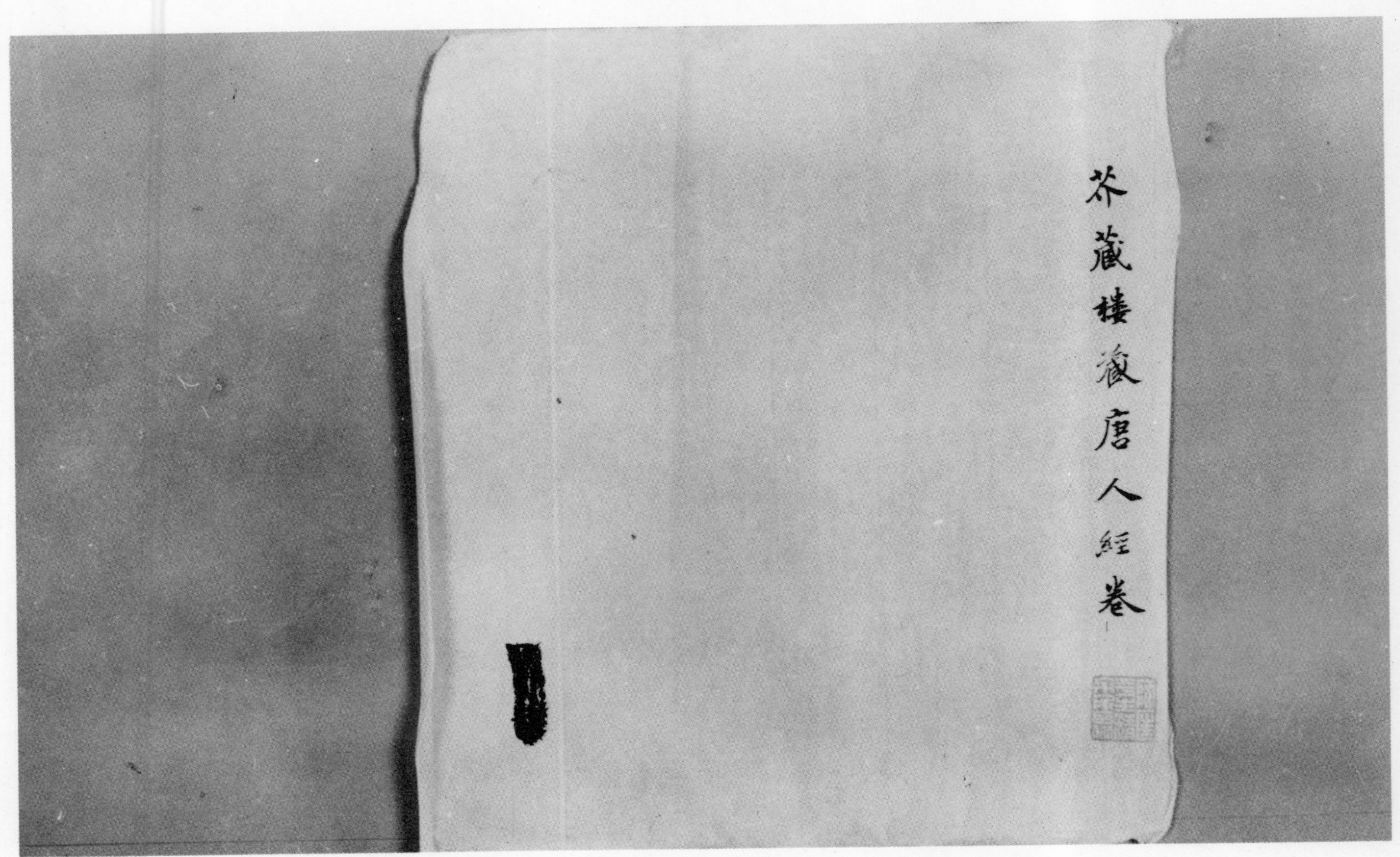

上博 52 (44957)　摩訶般若波羅蜜經魔事品第卌五　　(包卷紙)

摩訶般若波羅蜜經魔事品第卌五
慧命須菩提白佛言世尊是善男子善女人
發阿耨多羅三藐三菩提心行六波羅蜜成
就衆生淨佛國土佛已讚歎說其功德世尊
云何善男子善女人求於佛道生諸留難佛
告須菩提樂說辯不即生當知是菩薩魔事
須菩提言世尊何因緣故樂說辯不即生是
須菩提言世尊何因緣故樂說辯不即生是
菩薩魔事佛言有菩薩摩訶薩行般若波羅
蜜時難具足六波羅蜜以是因緣故樂說辯
不即生是菩薩魔事復次須菩提樂說辯才
卒起當知亦是菩薩魔事世尊何因緣故樂
說辯才卒起復是魔事佛言菩薩摩訶薩行
檀那波羅蜜乃至般若波羅蜜著樂說法以是
因緣故樂說辯才卒起當知是菩薩魔事復
次須菩提書是般若波羅蜜經時傲僈懱慯
當知是菩薩魔事復次須菩提書是經時戲
笑亂心當知是菩薩魔事復次須菩提若書
是經時輕笑不敬當知是菩薩魔事復次須
菩提若書是經時心亂不定當知是菩薩魔
事復次須菩提書是經時各各不和合當知
是菩薩魔事復次須菩提善男子善女人作
是念我不得是經中滋味便棄捨去當知是

上博 52 (44957)　摩訶般若波羅蜜經魔事品第卌五　　(8－1)

事復次須菩提書是經時各各不和合當知
是菩薩魔事復次須菩提善男子善女人作
是念我不得是經中滋味便棄捨去當知是
菩薩魔事復次須菩提受持般若波羅蜜讀
誦說若正憶念時偃蹇憍慢當知是菩薩魔
事復次須菩提若受持般若波羅蜜經親近
正憶念時轉相形㕧當知是菩薩魔事復次
須菩提若受持般若波羅蜜經時讀誦正憶
念脩行時共相輕蔑當知是菩薩魔事若受
持般若波羅蜜讀誦正憶念時散亂心當知
是菩薩魔事若受持般若波羅蜜讀誦正憶
念時心不和合當知是菩薩魔事須菩提白
佛言世尊世尊說善男子作是念我不得經
中滋味便棄捨去當知是菩薩魔事世尊何
因緣故菩薩不得經中滋味便棄捨去佛言
是菩薩摩訶薩前世不久行般若波羅蜜禪
那波羅蜜毗梨耶波羅蜜羼提波羅蜜尸羅
波羅蜜檀那波羅蜜是人聞說是般若波羅
蜜便從坐起作是念言我於般若波羅中无
記心不清淨便從坐起去當知是菩薩魔事
須菩提白佛言世尊何因緣故不与受記聞
說是般若波羅蜜時便從坐起去佛告須菩
提若菩薩未入法位中諸佛不与受阿耨多
羅三藐三菩提記復次須菩提聞說般若波羅蜜

上博 52 (44957) 摩訶般若波羅蜜經魔事品第卌五 (8－2)

提若菩薩未入法位中諸佛不与受阿耨多
羅三藐三菩提記復次須菩提聞說般若波羅蜜
時菩薩作是念我是中无名字心不清淨當
知是菩薩魔事須菩提言何因緣故是深般
若波羅蜜中不說是菩薩名字佛言未受記
菩薩諸佛不說名字復次須菩提是菩薩摩
訶薩作是念是般若波羅蜜中无我生處名
字若聚落地邑是人不欲聽聞般若波羅蜜
便從會中起去是人如所起立時念念却一
劫甫當更勤精進求阿耨多羅三藐三菩提
復次須菩提菩薩學餘經棄捨般若波羅蜜
終不能至薩婆若善男子善女人爲捨其根
而攸枝葉當知是菩薩魔事須菩提白佛言
世尊何等是餘經善男子善女人取學不能
至薩婆若佛言是聲聞所應行經所謂四念
處四正勤四如意足五根五力七覺分八
聖道分空无相无作解脫門善男子善女人
住是中得須陁洹果斯陁含果阿那含果阿
羅漢果是名聲聞所行不能至薩婆若如是
善男子善女人捨般若波羅蜜親近是餘經
何以故須菩提般若波羅蜜中出生諸菩薩
摩訶薩成就世間出世間法須菩提菩薩摩
訶薩學般若波羅蜜時亦學世間出世間法
須菩提譬如狗不從大家求食反從作務者

上博 52 (44957) 摩訶般若波羅蜜經魔事品第卌五 (8－3)

訶薩學般若波羅蜜時亦學世間出世間法
須菩提譬如狗不從大家求食反從作務者
索如是須菩提當来世有善男子善女人棄
深般若波羅蜜而枚枝葉聲聞辟支佛所應
行經當知是為菩薩魔事須菩提譬如有人
欲得見象見已反觀其跡須菩提於汝意云
何是人為黠不須菩提言為不黠佛言諸求
佛道善男子善女人亦復如是得深般若波
羅蜜棄捨去取聲聞辟支佛所應行經須菩
提當知亦是菩薩魔事須菩提譬如人欲見
大海反求牛跡水作是念大海水能與此等
不須菩提於汝意云何是人為黠不須菩提
言為不黠佛言當来世有求佛道善男子善
女人亦如是得深般若波羅蜜棄捨去取聲
聞辟支佛所應行經當知是亦菩薩摩訶薩
魔事須菩提譬如工匠若工匠弟子欲擬作
釋提桓因勝殿而揆則日月宮殿須菩提於
汝意云何是人為黠不須菩提言為不黠如
是須菩提當来世有薄福德善男子善女人
求佛道者得是深般若波羅蜜棄捨去取聲
聞辟支佛所應行經中求薩婆若須菩提於
汝意云何是人為黠不須菩提言為不黠佛
言當知亦是菩薩魔事須菩提譬如有人欲
見轉輪聖王見而不識後見諸小國王取其

上博 52 (44957) 摩訶般若波羅蜜經魔事品第卌五 (8－4)

言當知亦是菩薩魔事須菩提譬如有人欲
見轉輪聖王見而不識後見諸小國王取其
相狠如是言轉輪聖王与此何異須菩提於
汝意云何是人為黠不須菩提言為不黠須
菩提當来世有薄福德善男子善女人求佛
道者得是深般若波羅蜜棄捨去取聲聞辟
支佛所應行經持求薩婆若須菩提於汝意
云何是人為黠不須菩提言為不黠當知是
菩薩魔事須菩提譬如飢人得百味食棄捨
去反食六十日粟飯須菩提於汝意云何是
人為黠不須菩提言為不黠佛言當来世有
求佛道善男子善女人得聞深般若波羅蜜
棄捨去取聲聞辟支佛所應行經持求薩婆
若於汝意云何是人為黠不須菩提言為不
黠當知是亦菩薩魔事須菩提譬如人得无
價摩尼珠反持比水精珠須菩提於汝意云
何是人為黠不須菩提言為不黠佛言當来
世有求佛道善男子善女人得聞深般若波
羅蜜棄捨去取聲聞辟支佛所應行經持求
薩婆若是人為黠不須菩提言為不黠當知
是亦菩薩魔事復次須菩提是求佛道善男
子善女人書是深般若波羅蜜時樂說不如
法事不得書成般若波羅蜜所謂樂說色聲
香味觸法樂說持戒禪定无色定樂說檀那

上博 52 (44957) 摩訶般若波羅蜜經魔事品第卌五 (8－5)

法事不得書成般若波羅蜜所謂樂説色聲
香味觸法樂説持戒禪定无色定樂説檀那
波羅蜜乃至般若波羅蜜樂説四念處乃至阿
耨多羅三藐三菩提何以故須菩提是般若
波羅蜜中无樂説相須菩提般若波羅蜜不
可思議相般若波羅蜜不生不滅相般若波
羅蜜不垢不淨相般若波羅蜜不乱不散相
般若波羅蜜无説相般若波羅蜜无言无義
相般若波羅蜜无所得相何以故須菩提般
若波羅蜜中无是諸法須菩提若有善男子
善女人求菩薩道者書是般若波羅蜜經時
以是諸法散乱心當知是亦菩薩魔事須菩
提白佛言世尊是般若波羅蜜可書耶佛言
不可書何以故般若波羅蜜自性无故禪那
波羅蜜毗梨耶波羅蜜羼提波羅蜜尸羅波
羅蜜檀那波羅蜜乃至一切種智自性无故
若自性无是不名為法无法不書无法須菩
提若求菩薩道善男子善女人作是念无法
是深般若波羅蜜當知即是菩薩魔事世尊
是求菩薩道善男子善女人用字書般若波
羅蜜自念我書是般若波羅蜜以字著般若
波羅蜜當知亦是菩薩魔事何以故世尊是
般若波羅蜜无文字禪那波羅蜜毗梨耶波
羅蜜羼提波羅蜜尸羅波羅蜜檀那波羅蜜

上博 52 (44957) 摩訶般若波羅蜜經魔事品第卌五 (8－6)

般若波羅蜜无文字禪那波羅蜜毗梨耶波
羅蜜羼提波羅蜜尸羅波羅蜜檀那波羅蜜
无有文字世尊色无文字受想行識无有文字
乃至一切種智无文字世尊若求菩薩道善男
子善女人著无文字般若波羅蜜乃至著无
文字一切種智當知亦是菩薩魔事讀誦説
正憶念如説脩行亦如是復次須菩提求佛
道善男子善女人書般若波羅蜜時國土念
起聚落念起城邑念起方念起若聞謗毀具
師起念若念父母及兄弟姉妹諸餘親里若
念賊若念稱他羅若念衆女色若念婬女如
是等種種諸餘異念留難惡魔復益其念破
壞書般若波羅蜜破壞讀誦説正憶念如説
脩行須菩提當知是亦菩薩魔事復次須菩
提求佛道善男子善女人得名譽恭敬布施
供養所謂衣服飲食卧牀疾藥種種樂具善
男子善女人書是般若波羅蜜經受讀乃至
正憶念時受着是事不得書成般若波羅蜜
乃至正憶念當知是亦菩薩魔事復次須菩
提求佛道善男子善女人書般若波羅蜜乃
至如説脩行時惡魔方便持諸餘深經与是
菩薩摩訶薩有方便者不應貪著惡魔所与
諸餘深經何以故是經不能令人至薩婆若故
是中无方便菩薩摩訶薩聞是訶餘深經便

上博 52 (44957) 摩訶般若波羅蜜經魔事品第卌五 (8－7)

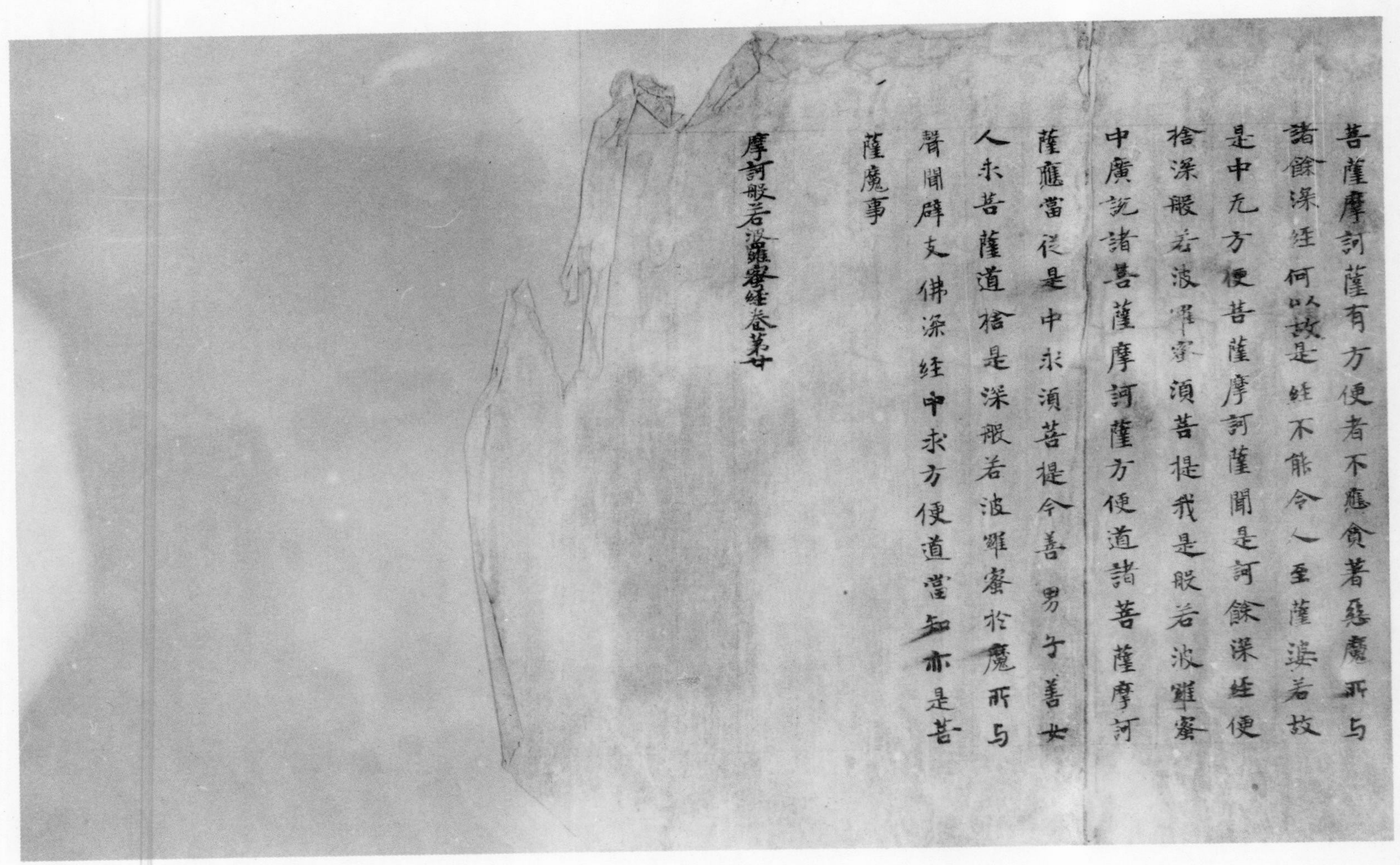

上博 52 (44957) 摩訶般若波羅蜜經魔事品第卌五 (8－8)

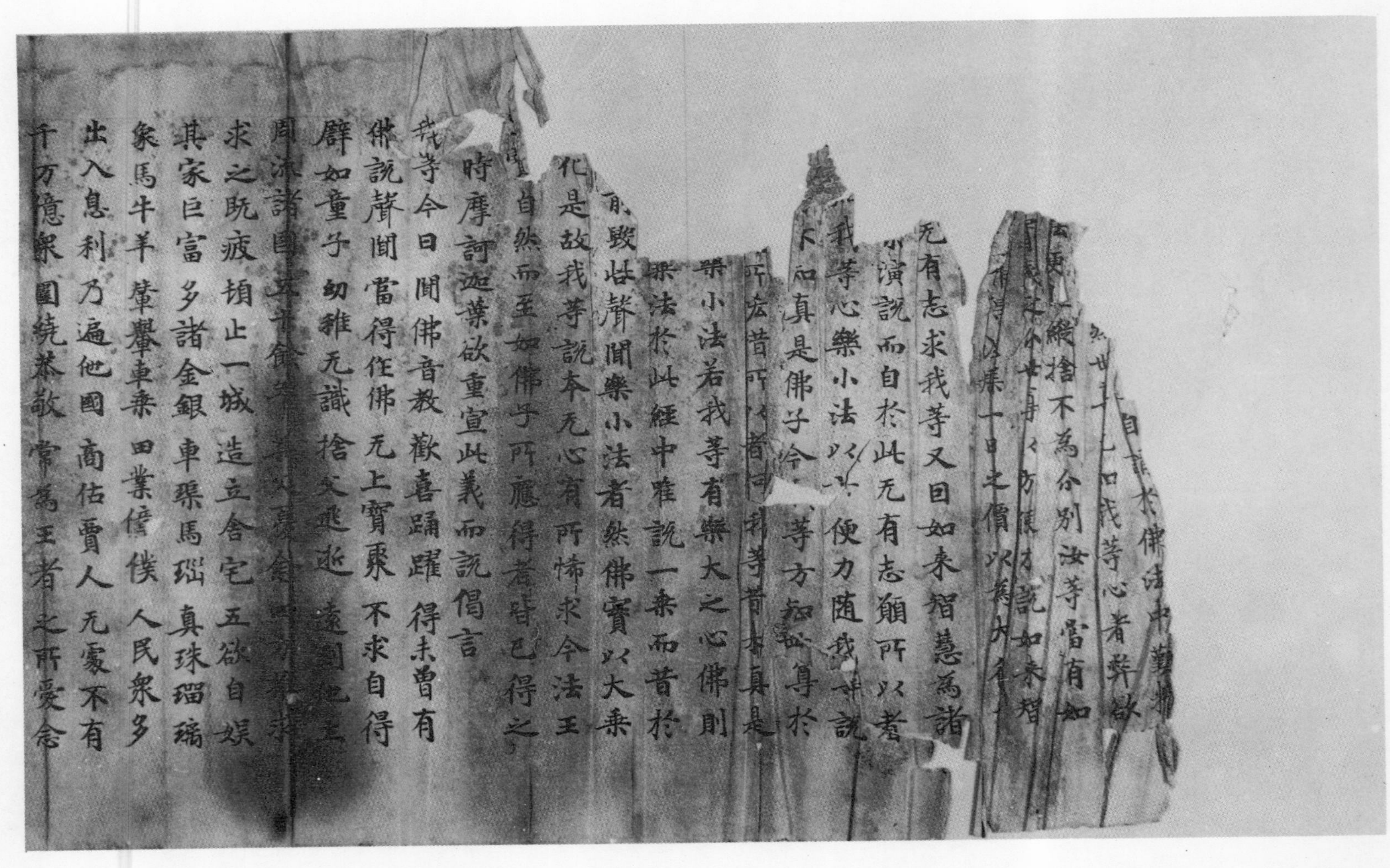

上博 53 (44958) 妙法蓮華經卷第二 (5－1)

出入息利乃遍他國商估賈人无處不有
千万億衆圍繞恭敬常為王者之所愛念
羣臣豪族皆共宗重以諸緣故往来者衆
豪冨如是有大力勢而年朽邁益憂念子
夙夜惟念死時將至癡子捨我五十餘年
庫藏諸物當如之何尒時窮子求索衣食
從邑至邑從國至國或有所得或无所得
飢餓羸瘦體生瘡癬漸次經歷到父住城
傭賃展轉遂至父舍尒時長者於其門内
施大寶帳處師子座眷屬圍繞諸人侍衛
或有計筭金銀寶物出内財産注記券疏
窮子見父豪貴尊嚴謂是國王若是王等
驚怖自恠何故至此覆自念言我若久住
或見逼迫強駈使作思惟是已馳走而去
借問貧里欲往傭作長者是時在師子座
遥見其子黙而識之即勅使者追捉將来
窮子驚喚迷悶躄地是人執我必當見殺
何用衣食使我至此長者知子愚癡狹劣
不信我言不信是父即以方便更遣餘人
眇目矬陋无威德者汝可語之云當相雇
除諸糞穢倍與汝價窮子聞之歡喜隨来
為除糞穢淨諸房舍長者於牖常見其子
念子愚劣樂為鄙事於是長者著弊垢衣
執除糞器往到子所方便附近語令勤作
既益汝價并塗足油飲食充足薦席厚暖
如是苦言汝當勤作又以軟語若如我子
長者有智漸令入出經二十年執作家事
示其金銀真珠頗梨諸物出入皆使令知

上博 53 (44958) 妙法蓮華經卷第二 (5－2)

如是苦言汝當勤作又以軟語若如我子
長者有智漸令入出經二十年執作家事
示其金銀真珠頗梨諸物出入皆使令知
猶處門外止宿草菴自念貧事我无此物
父知子心漸已曠大欲與財物即聚親族
國王大臣刹利居士於此大衆說是我子
捨我他行經五十歲自見子来已二十年
昔於某城而失是子周行求索遂来至此
凡我所有舍宅人民悉以付之恣其所用
子念昔貧志意下劣今於父所大獲珎寶
并及舍宅一切財物甚大歡喜得未曾有
佛亦如是知我樂小未曾說言汝等作佛
而說我等得諸无漏成就小乘聲聞弟子
佛勅我等說㝡上道修習此者當得成佛
我承佛教為大菩薩以諸因緣種種譬喻
若干言辭說无上道諸佛子等從我聞法
日夜思惟精勤脩習是時諸佛即授其記
汝於来世當得作佛一切諸佛秘藏之法
但為菩薩演其實事而不為我說斯真要
如彼窮子得近其父雖知諸物心不悕取
我等雖說佛法寶藏自无志願亦復如是
我等内滅自謂為足唯了此事更无餘事
我等若聞淨佛國土教化衆生都无欣樂
所以者何一切諸法皆悉空寂无生无滅
无大无小无漏无為如是思惟不生喜樂
我等長夜於佛智慧无貪无著无復志願
而自於法謂是究竟我等長夜脩習空法
得脫三界苦惱之患住最後身有餘涅槃

上博 53 (44958) 妙法蓮華經卷第二 (5－3)

而自於法　謂是究竟　我等長夜　脩習空法
得脫三界　苦惱之患　住家後身　有餘涅槃
佛所教化　得道不虛　則為已得　報佛之恩
我等雖為　諸佛子等　說菩薩法　以求佛道
而於是法　永无願樂　導師見捨　觀我心故
初不勸進　說有實利　如富長者　知子志劣
以方便力　柔伏其心　然後乃付　一切財物
佛亦如是　現希有事　知樂小者　以方便力
調伏其心　乃教大智　我等今日　得未曾有
非先所望　而今自得　如彼窮子　得无量寶
世尊我今　得道得果　於无漏法　得清淨眼
我等長夜　持佛淨戒　始於今日　得其果報
法王法中　久脩梵行　今得无漏　无上大果
我等今者　真是聲聞　以佛道聲　令一切聞
我等今者　真阿羅漢　於諸世間　天人魔梵
普於其中　應受供養　世尊大恩　以希有事
憐愍教化　利益我等　无量億劫　誰能報者
手足供給　頭頂礼敬　一切供養　皆不能報
若以頂戴　兩肩荷負　於恒沙劫　盡心恭敬
又以美饍　无量寶衣　及諸臥具　種種湯藥
牛頭栴檀　及諸珍寶　以起塔廟　寶衣布地
如斯等事　以用供養　於恒沙劫　亦不能報
諸佛希有　无量无邊　不可思議　大神通力
无漏无為　諸法之王　能為下劣　忍于斯事
取相凡夫　隨宜為說　諸佛於法　得最自在
知諸衆生　種種欲樂　及其志力　隨所堪任
以无量喻　而為說法　隨諸衆生　宿世善根
又知成熟　未成熟者　種種籌量　分別知已

上博 53 (44958)　妙法蓮華經卷第二　(5－4)

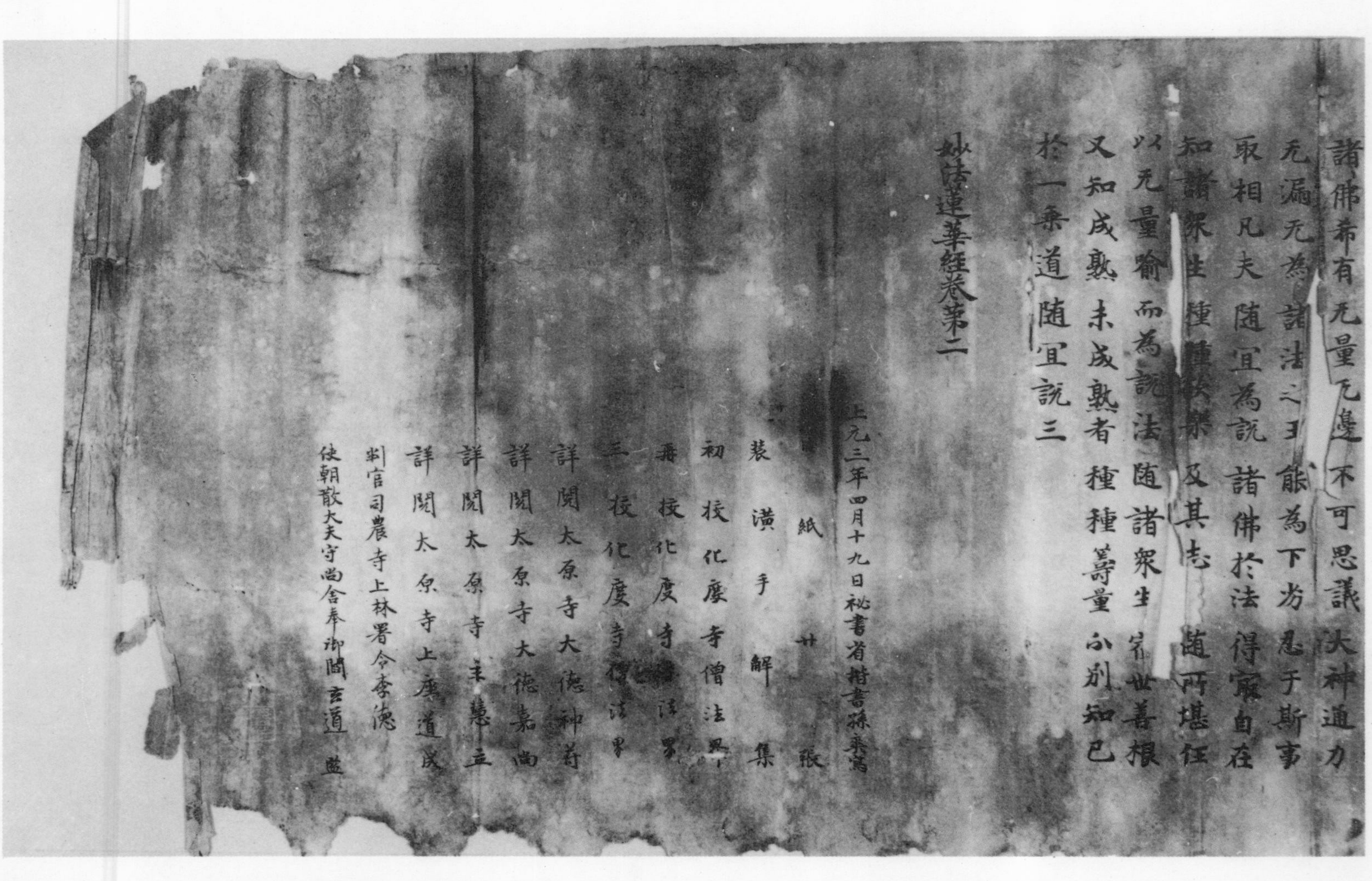
諸佛希有　无量无邊　不可思議　大神通力
无漏无為　諸法之王　能為下劣　忍于斯事
取相凡夫　隨宜為說　諸佛於法　得最自在
知諸衆生　種種欲樂　及其志力　隨所堪任
以无量喻　而為說法　隨諸衆生　宿世善根
又知成熟　未成熟者　種種籌量　分別知已
於一乘道　隨宜說三

妙法蓮華經卷第二

上元三年四月十九日秘書省楷書孫玄爽寫
紙卅張
裝潢手解集
初校化度寺僧法界
再校化度寺僧法界
三校化度寺僧法界
詳閱太原寺大德神符
詳閱太原寺大德嘉尚
詳閱太原寺主慧立
詳閱太原寺上座道成
判官司農寺上林署令李德
使朝散大夫守尚舍奉御閻玄道　監

上博 53 (44958)　妙法蓮華經卷第二　(5－5)

大般若波羅蜜多經卷第四百卌一 三藏法師玄奘奉 詔譯
第二分經文品第卌六之一
尒時佛告天帝釋言憍尸迦若善男子善女
人等教贍部洲諸有情類皆令安住十善業
道於意云何是善男子善女人等由此因緣
得福多不天帝釋言甚多世尊甚多善逝佛
言憍尸迦若善男子善女人等書寫如是甚
深般若波羅蜜多施他讀誦若轉書寫廣令
流布是善男子善女人等所獲福聚甚多於
前何以故憍尸迦如是般若波羅蜜多秘密
藏中廣說一切无漏之法諸善男子善女人
等於中已學今學當學或有已入今入當入
聲聞乘法正性離生漸次乃至已正當得阿
羅漢果或有已入今入當入獨覺乘法正性
離生漸次乃至已正當證獨覺菩提或有已
入今入當入菩薩乘法正性離生漸次脩行
諸菩薩行已證今證當證无上正等菩提憍
尸迦云何名為无漏之法謂四念住乃至八
聖道支四聖諦智三解脫門內空乃至无性
自性空如來十力四无所畏四无礙解大慈
大悲大喜大捨十八佛不共法及餘无量无

上博 54 (44959) 大般若波羅蜜多經卷第四百卌一 (24－1)

聖道支四聖諦智三解脫門內空乃至无性
自性空如來十力四无所畏四无礙解大慈
大悲大喜大捨十八佛不共法及餘无量无
邊佛法皆是此中所說一切无漏之法憍尸
迦若善男子善女人等教一有情住預流果
所獲福聚猶勝教化一贍部洲諸有情類皆
令安住十善業道何以故憍尸迦諸有安住
十善業道不免地獄傍生鬼趣若有安住預
流果者便得永脫三惡趣故況教令住一來
不還阿羅漢果獨覺菩提所獲福聚而不勝
彼憍尸迦若善男子善女人等教贍部洲諸
有情類皆住預流一來不還阿羅漢果獨覺
菩提不如有人教一有情令趣无上正等菩
提何以故憍尸迦若教有情令趣无上正等
菩提則令世間佛眼不斷所以者何由有菩
薩摩訶薩故便有預流一來不還阿羅漢果
獨覺菩提由有菩薩摩訶薩故便有如來應
正等覺轉妙法輪度无量衆諸菩薩摩訶薩
皆依般若波羅蜜多而得成就以是故憍尸
迦若善男子善女人等書寫如是甚深般若
波羅蜜多施他讀誦若轉書寫廣令流布所
獲福聚勝前福聚无量无邊何以故憍尸迦
如是般若波羅蜜多秘密藏中廣說一切世

上博 54 (44959) 大般若波羅蜜多經卷第四百卌一 (24－2)

獲福聚勝前福聚无量无邊何以故憍尸迦
如是般若波羅蜜多秘密藏中廣說一切世
出世間勝妙善法依此善法世間便有剎帝
利大族婆羅門大族長者大族居士大族四
大王衆天乃至非想非非想處天亦有四念
住廣說乃至一切相智施設可得亦有預流
一來不還阿羅漢獨覺菩薩摩訶薩諸佛世
尊施設可得復次憍尸迦置贍部洲諸有情
類若善男子善女人等教四大洲諸有情類
皆令安住十善業道於意云何是善男子善
女人等由此因緣得福多不天帝釋言甚多
世尊甚多善逝佛言憍尸迦若善男子善女
人等書寫如是甚深般若波羅蜜多施他讀
誦若轉書寫廣令流布是善男子善女人等
所獲福聚甚多於前餘如上說復次憍尸迦
置四大洲諸有情類若善男子善女人等教
小千界諸有情類皆令安住十善業道於意
云何是善男子善女人等由此因緣得福多
不天帝釋言甚多世尊甚多善逝佛言憍尸
迦若善男子善女人等書寫如是甚深般若
波羅蜜多施他讀誦若轉書寫廣令流布是
善男子善女人等所獲福聚甚多於前餘如
上說復次憍尸迦置小千界諸有情類若善

上博 54 (44959) 大般若波羅蜜多經卷第四百卌一 (24－3)

善男子善女人等所獲福聚甚多於前餘如
上說復次憍尸迦置小千界諸有情類若善
男子善女人等教中千界諸有情類皆令安
住十善業道於意云何是善男子善女人等
由此因緣得福多不天帝釋言甚多世尊甚
多善逝佛言憍尸迦若善男子善女人等書
寫如是甚深般若波羅蜜多施他讀誦若轉
書寫廣令流布是善男子善女人等所獲福
聚甚多於前餘如上說復次憍尸迦置中千
界諸有情類若善男子善女人等教化三千
大千世界諸有情類皆令安住十善業道於
意云何是善男子善女人等由此因緣得福
多不天帝釋言甚多世尊甚多善逝佛言憍
尸迦若善男子善女人等書寫如是甚深般
若波羅蜜多施他讀誦若轉書寫廣令流布
是善男子善女人等所獲福聚甚多於前餘
如上說復次憍尸迦置此三千大千世界諸
有情類若善男子善女人等教化十方各如
殑伽沙等世界諸有情類皆令安住十善業
道於意云何是善男子善女人等由此因緣
得福多不天帝釋言甚多世尊甚多善逝佛
言憍尸迦若善男子善女人等書寫如是甚
深般若波羅蜜多施他讀誦若轉書寫廣令

上博 54 (44959) 大般若波羅蜜多經卷第四百卌一 (24－4)

道於意云何是善男子善女人等由此因緣
得福多不天帝釋言甚多世尊甚多善逝佛
言憍尸迦若善男子善女人等書寫如是甚
深般若波羅蜜多施他讀誦若轉書寫廣令
流布是善男子善女人等所獲福聚甚多於
前餘如上說復次憍尸迦置此十方各如殑
伽沙等世界諸有情類若善男子善女人等
教化十方一切世界諸有情類皆令安住十
善業道於意云何是善男子善女人等由此
因緣得福多不天帝釋言甚多世尊甚多善
逝佛言憍尸迦若善男子善女人等書寫如是
甚深般若波羅蜜多施他讀誦若轉書寫廣
令流布是善男子善女人等所獲福聚甚多
於前餘如上說
復次憍尸迦若善男子善女人等教贍部洲
諸有情類皆令安住四靜慮四无量四无色
定五神通於意云何是善男子善女人等由
此因緣得福多不天帝釋言甚多世尊甚多
善逝佛言憍尸迦若善男子善女人等書寫
如是甚深般若波羅蜜多施他讀誦若轉書
寫廣令流布是善男子善女人等所獲福聚
甚多於前餘如上說復次憍尸迦置贍部洲
諸有情類若善男子善女人等教四大洲諸

上博 54 (44959)　大般若波羅蜜多經卷第四百卅一　(24－5)

寫廣令流布是善男子善女人等所獲福聚
甚多於前餘如上說復次憍尸迦置贍部洲
諸有情類若善男子善女人等教四大洲諸
有情類皆令安住四靜慮四无量四无色定
五神通於意云何是善男子善女人等由此
因緣得福多不天帝釋言甚多世尊甚多善
逝佛言憍尸迦若善男子善女人等書寫如
是甚深般若波羅蜜多施他讀誦若轉書寫
廣令流布是善男子善女人等所獲福聚甚
多於前餘如上說復次憍尸迦置四大洲諸
有情類若善男子善女人等教小千界諸有
情類皆令安住四靜慮四无量四无色定五
神通於意云何是善男子善女人等由此因
緣得福多不天帝釋言甚多世尊甚多善逝
佛言憍尸迦若善男子善女人等書寫如是
甚深般若波羅蜜多施他讀誦若轉書寫廣
令流布是善男子善女人等所獲福聚甚多
於前餘如上說復次憍尸迦置小千界諸有
情類若善男子善女人等教中千界諸有情
類皆令安住四靜慮四无量四无色定五神
通於意云何是善男子善女人等由此因緣
得福多不天帝釋言甚多世尊甚多善逝佛
言憍尸迦若善男子善女人等書寫如是甚

上博 54 (44959)　大般若波羅蜜多經卷第四百卅一　(24－6)

得福多不天帝釋言甚多世尊甚多善逝佛
言憍尸迦若善男子善女人等書寫如是甚
深般若波羅蜜多施他讀誦若轉書寫廣令
流布是善男子善女人等所獲福聚甚多於
前餘如上說復次憍尸迦置中千界諸有情
類若善男子善女人等教化三千大千世界
諸有情類皆令安住四靜慮四无量四无色
定五神通於意云何是善男子善女人等由
此因緣得福多不天帝釋言甚多世尊甚多
善逝佛言憍尸迦若善男子善女人等書寫
如是甚深般若波羅蜜多施他讀誦若轉書
寫廣令流布是善男子善女人等所獲福聚
甚多於前餘如上說復次憍尸迦置此三千
大千世界諸有情類若善男子善女人等教
化十方各如殑伽沙等世界諸有情類皆令
安住四靜慮四无量四无色定五神通於意
云何是善男子善女人等由此因緣得福多
不天帝釋言甚多世尊甚多善逝佛言憍尸
迦若善男子善女人等書寫如是甚深般若
波羅蜜多施他讀誦若轉書寫廣令流布是
善男子善女人等所獲福聚甚多於前餘如
上說復次憍尸迦置此十方各如殑伽沙等
世界諸有情類若善男子善女人等教化十

上博 54 (44959) 大般若波羅蜜多經卷第四百卌一 (24－7)

善男子善女人等所獲福聚甚多於前餘如
上說復次憍尸迦置此十方各如殑伽沙等
世界諸有情類若善男子善女人等教化十
方一切世界諸有情類皆令安住四靜慮四
无量四无色定五神通於意云何是善男子
善女人等由此因緣得福多不天帝釋言甚
多世尊甚多善逝佛言憍尸迦若善男子善
女人等書寫如是甚深般若波羅蜜多施他
讀誦若轉書寫廣令流布是善男子善女人
等所獲福聚甚多於前餘如上說
復次憍尸迦若善男子善女人等於此般若
波羅蜜多至心聽聞受持讀誦精勤修學如
理思惟是善男子善女人等所獲福聚勝於
教化一贍部洲諸有情類皆令安住十善業
道四靜慮四无量四无色定五神通亦勝教
化一四大洲諸有情類皆令安住十善業道
四靜慮四无量四无色定五神通亦勝教化
小千世界諸有情類皆令安住十善業道四
靜慮四无量四无色定五神通亦勝教化中
千世界諸有情類皆令安住十善業道四靜
慮四无量四无色定五神通亦勝教化三千
大千世界諸有情類皆令安住十善業道四
靜慮四无量四无色定五神通亦勝教化十

上博 54 (44959) 大般若波羅蜜多經卷第四百卌一 (24－8)

千世界諸有情類皆令安住十善業道四静
慮四无量四无色定五神通亦勝教化三千
大千世界諸有情類皆令安住十善業道四
静慮四无量四无色定五神通亦勝教化十
方各如殑伽沙等世界諸有情類皆令安住
十善業道四静慮四无量四无色定五神通
亦勝教化十方一切世界諸有情類皆令安
住十善業道四静慮四无量四无色定五神
通憍尸迦此中如理思惟者謂以非二非不
二行為求无上正等菩提思惟般若波羅蜜
多乃至布施波羅蜜多若以非二非不二行
為求无上正等菩提思惟内空乃至无性自
性空若以非二非不二行為求无上正等菩
提思惟四念住廣說乃至一切相智復次憍
尸迦若善男子善女人等於此般若波羅蜜
多以无量門廣為他說宣示開演顯了解釋
分別義趣令其易解所獲福聚勝自聽聞受
持讀誦精勤脩學如理思惟如是般若波羅
蜜多所獲功德无量倍數憍尸迦此中般若
波羅蜜多義趣者謂此般若波羅蜜多所有
義趣不應以二相觀亦不應以不二相觀非
有相非无相非入非出非增非減非染非淨
非生非滅非取非捨非執非不執非住非不

上博 54 (44959) 大般若波羅蜜多經卷第四百卅一 (24－9)

義趣不應以二相觀亦不應以不二相觀非
有相非无相非入非出非增非減非染非淨
非生非滅非取非捨非執非不執非住非不
住非實非不實非相應非不相應非和合非
離散非因緣非非因緣非法非非法非真如
非非真如非實際非非實際如是義趣有无
量門復次憍尸迦若善男子善女人等自於
般若波羅蜜多至心聽聞受持讀誦精勤脩
學如理思惟以无量門為他廣說宣示開演
顯了解釋分別義趣令其易解是善男子善
女人等所獲福聚過前福聚无量无邊尒時
天帝釋白佛言世尊諸善男子善女人等應
以種種巧妙文義為他演說甚深般若波羅
蜜多佛言憍尸迦如是如是如汝所說諸善
男子善女人等應以種種巧妙文義為他演
說甚深般若波羅蜜多憍尸迦若善男子善
女人等能以種種巧妙文義為他演說甚深
般若波羅蜜多是善男子善女人等成就无
量无數无邊不可思議大功德聚憍尸迦若
善男子善女人等盡其形壽以无量種上妙
樂具衣服飲食病緣醫藥供養恭敬尊重讚
歎十方各如殑伽沙界无量无數无邊如来
應正等覺有善男子善女人等自於般若波

上博 54 (44959) 大般若波羅蜜多經卷第四百卅一 (24－10)

藥具衣服飲食病緣醫藥供養恭敬尊重讚
歎十方各如殑伽沙界无量无數无邊如來
應正等覺有善男子善女人等自於般若波
羅蜜多至心聽聞受持讀誦精勤脩學如理
思惟復依種種巧妙文義以无量門廣為他
説宣示開演顯了解釋分別義趣令其易解
是善男子善女人等所獲福聚甚多於前何
以故憍尸迦由彼十方各如殑伽沙等世界
无量无數无邊如來應正等覺皆依般若波
羅蜜多精勤脩學證得无上正等菩提
復次憍尸迦若善男子善女人等无量无數
无邊大劫以有所得而為方便脩行布施乃
至般若波羅蜜多有善男子善女人等於此
般若波羅蜜多以无所得而為方便至心聽
聞受持讀誦精勤脩學如理思惟復以種種
巧妙文義經須臾間為他辯説宣示開演顯
了解釋分別義趣令其易解所獲福聚甚多
於前憍尸迦有所得者謂善男子善女人等
脩布施時作如是念我能惠施彼是受者此
是施果施及施物彼脩施時名住布施不名
布施波羅蜜多脩淨戒時作如是念我能持
戒為護於彼此是戒果及所持戒彼脩戒時
名住淨戒不名淨戒波羅蜜多脩安忍時作

上博 54 (44959)　大般若波羅蜜多經卷第四百卌一　(24－11)

戒為護於彼此是戒果及所持戒彼脩戒時
名住淨戒不名淨戒波羅蜜多脩安忍時作
如是念我能脩忍為護彼故此是忍果及忍
自性彼脩忍時名住安忍不名安忍波羅蜜
多脩精進時作如是念我能精進為脩斷彼
此精進果精進自性彼精進時名住精進不
名精進波羅蜜多脩靜慮時作如是念我能
脩定彼是定境此是定果及定自性彼脩定
時名住靜慮不名靜慮波羅蜜多脩般若時
作如是念我能脩慧彼是慧境此是慧果及
慧自性彼脩慧時名住般若不名般若波羅
蜜多憍尸迦是善男子善女人等以有所得
為方便故不能圓滿布施淨戒安忍精進靜
慮般若波羅蜜多尒時天帝釋白佛言世尊
諸菩薩摩訶薩云何脩行而能圓滿布施淨
戒安忍精進靜慮般若波羅蜜多佛言憍尸
迦若菩薩摩訶薩脩布施時不得施者受者
施果施及施物以无所得為方便故能滿布
施波羅蜜多脩淨戒時不得持者所護戒果
及所持戒以无所得為方便故能滿淨戒波
羅蜜多脩安忍時不得能忍所護忍果及忍
自性以无所得為方便故能滿安忍波羅蜜
多脩精進時不得勤者所為勤果及勤自性

上博 54 (44959)　大般若波羅蜜多經卷第四百卌一　(24－12)

及一所特或以元一所得為方便故能滿淨戒波
羅蜜多脩安忍特不得能忍所護忍果及忍
自性以元一所得為方便故能滿安忍波羅蜜
多脩精進特不得勤者所為勤果及勤自性
以元一所得為方便故能滿精進波羅蜜多脩
靜慮特不得定者定境定果及定自性以元
所得為方便故能滿靜慮波羅蜜多脩般若
特不得恵者恵境恵果及恵自性以元一所得
為方便故能滿般若波羅蜜多憍尸迦諸菩
薩摩訶薩應以如是元所得恵及以種種巧
妙文義宣說般若乃至布施波羅蜜多何以
故憍尸迦於當來世有善男子善女人等為
他宣說相似般若乃至布施波羅蜜多初發
元上菩提心者聞彼所說相似般若乃至布
施波羅蜜多心便迷謬退失中道是故應以
元所得恵及以種種巧妙文義為發元上菩
提心者宣說般若乃至布施波羅蜜多
尒特天帝釋白佛言世尊云何名為宣說相
似般若靜慮精進安忍淨戒布施波羅蜜多
佛言憍尸迦若善男子善女人等說有所得
般若波羅蜜多乃至布施波羅蜜多如是名
為宣說相似般若靜慮精進安忍淨戒布施
波羅蜜多特天帝釋復白佛言世尊云何善

上博 54 (44959) 大般若波羅蜜多經卷第四百卌一 (24－13)

般若波羅蜜多乃至布施波羅蜜多如是名
為宣說相似般若靜慮精進安忍淨戒布施
波羅蜜多特天帝釋復白佛言世尊云何善
男子善女人等說有所得般若乃至布施波
羅蜜多名說相似般若乃至布施波羅蜜多
佛言憍尸迦若善男子善女人等為發元上
菩提心行六波羅蜜多者說色乃至識元常
苦元我說眼處乃至意處元常苦元我說色
處乃至法處元常苦元我說眼界乃至意界
元常苦元我說色界乃至法界元常苦元我
說眼識界乃至意識界元常苦元我說眼觸
乃至意觸元常苦元我說眼觸為緣所生諸
受乃至意觸為緣所生諸受元常苦元我說
四靜慮四元量四元色定元常苦元我說四念
住乃至一切相智元常苦元我作如是言若
有能依如是等法脩行般若乃至布施波羅
蜜多是行般若乃至布施波羅蜜多復作是
說脩行般若乃至布施波羅蜜多者應求色
乃至一切相智元常苦元我若有能求如是
等法脩行般若乃至布施波羅蜜多是行般
若乃至布施波羅蜜多憍尸迦若有如是求
色乃至一切相智元常苦元我依此等法脩
行般若乃至布施波羅蜜多者我說名為行

上博 54 (44959) 大般若波羅蜜多經卷第四百卌一 (24－14)

色乃至一切相智无常若无我依此等法脩行般若乃至布施波羅蜜多者我說名爲行有所得相似般若乃至布施波羅蜜多憍尸迦若如前說當知皆是說有所得相似般若乃至布施波羅蜜多復次憍尸迦若善男子善女人等爲發无上菩提心者宣說般若乃至布施波羅蜜多作如是言來善男子我當教汝脩學般若乃至布施波羅蜜多若依我教而脩學者當速安住菩薩初地乃至十地憍尸迦彼以有相及有所得而爲方便依合集想教脩般若乃至布施波羅蜜多是謂宣說相似般若乃至布施波羅蜜多復次憍尸迦若善男子善女人等爲發无上菩提心者宣說般若乃至布施波羅蜜多作如是言來善男子我當教汝脩學般若乃至布施波羅蜜多若依我教而脩學者速超聲聞及獨覺地憍尸迦彼以有相及有所得而爲方便依合集想教脩般若乃至布施波羅蜜多是謂宣說相似般若乃至布施波羅蜜多復次憍尸迦若善男子善女人等爲發无上菩提心者宣說般若乃至布施波羅蜜多作如是言來善男子我當教汝脩學般若乃至布施波羅蜜多若依我教而脩學者速入菩薩正性

上博 54 (44959)　大般若波羅蜜多經卷第四百卅一　(24－15)

者宣說般若乃至布施波羅蜜多作如是言來善男子我當教汝脩學般若乃至布施波羅蜜多若依我教而脩學者速入菩薩正性離生既入菩薩正性離生便得菩薩无生法忍既得菩薩无生法忍便得菩薩殊勝神通既得菩薩殊勝神通能遊十方一切佛土從一佛國至一佛國供養恭敬尊重讚歎一切如來應正等覺由此能速證得无上正等菩提憍尸迦彼以有相及有所得而爲方便依合集想教脩般若乃至布施波羅蜜多是謂宣說相似般若乃至布施波羅蜜多復次憍尸迦若善男子善女人等告菩薩乘種姓者言若於般若波羅蜜多至心聽聞受持讀誦精勤脩學如理思惟決定當獲无量无數无邊功德憍尸迦彼以有相及有所得而爲方便作如是說是謂宣說相似般若乃至布施波羅蜜多復次憍尸迦若善男子善女人等告菩薩乘種姓者言汝於過去未來現在一切如來應正等覺從初發心至得无上正等菩提所有善根皆應隨喜一切合集爲諸有情迴向无上正等菩提憍尸迦彼以有相及有所得而爲方便作如是說是謂宣說相似

上博 54 (44959)　大般若波羅蜜多經卷第四百卅一　(24－16)

菩提所有善根皆應隨喜一切合集為諸有
情迴向无上正等菩提憍尸迦彼以有相及
有所得而為方便作如是說是謂宣說相似
般若乃至布施波羅蜜多
尒時天帝釋白佛言世尊云何名為宣說真
正般若波靜慮精進安忍淨戒布施波羅
蜜多佛言憍尸迦若善男子善女人等說无
所得般若波羅蜜多乃至布施波羅蜜多如
是名為宣說真正般若靜慮精進安忍淨戒
布施波羅蜜多時天帝釋復白佛言世尊云
何善男子善女人等說无所得般若乃至布
施波羅蜜多名說真正般若乃至布施波羅
蜜多佛言憍尸迦若善男子善女人等為發
无上菩提心者宣說般若乃至布施波羅蜜
多作如是言來善男子應脩般若乃至布施
波羅蜜多汝正脩時不應觀色若常若无常
若樂若苦若我若无我不應觀受想行識若
常若无常若樂若苦若我若无我如是不應
觀眼處乃至意處色處乃至法處眼界乃至
意界色界乃至法界眼識界乃至意識界眼
觸乃至意觸眼觸為緣所生諸受乃至意觸
為緣所生諸受四靜慮四无量四无色定四
念住乃至一切相智若常若无常若樂若苦

上博 54 (44959) 大般若波羅蜜多經卷第四百卌一 (24－17)

觸乃至意觸眼觸為緣所生諸受乃至意觸
為緣所生諸受四靜慮四无量四无色定四
念住乃至一切相智若常若无常若樂若苦
若我若无我何以故善男子色色自性空乃
至一切相智一切相智自性空是色自性即
非自性乃至是一切相智自性即非自性若
非自性即是般若乃至布施波羅蜜多於此
般若乃至布施波羅蜜多色不可得彼常无
常樂苦我无我亦不可得乃至一切相智不
可得常无常樂苦我无我亦不可得所以者
何此中尚无色等可得何況有彼常无常樂
苦我无我可得善男子汝若能脩如是般若
乃至布施波羅蜜多是脩般若乃至布施波
羅蜜多憍尸迦是善男子善女人等作此等
說是謂宣說真正般若乃至布施波羅蜜多
復次憍尸迦若善男子善女人等為發无上
菩提心者宣說般若乃至布施波羅蜜多作
如是言來善男子我當教汝脩學般若乃至
布施波羅蜜多汝脩學時勿觀諸法有少可住
可超可入可得可證可聽聞等所獲功德及
可隨喜迴向菩提何以故善男子於此般若
乃至布施波羅蜜多畢竟无有少法可住可
超可入可得可證可聽聞等所獲功德及可

上博 54 (44959) 大般若波羅蜜多經卷第四百卌一 (24－18)

乃至布施波羅蜜多畢竟无有少法可住可
起可入可得可證可聽聞等所獲功德及可
隨喜迴向菩提所以者何以一切法自性皆
空若自性空則无所有若无所有即是般若
乃至布施波羅蜜多於此般若乃至布施波
羅蜜多竟无少法有入有出有生有滅有斷
有常有一有異有來有去而可得者憍尸迦
是善男子善女人等作此等說與上黑品一
切相違是說真正般若靜慮精進安忍淨戒
布施波羅蜜多以是故憍尸迦諸善男子善
女人等應於般若波羅蜜多以无所得而為
方便至心聽聞受持讀誦精勤脩學如理思
惟當以種種巧妙文義為他廣說宣示開演
顯了解釋分別義趣令其易解憍尸迦由此
緣故我作是說若善男子善女人等於此般
若波羅蜜多以无所得而為方便至心聽聞
受持讀誦精勤脩學如理思惟復以種種巧
妙文義經須臾間為他辯說宣示開演顯了
解釋分別義趣令其易解所獲福聚甚多於
前
復次憍尸迦若善男子善女人等教贍部洲
諸有情類皆令住預流果於意云何是善男
子善女人等由此因緣得福多不天帝釋言

上博 54 (44959) 大般若波羅蜜多經卷第四百卅一 (24－19)

復次憍尸迦若善男子善女人等教贍部洲
諸有情類皆令住預流果於意云何是善男
子善女人等由此因緣得福多不天帝釋言
甚多世尊甚多善逝佛言憍尸迦若善男子
善女人等於此般若波羅蜜多以无量門巧
妙文義為他廣說宣示開演顯了解釋分別
義趣令其易解復作是言來善男子汝當於
此甚深般若波羅蜜多至心聽聞受持讀誦
令善通利如理思惟隨此法門應勤脩學是
善男子善女人等所獲功德甚多於前何以
故憍尸迦一切預流及預流果皆是之般若波
羅蜜多所流出故復次憍尸迦置贍部洲諸
有情類若善男子善女人等教四大洲一切
有情若小千界一切有情若中千界一切有
情若此三千大千世界一切有情若復十方
各如殑伽沙等世界一切有情若盡十方无
邊世界一切有情皆令住預流果於意云何
是善男子善女人等由此因緣得福多不天
帝釋言甚多世尊甚多善逝佛言憍尸迦若
善男子善女人等於此般若波羅蜜多以无
量門巧妙文義為他廣說宣示開演顯了解
釋分別義趣令其易解復作是言來善男子

上博 54 (44959) 大般若波羅蜜多經卷第四百卅一 (24－20)

善男子善女人等於此般若波羅蜜多以无
量門巧妙文義為他廣說宣示開演顯了解
釋分別義趣令其易解復作是言來善男子
汝當於此甚深般若波羅蜜多至心聽聞受
持讀誦令善通利如理思惟隨此法門應勤
脩學是善男子善女人等所獲功德甚多於
前何以故憍尸迦一切預流及預流果皆是
般若波羅蜜多所流出故復次憍尸迦若善
男子善女人等教贍部洲諸有情類皆令安
住一來不還阿羅漢果於意云何是善男子
善女人等由此因緣得福多不天帝釋言甚
多世尊甚多善逝佛言憍尸迦若善男子善
女人等於般若波羅蜜多以无量門巧妙文
義為他廣說宣示開演顯了解釋分別義趣
令其易解復作是言來善男子汝當於此甚
深般若波羅蜜多至心聽聞受持讀誦令善
通利如理思惟隨此法門應勤脩學是善男
子善女人等所獲功德甚多於前何以故憍
尸迦一切一來及一來果乃至阿羅漢及阿
羅漢果皆是般若波羅蜜多所流出故復次
憍尸迦置贍部洲諸有情類若善男子善女
人等教四大洲一切有情若小千界一切有
情若中千界一切有情若此三千大千世界

上博 54 (44959) 大般若波羅蜜多經卷第四百卅一 (24－21)

憍尸迦置贍部洲諸有情類若善男子善女
人等教四大洲一切有情若小千界一切有
情若中千界一切有情若此三千大千世界
一切有情若復十方各如殑伽沙等世界一
切有情若盡十方无邊世界一切有情皆令
安住一來不還阿羅漢果於意云何是善男
子善女人等由此因緣得福多不天帝釋言
甚多世尊甚多善逝佛言憍尸迦若善男子
善女人等於此般若波羅蜜多以无量門巧
妙文義為他廣說宣示開演顯了解釋分別
義趣令其易解復作是言來善男子汝當於
此甚深般若波羅蜜多至心聽聞受持讀誦
令善通利如理思惟隨此法門應勤脩學是
善男子善女人等所獲功德甚多於前何以
故憍尸迦一切一來及一來果乃至阿羅漢
及阿羅漢果皆是般若波羅蜜多所流出故
復次憍尸迦若善男子善女人等教贍部洲
諸有情類皆令安住獨覺菩提於意云何是
善男子善女人等由此因緣得福多不天帝
釋言甚多世尊甚多善逝佛言憍尸迦若善
男子善女人等於此般若波羅蜜多以无量
門巧妙文義為他廣說宣示開演顯了解釋
分別義趣令其易解復作是言來善男子汝

上博 54 (44959) 大般若波羅蜜多經卷第四百卅一 (24－22)

門巧妙文義為他廣說宣示開演顯了解釋
分別義趣令其易解復作是言來善男子汝
當於此甚深般若波羅蜜多至心聽聞受持
讀誦令善通利如理思惟隨此法門應勤脩
學是善男子善女人等所獲功德甚多於前
何以故憍尸迦一切獨覺獨覺菩提皆是般
若波羅蜜多所流出故復次憍尸迦置贍部
洲諸有情類若善男子善女人等教四大洲
一切有情若小千界一切有情若中千界一
切有情若此三千大千世界一切有情若復
十方各如殑伽沙等世界一切有情若盡十
方无邊世界一切有情皆令安住獨覺菩提
於意云何是善男子善女人等由此因緣得
福多不天帝釋言甚多世尊甚多善逝佛言
憍尸迦若善男子善女人等於此般若波羅
蜜多以无量門巧妙文義為他廣說宣示開
演顯了解釋分別義趣令其易解復作是言
來善男子汝當於此甚深般若波羅蜜多至
心聽聞受持讀誦令善通利如理思惟隨此
法門應勤脩學是善男子善女人等所獲功
德甚多於前何以故憍尸迦一切獨覺獨覺
菩提皆是般若波羅蜜多所流出故

上博 54 (44959)　大般若波羅蜜多經卷第四百卌一　(24－23)

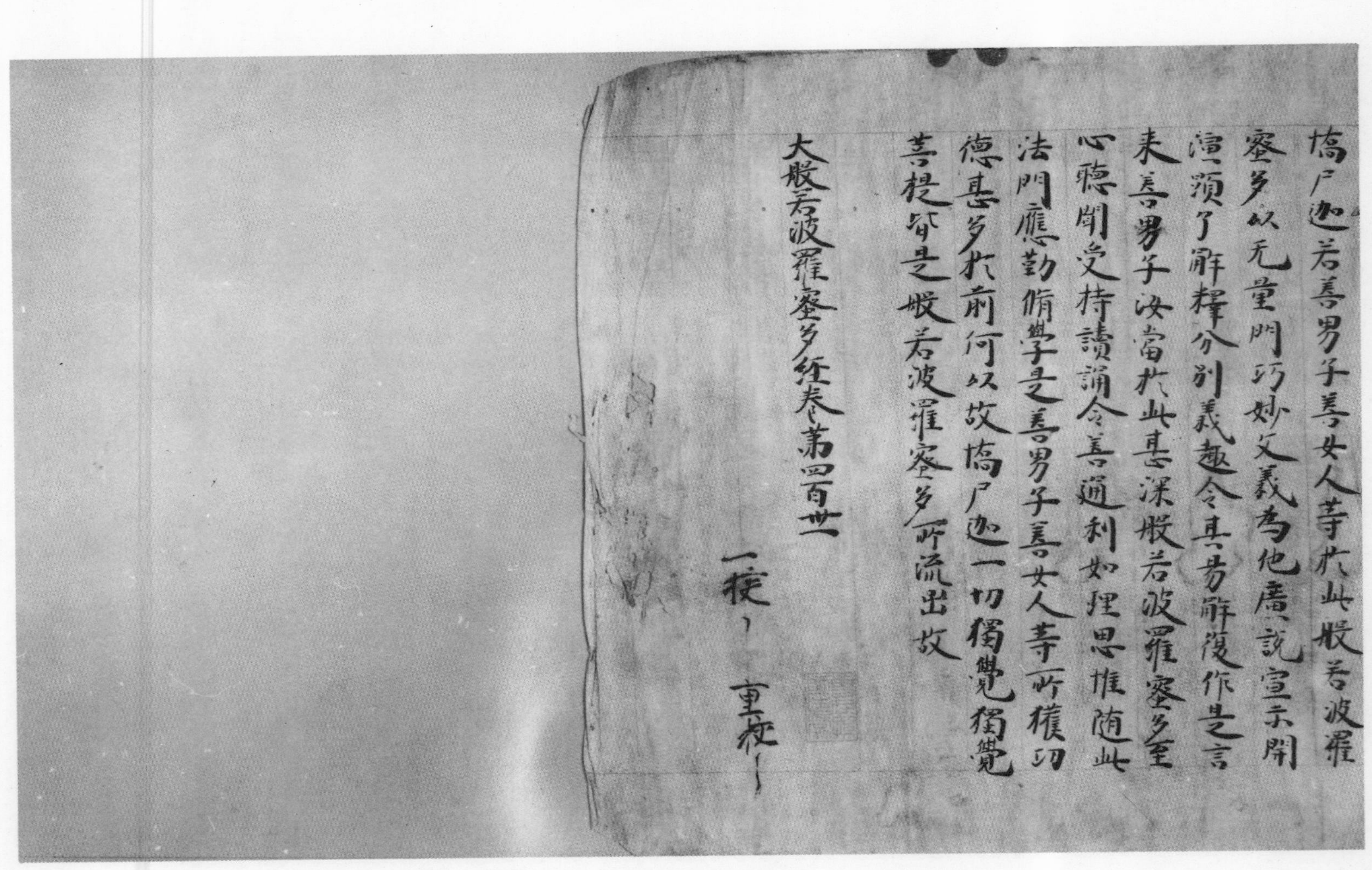
憍尸迦若善男子善女人等於此般若波羅
蜜多以无量門巧妙文義為他廣說宣示開
演顯了解釋分別義趣令其易解復作是言
來善男子汝當於此甚深般若波羅蜜多至
心聽聞受持讀誦令善通利如理思惟隨此
法門應勤脩學是善男子善女人等所獲功
德甚多於前何以故憍尸迦一切獨覺獨覺
菩提皆是般若波羅蜜多所流出故

大般若波羅蜜多経卷第四百卌一

一校了　重校了

上博 54 (44959)　大般若波羅蜜多經卷第四百卌一　(24－24)

上博 55 (44960)　大乘百法明門論開宗義記　　(包卷紙)

上博 55 (44960)　大乘百法明門論開宗義記　　(3－1)

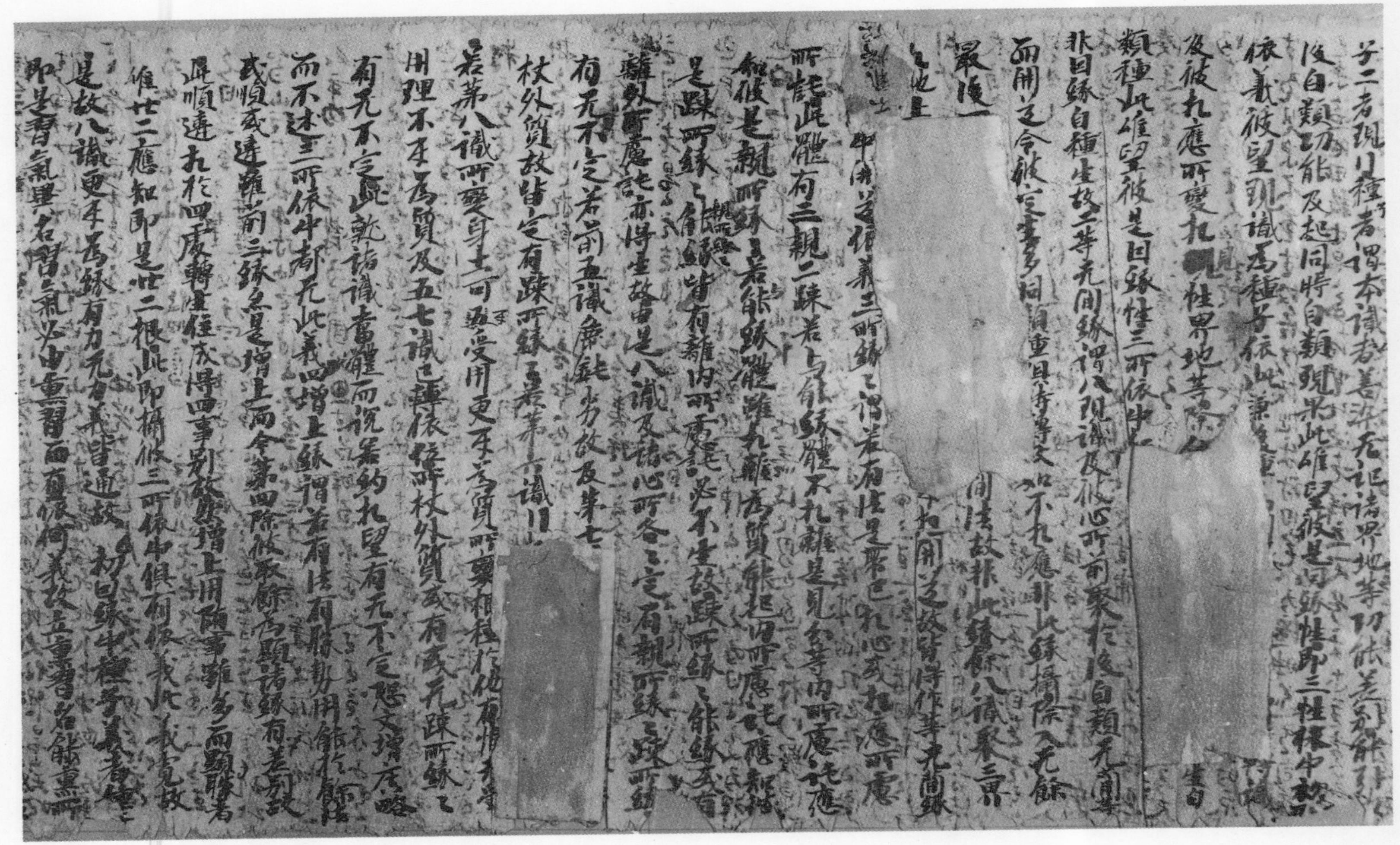

上博 55 (44960)　大乘百法明門論開宗義記　(3－2)

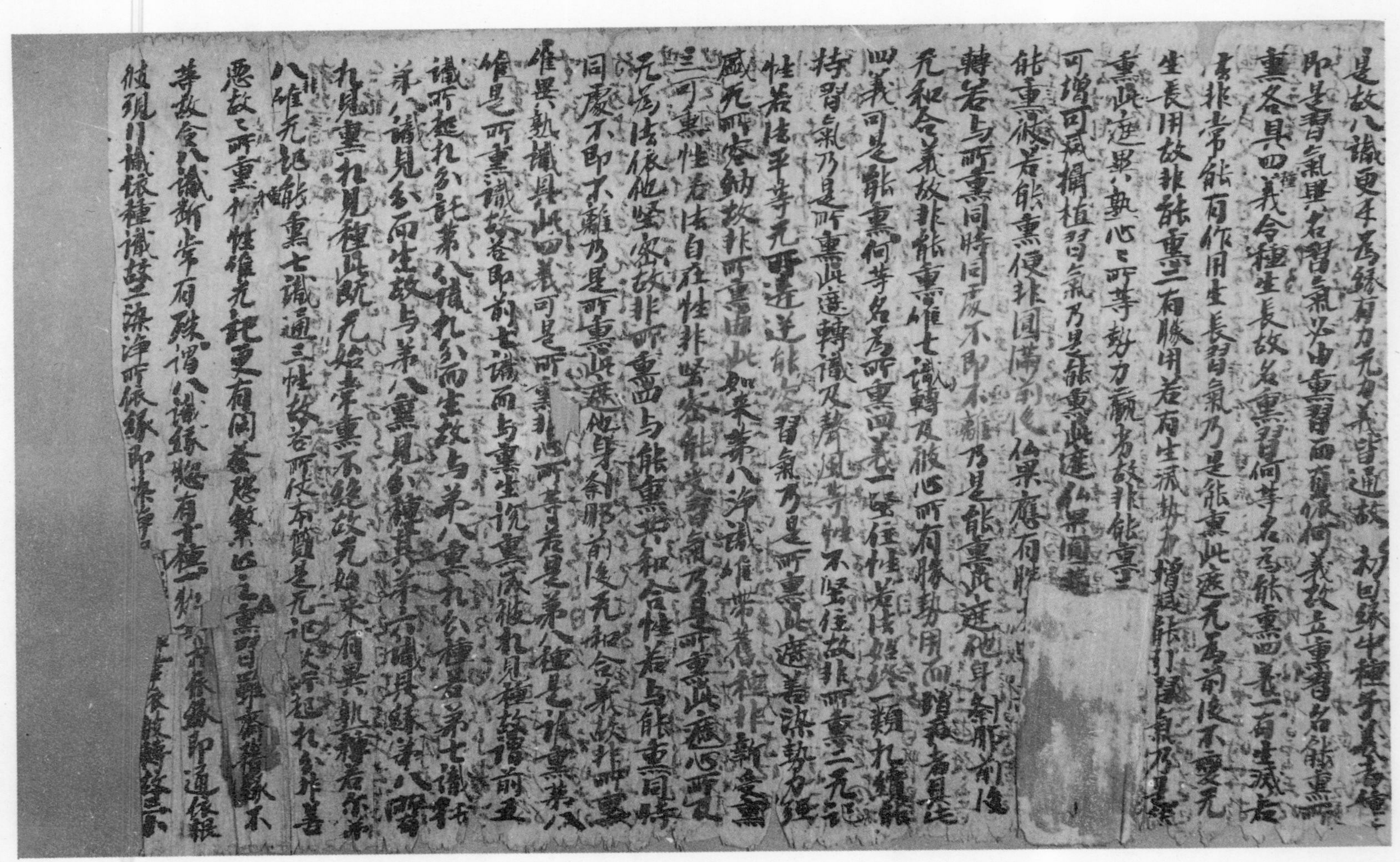

上博 55 (44960)　大乘百法明門論開宗義記　(3－3)

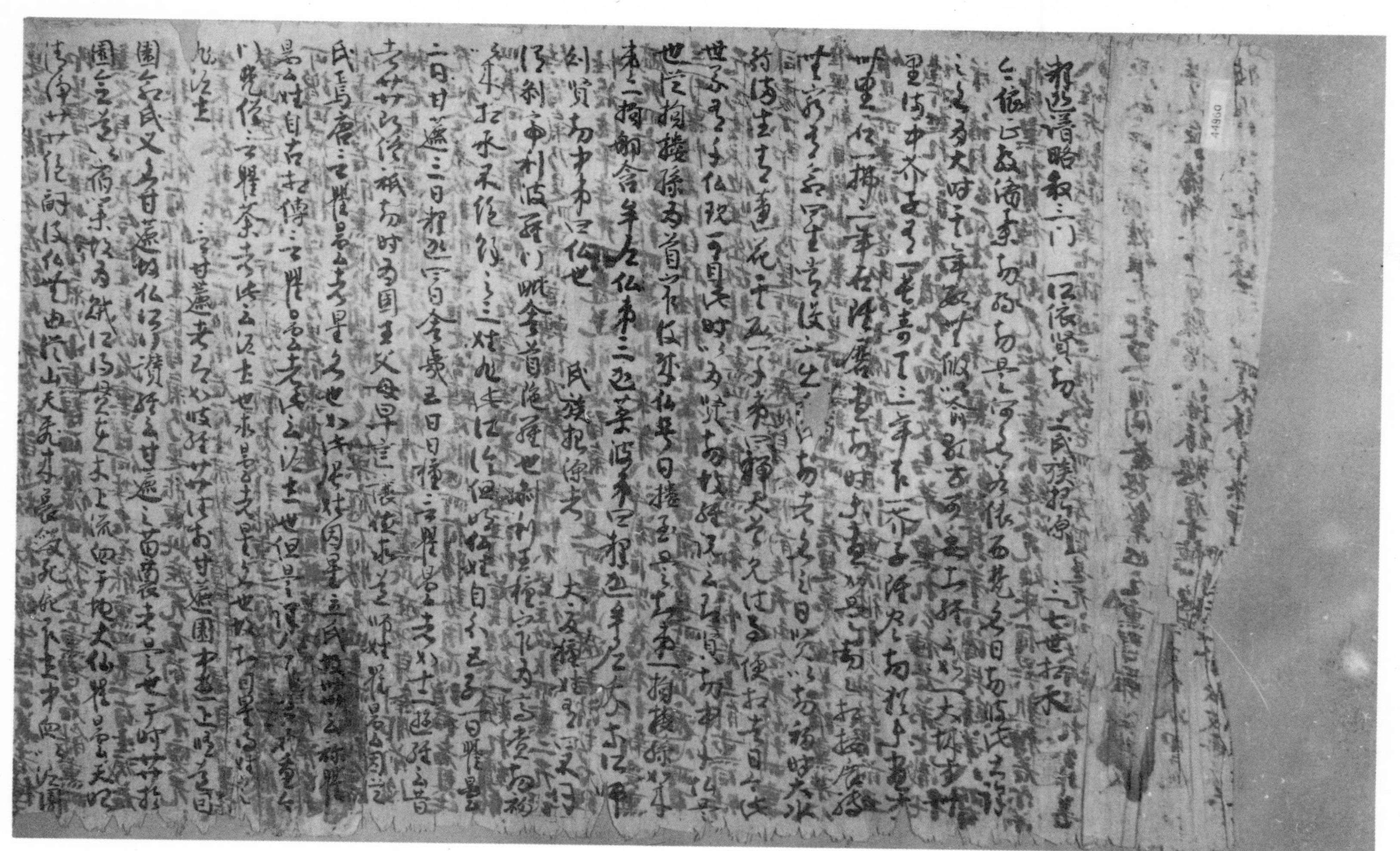

上博 55 (44960)V　釋迦譜　(3－1)

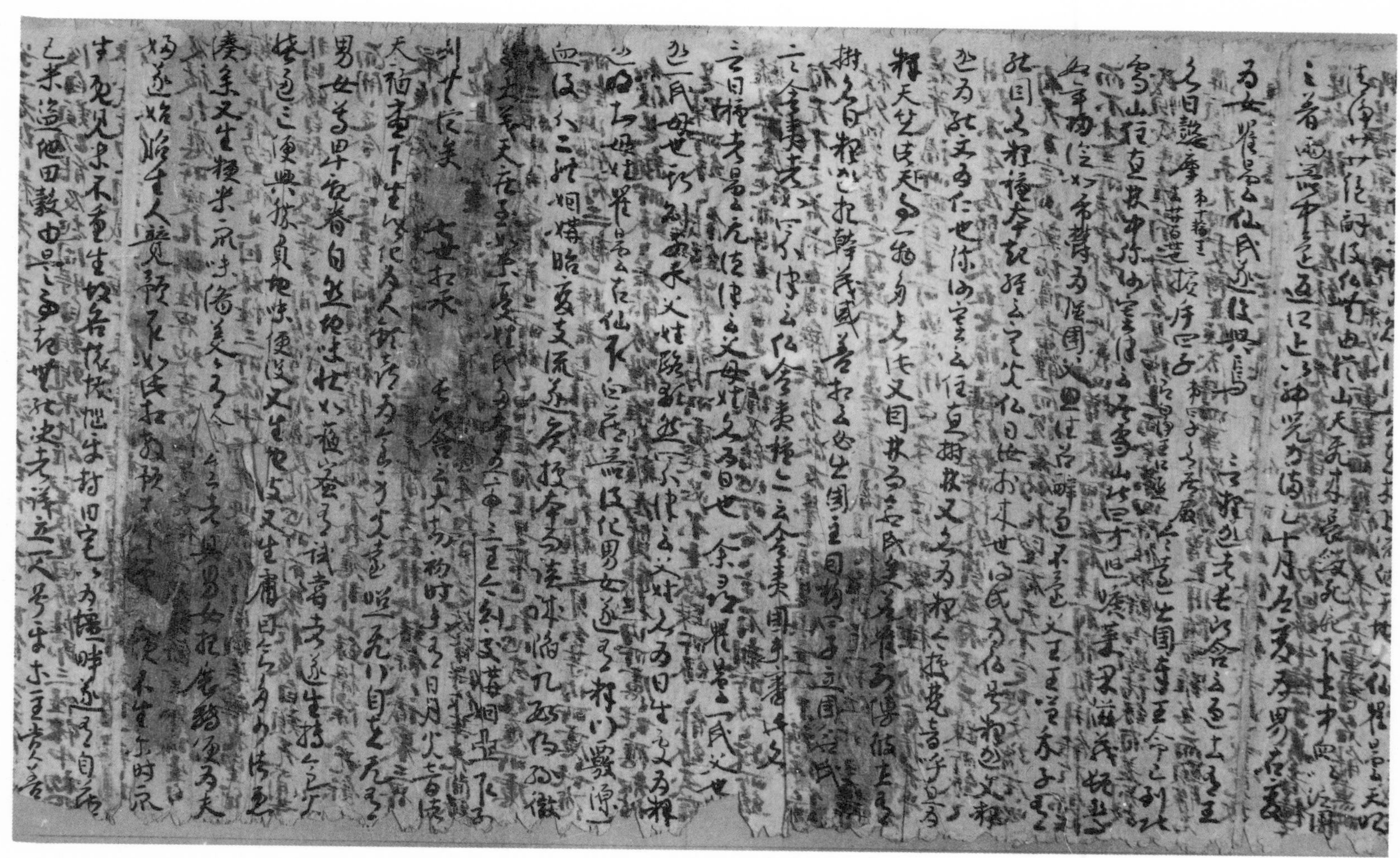

上博 55 (44960)V　釋迦譜　(3－2)

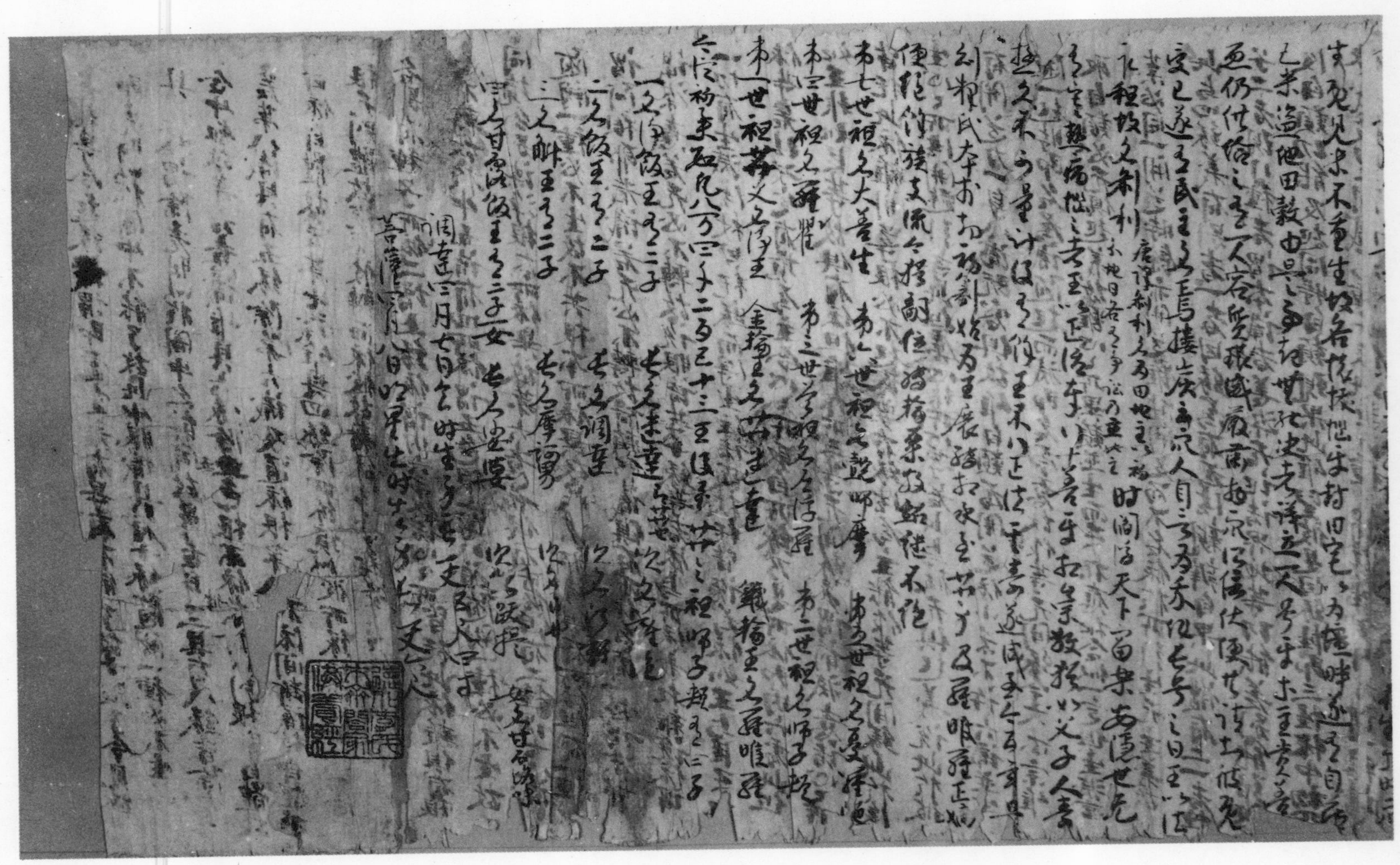

上博 55 (44960)V　釋迦譜　　(3－3)

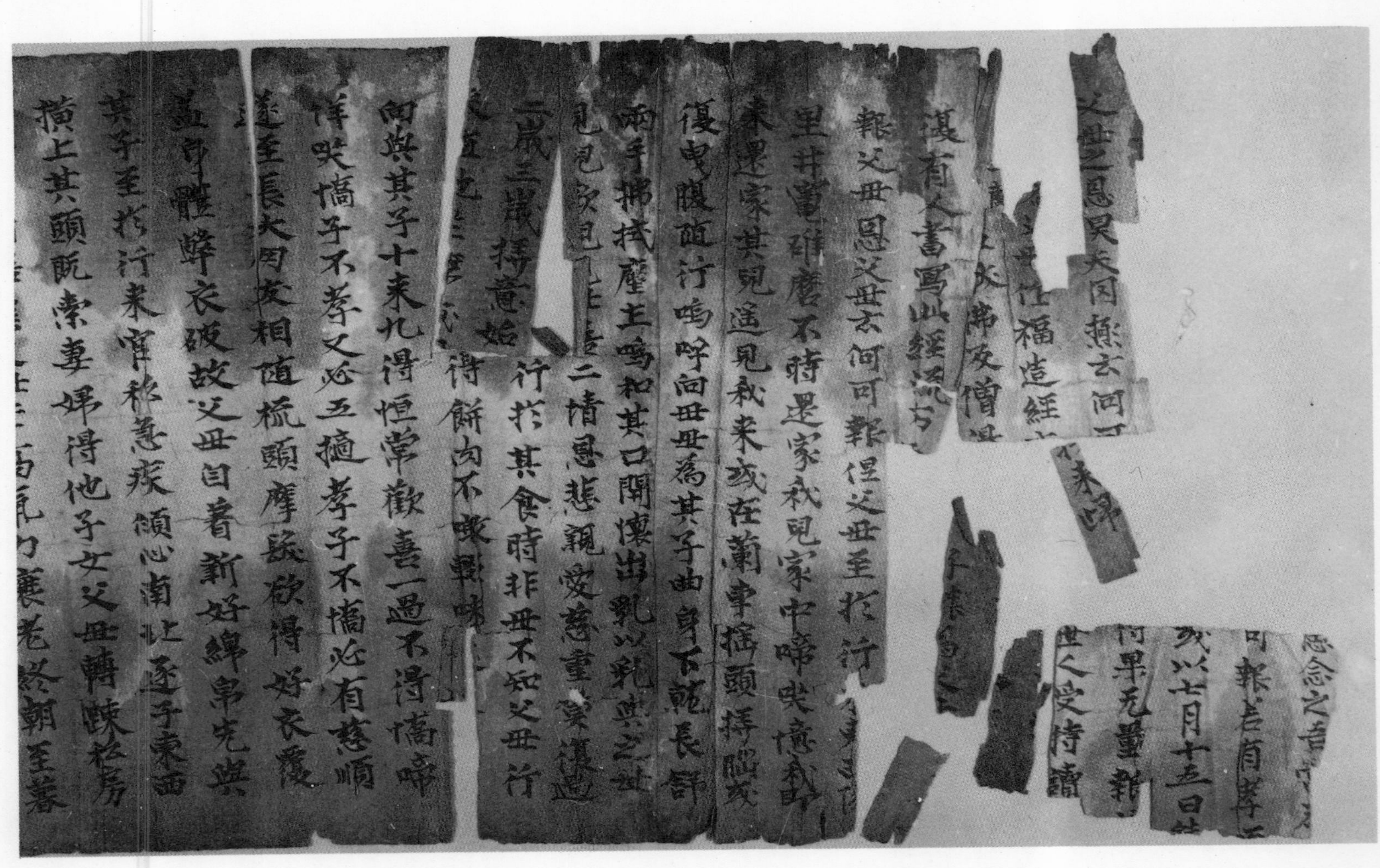

上博 56 (44961)　佛説父母恩重經一卷　　(3－1)

攜上其頭既索妻婦得他子女父母轉踈私房
屋室共相語樂父母年高氣力衰老終朝至暮
不來借問或復父孤母寡獨守空房猶如客人
寄止他舍常無恩愛復无濡被寒苦辛厄難遭
之甚年老色衰多饒蟣虱夙夜不卧長吁歎息
何罪宿愆生此不孝之子或將喚呼瞋目驚怒
婦兒罵詈低頭含咲妻復不孝子復五擿夫妻
和合同作五逆彼時呼喚急疾取使十喚九違盡
不從順罵詈瞋恚不如早死強在地上父母聞之
悲哭懊惱流淚雙下啼哭目腫汝初小時非
吾不長但吾生汝不如本无
佛告阿難若善男子善女人能為父母受持讀
誦書寫父母恩重大乘摩訶般若波羅蜜經
一句一偈一逕耳目者所有五逆重罪悉得消滅
永盡无餘常得見佛聞法速得解脫阿難
從座而起偏袒右肩長跪合掌前白佛言世
尊此經云何名之云何奉持
佛告阿難此經名父母恩重經若有一切衆生
能為父母作福造經燒香請佛礼拜供養
三寶或飲食衆僧當知是人能報父母其恩

上博 56 (44961) 佛説父母恩重經一卷 (3－2)

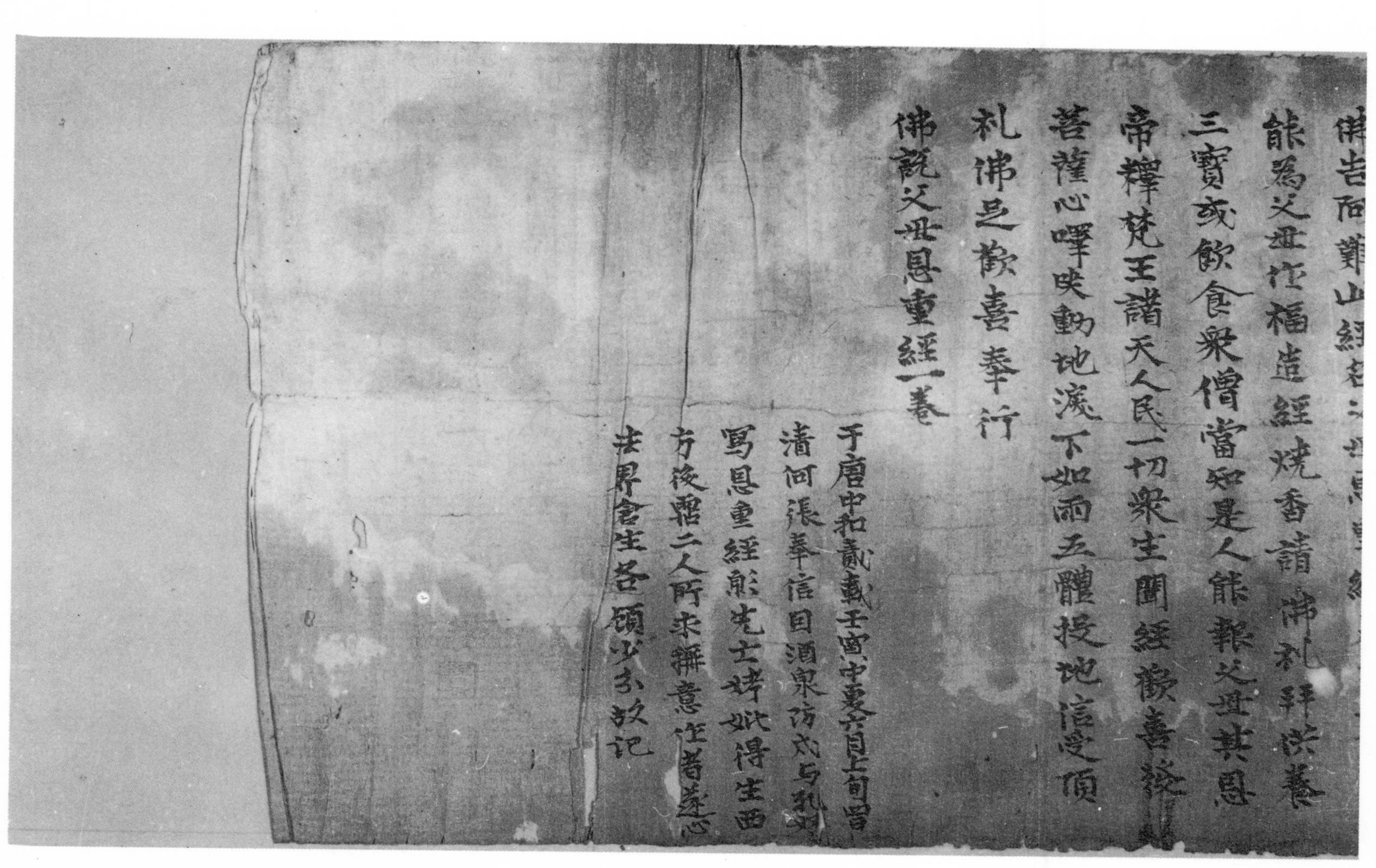
佛告阿難此經
能為父母作福造經燒香請佛礼拜供養
三寶或飲食衆僧當知是人能報父母其恩
帝釋梵王諸天人民一切衆生聞經歡喜發
菩薩心嗥哭動地淚下如雨五體投地信受頂
礼佛足歡喜奉行
佛說父母恩重經一卷
于唐中和貳載壬寅中夏六月上旬書
清河張奉信目酒泉防戍与孔
寫恩重經殘兌士姊妣得生西
方後需二人所求稱意作善遂心
法界含生各願少分故記

上博 56 (44961) 佛説父母恩重經一卷 (3－3)

上博 57 (44962)　持世經卷第三　　(包卷紙)

持世菩薩摩訶薩知一切諸業皆是耶業
知一切諸業虛妄无所有不作不起何以故
諸業中无一決定相一切業名爲正業正業
者於業不分別若正若耶入諸業平等故不
分別業若正若耶是故說名正業又正業者
則是不繫三界義如實知見義如實平等中
更无分別是正是耶菩薩行如是正業如實
知見一切業故於法无取无捨是故說名行
正業正業中无有耶業是人如實知見故說
名住是正業中
持世諸菩薩摩訶薩善知一切諸命皆是耶
命何以故若所有命相法相取相乃至涅槃
相佛相乃至清淨佛諸相住於是中作清淨
命皆名耶命正命者捨諸資生所着斷諸貪
貪不分別不戲論過一切戲論是名正命正
命中更不分別是耶命是正命即得一切清
淨命是故說名得清淨正命又一切諸命皆
不生无有耶正是人名爲得清淨命安住正
道无有戲論住是正命中不取正命不捨耶
命是故說名住正命中是人尒時不名住正
不名住耶得清淨平等命離於命相无動无

上博 57 (44962)　持世經卷第三　　(22－1)

道无有戲論住是正命中不取正命不捨耶
命是故說名住正命中是人尒時不名住正
不名住耶得清淨平等命離於命相无動无
作不念命不念非命但名為如實知者如實
見者是故說名住正命中
持世何謂諸菩薩摩訶薩善知正精進菩薩
摩訶薩住正精進若菩薩為斷一切精進道
故名為住正精進何以故一切精進皆為是
耶諸有所發有作有行皆名為耶何以故一
切法皆是耶作有所發作皆是虛妄若虛妄
者即亦是耶正精進者无發无作无行无願
一切法中斷有所作是菩薩於一切法中斷
有所作乃至涅槃相佛相中不生有所作相
是人善知一切所作皆為虛妄為无所作故
行道若是正者則无所作一切法平等无差
別无有所作過所作相是菩薩善知精進非
是精進不取不捨故說名住正精進
者即是諸精進不可得義即是諸法如實知
見義所謂正精進如是見者不復分別是耶
精進是正精進是故說正精進
持世何謂諸菩薩摩訶薩善知正念諸菩薩
摩訶薩知見一切念皆是耶念凡有念處皆
是耶念何以故一切念是耶念若於處所念
生皆是耶念无憶无念是名正念何以故一

上博 57 (44962)　持世經卷第三　　(22－2)

摩訶薩知見一切念皆是耶念凡有念處皆
是耶念何以故一切念是耶念若於處所念
生皆是耶念无憶无念是名正念何以故一
切念從虛妄緣起是故所有生念處皆為是
耶若於處所无生无滅是名正念无有處所
起念業是名安住清淨念中更无處生耶念
是人知見一切法皆為是耶是正法中无念
是故說安住正念中又正念者更於法无有
分別是正念是耶念是人通達一切念皆无
念相常行六捨心故說名住正念是人更无
所貪樂亦不分別是无念以諸法平等通達
一切念是人如實知見一切念故若念若非
念无取无捨是故說安住正念中是人所念
更不復分別是等是不等於念非念不隨不
緣以无緣故知一切念非念若念若非念不
復在心是人安住正念故不可示不可說斷
一切語言離一切語言如實知一切語言不
分別此彼故說名安住正念
持世何謂諸菩薩摩訶薩安住正定諸菩薩
摩訶薩觀一切諸定皆是耶定何以故凡諸
法中所取緣定相所取知定相所取三昧戲
論定相皆為是耶耶者即是貪著義是定不
尒如所緣取相不耶相无求无戲論无憶念
名為定若不貪著不分別此彼斷貪著喜不

上博 57 (44962)　持世經卷第三　　(22－3)

論空相皆為是耶耶者即是貪著義是空不
尒如所緣取相不耶相无求无戲論无憶念
名為空若不貪著不分別此彼斷貪著善不
受空味壞取空相心无所住是名正空又正
空者不依止一切空中而不戲論如實通達
法本躰善知空相心不貪著欲破彼此念道
如是語亦不分別斷一切分別故名為正空
又正空中更不生耶正想破一切相斷一切
想滅一切想故名為正空正空者不生耶正
不分別耶正是名正空何以故是菩薩通達
諸空方便住是正空中不復為若空若空相
所繫過諸空相故說名正空正名於法无所
戲論諸法平等中无有戲論所謂是正是耶
正空者即是諸法等義正空者能出諸禪空
諸三界一切有為法能如實如見一切五道
生死義持世是名諸菩薩摩訶薩善知道知
道方便所謂如實知見能至涅槃道

世間出世間品第九

持世何謂菩薩摩訶薩善知世間出世間法
何謂得世間出世間法方便持世諸菩薩摩
訶薩正觀世間出世間法何等為世間法菩
薩作是念凡所有法憶想分別從顛倒起衆
因緣生繫屬妄緣從二相起空无所有如紅
雜色久如火輪誑於凡夫破壞義故假名世

上博 57 (44962) 持世經卷第三 (22－4)

薩作是念凡所有法憶想分別從顛倒起衆
因緣生繫屬妄緣從二相起空无所有如紅
雜色久如火輪誑於凡夫破壞義故假名世
間是故名世間是諸世間法皆非是實從虛
妄緣起无作无起相但因陰界入色聲香味
觸法故說因名色故說隨凡夫人心所貪著
隨種種貪著耶見如亂絲无緒如芳根藂草
互相連著隨顛倒相應故說名世間法何等
為出世間法如是世間法從本已來如實性
離是名出世間何以故智者求世間法不可
得求出世間法不可得所可无世間出世間
處是中无分別是世間是出世間但為世間
故說出世間世間實相即是出世間何以故
世間无空相可得世間世間相從本已來常
空世間法不決定故世間從本已來是寂滅
相是菩薩如是觀世間出世間不可得世間
亦不貪著出世間是人不念不貪世間出世
間故不與世間諍訟何以故智者通達世間
是虛妄相見世間虛妄故更不分別是世間
是出世間何以故持世世間者即是五取陰
義一切世間法皆攝在中智者求覓陰不得
陰不得陰性不得陰來處不得住處不得去
處所可无五陰十二入十八性无分別无名
字无生无相无行即名出世間

上博 57 (44962) 持世經卷第三 (22－5)

陰不得陰性不得陰来處不得住處不得去
處所可无五陰十二入十八性无分别无名
字无性无相无行即名出世間
持世諸菩薩觀世間出世間法時不見世間
法與出世間合不見出世間離世間是人不
離世間見出世間々不離出世間見世間是
人不復緣於二行所謂是世間是出世間何
以故持世世間如實相即是出世間世間中
世間相不可得世間法中世間法不可得以
无所有故通達是法即是出世間持世若世
間與出世間異者諸佛不出於世諸佛亦不
說一切世間不可得一切世間不生如實知
見一切世間持世若不得世間不取世間即
是出世間是故當知如實知見世間通達世
間不可得故即說出世間是故諸佛出於世
間一切諸法若世間若出世間以不二不分
别證如實知見故即是說出世間法持世如
是世間甚深難可得底依世間法者得世間
法者悕望出世間法者於世俗語生第一義
相者住在二法者不能得入如是法中何以
故是人不知世間不知出世間是皆行二法
者持世行二法者不能通達世間出世間持
世諸菩薩摩訶薩如是善知世間出世間法

世諸菩薩摩訶薩如是善知世間出世間法
々得世間出世間法方便
有爲无爲法品第十
持世何謂菩薩摩訶薩善知有爲无爲法得
有爲无爲法方便持世諸菩薩摩訶薩正觀
擇有爲无爲法云何爲正觀擇是有爲法无
有作者无有受者是有爲法自生自墮壞中
是故名有爲法是有爲法以虛妄因緣和合
行云何爲行自墮壞中以二相緣知故名有
爲法生是法无有作者无使作者是法自生
无能起作者是故說名有爲是諸有爲法不
在内不在外不在中間不合不散從虛妄本
體分别起无明因緣故皆无所有但以諸行
力故有用是法无有作者无有起者是名有
爲有爲者即是繫相義隨凡夫顛倒所貪著
說智者通達是中不得有爲不得有爲所攝
法智者所不數故名有爲法何以故諸知者
不得有爲分别爲凡夫世俗假名故分别是
有爲賢聖不隨一切諸法名數諸賢聖離諸
法名數是故說得无爲者名爲賢聖智者通
達一切有爲法皆是无爲是故不復起作諸
業智者知見一切有爲法起相虛誑妄想是
故不復起作有爲何以故有爲法无有定性

業智者知見一切有爲法起相虛誑妄想是
故不復起作有爲何以故有爲法无有定性
一切有爲法皆无性无起作何以故持世无
有行有爲緣而能通達无爲通達无爲者更
不復緣有爲云何爲通達智者見一切有爲
法皆虛妄无有本體无所繫屬不墮數中如
是觀時不復貪著有爲緣亦不取有爲法何
以故持世非離有爲得无爲非離无爲得有
爲有爲如實相即名无爲何以故有爲中无
有爲无爲中无无爲但爲顛倒相應衆生令
知見有爲性故分別說是有爲法是无爲法
是有爲相是无爲相於是中何等爲有爲相所
謂生滅住異何等爲无爲相所謂无生无滅
无住異是有爲相无爲相但爲引導凡夫
故說持世有爲法无生相无滅相无住異相
說住異故无相无生若是有爲法定有三相
佛當決定說如是相是生如是相是滅如是
相是住異持世如來說一切法皆无相持世
无生若當有相无滅若當有相无住異若當
有相佛應決定說是无爲相持世若无爲有
相有說即非无爲以說相故但凡夫以數法
故說有爲二相所謂生滅住異无爲三相所
謂无生无滅无住異持世若人通達知見有

上博 57 (44962)　持世經卷第三　(22－8)

故說有爲二相所謂生滅住異无爲三相所
謂无生无滅无住異持世若人通達知見有
爲无爲法是人更不復有生滅住異是故說
得无爲者持世生滅者即是知見集沒義若
法无集則无有沒若不起集則不有退亦无
住異持世是名有爲如實知見若人如實知
見有爲則不墮數中所謂生滅住異菩薩如
是思惟有爲无爲法不見有爲法與无爲法
合亦不見无爲法與有爲法合但作是念有
爲法如實相即是无爲則更不復有所分別
若不分別有爲无爲法即是无爲法若分別
是有爲是无爲則不能通達无爲斷一切分
別是名通達无爲如實通達緣性斷諸緣故
不在數不在非數持世是名諸菩薩摩訶薩
有爲无爲法方便所謂於諸法无所住无所
繫亦不貪受若有爲若无爲法

本事品第十一

持世若諸菩薩摩訶薩能如是善知五陰善
知十八性善知十二入善知十二因緣善知
四念處善知五根善知八聖道分善知世間
出世間法善知有爲无爲法當得善知諸法
實相亦善分別諸法之相亦得念力亦得善
分別一切法章句慧亦得轉身成就不斷念
乃至得阿耨多羅三藐三菩提持世過去无

上博 57 (44962)　持世經卷第三　(22－9)

分别一切法章句慧亦得轉身成就不斷念
乃至得阿耨多羅三藐三菩提持世過去无
量阿僧祇劫尒時有佛号閻浮檀金須弥山
王如来應正遍知明行足善逝世間解无上
士調御丈夫天人師佛世尊持世是閻浮檀
金須弥山王佛壽命五劫有无量聲聞衆其
佛國土清淨嚴餝豊樂安隱其諸衆生具足
快樂少於貪欲瞋恚愚癡易化易度易淨持
世是閻浮檀金須弥山王佛為諸菩薩亦說
是斷衆生疑菩薩藏經持世時有菩薩名曰
寶光聞是陰界入緣四念五根八聖道分世
間出世間有為无為法方便即時發於精進
廿億歲終不生惡心若貪欲若瞋恚若愚癡
若利養若飲食若衣鉢但為入如是法方便
故常懃精進持世是寶光菩薩於閻浮檀金
須弥山王佛所盡其形壽常脩梵行命終之
後還生其佛國土人中年少我命即復還生
於其佛所脩行梵行於一一劫五百生死冣
後生閻浮檀金須弥山王佛欲涅槃時在第
五劫成就如是多聞法亦得如是諸法實相
方便所從佛聞諸法皆能憶念得如是念力
故白佛言聽我廣演諸法即於其世度脫无
量无邊衆生令住阿耨多羅三藐三菩提道

上博 57 (44962) 持世經卷第三 (22－10)

故白佛言聽我廣演諸法即於其世度脫无
量无邊衆生令住阿耨多羅三藐三菩提道
中是閻浮檀金須弥山王佛入涅槃時為持
法故護念寶光菩薩佛滅度後法住一劫是
人於是一劫五百世中常生人間出家學道
亦常於是諸法實相得自增長亦復利益无
量无邊衆生持世寶光菩薩如是展轉得值
万億諸佛未後无量光佛為其授記過阿僧
祇劫當得阿耨多羅三藐三菩提於阿僧祇
劫中更值百千万億那由他諸佛後得阿耨
多羅三藐三菩提成佛号一切義決定莊嚴
如来應正遍知明行足善逝世間解无上士調
御丈夫天人師佛世尊有无量无邊阿僧祇
菩薩衆无量聲聞僧佛壽二劫其佛國土豊
樂安隱普皆莊嚴持世是故菩薩若欲得如
是法中善知方便當懃行精進懃求讀誦脩
集如是之法又復諸菩薩摩訶薩欲得如是
諸法方便故於四方法懃行精進何等為四
一者出家二者獨行三者持戒清淨四者除
懈怠心是為四諸菩薩有是四法懃求多聞
安住忍辱當疾得值遇四法何等四一者生
中閻浮提二者得值佛三者随法行四者除
罪業鄣是為四又復持世諸菩薩摩訶薩如

上博 57 (44962) 持世經卷第三 (22－11)

中閻浮提二者得値佛三者随法行四者除
罪業鄣是為四又復持世諸菩薩摩訶薩如
是法中懃行精進當得清淨布施力清淨持
戒清淨忍辱清淨精進清淨禪定清淨智慧
力諸菩薩摩訶薩住是法中疾得如是方便
力又持世菩薩摩訶薩雖行頭陁細法亦能
常於衆生有大悲心是人入大悲心於是法
方便中懃行精進持世復有諸菩薩摩訶薩
欲得如是法當入諸陁羅尼門懃行精進何
謂入陁羅尼門故懃行精進所謂善觀一切
諸法无量緣觀一切无量方便亦觀无量方
便起如是觀時以三昧門方便善入諸法門
无量緣亦入无量方便亦入无量方便起於
是法中得力故能善知諸法實相亦善分別
諸法之相亦得念力亦得善分別一切法章
句慧亦得轉身成就不斷念不退法乃至得
阿耨多羅三藐三菩提又復持世諸菩薩摩
訶薩入諸陁羅尼門故通達一切諸法隨宜
因緣以一因緣能入千種因緣隨智慧力得
諸法方便又復持世諸菩薩摩訶薩如是法
中懃精進故入一相門三昧得一相門三昧
故入无量相門三昧如是入已以種種因緣
方便故能入是諸法門如是諸菩薩入一切

上博 57 (44962) 持世經卷第三 (22－12)

中懃精進故入一相門三昧得一相門三昧
故入无量相門三昧如是入已以種種因緣
方便故能入是諸法門如是諸菩薩入一切
諸法門已當得一切諸法方便又復持世諸
菩薩摩訶薩多行智慧故善知諸禪定相亦
善知无緣三昧是三昧力故能善知无量緣
无量禪定起是菩薩住此地中能得一切諸
法實相方便又復持世諸菩薩摩訶薩常觀
世間緣方便常觀有為法緣方便常觀世間
緣方便亦常懃行壞一切法緣方便亦无貪
著處菩薩脩集如是法疾得一切諸法實相
方便又復持世諸菩薩摩訶薩懃行精進起
方便力而亦常觀諸法實相不依止世樂而
不雜行世間之法成就如是法者疾得諸法
實相亦善分別諸法之相亦得念力亦得善
分別一切法章句慧亦得轉身成就不斷念
乃至得阿耨多羅三藐三菩提持世是故諸
菩薩摩訶薩欲得度如是諸法彼岸當於是
法如說脩行持世汝等於是法中懃行精進
汝等不久當於此法得无閡智慧持世過去
无量无邊不可思議阿僧祇劫尒時有佛号
无量光德高王如来應正遍知明行足善逝
世間解无上士調御丈夫天人師是无量光
德高王佛壽命一劫其佛國土以七寶瑠璃

上博 57 (44962) 持世經卷第三 (22－13)

无量光德高王如来應正遍知明行足善逝
世間解无上士調御丈夫天人師是无量光
德高王佛壽命一劫其佛國土以七寶絅羅
覆其上普以七寶諸多羅樹莊嚴世界是諸
多羅樹亦復以七寶絅羅覆其上一一樹下
敷師子坐諸多羅樹皆出天衣諸坐皆以流
離寶閻浮檀金赤真珠所成諸多羅樹四邊
皆有香樹華樹圍繞莊嚴一一樹下各各有
池八功德水充滿其中諸池皆以頗梨車璩
赤真珠所成諸池水上皆有青赤白紅蓮華
遍覆水上諸池皆以七寶為蘭楯持世彼佛
國土皆以如是衆寶莊嚴世界四邊復有寶
樹如忉利天波利耶多羅迦枸毗陁羅樹如
是寶樹千万億數圍繞世界是諸樹光明鄣
蔽一切日月星光不復現持世諸多羅樹及
諸寶絅自然皆出種種妙音如天伎女歌頌
之聲其佛國土常出如是微妙音聲三惡道
亦无三惡道名持世是无量光德高王佛為
諸衆生多說如是之法所謂般若波羅蜜及
菩薩藏斷一切衆生疑善一切衆生心經持
世其无量光德高王佛說法時一日之中无
量百千万億衆生發阿耨多羅三藐三菩提
心已發心者得具足助菩提法持世是无量
光德高王佛如是教化成就无量无邊衆生

上博 57 (44962) 持世經卷第三 (22－14)

量百千万億衆生發阿耨多羅三藐三菩提
心已發心者得具足助菩提法持世是无量
光德高王佛如是教化成就无量无邊衆生
於阿耨多羅三藐三菩提其佛國土菩薩摩
訶薩其數甚多持世彼佛滅後法住半劫是
无量光德高王佛滅度之後法欲盡時下方
過十佛世界有菩薩名无量意命終来生始
年十六出家學道於无量光德高王佛法欲
滅時聞是諸菩薩摩訶薩解說陰界入方便
經无量意菩薩聞此經已發大精進於是法
中盡到其邊成就深方便力是菩薩善根因
緣故於彼命終得值廿億佛皆得成就如是
之法常識宿命童真出家脩行梵行常得念
力世世不離如是之法世世成就不斷念然
後得成阿耨多羅三藐三菩提号无量光莊
嚴王佛持世是故諸菩薩摩訶薩若欲疾得
阿耨多羅三藐三菩提若欲疾得具足一切
智慧於我滅後後五百歲惡世之中當懃護
持發大誓願應生大欲大精進大不放逸於
後世中常當護持如是等經尒時䟦陁婆羅
伽伽羅呵達多菩薩等為上首從坐而起向
佛合掌白佛言世尊我等於佛滅後後五百
歲法欲滅時我等當為守護如是等經懃行

上博 57 (44962) 持世經卷第三 (22－15)

佛合掌白佛言世尊我等於佛滅後後五百
歲法欲滅時我等當爲守護如是等經懃行
精進讀誦聽受尔當復爲他人廣說復有若
干千數菩薩從坐而起合掌向佛瞻仰尊顔
發是願言世尊我等後世後五百歲作是誓
願於如是等甚深无染汙諸佛所聽能生菩
薩諸善功德能具足諸菩薩助菩提法我等
當共護持聞如是法當大清淨其心歡喜專
意懃求受持讀誦佛便微咲即時三千大千
世界无量光明遍滿其中三千大千世界六
種震動尒時阿難從坐而起偏袒右肩右膝
著地合掌白佛言世尊何因緣故今者微咲
地大震動佛告阿難汝見此等菩薩發大誓
願後世護持如是甚深无染汙法不阿難是
諸菩薩非但今世發是誓願阿難我念是諸
菩薩於无量无邊諸佛所發如是誓願三時
護持諸佛之法亦能利益无量衆生今者亦
復三時護持我法於今現在及我滅後法欲
滅時亦大利益无量衆生持世如跋陁婆羅
等三時護持我法亦復於此賢劫之中三時
護持諸佛之法亦於未來諸佛三時護持如
是之法阿難我今讚說是人成就如是无量
功德說不可盡憐愍利益安隱衆生阿難若
我悉說是人如是功德人不能信若人不信

上博 57 (44962)　持世經卷第三　(22－16)

是之法阿難我今讚說是人成就如是无量
功德說不可盡憐愍利益安隱衆生阿難若
我悉說是人如是功德人不能信若人不信
佛語是人長夜失於利樂受諸苦惱墜墮惡
趣阿難我今粗說是等菩薩利益衆生假使
如三千大千世界滿中衆生皆墮大地獄中
有有一人語諸衆生汝等莫怖我今一一代
汝受此大苦獄苦是人即時出地獄衆生一一皆
爲多千万歲受地獄苦阿難於汝意云何是
人爲大利益大安樂不阿難言世尊爲大利
益爲大安樂阿難是人出諸衆生已現其勢
力皆使令得成就世間第一快樂阿難是人
爲能有恩能與衆生樂不阿難言世尊是人
所益非言所說阿難我今實說是跋陁婆羅
菩薩等利益衆生是人利益此二利益安隱
之事以筭數譬喻不可爲比何以故阿難是
人樂具皆是有爲相連之法不爲猒足故不
爲離欲故不爲智慧故不爲沙門果故不爲
涅槃故阿難是諸菩薩等利益衆生與无上
樂一切智人樂爲求佛道者皆作佛事未入
正位者令得聲聞辟支佛地以佛法化諸菩
薩示教利喜阿難是諸菩薩能示教利喜諸
菩薩衆爲不斷佛種故爲守護一切智種故

上博 57 (44962)　持世經卷第三　(22－17)

薩示教利喜阿難是諸菩薩能示教利喜諸
菩薩衆爲不斷佛種故爲守護一切智種故
住於世間阿難是人過去行菩薩道時无量
百千万那由他劫皆使有佛不令斷絶亦於
未來无量百千万那由他劫皆使有佛亦不
斷絶何以故阿難是諸菩薩本行菩薩道時
已令无量諸佛住於佛道是諸菩薩世世護
持教化成就百千万億諸佛皆使成阿耨多
羅三藐三菩提從是已後亦復教化无數百
千万億衆生令住佛道教化力故具足佛法
亦皆當得阿耨多羅三藐三菩提阿難是跋
陁婆羅等爲與衆生佛樂一切智慧樂故懃
行精進阿難若人實說何等是諸菩薩父母
救舍依洲生諸菩薩當說是跋陁婆羅伽羅
呵達多等百菩薩阿難若人實問何等是菩
薩種當言跋陁婆羅伽羅呵達多等百人是
如是善男子等爲不斷佛種不斷一切智慧
種故住於世間是善男子等亦於後世後五
百歲以是教化方便力故以樂因緣令諸衆
生不墮三惡道中亦令无量百千衆生住菩
薩乘阿難若千千佛說是善男子等功德不
可得盡何以故是善男子等成就如是不可
思議功德阿難我於无量百千万億阿僧祇
劫所集法藏是善男子等能受護持阿難我

上博 57 (44962) 持世經卷第三 (22－18)

可得盡何以故是善男子等成就如是不可
思議功德阿難我於无量百千万億阿僧祇
劫所集法藏是善男子等能受護持阿難我
今以是无量億劫所集法寶囑累是人是善
男子等爲无量阿僧祇國土中現在諸佛之
所護念阿難是善男子等一切天人世間所應
礼事阿難是人十方千佛講說法時常所讃
嘆阿難我已亦可爲斷一切衆生疑故若人
於後末世受持是經讀誦通利爲人廣說當
知是善男子善女人近一切種智有人於後
末世乃至得聞如是深法信解而發誓願我
皆與受阿耨多羅三藐三菩提記若於後世
後五百歲生信解心懃行精進護持是經是
善男子善女人我今亦以是阿耨多羅三藐
三菩提法而囑累之若聲聞人信受如是深
法心无違逆我與受記後當得値弥勒佛會
若求佛道者聞如是法受持信解是人皆爲
弥勒佛所授記以本願故出家學道阿難當
知是善男子善女人等若於後世五百歲時
於是法中懃行精進當知是人善根猛利

囑累品第十二

尒時持世菩薩摩訶薩白佛言世尊唯願利
益諸菩薩摩訶薩故護念是經諸菩薩摩訶

上博 57 (44962) 持世經卷第三 (22－19)

尒時持世菩薩摩訶薩白佛言世尊唯願利
益諸菩薩摩訶薩故護念是經諸菩薩摩訶
薩若於後世得聞是法心淨喜樂亦能為具
足如是法故懃行精進尒時世尊護念是經
即以神力令此三千大千世界香氣遍滿所
未曾有一切衆生慈心相向佛護念已告持
世菩薩持世我今護念是法巾經斷一切疑
故持世若有能受持讀誦是經者不久當得
一切智慧唯除本願我今亦與是人受記疾
得具足一切智慧故持世諸菩薩摩訶薩若
受持讀誦是法巾經思惟廣為人說是人不
久當疾得五陰方便十二入十八性十二因緣
四念處五根八聖道分世間出世間法有為
无為法方便亦疾得諸法實相亦疾得分別
諸法之相亦疾得念力亦疾得善分別一切
章句慧亦疾得轉身成就不斷念乃至得阿
耨多羅三藐三菩提持世是經後世能與衆
生作大法明大智慧光福德因緣亦能與諸
菩薩具足助阿耨多羅三藐三菩提法持世
若諸菩薩於後未世時得值是經及餘深經
菩薩藏所攝與諸波羅蜜相應是人不為魔
事所覆業鄣所惱持世若是人未得无生法
忍者我與授記於當来世第二第三佛當得

上博 57 (44962) 持世經卷第三 (22－20)

事所覆業鄣所惱持世若是人未得无生法
忍者我與授記於當来世第二第三佛當得
无生法忍已得无生法忍者於一切法中疾
得自在力疾得淨佛國土疾得无量聲聞衆
疾得无量菩薩衆持世我今說是法巾為斷
後世一切疑故持世諸菩薩摩訶薩見四利
故於後未世護持如是等經而發橲願何等
為四諸菩薩作是念我當疾得无量无邊功
德又令衆生生大善根亦為諸佛護持正法
亦為作諸佛持法藏人亦為无量諸佛所見
讚嘆是名四持世諸菩薩摩訶薩復見四利
於後未世護持是經而發橲願何等為四諸
菩薩作是念我等於後恐怖惡世守護法故
當行大精進於後惡世正法壞時能持法藏
為此難事於後惡世法亂衆生亂時我等守
護法故其心不亂尒時當得具足忍辱以无
瞋道守護於法是名四持世諸菩薩摩訶薩
見是四利故於後惡世護持如是等深經而
發橲願䟦陁婆羅伽羅呵達多等五百菩薩
及餘菩薩得聞是法巾經佛前合掌於後惡
世發願護持是深法者佛以右手皆摩其頭
作如是言諸善男子我於无量阿僧祇劫所
集阿耨多羅三藐三菩提大法寶藏甚為難

上博 57 (44962) 持世經卷第三 (22－21)

作如是言諸善男子我於无量阿僧祇劫所
集阿耨多羅三藐三菩提大法寶藏甚為難
集受諸无量无邊憂愁苦惱亦捨无量无邊
歡喜快樂今以囑累汝等於後末世當以是
无量劫所集法藏善聞與人廣為四衆分別
解說此正法種令不敗壞汝等還當燃大法
炬諸善男子如來今者請汝等佛子住佛所
住我於是无量百千万億阿僧祇劫所集法
寶藏為諸天人廣宣流布即時跋陀婆羅伽
羅阿達多等即礼佛足作是言我等隨力
所能亦承佛威神當於後世廣宣流布是法
寶藏說是法印經時无量无邊阿僧祇一
生諸菩薩善根成就亦有无量百千万億衆
生發阿耨多羅三藐三菩提心畢定受阿耨
多羅三藐三菩提記佛說是已持世菩薩及
跋陀婆羅伽羅阿達多等及餘菩薩并諸四
衆一切天人阿脩羅等聞佛所說皆大歡喜

持世經卷第三

大隋開皇九年□月八日皇……衆生敬造一切經流通供養

上博 57 (44962) 持世經卷第三 (22－22)

……城門有一天神告須達多……
來所者多獲善利須達多言……
長者假使有人真寶瓔珞騾……
頸寶車百乘鑄金為人其數滿
身佩瓔珞衆寶莊嚴上妙宮……
天剎鏤金縢銀粟銀縢金粟數多……
人如是展轉盡閻浮提所得功德……
發意一步詣如來所須達多言善男子汝是
誰耶天言長者我是勝相婆羅門子是汝往
昔善知識也我因往日見舍利弗大目揵連
心生歡喜捨身得作北方天王毗沙門子專
知守護此王舍城我因礼拜舍利弗等生歡
喜心尚得如是妙好之身況當得見如來大
師礼拜供養須達長者聞是事已即還復道
來詣我所到已頭面敬礼我足我時即為如
應說法長者聞已得須陁洹果既獲果證復
請我言如來大慈唯願臨顧至舍衛城受我
微供我即問言舍衛國有精舍相容受
不須達多言若佛哀愍必見垂顧便當自竭
營辦成立善男子我於尒時嘿然受請須達
長者已蒙聽許即白我言我從昔來未為斯
事唯願如來遣舍利弗指授儀則我即顧命
勑令營佐時舍利弗與須達多共載一車往
舍衛城我神故然一日初便到所止時須達

上博 58 (47259) 大般涅槃經卷第卅 (22－1)

事唯願如來遣舍利弗指授儀則我即隨從
勑舍利弗時舍利弗與須達多共載一車往
舍衛城我神故經一日初便到所止時須達
多白舍利弗大德此大城外何處有地不近
不遠多饒泉池有好林樹花菓蔚茂清淨
閑豫我當於中為佛世尊及比丘僧造立精
舍舍利弗言祇陀園林不近不遠清淨寂漠
多有泉流樹木華菓隨時而有此處最可
安立精舍時須達多聞是語已即往祇陀大
長者所告祇陀言我今欲為无上法王造立
僧坊唯有園地任中造立吾今欲買能見與
不祇陀荅言設以真金遍布其地猶不相與須
達多言善哉祇陀林地屬我即便取金祇陀
荅言我園不賣云何取金須達多言若意不
了當共往詣斷事人所時二長者即共俱往
斷事者言園屬須達祇陀取金即時使人車
馬載負隨集布地一日之中唯五百步金未周
遍祇陀言曰長者若悔隨意聽止須達多言
吾不悔也自念當出何藏金足祇陀念言如
來法王真寶无上所說妙法清淨无染故使
斯人輕寶乃尒即語須達餘未遍者不復須
金請以見與我自為佛造立門樓常使如來
經入出由祇陀長者自造門坊須達長者七
日之中成立房大足三百口禪坊靜處六十三
所冬屋夏堂各各別異廚坊浴室洗腳之處
大小清廁不无備足所設已訖即執香爐向

上博 58 (47259) 大般涅槃經卷第卅 (22－2)

所冬屋夏堂各各別異廚坊浴室洗腳之處
大小清廁不无備足所設已訖唯願如來慈哀
王舍城遥作是言所設已辦唯願如來慈哀
憐愍為諸眾生受是住處我時云知是長者
心即與大眾發王舍城譬如壯士屈申臂頃
至舍衛城祇陀園林須達精舍我既到已須
達長者以其所設奉施於我我我時受已即住
其中時諸六師心生嫉妬悉共集詣波斯匿
王作如是言大王當知王之土境清義閑靜
真是出家住止之處是故我等為斯事故而
來至此大王以法正治為民除患沙門瞿曇
年既幼稚學日又淺道術无施此國先有耆
舊宿德自恃王種不生恭敬若是王種法應
治民如其出家應敬宿德大王善聽沙門瞿
曇真實不生王種之中瞿曇沙門若有父母
何由劫奪他人之父母大王我經中說過千
歲已有一妖祥幻化物出所謂沙門瞿曇是
也是故當知沙門瞿曇无父无母若有父母云
何說言諸法无常苦空无我无作无受以幻術
故誑惑眾生愚者信受智者捨之大王夫人王
者天下父母如秤如地如風如火如道如河
如橋如燈如日如月如法斷事不擇怨親沙
門瞿曇不聽我活隨我去處追逐不捨唯願
大王聽我等輩與彼瞿曇捅其道力若彼勝
我我當屬彼我若勝彼彼當屬我王言大德
汝等各各自有行法心住之處不若不同我

上博 58 (47259) 大般涅槃經卷第卅 (22－3)

世尊各各自有行法正住之處不若不同我
今定知如來世尊於世无妨六師答言云何
无妨沙門瞿曇以幻術法誘誑諸人及婆羅
門歸服已盡王若聽我與捔道力王之善名
流布八方如其不者惡聲盈路王言大德世
以來知如來道力威神巍巍故求捔試若定
知者恐不能也大王世今已受瞿曇幻那唯
願大王留神聽察莫輕我等攝之虛言不如
驗之以實王言善哉善哉六師之徒歡喜而
出時彼斯匿王即勅嚴駕來至我所頭面敬
禮右遶三帀退坐一面而白我言世尊六師
向來求捔道力我不量度敢已許之佛言大
王善哉善哉但當便於此國處處造立僧坊
何故我若與彼捔其神力彼衆之中受化者
多此處狹小云何容受善男子我於尒時為
六師故從初一日至十五日現大神通
變化當是時也无量衆生發阿耨多羅三藐
三菩提心无量衆生於三寶所生信不疑六
師徒衆其數无量破邪見心正法出家无量
衆生於菩提中得不退心无量衆生得陀羅
尼諸三昧門无量衆生得須陀洹果至阿羅
漢果尒時六師內心懷愧相與圍遶至婆枳
多城教彼人民信受邪法瞿曇沙門但說空
事善男子我時為母處忉利天波利質多樹
安居說法是時六師心大歡喜唱言善哉瞿
曇幻術今已滅沒復教无量无數衆生增長

上博 58 (47259)　大般涅槃經卷第卅　(22－4)

安居說法是時六師心大歡喜唱言善哉瞿
曇幻術今已滅沒復教无量无數衆生增長
邪見尒時頻婆娑羅王波斯匿王及四部衆
白目連言大得以閻浮提邪見增長衆生可
愍行大黑闇唯願大德至彼天上啓請世尊
如我言曰譬如犢子其生未久若不得乳必
死无疑我等衆生亦復如唯願如來哀愍
衆生還來住此時目揵連嘿然許可如大力
士屈申臂頃往彼天上至世尊所白佛言閻
浮提中所有四衆渴仰如來思見聞法頻婆
娑羅王波斯匿王及四衆等稽首足下此閻
浮提所有衆生邪見增長行大黑闇甚可憐
愍譬如犢子其生未久若不得乳必死不疑
我等亦尒唯願如來為衆生故還來化此閻
浮提中佛告目連汝今速還至閻浮提告諸
國王及四部衆却後七日我當還下為六師
故復當至彼婆枳多城過七日已我與釋
天梵天魔天无量天子及首陀會一切天人前
後圍遶至婆枳多城大師子吼作如是言唯
我法中獨有沙門及婆羅門一切諸法无常
无我涅槃寂靜離諸過惡若言他法亦有沙
門及婆羅門有常有我有涅槃者无有是處
尒時无量无邊衆生發阿耨多羅三藐三菩
提心是時六師各相謂言若我法中實无沙
門婆羅門者云何而得世間供養於是六師
復相聚集詣毗舍離善男子我於一時住毗

上博 58 (47259)　大般涅槃經卷第卅　(22－5)

提心是時六師各相謂言若我法中實无沙
門婆羅門者云何而得世間供養於是六師
復相聚集詣毗舍離善男子我於一時住毗
舍離菴羅林間時菴羅女知我在中將來我所
我於尒時為諸比丘當觀念處善脩智慧
隨所脩集心莫放逸云何名為名觀於念處
若有比丘觀察內身不見於我及以我所觀
察外身及內外身不見於我及以我所觀受
心法亦復如是是名念處云何名脩集智慧
若有比丘真實而見苦集滅道是名比丘脩
集智慧云何名為心不放逸若有比丘念佛
念法念僧念戒念捨念天是名比丘心
不放逸時菴羅女即至我所頭面作禮右遶三匝
脩敬已畢却坐一面善男子我於尒時為菴
羅女如應說法是女聞已發阿耨多羅三藐
三菩提心時彼城中有梨車子其數五百來
至我所頭面作禮右遶三匝脩敬已畢却坐
一面我時復為諸梨車子如應說法諸善男
子夫放逸者有五事果何等為五一者不得
自在刹利二名者惡名流布无外三者不樂惠
施財之四者不樂見於四衆五者不得諸天
之身諸善男子因不放逸能生世法出世間
法若有欲得阿耨多羅三藐三菩提者應當
懃脩不放逸法夫放逸者復有十三果報何
等十三一者樂為世間作業二者樂說无益
之言三者常樂久寢睡眠四者樂說世間之

上博 58 (47259)　大般涅槃經卷第卅　(22－6)

等十三一者樂為世間作業二者樂說无益
之言三者常樂久寢睡眠四者樂說世間之
事五者常樂親近惡友六者懈怠懶惰七者
常為他人所輕八者雖有所聞尋復忘失九
者樂處邊地十者不能調伏諸根十一者食
不知足十二者不樂空寂十三者所見不正
是名十三善男子夫放逸者雖得近佛及佛
弟子猶故為遠諸梨車言我等自知是放逸
人何以故如其我等不放逸者如來法王當
出我土時大會中有婆羅門子名曰无勝語
諸梨車善哉善哉如汝所言婆娑羅王以
獲大利如來世尊出其國土猶如大池生妙
蓮華雖生在水水不能汙諸梨車子佛亦如
是雖生彼國不為世法之所滯导諸佛世尊
无出无入為諸衆故出現於世不為世法之
所滯导仁等自迷耽荒五欲不知親近往如
來所是故名為放逸之人非佛出於摩伽陀
國名放逸也何以故如來世尊猶彼日月非
為一人二人出世時諸梨車聞是語已尋發
阿耨多羅三藐三菩提心復作是言善哉善
哉无勝童子快說如是善妙之言時梨車諸
各各脫身所著一衣以施无勝无勝受已轉
以奉我復作是念言世尊我從梨車得是衣
物唯願如來哀愍衆生受我所獻我於尒時
愍彼无勝即為納受時諸梨車同時合掌作
如是言唯願如來於此土地一時安居受我

上博 58 (47259)　大般涅槃經卷第卅　(22－7)

陀彼無勝即為納受時諸梨車同時合掌作
如是言唯願如來於此土地一時安居受我
微供我時嘿然受梨車請是時六師聞是事
已師宗相與詣波羅㮈尒時我復往波羅㮈
住婆羅河邊時波羅㮈有長者子名曰寶稱
耽荒五欲不知非常以我到故自然而得白
骨觀法見其殿舍宮人婇女悉為白骨心生
怖懼如刀毒蛇如賊如火即出其舍來詣我
所随路並言瞿曇沙門我今如為賊所逼逐
甚大怖懼願見救濟佛言善男子佛法衆僧
安隱無懼長者子言若三寶中無所畏者我
今亦當得無所畏我即聽其出家為道時長
者子復有同友其數五十遂聞寶稱歡願出
家即共知識相與出家六師聞已展轉復詣
瞻婆大城時瞻婆大國一切人民悉共奉事
六師之徒初未曾聞佛法僧名多有諸人作
極惡業我於尒時為衆生故往瞻婆城時彼
城中有大長者無有繼嗣供事六師以求子息
其後不久婦則懷任長者知已往六師所歡
喜而言我婦任身男耶女耶六師答言生必
是女長者聞已心生愁惱復有知識來詣長
者何故愁惱乃如是耶長者答言我婦懷任
未知男子女故問六師六師見語如我相法
生必是女我聞是語自惟年老財富無量如
其非男無所付囑是故我愁知識復言汝無
知慧先不聞耶優樓頻螺迦葉兄弟為誰弟

上博 58 (47259) 大般涅槃經卷第卅 (22－8)

其非男無所付囑是故我愁知識復言汝無
知慧先不聞耶優樓頻螺迦葉兄弟為誰弟
子佛耶六師耶六師若是一切智者迦葉何
故捨之而事為佛弟子又舍利弗目揵連等
及諸國王頻婆娑羅等諸王夫人末利夫人
等諸國長者須達多等如是諸人悉佛弟子
耶瘨狂鬼神阿闍世王護財醉象鴦崛摩羅
惡心熾盛欲害其母如是等輩斯悉如來所
調伏耶長者如來世尊於一切法知見無导
故名為佛發言無二故名如來斷煩惱故名
阿羅呵世尊所說終無有二六師不尒云何
可信如來今者近在此住若欲實知當詣佛
所尒時長者即與是人來詣我所頭面作礼
右遶三匝合掌長跪而作是言世尊於諸衆
生平等無二怨親一相我為愛結之所繫縛
於怨親中未能一无我今欲問如來世事深
自愧懼未敢發言世尊我婦懷任六師相言
生必是女是事云何佛言長者汝婦所任是
男無疑其兒生已福德無比尒時長者聞我
語已生大歡喜便退還家尒時六師聞我云
記生者必男有大福德心生嫉妬以菴羅菓和
合毒藥持往其家語長者言快哉瞿曇善記
其相汝婦林月可服此藥服此藥已兒則端
政生者无患長者歡喜受其毒藥與婦令服
服已尋死六師歡喜周遍城市高聲唱言沙
門瞿曇記彼長者婦當生男其兒福德天下

上博 58 (47259) 大般涅槃經卷第卅 (22－9)

[illegible]所言沙
門瞿曇記彼長者婦當生男其兒福德天下
无勝今兒未生母已喪命尒時長者復於我
所生不信心即同世法備捨擔益送至城外
多積乾薪以火焚之我以淨眼明見此事顧
命阿難取我衣來吾欲往彼摧滅邪見時毗
沙門天王告摩尼跋陀大將而作是言如來
今欲詣彼冢間汝可速往平治掃灑安師子
坐求妙華香莊嚴其地尒時六師遙見往我
各相謂言瞿曇沙門至此冢間欲噉宍耶是
時多有未得法眼諸優婆塞各懷慚愧而白
我言彼婦已死願不須往尒時阿難語諸人
言且待須臾如來不久當廣開闡諸佛境界
我時到已坐師子坐長者難言所言无二可
名世尊母已終亡云何生子我言長者汝於
尒時都不見問母命有短但問所懷為是男
女諸佛如來發言无二是故當知必得子
是時死屍火燒腹裂子從中出端坐火中猶
如鴛鴦遊蓮華臺六師見已復作是言嫉哉
瞿曇善為幻術長者見已心復歡喜呵責六
師若言幻者汝何不作我於尒時尋告耆婆
汝往火中抱是兒來耆婆欲往六師前牽語
耆婆言瞿曇沙門所作幻術未必常尒或能
不能如其不能脫相能害汝今云何信受其
言耆婆答言如來使人阿鼻地獄所有猛火
猶不能燒況世間火尒時耆婆前入火聚猶

上博 58 (47259)　大般涅槃經卷第卅　(22－10)

言耆婆答言如來使人阿鼻地獄所有猛火
尚不能燒況世間火尒時耆婆前入火聚猶
入清涼大河水中抱持是兒還詣我所授兒
與我我受兒已告長者言一切眾生壽命不
定如水上泡眾生若有重業果火不能燒
毒不能害是兒業果非我所作時長者言善
哉世尊是兒若得盡其天命唯願如來為立
名字佛言長者是兒生於猛火之中火名樹提
應名樹提尒時會中見我神化无量眾生發
阿耨多羅三藐三菩提心尒時六師周遍六
城不得停足慚愧低頭復來至此拘尸那城
既至此已唱如是言諸人當知沙門瞿曇是
大幻師誑惑天下遍六大城譬如幻師幻作
四兵所謂車兵馬兵象兵步兵又復幻作種
種瓔珞城郭宮宅河池樹木沙門瞿曇亦復
如是幻作王身為說法或沙門身婆羅門身
男身女身小身大身或作畜生鬼神之身或
說无常或說有常或時說苦或復說樂或說
有我或說无我或說有淨或說不淨或時說
有或時說无所為虛妄故名為幻譬如因子
隨子得果瞿曇沙門亦復如是摩耶所生母
既是幻子不得非沙門瞿曇无實知見諸婆
羅門經年積歲修集苦行護持禁戒尚言未
有真實知見何況瞿曇年少學淺不修苦行
云何而有真實知見若能具滿七年苦行見
猶不多況不修集不滿六年愚人无智信受

上博 58 (47259)　大般涅槃經卷第卅　(22－11)

云何而有真實知見若能具脩七年苦行見
猶不多況所有集不滿六年愚人无知信受
其教如大幻師誑或愚者沙門瞿曇亦復如
是善男子如是六師於此城中大為衆生增
長邪見善男子我見是事心生憐愍以其
神力請召十方諸大菩薩悉集此林周匝弥
滿卅由延今於此中大師子吼善男子雖於空
處多有所說則不得名師子吼也　於此智人大
衆之中宣暢名為大師子吼師子吼者說一
切法悉无常苦无我不淨唯說如來常樂我
淨爾時六師復作是言若瞿曇有我〻亦有
我所言我者見者名我瞿曇譬如有人向中
見物我亦如是向喻於眼見者喻我佛告六
師若言見者名我是義不然何以故世所引
喻因向見者人在一向六根俱用若定有我
因眼見者何不如彼一根之中俱伺諸塵若
若一根中不能一時聞見六塵當知无我所
引向喻雖經百年見者因之所見无異眼根
若爾年過根熟亦應无異人向異故見内見
外眼根若爾亦應内外一時俱見若不見者
云何有我六師復言瞿曇若无我者誰能見
耶佛言有色有明有心有眼是四和合故名
為見是中實无見者受者衆生顛倒言有
見者及以受者以是義故一切衆生所見顛倒
諸佛菩薩所見真實六師若言色是我者是
亦不然何以故色實非我色若是我不應而

上博 58 (47259)　大般涅槃經卷第卅　(22－12)

諸佛菩薩所見真實六師若言色是我者是
亦不然何以故色實非我色若是我不應而
得醜陋形相何故復有四姓差別悉不一種
若是我者何故屬他不得自在諸根缺陋生
不具足何故不作諸天之身而受地獄畜生
餓鬼種〻諸身若不能得隨意作者當知必
定无有我也以无我故名為无常〻故是苦
苦故為空〻故顛倒以顛倒故一切衆生輪
轉生死受想行識亦復如是六師如來世尊
永斷色縛乃至識縛是故名為常樂我淨復
次色者即是因緣若因緣者則名无我若无
我者名為苦空如來之身非是因緣非因緣故
則名有我若有我者即常樂淨六師復言瞿
曇色非我乃至識非我〻者遍一切處猶
如虛空佛言若遍有者則不應言我初不見
若初不見則知是見本无今有若本无今有是
名无常若无常者云何言遍若遍有者五道
之中應具有身若有身者應各受報若各受
報云何而言轉受人天汝言遍者一即多耶
我若一者則无父子親怨中人我若多者一
切衆生所有五根悉應平等所有業慧亦應
如是若如是者云何說言根有具足不具足
者善業惡業愚知差別瞿曇衆生我者无有
邊際法與非法則有分齊衆生脩法則得好
身若行非法則得惡身以是義故衆生業果
不得无差佛言六師法與非法若如是者我

上博 58 (47259)　大般涅槃經卷第卅　(22－13)

邊際法與非法則有分齊衆生循法則得好
身若行非法則得惡身以是義故衆生業果
不得无差佛言六師法與非法若如是者我
則不通我若通者則應悉到如其到者循善
之人亦應有惡行惡之人亦應有善若不介
者云何言遍瞿曇譬如一室燃百千燈各各
自明不相妨身衆生我者亦復如是循善行
惡不相雜合婆羅門若言我如燈者是義不
然何以故彼燈之明從緣而有燈增長故明亦
增長衆生我者則不如是明從燈出住在異
處衆生我者不得如是從身而出住在異處
彼燈光明與闇俱共住何以故如闇室中然一燈
時照則不了乃至多燈乃得明了若初燈破
闇則不須後燈若須後燈當知初明與闇共
住瞿曇若无我者誰作善惡佛言若我作者
云何名常如其常者云何而得有時作善有
時作惡若言有時作善惡者云何復得言我
无邊若我作者何故而復習行惡法如其我
是作者知者何故生疑衆生无我以是義故
外道法中定无有我若言我者則是如來何
以故身无邊故无疑因故不作不受故名為
常不生不滅故名為樂无煩惱垢故名為淨无
有十相故名為空是故如來常樂我淨空无
諸相諸外道言若言如來常樂我淨无相故
空當知瞿曇所說之法則非空也是故我今
當頂戴受持介時外道其數无量於佛法

上博 58 (47259) 大般涅槃經卷第卅 (22－14)

空當知瞿曇所說之法則非空也是故我今
當頂戴受持介時外道其數无量於佛法
中信心出家善男子以是因緣故我於此娑
羅雙樹大師子吼師子吼者名大涅槃善男
子東方雙者破於无常獲得於常乃至北方
雙者破於不淨而得於淨善男子此中衆生
為雙樹故護娑羅林不令外人取其枝葉斫
截破壞我亦如是為四法故令諸弟子護持
佛法何等名四常樂我淨此四雙樹四王典
掌我為四王護持我法是故於中而般涅槃
善男子娑羅雙樹花葉常茂常能利益无
量衆生我亦如是常能利益聲聞緣覺華者
喻我菓者喻樂以是義故我於此間娑羅雙
樹入大寂定大寂定者名大涅槃師子吼言
世尊如來何故二月涅槃善男子二月名春
春陽之月万物生長種殖根栽華菓敷榮江
河盈滿百獸孚乳是時衆生多生常想為破
衆生如是常心說一切法悉是无常唯說如來
常住不變善男子於六時中孟冬枯悴衆不
愛樂陽春和潤人所貪愛為破衆生世間樂
故演說常樂我淨亦介如來為破世我世淨
故說如來真實我淨言二月者喻於如來二
種法身冬不樂者稻者不樂如來无常入於
涅槃二月樂者喻於稻者愛樂如來常樂我
淨種殖者喻諸衆生聞法歡喜發阿耨多羅
三藐三菩提心種諸善根何者喻於十方諸

上博 58 (47259) 大般涅槃經卷第卅 (22－15)

三藐三菩提心種諸善根何者喻於十方諸
大菩薩來詣我所諮受如是大涅槃典百數
孚乳者喻我弟子生諸善根華喻七覺菓喻
四果以是義故我於二月入大涅槃師子吼
言如來初生出家成道轉妙法輪皆以八日
何故涅槃獨十五日佛言善哉善哉善男子
如十五日月无虧盈諸佛如來亦復如是入
大涅槃无有虧盈以是義故以十五日入般
涅槃善男子如十五日月盛滿時有十一事
何等為十一一能破闇二令衆生見道非道
三令衆生見道耶正四除鬱蒸得清涼樂五
能破壞𤇆火高心六息一切賊盜之相七除
衆生畏惡獸心八能開敷優鉢羅華九合蓮
華十發行人進路之心十一令諸衆生樂受
五欲多獲快樂善男子如來滿月亦復如是
一者破壞无明大闇二者演說正道邪道三
者開示生死邪險涅槃平正四者令人遠離
貪欲瞋恚癡熱五者破壞外道光明六者破
壞煩惱結賊七者除滅畏五蓋心八者開敷
衆生種善根心九者覆蓋衆生五欲之心十
者發起衆生進脩趣向大涅槃行十一者令
諸衆生樂脩解脫以是義故於十五日入大
涅槃而我真實不入涅槃我弟子中愚癡惡
人之謂如來入於涅槃譬如女人多有諸子
其母捨行至他國土未還之頃諸子各言我
母已死而是母人實不死也師子吼言菩薩

上博 58 (47259) 大般涅槃經卷第卅 (22－16)

其母捨行至他國土未還之頃諸子各言我
母已死而是母人實不死也師子吼言菩薩
世尊何等比丘能莊嚴娑羅雙樹善男子
若有比丘受持讀誦十二部經正其文句通
達深義為人解說初中後善為欲利益无量
衆生演說梵行如是比丘則能莊嚴娑羅雙
樹師子吼菩薩言世尊如我解佛所說義者
阿難比丘即其人也何以故阿難比丘受持
讀誦十二部經為人開說正語正義猶如寫
水置之異器阿難比丘亦復如是從佛所聞
如聞轉說善男子若有比丘得淨天眼見於
十方三千大千世界所有如觀掌中菴摩勒
菓如是比丘亦能莊嚴娑羅雙樹師子吼言
世尊若如是者阿尼樓馱比丘即其人也何
以故阿尼樓馱天眼見於三千大千世界所有
乃至中陰悉能明了无鄣导故善男子若有
比丘少欲知足心樂寂靜懃行精進念定慧
解如是比丘則能莊嚴娑羅雙樹師子吼言
世尊若如是者迦葉比丘即其人也何以故
迦葉比丘善脩少欲知足等法善男子若有
比丘為益衆生不為利養脩集通達无諍三
昧聖行空行如是比丘則能莊嚴娑羅雙樹
師子吼言世尊若如是者須菩提比丘即其
人也何以故須菩提者善脩无諍聖行空行
故善男子若有比丘善脩神通一念之中能
作種種神通變化一心一定能作二果所謂

上博 58 (47259) 大般涅槃經卷第卅 (22－17)

人也何以故須菩提者善修无諍聖行空行
故善男子若有比丘善修神通一念之中能
作種〻神通變化一心一定能作二果所謂
水火如是比丘則能莊嚴娑羅雙樹師子吼
言世尊若如是者目連比丘即其人也何以
故目揵連者善修神通无量變化故善男子
若有比丘修集大智利智疾智解脫智甚深
智廣智无邊智无勝智實智具足成就如是
慧根於怨親中心无差別若聞如來涅槃无
常心不憂戚若聞常住不入涅槃不生欣慶
如是比丘則能莊嚴娑羅雙樹師子吼言世
尊若如是者舍利弗比丘即其人也何以故
舍利弗者善能成就具足如是大智慧故〻
善男子若有比丘能說衆生悉有佛性得金
剛身无有邊際常樂我淨身心无导得八自
在如是比丘則能莊嚴娑羅雙樹師子吼言
世尊若如是者唯有如來即其人也何以故
如來之身金剛无邊常樂我淨身心无导具
八自在世尊唯有如來乃能莊嚴娑羅雙樹
如其无者則能端嚴唯願大慈為莊嚴故常
住於此娑羅林中佛言善男子一切諸法性
无住〻汝云何言願如來住善男子凡言住
者名為色法從因生故〻名為住因緣无處
故名不住〻如來已斷一切色縛云何當言
如來住耶受想行識亦復如是善男子住名
憍慢以憍慢故不得解脫不得解脫故名為

上博 58 (47259)　大般涅槃經卷第卅　(22－18)

如來住耶受想行識亦復如是善男子住名
憍慢以憍慢故不得解脫不得解脫故名為
住誰有憍慢從何處來是故得名為无住〻
如來永斷一切憍慢云何而言願如來住住
者名有為法如來已斷有為之法是故不住〻
名空法如來已斷如是空法是故獲得常樂
我淨云何而言願如來住住者名廿五有如
來已斷廿五有云何言住住者即是一切凡
夫諸聖无去无來无住如來已斷去來住相
云何言住夫无住者名无邊身〻无邊故云
何而言唯願如來住娑羅林若住此林則是
有邊身若有邊則是无常如來是常云何言
住夫无住者名曰虛空如來之性同於虛空
云何言住又无住者名金剛三昧金剛三昧
壞一切住金剛三昧即是如來云何言住又
无住者則名為幻如來同幻云何言住又无
住者名无始終如來之性无有始終云何言
住又无住者名无邊法界无邊法界即是如
來云何言住又无住者名首楞嚴三昧首楞
嚴三昧知一切法而无所著以无着故名首
楞嚴如來具足首楞嚴定云何言住又无住
者名處非處力如來成就處非處力云何言
住又无住者名檀波羅蜜檀波羅蜜若有住
者則不得至尸波羅蜜乃至般若波羅蜜以
是義故檀波羅蜜名為无住如來乃至不住
般若波羅蜜云何願言如來常住娑羅樹林

上博 58 (47259)　大般涅槃經卷第卅　(22－19)

般若波羅蜜云何能言如來常住婆羅樹林
又无住者名循四念處如來若住四念處者
則不能得阿耨多羅三藐三菩提是名不住
住又无住者名无邊衆生界如來悉到一切
衆生无邊界分而无所住又无住者名无屋
宅无屋宅者名爲无有无有者名爲无生无
生者名爲无死无死者名爲无相无相者名
爲无繫无繫者名爲无着无着者名爲无漏
无漏即善善即无爲无爲者即大涅槃常大
涅槃常者即我我者即淨〃者即樂常樂我
淨即是如來善男子譬如虛空不住東方南
方西方北方四維上下如來亦尒不住東方
南西北方四維上下善男子若有說言身口意惡
得善果者无有是處身口意善得惡果者亦
无是處若言凡夫得佛見性十住菩薩不得
見者亦无是處一闡提犯五逆罪謗方等
經毀四重禁得阿耨多羅三藐三菩提者亦
无是處六住菩薩煩惱因緣墮三惡道亦无
是處菩薩摩訶薩以真女身得阿耨多羅三
藐三菩提者亦无是處一闡提常三寶无常
亦无是處如來住於拘尸那城亦无是處〃
善男子如來今於拘尸那城入大三昧深
禪定窟衆不見故名大涅槃師子吼言如來
何故入禪定窟善男子爲欲度脫諸衆生故
未種善根令得種故以種善根者得增長故
善果未熟令得熟故爲已熟者說趣阿耨

上博 58 (47259)　大般涅槃經卷第卅　(22－20)

未種善根令得種故以種善根者得增長故
善果未熟令得熟故爲已熟者說趣阿耨
多羅三藐三菩提故輕賤善法者令生尊貴
故諸有放逸者令離放逸故爲與文殊師利
等諸大菩薩共議論故爲欲教化樂讀誦者
深愛禪定故爲以聖行梵行天行教化衆生
故爲觀不共深法藏故爲欲呵責放逸弟子
故如來常寂猶尚樂定況汝等輩煩惱未
盡而生放逸爲欲呵責諸惡比丘受畜八
種不淨之物及不少欲不知足故爲令衆生
尊重所聞禪定法故以是因緣入禪定窟
師子吼言世尊无相定者名大涅槃是故涅
槃名爲无相以何因緣名爲无相善男子无
十相故何等爲十所謂色相聲相香相味相
觸相生住壞相男相女相是名十相无如是
相故名无相善男子夫著相者則能生癡〃
故生愛〃故繫縛〃故受生〃故有死〃
故无常不著相者則不生癡不生癡故則无
有愛无有愛故則无繫縛无繫縛故則不受
生不受生故則无有死无有死故則名爲常
以是義故涅槃名常師子吼言世尊何等比
丘能斷十相佛言善男子若有比丘數〃循
集三種相者則斷十相數〃循集三昧定相
數〃循集智慧之相數〃循集捨相是名三
相師子吼言世尊云何名爲定慧捨相定是
三昧者一切衆生皆有三昧云何方言循集

上博 58 (47259)　大般涅槃經卷第卅　(22－21)

數〻修集智慧之相數〻修集捨相是名三
相師子吼言世尊云何名為定慧捨相定是
三昧者一切衆生皆有三昧云何方言修集
三昧若心在一境則名三昧若更餘緣則不
名三昧如其不定是一切智非一切智云何
名定若以一行得三昧者其餘諸行應非三
昧若非三昧則非一切智若非一切智云何
名三昧慧捨二相亦復如是

大般涅槃經卷第卅

上博 58 (47259)　大般涅槃經卷第卅　　(22－22)

上博 58 (47259)V　印章

尒時大慧菩薩摩訶薩復白佛言世尊唯願
爲說言說妄想相心經（此同上佛語心也）世尊我及餘菩
薩摩訶薩若善知言說妄想相心則能通
達言說所說二種義疾得阿耨多羅三狼三
菩提以言說所說二種趣淨一切衆生佛告
大慧諦聽諦聽善思念之當爲汝說大慧
白佛言善哉世尊唯然受教佛告大慧有四種
言說妄想相謂相言說夢言說過妄相計著
言說无始妄想言說相言說者從自妄想色
相計著生夢言說者先所經境界隨憶念從
覺已境界无性生過妄想計著言說者先怨所
作業隨憶念生无始妄想言說者无始虚僞
計著過自種習氣生是名四種言說妄想相

上博 59 (47282)　楞伽經卷第二　(28－1)

作業隨憶念生无始妄想言說者无始虚僞
計著過自種習氣生是名四種言說妄想相
尒時大慧菩薩摩訶薩復以此義勸請世尊
唯願更說言說妄想所現境界世尊何處何
故云何何因衆生妄想言說生佛告大慧頭
胷喉鼻脣舌斷齒和合出音聲大慧白佛
言世尊言說妄想爲異爲不異佛告大慧言
說妄想非異非不異所以者何謂彼因生相
故大慧若言說妄想異者妄想不應是因若
不異者語不顯義而有顯示是故非異非不異
大慧復白佛言世尊爲言說即是第一義爲
所說者是第一義佛告大慧非言說是第一
義亦非所說是第一義所以者何謂第一義
聖樂言說所入是第一義非言說是第一義
第一義者聖智自覺所得非言說妄相覺
界故言說妄想不顯示第一義言說者生滅
動搖展轉因緣起若展轉因緣起者彼不顯
示第一義大慧自他相无性故言說相不顯示
第一義復次大慧隨入自心現量故種種相
外性非性言說妄想不顯示第一義是故大
慧當離言說諸妄想相尒時世尊欲重宣
此義而說偈言
諸性无自性　亦復无言說　甚深空空義　愚夫不能了

上博 59 (47282)　楞伽經卷第二　(28－2)

慧當離言說諸妄想相尒時世尊欲重宣
此義而說偈言
諸性无自性　亦復无言說　甚深空空義　愚夫不能了
一切性自性　言說法如影　自覺聖智子　實際我所說
尒時大慧菩薩摩訶薩復白佛言世尊唯
願為說離有无一異俱不俱有无非有非无常
无常一切外道所不行自覺聖智所行離妄
想自相共相入於第一真實之義諸地相續
漸次上上增進清淨之相隨入如來地相无
開發本願譬如衆色摩尼境界无邊相行
自心現趣部分之相一切諸法我及餘菩薩
摩訶薩離如是等妄想自性自共相見疾得
阿耨多羅三藐三菩提令一切衆生一切安樂
具足充滿佛告大慧善哉善哉汝能問我
如是之義多所安樂多所饒益哀愍一切、
諸天世人佛告大慧諦聽諦聽善思念之
吾當為汝分別解說大慧白佛言善哉世
尊唯然受教佛告大慧不知心量愚癡凡夫
取內外性依於一異俱不俱有无非有非无常
无常自性習因計著妄想譬如羣鹿為渴
所逼見春時燄而作水想迷乱馳趣不知非水
如是愚夫无始虛偽妄想所熏三毒燒心樂
色境界見生住滅取內外性墮於一異俱不俱

上博 59 (47282)　楞伽經卷第二　(28－3)

所逼見春時燄而作水想迷乱馳趣不知非水
如是愚夫无始虛偽妄想所熏三毒燒心樂
色境界見生住滅取內外性墮於一異俱不俱
有无非有非无常无常想妄見攝受如乾闥
婆城凡愚无智而起城想无始習氣計著
想現彼非有城非无城如是外道无始虛偽
習氣計著依於一異俱不俱有无非有非无
常无常見不能了知自心現量譬如有人夢
見男女象馬車步城邑園林山河浴池種種
莊嚴自身入中覺已憶念大慧於意云何如
是士夫於前所夢憶念不捨為黠慧不大慧
白佛言不也世尊佛告大慧如是凡夫惡見
所噬外道智慧不知如夢自心現性依於
一異俱不俱有无非有非无常无常見譬如
畫像不高不下而彼凡愚作高下想如是未
來外道惡見習氣充滿依於一異俱不俱有
无非有非无常无常見自壞壞他餘離有无
无生之論亦說言无謗因果見拔善根本壞
清淨因勝求者當遠離去作如是說彼墮
自他俱見有无妄想已墮建立誹謗以是惡
見當墮地獄譬如翳目見有垂髮謂衆人
言汝等觀此而是垂髮畢竟非性非无性
見不見故如是外道妄見希望依於一異俱

上博 59 (47282)　楞伽經卷第二　(28－4)

[illegible]如翳目見有垂髮謂衆人
言汝等觀此而是垂髮畢竟非性非无性
見不見故如是外道妄見希望依於一異俱
不俱有无非有非无常无常見誹謗正法自
陷陷他譬如火輪非輪愚夫輪想非有智
者如是外道惡見希望依於一異俱不俱有
无非有非无常无常想一切性生譬如水泡
似摩尼珠愚小无智作摩尼想計着追逐而
彼水泡非摩尼非非摩尼取不取故如是外
道惡見妄想習氣所熏於无所有說有生緣
有者言滅
復次大慧有三種量五分論各建立已得聖
智覺自離二自性事而作有性妄想計着大
慧心意意識身心轉變自心現攝所攝諸妄
想斷如来地自覺聖智脩行者不應於彼作
性非性想若復脩行者如是境界性非性攝
受想生者彼即取長養及取我人大慧若
說彼性自相共相一切皆是化佛所說非法
佛說又諸言說悉由愚夫希望見生不為
別建立趣自性法得聖智自覺三昧樂住者
分別顯示譬如水中有樹影現彼非影非非
影非樹形非非樹形如是外道見習所熏妄
想計着依於一異俱不俱有无非有非无常

上博 59 (47282)　楞伽經卷第二　(28－5)

分別顯示譬如水中有樹影現彼非影非非
影非樹形非非樹形如是外道見習所熏妄
想計着依於一異俱不俱有无非有非无常
无常想而不能知自心現量譬如明鏡隨緣
顯現一切色像而无妄想彼非像非非像而
見像非像妄想愚夫而作像想如是外道惡
見自心像現妄想計着依於一異俱不俱有无
非有无常无常見譬如風水和合出聲彼非
性非非性如是外道惡見妄想依於一異俱
不俱有无非有非无常无常見譬如大地无
草木處熱燄川流洪浪雲踊彼非性非非性
貪无貪故如是愚夫无始虛偽習氣所熏妄
想計着依生住滅一異俱不俱有无非有非
无常无常緣自住事門亦復如彼熱燄波
浪譬如有人呪術機發以非衆生數毗舍闍鬼
方便合成動搖云為凡愚妄想計着往来如
是外道惡見希望依於一異俱不俱有无非
有非无常无常見戲論計着不實建立大慧
是故欲得自覺聖事當離生住滅一異俱不
俱有无非有非无常无常等惡見妄想尒時
世尊欲重宣此義而說偈言
幻夢水樹影　垂髮熱時燄　如是觀三有　究竟得解脫
譬如鹿渴相　動轉迷亂心　鹿想謂為水　而實无水事

上博 59 (47282)　楞伽經卷第二　(28－6)

幻夢水樹影　垂髮熱時燄　如是觀三有　究竟得解脫
譬如鹿渴想　動轉迷乱心　鹿想謂爲水　而實无水事
如是識種子　動轉見境界　愚夫妄想生　如爲瞖所瞖
於无始生死　計著攝受性　如逆楔出楔　捨離貪攝受
如幻呪機發　浮雲夢電光　觀是得解脫　永斷三相續
於彼无有作　猶如燄虛空　如是知諸法　則爲无所知
言教唯假名　彼亦无有相　於彼起妄想　陰行如垂髮
如畫垂髮幻　夢乾闥婆城　火輪熱時燄　无而現衆生
常无常一異　俱不俱亦然　无始過相續　愚夫癡妄想
明鏡水淨眼　摩尼妙寶珠　於中現衆色　而實无所有
一切性顯現　如畫熱時燄　種種衆色現　如夢无所有
復次大慧如來說法離如是四句謂一異俱不
俱有无非有非无常无常離於有无建立誹
謗分別結集真諦緣起道滅解脫如來說
法以是爲首非性非自在非无因非微塵非
時非自性相續而說法復次大慧爲淨煩惱
尒燄鄣故譬如商主次第建立百八句无
所有善分別諸乘及諸地相
復次大慧有四種禪云何爲四謂愚夫所行禪
觀察義禪攀緣如禪如來禪云何愚夫所
行禪謂聲聞緣覺外道脩行者人无我性
自相共相骨鏁无常苦不淨相計著爲首如

上博 59 (47282)　楞伽經卷第二　(28－7)

行禪謂聲聞緣覺外道脩行者人无我性
自相共相骨鏁无常苦不淨相計著爲首如
是相不異觀前後轉進想不除滅是名愚夫
所行禪云何觀察義禪謂人无我自相共相
外道自他俱无性已觀法无我彼地相義漸
次增進是名觀察義禪云何攀緣如禪謂
妄想二无我妄想如實處不生妄想是名攀
緣如禪云何如來禪謂入如來地行自覺聖智
相三種樂住成辦衆生不思議事是名如來
禪尒時世尊欲重宣此義而說偈言
凡夫所行禪　觀察相義禪　攀緣如實禪　如來清淨禪
譬如日月形　鉢頭摩深嶮　如虛空火盡　脩行者觀察
如是種種相　外道道通禪　亦復墮聲聞　及緣覺境界
捨離彼一切　是則无所有
一切刹諸佛　以不思議手　一時摩其頂　隨順入如相
尒時大慧菩薩摩訶薩復白佛言世尊般涅
槃者說何等法謂爲涅槃佛告大慧一切自
性習氣藏意意識見習轉變名爲涅槃諸佛
及我涅槃自性空事境界復次大慧涅槃者
聖智自覺境界離斷常妄想性非性云何非
常謂自相共相妄想斷故非常云何非斷謂
一切聖去來現在得自覺故非斷大慧涅槃

上博 59 (47282)　楞伽經卷第二　(28－8)

一切聖去来現在得自覺故非斷大慧涅槃
不壞不死若涅槃死者復應受生相續若壞
者應隨有為相是故涅槃離壞離死是故
脩行者之所歸依復次大慧涅槃非捨非得
非斷非常非一義非種種義是名涅槃復次
大慧聲聞緣覺涅槃者覺自共相不習近境
界不顛倒見妄想不生彼等於彼作涅槃
覺復次大慧二種自性相云何為二謂言說
自性相計着事自性相計着言說自性相計
着者從无始言說虛偽習氣計着生事自
性相計着者從不覺自心現分齊生
復次大慧如来以二種神力建立菩薩摩訶
薩頂礼諸佛聽受問義云何二種力建立謂
三昧正受為現一切身面言說神力及手灌
頂神力大慧菩薩摩訶薩初菩薩地住佛
神力所謂入菩薩大乘照明三昧入是三昧
已十方世界一切諸佛以神通力為現一切
身面言說如金剛藏菩薩摩訶薩及餘如
是相功德成就菩薩摩訶薩大慧是名初
菩薩地菩薩摩訶薩得菩薩三昧正受神力
於百千劫積集善根之所成就次第諸地對
治所治相通達究竟至法雲地住大蓮華微

上博 59 (47282)　楞伽經卷第二　(28－9)

於百千劫積集善根之所成就次第諸地對
治所治相通達究竟至法雲地住大蓮華微
妙宮殿坐大蓮華寶師子座同類菩薩摩訶
薩眷屬圍遶衆寶瓔珞莊嚴其身如黃金
瞻蔔日月光明諸最勝手從十方来就大蓮
華宮殿座上而灌其頂譬如自在轉輪聖王
及天帝釋太子灌頂是名菩薩手灌頂神力
大慧是名菩薩摩訶薩二種神力若菩薩摩
訶薩住二種神力面見諸佛如来若不如是
則不能見復次大慧菩薩摩訶薩凡所分別
三昧神足說法之行是等一切悉住如来二種
神力大慧若菩薩摩訶薩離佛神力能辯
說者一切凡夫亦應能說所以者何謂不住神
力故大慧山石樹木及諸樂器城郭宮殿
以如来入城威神力故皆自然出音樂之聲
何況有心者聾盲瘖瘂无量衆苦皆得解脫
如来有如是等无量神力利安衆生大慧菩
薩復白佛言世尊以何因緣如来應供等正
覺菩薩摩訶薩住三昧正受時及勝進地灌
頂時加其神力佛告大慧為離魔業煩惱故
及不隨聲聞地禪為得如来自覺地故及
增進所得法故是故如来應供等正覺咸以

上博 59 (47282)　楞伽經卷第二　(28－10)

頂時加其神力佛告大慧為離魔業煩惱故
及不墮聲聞地禪為得如来自覺地故及
增進所得法故是故如来應供等正覺咸以
神力建立諸菩薩摩訶薩若不以神力建
立者則墮外道惡見妄想及諸聲聞衆魔希
望不得阿耨多羅三藐三菩提以是故諸佛如
来咸以神力攝受諸菩薩摩訶薩尒時世尊
欲重宣此義而說偈言
神力人中尊　大願悉清淨　三摩提灌頂　初地及十地
尒時大慧菩薩摩訶薩復白佛言世尊佛說
緣起如是說因緣不自說道世尊外道亦說
因緣謂勝自在時微塵生如是諸性生然世
尊所說因緣生諸性言說有間悉檀无間悉
檀（悉檀者譯義或言宗或言成或言嘿）世尊外道亦說有无有生世
尊亦說无有生生已滅如世尊所說无明緣行
乃至老死此是世尊无因說非有因說世尊
建立作如是說此有故彼有者非建立漸生
觀外道說勝非如来也所以者何世尊外道
說因不從緣生而有所生世尊說觀因有事
觀事有因如是因緣雜亂如是展轉无窮
佛告大慧我非无因說及因緣雜亂說此有
故彼有者攝所攝非性覺自心現量大慧若
攝所攝計著不覺自心現量外境界性非性

上博 59 (47282)　楞伽經卷第二　(28－11)

故彼有者攝所攝非性覺自心現量大慧若
攝所攝計著不覺自心現量外境界性非性
彼有如是過非我說緣起大慧復白佛言世
尊非言說有性有一切性邪世尊若无性者
言說不生世尊是故言說有性有一切性佛告
大慧无性而作言說謂兎角龜毛等世間現
言說大慧非性非非性但言說耳如汝所說
言說自性有一切性者汝論則壞大慧非一
切刹土有言說言說者是作耳或有佛刹瞻
視顯法或有作相或有揚眉或有動精或咲
或欠或謦欬或念刹土或動搖大慧如瞻視
及香積世界普賢如来國土但以瞻視令諸
菩薩得无生法忍及諸勝三昧是故非言說
性有一切性大慧見此世界蚊蚋虫蟻是等
衆生无有言說而各辦事尒時世尊欲重宣
此義而說偈言
如虛空兎角　及與槃大子　无而有言說　如是性妄想
因緣和合生　凡愚起妄想　不能如實知　輪迴三有宅
尒時大慧菩薩摩訶薩復白佛言世尊常
聲者何事說佛告大慧為惑亂以彼惑亂諸
聖亦現而非顛倒大慧如春時焰火輪垂髮
乾闥婆城幻夢鏡像世間顛倒非明智也然
非不現大慧彼惑亂者有種種現非惑亂作

上博 59 (47282)　楞伽經卷第二　(28－12)

聲者何事謂佛告大慧無惑乱以彼惑乱諸
聖亦現而非顛倒大慧如春時燄火輪垂髮
乾闥婆城幻夢鏡像世間顛倒非明智也然
非不現大慧彼惑亂者有種種現非惑亂作
无常所以者何謂離性非性故大慧云何離
性非性惑亂謂一切愚夫種種境界故如彼
恒河餓鬼見不見故无惑亂性於餘現故非
无性如是惑亂諸聖離顛倒不顛倒是故惑
亂常謂相相不壞故大慧非惑亂種種相忘
想相壞是故惑亂常大慧云何惑亂
真實若復因緣諸聖於此惑亂不起顛倒覺
非不顛倒覺大慧除諸聖於此惑亂有少分
相非聖智事想
大慧凡有者愚夫妄說非聖言說彼惑亂者
倒不倒妄想起二種種性謂聖種性及愚夫
種性聖種性者三種分別謂聲聞緣覺乘佛
乘云何愚夫妄想起聲聞乘種性謂自共相
計著起聲聞乘種性是名妄想起聲聞乘
種性大慧即彼惑亂妄想起緣覺乘種性
謂即彼惑亂自共相不觀計著起緣覺乘種
性云何智者即彼惑亂想起佛乘種性謂覺
自心現量外性非性不妄想相起佛乘種性是
名即彼惑亂起佛乘種性又種種事性凡夫

上博 59 (47282)　楞伽經卷第二　(28－13)

性云何智者即彼惑亂想起佛乘種性謂覺
自心現量外性非性不妄想相起佛乘種性是
名即彼惑亂起佛乘種性又種種事性凡夫
惑想起愚夫種性彼非有事非无事是名種
性義大慧即彼惑亂不妄想諸聖心意意
識過習氣自性法轉變性是名為如是故說
如離心我說此句顯示離想即說離一切想
大慧白佛言世尊惑亂為有為无佛告大慧
如幻无計著相若惑亂有計著相者計著性
不可滅緣起應如外道說因緣生法大慧白
佛言世尊若惑亂如幻者復當與餘惑作因
佛告大慧非幻惑因不起過故大慧幻不起
過无有忘想大慧幻者從他明處生非自妄
想過習氣處生是故不起過大慧此是愚夫
心惑計著非聖賢也尒時世尊欲重宣此義
而說偈言
聖不見惑亂　中間亦无實　中間若真實　惑亂即真實
捨離一切惑　若有相生者　是亦為惑亂　不淨猶如翳
復次大慧非幻无有相似見一切法如幻大慧
白佛言世尊為種種幻相計著言一切法如
幻為異相計著若種種幻相計著言一切性
如幻者世尊有性不如幻者所以者何謂色種
種相非因世尊无有因色種種相現如幻世尊

上博 59 (47282)　楞伽經卷第二　(28－14)

如幻者世尊有性不如幻者所以者何謂色種
種相非因世尊无有因色種種相現如幻世尊
是故无種種幻相計著相似性如幻佛告大慧
非種種幻相計著相似一切法如幻大慧然
不實一切法速滅如電是則如幻大慧譬如
電光刹那須現現已即滅非愚夫現如是一
切性自妄想自共相觀察无性非現色相計
著尒時世尊欲重宣此義而說偈言
非幻无有譬　說法性如幻　不實速如電　是故說如幻
大慧復白佛言如世尊所說一切性无生及
如幻將无世尊前後所說自相違耶說无生
性如幻佛告大慧非我說无生性如幻前後
相違過所以者何謂生无生覺自心現量有
非有外性非性无生大慧非我前後說相違
然壞外道因生故我說一切性无生大慧外
道癡聚欲令有无有生非自妄想種種計
著緣大慧我非有无有生是故我以无生說
而說大慧說性者為攝受生死故壞无見斷
見故為我弟子攝受種種業受生處故以性
聲說攝受生死大慧說幻性自性相為離性
自性相故墮愚夫惡見相希望不知自心現
量壞因所作生緣自性計著說幻夢自性相一
切法不令愚夫惡見希望計著自及他一切

上博 59 (47282)　楞伽經卷第二　(28－15)

量壞因所作生緣自性計著說幻夢自性相一
切法不令愚夫惡見希望計著自及他一切
法如實處見作不正論大慧如實處見一切
法者謂超自心現量尒時世尊欲重宣此
義而說偈言
无生作无性　有性攝生死　觀察如幻等　於相不妄想
復次大慧當說名句形身相善觀名句形身
菩薩摩訶薩隨入義句形身疾得阿耨多
羅三藐三菩提如是覺已覺一切衆生大慧名
身者謂若依事立名是名名身句身者謂句
其有義身自性決定究竟是名句身形身者
謂顯示名句是名形身(形身即字)又形身者謂長
短高下又句身者謂徑跡如象馬人獸等所行
徑跡得句身名大慧名及形者謂以名說无
色四陰故說名自相現故說形是名句形身
說名句形身相分齊應當脩學尒時世尊欲
重宣此義而說偈言
名身與句身　及形身差別　凡夫愚計著　如象溺深泥
復次大慧未來世智者當以離一異俱不俱見
相我所通義問无智者彼即荅言此非正問
謂色等无常為異不異如是涅槃諸行相所
相求那所求那造所造見所見塵及微塵脩
與脩者如是比展轉相如是等問而言佛說

上博 59 (47282)　楞伽經卷第二　(28－16)

謂色等无常爲異不異如是涅槃諸行相所
相求那所求那造所造見所見塵及微塵脩
興脩者如是比展轉相如是等問而言佛説
无記止論非彼癡人之所能知謂聞慧不具故
如來應供等正覺令彼離恐怖句故説言无
記不爲記説又止外道見論故而不爲説大
慧外道作如是説謂命即是身如是等无記
論大慧彼諸外道愚癡於因作无記論非我
所説大慧我所説者離攝所攝妄想不生云
何止彼大慧若攝所攝計著者不知自心現
量故止彼大慧如來應供等正覺以四種記
論爲衆生説法大慧止記論者我時時説爲
根未熟不爲熟者

復次大慧一切法離所作因緣不生无作者
故一切法不生大慧何故一切離自性以自
覺觀時自共性相不可得故説一切法不生
何故一切法不可持來不可持去以自共相欲
持來无所來欲持去无所去是故一切法離持
來去大慧何故一切諸法不滅謂性自性相无
故一切法可得故一切法不滅大慧何故一切法
无常謂相起无常性是故説一切法无常大慧
何故一切法常謂相起无生性无常常故説一

上博 59 (47282) 楞伽經卷第二 (28－17)

无常謂相起无常性是故説一切法无常大慧
何故一切法常謂相起无生性无常常故説一
切法常爾時世尊欲重宣此義而説偈言

記論有四種 一向反詰問 分別及止論 以制諸外道
有及非有生 僧佉毗舍師 一切悉无記 彼如是顯示
正覺所分別 自性不可得 以離於言説 故説離自性

爾時大慧菩薩摩訶薩復白佛言世尊唯願
爲説諸須陁洹須陁洹趣差別通相若菩
薩摩訶薩善解須陁洹趣差別通相及斯陁
含阿那含阿羅漢方便相分別知已如是如是
爲衆生説法謂二无我相及二鄣淨度諸地
相究竟通達得諸如來不思議究竟境界如
衆色摩尼善能饒益一切衆生以一切法境
界无盡身財攝養一切佛告大慧諦聽諦聽
善思念之今爲汝説大慧白佛言善哉世尊
唯然聽受佛告大慧有三種須陁洹須陁洹果
差別云何爲三謂下中上下者極七有生中
者三五有生而般涅槃上者即彼生而般涅
槃此三種有三結下中上云何三結謂身見
疑戒取是三結差別上上昇進得阿羅漢
大慧身見有二種謂俱生及妄想如緣起妄
想自性妄想譬如依緣起自性種種妄想

上博 59 (47282) 楞伽經卷第二 (28－18)

大慧身見有二種謂俱生及妄想如緣起妄
想自性妄想譬如依緣起自性種種妄想
自性計著生以彼非有非无非有无无實妄
想相故愚夫妄想種種妄想自性相計著
如熱時燄鹿渴水想是須陀洹妄想身見
彼以人无我攝受无性斷除久遠无知計著
大慧俱生者須陀洹身見自他身等四陰无
色相故色生造及所造故展轉相因相故大
種及色不集故須陀洹觀彼有无品不現身
見則斷如是身見斷貪則不生是名身見相
大慧疑相者謂得法善見相故及先二種身
見妄想斷故疑法不生不於餘處起大師見
為淨不淨是名疑相須陀洹斷大慧戒取者
云何須陀洹不取戒謂善見受生處苦相故
是故不取大慧取者謂愚夫決定受習苦行
為眾樂具故求受生彼則不取除迴向自覺
勝離妄想无漏法相行方便受持戒支是
名須陀洹取戒相斷須陀洹斷三結貪癡不
生若須陀洹作是念此諸結我不成就者應
有二過墮身見及諸結不斷大慧白佛言世
尊世尊說眾多貪欲彼何者貪斷佛告大慧
愛樂女人纏綿貪著種種方便身口意業
受現在樂種未來苦彼則不生所以者何得三

上博 59 (47282) 楞伽經卷第二 (28－19)

尊世尊說眾多貪欲彼何者貪斷佛告大慧
愛樂女人纏綿貪著種種方便身口意業
受現在樂種未來苦彼則不生所以者何得三
昧正受樂故是故彼斷非趣涅槃貪斷大慧
云何斯陀含相謂頓照色相妄想生相見相
不生善見禪趣相故頓來此世盡苦際得涅
槃是故名斯陀含大慧云何阿那含謂過去
未來現在色相性非生見過患使妄想不生
故及結斷故名阿那含大慧阿羅漢者謂
禪三昧解脫力明煩惱苦妄想非性故名阿羅
漢大慧白佛言世尊世尊說三種阿羅漢此
說何等阿羅漢世尊為得寂靜一乘道為菩
薩摩訶薩方便示現阿羅漢為佛化化
佛告大慧得寂靜一乘道聲聞非餘餘者
行菩薩行及佛化化巧方便本願故於大
眾中示現受生為莊嚴佛眷屬故大慧於
妄想處種種說法謂得果禪禪者入禪悉
遠離故示現得自心現量得果相說名得果
復次大慧欲超禪无量无色界者當離自心
現量相大慧受想正受超自心現量者不然何以故
有心量故爾時世尊欲重宣此義而說偈言
諸禪四无量 无色三摩提 一切受想滅 心量彼无有

上博 59 (47282) 楞伽經卷第二 (28－20)

現量相大慧受想正受超自心現量者不然何以故
有心量故尒時世尊欲重宣此義而說偈言
諸禪四无量　无色三摩提　一切受想滅　心量彼无有
須陁般那果　往来及不還　逮得阿羅漢　斯等心惑亂
禪者禪及緣　斷知見真諦　此則妄想量　若覺得解脫
復次大慧有二種覺謂觀察覺及妄想相攝
受計著建立覺大慧觀察覺者謂若覺性
自性相選擇離四句不可得是名觀察覺大慧
彼四句者謂一異俱不俱有无非有非无常无
常是名四句大慧此四句離是名一切法大
慧此四句觀察一切法應當脩學大慧云何
妄想相攝受計著建立覺計妄想相攝受
計著堅濕煖動不實妄想相四大種宗因相
譬計著不實建立而建立是名妄想相攝受
計著建立覺是名二種覺相若菩薩摩訶薩
成就此二覺相人法无我相究竟善知方便
无所有覺觀察行地得初地入百三昧得差
別三昧見百佛及百菩薩知前後際各百劫
事光照百剎土知上上地相大願殊勝神力
自在法雲灌頂當得如来自覺地善繫心十
无盡句成熟衆生種種變化明莊嚴得
自覺樂三昧正受
復次大慧菩薩摩訶薩當善四大造色云何

上博 59 (47282)　楞伽經卷第二　(28－21)

自覺樂三昧正受
復次大慧菩薩摩訶薩當善四大造色云何
菩薩善四大造色大慧菩薩摩訶薩作是覺
彼真諦者四大不生於彼四大不生作如是
觀察觀察已覺名相妄想分齊自心現分齊
外性非性名自心現妄想分齊謂三界觀彼
四大造色性離四句通離我我所如實相自
相分段住无生自相成大慧彼四大種云何
生造色謂津潤妄想大種生內外水界堪能
妄想大種生內外火界飄動妄想大種生內
外風界斷截色妄想大種生內外地界色及
虛空俱計著邪諦五陰集聚四大造色生大
慧識者因樂種種跡境界故餘趣相續大慧
他等四大及造色等有四大緣非彼四大緣
所以者何謂性形相處所作方便无性大種
不生大慧性形相處所作方便和合生非无
形是故四大造色相外道妄想非我
復次大慧當說諸陰自性相云何諸陰自性
相謂五陰云何五謂色受想行識彼四陰非色
謂受想行識大慧色者四大及造色各各異
相大慧非无色有四數如虛空譬如虛空過
數相離於數而妄想言一虛空大慧如是
陰過數相離於數離性非性離四句句數相

上博 59 (47282)　楞伽經卷第二　(28－22)

相大慧非无色有四數如虛空辟如虛空過
數相離於數而妄想言一虛空大慧如是
陰過數相離於數離性非性離四句句數相
者愚夫言說所說非聖賢也大慧聖者如幻
種種色像離異不異施設又如夢影士夫身
離異不異故大慧聖智趣同陰妄想現是名
諸陰自性相汝當除滅滅已說寂靜法斷一
切佛刹諸外道見大慧說寂靜時法无我見
淨及入不動地入不動地已无量三昧自在
及得意生身得如幻三昧通達究竟力明自
在救攝饒益一切衆生猶如大地載育衆生
菩薩摩訶薩普濟衆生亦復如是
復次大慧諸外道有四種涅槃云何為四謂
性自性非性涅槃種種相性非性涅槃自相
自性非性覺涅槃諸陰自共相相續流注斷
涅槃是名諸外道四種涅槃非我所說法大
慧我所說者妄想識滅名為涅槃大慧白佛
言世尊不建立八識耶佛言建立大慧白佛
言若建立者云何離意識非七識佛告大慧
彼因及彼攀緣故七識不生意識者境界分
段計著生習氣長養藏識意俱我我所計
著思惟因緣生不壞身相藏識因攀緣自心

上博59 (47282) 楞伽經卷第二 (28－23)

段計著生習氣長養藏識意俱我我所計
著思惟因緣生不壞身相藏識因攀緣自心
現境界計著心聚生展轉相因辟如海浪自
心現境界風吹若生若滅亦如是是故意識
滅七識亦滅尒時世尊欲重宣此義而說偈言
我不涅槃性 所作及與相 妄想尒焰識 此滅我涅槃
彼因彼攀緣 意趣等成身 與因者是心 為識之所依
如水火流盡 波浪則不起 如是意識滅 種種識不生
復次大慧今當說妄想自性分別通相若妄
想自性分別通相善分別汝及餘菩薩摩訶
薩離妄想到自覺聖外道通趣善見覺攝
所攝妄想斷緣起種種相妄想自性行不復妄
想大慧云何妄想自性分別通相謂言說妄
想所說事妄想相妄想利妄想自性妄想因
妄想見妄想成妄想生妄想不生妄想相續
妄想縛不縛妄想是名妄想自性分別通相
大慧云何言說妄想謂種種妙音歌詠之聲
美樂計著是名言說妄想大慧云何所說事
妄想謂有所說事自性聖智所知依彼而生
生言說妄想是名所說事妄想大慧云何相
妄想謂即彼所說事如鹿渴相種種計著而
計著謂堅濕煖動相一切性妄想是名相妄

上博59 (47282) 楞伽經卷第二 (28－24)

妄想謂即彼所說事如鹿渴想種種計着而
計着謂堅濕煖動相一切性妄想是名相妄
想大慧云何利妄想謂樂種種金銀珎寶是
名利妄想大慧云何自性妄想謂自性持此如
是此不異惡見妄想是名自性妄想大慧云
云何因妄想謂若因若緣有无分別因相生
是名因妄想大慧云何見妄想謂有无一異
俱不俱惡見外道妄想計着妄想是名見妄
想大慧云何成妄想謂我我所相成決定論
是名成妄想大慧云何生妄想謂緣有无性
生計着是名生妄想大慧云何不生妄想謂
一切性本无生无種因緣生无因身是名不
生妄想大慧云何想續妄想謂波俱相續如
金縷是名相續妄想大慧云何縛不縛妄想
謂縛因縛計着如士夫方便若縛若解是名
縛不縛妄想於此妄想自性分別通相一切
愚夫計着有无大慧計着緣起而計着者
種種妄想計着自性如幻現種種之身凡夫
妄想見種種異幻大慧幻與種種非異非不
異若異者幻非種種因若不異者幻與種種
无差別而見差別是故非異非不異是故大
慧汝及餘菩薩摩訶薩如幻緣起妄想
自性異不異有无莫計着尒時世尊欲重宣

上博 59 (47282)　楞伽經卷第二　(28－25)

无差別而見差別是故非異非不異是故大
慧汝及餘菩薩摩訶薩如幻緣起妄想
自性異不異有无莫計着尒時世尊欲重宣
此義而說偈言
心縛於境界　覺想智隨轉　无所有及勝　平等智慧生
妄想自性有　於緣起則无　妄想或攝受　緣起非妄想
種種支分生　如幻則不成　彼相有種種　妄想則不成
彼相則是過　皆從心縛生　妄想无所知　於緣起妄想
此諸妄想性　即是彼緣起　妄想有種種　於緣起妄想
世諦第一義　第三无因生　妄想說世諦　斷則聖境界
譬如種種翳　妄想衆色現　翳无色非色　緣起不覺然
譬如脩行事　於一種種現　於彼无種種　妄想相如是
譬如種種翳　妄想衆色現　翳无色非色　緣起不覺然
譬如鍊真金　遠離諸垢穢　虛空无雲翳　妄想淨亦然
无有妄想性　及有彼緣起　建立及誹謗　悉由妄想壞
妄想若无性　而有緣起性　无性而有性　有性无性生
依因於妄想　而得彼緣起　相名常相隨　而生諸妄想
究竟不成就　則度諸妄想　然後智清淨　是名第一義
妄想有十二　緣起有六種　自覺智尒焰　彼无有差別
五法爲真實　自性有三種　脩行分別此　不越於如如
衆相及緣起　彼名起妄想　彼諸妄想相　從彼緣起生
覺慧善觀察　无緣无妄想　成已无有性　云何妄想覺

上博 59 (47282)　楞伽經卷第二　(28－26)

衆相及緣起 彼名起妄想 彼諸妄想相 從彼緣起生
覺慧善觀察 无緣无妄想 成已无有性 云何妄想覺
彼妄想自性 建立二自性 妄想種種現 清淨聖境界
妄想如畫色 緣起計妄想 若異妄想者 則依外道論
妄想說所想 因見和合生 離二妄想者 如是則為成
大慧菩薩摩訶薩復白佛言世尊唯願為說
自覺聖智相及一乘若自覺聖智相及一乘我
及餘菩薩善自覺聖智相及一乘不由於他
通達佛法佛告大慧諦聽諦聽善思念之
當為汝說大慧白佛言唯然受教佛告大慧
前聖所智轉相傳授妄想无性菩薩摩訶薩
獨一靜處自覺觀察不由於他離見妄想上
上昇進入如來地是名自覺聖智相大慧云
何一乘相謂得一乘道覺我說一乘云何一乘
道覺謂攝所攝妄想如實處不生妄想
是名一乘覺大慧一乘覺者非餘外道聲聞
緣覺梵天王等之所能唯唯如來以是故說名一乘
大慧白佛言世尊何故說三乘而不說一乘、
佛告大慧不自般涅槃法故不說一切聲聞
緣覺一乘以一切聲聞緣覺如來調伏授寂
靜方便而得解脫非身己力是故不說一乘
復次大慧煩惱鄣業鄣習氣不斷故不說
說一切聲聞緣覺一乘不覺法无我不離分

上博 59 (47282) 楞伽經卷第二 (28－27)

靜方便而得解脫非身己力是故不說一乘
復次大慧煩惱鄣業鄣習氣不斷故不說
說一切聲聞緣覺一乘不覺法无我不離分
段死故說三乘大慧彼諸一切起煩惱過習
氣斷及覺法无我彼一切起煩惱過習氣斷
三昧樂味著非性无漏界覺已復入出世間
上上无漏界滿足衆具當得如來不思議自
在法身尒時世尊欲重宣此義而說偈言
諸天及梵乘 聲聞緣覺乘 諸佛如來乘 我說此諸乘
乃至有心轉 諸乘非究竟 若彼心滅盡 无乘及乘者
无有乘建立 我說為一乘 引導衆生故 分別說諸乘
解脫有三種 及與法无我 煩惱智慧等 解脫則遠離
譬如海浮木 常隨波浪轉 聲聞愚亦然 相風所飄蕩
彼起煩惱滅 餘習煩惱愚 味著三昧樂 安住无漏界
无有究竟趣 亦復不退還 得諸三昧身 乃至劫不覺
譬如昏醉人 酒銷然後覺 彼覺法亦然 得佛无上身

楞伽經卷第二

上博 59 (47282) 楞伽經卷第二 (28－28)

上博 60（50677） 百法述 （4—1）

上博 60 (50677) 百法述 (4—2)

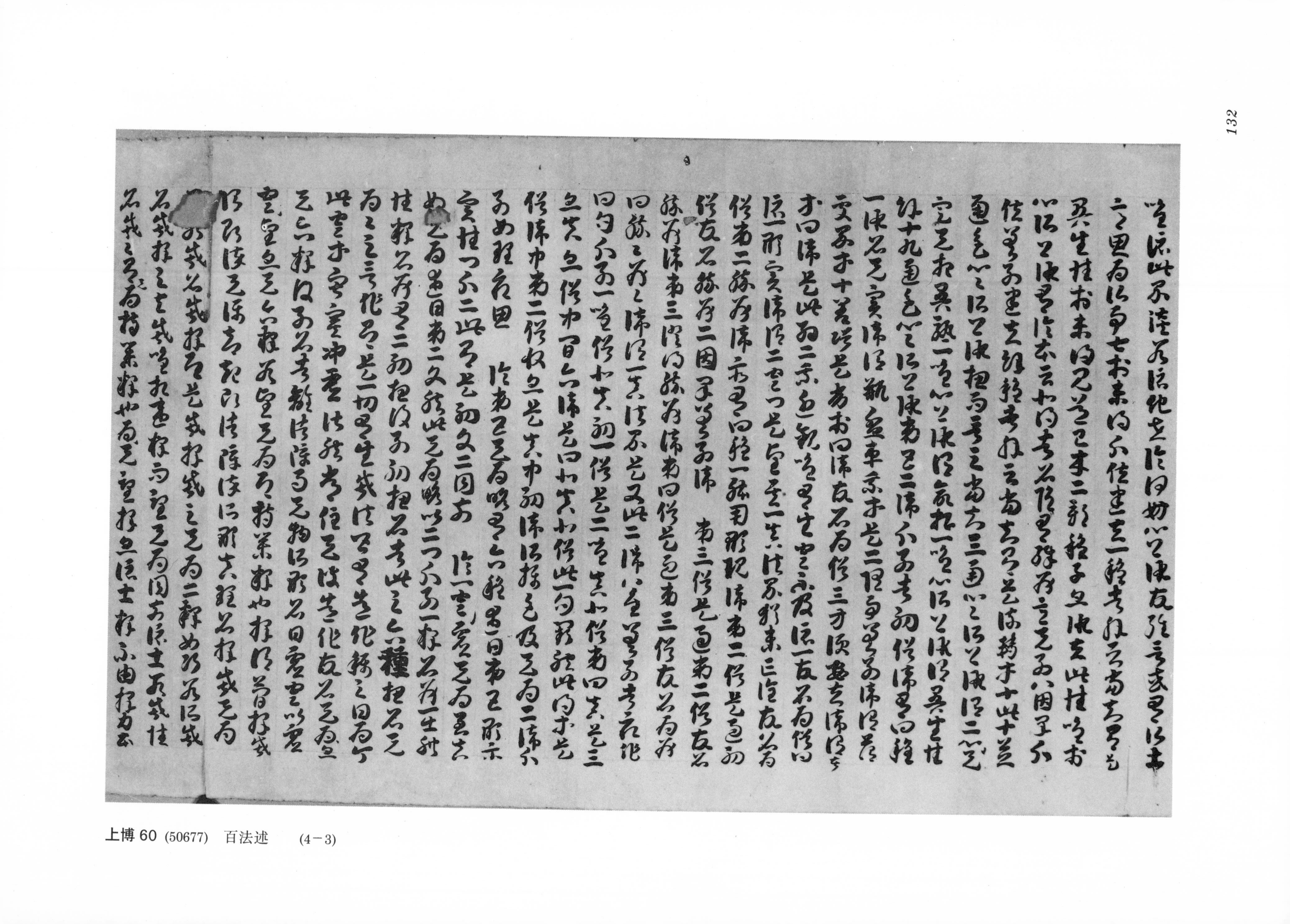

上博 60 (50677) 百法述 (4－3)

上博 60（50677） 百法述 （4－4）

大般涅槃經菩薩品第十六　九
迦葉菩薩白佛言世尊如佛所說大涅槃光
入於一切衆生毛孔衆生雖无菩提之心而
能為作菩提因者是義不然何以故世尊犯
四重禁作五逆人及一闡提光明入身作菩
提因者如是等輩與淨持戒脩集諸善有何
差別若无差別如來何故說四依義世尊又
如佛言若有衆生聞大涅槃一逕於耳則得
斷除諸煩惱者如來云何先說有人恒河沙
等佛所發心聞大涅槃不解其義若不解義
云何能斷一切煩惱佛言善男子除一闡提
其餘衆生聞是經已悉皆能作菩提因緣法
聲光明入毛孔者必定當得阿耨多羅三藐
三菩提何以故若有人能供養恭敬无量諸
佛方乃得聞大涅槃經薄福之人則不得聞
所以者何大德之人乃能得聞如是大事所
下小人則不得聞何等為大所謂諸佛甚深
祕藏謂佛性是以是義故名為大事迦葉菩
薩白佛言世尊云何未發菩提心者得菩提
因佛告迦葉若有聞是大涅槃經言我不用
發菩提心誹謗正法是人即時於夜夢中見
羅剎像心中怖懷羅剎語言咄善男子汝今

上博 61 (51033)　大般涅槃經菩薩品第十六　(20－1)

羅剎像心中怖懷羅剎語言咄善男子汝今
若不發菩提心當斷汝命是人惶怖覺已
即發菩提之心是人命終若在三惡及在人天
續復憶念菩提之心當知是人是大菩薩摩
訶薩也以是義故是大涅槃威神力故能令
未發菩提心者作菩提因善男子是名菩薩
發心因緣非无因緣以是義故大乘妙典真
佛所說復次善男子如虛空中興大雲雨注
於大地枯木石山高源堆阜水所不住流注
下田陂池悉滿利益无量一切衆生是大涅
槃微妙經典亦復如是雨大法雨普潤衆生
唯一闡提發菩提心无有是處復次善男子
譬如燋種雖遇甘雨百千万劫終不生牙牙
若生者亦无是處一闡提輩亦復如是雖聞
如是大般涅槃微妙經典終不能發菩提心
牙若能發者无有是處何以故是人斷滅一
切善根如彼燋種不能復生菩提根牙復次
善男子譬如明珠置濁水中以珠威德水即
為清投之淤泥不能令清是大涅槃微妙經
典亦復如是置餘衆生五无間罪四重禁法
濁水之中猶可澄清發菩提心投一闡提淤
泥之中百千万歲不能令清起菩提心何以
故是一闡提滅諸善根非其器故假使是人
百千万歲聽受如是大涅槃經終不能發菩

上博 61 (51033)　大般涅槃經菩薩品第十六　(20－2)

故是一闡提滅諸善根非其器故假使是人
百千万歲聽受如是大涅槃經終不能發菩
提之心所以者何无善心故復次善男子辟
如藥樹名曰藥王於諸藥中最為殊勝若和
酪漿若蜜若穌若水若乳若末若丸若以塗
瘡勳身塗目若見若嗅能滅衆生一切諸病
如是藥樹不作是念一切衆生若取我根不
應取葉若取葉者不應取根若取身者不應
取皮若取皮者不應取身是樹雖復不生是
念而能除滅一切病苦善男子是大涅槃微
妙經典亦復如是能除一切衆生惡業四波
羅夷五无間罪若內若外所有諸惡諸有未
發菩提心者因是則得發菩提心何以故是
妙經典諸經中王如彼藥樹諸藥中王若有
修習是大涅槃及不修者若聞有是經典名
字聞已敬信所有一切煩惱重病皆悉除滅
唯不能令一闡提輩安止住於阿耨多羅三
藐三菩提如彼妙藥雖能療愈種種重病而
不能治必死之人復次善男子如人手瘡捉
持毒藥毒則隨入若无瘡者毒則不入一闡
提輩亦復如是无菩提因如无瘡者毒不得
入所謂瘡者即是无上菩提因緣毒者即是
第一妙藥皃无瘡者謂一闡提復次善男子
辟如金剛无能壞者而能破壞一切之物唯

上博 61 (51033) 大般涅槃經菩薩品第十六 (20－3)

入所謂瘡者即是无上菩提因緣毒者即是
第一妙藥皃无瘡者謂一闡提復次善男子
辟如金剛无能壞者而能破壞一切之物唯
除龜甲及白羊角是大涅槃微妙經典亦復
如是悉能安止无量衆生於菩提道唯不能
令一闡提輩立菩提因復次善男子如馬齒
草娑羅翅樹尼迦羅樹雖斷枝莖續生如故
不如多羅斷已不生是諸衆生亦復如是若
得聞是大涅槃經雖犯四禁及五无間猶故
能生菩提因緣一闡提輩則不如是雖得聽
受是妙經典而不能生菩提道因復次善男
子如佉陁羅樹鎮頭迦樹斷已不生及諸燋
種一闡提輩亦復如是雖得聞是大涅槃經
而不能發菩提因緣猶如燋種復次善男子
辟如大雨終不住空是大涅槃微妙經典亦
復如是普雨法雨於一闡提則不能住是一
闡提周體密緻猶如金剛不容外物迦葉菩
薩白佛言世尊如佛說偈
不見善不作　唯見惡可作　是處可怖畏　猶如險惡道
世尊如是所說有何等義佛言善男子不見
者謂不見佛性善者即是阿耨多羅三藐三
菩提不作者所謂不能親近善友唯見者見
无因果惡者謂謗方等大乘經典可作者謂
一闡提說无方等以是義故一闡提輩无心

上博 61 (51033) 大般涅槃經菩薩品第十六 (20－4)

一闡提說无方等以是義故一闡提輩无心
趣向清淨善法何等善法謂涅槃也趣涅槃
者謂能修集賢善之行而一闡提无賢善行
是故不能趣向涅槃是處可畏謂謗正法誰
應怖畏所謂智者何以故以謗法者无有善
心及方便故險惡道者謂諸行也迦葉復言
如佛所說
云何見所作 云何得善法 何處不怖畏 如王夷坦道
是義何謂佛言善男子見所作者發露諸惡
從生死際所作諸惡悉皆發露至无至處以
是義故是處无畏喻如人王所遊正路其中
盜賊悉皆逃走如是發露一切諸惡悉滅无
餘復次不見所作者謂一闡提所作衆惡而
不自見是一闡提憍慢心故雖多作惡於是
事中初无怖畏以是義故不得涅槃喻如獼
猴捉水中月善男子假使一切无量衆生一
時成於阿耨多羅三藐三菩提已此諸如來
亦復不見彼一闡提成於菩提以是義故名
不見所作又復不見誰之所作所謂不見如
來所作佛為衆生說有佛性一闡提輩流轉
生死不能知見以是義故名為不見如來所
作又一闡提見於如來畢竟涅槃謂真无常
猶如燈滅膏油俱盡何以故是人惡業不虧
損故若有菩薩所作善業迴向阿耨多羅三

上博 61 (51033) 大般涅槃經菩薩品第十六 (20－5)

猶如燈滅膏油俱盡何以故是人惡業不虧
損故若有菩薩所作善業迴向阿耨多羅三
藐三菩提時一闡提輩雖復毀呰破壞不信
然諸菩薩猶故施與欲共成於无上之道何
以故諸佛法尒
作惡不即受 如乳即成酪 猶灰覆火上 愚者輕蹈之
一闡提者名為无目是故不見阿羅漢道如
阿羅漢不行生死險惡之道以无目故誹謗
方等不欲修集如阿羅漢勤修慈心一闡提
輩不修方等亦復如是若人說言我今不信
聲聞經典信受大乘讀誦解說是故我今即
是菩薩一切衆生悉有佛性以佛性故衆生
身中即有十力三十二相八十種好我之所
說不異佛說汝今與我俱破无量諸惡煩惱
如破水瓶以破結故即得見於阿耨多羅三
藐三菩提是人雖作如是演說其心實不信
有佛性為利養故隨文而說如是說者名為
惡人如是惡人不速受果如乳成酪譬如王
使善能談論巧於方便奉命他國寧喪身命
終不匿王所說言教智者亦尒於凡夫中不
惜身命要必宣說大乘方等如來祕藏一切
衆生皆有佛性善男子有一闡提作羅漢像
住於空處誹謗方等大乘經典諸凡夫人見
已皆謂真阿羅漢是大菩薩摩訶薩是一闡

上博 61 (51033) 大般涅槃經菩薩品第十六 (20－6)

衆生皆有佛性善男子有一闡提作羅漢像
住於空處誹謗方等大乘經典諸凡夫人見
已皆謂真阿羅漢是大菩薩摩訶薩是一闡
提惡比丘輩住阿蘭若處壞阿蘭若法見他
得利心生嫉妬作如是言所有方等大乘經
典悉是天魔波旬所說亦說如來是无常法
毀滅正法破壞衆僧復作是言波旬所說非
善順說作是宣說耶惡之法是人作惡不即
受報如乳成酪灰覆火上愚輕蹈之如是人
者謂一闡提是故當知大乘方等微妙經典
必定清淨如摩尼珠投之濁水水即為清大
乘經典亦復如是復次善男子譬如蓮華為
日所照无不開敷一切衆生亦復如是若得
見聞大涅槃日未發心者皆悉發心為菩提
因是故我說大涅槃光所入毛孔必為妙因
彼一闡提雖有佛性而為无量罪垢所纏不
能得出如蠶處繭以是業緣不能生於菩提
妙因流轉生死无有窮已復次善男子如優
鉢羅華鉢頭摩華拘物頭華分陁利華生
於淤泥而終不為彼泥所汙若有衆生修大涅
槃微妙經典亦復如是雖有煩惱終不為此
煩惱所汙何以故以知如來性相力故善男
子譬如有國多清冷風若觸衆生身諸毛孔
能除一切欝蒸之惱此大乘典大涅槃經亦

上博 61 (51033) 大般涅槃經菩薩品第十六 (20－7)

子譬如有國多清冷風若觸衆生身諸毛孔
能除一切欝蒸之惱此大乘典大涅槃經亦
復如是遍入一切衆生毛孔為作菩提微妙
因緣除一闡提何以故非法器故復次善男
子譬如良醫解八種藥滅一切病唯除必死
一切契經禪定三昧亦復如是能治一切貪
恚愚癡諸煩惱病能拔煩惱毒刺等箭不
能治犯四重禁五无間罪善男子復有良醫
過八種術能除衆生所有病苦唯不能治必
死之病是大涅槃大乘經典亦復如是能除
衆生一切煩惱安住如來清淨妙因未發心
者令得發心唯除必死一闡提輩復次善男
子譬如良醫能以妙藥治諸盲人令見日月
星宿諸明一切色像唯不能治生盲之人是
大乘典大涅槃經亦復如是能為聲聞緣覺
之人開發慧眼令其安住无量无邊大乘經
典未發心者謂犯四禁五无間罪悉能令發
菩提之心唯除生盲一闡提輩復次善男子
譬如良醫善解八術為治衆生一切病苦與
種種方吐下諸藥及以塗身薰藥灌鼻散藥
丸藥若貧愚人不欲服之良醫慈念即將是
人還其舍宅強與令服以藥力故所患得除
女人產時兒衣不出與之令服服已即出并
令嬰兒安樂无患是大乘典大涅槃經亦復

上博 61 (51033) 大般涅槃經菩薩品第十六 (20－8)

女人產時兒衣不出與之令服服已即出并
令嬰兒安樂无患是大乘典大涅槃經亦復
如是所至之處若至舍宅能除衆生无量煩
惱犯四重禁五无間罪未發心者悉令發心
除一闡提迦葉菩薩白佛言世尊犯四重禁
及五无間名極重悪譬如斷截多羅樹頭更
不復生是等未發菩提之心云何能與作菩
提因佛言善男子是諸衆生若於夢中夢墮
地獄受諸苦惱即生悔心哀㦲我等自招此
罪若我今得脫是罪者必定當發菩提之心
我今所見㝡是極悪從是覺已即知正法有
大果報如彼嬰兒漸漸長大常作是念是醫
㝡良善解方藥我本處胎與我母藥母以藥
故身得安隱以是因緣我命得全竒㦲我母
受大苦惱满足十月懷抱我胎既生之後推
乾去濕除去不淨大小便利乳餔長養將護
我身以是義故我當報恩色養侍衛隨順供
養犯四重禁及无間罪臨命終時念是大乘
大涅槃經雖墮地獄畜生餓鬼天上人中如
是經典亦爲是人作菩提因除一闡提復次
善男子譬如良醫及良醫子所知深奥出過
諸醫善知除毒无上呪術若悪毒虵若龍若
蝮以諸呪術呪藥令良復以此藥用塗草屣
以此草屣蹋諸毒虫毒爲之消唯除一毒名

上博 61 (51033) 大般涅槃經菩薩品第十六 (20－9)

諸醫善知除毒无上呪術若悪毒虵若龍若
蝮以諸呪術呪藥令良復以此藥用塗草屣
以此草屣蹋諸毒虫毒爲之消唯除一毒名
曰大龍是大乘典大涅槃經亦復如是若有
衆生犯四重禁五无間罪悉能消滅令住菩
提如藥草屣能消衆毒未發心者能令發心
安止住於菩提之道是彼大乘大涅槃經威
神藥故令諸衆生生於安樂唯除大龍一闡
提輩復次善男子譬如有人以新毒藥用塗
大鼓於衆人中擊之發聲雖无心欲聞聞之
皆死唯除一人不横死者是大乘典大涅槃
經亦復如是在在處處諸行衆中有聞聲者
所有貪欲瞋恚愚癡悉皆滅盡其中雖有无
心思念是大涅槃因緣力故能滅煩惱而結
自滅犯四重禁及五无間聞是經已亦作无
上菩提因緣漸斷煩惱除不横死一闡提也
復次善男子譬如闇夜諸所營作一切皆息
若未訖者要待日明學大乘者雖修契經一
切諸定要待大乘大涅槃日聞於如来微密
之教然後乃當造菩提業安住正法猶如天
雨潤益增長一切諸種成就菓實悉除飢饉
多受豐樂如来祕藏无量法雨亦復如是悉
能除滅八種熱病是經出世如彼菓實多所
利益安樂一切能令衆生見於佛性如法華

上博 61 (51033) 大般涅槃經菩薩品第十六 (20－10)

多受豐樂如来祕藏无量法雨亦復如是悉
能除滅八種熱病是經出世如彼菓實多所
利益安樂一切能令衆生見於佛性如法華
中八千聲聞得受記別成大菓實如秋收冬
藏更无所作一闡提輩亦復如是於諸善法
无所營作復次善男子譬如良醫聞他人子
非人所持尋以妙藥并遣一使勑語使言卿
持此藥速與彼人彼人若遇諸惡鬼神以藥
力故悉當遠去卿若遲晚吾自當往終不令
彼枉横死也如是病人得見使者及吾威德
諸苦當除得安隱樂是大乘典大涅槃經亦
復如是若比丘比丘尼優婆塞優婆夷及諸
外道有能受持如是經典讀誦通利復為他
人分別廣說若自書寫令他書寫斯等皆為
菩提因緣若犯四禁及五逆罪若為耶鬼毒
惡所持聞是經典所有諸惡悉皆消滅如見
良醫惡鬼遠去當知是人是真菩薩摩訶
薩也何以故聽得聞是大涅槃故亦以生念如
来常故聽得聞者尚得如是何況書寫受持
讀誦除一闡提其餘皆是菩薩摩訶薩復次
善男子譬如聾人不聞音聲一闡提輩亦復
如是雖復欲聽是妙經典而不得聞所以者
何无因緣故復次善男子譬如良醫一切醫
方无不通達兼復廣知无量呪術是醫見王

上博 61 (51033)　大般涅槃經菩薩品第十六　(20－11)

何无因緣故復次善男子譬如良醫一切醫
方无不通達兼復廣知无量呪術是醫見王
作如是言大王今者有必死病其王答言卿
不見我腹内之事云何而言有必死病醫即
答言若不見信應服下藥既下之後王自驗
之王不肯服尒時良醫以呪術力令王眞門
遍生瘡疱兼復帶下虫血雜出王見是已生
大怖懅讚彼良醫善哉善哉卿先所白吾不
用之今乃知卿於吾此身作大利益恭敬是
醫猶如父母是大乘典大涅槃經亦復如是
於諸衆生有欲无欲悉能令彼煩惱崩落是
諸衆生乃至夢中夢見是經恭敬供養喻如
大王恭敬良醫是大良醫知必死者終不治
之是大乘典大涅槃經亦復如是終不能治
一闡提輩復次善男子譬如良醫善知八種
悉能療治一切諸病唯不能治必死之人諸
佛菩薩亦復如是悉能療救一切有罪唯不
能治必死之人一闡提輩復次善男子譬如
良醫善知八種微妙經術復能博達過於八
種以己所知先教其子若水若陸山間藥草
悉令識知如是漸漸教八事已次復教餘冣
上妙術如来應正遍知亦復如是先教其子
諸比丘等方便除滅一切煩惱修學淨身不
堅固想謂水陸山間水者喻身受苦如水上

上博 61 (51033)　大般涅槃經菩薩品第十六　(20－12)

諸比丘等方便除滅一切煩惱修學淨身不
堅固想謂水陸山間水者喻身受苦如水上
泡陸者喻身不堅如芭蕉樹其山間者喻煩
惱中修无我想以是義故身名无我如来如
是於諸弟子漸漸教學九部經法令善通利
然後教學如来秘藏爲其子故說如来常如
来如是說大乘典大涅槃經爲諸衆生已發
心者及未發心作菩提因除一闡提如是善
男子是大乘典大涅槃經无量无數不可思
議未曾有也當知即是无上良醫最尊最勝
衆經中王復次善男子譬如大船從海此岸
至於彼岸復從彼岸還至此岸如来應正遍
知亦復如是乘大涅槃大乘寶船周旋往反
濟度衆生在在處處有應度者悉令得見如
来之身以是義故如来名曰无上船師譬如
有船則有船師以有船師則有衆生度於大
海如来常住化度衆生亦復如是復次善男
子譬如有人在大海中乘船欲度若得順風
須臾之間則能得過无量由旬若不得者雖
復久住逕无量歲不離本處有時船壞沒水
而死衆生如是在於愚癡生死大海乘諸行
船若得值遇大般涅槃猛利之風則能疾到
无上道岸若不值遇當久流轉无量生死或
時破壞墮於地獄畜生餓鬼復次善男子譬

上博 61 (51033) 大般涅槃經菩薩品第十六 (20－13)

時破壞墮於地獄畜生餓鬼復次善男子譬
如有人不遇風王久住大海作是思惟我等
今者必在此死如是念時忽遇利風隨順度
海復作是言快哉是風未曾有也令我等輩
安隱得過大海之難衆生如是久處愚癡生
死大海困苦窮悴未遇如是大涅槃風則應
生念我等必定墮於地獄畜生餓鬼是諸衆
生思惟是時忽遇大乘大涅槃風隨順吹向
入於阿耨多羅三藐三菩提方知真實生奇
特想歎言快哉我從昔来未曾見聞如是如
来微密之藏尒乃於是大涅槃經生清淨信
復次善男子如蛇脫皮爲死滅耶不也世尊
善男子如来亦尒方便示現棄捨毒身可言
如来无常滅耶不也世尊如来於此閻浮提
中方便捨身如彼毒蛇捨於故皮是故如来
名爲常住復次善男子譬如金師得好真金
隨意造作種種諸器如来亦尒於二十五有
悉能示現種種色身爲化衆生拔生死故是
故如来名无邊身雖復示現種種諸身亦名
常住无有變易復次善男子如菴羅樹及閻
浮提樹一年三變有時生華光色敷榮有時
生葉滋茂蓊鬱有時凋落狀似枯死善男子
於意云何是樹實爲枯滅不耶不也世尊善
男子如来亦尒於三界中示三種身有時初

上博 61 (51033) 大般涅槃經菩薩品第十六 (20－14)

於意云何是樹實為枯滅不耶不也世尊善
男子如来亦尒於三界中亦三種身有時初
生有時長大有時涅槃而如来身實非无常
迦葉菩薩讚言善哉善哉誠如聖教如来常
住无有變易善男子如来密語甚深難解辟
如大王告諸羣臣先陁婆来先陁婆者一名
四實一者鹽二者器三者水四者馬如是四
法皆同此名有智之臣善知此名若王洗時
索先陁婆即便奉水若王食時索先陁婆即
便奉鹽若王食已將欲飲漿索先陁婆即便
奉器若王欲遊索先陁婆即便奉馬如是智
臣善解大王四種密語是大乘經亦復如是
有四无常大乘智臣應當善知若佛出世為
衆生說如来涅槃智臣當知此是如来為計
常者說无常相欲令比丘修无常想或復說
言正法當滅智臣應知此是如来為計樂者
說於苦相欲令比丘多修苦想或復說言我
令病苦衆僧破壞智臣當知此是如来為計
我者說无我相欲令比丘修无我想或復說
言所謂空者是正解脫智臣當知此是如来
說正解脫无二十五有欲令比丘修學空相
以是義故是正解脫則名為空亦名不動謂
不動者是解脫中无有苦故是故不動是正
解脫為无有相謂无相者无有色聲香味觸

上博 61 (51033) 大般涅槃經菩薩品第十六 (20－15)

以是義故是正解脫則名為空亦名不動謂
不動者是解脫中无有苦故是故不動是正
解脫為无有相謂无相者无有色聲香味觸
等故名无相是正解脫常不變易是解脫中
无有无常熱惱變易是故解脫名曰常住不
變清涼或復說言一切衆生有如来性智臣
當知此是如来說於常法欲令比丘修正常
法是諸比丘若能如是隨修學者當知是人
真我弟子善知如来微密之藏如彼大王智
慧之臣善知王意善男子如是大王亦有如
是密語之法何况如来而當无也善男子是
故如来微密之教難可得知唯有智者乃能
解我甚深佛法非是世間凡夫品類所能信
也
復次善男子如波羅奢樹迦尼迦樹阿叔迦
樹值天亢旱不生華實及餘水陸所生之物
皆悉枯悴无有潤澤不能增長一切諸藥无
復勢力善男子是大乘典大涅槃經亦復如
是於我滅後有諸衆生不能恭敬无有威德
何以故是諸衆生不知如来微密藏故所以
者何以是衆生薄福德故復次善男子如来
正法將欲滅盡尒時多有行惡比丘不知如
来微密之藏懶惰懈怠不能讀誦宣揚分別
如来正法譬如癡賊棄捨真寶擔負草麩不

上博 61 (51033) 大般涅槃經菩薩品第十六 (20－16)

如来正法譬如癡賊棄捨真寶擔負草麸不
解如来微密藏故於是經中懈怠不勤哀哉
大險當来之世甚可怖畏苦哉衆生不勤聽
受是大乘典大涅槃經唯諸菩薩摩訶薩等
能於是經取真實義不著文字隨順不逆
為衆生說復次善男子如牧牛女為欲賣乳
貪多利故加二分水轉賣與餘牧牛女人彼女
得已復加二分轉復賣與近城女人女人得已
復加二分轉復賣與城中女人彼女得已復
加二分詣市賣之時有一人為子納婦當
須好乳以瞻賓客至市欲買是賣乳者多索
價數是人荅言汝乳多水不直尒許正值我
今瞻侍賓客是故當取取已還家煑用作
糜都无乳味雖復无味於苦味中千倍為勝何
以故乳之為味諸味中最善男子我涅槃後
正法未滅餘八十年尒時是經於閻浮提當
廣流布是時當有諸惡比丘抄略是經分作
多分能滅正法色香美味是諸惡人雖復讀
誦如是經典滅除如来深密要義安置世閒
莊嚴文飾无義之語抄前著後抄後著前前
後著中中著前後當知如是諸惡比丘是魔
伴侶受畜一切不淨之物而言如来悉聽我
畜如牧牛女多加水乳諸惡比丘亦復如是
雜以世語錯定是經令多衆生不得正說正

上博 61 (51033) 大般涅槃經菩薩品第十六 (20－17)

畜如牧牛女多加水乳諸惡比丘亦復如是
雜以世語錯定是經令多衆生不得正說正
寫正取尊重讚歎供養恭敬是惡比丘為利
養故不能廣宣流布是經所可分流少不足
言如彼牧牛貧窮女人展轉賣乳乃至成糜
而无乳味是大乘典大涅槃經亦復如是展
轉薄淡无有氣味雖无氣味猶勝餘經是一
千倍如彼乳味於諸苦味為千倍勝何以故
是大乘典大涅槃經於聲聞經最為上首喻
如牛乳味中最勝以是義故名大涅槃復次
善男子善善男子善女人等无有不求男子
身者何以故一切女人皆是衆惡之所住處
復次善男子如蚊子尿不能令此大地潤洽
其女人者婬欲難滿亦復如是譬如大地一
切作丸如亭歷子如是等男與一女人共為
欲事猶不能足假使男子數如恒沙與一女
人共為欲事猶不能足善男子譬如大海一
切天雨百川衆流皆悉歸投而彼大海未曾
滿足女人之法亦復如是假使一切能為男
者與一女人共為欲事而亦不足復次善男
子如阿対迦樹波吒羅樹迦尸迦樹春華開
敷有蜂唼取色香細味不知猒足女人欲男
亦復如是不知猒足善男子以是義故諸善
男子善女人等聽是大乘大涅槃經常應呵

上博 61 (51033) 大般涅槃經菩薩品第十六 (20－18)

數有蜂寠取色香細味不知猒足女人欲男
亦復如是不知猒足善男子以是義故諸善
男子善女人等聽是大乘大涅槃經常應呵
責女人之相求於男子何以故是大乘經典
有丈夫相所謂佛性若人不知是佛性者則
无男相所以者何不能自知有佛性故若有
不能知佛性者我說是等名為女人若能自
知有佛性者我說是人為丈夫相若有女人
能知自身定有佛性當知是等即為男子善
男子是大乘典大涅槃經无量无邊不可思
議功德之聚何以故以說如来祕密藏故是
故善男子善女人若欲速知如来祕密藏應當
方便勤修此經迦葉菩薩白佛言世尊如是
如是如佛所說我今已有丈夫之相得入如
来微密藏故如来今日始覺悟我因是即得
決定通達佛言善哉善哉善男子汝今隨順
世間之法而作是說迦葉復言我不隨順世
間法也佛讚迦葉善哉善哉汝今所知无上
法味甚深難知而能得知如蜂採味汝亦如
是復次善男子如蚊子澤不能令此大地霑
洽當来之世是經流布亦復如是如彼蚊澤
正法欲滅是經先當沒於此地當知即是正
法衰相復次善男子譬如過夏初月名秋秋
雨連注此大乘典大涅槃經亦復如是為於

上博 61 (51033)　大般涅槃經菩薩品第十六　(20－19)

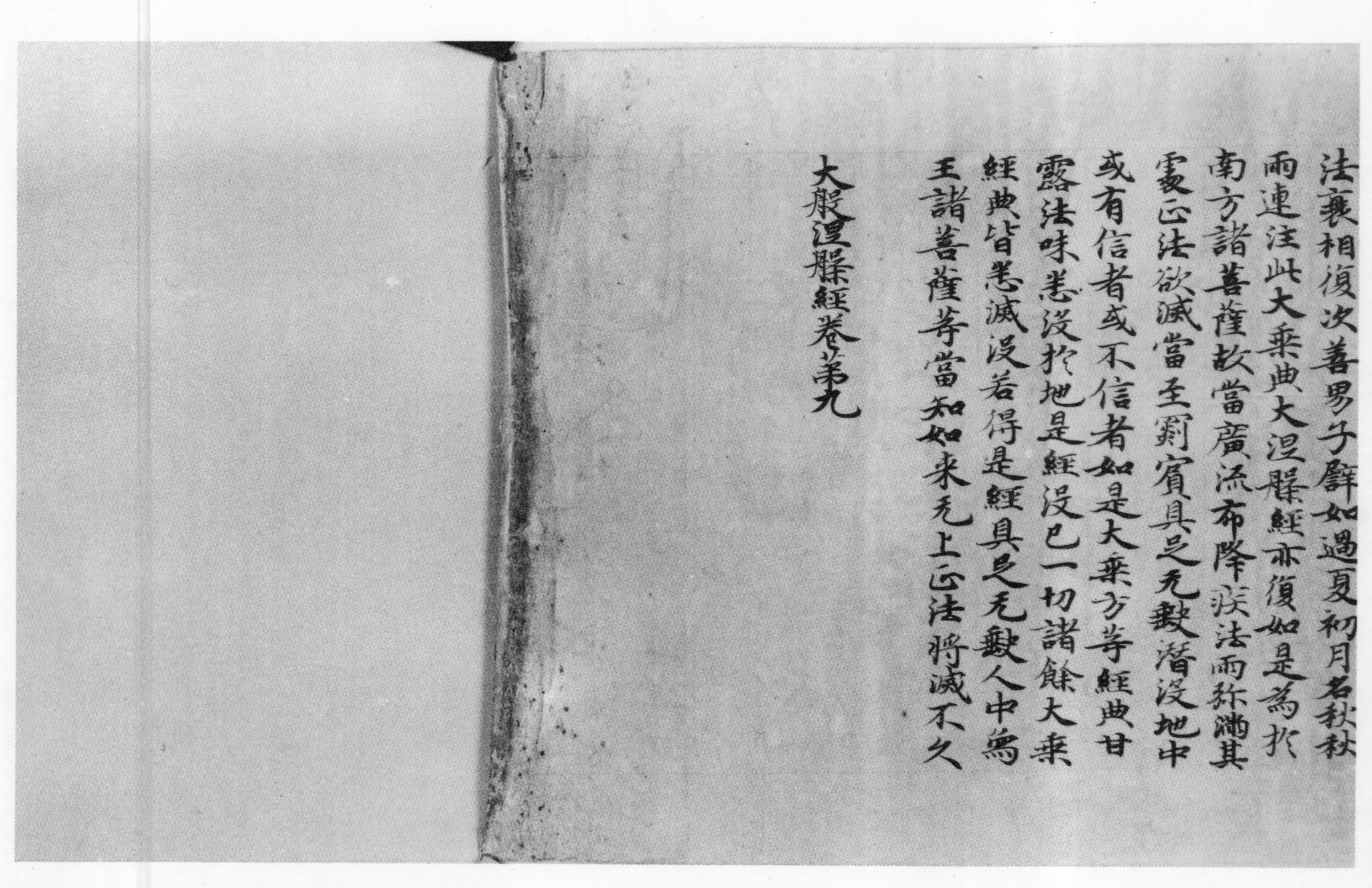

法衰相復次善男子譬如過夏初月名秋秋
雨連注此大乘典大涅槃經亦復如是為於
南方諸菩薩故當廣流布降注法雨弥滿其
處正法欲滅當至罽賓具足无缺潛沒地中
或有信者或不信者如是大乘方等經典甘
露法味悉沒於地是經沒已一切諸餘大乘
經典皆悉滅沒若得是經具足无缺人中象
王諸菩薩等當知如来无上正法將滅不久

大般涅槃經卷第九

上博 61 (51033)　大般涅槃經菩薩品第十六　(20－20)

上博 61 (51033)V　印章　　(2－1)

上博 61 (51033)V　印章　　(2－2)

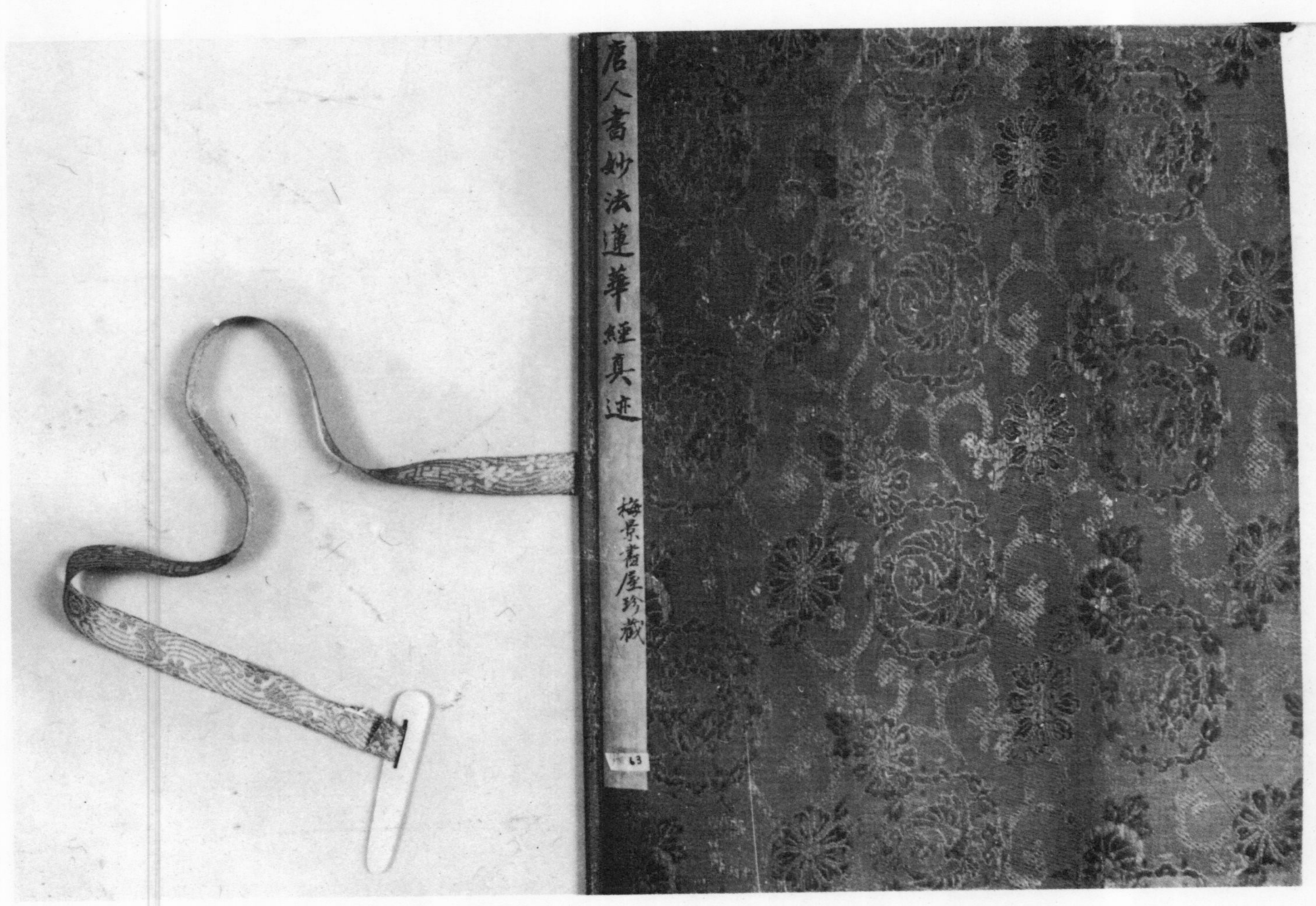

上博 62 (51081)　妙法蓮華經化城喻品第七　　(包首)

妙法蓮華經化城喻品第七
佛告諸比丘乃往過去无量无邊不可思議
阿僧祇劫尒時有佛名大通智勝如來應供
正遍知明行足善逝世間解无上士調御丈
夫天人師佛世尊其國名好成劫名大相諸
比丘彼佛滅度已來甚大久遠譬如三千大
千世界所有地種假使有人磨以為墨過於
東方千國土乃下一點大如微塵又過千國
土復下一點如是展轉盡地種墨於汝等意
云何是諸國土若筭師若筭師弟子能得邊
際知其數不不也世尊諸比丘是人所經國
土若點不點盡末為塵一塵一劫彼佛滅度已
來復過是數无量无邊百千万億阿僧祇
劫我以如來知見力故觀彼久遠猶若今日
尒時世尊欲重宣此義而說偈言
我念過去世　无量无邊劫　有佛兩足尊　名大通智勝
如人以力磨　三千大千土　盡此諸地種　皆悉以為墨
過於千國土　乃下一塵點　如是展轉點　盡此諸塵墨
如是諸國土　點與不點等　復盡末為塵　一塵為一劫
此諸微塵數　其劫復過是　彼佛滅度來　如是無量劫

上博 62 (51081)　妙法蓮華經化城喻品第七　　(11－1)

如是諸國土　點與不點等　復盡末為塵　一塵為一劫
此諸微塵數　其劫復過是　彼佛滅度來　如是無量劫
如來無㝵智　知彼佛滅度　及聲聞菩薩　如見今滅度
諸比丘當知　佛智淨微妙　無漏無所㝵　通達無量劫
佛告諸比丘大通智勝佛壽五百四十万億
那由他劫其佛本坐道場破魔軍已垂得阿
耨多羅三藐三菩提而諸佛法不現在前如
是一小劫乃至十小劫結加趺坐身心不動
而諸佛法猶不在前尒時忉利諸天先為彼
佛於菩提樹下敷師子座高一由旬佛於此
坐當得阿耨多羅三藐三菩提適坐此座時
諸梵天王雨衆天華面百由旬香風時來吹
去萎華更雨新者如是不絶滿十小劫供養
於佛乃至滅度常雨此華四王諸天為供養
佛常擊天鼓其餘諸天作天伎樂滿十小劫
至于滅度亦復如是諸比丘大通智勝佛過
十小劫諸佛之法乃現在前成阿耨多羅三
藐三菩提其佛未出家時有十六子其第一
者名曰智積諸子各有種種珎異玩好之具
聞父得成阿耨多羅三藐三菩提皆捨所珎
往詣佛所諸母涕泣而隨送之其祖轉輪聖
王與一百大臣及餘百千万億人民皆共圍
繞隨至道場咸欲親近大通智勝如來供養
恭敬尊重讚歎到已頭面禮足繞佛畢已一

上博 62 (51081)　妙法蓮華經化城喻品第七　(11－2)

恭敬尊重讚歎到已頭面禮足繞佛畢已一
心合掌瞻仰世尊以偈頌曰
大威德世尊　為度衆生故　於無量億劫　尒乃得成佛
諸願已具足　善哉吉無上　世尊甚希有　一坐十小劫
身體及手足　靜然安不動　其心常憺怕　未曾有散亂
究竟永寂滅　安住無漏法　今者見世尊　安隱成佛道
我等得善利　稱慶大歡喜　衆生常苦惱　盲瞑無導師
不識苦盡道　不知求解脫　長夜增惡趣　減損諸天衆
從冥入於冥　永不聞佛名　今佛得最上　安隱無漏道
我等及天人　為得最大利　是故咸稽首　歸命無上尊
尒時十六王子偈讚佛已勸請世尊轉於法
輪咸作是言世尊說法多所安隱憐愍饒益
諸天人民重說偈言
世雄無等倫　百福自莊嚴　得無上智慧　願為世間說
度脫於我等　及諸衆生類　為分別顯示　令得是智慧
若我等得佛　衆生亦復然　世尊知衆生　深心之所念
亦知所行道　又知智慧力　欲樂及修福　宿命所行業
世尊悉知已　當轉無上輪
佛告諸比丘大通智勝佛得阿耨多羅三藐
三菩提時十方各五百万億諸佛世界六種
震動其國中間幽冥之處日月威光所不能
照而皆大明其中衆生各得相見咸作是言
此中云何忽生衆生又其國界諸天宮殿乃
至梵宮六種震動大光普照遍滿世界勝諸

上博 62 (51081)　妙法蓮華經化城喻品第七　(11－3)

照而皆大明其中衆生各得相見咸作是言
此中云何忽生衆生又其國界諸天宮殿乃
至梵宮六種震動大光普照遍滿世界勝諸
天光尒時東方五百万億諸國土中梵天宮
殿光明照曜倍於常明諸梵天王各作是念
今者宮殿光明昔所未有以何因緣而現此
相是時諸梵天王即各相詣共議此事時彼
衆中有一大梵天王名救一切爲諸梵衆而
說偈言
我等諸宮殿　光明昔未有　此是何因緣　宜各共求之
爲大德天生　爲佛出世間　而此大光明　遍照於十方
尒時五百万億國土諸梵天王與宮殿俱各
以衣裓盛諸天華共詣西方推尋是相見大
通智勝如來處于道場菩提樹下坐師子座
諸天龍王乾闥婆緊那羅摩睺羅伽人非人
等恭敬圍繞及見十六王子請佛轉法輪即
時諸梵天王頭面禮佛繞百千帀即以天華
而散佛上其所散華如須弥山并以供養佛
菩提樹其菩提樹高十由旬華供養已各以
宮殿奉上彼佛而作是言唯見哀愍饒益我
等所獻宮殿願垂納處時諸梵天王即於佛
前一心同聲以偈頌曰
世尊甚希有　難可得值遇　具无量功德　能救護一切
天人之大師　哀愍於世間　十方諸衆生　普皆蒙饒益
我等所從來　五百万億國　捨深禪定樂　爲供養佛故

上博 62 (51081)　妙法蓮華經化城喻品第七　(11－4)

世尊甚希有　難可得值遇　具无量功德　能救護一切
天人之大師　哀愍於世間　十方諸衆生　普皆蒙饒益
我等所從來　五百万億國　捨深禪定樂　爲供養佛故
我等先世福　宮殿甚嚴飾　今以奉世尊　唯願哀納受
尒時諸梵天王偈讚佛已各作是言唯願世
尊轉於法輪度脫衆生開涅槃道時諸梵天
王一心同聲而說偈言
世雄兩足尊　唯願演說法　以大慈悲力　度苦惱衆生
尒時大通智勝如來默然許之又諸比丘東
南方五百万億國土諸大梵王各自見宮殿
光明照曜昔所未有歡喜踊躍生希有心即
各相詣共議此事時彼衆中有一大梵天王
名曰大悲爲諸梵衆而說偈言
是事何因緣　而現如此相　我等諸宮殿　光明昔未有
爲大德天生　爲佛出世間　未曾見此相　當共一心求
過千万億土　尋光共推之　多是佛出世　度脫苦衆生
尒時五百万億諸梵天王與宮殿俱各以衣
裓盛諸天華共詣西北方推尋是相見大通
智勝如來處于道場菩提樹下坐師子座諸
天龍王乾闥婆緊那羅摩睺羅伽人非人等
恭敬圍繞及見十六王子請佛轉法輪時諸
梵天王頭面禮佛繞百千帀即以天華而散
佛上所散之華如須弥山并以供養佛菩提
樹華供養已各以宮殿奉上彼佛而作是言
唯見哀愍饒益我等所獻宮殿願垂納處

上博 62 (51081)　妙法蓮華經化城喻品第七　(11－5)

樹華供養已各以宮殿奉上彼佛而作是言
唯見哀愍饒益我等所獻宮殿願垂納受尒
時諸梵天王即於佛前一心同聲以偈頌曰
聖主天中王　迦陵頻伽聲　哀愍眾生者　我等今敬禮
世尊甚希有　久遠乃一現　一百八十劫　空過無有佛
三惡道充滿　諸天眾減少　今佛出於世　為眾生作眼
世間所歸趣　救護於一切　為眾生之父　哀愍饒益者
我等宿福慶　今得值世尊
尒時諸梵天王偈讚佛已各作是言唯願世
尊哀愍一切轉於法輪度脫眾生時諸梵天
王一心同聲而說偈言
大聖轉法輪　顯示諸法相　度苦惱眾生　令得大歡喜
眾生聞此法　得道若生天　諸惡道減少　忍善者增益
尒時大通智勝如來默然許之又諸比丘南
方五百万億國土諸大梵王各自見宮殿光
明照曜昔所未有歡喜踊躍生希有心即各
相詣共議此事以何因緣我等宮殿有此光
曜而彼眾中有一大梵天王名曰妙法為諸
梵眾而說偈言
我等諸宮殿　光明甚威曜　此非無因緣　是相宜求之
過於百千劫　未曾見是相　為大德天生　為佛出世間
尒時五百万億諸梵天王與宮殿俱各以衣
裓盛諸天華共詣北方推尋是相見大通智
勝如來處于道場菩提樹下坐師子座諸天

上博 62 (51081)　妙法蓮華經化城喻品第七　(11－6)

裓盛諸天華共詣北方推尋是相見大通智
勝如來處于道場菩提樹下坐師子座諸天
龍王乾闥婆緊那羅摩睺羅伽人非人等恭
敬圍繞及見十六王子請佛轉法輪時諸梵
天王頭面礼佛繞百千帀即以天華而散佛
上所散之華如須彌山并以供養佛菩提樹
華供養已各以宮殿奉上彼佛而作是言唯
見哀愍饒益我等所獻宮殿願垂納受尒時
諸梵天王即於佛前一心同聲以偈頌曰
世尊甚難見　破諸煩惱者　過百三十劫　今乃得一見
諸飢渴眾生　以法雨充滿　昔所未曾覩　無量智慧者
如優曇鉢華　今日乃值遇　我等諸宮殿　蒙光故嚴飾
世尊大慈悲　唯願垂納受
尒時諸梵天王偈讚佛已各作是言唯願世
尊轉於法輪令一切世間諸天魔梵沙門婆
羅門皆獲安隱而得度脫時諸梵天王一心
同聲以偈頌曰
唯願天人尊　轉無上法輪　擊于大法鼓　而吹大法螺
普雨大法雨　度无量眾生　我等咸歸請　當演深遠音
尒時大通智勝如來默然許之西南方乃至
下方亦復如是尒時上方五百万億國土諸
大梵王皆悉自覩所止宮殿光明威曜昔所
未有歡喜踊躍生希有心即各相詣共議此
事以何因緣我等宮殿有斯光明時彼眾中

上博 62 (51081)　妙法蓮華經化城喻品第七　(11－7)

大梵王皆悉自覩所止宮殿光明威曜昔所
未有歡喜踊躍生希有心即各相詣共議此
事以何因緣我等宮殿有斯光明時彼衆中
有一大梵天王名曰尸棄為諸梵衆而說偈
言
今以何因緣　我等諸宮殿　威德光明曜　嚴飾未曾有
如是之妙相　昔所未聞見　為大德天生　為佛出世間
尒時五百万億諸梵天王與宮殿俱各以衣
裓盛諸天華共詣下方推尋是相見大通智
勝如來處于道場菩提樹下坐師子座諸天
龍王乾闥婆緊那羅摩睺羅伽人非人等恭
敬圍繞及見十六王子請佛轉法輪時諸梵
天王頭面礼佛繞百千帀即以天華而散佛
上所散之華如須彌山并以供養佛菩提樹
華供養已各以宮殿奉上彼佛而作是言唯
見哀愍饒益我等所獻宮殿願垂納處時諸
梵天王即於佛前一心同聲以偈頌曰
善哉見諸佛　救世之聖尊　能於三界獄　勉出諸衆生
普智天人尊　哀愍群萌類　能開甘露門　廣度於一切
於昔無量劫　空過無有佛　世尊未出時　十方常闇冥
三惡道增長　阿脩羅亦盛　諸天衆轉減　死多墮惡道
不從佛聞法　常行不善事　色力及智慧　斯等皆減少
罪業因緣故　失樂及樂想　住於邪見法　不識善儀則
不蒙佛所化　常墮於惡道　佛為世間眼　久遠時乃出

上博 62 (51081)　妙法蓮華經化城喻品第七　(11－8)

罪業因緣故　失樂及樂想　住於邪見法　不識善儀則
不蒙佛所化　常墮於惡道　佛為世間眼　久遠時乃出
哀愍諸衆生　故現於世間　超出成正覺　我等甚欣慶
及餘一切衆　喜歎未曾有　我等諸宮殿　蒙光故嚴飾
今以奉世尊　唯垂哀納受　願以此功德　普及於一切
我等與衆生　皆共成佛道
尒時五百万億諸梵天王偈讚佛已各白佛
言唯願世尊轉於法輪多所安隱多所度脫
時諸梵天王而說偈言
世尊轉法輪　擊甘露法鼓　度苦惱衆生　開示涅槃道
唯願受我請　以大微妙音　哀愍而敷演　無量劫習法
尒時大通智勝如來受十方諸梵天王及十
六王子請即時三轉十二行法輪若沙門婆
羅門若天魔梵及餘世間所不能轉謂是苦
是苦集是苦滅是苦滅道及廣說十二因緣
法無明緣行行緣識識緣名色名色緣六入
六入緣觸觸緣受受緣愛愛緣取取緣有有
緣生生緣老死憂悲苦惱無明滅則行滅行
滅則識滅識滅則名色滅名色滅則六入滅
六入滅則觸滅觸滅則受滅受滅則愛滅愛
滅則取滅取滅則有滅有滅則生滅生滅則
老死憂悲苦惱滅佛於天人大衆之中說是
法時六百万億那由他人以不受一切法故
而於諸漏心得解脫皆得深妙禪定三明六

上博 62 (51081)　妙法蓮華經化城喻品第七　(11－9)

而於諸漏心得解脫皆得深妙禪定三明六
通具八解脫第二第三第四說法時千万億
恒河沙那由他等衆生亦以不受一切法故
而於諸漏心得解脫從是已後諸聲聞衆無
量無邊不可稱數尒時十六王子皆以童子
出家而爲沙弥諸根通利智慧明了已曾供
養百千万億諸佛淨脩梵行求阿耨多羅三

及聲聞衆爲說是經世間無有二乘而得滅
度唯一佛乘得滅度耳比丘當知如來方便
深入衆生之性知其志樂小法深着五欲爲
是等故說於涅槃是人若聞則便信受譬如
五百由旬險難惡道曠絕無人怖畏之處若
有多衆欲過此道至珎寶處有一導師聰慧
明達善知險道通塞之相將導衆人欲過此
難所將人衆中路懈退白導師言我等疲極
而復怖畏不能復進前路猶遠今欲退還導
師多諸方便而作是念此等可愍云何捨大
珎寶而欲退還作是念已以方便力於險道
中過三百由旬化作一城告衆人言汝等勿
怖莫得退還今此大城可於中止隨意所作
若入是城快得安隱若能前至寶所亦可得
去是時疲極之衆心大歡喜歎未曾有我等
今者免斯惡道快得安隱於是衆人前入化
城生已度想生安隱想尒時導師知此人衆

上博 62 (51081) 妙法蓮華經化城喻品第七 (11－10)

去是時疲極之衆心大歡喜歎未曾有我等
今者免斯惡道快得安隱於是衆人前入化
城生已度想生安隱想尒時導師知此人衆
旣得止息無復疲倦即滅化城語衆人言汝
等去來寶處在近向者大城我所化作爲止
息耳諸比丘如來亦復如是今爲汝等作大
導師知諸生死煩惱惡道險難長遠應去應
度若衆生但聞一佛乘者則不欲見佛不欲
親近便作是念佛道長遠久受懃苦乃可得
成佛知是心怯弱下劣以方便力而於中道
爲止息故說二涅槃若衆生住於二地如來
尒時即便爲說汝等所作未辦汝所住地近
於佛慧當觀察籌量所得涅槃非真實也但
是如來方便之力於一佛乘分別說三如彼

上博 62 (51081) 妙法蓮華經化城喻品第七 (11－11)

多言若佛哀愍必見垂顧便當自竭營辦成
立善男子我於尒時默然受請須達長者已
蒙聽許即白我言我從昔來未爲斯事唯願
如來遣舍利弗指授儀則我即願命勑令營
佐時舍利弗與須達多共載一車往舍衛城
我神力故逕一日夜便到所止時須達多白
舍利弗大德此大城外何處有地不近不遠
多饒泉池有好林樹華菓欝茂清淨閑豫我
當於中爲佛世尊及比丘僧造立精舍 舍利
弗言祇陀園林不近不遠清淨寂漠多有泉
流樹木華菓隨時而有此處最勝可立精舍
時須達多聞是語已即往祇陀大長者所告
祇陀言我今欲爲无上法王造立僧房唯仁
園地可以造立吾今欲買能見與不祇陀荅
言設以真金遍布其地猶不相與須達多言
善哉祇陀林地屬我汝便取金祇陀荅言我
園不賣云何取金須達多言若意不了當共
往詣斷事人所時二長者即共俱往斷事者
言園屬須達祇陀取金即時使人車馬載負
隨集布地一日之中唯五百步金未周遍祇
陀言曰長者若悔隨意聽止須達多言吾不
悔也自念當出何藏金足祇陀念言如來法

上博 63 (51089) 大般涅槃經卷第卅 (24－1)

陀言曰長者若悔隨意聽止須達多言吾不
悔也自念當出何藏金足祇陀念言如來法
王真實无上所說妙法清淨无染故使斯人
輕寶乃尒即語須達餘未遍者不復須金
請以見與我自爲佛造立門樓常使如來遊
由入出祇陀長者自立門房須達長者七日之
中成立大房足三百口禪房靜處六十三所
冬屋夏堂各各別異廚房浴室洗脚之處大
小清廁无不備足所設已訖即執香爐向王
舍城遙作是言所設已辦唯願如來慈哀憐
愍爲諸衆生受是住處我時玄知是長者心
即與大衆發王舍城譬如壯士屈申臂頃至
舍衛城祇陀園林須達精舍我既到已須達
長者以其所設奉施於我我時受已即住其
中時諸六師心生嫉妬悉共集詣波斯匿王
作如是言大王當知王之土境清夷閑靜真是
出家住止之處是故我等爲斯事故而來至
此大王以正法治爲民除患沙門瞿曇年既
幼稚學日又淺道術无施此國先有耆舊宿
德自恃王種不生恭敬若是王種應治民
如其出家應敬宿德大王善聽沙門瞿曇真
實不生王種之中瞿曇沙門若有父母何由
劫奪他之父母大王我經中說過千年已有
[illegible]

上博 63 (51089) 大般涅槃經卷第卅 (24－2)

實不生王種之中瞿曇沙門若有父母何由
㓠尊他之父母大王我經中說過千年已有
一妖祥幻化物出所謂沙門瞿曇是也是故
當知沙門瞿曇无父无母若有父母云何說
言諸法无常苦空无我无作无受以幻術故
誑惑衆生愚者信受智者捨之大王夫人王
者天下父母如稱如地如風如水如道如河
如橋如燈如日如月如法斷事不擇怨親沙
門瞿曇不聽我活隨我去處追逐不捨唯願
大王聽我等輩與彼瞿曇捔其道力若彼勝
我我當屬彼我若勝彼彼當屬我王言大德
汝等各各自有行法止住之處亦各不同我
今定知如來世尊於汝无妨六師荅言云何
无妨沙門瞿曇以幻術故誘誑諸人及婆羅
門歸伏已盡王若聽我與捔道力王之善名流
布八方如其不者惡聲盈路王言大德汝以
未知如來道力威神巍巍故求捔試若定知
者恐不能也大王汝今已受瞿曇幻耶唯願
大王留神聽察莫輕我等攝之虛言不如驗
之以實王言善哉善哉六師之徒歡喜而出
時波斯匿王即勑嚴駕來至我所頭面礼敬
右遶三匝退坐一面而白我言世尊六師向
來求捔道力我不量度敢以許之佛言大王

上博 63 (51089) 大般涅槃經卷第卅 (24－3)

右遶三匝退坐一面而白我言世尊六師向
來求捔道力我不量度敢以許之佛言大王
善哉善哉但當更於此國處處造立僧房何
以故我若與彼捔其神力彼衆之中受化者
多此處狹小云何容受善男子我於尒時為
六師故徒初一日至十五日現大希有神通
變化當是時也无量衆生發阿耨多羅三藐
三菩提心无量衆生於三寶所生信不疑六
師徒衆其數无量破耶見心正法出家无量
衆生於菩提中得不退心无量衆生得陁羅
尼諸三昧門无量衆生得須陁洹果至阿羅
漢果尒時六師內心慚愧相與園遶至娑枳
多城教彼人民信受耶法瞿曇沙門但說空
事善男子我時為母處忉利天波利質多樹
安居說法是時六師心大歡喜唱言善哉瞿
曇幻術今已滅沒復教无量无數衆生增長
耶見尒時頻婆娑羅波斯匿王及四部衆白
目連言大德此閻浮提耶見增長衆生可愍
行大黑闇唯願大德至彼天上稽首世尊如
我言曰譬如犢子其生未久若不得乳必死
无疑我等衆生亦復如是唯願如來哀愍
衆生還來住此時目揵連默然而許如大力
士屈申臂頃往彼天上至世尊所白佛言閻

上博 63 (51089) 大般涅槃經卷第卅 (24－4)

衆生還來住此時目揵連默然而許如大力
士屈申臂頃往彼天上至世尊所白佛言閻
浮提中所有四衆渴仰如來思見聞法頻婆
婆羅波斯匿王及四衆等稽首之下此閻浮
提所有衆生耶見增長行大黑闇甚可憐愍
譬如犢子其生未久若不得乳必死无疑我等
亦尒唯願如來為衆生故還來至此閻浮
提中佛告目連汝今速還至閻浮提告諸國
王及四部衆却後七日我當還下為六師故
復當至彼婆枳多城過七日已我與釋天梵
天魔天无量天子及首陁會一切天人前後
圍遶至婆枳多城大師子吼作如是言唯我
法中獨有沙門及婆羅門一切諸法无常无
我涅槃寂靜離諸過惡若言佗法亦有沙門及
婆羅門有常有我有涅槃者无有是處尒時
无量无邊衆生發阿耨多羅三藐三菩提心
是時六師各相謂言若我法中實无沙門婆
羅門者云何而得世間供養於是六師復相
集聚詣毗舍離善男子我於一時住毗舍離
菴羅林間時菴羅女知我在中欲來我所我
於尒時告諸比丘當觀念處善脩智慧隨所脩
集心莫放逸云何名為觀於念處若有比丘
觀察內身不見於我及以我所觀察外身及

上博 63 (51089) 大般涅槃經卷第卅 (24－5)

觀察內身不見於我及以我所觀察外身及
內外身不見於我及以我所觀受心法亦復如
是是名念處云何名為脩集智慧若有比丘
真實而見苦集滅道是名比丘脩集智慧云
何名為心不放逸若有比丘念佛念法念僧
念戒念捨念天是名比丘心不放逸時菴羅
女即至我所頭面作禮右遶三迊脩敬已
畢却坐一面善男子我於尒時為菴羅女如
應説法是女聞已發阿耨多羅三藐三菩提
心時彼城中有梨車子其數五百來至我所
頭面作禮右遶三迊脩敬畢已却坐一面我時
復為諸梨車子如應説法諸善男子夫放逸
者有五事果何等為五一不得自在財利二
惡名流布于外三不樂惠施窮之四不樂見
於四衆五不得諸天之身諸善男子因不放
逸能生世法出世間法若有欲得阿耨多羅
三藐三菩提者應當懃脩不放逸法夫放逸
者復有十三果報何等十三一者樂為世間
作業二者樂説无益之言三常樂久寢睡眠
四者樂説世間事五者常樂親近惡人六者懈
怠懶惰七常為他人所輕八雖有所聞尋復忘
失九樂處邊地十不能調伏諸根十一食不
知足十二不樂空寂十三所見不正是名十

上博 63 (51089) 大般涅槃經卷第卅 (24－6)

怠懶惰七常為他人所輕八雖有所聞尋復忘
失九樂處邊地十不能調伏諸根十一食不
知足十二不樂空寂十三所見不正是名十
三善男子夫放逸者雖得近佛及佛弟子猶
故為遠諸梨車言我等自知是放逸人何以
故如其我等不放逸者如來法王當出我土
時大會中有婆羅門子名曰無勝語諸梨車
善哉善哉如汝所言頻婆娑羅王已獲大利
如來世尊出其國土猶如大池生妙蓮華雖
生在水水不能汙諸梨車子佛亦如是雖生
彼國不為世法之所滯㝵諸佛世尊無出無
入為衆生故出現於世不為世法之所滯㝵
仁等自迷耽荒五欲不知親近往如來所是
故名為放逸之人非佛出於摩伽陁國名放
逸也何以故如來世尊猶彼日月非為一人二
人出世時諸梨車聞是語已尋發阿耨多羅
三藐三菩提心復作是言善哉善哉無勝童
子快說如是善妙之言時諸梨車各各脫身
所著一衣以施無勝無勝受已轉以奉我復
作是言世尊我從梨車得是衣物唯願如來
哀愍衆生受我所獻我於尒時愍彼無勝即
為納受時諸梨車同時合掌作如是言唯願如
來於此土地一時安居受我微供我時默然受

上博 63 (51089) 大般涅槃經卷第卅 (24－7)

為納受時諸梨車同時合掌作如是言唯願如
來於此土地一時安居受我微供我時默然受
梨車請是時六師聞是事已師宗相與詣波
羅㮈尒時我復往波羅㮈河邊時波羅
㮈有長者子名曰寶稱耽荒五欲不知非常
以我到故自然而得白骨觀法見其殿舍宮
人綵女悉為白骨心生怖懼如刀毒虵如賊
如火即出其舍來詣我所隨路並言瞿曇沙
門我今如為賊所追逐甚大怖懼願見救濟
佛言善男子佛法衆僧安隱無懼長者子言
若三寶中無所畏者我今亦當得無所畏我
即聽其出家為道時長者子復有同友其
數五十追聞寶稱歎離出家即共和順相與
出家六師聞已展轉復詣瞻婆大城時瞻婆
國一切人民悉共奉事六師之徒初未曾聞佛
法僧名多有諸人作極惡業我於尒時為衆
生故往瞻婆城時彼城中有大長者無有繼
嗣共事六師以求子息其後不久婦則懷任
長者知已往六師所歡喜而言我婦懷任身男
耶女耶六師荅言生必是女長者聞已心生
愁惱復有知識來謂長者何故愁惱乃至如
是長者荅言我婦懷任未知男女故問六師六
師見語如我相法生必是女我聞是語自惟年

上博 63 (51089) 大般涅槃經卷第卅 (24－8)

師見語如我相法生必是女我聞是語自惟年
老財富无量如其非男无所付囑是故我愁如
識復言汝无智慧先不聞耶優樓頻螺迦葉兄
弟為誰弟子佛耶六師耶六師若是一切智者
迦葉何故捨之不事為佛弟子又舍利弗目揵連
等及諸國王頻婆娑羅等諸王夫人末利夫人
等諸國長者須達多等如是諸人非佛弟子曠
野鬼神阿闍世王護財醉象鴦掘魔羅惡心熾
盛欲害其母如是等輩斯非如來所調伏耶長
者如來世尊於一切法知見无㝵故名為佛發
言无二故名如來斷煩惱故名阿羅呵世尊所說
終无有二六師不尒云何可信如來今者近在此
住若欲實知當詣佛所尒時長者即與是人來
詣我所頭面作礼右遶三匝合掌長跪而作
是言世尊於諸衆生平等无二怨親一相我
為愛結之所繫縛於怨親中未能无二我今
欲問如來世事深自慚愧未敢發言世尊我
婦懷任六師相言生必是女是事云何佛言
長者汝婦懷任是男无疑其兒生已福德无
比尒時長者聞我語已生大歡喜便退還家
尒時六師聞我言記生者必男有大福德心
生嫉妬以菴羅菓和合毒藥持往其家語長
者言快哉瞿曇善說其相汝婦臨月可服此

上博 63 (51089) 大般涅槃經卷第卅 (24－9)

生嫉妬以菴羅菓和合毒藥持往其家語長
者言快哉瞿曇善說其相汝婦臨月可服此
藥服此藥已兒則端政產者无患長者歡喜
受其毒藥與婦令服服已尋死六師歡喜周
遍城市高聲唱言沙門瞿曇記彼長者婦
當生男其兒福德天下无勝今兒未生母已喪
命尒時長者復於我所生不信心即依世法殯
斂棺蓋送至城外多積乾薪以火焚之我以
道眼明見此事願命阿難取我衣來吾欲往
彼摧滅邪見時毗沙門天王摩尼跋陀大將
而作是言如來今欲詣彼冢間唯可速往平
治掃灑安師子坐求妙華香莊嚴其地尒時
六師遙見我往各相謂言瞿曇沙門至此冢
間欲敢屍耶是時多有未得法眼諸優婆塞
各懷慚愧而白我言彼婦已死願不須往尒
時阿難語諸人言且待須臾如來不久當廣
開闡諸佛境界我時到已坐師子坐長者難
言所言无二可名世尊母已終亡云何生子我
言長者卿於尒時都不見問母命脩短但問
所懷為是男女諸佛如來發言无二是故當
知定必得子是時死屍火燒腹裂子從中出端
坐火中猶如鴛鴦處蓮華臺六師見已復作
是言妖哉瞿曇善為幻術長者見已心復歡

上博 63 (51089) 大般涅槃經卷第卅 (24－10)

知定必得子是時死屍火燒腹裂子從中出端
坐火中猶如鴛鴦處蓮華臺六師見已復作
是言妖哉瞿曇善為幻術長者見已心復歡
喜呵嘖六師若言術者汝何不作我於尒時
尋告耆婆汝往火中抱是兒來耆婆欲往六
師前牽語耆婆言瞿曇沙門所作幻術未
必常尒或能不能如其不能脫能相害汝今
云何信受其言耆婆答言如來使人入阿鼻
地獄所有猛火尚不能燒況世間火尒時耆
婆前入大衆猶入清涼大河水中抱持是兒
還詣我所授兒與我我受兒已告長者言一
切衆生壽命不定如水上泡衆生若有重業果
報火不能燒毒不能害是兒業報非我所作
時長者言善哉世尊是兒若得盡其天命唯
願如來為立名字佛言長者是兒生於猛火
之中火名樹提應名樹提尒時會中見我神化
无量衆生發阿耨多羅三藐三菩提心尒時六
師周遍六城不得停足慚愧低頭復來至此
拘尸那城既至此已唱如是言諸人當知沙
門瞿曇是大幻師誑惑天下遍六大城譬
如幻師幻作四兵所謂車兵馬兵象兵步兵
又復幻作種種瓔珞城郭宮宅河池樹木沙
門瞿曇亦復如是幻作王身為說法故或作

上博 63 (51089)　大般涅槃經卷第卅　(24－11)

又復幻作種種瓔珞城郭宮宅河池樹木沙
門瞿曇亦復如是幻作王身為說法故或作
沙門身婆羅門身男身女身小身大身或作
畜生鬼神之身或說无常或說有常或時說
苦或復說樂或說有我或說无我或說有淨
或說无淨或時說有或時說无所為虛妄故
名為幻譬如因子得果瞿曇沙門亦復如
是摩耶所生母既是幻子不得非沙門瞿曇
无實知見諸婆羅門逕年積歲脩集苦行
護持禁戒尚未有真實知見何況瞿曇年
少學淺不脩苦行云何而有真實知見若能
具滿七年苦行見猶不多況所脩集不滿六
年愚人无智信受其教如大幻師誑惑愚者
沙門瞿曇亦復如是善男子如是六師於此
城中大為衆生增長邪見善男子我見是事
心生憐愍以其神力請召十方諸大菩薩運
集此林周迊彌滿四十由旬今於此中大師子
吼善男子雖於空處多有所說則不得名
師子吼也於此智人大衆之中真得名為大
師子吼師子吼者說一切法悉无常苦无我
不淨唯說如來常樂我淨尒時六師復作是
言若瞿曇有我我亦有我所言我者見者名
我瞿曇譬如有人向中見物我亦如是向牖

上博 63 (51089)　大般涅槃經卷第卅　(24－12)

言若瞿曇有我我亦有我所言我者見者名
我瞿曇譬如有人向中見物我亦如是向喻
於眼見者喻我佛告六師若言見者名我是
義不然何以故汝所引喻因向見者人在一
向六根俱用若定有我因眼見者何不如彼
一根之中俱伺諸塵若一根中不能一時聞
見六塵當知无我所引向喻雖逕百年見者
因之所見无異眼根若尒年邁根熟亦應无
異人向異故見內見外眼根若尒亦應內外
一時俱見若不見者云何有我六師復言瞿
曇若无我者誰能見也佛言有色有明有心
有眼是四和合故名為見是中實无見者受
者衆生顛倒言有見者及以受者以是義故
一切衆生所見顛倒諸佛菩薩所見真實六
師若言色是我者是亦不然何以故色實非
我色若是我不應而得醜陋形狠何故復有
四姓差別志不一種婆羅門耶何故屬他不
得自在諸根缺漏生不具足何故不作諸天
之身而受地獄畜生餓鬼種種諸身若不能
得隨意作者當知必定无有我也以无我故
名為无常无常故苦苦故為空空故顛倒以
顛倒故一切衆生輪轉生死受想行識亦復
如是六師如來世尊永斷色縛乃至識縛是

上博 63 (51089)　大般涅槃經卷第卅　(24－13)

顛倒故一切衆生輪轉生死受想行識亦復
如是六師如來世尊永斷色縛乃至識縛是
故名為常樂我淨復次色者即是因緣若
因緣者則名无我无我者名為苦空如來之
身非是因緣非因緣故則名有我若有我者
即常樂我淨六師言瞿曇色亦非我乃至識
亦非我我者遍一切處猶如虛空佛言若遍
有者則不應言我初不見者初不見則如是見
本无今有若本无今有是名无常若无常者云
何言遍若遍有者五道之中應具有身身若
有者應各受報若各受報云何而言轉受人
天汝言遍者一耶多耶我若一者則无父子
怨親中人我若多者一切衆生所有五根悉
應平等所有業慧亦應如是若如是者云何
說言根有具足不具足者善業惡業愚智差
別瞿曇衆生我者无有邊際法與非法則有
分齊衆生脩法則得好身若行非法則得惡
身以是義故衆生業果不得无差佛言六師
法與非法若如是者我則不遍我若遍者則
應悉倒如其倒者脩善之人亦應有惡行惡
之人亦應有善若不尒者云何言遍瞿曇譬
如一室然百千燈各各自明不相妨㝵衆生
我者亦復如是脩善行惡不相雜合汝等若

上博 63 (51089)　大般涅槃經卷第卅　(24－14)

如一室然百千燈各各自明不相妨㝵衆生
我者亦復如是脩善行惡不相離合汝等若
言我如燈者是義不然何以故彼燈之明從
緣而有燈增長故明亦增長衆生我者則不
如是明從燈出住在異處衆生我者不得如
是從身而出住在異處彼燈光明與闇共住
何以故如闇室中然一燈時照則不了乃至
多燈乃得明了若初燈破闇則不須後燈若
須後燈當知初明與闇共住瞿曇若无我者
誰作善惡佛言若我作者云何名常如其常
者云何而得有時作善有時作惡若言有時
作善惡者云何復得言我无邊若我作者何
故而復習行惡法如其我是作者知者何故
生疑衆生无我以是義故外道法中定无有
我若言我者則是如來何以故身无邊故无
疑冈故不作不受故名為常不生不滅故名
為樂无煩惱垢故名為淨无有十相故名為
空是故如來常樂我淨空无諸相諸外道言
若言如來常樂我淨无相故空當知瞿曇所
說之法則非空也是故我今當頂戴受持
尒時外道其數无量於佛法中信心出家善
男子以是因緣故我於此娑羅雙樹大師子
吼師子吼者名大涅槃善男子東方雙者破

上博 63 (51089)　大般涅槃經卷第卅　(24－15)

尒時外道其數无量於佛法中信心出家善
男子以是因緣故我於此娑羅雙樹大師子
吼師子吼者名大涅槃善男子東方雙者破
於无常獲得於常乃至北方雙者破於不淨
而得於淨善男子此中衆生為雙樹故護娑
羅林不令外人取其枝葉斫截破壞我亦如
是為四法故令諸弟子護持佛法何等為四
常樂我淨此四雙樹四王典實我為四王護
持我法是故於中而般涅槃善男子娑羅雙
樹華菓常茂常能利益无量衆生我亦如是
常能利益聲聞緣覺華者喻我菓者喻樂以
是義故我於此間娑羅雙樹入大寂定大寂
定者名大涅槃師子吼言世尊如來何故二月
涅槃善男子二月名春春陽之月万物生長
種殖根栽華葉敷榮江河盈滿百獸孚乳
是時衆生多生常想為破衆生如是常心說
一切法悉是无常唯說如來常住不變善男
子於六時中孟冬枯悴衆不愛樂陽春和液
人所貪愛為破衆生世間樂故演說常樂我
淨亦尒如來為破世我世淨故說如來真實
我淨言二月者喻於如來二種法身冬不樂
者智者不樂如來无常入於涅槃二月樂者
喻於智者愛樂如來常樂我淨種殖者喻諸

上博 63 (51089)　大般涅槃經卷第卅　(24－16)

喻於智者愛樂如來常樂我淨種殖者喻諸
衆生聞法歡喜發阿耨多羅三藐三菩提心
種諸善根河者喻於十方諸大菩薩來詣我
所諮受如是大涅槃典百獸孚乳者喻我弟
子生諸善根華喻七覺菓喻四果以是義故
我於二月入大涅槃師子吼言如來初生出家
成道轉妙法輪皆以八日何故涅槃獨十五
日佛言善哉善哉善男子如十五日月无
虧盈諸佛如來亦復如是入大涅槃无有虧
盈以是義故以十五日入般涅槃善男子如
十五日月盛之時有十一事何等十一一能
破闇二令衆生見道非道三令衆生見道耶
正四除鬱蒸得清涼樂五能破壞熒火高心
六息一切賊盜之想七除衆生畏惡獸心八能
開敷優鉢羅華九合蓮華十發行人進路
之心十一令諸衆生樂受五欲多獲快樂善
男子如來滿月亦復如是一破壞无明大闇
二演說正道耶道三開示生死耶險涅槃平
正四令人遠離貪欲瞋恚癡熱五破壞外道
光明六破壞煩惱結賊七除滅畏五蓋心八
開敷衆生種善根心九覆蓋衆生五欲之心
十發起衆生進脩趣向大涅槃行十一令諸衆
生樂脩解脫以是義故於十五日入大涅

上博 63 (51089)　大般涅槃經卷第卅　(24－17)

十發起衆生進脩趣向大涅槃行十一令諸衆
生樂脩解脫以是義故於十五日入大涅
槃而我真實不入涅槃我弟子中愚癡惡人宣謂如未入於涅槃譬如母人多有諸子其
母捨行至他國土未還之頃諸子各言我母
已死而是母人實不死也師子吼菩薩言世
尊何等比丘能莊嚴此娑羅雙樹善男子若
有比丘受持讀誦十二部經正其文字通達
深義為人解說初中後善為欲利益无量衆
生演說梵行如是比丘則能莊嚴娑羅雙樹
師子吼菩薩言世尊如我解佛所說義者阿
難比丘即其人也何以故阿難比丘受持讀
誦十二部經為人開說正語正義猶如寫水
置之異器阿難比丘亦復如是從佛所聞如
聞轉說善男子若有比丘得淨天眼見於十
方三千大千世界所有如觀掌中菴摩羅菓
如是比丘亦能莊嚴娑羅雙樹師子吼言世
尊若如是者阿尼樓馱比丘即其人也何以
故阿尼樓馱天眼見於三千大千世界所有
乃至中陰悉能明了无鄣导故善男子若有
比丘少欲知足心樂寂靜懃行精進念定慧
解如是比丘則能莊嚴娑羅雙樹師子吼言
世尊若如是者迦葉比丘即其人也何以故迦

上博 63 (51089)　大般涅槃經卷第卅　(24－18)

解如是比丘則能莊嚴娑羅雙樹師子吼言
世尊若如是者迦葉比丘即其人也何以故迦
葉比丘善脩少欲知足等法善男子若有比
丘為益衆生不為利養脩集通達无諍三
昧聖行空行如是比丘則能莊嚴娑羅雙樹
師子吼言世尊若如是者須菩提比丘即其
人也何以故須菩提者善脩无諍聖行空行
故善男子若有比丘善脩神通一念之中能
作種種神通變化一心一念能作二果所謂
水火如是比丘則能莊嚴娑羅雙樹師子吼言
世尊若如是者目連比丘即其人也何以
故目揵連者善脩神通无量變化故善男子
若有比丘脩集大智利智疾智解脫智甚深
智廣智无邊智无勝智實智具足成就如是
慧根於怨親中心无差別若聞如來涅槃无
常心无憂慼若聞常住不入涅槃不生欣慶
如是比丘則能莊嚴娑羅雙樹師子吼言世
尊若如是者舍利弗比丘即其人也何以故
舍利弗者善能成就具足如是大智慧故善
男子若有比丘能說衆生悉有佛性得金剛
身无有邊際常樂我淨身心无导得八自在
如是比丘則能莊嚴娑羅雙樹師子吼言世
尊若如是者唯有如來即其人也何以故如

上博 63 (51089)　大般涅槃經卷第卅　(24－19)

身无有邊際常樂我淨身心无导得八自在
如是比丘則能莊嚴娑羅雙樹師子吼言世
尊若如是者唯有如來即其人也何以故如
來之身金剛无邊常樂我淨身心无导具八
自在故世尊唯有如來乃能莊嚴娑羅雙樹
如其无者則不端嚴唯願大慈為莊嚴故常
住於此娑羅林中佛言善男子一切諸法性
无住住汝云何言願如來住善男子凡言住
者名為色法從因緣生故名為住因緣无處
故名不住住如來已斷一切色縛云何當言如
來住也受想行識亦復如是善男子住名憍
慢以憍慢故不得解脫不得解脫故名為住
誰有憍慢從何處來是故得名為无住住如
來永斷一切憍慢云何而言願如來住住者
名有為法如來已斷有為之法是故不住住
名空法如來已斷如是空法是故獲得常樂
我淨云何而言願如來住住者名為二十五有
如來已斷二十五有云何而願如來住住者
即是一切凡夫諸聖无去无來无住如來已
斷去來住相云何言住夫无住者名无邊身
身无邊故云何而言唯願如來住娑羅林若
住此林則是有邊身若有邊則是无常如來
是常云何言住夫无住者名曰虛空如來之

上博 63 (51089)　大般涅槃經卷第卅　(24－20)

是常云何言住夫无住者名曰虛空如来之
性同於虛空云何言住有无住者名金剛三
昧金剛三昧壞一切住金剛三昧即是如来
云何言住又无住者則名為幻如来同幻云
何言住又无住者名无始終如来之性无有
始終云何言住又无住者名无邊法界无邊
法界即是如来云何言住又无住者名首楞
嚴三昧首楞嚴三昧知一切法而无所著以
无著故名首楞嚴如来具足首楞嚴定云何
言住又无住者名處非處力如来成就處非
處力云何言住又无住者名檀波羅蜜檀波羅
蜜者有住者則不得至尸波羅蜜乃至般若
波羅蜜以是義故檀波羅蜜名為无住如来
乃至不住般若波羅蜜云何顛言如来常住
娑羅樹林又无住者名脩四念處如来若住
四念處者則不能得阿耨多羅三藐三菩提
是名不住住又无住者名无邊衆生界如来
悉到一切衆生无邊界而无所住又无住者
名无屋宅无屋宅者名為无有无有者名
為无生无生者名為无死无死者名為无相
无相者名為无繫无繫者名為无著无著者
名為无漏无漏即善善即无為无為者即大
涅槃大涅槃常者即我我者即淨淨者即

上博 63 (51089) 大般涅槃經卷第卅 (24－21)

名為无漏无漏即善善即无為无為者即大
涅槃大涅槃常者即我我者即淨淨者即
樂常樂我淨即是如来善男子譬如虛空不
住東方南西北方四維上下如来亦尒不住
東方南西北方四維上下善男子若有說言
身口意惡得善果者无有是處身口意善得
惡果者亦无是處若言凡夫得見佛性十住
菩薩不得見者亦无是處一闡提犯五逆
罪謗方等經毀四重禁得阿耨多羅三藐三
菩提者亦无是處六住菩薩煩惱因緣墮三惡
道亦无是處菩薩摩訶薩以真女身得阿耨
多羅三藐三菩提者亦无是處一闡提常三
寶无常亦无是處如来住於拘尸那城亦无
是處善男子如来今於此拘尸那入大三昧
深禪定窟衆不見故名大涅槃師子吼言如
来何故入禪定窟善男子為欲度脫諸衆
生故未種善根令得種故已種善根者得增
長故善果未熟令得熟故為已熟者說趣阿
耨多羅三藐三菩提故輕賤善法者令生尊
貴故諸有放逸者令離放逸故為與文殊師
利等諸大香象共論議故為欲教化樂讀誦
者深愛禪定故為以聖行梵行天行化衆生故
為觀不共深法藏故為欲呵嘖放逸弟子故

上博 63 (51089) 大般涅槃經卷第卅 (24－22)

者深愛禪定故爲以聖行梵行天行化衆生故
爲觀不共深法藏故爲欲呵嘖放逸弟子故
如來常尊猶尚樂定况汝等輩煩惱未盡
而生放逸爲欲呵嘖諸惡比丘受畜八種不
淨之物及不少欲不知足故爲令衆生尊重
所聞禪定法故以是因緣入禪定窟師子吼
言世尊无相定者名大涅槃是故涅槃名爲
无相以何因緣名爲无相善男子无十相故
何等爲十所謂色相聲相香相味相觸相生
住壞相男相女相是名十相无如是相故名
无相善男子夫著相者則能生癡癡故生愛
愛故生繫縛繫縛故受生受生故有死死故无
常不著相者則不生癡不生癡故則无有愛
无有愛故則无繫縛无繫縛故則不受生不
受生故則无有死无有死故則名爲常以是義
故涅槃名常師子吼言世尊何等比丘能
斷十相佛言善男子若有比丘時時脩集三
種相者則斷十相時時脩集三昧定相時時
脩集智慧之相時時脩集捨相是名三相師
子吼言世尊云何名爲定慧捨相定相是三昧
者一切衆生皆有三昧云何方言脩集三昧
若心在一境則名三昧若更餘緣則不名三
昧如其不定非一切智非一切智云何名定

上博 63 (51089) 大般涅槃經卷第卅 (24－23)

若心在一境則名三昧若更餘緣則不名三
昧如其不定非一切智非一切智云何名定
若以一行得三昧者其餘諸行亦非三昧若
非三昧則非一切智若非一切智云何名三
昧慧捨二相亦復如是

大般涅槃經卷第卅

上博 63 (51089) 大般涅槃經卷第卅 (24－24)

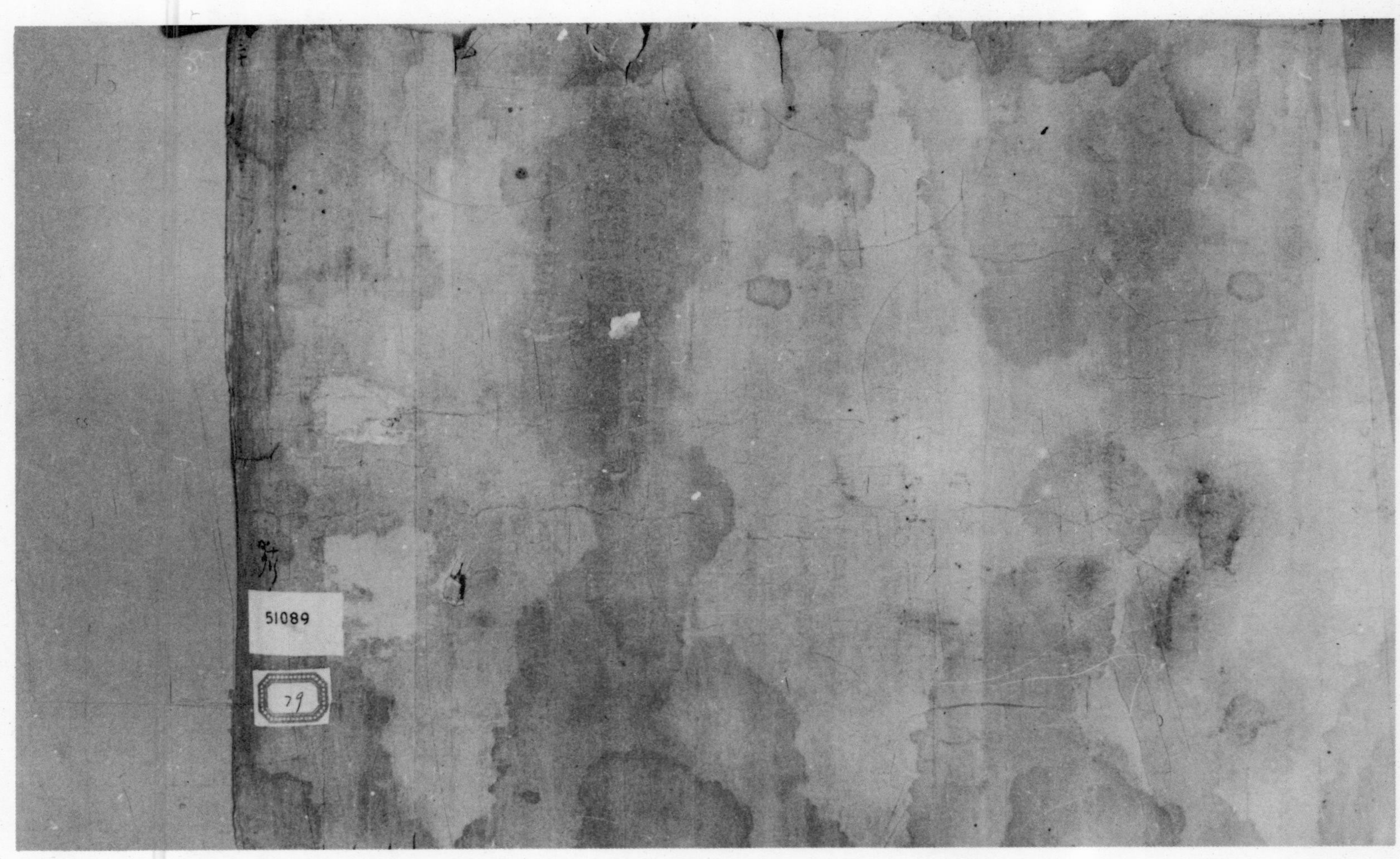

上博 63 (51089)V　1. 雜寫

上博 63 (51089)V　2. 雜寫

大般涅槃經機感荼毗品　卅二
尒時拘尸城内一切男女悲泣流淚不如荼
毗法則問阿難言如來涅槃如何法則可以
荼毗尒時帝釋具陳上事而以荅言如佛所
說依輪王法尒時拘尸城内一切人民悲泣
流淚總入城中即往鐵棺七寶莊嚴即辦微
妙无價白疊千張无數細軟妙兜羅綿雜无
數微妙栴檀沉水百千万種和香香泥香水
一切繒蓋幡華等如雲遍滿空中積高須弥
既辦已訖悲哀流淚將至佛所投如來前悲
咽不勝而申供養尒時拘尸城内一切人民
及諸大衆重復悲哀哽咽流淚復持无量香
華幢蓋一切供具如雲遍滿空中舉相執手
椎胷哽咽滂沱盈目哀振大千投如來前悲
哀供養尒時大衆悲哽喑咽深重敬心各以
細妙白疊鄣手妝於如來入鐵棺中注滿香
油棺門即閉尒時拘尸城内一切士女貪福
善心相欲攝取如來功德不令天人一切大
衆同舉佛棺即共詳議遣四力士壯大无雙
脫其所著瓔珞衣服期心請舉如來聖棺欲
入城内自申供養盡其神力都不能勝尒時
城内復遣八大力士至聖棺所脫所著衣共
舉佛棺皆盡神力都亦不得拘尸城内復遣

上博 64 (51106)　大般涅槃經後分卷第卌二　(21－1)

城内復遣八大力士至聖棺所脫所著衣共
舉佛棺皆盡神力都亦不得拘尸城内復遣
十六極大力士來至棺所脫所著衣共舉佛
棺亦不能勝尒時樓豆語力士言縱使盡城
内人男女大小舉如來棺欲入城内亦不能
得何況汝等而能勝耶汝等當請大衆及諸
天力助汝舉棺乃得入城樓豆所言未訖尒
時帝釋即持微妙大七寶蓋无數香華幢幡
音樂與諸天衆悲泣流淚乘在空中供養聖
棺至第六天及色界天皆如帝釋供養聖棺
尒時世尊大悲普覆令諸世間得平等心得
福无異於娑羅林即自舉棺昇虛空中高一
多羅樹拘尸城内一切人民及諸世間人天
大衆等共不得舉佛聖棺尒時帝釋及諸
天衆即持七寶大蓋四柱寶臺四面莊嚴七
寶瓔珞乘虛空中覆佛聖棺无數香華幢幡
瓔珞音樂微妙雜彩空中供養至第六天色
界諸天倍前帝釋覆佛棺及供養尒時拘尸
城内一切人民見佛聖棺昇在空中椎胷大
哭悲咽懊惱尒時一切天人於大聖尊寶棺前
路遍散七寶真珠香華瓔珞微妙雜彩繽紛
如雲地及虛空悉皆遍滿哀泣流淚供養如
來七寶靈棺同聲唱言苦哉苦哉我等无福
舉佛聖棺遂不能得我等孤露何有善根尒
時世尊大聖金棺於娑羅林虛空之中徐

上博 64 (51106)　大般涅槃經後分卷第卌二　(21－2)

時世尊大聖金棺於娑羅林虛空之中徐
徐乘空從拘尸城西門而入尒時拘尸城內
一切士女无數菩薩聲聞天人大衆地及虛
空悉皆遍滿隨從如來大聖靈棺舉相執手
號聲大哭椎胷叫喚嗜咽流淚各持无數香
華寶幢幡蓋地及虛空悉皆遍滿悲號哀歎
供養靈棺其拘尸那城一面從廣四十八由旬
尒時如來七寶金棺徐徐乘空從拘尸城東
門而出乘空右繞入城南門漸漸空行從北
門出乘空右繞還從拘尸西門而入如是展
轉繞三匝已乘空徐徐還入西門乘空而行
從東門出空行左繞入城北門漸漸空行從
南門出乘空右繞還入西門如是展轉繞經
四匝如是左右繞拘尸城經于七匝
尒時七寶聖棺當入城時一切大衆悲號哽
咽各持无數微妙香木栴檀沉水一切寶香
文理香潔普薰世界復持无數寶幢幡蓋香
華瓔珞至茶毗所悲哀供養尒時四天大王
及諸天衆悲泣流淚各持天上上妙栴檀沉
水表裏香潔芬馥周遍各五百根大如車輪
復持一切寶香寶幢寶蓋妙華瓔珞至茶毗
所悲哀供養第二天各一千根第三天各二千
第四天各三千第五天各四千第六天各五
千及幡華至茶毗所悲哀供養尒時色界无
色諸天唯有香華至茶毗所悲哀供養尒時

上博 64 (51106) 大般涅槃經後分卷第卌二 (21－3)

千及幡華至茶毗所悲哀供養尒時色界无
色諸天唯有香華至茶毗所悲哀供養尒時
一切世間大衆各持微妙栴檀沉水香華幡
蓋至茶毗所悲哀供養尒時樓豆涕泣盈目
哀悼无抑從諸天人乞妙香木栴檀沉水及
六千根文理香潔芬馥周遍至茶毗所悲哀
供養阿耨達池四面縱廣二百由旬出四大
河佛初成道恒河北岸一樹栴檀隨佛而生
大如車輪高七多羅樹香氣普薰供養如來
其香樹神與樹俱生常取此香供養於佛佛
入涅槃此一檀樹即隨佛滅皮葉俱落神亦
隨死有諸異神取此香樹送茶毗所悲哀供養
其地及是二世諸佛茶毗之處大覺世尊乘
本願力亦於是處茶毗是處有諸往古諸佛
无量寶塔金剛不壞堅固之處尒時如來大
聖寶棺漸漸空行至茶毗所徐徐乘空下安
七寶林其林一切衆妙瓔珞无價雜彩以爲
莊嚴於是時須復經七日尒時拘尸城內一
切士女无數菩薩聲聞、三十三天一切大衆悲
哀哽咽持諸幡蓋寶幢香華隨從佛棺經於
七日以佛神力一切天人无飢渴想一无思食
唯見哀泣戀慕如來既滿七日大聖如來將
欲出棺尒時拘尸城內一切士女无數大、衆
復大哀泣振動世界復持香華无數幢蓋微
妙天樂於佛棺前哀咽供養是時大衆悲哽

上博 64 (51106) 大般涅槃經後分卷第卌二 (21－4)

欲出棺尒時拘尸城内一切士女无數大衆
復大哀泣振動世界復持香華无數幢蓋微
妙天樂於佛棺前哀咽供養是時大衆悲哽
流淚各以細微白疊自郭其手深重敬心從
寶棺中扶於如來紫磨黄金三十二相八十
種好堅固不壞金剛之身安詳而出置七寶
牀
尒時大衆重大悲哀聲振十方普佛世界復
持一切香華繒蓋音樂深心供養悶絶哽咽
授如來前是時大衆復更悲咽盈目流淚各
持无數香水香泥深重敬心從頭至足灌洗
如來三十二相八十種好无量福德智慧莊
嚴金剛堅固紫磨黄金不壞色身復洗寶棺
微妙清淨既灌洗已是時大衆復大號哭悲
哀哽咽燒微妙香散七寶華无數寶幡幢蓋
地及虚空悉皆遍滿悲哀號泣供養如來是
時大衆銜哀嗜咽即持无數妙兜羅綿從頭
至足纏裹如來金剛色身既纏身已復以上
妙无價白疊千張於兜羅上次第重纏如
來纏身已訖是時大衆重大悲哀號哭悶絶
復持香華幡蓋寶幢音樂哽咽供養是時大
衆哀泣流淚深重敬心各以白疊郭手嗜咽
悲哽共扶如來入寶棺中注滿香油棺門尋
閉尒時大衆重大悲哀聲振世界復持香華
幡蓋音樂號悼悲泣供養寶棺尒時一切大

上博 64 (51106) 大般涅槃經後分卷第卌二 (21－5)

閉尒時大衆重大悲哀聲振世界復持香華
幡蓋音樂號悼悲泣供養寶棺尒時一切大
衆所集微妙香木積高須弥芬馥香氣普
薰世界相重密次成大香樓四面七寶莊嚴
幢蓋幡華纓絡雜彩遍空如雲以爲莊嚴人
天音樂悲哀供養是時天人大衆將欲舉棺置
香樓上復大悲哀搥胷大叫聲振大千復持
幢蓋香華音樂悲哀供養是時大衆哀悼悲
結深重敬心各以白疊郭手共舉如來大聖
寶棺置於莊嚴妙香樓上復大號泣絶而復
蘇唱言苦哉苦哉何期孤露无有依恃悲咽
流淚復散香華寶幢幡蓋音樂雜彩一切盡
心悲哀供養尒時如來大聖寶棺既上微妙
寶香樓已將欲舉火荼毗如來是時大衆復
大號哭驚振大千復更深重悲哀供養大聖
寶棺及妙香樓尒時一切大衆哀泣盈目各
持七寶香燭大如車輪豔彩光明遍照世界
一時大哭荼毗香樓哀振大千一切世界復
以香華遍滿供養是時寶燭至香樓所自然
殄滅是時一切諸天復持无上七寶大燭豔
光普照悲哀流淚授香樓所皆悉殄滅尒時
一切海神持海中火七寶大燭无數光豔投
香樓所亦皆殄滅是時大衆長時號哭一切
供養不知如來何緣未畢投火香樓荼毗不
然尒時世尊大悲普闇待迦葉衆未至乃然

上博 64 (51106) 大般涅槃經後分卷第卌二 (21－6)

供養不知如來何緣未畢投火香樓荼毗不
然尒時世尊大悲普閏待迦葉衆未至乃然
時大迦葉與五百弟子在耆闍崛山去拘尸
城五十由旬身心寂然入于三昧於正受中
儵尒心驚舉身戰慄從定中出見諸山地皆
大振動即知如來已入涅槃告諸弟子我佛
大師入般涅槃時經七日已入棺中苦哉苦
哉應當疾往至如來所恐已荼毗不得見佛
三十二相八十種好真淨色身迦葉以敬佛
故不敢飛空往如來所即將弟子尋路疾行
悲哀速往正滿七日至拘尸城城東路首迦
葉遇見一婆羅門執一天華隨路而來迦葉
問言仁者何來答曰佛般涅槃我於荼毗所
來復問此是何華答言於荼毗所得此天華
迦葉就乞答言不得我期將歸擬示六親家
中供養迦葉就借看其頂上便即悶絕昏迷
躃地嗢咽悲哽良久乃蘇即自惟忖於此躃
泣下見如來八十種好紫磨色身何所追盡
即與弟子疾共前進至拘尸城北門而入於
其城中入一僧坊見諸比丘藂聚一處語迦
葉言汝等遠來深勞苦耶安坐待食迦葉答
言我之大師已入涅槃我有何情安此待食
諸比丘言汝師是誰答言汝不知耶哀哉痛
苦大覺世尊今已涅槃比丘聞已各大歡喜
而作是言快哉快哉如來在世禁制我等戒

上博 64 (51106) 大般涅槃經後分卷第卌二 (21－7)

苦大覺世尊今已涅槃比丘聞已各大歡喜
而作是言快哉快哉如來在世禁制我等戒
律嚴峻我等甚不堪忍不能依行今已涅槃
嚴峻禁戒已應放捨汝且待食有何急耶佛
神力故掩諸天耳及大迦葉諸弟子等皆悉
不聞惡比丘語唯有迦葉獨自聞之於是迦
葉即將弟子悲泣流淚疾往佛所是時迦葉
與諸弟子竊共思念我等如何得諸供物將
至佛所供養如來迦葉復言我自生長在此
城中乞供養物亦應可得將諸弟子即城內
次第告乞得妙白疊足滿千張復得无數妙
兜羅綿復得无量寶華香泥香水香油寶幢
幡蓋音樂絃歌瓔珞雜彩悉皆具足迦葉與
諸弟子悲哀流淚即持疾往出城西門尒時
迦葉即聞荼毗之所一切大衆悲咽號哭共
問帝釋已供養訖如何得火然此香樓荼毗
如來帝釋答言人衆且待摩訶迦葉即時而
至釋言未訖一切大衆正於衆中即見迦葉
與諸弟子尋路悲來衆即停哀便為開路迦
葉前進遙見佛棺將諸弟子一時礼拜號哭哽
咽悶絕躃地昏濁亂心良久乃醒流淚不勝
漸漸前行問大衆言如何得開大悲聖棺大
衆答言佛入涅槃已經二七恐有損壞如何
得開迦葉答言如來之身金剛堅固常樂我
淨不可沮壞德香芬馥若栴檀山住是語已

上博 64 (51106) 大般涅槃經後分卷第卌二 (21－8)

得開迦葉脅言如来之身金剛堅固常樂我
淨不可沮壞德香芬馥若栴檀山住是語已
涕淚交流至佛棺所尒時如来大悲平等爲迦
葉故棺自然開白疊千張及兜羅綿皆即解
散顯出三十二相八十種好真金紫磨堅固
色身迦葉與諸弟子見已悶絶躃地嗜咽哀
哽良久乃蘇涕泣盈目與諸弟子徐上香樓
迟佛棺邊復更嗜咽號哭悲哽即以所得香
華幡蓋寶幢纓絡音樂絃歌哀號供養即
以香泥香水灌洗如来金色之身燒香散華
哀泣供養灌洗已訖迦葉與諸弟子持其
所得妙兜羅綿纏於如来紫磨色身次以
舊綿纏斷綿上兜羅纏已復以所得白疊千
張次第相重於兜羅上纏如来身纏白疊已
復持舊疊著新疊上次第相纏捻已訖棺
門即閉七寶纓絡一切莊嚴尒時迦葉復重
悲哀與諸弟子右繞七匝盈目流淚長跪合
掌說偈哀歎

苦哉苦哉大聖尊　我今荼毒苦切心
世尊滅度一何速　大悲不能留待我
我於崛山禪定中　遍觀如来悉不見
又觀見佛已涅槃　僅尒心戰大振驚
忽見闇雲遍世界　復觀山地大振動
即知如来已涅槃　故我疾来已不見
世尊大悲不普我　令我不見佛涅槃

上博 64 (51106)　大般涅槃經後分卷第卌二　(21－9)

忽見闇雲遍世界　復觀山地大振動
即知如来已涅槃　故我疾来已不見
世尊大悲不普我　令我不見佛涅槃
不蒙一言相教告　我今孤露何所依
世尊我今大痛苦　情亂迷悶昏濁心
我今爲礼世尊頂　爲復哀礼如来胷
爲復敬礼大聖手　爲復悲礼如来署
爲復敬礼如来齊　爲復深心礼佛足
何苦不見佛涅槃　唯願示我敬礼處
如来在世衆安樂　令入涅槃皆大苦
衰哉衰哉深大苦　大悲示教所礼處

尒時迦葉哽咽悲哀說是偈已世尊大悲即
現二足千輻輪相出於棺外迴示迦葉從千
輻輪放千光明遍照十方一切世界尒時迦
葉與諸弟子見佛足已一時礼拜千輻輪相
即更悶絶昏迷躃地良久乃醒與諸弟子哀
號哽咽右繞七匝繞七匝已復礼佛足悲哀
哭泣聲振世界復更說偈哀歎佛足

如来究竟大悲心　平等慈光无二照
衆生有感无不應　示我二足千輻輪
我今深心歸命礼　千輻輪相二尊足
千輻輪中放千光　遍照十方普佛刹
我今歸依頭面礼　千輻輪相長光照
衆生遇光皆解脫　三途八難皆離苦
我復歸依頭面礼　輻光普救諸惡趣

上博 64 (51106)　大般涅槃經後分卷第卌二　(21－10)

衆生遇光皆解脫　三途八難皆離苦
我復歸依頭面礼　輪光普救諸惡趣
世尊往昔无數劫　為我等故脩苦行
今證得此金剛體　足下由放千光明
悲哀稽首歸命礼　安於衆生千輪輪
佛脩衆德為一切　脩道樹日降四魔
四魔降已伏外道　衆生因此得正見
稽首歸依頭面礼　衆生正見光明足
佛為一切真慈父　足光平等度衆生
我復歸依頭面礼　平等離苦輪足光
我遇千輪光明足　悲喜交流哀切心
我復悲哀頭面礼　有感千輪輪光相
稽首歸依輪足光　乘究竟乘出三界
敬礼天人歸依足　輪光普照三有苦
衆生未得脫苦門　皆悉歸命輪光足
我等輪迴未出離　如何輪足見放捨
哀哉哀哉諸衆生　長夜莫覩輪足光
悔過世尊大慈悲　亦敬千輪輪光足
哀哉今遇輪光相　自此當何復再覩
尒時迦葉與諸弟子說是偈已復重悶絕躃
迷躃地良久漸醒悲哀哽咽不能自裁大覺
世尊千輪相金剛雙足還自入棺封閉如
故尒時城內一切士女天人大衆見大迦葉
復重號哭搥胸大叫哀振大千无量世界各

上博 64 (51106)　大般涅槃經後分卷第卅二　(21－11)

復重號哭搥胸大叫哀振大千无量世界各
將所持悲哽供養
尒時拘尸城內有四力士瓔珞嚴身持七寶
炬大如車輪焰光普照以焚香樓荼毗如來
炬投香樓自然殄滅迦葉告言大聖寶棺三
界之火所不能燒何況汝力而能焚耶城內
復有八大力士更持七寶大炬光焰一切將
投棺所已皆殄滅城內復有十六大力士
各持七寶大炬來投香樓亦悉殄滅城內復
有三十六大力士各將七寶大炬來投亦
皆殄滅
尒時迦葉告諸力士一切大衆汝等當知縱
使一切天人所有炬火不能荼毗如來寶棺
汝等不須勞苦强欲為作尒時城內士女天
人大衆復重悲哀各以所持號泣供養一時
礼拜右繞七匝悲號大哭聲振三千尒時如
來以大悲力從心胸中火踊棺外漸漸荼毗
經于七日焚妙香樓尒乃方盡尒時城內士
女天人大衆於七日間悲號哭泣哀聲不斷
各以所持供養不歇尒時四天王各作是念
我以香水注火令滅急收舍利天上供養作
是念已即持七寶金瓶盛滿香水復將須彌
四埵四大垂瀉出甘乳樹樹各千圍高百由
旬隨四天王同時而下至荼毗所樹流甘乳

上博 64 (51106)　大般涅槃經後分卷第卅二　(21－12)

旬隨四天王同時而下至荼毗所樹流甘乳
王寫香瓶一時注火注已火勢轉高都无滅
也尒時海神莎伽羅龍王及江神河神見火
不滅各作是念我取香水注火令滅急收舍
利往還供養作是念已各持寶瓶盛取无量
香水至荼毗所一時注火注已火勢如故都
亦不滅尒時樓豆語四天王及海神等汝注
香水令火滅者可不欲取舍利還本所居而
供養耶荅言實尒樓豆語四天王言汝大貪
心汝居天上舍利隨汝若在天宮地居之人
如何得往而供養耶復語海神汝等住在大
海江河如來舍利汝收取者地居之人如何
得往而供養耶尒時四天王即皆懺悔悔已
各還天宮尒時大海江河神等皆亦懺悔誠
如聖言悔已各還

大般涅槃經聖軀廓潤品

尒時帝釋持七寶瓶及供養具至荼毗所其
火一時自然滅盡帝釋即開如來寶棺欲請
佛牙樓豆即問汝何為耶荅言欲請佛牙還
天供養樓豆言莫輕自取可待大眾尒乃共
分釋言佛先與我一牙舍利是以我來火即
自滅帝釋說是語已即開寶棺於佛口中右
畔上頷取牙舍利即還天上起塔供養尒時
有二捷疾羅剎隱身隨釋眾皆不見盜取一

上博 64 (51106)　大般涅槃經後分卷第卌二　(21－13)

畔上頷取牙舍利即還天上起塔供養尒時
有二捷疾羅剎隱身隨釋眾皆不見盜取一
雙佛牙舍利尒時城内一切士女一切大眾
即一時來欲諍舍利樓豆告言大眾當如待
旦安詳如佛所說應當如法共分供養尒時
城内士女一切大眾不聞樓豆所言乃各執
持弓矟弓箭刀劒冑一切戟具各自莊嚴
欲取舍利尒時城内人眾即開佛棺兜羅白
疊莞然不燒大眾見已復大號哭流淚盈目
各將所持悲哀供養深心禮拜流淚長跪同
說偈讚

如來以大自在力　於一切世得自在
大悲本願處斯土　周旋苦海度眾生
无量智慧神通力　出沒生死无罣㝵
能以一身為多身　多身一身為无量
神變普應感皆見　无緣即現入涅槃
我等福盡无應緣　故乃如來見放捨
佛於莎羅寶棺中　大力士舉皆不起
大悲之力自輕舉　昇空高一多羅樹
乘虛徐繞拘尸城　七日大聖繞七匝
繞已自臨荼毗所　所共神力所施為
一切天人莫能測　佛於大般涅槃中
金剛不壞力自在　一切荼毗火不然
自於心中出慈火　焚燒七日亦現盡

上博 64 (51106)　大般涅槃經後分卷第卌二　(21－14)

金剛不壞力自在　一切荼毗火不然
自於心中出慈火　焚燒七日亦現盡
人天不能滅此火　如來大悲示慈力
帝釋來至火便滅　妙㲲羅綿纏佛身
大火焚燒覩不然　白疊隨佛寶棺內
火中儼然而不燒　方知如來自在力
於法自在爲法王　敬礼大悲三界尊
敬礼神變自在者　我等從今離世尊
從昔无能見救護　哀哉哀哉大聖尊
方今長別何由見

尒時大衆說是偈已，重復悲泣，各以所持盡哀供養。尒時樓豆普爲天人一切大衆與城內人共於棺所，徐舉白疊及兜羅綿，其迦葉等白疊千張，火全不燒。其城內人白疊千張除外一雙，餘者灰燼。其兜羅綿亦然如故。尒時樓豆取此白疊及兜羅綿，細細破分之，與諸大衆令起寶塔而供養之。樓豆復取疊灰，亦細分衆，令起寶塔而供養之。其餘燼炭，无復得分，衆各自取起塔供養。其城內人先已遣匠造八金壜，八師子座，各以七寶而爲莊嚴。其七寶壜各受一斛，各置七寶師子座上。其八師子七寶之座，座別各有三十二力士，各嚴七寶瓔珞雜彩纏身，共舉七寶八師子座。座上復各有八彩女，身嚴七寶瓔珞，雜彩持

上博 64 (51106)　大般涅槃經後分卷第卌二　(21－15)

嚴七寶瓔珞雜彩纏身，共舉七寶八師子座。座上復各有八彩女，身嚴七寶瓔珞，雜彩持七寶壜。座上復各有八彩女，嚴身瓔珞，執七寶盖覆金壜上。座上復各有八彩女，身嚴瓔珞，持七寶幡衛七寶壜。座上復各有八彩女，身嚴瓔珞，執雜毛纛竪壜四面。座別各有无量人衆，持妙音樂、幢幡、寶盖、香華、瓔珞圍繞供養。座各復有无量人衆，各持弓箭、矛矟、冑賣、長鉤一切戰具而圍繞之。從拘尸城前後圍繞向荼毗所。其八師子七寶之座出城去後，城內人衆即持无數香泥香水尋力士後平治塗地，住香泥路，廣博嚴事。向荼毗所，其路兩邊无數寶幢幡盖香華真珠瓔珞，衆妙雜彩音樂絃歌嚴飾路邊，供養持大聖尊舍利而還。其諸力士持八師子七寶之座圍繞至荼毗所，即大衆泣啼哭哽咽，聲振大千，各以所持深心供養。

尒時世尊大悲力故，碎金剛體成末舍利，唯留四牙不可沮壞。尒時大衆既見舍利，復重悲哀，以其所持流淚供養。尒時樓豆與城內人涕泣盈目，收取舍利，著師子座七寶壜中，滿八金壜舍利便盡。尒時一切天人大衆見佛舍利入金壜中，重更悲哭，涕泣流淚，各持所持深心供養。尒時城內諸大力士及諸士

上博 64 (51106)　大般涅槃經後分卷第卌二　(21－16)

佛舍利入金壜中重更悲尖涕泣流淚各持
所持深心供養尒時城内諸大力士及諸士
女將欲持佛舍利金壜向拘尸城尒時大衆
復重悲哀各將所持流淚供養尒時城内諸
大力士及圍繞衆并城内人悲咽流淚擧八
師子七寶之座隨向涅路迴向拘尸尒時一
切人天大衆復大悲哀聲振世界各將所持
隨從舍利哀號供養如來舍利至城内已置
四衢道中尒時拘尸城人即嚴四兵无數軍
衆身著鉀鎧各執戰具繞拘尸城四面周迊
无數重兵儼然而住擬防外人來抄掠故雖
為儀式无戰諍心復有五百大呪術師守城
四門為遮難故復有无數寶幢幡蓋徽妙莊
嚴大雉毛纛於城四維儼然供養為標式故
尒時城内一切士女天人大衆復大悲哀各
將所持深心供養其舍利塔置師子座經于
七日於七日中一切大衆日夜悲號哀聲不
斷盡以所持深心供養其八師子七寶之座
各有五百大呪術師各共持之遮有天龍夜
叉神鬼來取奪故經一日間尒時如來本生
眷屬迦毗羅國王諸釋種等佛神力故都不
覺知佛入涅槃佛涅槃後經三七日尒乃方
知時彼國王諸釋種等悲尖號泣即共疾來
至拘尸城見諸兵衆无數千人圍繞城外復

上博 64 (51106) 大般涅槃經後分卷第卌二 (21－17)

覺知佛入涅槃佛涅槃後經三七日尒乃方
知時彼國王諸釋種等悲尖號泣即共疾來
至拘尸城見諸兵衆无數千人圍繞城外復
見寶幢幡蓋列城四維睽發國界復見大呪
術師守城四門王及釋等問呪師言佛涅槃
耶答云佛涅槃來過四七日荼毗已竟將今
舍利王言我等是佛所生眷屬佛力故令我
不知如來涅槃我今欲見如來舍利卿可開
路令我得入呪師兵衆聞是語已即聽入城
王及釋種得入城已見佛舍利在師子座悲
號哽咽涕淚交流右繞七迊繞七迊已収淚而
言我今欲請如來舍利一分將還供養大衆
荅曰雖知汝是釋種眷屬然佛世尊先已有
言分布舍利未見及汝各有請主汝如何得
汝可還耶尒時王及釋種不果所請號尖悲
哀悶絶躃地良久乃醒悲不自勝語衆人言
如來世尊是我釋種愍汝等故於此涅槃汝
等如何見有欺忽乃不分我一分舍利住是
語訖各礼舍利右繞七迊悲泣流淚生恋恨
心慨悼還家
尒時摩伽陁主阿闍世王害父王已深生悔
恨身生惡瘡既遇世尊月愛光觸身瘡漸愈
來詣佛所求哀懺悔世尊大悲即以甘露微
妙法藥洗蕩身瘡拯重罪滅即還本宮都不
覺知如來涅槃於涅槃夜夢見月落日從城出

上博 64 (51106) 大般涅槃經後分卷第卌二 (21－18)

妙法藥洗蕩身瘡垢重罪滅即還本宮都不
覺知如來涅槃於夜夢見月落日從城出
星宿雲雨繽紛而隕復有煙氣從地而出見
七彗星現於天上復夢天上有大火聚遍空
熾然一時隕地夢已尋覺心大驚戰即召諸
臣具陳斯夢此何祥耶臣荅王言是佛涅槃
不祥之相佛滅度後三界衆生六道有識煩
惱橫起故現大火從天落也佛入滅度月愛
慈光慧雲普潤悉皆滅沒即雲月落 星落
地者佛涅槃後八万律儀一切戒法衆生違
叉不依佛教乃行耶法隨於地獄 日出地
者佛涅槃後三塗惡道苦聚日光出現世間故
感斯夢王聞是語將諸臣從夜半即來至拘
尸城見諸无數四兵之衆防衛拘尸无量重
數復見城門有呪術師防心外難王見是已
即問呪師佛涅槃耶呪師荅言佛涅槃來已
經四七當令大衆將分舍利王言佛入涅槃
我都不知我於夜夢見不詳事以問諸臣方
知如來入大涅槃我欲入城礼拜如來金剛舍
利汝爲通路呪師聞已即聽前入王至城內
四衢道中見師子座舍利金塔復覩 大衆
悲哀供養王與從衆一切礼拜悲泣流淚右
繞七迊哀慟供養尒時王就大衆請求如來
一分舍利還國供養大衆荅言何晚至耶佛
已先說分布方法舍利皆已各有所請无有

上博 64 (51106) 大般涅槃經後分卷第卌二 (21－19)

繞七迊哀慟供養尒時王就大衆請求如來
一分舍利還國供養大衆荅言何晚至耶佛
已先說分布方法舍利皆已各有所請无有
仁分仁可還宮阿闍世王不果所請愁憂不
樂即礼舍利惆悵而還
尒時毗離外道名王佛涅槃後經三七已尒
乃方知即將臣從疾往拘尸既至拘尸即見
无數四兵之衆防衛拘尸繞无量重尒時阿
勒伽羅王佛涅槃後經三七已尒乃方知即
將臣從疾往拘尸既至拘尸即見无數四兵
之衆防衛拘尸繞无量重尒時毗稱隊不畏
王佛入涅槃經三七已尒乃方知尒時遮羅
加羅國王佛入涅槃經三七已尒乃方知尒
時師伽耶王佛入涅槃經三七已尒乃方知
尒時波肩羅外道名王佛入涅槃經三七已
尒乃方知即將臣從疾往拘尸既至拘尸即
見无數四兵之衆防衛拘尸繞无量重復見
城門有大呪師防心外難王門呪師佛涅槃
耶荅言佛涅槃來已經四七當令大衆將分
舍利王語呪師佛入涅槃我都不知故今晚
至我欲入城礼拜供養如來舍利汝可開路
呪師聞已即聽前入至四衢道見師子座七
寶莊嚴安置七寶舍利金塔復見大衆悲哀
供養王將從衆一時礼拜悲哀流淚右繞七迊
各以所持懷慄供養王語衆言佛入涅槃 我

上博 64 (51106) 大般涅槃經後分卷第卌二 (21－20)

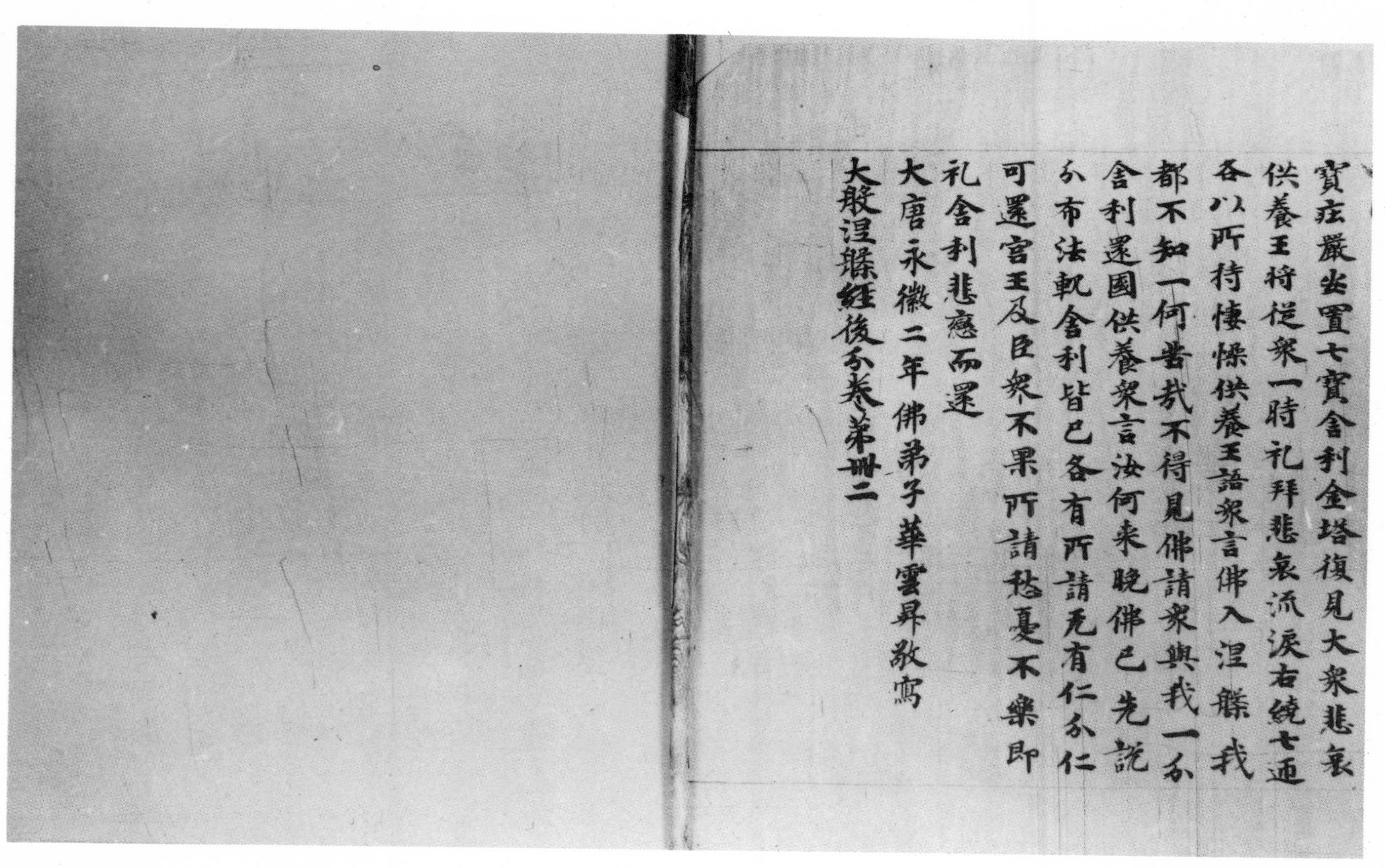

寶莊嚴安置七寶舍利金塔復見大衆悲哀
供養王將從衆一時礼拜悲哀流淚右繞七匝
各以所持悽慄供養王語衆言佛入涅槃我
都不知一何苦哉不得見佛請衆與我一分
舍利還國供養衆言汝何來晚佛已先說
分布法軌舍利皆已各有所請无有仁分仁
可還宮王及臣衆不果所請愁憂不樂即
礼舍利悲慼而還
大唐永徽二年佛弟子華雲昇敬寫
大般涅槃經後分卷第卌二

上博 64 (51106)　大般涅槃經後分卷第卌二　　(21－21)

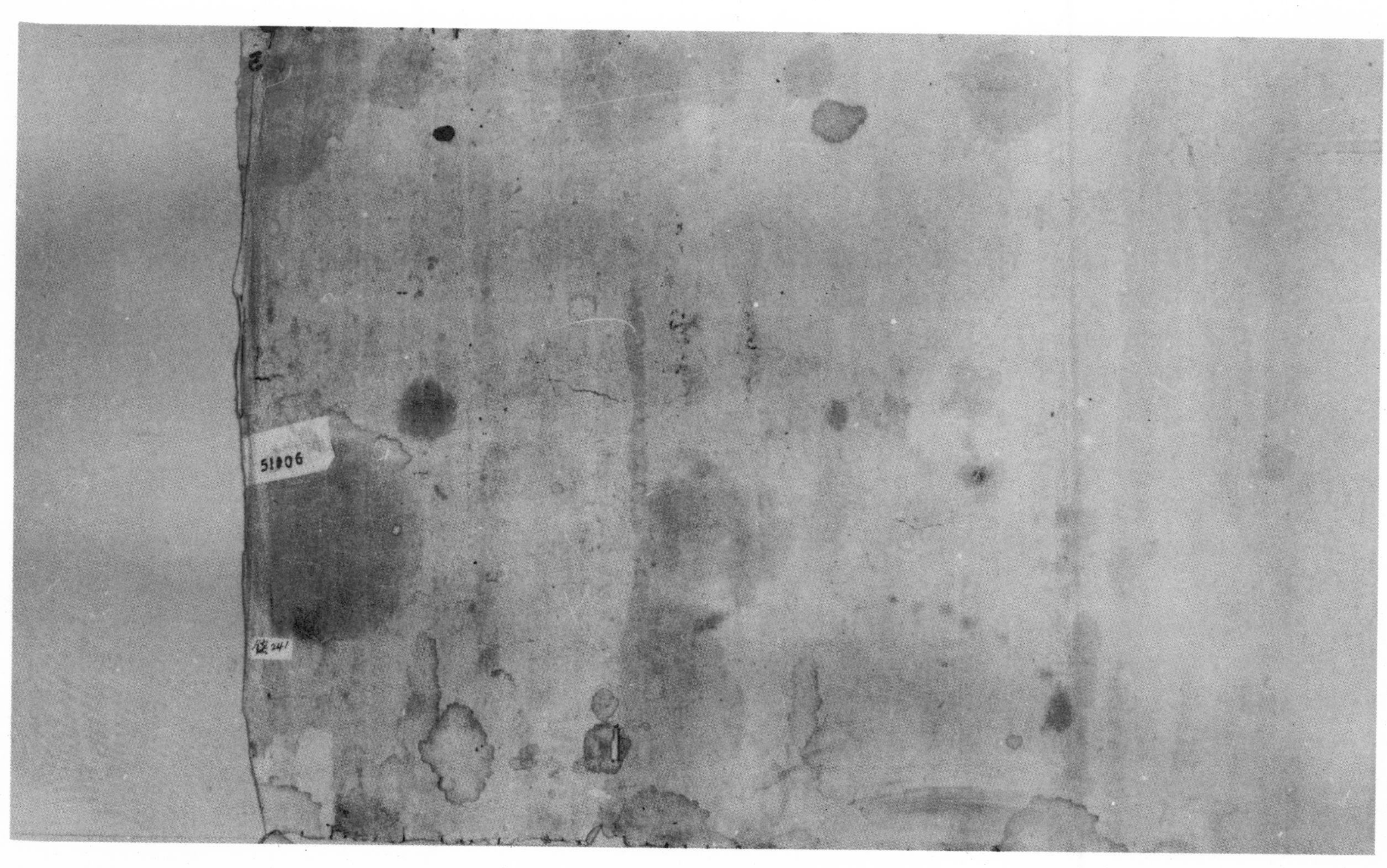

上博 64 (51106)V　雜寫

大乘无量壽經

如是我聞一時薄伽梵在舍衛國祇樹給孤獨園與大苾芻僧千二百五十人大菩薩摩訶薩眾俱同會坐尒時世尊告曼殊室利童子曼殊上方有世界名无量功德聚彼土有佛号无量智決定王如來阿耨多羅三藐三菩提現為眾生開示說法曼殊諦聽南閻浮提人皆短壽大限百年於中枉橫死者眾曼殊如是无量壽如來功德綱法要若有眾生得聞名号若自書或使人書能為經卷受持讀誦若於舍宅所住之處以種種花鬘瓔珞塗香末香而為供養如其命盡復得延年滿足百歲如是曼殊若有眾生得聞是无量壽智決定王如來一百八名号者益其長壽若有眾生大命將盡憶念是如來名号更得增壽如是曼殊若有善男子善女人欲求長命於是无量壽如來一百八名号有得聞者或自書若使人書受持讀誦得如是等果報福得具足陀羅尼曰

南謨薄伽勃底一阿波唎蜜多二阿喻紇硯那三須毗你悉指陀四羅佐耶五怛他羯他耶六怛姪他唵七薩婆桑塞迦羅八波唎輸底九達磨底十伽伽那十一莎訶某特迦底十二薩婆婆毗輸底十三摩訶娜耶十四波唎婆羅莎訶十五

世尊復告曼殊室利如是如來一百八名号若有自書或使人書能為經卷受持讀誦如壽盡復滿百年壽終此身後得往生无量福智世界无量壽淨土陀羅尼曰

南謨薄伽勃底一阿波唎蜜多二阿喻紇硯那三須毗你悉指陀四羅佐耶五怛他羯他耶六怛姪他唵七薩婆桑塞迦羅八波唎輸底九達磨底十伽伽那十一莎訶某特迦底十二薩婆婆毗輸底十三摩訶娜耶十四波唎婆羅莎訶十五

尒時復有九十九俱胝佛一時同聲說是无量壽宗要經陀羅尼曰

南謨薄伽勃底一阿波唎蜜多二阿喻紇硯那三須毗你悉指陀四羅佐耶五怛他羯他耶六怛姪他唵七薩婆桑塞迦羅八波唎輸底九達磨底十伽伽那十一莎訶某特迦底十二薩婆婆毗輸底十三摩訶娜耶十四波唎婆羅莎訶十五

尒時復有一百四俱胝佛一時同聲說是无量壽宗要經陀羅尼曰

南謨薄伽勃底一阿波唎蜜多二阿喻紇硯那三須毗你悉指陀四羅佐耶五怛他羯他耶六怛姪他唵七薩婆桑塞迦羅八波唎輸底九達磨底十伽伽那十一莎訶某特迦底十二薩婆婆毗輸底十三摩訶娜耶十四波唎婆羅莎訶十五

尒時復有七俱胝佛一時同聲說是无量壽宗經陀羅尼曰

南謨薄伽勃底一阿波唎蜜多二阿喻紇硯那三須毗你悉指陀四羅佐耶五怛他羯他耶六怛姪他唵七薩婆桑塞迦羅八波唎輸底九達磨底十伽伽那十一莎訶某特迦底十二薩婆婆毗輸底十三摩訶娜耶十四波唎婆羅莎訶十五

尒時復有六十五俱胝佛一時同聲說是无量壽宗要經陀羅尼曰

南謨薄伽勃底一阿波唎蜜多二阿喻紇硯那三須毗你悉指陀四羅佐耶五怛他羯他耶六怛姪他唵七薩婆桑塞迦羅八波唎輸底九達磨底十伽伽那十一莎訶某特迦底十二薩婆婆毗輸底十三摩訶娜耶十四波唎婆羅莎訶十五

尒時復有五十五俱胝佛一時同聲說是无量壽宗要經陀羅尼曰

南謨薄伽勃底一阿波唎蜜多二阿喻紇硯那三須毗你悉指陀四羅佐耶五怛他羯他耶六怛姪他唵七薩婆桑塞迦羅八波唎輸底九達磨底十伽伽那十一莎訶某特迦底十二薩婆婆毗輸底十三摩訶娜耶十四波唎婆羅莎訶十五

尒時復有四十五俱胝佛一時同聲說是无量壽宗要經陀羅尼曰

上博 65 (51107) 大乘无量壽經 (4－1)

桑塞迦羅八波唎輸底九達磨底十伽伽那十一莎訶某特迦底十二薩婆婆毗輸底十三摩訶娜耶十四波唎婆羅莎訶十五

尒時復有四十五俱胝佛一時同聲說是无量壽宗要經陀羅尼曰

南謨薄伽勃底一阿波唎蜜多二阿喻紇硯那三須毗你悉指陀四羅佐耶五怛他羯他耶六怛姪他唵七薩婆桑塞迦羅八波唎輸底九達磨底十伽伽那十一莎訶某特迦底十二薩婆婆毗輸底十三摩訶娜耶十四波唎婆羅莎訶十五

尒時復有三十五俱胝佛一時同聲說是无量壽宗要經陀羅尼曰

南謨薄伽勃底一阿波唎蜜多二阿喻紇硯那三須毗你悉指陀四羅佐耶五怛他羯他耶六怛姪他唵七薩婆桑塞迦羅八波唎輸底九達磨底十伽伽那十一莎訶某特迦底十二薩婆婆毗輸底十三摩訶娜耶十四波唎婆羅莎訶十五

尒時復有二十五俱胝佛一時同聲說是无量壽宗要陀羅尼曰

南謨薄伽勃底一阿波唎蜜多二阿喻紇硯那三須毗你悉指陀四羅佐耶五怛他羯他耶六怛姪他唵七薩婆桑塞迦羅八波唎輸底九達磨底十伽伽那十一莎訶某特迦底十二薩婆婆毗輸底十三摩訶娜耶十四波唎婆羅莎訶十五

尒時復有恒河沙俱胝佛一時同聲說是无量壽宗要經陀羅尼曰

南謨薄伽勃底一阿波唎蜜多二阿喻紇硯那三須毗你悉指陀四羅佐耶五怛他羯他耶六怛姪他唵七薩婆桑塞迦羅八波唎輸底九達磨底十伽伽那十一莎訶某特迦底十二薩婆婆毗輸底十三摩訶娜耶十四波唎婆羅莎訶十五

善男子若有自書寫教人書寫是无量壽宗要經如其命盡復得長壽而滿百年陀羅尼曰

南謨薄伽勃底一阿波唎蜜多二阿喻紇硯那三須毗你悉指陀四羅佐耶五怛他羯他耶六怛姪他唵七薩婆桑塞迦羅八波唎輸底九達磨底十伽伽那十一莎訶某特迦底十二薩婆婆毗輸底十三摩訶娜耶十四波唎婆羅莎訶十五

若有自書寫教人書寫是无量壽經受持讀誦畢竟不墮地獄在在所生得宿命智陀羅尼曰

南謨薄伽勃底一阿波唎蜜多二阿喻紇硯那三須毗你悉指陀四羅佐耶五怛他羯他耶六怛姪他唵七薩婆桑塞迦羅八波唎輸底九達磨底十伽伽那十一莎訶某特迦底十二薩婆婆毗輸底十三摩訶娜耶十四波唎婆羅莎訶十五

若有自書教人書寫是无量壽宗要經受持讀誦如同書寫八万四千一切經典陀羅尼曰

南謨薄伽勃底一阿波唎蜜多二阿喻紇硯那三須毗你悉指陀四羅佐耶五怛他羯他耶六怛姪他唵七薩婆桑塞迦羅八波唎輸底九達磨底十伽伽那十一莎訶某特迦底十二薩婆婆毗輸底十三摩訶娜耶十四波唎婆羅莎訶十五

若有自書寫教人書寫是无量壽宗要經即是書寫八万四千部建立塔廟陀羅尼曰

南謨薄伽勃底一阿波唎蜜多二阿喻紇硯那三須毗你悉指陀四羅佐耶五怛他羯他耶六怛姪他唵七薩婆桑塞迦羅八波唎輸底九達磨底十伽伽那十一莎訶某特迦底十二薩婆婆毗輸底十三摩訶娜耶十四波唎婆羅莎訶十五

若有自書寫教人書寫是无量壽宗要經能消五无間等一切重罪陀羅尼曰

南謨薄伽勃底一阿波唎蜜多二阿喻紇硯那三須毗你悉指陀四羅佐耶五怛他羯他耶六怛姪他唵七薩婆桑塞迦羅八波唎輸底九達磨底十伽伽那十一莎訶某特迦底十二薩婆婆毗輸底十三摩訶娜耶十四波唎婆羅莎訶十五

若有自書寫教人書寫是无量壽宗要經受持讀誦設有重罪猶如須彌盡能除滅陀羅尼曰

南謨薄伽勃底一阿波唎蜜多二阿喻紇硯那三須毗你悉指陀四羅佐耶五怛他羯他耶六怛姪他唵七薩婆桑塞迦羅八波唎輸底九達磨底十伽伽那十一莎訶某特迦底十二薩婆婆毗輸底十三摩訶娜耶十四波唎婆羅莎訶十五

若有自書寫教人書寫是

上博 65 (51107) 大乘无量壽經 (4－2)

上博 65 (51107) 大乘无量壽經 (4－3)

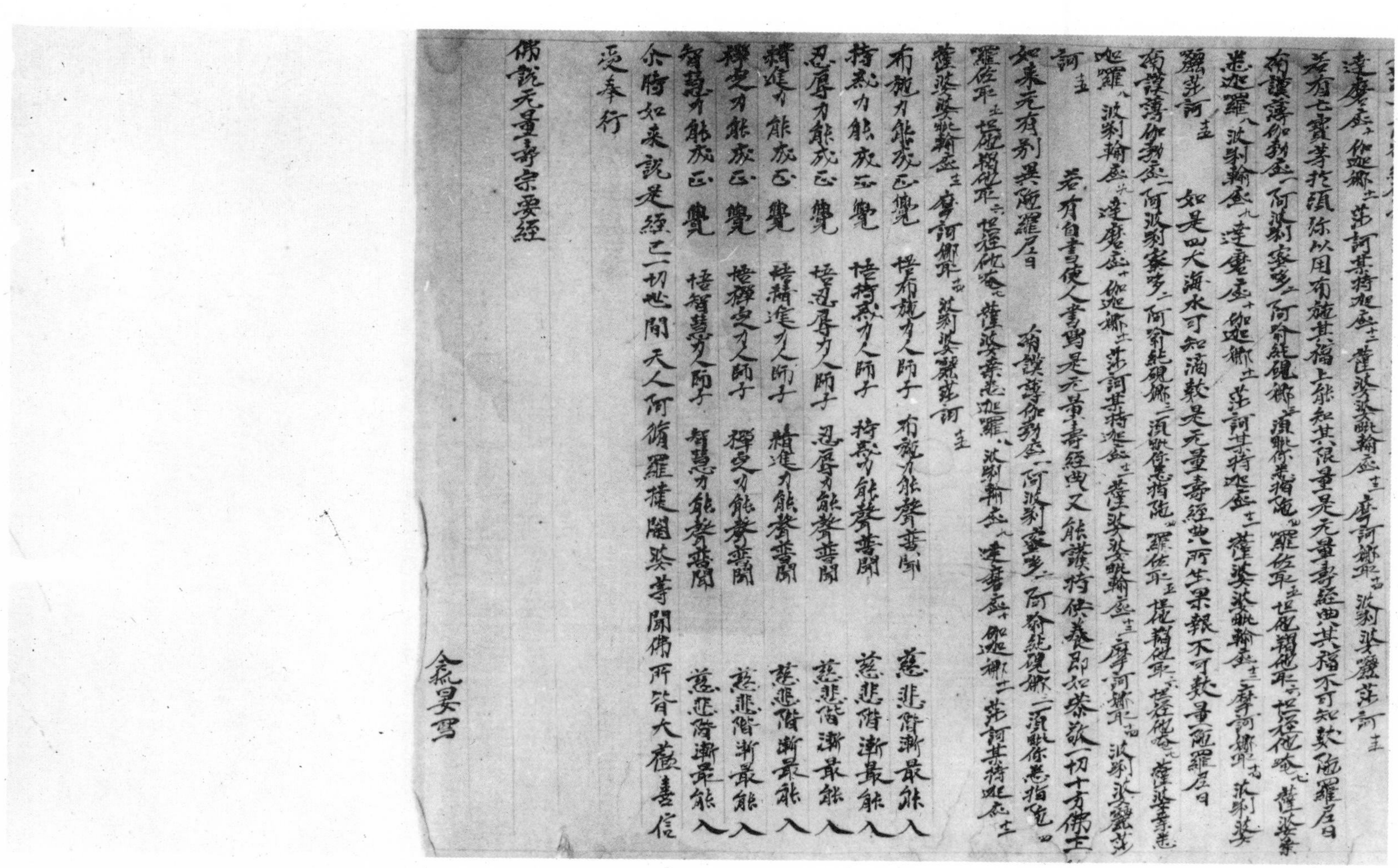

布施力能成正覺　悟布施力人師子　布施力能聲普聞　慈悲階漸最能入

持戒力能成正覺　悟持戒力人師子　持戒力能聲普聞　慈悲階漸最能入

忍辱力能成正覺　悟忍辱力人師子　忍辱力能聲普聞　慈悲階漸最能入

精進力能成正覺　悟精進力人師子　精進力能聲普聞　慈悲階漸最能入

禪定力能成正覺　悟禪定力人師子　禪定力能聲普聞　慈悲階漸最能入

智慧力能成正覺　悟智慧力人師子　智慧力能聲普聞　慈悲階漸最能入

介時如來說是經已一切世間天人阿脩羅揵闥婆等聞佛所說皆大歡喜信受奉行

佛說无量壽宗要經

上博 65 (51107) 大乘无量壽經 (4－4)

上博 66 (51108)　灌頂經卷第八　　(包首)

佛說灌頂摩尼羅亶大神呪經第八
聞如是一時佛在舍衛國祇樹給孤獨園與
千二百五十比丘俱佛愍念世間天下人民
為諸邪惡鬼神所惱佛便結是摩尼羅亶大
神呪經於是世尊便舉過去七佛名字以為
經證第一維衛佛第二式佛第三隨葉佛第
四拘樓秦佛第五拘那含牟尼佛第六迦葉
佛今我第七釋迦文佛
佛告阿難我今又舉是八大菩薩颰陁和菩
薩羅隣竭菩薩橋日兜菩薩那羅達菩薩須
深彌菩薩摩訶薩和菩薩因坻達菩薩和
輪調菩薩是為八菩薩及五百開士佛告賢
者阿難此諸菩薩有大誓願於我滅後五濁
世中救諸厄人若為邪神惡鬼所持皆當一
心呼其名字即不違本願為人作護令諸小
魔自然消滅
佛又告賢者阿難我十大弟子各有威德智
慧齊等悉皆第一我今結之各現其威神護

上博 66 (51108)　灌頂經卷第八　　(11－1)

慧齋等悉皆第一我今結之各現其威神護
諸四輩阿難舍利弗大目揵連大迦葉須菩
提富樓那阿那律迦旃延優波離羅睺羅若
四輩弟子為邪惡所中者皆當呼其名号為
人除憂去諸厄難万事吉祥
佛告阿難有諸天子常樂佛法於閑靜時來
到我所我為說法各得道跡亦作擔願於我
滅後護諸四輩不令邪惡得其便也四天大
王提頭賴吒天毗樓勒天惟睒門天毗沙門
天忉利天監摩羅天兜率陁天不憍樂天化
應聲天化自在天梵衆妙天梵輔禄天摩訶
梵天水行梵天水微梵天水无量梵天水應
梵天約淨天遍淨天淨明天守妙天微妙天
廣妙天極妙天福愛天愛勝天近際天普觀
天快見天无結愛天色究竟天淨光天普等
天是為卅三天各現威神為四輩弟子作大
擁護辟除凶惡
佛告阿難我今說是卅五龍王名字其所居
處各在異國齊心等意以其所感龍宮珎寶
摩尼離珠以奉獻我我為諸龍說其因緣業

上博 66 (51108)　灌頂經卷第八　(11－2)

摩尼離珠以奉獻我我為諸龍說其因緣業
報之事各於我所得法眼淨建大擔願於未
來世佛法滅時在所國土城邑聚落護諸四
輩令離危厄不為邪横之所侵害使万事吉
祥
波擹摩龍王　阿梨伽龍王　曰陁羅龍王
婆伽婁龍王　思普陁龍王　脩陁利龍王
婆脩只龍王　波利沙龍王　得叉迦龍王
伽婁盧龍王　阿梨伽龍王　婆梁瞿龍王
阿婆盧龍王　波利伽龍王　脩婆睺龍王
耶栗陁龍王　須弥弗龍王　炎闍陁龍王
質多斯龍王　耶其旨龍王　質多懃龍王
思利耶龍王　只利弥龍王　難婁陁龍王
阿耶俱龍王　懰陁俱龍王　水加婁龍王
伽多俱龍王　達婆婁龍王　阿勒叉龍王
思羅婆龍王　泄伽婁龍王　毗大都龍王
跋陁羅龍王　摩根陁龍王
佛告阿難是諸龍王不可稱數我今為汝
及諸四輩略說卅五龍王名字上首者也若有
厄難恐怖之日令諸弟子演其名字至心

上博 66 (51108)　灌頂經卷第八　(11－3)

厄難恐怖之日令諸弟子演其名字至心
呼者立在左右辟除邪惡万事吉祥
佛語阿難我皆遊化諸國土中有諸神王梁
强難化不受教者我悉降伏令其受道既受
道已皆作誓願我滅之後後五濁世時誰佛
弟子不令諸邪雜魅小鬼求人長短若有厄
難恐怖之日皆當一心呼其名号我今説之
灌頂神名一切善聽
大神將軍摩醯首羅　大神將軍囷沙俗羅
大神將軍金毗羅　大神將軍半耆羅
大神將軍和耆羅　大神將軍摩尼跋陁羅
大神將軍阿波提羅　大神將軍摩和羅
大神將軍羅刹陁羅　大神將軍鳩摩和羅
大神將軍脩摩乹羅　大神將軍波迦羅
大神將軍因輪无羅　大神將軍因持羅
大神將軍和林羅　大神將軍波耶越羅
大神將軍宗林羅　大神將軍檀持羅
大神將軍式叉羅　大神將軍揵陁羅
大神將軍乹頭羅　大神將軍弥佉羅
大神將軍乹朱羅　大神將軍摩油羅

上博 66 (51108)　灌頂經卷第八　(11－4)

大神將軍乹朱羅　大神將軍摩油羅
大神將軍阿須輪羅　大神將軍隨沙門羅
大神將軍隨缘羅　大神將軍愕提羅
大神將軍毋阿宿提　大神將軍毋設婁陁
大神將軍女薩遮摩　大神將軍女毗藍婆羅
大神將軍女持瓔珞
佛語阿難是諸大神及神母女等卅三王若
四輩弟子擴遭難者呼其名字令人得福万
事吉祥
佛告阿難又有六方廿四鬼師亦皆誓願於
未來五濁乱時在所國土城邑聚落誰諸四
輩不令小鬼之所得便使雅吉利我今説之
其名如是
東方四鬼師怛署他
鬼師疾佉　鬼師脩涅多羅　鬼師不輪　鬼師伽毗羅
南方四鬼師怛署他
鬼師斯睢　鬼師蠖斯訶　鬼師傷伽　鬼師賴遮
西方四鬼師怛署他
鬼師嘻利　鬼師嘻羅只　鬼師輪波羅浮睢　鬼師水加利
北方四鬼師怛署他

上博 66 (51108)　灌頂經卷第八　(11－5)

北方四鬼師怛署他
鬼師陁羅尼 鬼師陁羅多汁 鬼師復慶伽 鬼師波盧醯多
上方四鬼師怛署他
鬼師浮摩 鬼師脩浮摩 鬼師波由 鬼師夜摩
下方四鬼師怛署他
鬼師根頭波 鬼師脩摩 鬼師根陁 鬼師脩利耶
佛告阿難我以略說諸佛名字菩薩羅漢諸
天龍善神及廿四鬼師名字如是今當更說
四山河海川谷井泉有諸精魅善行毒惡以
佛言是為卌九山精之鬼若四華為山鬼所
害者呼其名字即便攝毒不能為害
佛言阿難國土四方山精雜魅惡鬼伴侶水
中雜精我今更說諸精魅鬼
火中魅鬼 水中魅鬼 水邊魅鬼 飄風之鬼
東方青色鬼為惡夢鬼 變性鬼 鳥鳴鬼
百獸變性鬼 有狐鳴鬼 有烏鳴鬼 南方赤氣溫鬼
白氣溫鬼 青氣溫鬼 黑氣溫鬼 五注之鬼
青色注鬼 白色注鬼 赤色注鬼 黃色注鬼
黑色注鬼 墮床死鬼 喜為懸官鬼 金堨鬼
薜荔鬼 慳貪鬼 勳告鬼 痛瘦鬼

上博 66 (51108) 灌頂經卷第八 (11－6)

薜荔鬼 慳貪鬼 勳告鬼 痛瘦鬼
痛痒鬼 思想鬼 身中鬼 陰殘鬼
跰繼鬼 有癲狂鬼 有癡瘖鬼 呻吟鬼
涕哭鬼 田痛鬼 虛耗鬼 嫉妬鬼
籬間鬼 籬上鬼 門邊死鬼 戶邊死鬼
魍魎鬼 北方黑色鬼 熒惑鬼 游光鬼
詐稱鬼 斷人毛髮鬼 飲人血鬼 怨家鬼
故氣神鬼 蜚尸鬼 伏尸鬼 有樹上鬼
有樹下鬼 灘間死鬼 屋上鬼 屋頭鬼
咒咀鬼 宮舍鬼 軍營鬼 停傳鬼
獄死鬼 囚死鬼 水死鬼 溺水鬼
火死鬼 有客死鬼 有未葬鬼 有兩舌鬼
有惡口鬼 酒死鬼 有隔死鬼 有復死鬼
市死鬼 道路死鬼 有渴死鬼 有凍死鬼
有兵死鬼 有棄死鬼 鎮死鬼 血死鬼
有雄死鬼 餔餹死鬼 有鬪死鬼 有拔死鬼
有自刺死鬼 有怨死鬼 強死鬼 迮燃死鬼
斷頭鬼 剪人毛髮鬼 有騎乘鬼 駕車鬼
佛語阿難中央及水中諸雜魅鬼我今更說
汝諦聽之

上博 66 (51108) 灌頂經卷第八 (11－7)

佛語阿難中央及水中諸雜魅鬼我今更說
汝諦聽之
炭行魅鬼 逢忤魅鬼 山神魅鬼 樹神魅鬼
石神魅鬼 土神魅鬼 風神魅鬼 海邊魅鬼
海中魅鬼 橋梁魅鬼 宅中魅鬼 雜破器魅鬼
溝渠魅鬼 道中魅鬼 道外魅鬼 湖中魅鬼
夷國魅鬼 蠻國魅鬼 羌國魅鬼 虜國魅鬼
中國魅鬼 越國魅鬼 百國魅鬼 百獸魅鬼
馬行魅鬼 百虫魅鬼 溪中魅鬼 谷中魅鬼
門中魅鬼 戶中魅鬼 竈中魅鬼 竈上魅鬼
竈四邊魅鬼 注地魅鬼 廁中兇街鬼 遮道魅鬼
遮蠱魅鬼 不臣屬鬼 舐人頭鬼 帳中魅鬼
屏風間鬼 梁上魅鬼 室中魅鬼 使人嘔吐鬼
嗽乘床鬼 客忤魅鬼 山注魅鬼
佛語阿難是為六方卅九鬼汝當一心為万
姓故誦持是摩尼羅亶灌頂章句摩訶神咒
急難之日當以齋戒一心思念十方一切諸
佛過去七佛八大菩薩十大弟子五百開士
卅三天諸天龍王善神將軍及鬼神等正心
一意莫念東西南北之事亦復莫念家室之

上博 66 (51108) 灌頂經卷第八 (11－8)

一意莫念東西南北之事亦復莫念家室之
事觀是諸佛菩薩羅漢諸天龍神善鬼神等
觀念是已呼是諸鬼神為人作誰嬰其名字
即攝毒氣還其所止不能為害即便獲得吉
祥之福
佛語阿難若有善男子善女人等有習誦是
摩尼羅亶灌頂大神咒經不生誹謗者現世吉
利獲福无量是故不應生於誹謗阿難有人
聞是大神咒經不生誹謗有四事因緣一者
從過去佛聞二者從善知識受三者直信不
毀四者作菩薩道欲度群生生誹謗者又有
四事一者不從佛聞二者不從師受三者无
專信心四者无菩薩意以是因緣故生誹謗
有如是人不應授與若人信樂有前四事不
生誹謗汝當為說大神咒經傳與度人若人
有後四事莫授與之令彼前人獲无量罪佛說
是語竟阿難唯諾受天尊教
佛語阿難我既說是摩尼羅亶大神咒經甚
深微妙灌頂章句十二部典不可妄授與人
若有信心欲受之者師當一心如法度與師

上博 66 (51108) 灌頂經卷第八 (11－9)

深微妙灌頂章句十二部典不可妄授與人
若有信心欲受之者師當一心如法渡與師
師相承受是章句法應七歲授與一人不得
輕慢深妙神咒諸佛菩薩羅漢真人又為諸
天善神之所守護不得輕渡授與人也若有
受者當如上法然後授之
尒時衆中有一居士名曰善可問阿難言佛
滅渡後出千歲時有諸男子諸女人等疾急
皆惚欲讀誦是大神咒時法則云何阿難言居
士若人欲讀神咒經者香花供養十方諸佛過
去七佛菩薩羅漢及諸天子善鬼神華佛皆
教化得法眼淨各自作誓於未來世千歲之
外魔道興盛佛法欲滅山海鬼魅人間惡魔
欲吐惡毒害四輩時我當遊入聚落之中護
僧伽藍諸人民等世尊尒時許可讃善諸鬼
神等皆悉胡跪作是誓願佛即可之鬼神又
言當為一切出家之人作大檀越若有大親
我者我即施僧是故我名檀越施主雅願世
尊勑諸弟子法食之時施餘疑藥佛亦許可
阿難語居士言此諸善神誓願如是常護佛

上博 66 (51108)　灌頂經卷第八　　(11－10)

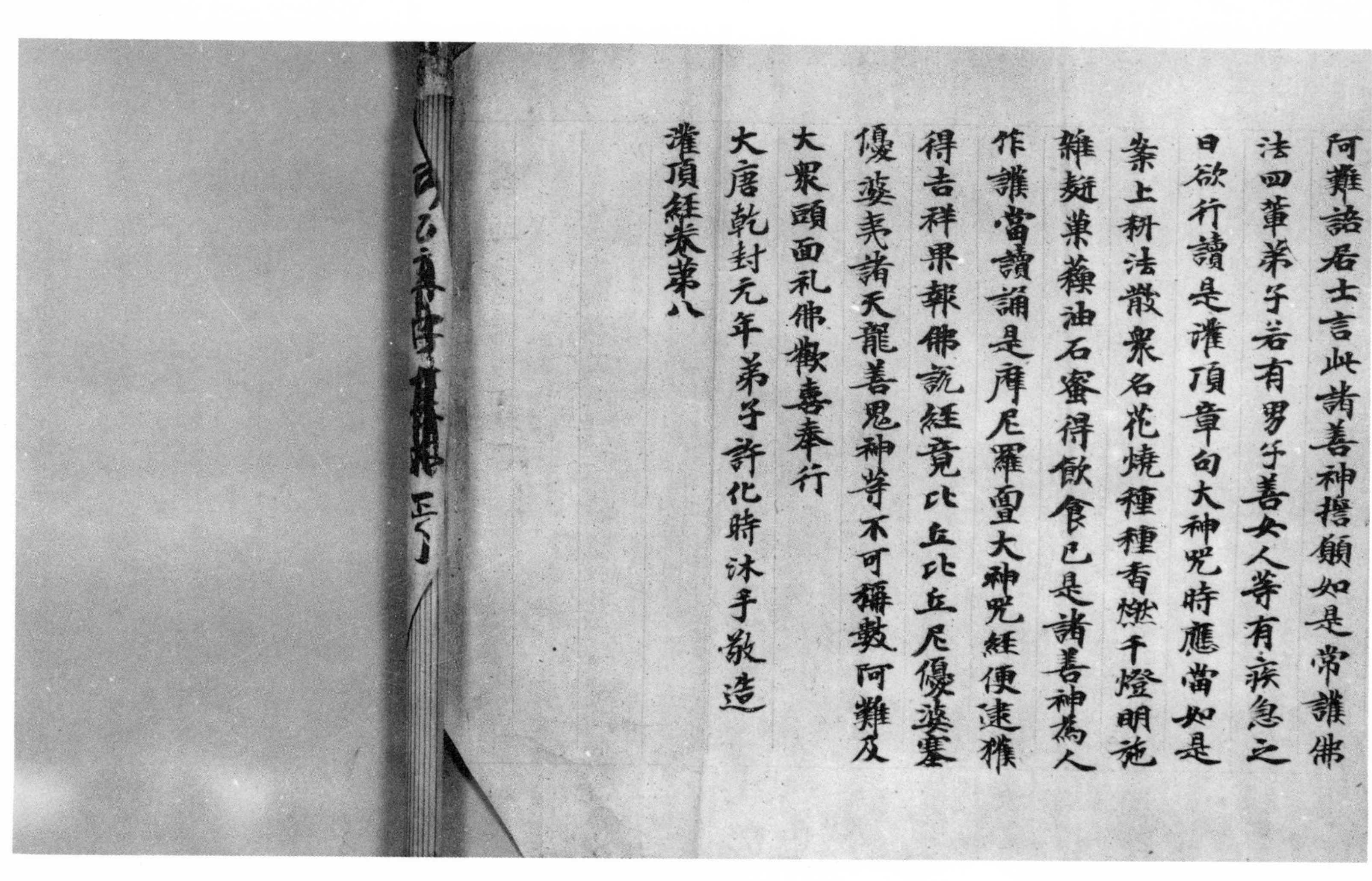
阿難語居士言此諸善神誓願如是常護佛
法四輩弟子若有男子善女人等有疾急之
日欲行讀是灌頂章句大神咒時應當如是
案上枅法散衆名花燒種種香燃千燈明施
雜疑藥蘇油石蜜得飲食已是諸善神為人
作護當讀誦是摩尼羅亶大神咒經便速獲
得吉祥果報佛説經竟比丘比丘尼優婆塞
優婆夷諸天龍善鬼神等不可稱數阿難及
大衆頭面礼佛歡喜奉行
大唐乾封元年弟子許化時沐手敬造
灌頂經卷第八

上博 66 (51108)　灌頂經卷第八　　(11－11)

大佛頂如來密因脩證了義諸菩薩萬行首楞嚴經卷第三
一名中印度那蘭陀大道
場經於灌頂部錄出別行
復次阿難云何六入本如來藏妙真如性阿
難即彼目睛瞪發勞者兼目與勞同是菩提
瞪發勞相因于明暗二種妄塵發見居中吸
此塵象名為見性此見離彼明暗二塵畢竟
無體如是阿難當知是見非明暗來非於根
出不於空生何以故若從明來暗即隨滅應
非見暗若從暗來明即隨滅應無見明若從
根生必無明暗如是見精本無自性若於空
出前矚塵象歸當見根又空自觀何關汝入
是故當知眼入虛妄本非因緣非自然性
阿難譬如有人以兩手指急塞其耳耳根勞
故頭中作聲兼耳與勞同是菩提瞪發勞相
因于動靜二種妄塵發聞居中吸此塵象名
聽聞性此聞離彼動靜二塵畢竟無體如是
阿難當知是聞非動靜來非於根出不於空

上博 67 (51610)　大佛頂如來密因脩證了義諸菩薩萬行首楞嚴經卷第三　(18－1)

阿難當知是聞非動靜來非於根出不於空
生何以故若從靜來動即隨滅應非聞動若
從動來靜即隨滅應無覺靜若從根生必無
動靜如是聞體本無自性若於空出有聞成
性即非虛空又空自聞何關汝入是故當知耳
入虛妄本非因緣非自然性
阿難譬如有人急畜其鼻畜久成勞則於鼻
中聞有冷觸因觸分別通塞虛實如是乃至
諸香臭氣兼鼻與勞同是菩提瞪發勞相因
于通塞二種妄塵發聞居中吸此塵象名齅
聞性此聞離彼通塞二塵畢竟無體當知是
聞非通塞來非於根出不於空生何以故若
從通來塞自聞滅云何知塞如因塞有通則
無聞云何發明香臭等觸若從根生必無通
塞如是聞體本無自性若從空出是聞自當
迴齅汝鼻空自有聞何關汝入是故當知鼻
入虛妄本非因緣非自然性
阿難譬如有人以舌舐吻熟舐令勞其人若
病則有苦味無病之人微有甜觸由甜與苦
顯此舌根不動之時淡性常在兼舌與勞同
是菩提瞪發勞相因甜苦淡二種妄塵發知
居中吸此塵象名知味性此知味性離彼甜
苦及淡二塵畢竟無體如是阿難當知如是
嘗苦淡知非甜苦來非因淡有又非根出不
於空生何以故若甜苦來淡即知滅云何知

上博 67 (51610)　大佛頂如來密因脩證了義諸菩薩萬行首楞嚴經卷第三　(18－2)

嘗苦淡知非甜苦來非因淡有又非根出不
於空生何以故若甜苦來淡即知滅云何知
淡若從淡出甜即知亡復云何知甜苦二相
從舌生必無甜淡及與苦塵斯知味根本
無自性若於空出虛空自味非汝口知又空
自知何關汝入是故當知舌入虛妄本非因
緣非自然性
阿難譬如有人以一冷手觸於熱手若冷勢
多熱者從冷若熱功勝冷者成熱如是以此
合覺之觸顯於離知涉勢若成因于勞觸兼
身與勞同是菩提瞪發勞相因于離合二種
妄塵發覺居中吸此塵象名知覺性此知覺
體離彼離合違順二塵畢竟無體如是阿難
當知是覺非離合來非違順有不於根出又
非空生何以故若合時來離當已滅云何覺
離違順二相亦復如是若從根出必無離合
違順四相則汝身知元無自性必於空出空
自知覺何關汝入是故當知身入虛妄本非
因緣非自然性
阿難譬如有人勞倦則眠睡熟便寤覽塵斯
憶失憶為妄是其顛倒生住異滅吸習中歸
不相踰越稱意知根兼意與勞同是菩提瞪
發勞相因于生滅二種妄塵集知居中吸撮
內塵見聞逆流流不及地名覺知性此覺知
性離彼寤寐生滅二塵畢竟無體如是阿難

上博 67 (51610) 大佛頂如來密因脩證了義諸菩薩萬行首楞嚴經卷第三 (18－3)

性離寤寐生滅二塵畢竟無體如是阿難
當知如是覺知之根非寤寐來非生滅有不
於根出亦非空生何以故若從寤來寐即隨
滅將何為寐必生時有滅即同無令誰受滅
若從滅有生即滅無孰知生者若從根出寤
寐二相隨身開合離斯二體此覺知者同於
空花畢竟無性若從空生自是空知何關汝
入是故當知意入虛妄本非因緣非自然性
復次阿難云何十二處本如來藏妙真如性
阿難汝且觀此祇陀樹林及諸泉池於意云
何此等為是色生眼見眼生色相阿難若復
眼根生色相者見空非色色性應銷銷則顯
發一切都無色相既無誰明空質空亦如是
若復色塵生眼見者觀空非色見即銷亡亡
則都無誰明空色是故當知見與色空俱無
處所即色與見二處虛妄本非因緣非自然
性
阿難汝更聽此祇陀園中食辦擊鼓眾集撞
鐘鐘鼓音聲前後相續於意云何此等為是
聲來耳邊耳往聲處阿難若復此聲來於耳
邊如我乞食室羅筏城在祇陀林則無有我
此聲必來阿難耳處目連迦葉應不俱聞何
況其中一千二百五十沙門一聞鐘聲同來
食處若復汝耳往彼聲邊如我歸住祇陀
林中在室羅城則無有我汝聞鼓聲其耳已往

上博 67 (51610) 大佛頂如來密因脩證了義諸菩薩萬行首楞嚴經卷第三 (18－4)

食處若復汝耳往彼聲邊如我歸住祇陀
林中在室羅城則無有我汝聞鼓聲其耳已往
擊鼓之處鍾聲齊出應不俱聞何況其中象
馬牛羊種種音響若無來往亦復無聞是故
當知聽與音聲俱無處所即聽與聲二處
虛妄本非因緣非自然性
阿難汝又齅此鑪中旃檀此香若復然於一
銖室羅筏城卌里內同時聞氣於意云何此
香為復生旃檀木生於汝鼻為生於空阿難
若復此香生於汝鼻稱鼻所生當從鼻出鼻
非旃檀云何鼻中有旃檀氣稱汝聞香當於
鼻入鼻中出香說聞非義若生於空空性常
恒香應常在何藉鑪中爇此枯木若生於木
則此香質因爇成煙若鼻得聞合蒙煙氣其
煙騰空未及遙遠卌里內云何已聞是故當
知香鼻與聞俱無處所即齅與香二處虛妄
本非因緣非自然性
阿難汝常二時眾中持鉢其間或遇酥酪醍
醐名為上味於意云何此味為復生於空中
生於舌中為生食中阿難若復此味生於汝
舌在汝口中祇有一舌其舌爾時已成酥味
遇黑石蜜應不推移若不變移不名知味
若變移者舌非多體云何多味一舌之知若生
於食食非有識云何自知又食自知即同他
食何預於汝名味之知若生於空汝噉虛空

上博 67 (51610) 大佛頂如來密因脩證了義諸菩薩萬行首楞嚴經卷第三 (18－5)

於食食非有識云何自知又食自知即同他
食何預於汝名味之知若生於空汝噉虛空
當作何味必其虛空若作醎味既醎汝舌亦
醎汝面則此界人同於海魚既常受醎了不
知淡若不識淡亦不覺醎必無所知云何名
味是故當知味舌與嘗俱無處所即嘗與味二
俱虛妄本非因緣非自然性
阿難汝常晨朝以手摩頭於意云何此摩所知
誰為能觸能為在手為復在頭若在於手
頭則無知云何成觸若在於頭手則無用云
何名觸若各有則汝阿難應有二身若頭
與手一觸所生則手與頭當為一體若一體
者觸則無成若二體者觸誰為在在能非所
在所非能不應虛空與汝成觸是故當知覺
觸與身俱無處所即身與觸二俱虛妄本非
因緣非自然性
阿難汝常意中所緣善惡無記三性生成法
則此法為復即心所生為當離心別有方所
阿難若即心者法則非塵非心所緣云何成
處若離於心別有方所則法自性為知非知
知則名心異汝非塵同他心量即汝即心云
何汝心更二於汝若非知者此塵既非色聲
香味離合冷煖及虛空相當於何在今於色
空都無表示不應人間更有空外心非所緣
處從誰立是故當知法則與心俱無處所則

上博 67 (51610) 大佛頂如來密因脩證了義諸菩薩萬行首楞嚴經卷第三 (18－6)

香味離合冷煖及虛空相當於何在令於色
空都無表示不應人間更有空外心非所緣
處從誰立是故當知法則與心俱無處所則
意與法本非因緣非自然性
復次阿難云何十八界本如來藏妙真如性
阿難如汝所明眼色為緣生於眼識此識為
復因眼所生以眼為界因色所生以色為界
阿難若因眼生既無色空無可分別縱有汝識
欲將何用汝見又非青黃赤白無所表示從
何立界若因色生空無色時汝識應滅云
何識知是虛空性若色變時汝亦識其色相
遷變汝識不遷界從何立從變則變界相
自無不變則恒既從色生應不識知虛空所在
若兼二種眼色共生合則中離離則兩合體
性雜亂云何成界是故當知眼色為緣生眼
識界三處都無則眼與色及色界三本非因
緣非自然性
阿難又汝所明耳聲為緣生於耳識此識為
復因耳所生以耳為界因聲所生以聲為界
阿難若因耳生動靜二相既不現前根不成
知必無所知知尚無成識何形貌若取耳聞
無動靜故聞無所成云何耳形雜色觸塵名
為識界則耳識界復從誰立若生於聲識因
聲有則不關聞無聞則亡聲相所在識從聲
生語聲因聞而有聲相聞應聞識不聞非界

上博 67 (51610) 大佛頂如來密因脩證了義諸菩薩萬行首楞嚴經卷第三 (18－7)

生語聲因聞而有聲相聞應聞識不聞非界
聞則同聲識已被聞誰知聞識若無知者終
如草木不應聲聞雜成中界界無中位則內
外相復從何成是故當知耳聲為緣生耳識
界三處都無則耳與聲及聲界三本非因緣
非自然性
阿難又汝所明鼻香為緣生於鼻識此識為復
因鼻所生以鼻為界因香所生以香為界阿
難若因鼻生則汝心中以何為鼻為取宍
形雙爪之相為取嗅知動搖之性若取宍形
宍質乃身身知即觸名身非鼻名觸即塵鼻
尚無名云何立界若取嗅知又汝心中以何
為知以宍為知則宍之知元觸非鼻以空為
知空則自知宍應非覺如是則應虛空是汝
汝身非知今日阿難應無所在以香為知知
自屬香何預於汝若香臭氣必生汝鼻則彼
香臭二種流氣不生伊蘭及栴檀木二物不
來汝自嗅鼻為香為臭臭則非香香應非
臭若香臭二俱能聞者則汝一人應有兩鼻對
我問道有二阿難誰為汝體若鼻是一香臭
無二臭既為香香復成臭二性不有界從誰
立若因香生識因香有如眼有見不能觀眼
因香有故應不知香知則非生不知非識香
非知有香界不成識不知香因界則非從香
建立既無中間不成內外彼諸聞性畢竟虛

上博 67 (51610) 大佛頂如來密因脩證了義諸菩薩萬行首楞嚴經卷第三 (18－8)

非知有香界不成識不知香因界則非從香
建立既無中間不成內外彼諸聞性畢竟虛
妄是故當知鼻香為緣生鼻識界三處都无
則鼻與香及香界三本非因緣非自然性阿
難又汝所明舌味為緣生於舌識此識為復
因舌所生以舌為界因味所生以味為界阿難
若因舌生則諸世間甘蔗烏梅黃連石鹽細
辛薑桂都無有味汝自嘗舌為甜為苦若
舌性苦誰來嘗舌舌不自嘗孰為知覺舌性
非苦味自不生云何立界若因味生識自為
味同於舌根應不自嘗云何識知是味非味
又一切味非一物生味既多生識應多體識
體若一體必味生醎淡甘辛和合俱生識變
異相同為一味應無分別分別既無則不名
識云何復名舌味識界不應虛空生汝心識
舌味和合即於是中元無自性云何界生是
故當知舌味為緣生舌識界三處都無則舌
與味及舌界三本非因緣非自然性
阿難又汝所明身觸為緣生於身識此識為
復因身所生以身為界因觸所生以觸為界
阿難若因身生必無合離二覺觀緣身何所
識若因觸生必無汝身誰有非身知合離者
阿難物不觸知身知有觸知身即觸知觸即
身即觸非身即身非觸身觸二相元無處所
合身即為身自體性離身即是虛空等相內

上博 67 (51610) 大佛頂如來密因脩證了義諸菩薩萬行首楞嚴經卷第三 (18－9)

合身即為身自體性離身即是虛空等相內
外不成中云何立中不復立內外性空即汝識
生從誰立界是故當知身觸為緣生身識界
三處都無則身與觸及身界三本非因緣
非自然性
阿難又汝所明意法為緣生於意識此識為
復因意所生以意為界因法所生以法為界阿
難若因意生於汝意中必有所思發明汝意
若無前法意無所生離緣無形識將何用又
汝識心與諸思量兼了別性為同為異同意
即意云何所生異意不同應無所識若無所
識云何意生若有所識云何識意唯同與
異二性無成界云何立若因法生世間諸法不
離五塵汝觀色法及諸聲法香法味法及
與觸法相狀分明以對五根非意所攝汝識
決定依於法生汝今諦觀法法何狀若離色
空動靜通塞合離生滅越此諸相終無所得
生則色空諸法等生滅則色空諸法等滅所
因既無因生有識作何形相相狀不有界云
何生是故當知意法為緣生意識界三處都
無則意與法及意界三本非因緣非自然性
阿難白佛言世尊如來常說和合因緣一切
世間種種變化皆因四大和合發明云何如
來因緣自然二俱排擯我今不知斯義所屬
唯垂哀愍開示眾生中道了義無戲論法

上博 67 (51610) 大佛頂如來密因脩證了義諸菩薩萬行首楞嚴經卷第三 (18－10)

來因緣自然二俱排擯我今不知斯義所屬
唯垂哀愍開示衆生中道了義無戲論法
尒時世尊告阿難言汝先厭離聲聞緣覺諸
小乘法發心勤求無上菩提故我今時為汝
開示第一義諦如何復將世間戲論妄想因
緣而自纏繞汝雖多聞如說藥人真藥現前
不能分別如來說為真可憐愍汝今諦聽吾
當為汝分別開示亦令當來脩大乘者通達
實相阿難默然承佛聖音
阿難如汝所言四大和合發明世間種種變化
阿難若彼大性體非和合則不能與諸大
雜和猶如虛空不和諸色若和合者同於變
化始終相成生滅相續生死死生生生死死
如旋火輪未有休息阿難如水成氷氷還成
水汝觀地性麤為大地細為微塵至隣虛塵
析彼極微色邊際相七分所成更析隣虛即
實空性阿難若此隣虛析成虛空當知虛空
出生色相汝今問言由和合故出生世間諸
變化相汝且觀此一隣虛塵用幾虛空和合
而有不應隣虛合成隣虛又隣虛塵析入空
者用幾色相合成虛空若色合時合色非空
若空合時合空非色色猶可析空云何合汝
元不知如來藏中性色真空性空真色清淨
本然周遍法界隨衆生心應所知量循業發
現世間無知惑為因緣及自然性皆是識心

上博 67 (51610) 大佛頂如來密因脩證了義諸菩薩萬行首楞嚴經卷第三 (18－11)

現世間無知惑為因緣及自然性皆是識心
分別計度但有言說都無實義
阿難火性無我寄於諸緣汝觀城中未食之
家欲炊爨時手執陽燧日前求火阿難名和
合者如我與汝一千二百五十比丘今為一衆
衆雖為一詰其根本各各有身皆有所生
氏族名字如舍利弗婆羅門種優盧頻螺迦
葉波種乃至阿難瞿曇種姓阿難若此火性
因和合有彼手執鏡於日求火此火為從鏡
中而出為從艾出為於日來阿難若日來者
自能燒汝手中之艾來處林木皆應受焚若
鏡中出自能於鏡出然于艾鏡何不鎔紆汝
手執高無熱相云何融泮若生於艾何藉日
鏡光明相接然後火生汝又諦觀鏡因手執
日從天來艾本地生火從何方遊歷於此日
鏡相遠非和非合不應火光無從自有汝猶
不知如來藏中性火真空性空真火清淨本
然周遍法界隨衆生心應所知量阿難當知
世人一處執鏡一處火生遍法界執滿世間
起起遍世間寧有方所循業發現世間無知
惑為因緣及自然性皆是識心分別計度但
有言說都無實義
阿難水性不定流息無恒如室羅城迦毗羅仙
斫迦羅仙及鉢頭摩訶薩多等諸大幻師
求太陰精用和幻藥是諸師等於白月晝手

上博 67 (51610) 大佛頂如來密因脩證了義諸菩薩萬行首楞嚴經卷第三 (18－12)

求太陰精用和幻藥是諸師等於白月晝手
執方諸承月中水此水為復從珠中出空中
自有為從月來阿難若從月來尚能遠方令
珠出水所經林木皆應吐流流則何待方諸
所出不流明水非從月降若從珠出則此珠
中常應流水何待中宵承白月晝若從空生
空性無邊水當無際從人洎天皆同滔溺云
何復有水陸空行汝更諦觀月從天陟珠因
手持承珠水盤本人敷設水從何方流注於
此月珠相遠非和非合不應水精無從自有
汝尚不知如來藏中性水真空性空真水清
淨本然周遍法界隨眾生心應所知量一處
執珠一處水出遍法界執滿法界生生滿世
間寧有方所循業發現世間無知惑為因緣
及自然性皆是識心分別計度但有言說都無
實義
阿難風性無體動靜不常汝常整衣入於大
眾僧伽梨角動及傍人則有微風拂彼人面
此風為復出袈裟角發於虛空生彼人面阿
難此風若復出袈裟角汝乃披風其衣飛搖
應離汝體我今說法會中垂衣汝看我衣風
何所在不應衣中有藏風地若生虛空汝衣
不動何因無拂空性常住風應常生若無風
時虛空當滅滅風可見滅空何狀若有生滅
不名虛空名為虛空云何風出若風自生彼

上博 67 (51610) 大佛頂如來密因脩證了義諸菩薩萬行首楞嚴經卷第三 (18－13)

不名虛空名為虛空云何風出若風自生彼
拂之面從彼面生當應拂汝自汝整衣云何
倒拂汝審諦觀整衣在汝面屬彼人虛空寂
然不參流動風自誰方鼓動來此風空性隔
非和非合不應風性無從自有汝元不知如來
藏中性風真空性空真風清淨本然周遍
法界隨眾生心應所知量阿難如汝一人微
動服衣有微風出遍法界拂滿國土生周遍
世間寧有方所循業發現世間無知惑為因
緣及自然性皆是識心分別計度但有言說
都無實義
阿難空性無形因色顯發如室羅城去河遙
處諸刹利種及婆羅門毗舍首陀兼頗羅墮旃
陀羅等新立安居鑿井求水出土一尺於中
則有一尺虛空如是乃至出土一丈中間還得
一丈虛空虛空淺深隨出多少此空為當
因土所出因鑿所有無因自生阿難若復此
空無因自生未鑿土前何不無礙唯見大地
迥無通達若因土出則土出時應見空入若
土先出無空入者云何虛空因土而出若無
出入則應空土元無異因無異則同則土出
時空何不出若因鑿出則鑿出空應非出土
不因鑿出鑿自出土云何見空汝更審諦諦
審諦觀鑿從人手隨方運轉土因地移如是
虛空因何所出鑿空虛實不相為用非和非

上博 67 (51610) 大佛頂如來密因脩證了義諸菩薩萬行首楞嚴經卷第三 (18－14)

審諦觀鑿從人手隨方運轉土因地移如是
虛空因何所出鑿空虛實不相為用非和非
合不應虛空無從自出若此虛空性圓周遍
本不動搖當知現前地水火風均名五大性
真圓融皆如來藏本無生滅阿難汝心昏迷
不悟四大元如來藏當觀虛空為出為入為
非出入汝全不知如來藏中性覺真空性空
真覺清淨本然周遍法界隨衆生心應所知
量阿難如一井空空生一井十方虛空亦復
如是圓滿十方寧有方所循業發現世間無
知惑為因緣及自然性皆是識心分別計度
但有言說都無實義
阿難見覺無知因色空有如汝今者在祇陀
林朝明夕昏設居中宵白月則光黑月便暗
則明暗等因見分析此見為復與明暗相并
太虛空為同一體為非一體或同非同或異
非異阿難此見若復與明與暗及與虛空元
一體者則明與暗二體相亡暗時無明明時非
暗若與暗一明則見亡必一於明暗時當滅
滅則云何見明見暗若明暗殊見無生滅
一云何成若此見精與暗與明非一體者汝
離明暗及與虛空分析見元作何形相離明
離暗及離虛空是見元同龜毛兔角明暗虛
空三事俱異從何立見明暗相背云何或同
離三元無云何或異分空分見本無邊畔云

上博 67 (51610) 大佛頂如來密因脩證了義諸菩薩萬行首楞嚴經卷第三 (18－15)

離三元無云何或異分空分見本無邊畔云
何非同見暗見明性非遷改云何非異汝更
細審微細審詳審諦審觀明從太陽暗隨黑
月通屬虛空壅歸大地如是見精因何所出
見覺空頑非和非合不應見精無從自出若
見聞知性圓周遍本不動搖當知無邊不動
虛空并其動搖地水火風均名六大性真圓
融皆如來藏本無生滅阿難汝性沉淪不悟
汝之見聞覺知本如來藏汝當觀此見聞覺
知為生為滅為同為異為非生滅為非同異
汝曾不知如來藏中性見覺明覺精明見清
淨本然周遍法界隨衆生心應所知量如一
見根見周法界聽齅嘗觸覺觸覺知妙德
瑩然遍周法界圓滿十虛寧有方所循業發現
世間無知惑為因緣及自然性皆是識心分
別計度但有言說都無實義
阿難識性無源因於六種根塵妄出汝今遍
觀此會聖衆用目循歷其目周視但如鏡中
無別分析汝識於中次第標指此是文殊此
富樓那此目乾連此須菩提此舍利弗此識了
知為生於見為生於相為生虛空為無所
因突然而出阿難若汝識性生於見中如無明
暗及與色空四種必無元無汝見見性尚無
從何發識若汝識性生於相中不從見生既
不見明亦不見暗明暗不矚即無色空彼相

上博 67 (51610) 大佛頂如來密因脩證了義諸菩薩萬行首楞嚴經卷第三 (18－16)

暗及與色空四種必無元無汝見見性尚無
從何發識若汝識性生於相中不從見生既
不見明亦不見暗明暗不矚即無色空彼相
尚無識從何發若生於空非相非見非見
無辯自不能知明暗色空非相滅緣見聞覺
知無處安立處此二非空則同無有非同物
縱發汝識欲何分別若無所因突然而出何
不日中別識明月汝更細詳微細詳審見託
汝睛相推前境可狀成有不相成無如是識
緣因何所出識動見澄非和非合聞聽覺知
亦復如是不應識緣無從自出若此識心本
無所從當知了別見聞覺知圓滿湛然性非
從所兼彼虛空地水火風均名七大性真圓
融皆如來藏本無生滅阿難汝心麁浮不悟
見聞發明了知本如來藏汝應觀此六處識
心為同為異為空為有為非同異為非空有
汝元不知如來藏中性識明知覺明真識妙
覺湛然遍周法界含吐十虛寧有方所循業
發現世間無知惑為因緣及自然性皆是識
心分別計度但有言說都無實義
爾時阿難及諸大衆蒙佛如來微妙開示身
心蕩然得無罣礙是諸大衆各各自知心遍
十方見十方空如觀手中所持葉物一切世間
諸所有物皆即菩提妙明元心心精遍圓含
裹十方反觀父母所生之身猶彼十方虛
空之中吹一微塵若存若亡如湛巨海流一

上博 67 (51610)　大佛頂如來密因脩證了義諸菩薩萬行首楞嚴經卷第三　(18－17)

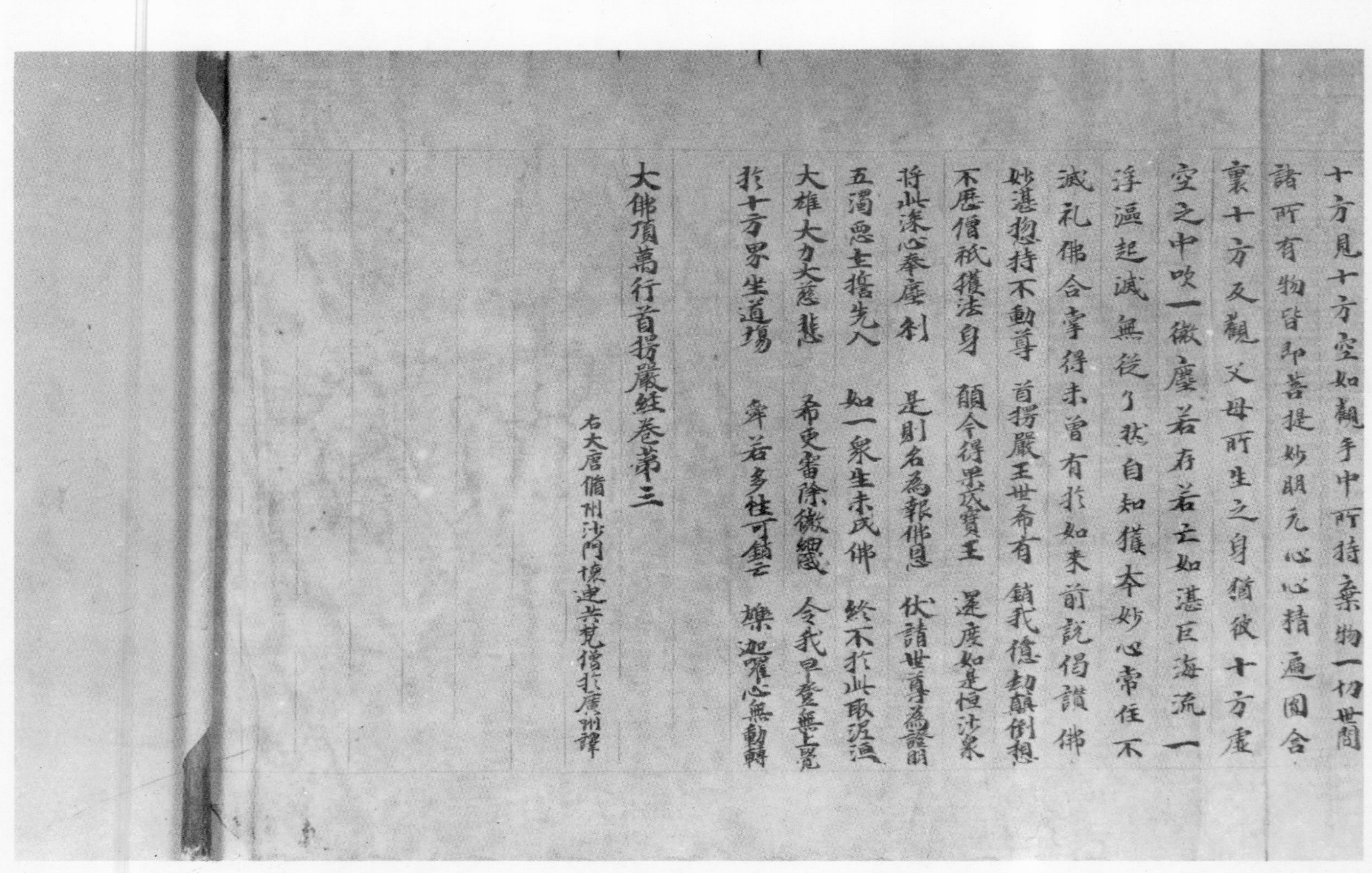

十方見十方空如觀手中所持葉物一切世間
諸所有物皆即菩提妙明元心心精遍圓含
裹十方反觀父母所生之身猶彼十方虛
空之中吹一微塵若存若亡如湛巨海流一
浮漚起滅無從了然自知獲本妙心常住不
滅禮佛合掌得未曾有於如來前說偈讚佛
妙湛總持不動尊　首楞嚴王世希有　銷我億劫顛倒想
不歷僧祇獲法身　願今得果成寶王　還度如是恒沙衆
將此深心奉塵刹　是則名為報佛恩　伏請世尊為證明
五濁惡世誓先入　如一衆生未成佛　終不於此取泥洹
大雄大力大慈悲　希更審除微細惑　令我早登無上覺
於十方界坐道場　舜若多性可銷亡　爍迦羅心無動轉

大佛頂萬行首楞嚴經卷第三

右大臣備州沙門懷迪共梵僧於廣州譯

上博 67 (51610)　大佛頂如來密因脩證了義諸菩薩萬行首楞嚴經卷第三　(18－18)

妙法蓮華經觀世音菩薩普門品第二十五
尒時无盡意菩薩即從座起偏袒右肩合掌
向佛而作是言世尊觀世音菩薩以何因緣
名觀世音佛告无盡意菩薩善男子若有无
量百千万億衆生受諸苦惱聞是觀世音菩
薩一心稱名觀世音菩薩即時觀其音聲皆
得解脫若有持是觀世音菩薩名者設入大火
火不能燒由是菩薩威神力故若爲大水
所漂稱其名号即得淺處若有百千万億衆
生爲求金銀琉璃車𤦲馬瑙珊瑚虎珀真珠
等寶入於大海假使黑風吹其舩舫漂墮羅
刹鬼國其中若有乃至一人稱觀世音菩薩
名者是諸人等皆得解脫羅刹之難以是因
緣名觀世音若復有人臨當被害稱觀世音
菩薩名者彼所執刀杖尋段段壞而得解脫
若三千大千國土滿中夜叉羅刹欲來惱人
聞其稱觀世音菩薩名者是諸惡鬼尚不能
以惡眼視之況復加害設復有人若有罪若
无罪杻械枷鎖檢繫其身稱觀世音菩薩名
者皆悉斷壞即得解脫若三千大千國土滿
中怨賊有一商主將諸商人齎持重寶經過
險路其中一人作是唱言諸善男子勿得恐
怖汝等應當一心稱觀世音菩薩名号是菩
薩能以无畏施於衆生汝等若稱名者於此

上博 68 (51611) 妙法蓮華經卷第七 (18－1)

怖汝等應當一心稱觀世音菩薩名号是菩
薩能以无畏施於衆生汝等若稱名者於此
怨賊當得解脫衆商人聞俱發聲言南无觀
世音菩薩稱其名故即得解脫无盡意觀世
音菩薩摩訶薩威神之力巍巍如是若有衆
生多於婬欲常念恭敬觀世音菩薩便得離
欲若多瞋恚常念恭敬觀世音菩薩便得離
瞋若多愚癡常念恭敬觀世音菩薩便得離
癡无盡意觀世音菩薩有如是等大威神力
多所饒益是故衆生常應心念若有女人設
欲求男礼拜供養觀世音菩薩便生福德智
慧之男設欲求女便生端正有相之女宿植
德本衆人愛敬无盡意觀世音菩薩有如是
力若有衆生恭敬礼拜觀世音菩薩福不唐
捐是故衆生皆應受持觀世音菩薩名号无
盡意若有人受持六十二億恒河沙菩薩名
字復盡形供養飲食衣服卧具醫藥於汝意
云何是善男子善女人功德多不无盡意言
甚多世尊佛言若復有人受持觀世音菩薩
名号乃至一時礼拜供養是二人福正等无
異於百千万億劫不可窮盡无盡意受持觀
世音菩薩名号得如是无量无邊福德之利
无盡意菩薩白佛言世尊觀世音菩薩云何
遊此娑婆世界云何而爲衆生說法方便之
力其事云何佛告无盡意菩薩善男子若有

上博 68 (51611) 妙法蓮華經卷第七 (18－2)

遊此娑婆世界云何而為衆生說法方便之
力其事云何佛告无盡意菩薩善男子若有
國土衆生應以佛身得度者觀世音菩薩即
現佛身而為說法應以辟支佛身得度者即
現辟支佛身而為說法應以聲聞身得度者
即現聲聞身而為說法應以梵王身得度者
即現梵王身而為說法應以帝釋身得度者
即現帝釋身而為說法應以自在天身得度
者即現自在天身而為說法應以大自在天
身得度者即現大自在天身而為說法應以
天大将軍身得度者即現天大将軍身而為
說法應以毗沙門身得度者即現毗沙門身
而為說法應以小王身得度者即現小王身
而為說法應以長者身得度者即現長者身
而為說法應以居士身得度者即現居士身
而為說法應以宰官身得度者即現宰官身
而為說法應以婆羅門身得度者即現婆羅
門身而為說法應以比丘比丘尼優婆塞優
婆夷身得度者即現比丘比丘尼優婆塞優
婆夷身而為說法應以長者居士宰官婆羅
門婦女身得度者即現婦女身而為說法應
以童男童女身得度者即現童男童女身而
為說法應以天龍夜叉乾闥婆阿脩羅迦樓
羅緊那羅摩睺羅伽人非人等身得度者即
皆現之而為說法應以執金剛神得度者即

上博 68 (51611)　妙法蓮華經卷第七　(18－3)

羅緊那羅摩睺羅伽人非人等身得度者即
皆現之而為說法應以執金剛神得度者即
現執金剛神而為說法无盡意是觀世音菩
薩成就如是功德以種種形遊諸國土度脫衆
生是故汝等應當一心供養觀世音菩薩是
觀世音菩薩摩訶薩於怖畏急難之中能施
无畏是故此娑婆世界皆号之為施无畏者
无盡意菩薩白佛言世尊我今當供養觀世音
菩薩即解頸衆寶珠瓔珞價直百千兩金
而以與之作是言仁者受此法施珎寶瓔珞
時觀世音菩薩不肯受之无盡意復白觀世
音菩薩言仁者愍我等故受此瓔珞尒時佛
告觀世音菩薩當愍此无盡意菩薩及四衆
天龍夜叉乾闥婆阿脩羅迦樓羅緊那羅摩
睺羅伽人非人等故受是瓔珞即時觀世音
菩薩愍諸四衆及於天龍人非人等受其瓔
珞分作二分一分奉釋迦牟尼佛一分奉多
寶佛塔无盡意觀世音菩薩有如是自在神
力遊於娑婆世界尒時无盡意菩薩以偈
問曰
世尊妙相具　我今重問彼　佛子何因緣　名為觀世音
具足妙相尊　偈荅无盡意　汝聽觀音行　善應諸方所
弘誓深如海　歴劫不思議　侍多千億佛　發大清淨願
我為汝略說　聞名及見身　心念不空過　能滅諸有苦
假使興害意　推落大火坑　念彼觀音力　火坑變成池

上博 68 (51611)　妙法蓮華經卷第七　(18－4)

我為汝略說　聞名及見身　心念不空過　能滅諸有苦
假使興害意　推落大火坑　念彼觀音力　火坑變成池
或漂流巨海　龍魚諸鬼難　念彼觀音力　波浪不能沒
或在須弥峯　為人所推墮　念彼觀音力　如日虛空住
或被惡人逐　墮落金剛山　念彼觀音力　不能損一毛
或值怨賊繞　各執刀加害　念彼觀音力　咸即起慈心
或遭王難苦　臨刑欲壽終　念彼觀音力　刀尋段段壞
或囚禁枷鎖　手足被杻械　念彼觀音力　釋然得解脫
呪詛諸毒藥　所欲害身者　念彼觀音力　還著於本人
或遇惡羅剎　毒龍諸鬼等　念彼觀音力　時悉不敢害
若惡獸圍遶　利牙爪可怖　念彼觀音力　疾走无邊方
蚖虵及蝮蝎　氣毒烟火然　念彼觀音力　尋聲自迴去
雲雷鼓掣電　降雹澍大雨　念彼觀音力　應時得消散
衆生被困厄　无量苦逼身　觀音妙智力　能救世間苦
具足神通力　廣脩智方便　十方諸國土　无剎不現身
種種諸惡趣　地獄鬼畜生　生老病死苦　以漸悉令滅
真觀清淨觀　廣大智慧觀　悲觀及慈觀　常願常瞻仰
无垢清淨光　慧日破諸闇　能伏灾風火　普明照世間
悲體戒雷震　慈意妙大雲　澍甘露法雨　滅除煩惱焰
諍訟經官處　怖畏軍陣中　念彼觀音力　衆怨悉退散
妙音觀世音　梵音海潮音　勝彼世間音　是故須常念
念念勿生疑　觀世音淨聖　於苦惱死厄　能為作依怙
具一切功德　慈眼視衆生　福聚海无量　是故應頂禮
尒時持地菩薩即從坐起前白佛言世尊若
有衆生聞是觀世音菩薩品自在之業普門

上博 68 (51611)　妙法蓮華經卷第七　(18－5)

尒時持地菩薩即從坐起前白佛言世尊若
有衆生聞是觀世音菩薩品自在之業普門
示現神通力者當知是人功德不少佛說是
普門品時衆中八万四千衆生皆發无等等
阿耨多羅三藐三菩提心
妙法蓮華經陁羅尼品第二十六
尒時藥王菩薩即從座起偏袒右肩合掌向
佛而白佛言世尊若善男子善女人有能受
持法華經者若讀誦通利若書寫經卷得幾
所福佛告藥王若有善男子善女人供養八
百万億那由他恒河沙等諸佛於汝意云何
其所得福寧為多不甚多世尊佛言若善男
子善女人能於是經乃至受持一四句偈讀
誦解義如說脩行功德甚多尒時藥王菩
薩白佛言世尊我今當與說法者陁羅尼呪
以守護之即說呪曰
安尒一 曼尒二 摩祢三 摩摩祢四 旨隸五 遮
梨第六 賒咩羊鳴音七 賒履罔雉反 多瑋八 羶輸千反
帝九 目帝十 目多履十一 娑履十二 阿瑋娑履十三
桑履十四 娑履十五 叉裔十六 阿叉裔十七 阿耆膩十八
羶帝十九 賒履二十 陁羅尼二十一 阿盧伽婆娑蘇奈反二十二
簸蔗毗叉膩二十三 祢毗剃二十四 阿便哆都餓反二十五 邏祢
履剃二十六 阿亶哆波隸輸地途賣反二十七 漚究隸二十八
牟究隸二十九 阿羅隸三十 波羅隸三十一 首迦差初几反三十二
阿三磨三履三十三 佛馱毗吉利袠帝

上博 68 (51611)　妙法蓮華經卷第七　(18－6)

[illegible]

六 牟究隸二十七 阿羅隸二十八 波羅隸二十九 首迦差

三十 阿三磨三履三十一 佛䭾毗吉利袠帝

三十二 達磨波利差帝三十三 僧伽涅

瞿沙祢三十四 婆舍婆舍輸地三十五 曼哆邏三十六

曼哆邏叉夜多三十七 郵樓哆三十八 郵樓哆憍舍

略三十九 惡叉邏四十 惡叉冶多冶四十一 阿婆盧

四十二 阿摩若(荏蔗反)那多夜四十三

世尊是陁羅尼神呪六十二億恒河沙等諸

佛所說若有侵毀此法師者則為侵毀是諸

佛已時釋迦牟尼佛讚藥王菩薩言善哉善

哉藥王汝愍念擁護此法師故說是陁羅尼

於諸衆生多所饒益介時勇施菩薩白佛言

世尊我亦為擁護讀誦受持法華經者說陁

羅尼若此法師得是陁羅尼若夜叉若羅刹

若富單那若吉蔗若鳩槃茶若餓鬼等伺求

其短无能得便即於佛前而說呪曰

痤隸一 摩訶痤隸二 郁枳三 目枳四 阿

隸五 阿羅婆第六 涅隸第七 涅隸多婆第八

伊緻(猪履反)柅九 韋緻柅十 旨緻柅十一 涅隸墀

柅十二 涅犁墀婆底十三

世尊是陁羅尼神呪恒河沙等諸佛所說亦

皆隨喜若有侵毀此法師者則為侵毀是諸

佛已介時毗沙門天王護世者白佛言世尊

我亦為愍念衆生擁護此法師故說是陁

上博 68 (51611) 妙法蓮華經卷第七 (18－7)

我亦為愍念衆生擁護此法師故說是陁

羅尼即說呪曰

阿梨一 那梨二 㝹那梨三 阿那盧四 那履五

拘那履六

世尊以是神呪擁護法師我亦自當擁護持

是經者令百由旬內无諸衰患介時持國天

王在此會中與千万億那由他乾闥婆衆恭

敬圍繞前詣佛所合掌白佛言世尊我亦

陁羅尼神呪擁護持法華經者即說呪曰

阿伽祢一 伽祢二 瞿利三 乾陁利四 栴陁利

五 摩蹬耆六 常求利七 浮樓莎柅八 頞底九

世尊是陁羅尼神呪四十二億諸佛所說若

有侵毀此法師者則為侵毀是諸佛已介時

有羅刹女等一名藍婆二名毗藍婆三名曲

齒四名華齒五名黑齒六名多髮七名无猒

足八名持瓔珞九名睪帝十名奪一切衆生

精氣是十羅刹女與鬼子母并其子及眷屬

俱詣佛所同聲白佛言世尊我等亦欲擁護

讀誦受持法華經者除其衰患若有伺求

法師短者令不得便即於佛前而說呪曰

伊提履一 伊提泯二 伊提履三 阿提履四 伊

提履五 泥履六 泥履七 泥履八 泥履九 泥

履十 樓醯十一 樓醯十二 樓醯十三 樓醯十四 多醯十五

多醯十六 多醯十七 兜醯十八 㝹醯十九

[illegible]

上博 68 (51611) 妙法蓮華經卷第七 (18－8)

多醯十六多醯十七兜醯十八㝹醯十九
寧上我頭上莫惱於法師若夜叉若羅刹若
餓鬼若富單那若吉蔗若毗陀羅若揵䭾若
烏摩勒伽若阿跋摩羅若夜叉吉蔗若人
吉蔗若熱病若一日若二日若三日若四日若
至七日若常熱病若男形若女形若童男
形若童女形乃至夢中亦復莫惱即於佛前
而說偈言
若不順我呪　惱亂說法者　頭破作七分　如阿梨樹枝
如殺父母罪　亦如壓油殃　斗秤欺誑人　調達破僧罪
犯此法師者　當獲如是殃
諸羅刹女說此偈已白佛言世尊我等亦當
身自擁護受持讀誦脩行是經者令得安隱
離諸衰患消衆毒藥佛告諸羅刹女善哉
善哉汝等但能擁護受持法華名者福不可量
何況擁護具足受持供養經卷華香瓔珞末
香塗香燒香幡蓋伎樂然種種燈穌燈油燈
諸香油燈穌摩那華油燈瞻蔔華油燈婆師
迦華油燈優鉢羅華油燈如是等百千種供
養者睪帝汝等及眷屬應當擁護如是法
師說是陁羅尼品時六万八千人得无生法忍
妙法蓮華經妙莊嚴王本事品第二十七
尒時佛告諸大衆乃往古世過无量无邊不
可思議阿僧祇劫有佛名雲雷音宿王華智
多陁阿伽度阿羅呵三藐三佛陁國名光明

上博 68 (51611)　妙法蓮華經卷第七　(18－9)

可思議阿僧祇劫有佛名雲雷音宿王華智
多陁阿伽度阿羅呵三藐三佛陁國名光明
莊嚴劫名憙見彼佛法中有王名妙莊嚴其
王夫人名曰淨德有二子一名淨藏二名淨
眼是二子有大神力福德智慧久脩菩薩所
行之道所謂檀波羅蜜尸羅波羅蜜羼提波
羅蜜毗梨耶波羅蜜禪波羅蜜般若波羅蜜
方便波羅蜜慈悲喜捨乃至三十七助道法
皆悉明了通達又得菩薩淨三昧日星宿三
昧淨光三昧淨色三昧淨照明三昧長莊嚴
三昧大威德藏三昧於此三昧亦悉通達尒
時彼佛欲引導妙莊嚴王及愍念衆生故說
是法華經時淨藏淨眼二子到其母所合十
指爪掌白言願母往詣雲雷音宿王華智佛
所我等亦當侍從親近供養礼拜所以者何
此佛於一切天人衆中說法華經宜應聽受
母告子言汝父信受外道深著婆羅門法汝
等應往白父與共俱去淨藏淨眼合十爪指
掌白母我等是法王子而生此邪見家母告
子言汝等當憂念汝父爲現神變若得見者
心必清淨或聽我等往至佛所於是二子念
其父故踊在虛空高七多羅樹現種種神變
於虛空中行住坐卧身上出水身下出火身
下出水身上出火或現大身滿虛空中而復
現小小復現大於空中滅忽然在地入地如

上博 68 (51611)　妙法蓮華經卷第七　(18－10)

下出水身上出火或現大身滿虚空中而復
現小小復現大於空中滅忽然在地入地如
水履水如地現如是等種種神變令其父王
心淨信解時父見子神力如是心大歡喜得
未曾有合掌向子言汝等師為是誰誰之弟
子二子白言大王彼雲雷音宿王華智佛今
在七寶菩提樹下法座上坐於一切世間天
人衆中廣說法華經是我等師我是弟子父
語子言我今亦欲見汝等師可共俱往於是
二子從空中下到其母所合掌白母父王今
已信解堪任發阿耨多羅三藐三菩提心我
等為父已作佛事願母見聽於彼佛所出家
脩道尒時二子欲重宣其意以偈白母
願母放我等　出家作沙門　諸佛甚難值　我等隨佛學
如優曇波羅　值佛復難是　脫諸難亦難　願聽我出家
母即告言聽汝出家所以者何佛難值故於
是二子白父母言善哉父母願時往詣雲雷
音宿王華智佛所親近供養所以者何佛難
得值如優曇波羅華又如一眼之龜值浮木
孔而我等宿福深厚生值佛法是故父母當
聽我等令得出家所以者何諸佛難值時亦
難遇彼時妙莊嚴王後宮八万四千人皆悉
堪任受持是法華經淨眼菩薩於法華三昧
久已通達淨藏菩薩已於无量百千万億劫
通達離諸惡趣三昧欲令一切衆生離諸惡

上博 68 (51611)　妙法蓮華經卷第七　(18－11)

久已通達淨藏菩薩已於无量百千万億劫
通達離諸惡趣三昧欲令一切衆生離諸惡
趣故其王夫人得諸佛集三昧能知諸佛秘
密之藏二子如是以方便力善化其父令心
信解好樂佛法於是妙莊嚴王與群臣眷屬
俱淨德夫人與後宮婇女眷屬俱其王二子
與四万二千人俱一時共詣佛所到已頭面礼
之繞佛三帀却住一面尒時彼佛為王說
法示教利喜王大歡悅尒時妙莊嚴王及其
夫人解頸真珠瓔珞價直百千以散佛上於
虚空中化成四柱寶臺臺中有大寶床敷百
千万天衣其上有佛結跏趺坐放大光明尒
時妙莊嚴王作是念佛身希有端嚴殊特成
就第一微妙之色時雲雷音宿王華智佛告
四衆言汝等見是妙莊嚴王於我前合掌立
不此王於我法中作比丘精勤脩習助佛道
法當得作佛号娑羅樹王國名大光劫名大
高王其娑羅樹王佛有无量菩薩衆及无量
聲聞其國平正功德如是其王即時以國付
弟與夫人二子并諸眷屬於佛法中出家脩
道王出家已於八万四千歲常勤精進脩行
妙法華經過是已後得一切淨功德莊嚴三
昧即昇虚空高七多羅樹而白佛言世尊此
我二子已作佛事以神通變化轉我邪心令
得安住於佛法中得見世尊此二子者是我

上博 68 (51611)　妙法蓮華經卷第七　(18－12)

我二子已作佛事以神通變化轉我邪心令
得安住於佛法中得見世尊此二子者是我
善知識為欲發起宿世善根饒益我故來生
我家尒時雲雷音宿王華智佛告妙莊嚴王
言如是如是如汝所言若善男子善女人種
善根故世世得善知識其善知識能作佛事
示教利喜令入阿耨多羅三藐三菩提大王
當知善知識者是大因緣所謂化導令得見
佛發阿耨多羅三藐三菩提心大王汝見此
二子不此二子已曾供養六十五百千万億
那由他恒河沙諸佛親近恭敬於諸佛所受
持法華經愍念邪見衆生令住正見妙莊
嚴王即從虛空中下而白佛言世尊如來甚
希有以功德智慧故頂上肉髻光明顯照其
眼長廣而紺青色眉間毫相白如珂月齒白
齊密常有光明脣色赤好如頻婆果尒時妙莊
嚴王讚歎佛如是等无量百千万億功德已
於如來前一心合掌復白佛言世尊未曾有
也如來之法具足成就不可思議微妙功德
教戒所行安隱快善我從今日不復自隨心
行不生邪見憍慢瞋恚諸惡之心說是語已
礼佛而出佛告大衆於意云何妙莊嚴王豈
異人乎今華德菩薩是其淨德夫人今佛前
光照莊嚴相菩薩是哀愍妙莊嚴王及諸眷

上博 68 (51611) 妙法蓮華經卷第七 (18－13)

光照莊嚴相菩薩是哀愍妙莊嚴王及諸眷
屬故於彼中生其二子者今藥王菩薩藥上
菩薩是藥王藥上菩薩成就如此諸大功
德已於无量百千万億諸佛所植衆德本成
就不可思議諸善功德若有人識是二菩薩
名字者一切世間諸天人民亦應礼拜佛說
是妙莊嚴王本事品時八万四千人遠塵
離垢於諸法中得法眼淨

妙法蓮華經普賢菩薩勸發品第二十八

尒時普賢菩薩以自在神通威德名聞與大
菩薩无量无邊不可稱數從東方來所經諸
國普皆震動雨寶蓮華作无量百千万億種
種伎樂又與无數諸天龍夜叉乾闥婆阿脩
羅迦樓羅緊那羅摩睺羅伽人非人等大衆
圍繞各現威德神通之力到娑婆世界耆闍
崛山中頭面礼釋迦牟尼佛右繞七帀白佛
言世尊我於寶威德上王佛國遙聞此娑婆
世界說法華經與无量无邊百千万億諸菩
薩衆共來聽受唯願世尊當為說之若善男
子善女人於如來滅後云何能得是法華經
佛告普賢菩薩若善男子善女人成就四法
於如來滅後當得是法華經一者為諸佛護
念二者植衆德本三者入正定聚四者發救
一切衆生之心善男子善女人如是成就四法
於如來滅後必得是經尒時普賢菩薩白

上博 68 (51611) 妙法蓮華經卷第七 (18－14)

一切衆生之心善男子善女人如是成就四法
於如來滅後必得是經尒時普賢菩薩白
佛言世尊於後五百歲濁惡世中其有受持
是經典者我當守護除其衰患令得安隱使
无伺求得其便者若魔若魔子若魔女若
魔民若為魔所著者若夜叉若羅刹若鳩槃
茶若毗舍闍若吉蔗若富單那若韋陀羅等
諸惱人者皆不得便是人若行若立讀誦此經
我尒時乘六牙白象王與大菩薩衆俱詣其
所而自現身供養守護安慰其心亦為供養
法華經故是人若坐思惟此經尒時我復乘
白象王現其人前其人若於法華經有所忘
失一句一偈我當教之與共讀誦還令通利
尒時受持讀誦法華經者得見我身甚大歡
喜轉復精進以見我故即得三昧及陀羅尼
名為旋陀羅尼百千万億旋陀羅尼法音方
便陀羅尼得如是等陀羅尼世尊若後世後
五百歲濁惡世中比丘比丘尼優婆塞優婆
夷求索者受持者讀誦者書寫者欲脩習是
法華經於三七日中應一心精進滿三七日已
我當乘六牙白象與无量菩薩而自圍繞
以一切衆生所憙見身現其人前而為說法
示教利喜亦復與其陀羅尼呪得是陀羅尼
故无有非人能破壞者亦不為女人之所惑
亂我身亦自常護是人唯願世尊聽我說此

上博 68 (51611) 妙法蓮華經卷第七 (18－15)

故无有非人能破壞者亦不為女人之所惑
亂我身亦自常護是人唯願世尊聽我說此
陀羅尼呪即於佛前而說呪曰
阿檀地 途賣反 一 檀陀婆地 二 檀陀婆帝 三 檀陀
鳩舍隸 四 檀陀脩陀隸 五 脩陀隸 六 脩陀羅
婆底 七 佛馱波羶禰 八 薩婆陀羅尼阿婆多
尼 九 薩婆婆沙阿婆多尼 十 脩阿婆多尼 十一
僧伽婆履叉尼 十二 僧伽涅伽陀尼 十三 阿僧祇
十四 僧伽波伽地 十五 帝隸阿惰僧伽兜略 盧遮反
波羅帝 十六 薩婆僧伽三摩地伽蘭地 十七 薩婆
達磨脩波利刹帝 十八 薩婆薩埵樓馱憍舍
略阿㝹伽地 十九 辛阿毗吉利地帝 二十
世尊若有菩薩得聞是陀羅尼者當知普賢
神通之力若法華經行閻浮提有受持者應
作此念皆是普賢威神之力若有受持讀誦
正憶念解其義趣如說脩行當知是人行普
賢行於无量无邊諸佛所深種善根為諸如
來手摩其頭若但書寫是人命終當生忉利
天上是時八万四千天女作衆伎樂而來迎
之其人即著七寶冠於婇女中娛樂快樂何
況受持讀誦正憶念解其義趣如說脩行若
有人受持讀誦解其義趣是人命終為千佛
授手令不恐怖不墮惡趣即往兜率天上彌
勒菩薩所彌勒菩薩有三十二相大菩薩衆
所共圍繞有百千万億天女眷屬而於中生

上博 68 (51611) 妙法蓮華經卷第七 (18－16)

勒菩薩所彌勒菩薩有三十二相大菩薩衆
所共圍繞有百千万億天女眷屬而於中生
有如是等功德利益是故智者應當一心自
書若使人書受持讀誦正憶念如說脩行世
尊我今以神通力守護是經於如來滅後閻
浮提內廣令流布使不斷絕尒時釋迦牟尼
佛讚言善哉善哉普賢汝能護助是經令多
所衆生安樂利益汝已成就不可思議功德
深大慈悲從久遠來發阿耨多羅三藐三菩
提意而能作是神通之願守護是經我當以
神通力守護能受持普賢菩薩名者普賢若
有受持讀誦正憶念脩習書寫是法華經者
當知是人則見釋迦牟尼佛如從佛口聞此經
典當知是人供養釋迦牟尼佛當知是人佛
讚善哉當知是人為釋迦牟尼佛手摩其
頭當知是人為釋迦牟尼佛衣之所覆如是
之人不復貪著世樂不好外道經書手筆亦
復不憙親近其人及諸惡者若屠兒若畜猪
羊雞狗若獵師若衒賣女色是人心意質直
有正憶念有福德力是人不為三毒所惱亦
不為嫉妬我慢邪慢增上慢所惱是人少欲
知足能脩普賢之行普賢若如來滅後後五
百歲若有人見受持讀誦法華經者應作是
念此人不久當詣道場破諸魔衆得阿耨多

上博 68 (51611)　妙法蓮華經卷第七　　(18－17)

念此人不久當詣道場破諸魔衆得阿耨多
羅三藐三菩提轉法輪擊法鼓吹法螺雨法
雨當坐天人大衆中師子法座上普賢若於
後世受持讀誦是經典者是人不復貪著衣
服卧具飲食資生之物所願不虛亦於現世
得其福報若有人輕毀之言汝狂人耳空作是
行終无所獲如是罪報當世世无眼若有
供養讚歎之者當於今世得現果報若復見
受持是經者出其過惡若實若不實此人現
世得白癩病若輕咲之者當世世牙齒踈缺
醜脣平鼻手脚繚戾眼目角睞身體臭穢
惡瘡膿血水腹短氣諸惡重病是故普賢若見
受持是經典者當起遠迎當如敬佛說是普
賢勸發品時恒河沙等无量无邊菩薩得百
千億旋陁羅尼三千大千世界微塵等諸菩
薩具普賢道佛說是經時普賢等諸菩薩
舍利弗等諸聲聞及諸天龍人非人等一切
會皆大歡喜受持佛語作礼而去

妙法蓮華經卷第七

上博 68 (51611)　妙法蓮華經卷第七　　(18－18)

上博 68 (51611)V　雜寫

大般若波羅蜜多經卷第五百七十四
三藏法師玄奘奉　詔譯
第七曼殊室利分之一
如是我聞一時薄伽梵在室羅筏住誓多林
給孤獨園與大苾芻衆百千人俱皆阿羅漢
唯阿難陁猶居學地舍利子等而為上首復
與菩薩摩訶薩衆十千人俱皆不退轉功德
甲冑而自莊嚴慈氏菩薩妙吉祥菩薩无礙
辯菩薩不捨善軛菩薩而為上首曼殊室利
童子菩薩明相現時出自住處詣如來所在
外而立具壽舍利子大迦多衍那大迦葉波大
採菽氏滿慈子執大藏如是一切大聲聞
僧亦於此時各從住處詣如來所在外而立
尒時世尊知諸大衆皆來集已從住處出敷
如常座結跏趺坐告舍利子汝今何故於晨
朝時在門外立時舍利子白言世尊曼殊室
利童子菩薩先來住此我等後來
尒時世尊知而故問曼殊室利言善男子汝
實先來至此住處為欲觀礼親近佛耶曼殊
室利前白佛言如是世尊如是善逝何以故
我於如來觀礼親近嘗无猒足為欲利樂諸
有情故實先來此世尊我今來至此處親近
礼敬觀如來者專為利樂一切有情非為證
得佛菩提故非為樂觀如來身故非為擾動

上博 69 (51612)　大般若波羅蜜多經卷第五百七十四　　(19－1)

有情故實[illegible]
礼敬觀如來者專為利樂一切有情非為證
得佛菩提故非為樂觀如來身故非為擾動
真法界故非為分別諸法性故亦不為餘種
種事故我觀如來即真如相无動无作无所
分別无異分別非即方處非離方處非有非
无非常非斷非即三世非離三世无生无滅
无去无來无染不染无二不二心言路絕若
以此等真如之相觀於如來名真見佛亦名
礼敬親近如來實於有情能為利樂佛告曼
殊室利童子汝作是觀為何所見曼殊室利
白言世尊我作是觀都无所見於諸法相亦
无所取佛言善哉善哉童子汝能如是觀於
如來於一切法心无所取亦无不取非集非散
時舍利子謂曼殊室利言仁能如是親近礼
敬觀於如來甚為希有雖常慈愍一切有情
而於有情都无所得雖能化導一切有情令趣
涅槃而无所執雖為利樂諸有情故擐大
甲冑而於其中不起積集散壞方便時曼殊
室利白舍利子言如是如是如尊所說我為
利樂諸有情故擐大甲冑令趣涅槃實於有
情及涅槃界所化所證无得无執又舍利子
非我實欲利樂有情擐大甲冑所以者何諸
有情界无增无減假使於此一佛土中有如殑
伽沙數諸佛一一皆住尒所大劫晝夜常說尒
所法門一一法門各能度脫尒所佛土諸有情

上博 69 (51612) 大般若波羅蜜多經卷第五百七十四 (19－2)

伽沙數諸佛一一皆住尒所大劫晝夜常說尒
所法門一一法門各能度脫尒所佛土諸有情
類悉皆令入无餘涅槃如此佛土有如是
事餘十方面各如殑伽沙等世界亦復
如是雖有尒所諸佛世尊經尒所時說尒所
法度脫尒所諸有情類皆令證入无餘涅槃
而有情界亦无增減何以故以諸有情自在
離故无邊際故不可增減舍利子言曼殊室
利若諸有情自性離故无邊際故无增減者
何緣菩薩求大菩提欲為有情常說妙法曼
殊室利言舍利子我說有情都不可得何有
菩提求大菩提欲為有情常說妙法何以故
舍利子諸法畢竟不可得故
佛告曼殊室利童子若諸有情都不可得云
何施設諸有情界曼殊室利白言世尊有情
界者但假施設曼殊室利設有問汝有情界
者為有幾何汝得彼問當云何荅世尊我當
作如是荅如佛法數彼界亦尒曼殊室利設復
問汝有情界者其量云何汝得彼問復云何荅
世尊我當作如是荅有情界量如諸佛
境曼殊室利設有問言諸有情界為何所
屬汝得彼問復云何荅世尊我當作如是荅
彼界所屬如佛難思曼殊室利設有問言有情
界者為何所住汝得彼問復云何荅世尊我
當作如是荅若離染際所應住法即有情界
所應住法曼殊室利汝脩般若波羅蜜多為

上博 69 (51612) 大般若波羅蜜多經卷第五百七十四 (19－3)

當作如是答若離深際所應住法即有情界
所應住法曼殊室利汝脩般若波羅蜜多爲
何所住世尊我脩甚深般若波羅蜜多都无
所住曼殊室利无所住者云何能脩甚深般
若波羅蜜多世尊我由无所作故能脩般若
波羅蜜多曼殊室利汝脩般若波羅蜜多於
善於惡何增何減世尊我脩甚深般若波羅
蜜多於善於惡无增无減世尊我脩甚深般
若波羅蜜多於一切法亦无增減世尊般若
波羅蜜多出現世間不爲增減一切法故世
尊脩學甚深般若波羅蜜多不爲棄捨異生
等法不爲攝受一切佛法所以者何甚深般
若波羅蜜多不爲捨法得故起世尊脩學
甚深般若波羅蜜多不爲猒離生死過失不
爲欣樂涅槃功德所以者何脩此法者不見
生死况有猒離不見涅槃况有欣樂世尊脩
學甚深般若波羅蜜多不見諸法有劣有
勝有失有德可捨可取世尊脩學甚深般若
波羅蜜多不得諸法可增可減所以者何非真
法界有增有減世尊若能如是脩者名真脩
學甚深般若波羅蜜多復次世尊若脩般
若波羅蜜多於一切法不增不減名真脩學
甚深般若波羅蜜多若脩般若波羅蜜多於一
切法不生不滅若真脩學甚深般若波羅蜜
多若脩般若波羅蜜多於一切法不見增減
名真脩學甚深般若波羅蜜多若脩般若波

上博 69 (51612) 大般若波羅蜜多經卷第五百七十四 (19－4)

多若脩般若波羅蜜多於一切法不見增減
名真脩學甚深般若波羅蜜多若脩般若波
羅蜜多於一切法不見生滅名真脩學甚深
般若波羅蜜多復次世尊若脩般若波羅蜜
多於一切法无所思惟若多若少俱无希願
能所希願及希願者皆不取著名真脩學甚
深般若波羅蜜多若脩般若波羅蜜多不見
諸法有好有醜有高有下名真脩學甚深般
若波羅蜜多復次世尊善男子等善脩般若
波羅蜜多於諸法中不得勝劣謂都不見此
勝此劣是真般若波羅蜜多所以者何真如
法界法性實際无勝无劣若如是脩名真脩
甚深般若波羅蜜多
佛告曼殊室利童子諸佛妙法豈亦不勝曼
殊室利白佛言世尊諸佛妙法不可取故亦
不可言是勝是劣如來豈不證諸法空世尊
答言如是童子曼殊室利復白佛言諸法空
中何有勝劣世尊讚曰善哉善哉如是如是
如汝所說曼殊室利佛法豈不是无上耶如是
世尊一切佛法雖實无上而於其中无法可
得故不可說佛法无上復次世尊善男子等
若脩般若波羅蜜多不欲任持一切佛法不
欲調伏異生法等甚深般若波羅蜜多於諸
佛法異生法等不欲增長及調伏故於一切
法无分別故若如是脩名真脩學甚深般若
[illegible]

上博 69 (51612) 大般若波羅蜜多經卷第五百七十四 (19－5)

法无分別故若如是脩名真脩學甚深般若
波羅蜜多復次世尊善男子等若脩般若波
羅蜜多不見諸法有可思惟可分別者曼殊
室利汝扵佛法豈不思惟不也世尊我若見
有真實佛法應可思惟然我不見世尊般若
波羅蜜多不為分別諸法故起謂不分別是
異生法是聲聞法是獨覺法是菩薩法是如
來法善男子等精勤脩學甚深般若波羅蜜
多扵諸法中都无所得亦无所說謂不說有
異生法性亦不說有聲聞乃至如來法性所
以者何此諸法性皆畢竟空不可見故若如
是脩名真脩學甚深般若波羅蜜多復次世
尊善男子勤脩般若波羅蜜多不作是念此
是欲界此是色界此无色界此是滅界所
以者何甚深般若波羅蜜多不見有法是可
滅者若如是脩名真脩學甚深般若波羅蜜
多復次世尊若脩般若波羅蜜多扵一切法不
作恩怨何以故甚深般若波羅蜜多不為
任持一切佛法不為弃捨異生等法所以者
何善男子等勤脩般若波羅蜜多扵佛法中
不欲證得不欲滅壞異生等法達一切法性
平等故若如是脩名真脩學甚深般若波
羅蜜多尒時世尊即便讚曰曼殊室利善哉
善哉汝今乃能說甚深法與諸菩薩摩訶薩
衆作真法印亦與聲聞及獨覺等增上慢者

上博 69 (51612) 大般若波羅蜜多經卷第五百七十四 (19－6)

衆作真法印亦與聲聞及獨覺等增上慢者
作大法印令如實知先所通達非真究竟曼殊
室利若善男子善女人等聞是深法心不沉
没亦不驚怖當知是人非扵一佛乃至千佛
種諸善根定扵无量无邊佛所種諸善根乃
能聞是甚深般若波羅蜜多心不沉没亦不
驚怖
尒時曼殊室利童子合掌恭敬復白佛言我
欲更說甚深般若波羅蜜多唯願開許佛告
曼殊室利童子汝欲說者隨汝意說曼殊室
利便白佛言世尊若脩甚深般若波羅蜜多
扵法不得是可住者亦復不得是不可住當
知如是甚深般若波羅蜜多不緣法住何以
故以一切法无所緣故世尊若能如是脩者
名真脩學甚深般若波羅蜜多扵一切法不
取相故復次世尊應觀如是甚深般若波羅
蜜多不現前觀諸法性相謂扵佛法尚不現
觀況菩薩法扵菩薩法尚不現觀況獨覺法
扵獨覺法尚不現觀況聲聞法扵聲聞法尚
不現觀況異生法何以故以一切法性相離故
復次世尊依脩如是甚深般若波羅蜜多扵
諸法中无所分別謂不分別是可思議不可
思議法性差別當知菩薩摩訶薩衆脩行
般若波羅蜜多扵諸法中都无分別復次世
尊依脩如是甚深般若波羅蜜多一切法中
都不見有此是佛法此非佛法此可思議此

上博 69 (51612) 大般若波羅蜜多經卷第五百七十四 (19－7)

般若波羅蜜多於諸法中都无分別復次世
尊依脩如是甚深般若波羅蜜多一切法中
都不見有此是佛法此非佛法此可思議此
不可思議以一切法无差別性故若諸 有情
能脩如是甚深般若波羅蜜多觀一切法皆
是佛法順菩提故觀一切法不思議畢
竟空故是諸有情已曾親近供養恭敬多百
千佛種諸善根乃能如是脩行般若波羅蜜
多復次世尊若善男子善女人等聞說如是
甚深般若波羅蜜多心不沉沒亦不驚怖當
知過去已曾親近供養恭敬多百千佛種諸善
根乃能如是復次世尊應觀如是甚深般若
波羅蜜多若能勤脩則於諸法不見雜染不
見清淨雖无所見而能勤脩甚深般若波羅
蜜多於一切時心无猒倦復次世尊若 脩
如是甚深般若波羅蜜多於諸異生聲聞獨
覺菩薩佛法无差別想了此等法畢竟空故
若能如是名真脩學甚深般若波羅蜜多
佛告曼殊室利童子汝已親近供養幾佛曼
殊室利自言世尊我已親近供養佛數量同
幻士心心所法以一切法皆如幻故曼殊室 利
汝於佛法豈不趣求世尊我今不見有法非
佛法者何所趣求曼殊室利汝於佛法已成
就耶世尊我今都不見法可名佛法 何所
成就曼殊室利 汝豈不得無著性耶世尊

上博 69 (51612) 大般若波羅蜜多經卷第五百七十四 (19－8)

成就曼殊室利汝豈不得無著性耶世尊
我今即無著性豈無著性復得無著曼殊室
利汝不當坐菩提座耶世尊諸佛於菩提座
尚無坐義況我能坐何以故以一切法皆用實
際為定量故於實際中座及坐者俱不可得
曼殊室利言實際者是何增語世尊實際
當知即是為身增語曼殊室利云何為身可
名實際世尊實際無去無來非真非為身非
身相俱不可得為身亦爾是故為身即是實
際時舍利子便白佛言若諸菩薩聞說如是甚
深般若波羅蜜多心不沉沒亦不驚怖是諸
菩薩定趣菩提不復退轉慈氏菩 薩復白
佛言若諸菩薩聞說如是甚深般若波羅蜜
多心不沉沒亦不驚怖是諸菩薩已近無上正
等菩提何以故是諸菩薩現覺法性離一切
分別如大菩提故曼殊室利亦白佛言若諸
菩薩聞說如是甚深般若波羅蜜多心 不
沉沒亦不驚怖是諸菩薩如佛世尊堪受世
間供養恭敬何以故於一切法覺實性故時
有女人名無緣慮合掌恭敬白言世尊若諸
有情聞說如是甚深般若波羅蜜多心不沉沒
亦不驚怖是諸有情於異生法若聲聞法若
獨覺法若菩薩法若如來法皆不緣慮所以
者何達一切法都無所有能所緣慮俱不可
得爾時佛告舍利子等如是如是如汝所說

上博 69 (51612) 大般若波羅蜜多經卷第五百七十四 (19－9)

得尒時佛告尒舍利子等如是如是如汝所說
若善男子善女人等聞說如是甚深般若波
羅蜜多心不沉沒亦不驚怖是善男子善女
人等當知已住不退轉地定趣菩提不復退
轉舍利子等若諸有情聞說如是甚深般若
波羅蜜多心不沉沒亦不驚怖歡喜信樂聽
聞受持轉為他說心無猒倦是諸有情能為
一切真實廣大殊勝施主能施一切無上財
寶具足布施波羅蜜多是諸有情淨戒圓滿
具真淨戒具勝淨戒淨戒功德皆已圓滿具
足淨戒波羅蜜多是諸有情安忍圓滿具真
安忍具勝安忍安忍功德皆已圓滿具足安
忍波羅蜜多是諸有情精進圓滿具真
精進具勝精進精進功德皆已圓滿具足精
進波羅蜜多是諸有情靜慮圓滿具真靜慮
具勝靜慮靜慮功德皆已圓滿具足靜慮波
羅蜜多是諸有情般若圓滿具真般若具勝
般若般若功德皆已圓滿具足般若波羅蜜多
是諸有情成就真勝慈悲喜捨亦能為他宣
說開示甚深般若波羅蜜多
佛告曼殊室利童子汝觀何義欲證無上正
等菩提曼殊室利白言世尊我於無上正等
菩提尚無住心况當欲證我於菩提無求趣
意所以者何菩提即我我即菩提如何求趣
佛言善哉善哉童子汝能巧說甚深義處
汝於先佛多植善根久發大願能依無得脩行

上博 69 (51612) 大般若波羅蜜多經卷第五百七十四 (19－10)

佛言善哉善哉童子汝能巧說甚深義處
汝於先佛多植善根久發大願能依無得脩行
種種清淨梵行曼殊室利便白佛言若於諸
法有所得者可依無得脩淨梵行我都不
見有法可得及無所得如何可言能依無得
脩淨梵行
佛告曼殊室利童子汝今見我聲聞德耶世
尊我見佛言童子汝云何見世尊今我見
諸聲聞非異生非聖者非有學非無學非可
見非不可見非見者非不見者非多非少非小
非大非已調伏非未調伏我如是見而無見
想時舍利子便問彼言於聲聞乘既如是見
復云何見正等覺乘大德我今不見菩薩亦
復不見諸菩薩法不見菩提亦復不見趣菩
提法亦不見有趣菩提行亦不見有證菩提
法不見有能證菩提者我如是見正等覺乘
諸於其中都無所見時舍利子復問彼言汝
於如來當云何見大德止止勿於如來大龍
象王而興言論曼殊室利所言佛者是何
增語令問大德所言我者復何增語舍利子
言我者但有假立名字是空增語大德當知
佛之增語即我增語我之與佛俱畢竟空但隨
世間假立名字菩提名字亦是假立不可尋
此求實菩提菩提相空不可表示何以故名
字菩提二俱空故名字空故言說亦空不可
以空表示空法菩提空故佛亦是空故所言

上博 69 (51612) 大般若波羅蜜多經卷第五百七十四 (19－11)

字菩提二俱空故名字空故言說亦空不可
以空表亦空法菩提空故佛亦是空故所言
佛是空增語復次大德所言佛者無來無去
無生無滅無所證得無所成就無名無相不可
分別無言無說不可表示唯微妙智自内證
知謂諸如來覺一切法畢竟空寂證大菩提
隨順世間假立名字故稱為佛非為實有若
有若無不可得故復次大德如來所證微妙
智慧說名菩提成就菩提故名為佛菩提空
故佛亦是空由此佛名是空增語時舍利子便
白佛言曼殊室利所說深法非初學者所能
了知尒時曼殊室利童子即白具壽舍利
子言我所說者非唯初學不能解了所作已
辦阿羅漢等亦不能知非我所說有能知者
所以者何菩提之相非識所識無見無聞無
得無念無生無滅不可說亦不可聽受如是
菩提性相空寂諸大菩薩尚未能知何況二
乘所知解了菩提性相尚不可得況當有實
證菩提者
舍利子言曼殊室利佛於法界豈不證耶不
也大德所以者何佛即法界法界即佛法界
不應還證法界又舍利子一切法空說為法
界即此法界說為菩提法界菩提俱離性相
由斯故說一切法空一切法空菩提法界皆是
佛境無二無別無二無別故不可了知不
可了知故則無言說無言說故不可施設有

上博 69 (51612) 大般若波羅蜜多經卷第五百七十四 (19－12)

佛境無二無別無二無別故不可了知不
可了知故則無言說無言說故不可施設有
為無為有非有等又舍利子一切法性亦無二
無別無二無別故不可了知不可了知故
則無言說無言說故不可施設所以者何諸
法本性都無所有不可施設在此在彼此物
彼物又舍利子若造無間當知即造不可思
議亦造實際何以故舍利子不可思議與五
無間俱即實際性無差別既無有能造實際
者是故無間不可思議亦不可造由斯理趣
造無間者非隨地獄不可思議者非德生天
造無間者亦非長夜沉淪生死不可思議者亦
非究竟能證涅槃何以故舍利子不可思議與
五無間皆住實際性無差別無生無滅無去
無來非因非果非善非惡非招惡趣非感人
天非證涅槃非沒生死何以故以真法界非
善非惡非高非下無前後故又舍利子犯重
苾芻非墮地獄淨持戒者非得生天犯重苾
芻非流生死淨持戒者非證涅槃犯重苾芻
非應毀呰淨持戒者非應讚歎犯重苾芻
非應輕蔑淨持戒者非應恭敬犯重苾芻非
應乖諍持戒者非應和合犯重苾芻非應遠
離淨持戒者非應親近犯重苾芻非應損減
淨持戒者非應增益犯重苾芻非不應供淨
持戒者非定應供犯重苾芻非增長漏淨持
戒者非損減漏犯重苾芻非不清淨淨持戒

上博 69 (51612) 大般若波羅蜜多經卷第五百七十四 (19－13)

戒者非損減漏犯重苾芻非不清淨淨持戒
者非定清淨犯重苾芻非無淨信淨持戒者
非有淨信犯重苾芻非不應受清淨信施淨
持戒者非定應受清淨信施何以故舍利子
真法界中若持若犯其性平等無差別故
又舍利子諸異生類名和合者漏盡苾芻名
不和合曼殊室利汝依何義作如是說大德
異生與生因合名和合者諸阿羅漢無如是
義名不和合我依此義作如是說又舍利子
諸異生類名超怖者漏盡苾芻名不超怖曼
殊室利汝依何義作如是說大德異生於可
怖法不生怖畏名超怖者諸阿羅漢知可怖
法實無所有無怖可超我依此義作如是說
又舍利子諸異生類得無滅忍諸菩薩衆得
無生忍曼殊室利汝依何義作如是說大德
異生不樂寂滅名得無滅忍諸菩薩衆不見
法生名得無生忍我依此義作如是說又舍利
子諸異生類名調伏者漏盡苾芻名不調
伏曼殊室利汝依何義作如是說大德異生
未調伏故應可調伏名調伏者諸阿羅漢漏
結已盡不復須調名不調伏我依此義作如是
說又舍利子諸異生類名增上心超越行者
漏盡苾芻名心下劣非超越行曼殊室利
汝依何義作如是說大德異生其心高舉行
違法界名增上心超越行者諸阿羅漢其心
謙下行順法界名心下劣非超越行我依此

上博 69 (51612)　大般若波羅蜜多經卷第五百七十四　(19－14)

汝依何義作如是說大德異生其心高舉行
違法界名增上心超越行者諸阿羅漢其心
謙下行順法界名心下劣非超越行我依此
義作如是說時舍利子讚曼殊室利言善哉
善哉善能為我解密語義曼殊室利報言如
是如是大德我非但能解密語義我亦即是
一切漏盡真阿羅漢何以故我於聲聞獨覺
樂欲皆永不起故名漏盡真阿羅漢
佛告曼殊室利童子頗有因緣可說菩薩
坐菩提座不證無上正等菩提曼殊室利白言
世尊亦有因緣可說菩薩坐菩提坐不證無
上正等菩提謂菩提中無有少法可名無上
正等菩提然真菩提性無差別非坐可得不
坐便捨由此因緣可說菩薩坐菩提座不證
菩提無上菩提不可證故曼殊室利復白佛
言無上菩提即五無間彼五無間即此菩提
所以者何菩提無間俱假施設非真實有菩
提之性非可證得非可脩習非可現見彼五
無間亦復如是又一切法本性畢竟不可現
見於中無覺無覺者無見無見者無知無知
者無分別無分別者離相平等名為菩提五
無間性亦復如是由此菩提非可證得言可
證得脩習現見大菩提者是增上慢佛告曼
殊室利童子汝今謂我是如來耶不世世尊
不也善逝我不謂佛是實如來所以者何夫
如來者以微妙智證會真如妙智真如二俱

上博 69 (51612)　大般若波羅蜜多經卷第五百七十四　(19－15)

如来者以微妙智證會真如妙智真如二俱
離相真如離相非謂真如妙智亦然非謂妙智
既無妙智及無真如是故如来亦非真實何
以故真如妙智但假施設如来亦尒非二
不二是故妙智真如如来但有假名而無一
實故不謂佛是實如来佛告曼殊室利童
子汝非疑惑於如来耶不也世尊不也善逝
何以故我觀如来實不可得無生無滅故無所
疑佛告曼殊室利童子如来豈不出現世間
不也世尊不也善逝若真法界出現世間可
言如来出現於世非真法界出現世間是故
如来亦不出現曼殊室利汝謂殑伽沙數諸
佛入涅槃不世尊豈不諸佛如来同不思議
一境界相曼殊室利如是如是如汝所說諸
佛如来同不思議一境界相曼殊室利復白
佛言今佛世尊現住世不佛言如是曼殊室
利便白佛言若佛世尊現住世者殑伽沙等
諸佛世尊亦應住世何以故一切如来同不
思議一境相故不思議相無生無滅如何諸
佛有入涅槃是故世尊若未来佛當有出世
一切如来皆當出世若過去佛已入涅槃一
切如来皆已滅度若現在佛現證菩提一切
如来皆應現證何以故不思議中去来現在
所有諸佛無差別故然諸世間迷謬執著種
種戲論謂佛世尊有生有滅有證菩提佛告

上博 69 (51612)　大般若波羅蜜多經卷第五百七十四　(19－16)

種戲論謂佛世尊有生有滅有證菩提佛告
曼殊室利童子汝所說法唯有如来不退菩
薩大阿羅漢所能解了餘不能知何以故唯
如来等聞是深法如實了達不讚不毀知心
非心不可得故所以者何一切法性皆悉平
等心及非心俱不可得由此於法無讚無毀
曼殊室利即白佛言於是深法誰當讚毀
佛言童子愚夫異生彼如是心非實心性同
佛心性不可思議曼殊室利復白佛言愚夫
異生心非心性同佛心性不思議耶佛告曼殊
室利童子如是如是如汝所說何以故佛有
情心及一切法皆悉平等不思議故曼殊室
利復白佛言佛有情心及一切法若皆平等
不可思議今諸聖賢求涅槃者勤行精進
豈不唐捐所以者何不思議性與涅槃性既無
差別何用更求若有說言此異生法此聖者
法有差別相當知彼人未曾親近真淨善
友作如是說令諸有情執二法異沉淪生
死不得涅槃
佛告曼殊室利童子汝願如来於有情類最
為勝不世尊若有真實有情我願如来於彼
最勝然有情類實不可得佛告曼殊室利童
子汝願佛成就不思議法耶世尊若有不思
議法實可成就我願如来成就彼法然無是
事佛告曼殊室利童子汝願如来說法調伏
弟子衆不世尊若有說法調伏真如法界我

上博 69 (51612)　大般若波羅蜜多經卷第五百七十四　(19－17)

說法實可成熟我願如來成熟彼法然無是
事佛告曼殊室利童子汝願如來說法調伏
弟子衆不世尊若有說法調伏真如法界我
願如來說法調伏諸弟子衆然佛世尊出現
於世於有情類都無恩德所以者何諸有情
類皆住無雜真如法界於此界中異生聖者
能說能受俱不可德佛告曼殊室利童子汝
願如來是世無上真福田不曼殊室利白言
世尊若諸福田是實有者我亦願佛於彼無
上然諸福田實不可得是故諸佛皆非福田
非非福田以福非福及一切法性平等故然
世間田能無盡者世共說彼名無上由諸佛
世尊證無盡福是故可說無上福田又世間
田無轉變者世共說法彼名無上田諸佛世尊
證無變福是故可說無上福田又世間田用
難思者世共說彼名無上田諸佛世尊證難
思福是故可說無上福田諸佛福田雖實無
上而殖者福無滅無增佛告曼殊室利童子
汝依何義作如是說曼殊室利白言世尊佛
福田相不可思議若有於中而殖福者便即
能了平等法性達一切法無滅無增故佛福
田稱為無上尒時大地以佛世尊神力法力
六返變動時衆會中有十六億大苾芻衆諸
漏永盡心得解脫七百苾芻尼三千鄔波索
迦四万鄔波斯迦六十俱胝那庾多數欲界天
衆遠塵離垢生淨法眼時阿難陀即從座起

上博 69 (51612) 大般若波羅蜜多經卷第五百七十四 (19－18)

衆遠塵離垢生淨法眼時阿難陀即從座起
頂礼佛足偏覆左肩右膝著地合掌恭敬白
言世尊何因何緣今此大地六返變動尒時
佛告阿難陀言由妙吉祥說福田相我今即
許故現斯瑞過去諸佛亦於此處說福田相
令大地動故於今時現如是事

大般若波羅蜜多經卷第五百七十四

上博 69 (51612) 大般若波羅蜜多經卷第五百七十四 (19－19)

大佛頂如來蜜因脩證了義諸菩薩萬行首楞嚴經第十

阿難彼善男子脩三摩提想蔭盡者是人平
常夢想銷滅寤寐恒一覺明虛靜猶如晴空
無復麁重前塵影事觀諸世間大地河山
鏡鑑明來無所粘過无蹤跡虛受照應了因
陳習唯一精真生滅根元從此披露見諸十
方十二衆生畢殫其類雖未通其各命由緒
見同生基猶如野馬熠熠清擾為浮根塵究
竟樞穴此則名為行蔭區宇若此清擾熠熠
元性性入元澄一澄元習如波瀾滅化為澄
水名行蔭盡是人則能超衆生濁觀其所由
幽隱妄想以為其本
阿難當知是得正知奢摩他中諸善男子凝
明正心十類天魔不得其便方得精研窮生
類本於本類中生元露者觀彼幽清圓擾動
元於圓元中起計度者是人墜入二无因論
一者是人見本无因何以故是人既得生機

上博 70 (51613)　大佛頂如來蜜因脩證了義諸菩薩萬行首楞嚴經卷第十　(16－1)

一者是人見本无因何以故是人既得生機
全破乘于眼根八百功德見八万劫所有衆生
業流灣環死此生彼秖見衆生輪迴其處
八万劫外冥无所觀便作是解此等世間十
方衆生八万劫來无因自有由此計度亡正
遍知墮落外道惑菩提性二者是人見末无
因何以故是人於生既見其根知人生人悟
鳥生鳥烏從來黑鵠從來白人天本豎畜生
本橫白非洗成黑非染造從八万劫无復改
移今盡此形亦復如是而我本來不見菩提
云何更有成菩提事當知今日一切物象皆
本无因由此計度亡正遍知墮落外道惑
菩提性是則名為第一外道立无因論
阿難是三摩地中諸善男子凝明正心魔不
得便窮生類本觀彼幽清常擾擾元於圓
常中起計度者是人墜入四遍常論一者是
人窮心境性二處无因脩習能知二万劫中十
方衆生所有生滅咸皆循環不曾散失計以
為常二者是人窮四大元四性常住脩習能
知四万劫中十方衆生所有生滅咸皆體
恒不曾散失計以為常三者是人窮盡六根
末那執受心意識中本元由處性常恒故脩
習能知八万劫中一切衆生循環不失本來

上博 70 (51613)　大佛頂如來蜜因脩證了義諸菩薩萬行首楞嚴經卷第十　(16－2)

習能知八万劫中一切衆生循環不失本来
常住窮不失性計以爲常四者是人既盡想
无生理更无流止運轉生死想心今已永滅
理中自然成不生滅因心所度計以爲常由
此計常亡正遍知墮落外道惑菩提性是
則名爲第二外道立圓常論
又三摩地中諸善男子堅凝正心魔不得便
窮生類本觀彼幽清常擾動元於自他中
起計度者是人墜入四顛倒見一分无常一分
常論一者是人觀妙明心遍十方界湛然以
爲究竟神我從是則計我遍十方凝明不動
一切衆生於我心中自生自死則我心性名
之爲常彼生滅者真无常性二者是人不觀
其心遍觀十方恒沙國土見劫壞處名爲究
竟无常種性劫不壞處名究竟常三者是人
別觀我心精細微密猶如微塵流轉十方性
无移改能令此身即生即滅其不壞性名我
性常一切死生從我流出名无常性四者是人
知想陰盡見行陰流行陰常流計爲常性色
受想等今已滅盡名爲无常由此計度一分
无常一分常故墮落外道惑菩提性是則名
爲第三外道一分常論
又三摩地中諸善男子堅凝正心魔不得便

上博 70 (51613)　大佛頂如來蜜因脩證了義諸菩薩萬行首楞嚴經卷第十　(16－3)

又三摩地中諸善男子堅凝正心魔不得便
窮生類本觀彼幽清常擾動元於分位中生
計度者是人墜入四有邊論一者是人心計
生元流用不息計過未者名爲有邊計相
續心名爲无邊二者是人觀八万劫則見衆生
八万劫前寂无聞見无聞見處名爲无邊有
衆生處名爲有邊三者是人計我遍知得无
邊性彼一切人現我知中我曾不知彼之知
性名彼不得无邊之心但有邊性四者是人
窮行陰空以其所見心路籌度一切衆生一
身之中計其咸皆半生半滅明其世界一切
所有一半有邊一半无邊由此計度有邊
无邊墮落外道惑菩提性是則名爲第四外
道立有邊論
又三摩地中諸善男子堅凝正心魔不得便窮
生類本觀彼幽清常擾動元於知見中生計
度者是人墜入四種顛倒不死矯亂遍計
虛論一者是人觀變化元見遷流處名之爲
變見相續處名之爲恒見所見處名之爲生
不見見處名之爲滅相續之因性不斷處名
之爲增正相續中中所離處名之爲滅各各生
處名之爲有互互亡處名之爲无以理都觀
用心別見有求法人來問其義答言我今亦

上博 70 (51613)　大佛頂如來蜜因脩證了義諸菩薩萬行首楞嚴經卷第十　(16－4)

用心別見有求法人來問其義荅言我今亦
生亦滅亦有亦无亦增亦減於一切時皆亂
其語令彼前人遺失章句二者是人諦觀其
心互互无處因无得證有人來問唯荅一字
但言其无除无之餘无所言說三者是人諦
觀其心各各有處因有得證有人來問唯荅
一字但言其是除是之餘无所言說四者是
人有无俱見其境枝故其心亦亂有人來問
荅言亦有即是亦无亦无之中不是亦有一
切矯亂无容窮詰由此計度矯亂虛无墜落
外道惑菩提性是則名為第五外道四顛倒
性不死矯乱遍計虛論
又三摩地中諸善男子堅凝正心魔不得便
窮生類本觀彼幽清常擾之元於无盡流計
度者是人墜入死後有相發心顛倒或自固
身云色是我或見我圓含遍國土云我有色
或彼前緣隨我迴復云色屬我或復我依行
中相續云我在色皆計度言死後有相如是
循環有十六相從此或計畢竟煩惱畢竟菩
提兩性並驅各不相觸由此計度死後有故
墜落外道惑菩提性是則名為第六外道立
五陰中死後有相心顛倒論
又三摩地中諸善男子堅凝正心魔不得便
窮生類本觀彼幽清常擾動元於先除滅色

上博 70 (51613)　大佛頂如來蜜因脩證了義諸菩薩萬行首楞嚴經卷第十　(16－5)

又三摩地中諸善男子堅凝正心魔不得便
窮生類本觀彼幽清常擾動元於先除滅色
受想中生計度者是人墜入死後无相發心
顛倒見其色滅形无所因觀其想滅心无所繫
知其受滅无復連綴陰性銷散縱有生理
而无受想與草木同此質現前猶不可得死
後云何更有諸相因之勘校死後相无如是
循環有八无相從此或計涅槃因果一切皆
空徒有名字究竟斷滅由此計度死後无故
墮落外道惑菩提性是則名第七外道立
五陰中死後无相心顛倒論
又三摩地中諸善男子堅凝正心魔不得便
窮生類本觀彼幽清常擾動元於行存中兼
受想滅雙計有无自體相破是人墜入死後
俱非起顛倒論色受想中見有非有行遷流
內觀无不无如是循環窮盡陰界八俱非相
隨得一緣皆言死後有相无相又計度行性
遷訛故心發通悟有无俱非虛實失措由此
計度死後俱非後際昏瞢无可道故墮落外
道惑菩提性是則名為第八外道立五陰中
死後俱非心顛倒論
又三摩地中諸善男子堅凝正心魔不得便
窮生類本觀彼幽清常擾動元於後後无生
計度者是人墜入七斷滅論或計身滅或欲

上博 70 (51613)　大佛頂如來蜜因脩證了義諸菩薩萬行首楞嚴經卷第十　(16－6)

計度者是人墜入七斷滅論或計身滅或欲
盡滅或苦盡滅或極樂滅或極捨滅如是循
環窮盡七際現前銷滅滅已无復由此計度
死後斷滅墮落外道惑菩提性是則名為第
九外道立五陰中死後斷滅心顛倒論
又三摩地中諸善男子堅凝正心魔不得便
窮生類本觀彼幽清常擾動元於後後有
生計度者是人墜入五涅槃論或以欲界為正
轉依觀見圓明生愛慕故或以初禪性无憂
故或以二禪心无苦故或以三禪極悅隨故
或以四禪苦樂二亡不受輪迴生滅性故迷
有漏天作无為解五處安隱為勝淨依如是
循環五處究竟由此計度五現涅槃墮落外
道惑菩提性是則名為第十外道立五陰中
五現涅槃心顛倒論
阿難如是十種禪那狂解皆是行陰用心交
互故現斯悟眾生頑迷不自忖量逢此現前
以迷為解自言登聖大妄語成墮无間獄汝
等必須將如來心於我滅後傳示末法遍令
眾生覺了斯義无令心魔自起深孽保持覆
護消息邪見教其身心開覺真義於无上道
不遭枝岐勿令心祈得少為足作大覺王清淨
標指

上博 70 (51613)　大佛頂如來蜜因脩證了義諸菩薩萬行首楞嚴經卷第十　(16－7)

不遭枝岐勿令心祈得少為足作大覺王清淨
標指
阿難彼善男子脩三摩提行陰盡者諸世間
性幽清擾動同分生機倏然隳裂沉細綱紐
補特伽羅酬業深脈感應懸絕於涅槃天將
大明悟如雞後鳴瞻顧東方已有精色六根
虛靜无復馳逸內內湛明入无所入深達十
方十二種類受命元由觀由執元諸類不召
於十方界已獲其同精色不沉發現幽祕此
則名為識陰區宇若於群召已獲同中銷磨
六門合開成就見聞通鄰互用清淨十方世
界及與身心如吠瑠璃內外明徹名識陰盡
是人則能超越命濁觀其所由罔象虛无顛
倒妄想以為其本
阿難當知是善男子窮諸行空於識還元
已滅生滅而於寂滅精妙未圓能令己身根隔
合開亦與十方諸類通覺覺知通溜能入圓
元若於所歸立真常因生勝解者是人則墮
因所因執娑毗迦羅所歸冥諦成其伴侶迷
佛菩提亡失知見是名第一立所得心成所
歸果違遠圓通背涅槃城生外道種
阿難又善男子窮諸行空已滅生滅而於寂
滅精妙未圓若於所歸覽為自體盡虛空界

上博 70 (51613)　大佛頂如來蜜因脩證了義諸菩薩萬行首楞嚴經卷第十　(16－8)

阿難又善男子窮諸行空已滅生滅而於寂
滅精妙未圓若於所歸覽為自體盡虛空界
十二類內所有衆生皆我身中一類流出生
勝解者是人則墮能非能執摩醯首羅現无
邊身成其伴侶迷佛菩提亡失知見是名第
二立能為心成能事果違遠圓通背涅槃城
生大慢天我遍圓種
又善男子窮諸行空已滅生滅而於寂滅精
妙未圓若於所歸有所歸依自疑身心從彼
流出十方虛空咸其生起即於都起所宣流
地作真常身无生滅解在生滅中早計常住
既惑不生亦迷生滅安住沈迷生勝解者是
人則墮常非常執計自在天成其伴侶迷佛
菩提亡失知見是名第三立因依心成妄計
果違遠圓通背涅槃城生倒圓種
又善男子窮諸行空已滅生滅而於寂滅精
妙未圓若於所知知遍圓故因知立解十方
草木皆稱有情與人无異圓故因知立解十
方草木皆稱有情與人无異草木為人人死
還成十方草樹无擇遍知生勝解者是人則
墮知无知執婆吒霰尼執一切覺成其伴侶
迷佛菩提亡失知見是名第四計圓知心成
虛謬果違遠圓通背涅槃城生倒知種
又善男子窮諸行空已滅生滅而於寂滅精

上博 70 (51613) 大佛頂如來蜜因脩證了義諸菩薩萬行首楞嚴經卷第十 (16－9)

虛謬果違遠圓通背涅槃城生倒知種
又善男子窮諸行空已滅生滅而於寂滅精
妙未圓若於圓融根互用中已得隨順便於
圓化一切發生求火光明樂水清淨愛風周
流觀塵成就各各崇事以此群塵發作本因
立常住解是人則墮生無生執諸迦葉波并
婆羅門勤心役身事火崇水求出生死成其
伴侶迷佛菩提亡失知見是名第五計著崇
事迷心從物立妄求因求妄冀果違遠圓通
背涅槃城生顛化種
又善男子窮諸行空已滅生滅而於寂滅精
妙未圓若於圓明計明中虛非滅群化以永
滅依為所歸依生勝解者是人則墮歸无歸
執无想天中諸舜若多成其伴侶迷佛菩提
亡失知見是名第六圓虛无心成空亡果違遠
圓通背涅槃城生斷滅種
又善男子窮諸行空已滅生滅而於寂滅精
妙未圓若於圓常固身常住同于精圓長不
傾逝生勝解者是人則墮貪非貪執諸阿斯
陀求長命者成其伴侶迷佛菩提亡失知見
是名第七執著命元立固妄因趣長勞果違
遠圓通背涅槃城生妄延種
又善男子窮諸行空已滅生滅而於寂滅精

上博 70 (51613) 大佛頂如來蜜因脩證了義諸菩薩萬行首楞嚴經卷第十 (16－10)

遠圓通背涅槃城生妄延種
又善男子窮諸行空已滅生滅而於寂滅精
妙未圓觀命互通却留塵勞恐其銷盡便
於此際坐蓮花宮廣化七珍多增寶媛縱恣
其心生勝解者是人則墮真无真執吒枳迦羅
成其伴侶迷佛菩提亡失知見是名第八發
邪思因立熾塵果違遠圓通背涅槃城生天
魔種
又善男子窮諸行空已滅生滅而於寂滅精
妙未圓於命明中分別精麤疏決真偽因果
相酬唯求感應背清淨道所謂見苦斷集證
滅脩道居滅以休更不前進生勝解者是
則墮定性聲聞諸无聞僧增上慢者成其伴
侶迷佛菩提亡失知見是名第九圓精應心
成趣寂果違遠圓通背涅槃城生纏空種
又善男子窮諸行空已滅生滅而於寂滅精妙
未圓若於圓融清淨覺明發研深妙即立涅
槃而不前進生勝解者是人則墮定性辟支
諸緣獨倫不迴心者成其伴侶迷佛菩提亡
失知見是名第十圓覺淴心成湛明果違遠
圓通背涅槃城生覺圓明不化圓種
阿難如是十種禪那中途成狂因依惑未足
中生滿足證皆是識陰用心交互故生斯位

上博 70 (51613)　大佛頂如來蜜因脩證了義諸菩薩萬行首楞嚴經卷第十　(16－11)

阿難如是十種禪那中途成狂因依惑未足
中生滿足證皆是識陰用心交互故生斯位
衆生頑迷不自忖量逢此現前各以所愛先
習迷心而自休息將爲畢竟所歸寧地自言
滿足无上菩提大妄語成外道邪魔所感業
終墮无間獄聲聞緣覺不成增進汝等存心
秉如來道將此法門於我滅後傳示末世普
令衆生覺了斯義無令見魔自作沉孽保
綏哀救消息邪緣令其身心入佛知見從始成
就不遭歧路如是法門先過去世恒沙劫中
微塵如來乘此心開得无上道識陰若盡則
汝現前諸根互用從互用中能入菩薩金剛
乾慧圓明精心於中發化如淨琉璃内含寶
月如是乃超十信十住十行十向四加行心
菩薩所行金剛十地等覺圓明入於如來妙
莊嚴海圓滿菩提歸无所得此是過去先佛世
尊奢摩他中毗婆舍那覺明分析微細魔
事魔境現前汝能諳識心垢洗除不落邪
見陰魔銷滅天魔摧碎大力鬼神褫魄逃
逝魑魅魍魎無復出生直至菩提无諸少乏下
劣增進於大涅槃心不迷悶若諸末世愚鈍
衆生未識禪那不知說法樂脩三昧汝恐同
邪一心勸令持我佛頂陀羅尼呪若未能誦
寫於禪堂或帶身上一切諸魔所不能動汝

上博 70 (51613)　大佛頂如來蜜因脩證了義諸菩薩萬行首楞嚴經卷第十　(16－12)

寫於禪室或帶身上一切諸魔所不能動汝
當恭欽十方如來究竟脩進最後垂範
阿難即從坐起聞佛示誨頂禮欽奉憶持無
失於大衆中重復白佛如佛所言五陰相中
五種虛妄爲本想心我等平常未蒙如來微
細開示又此五陰爲併銷除爲次第盡如是
五重詣何爲界唯願如來發宣大慈爲此大
衆清明心目以爲末世一切衆生作將來眼
佛告阿難精真妙明本覺圓淨非留死生乃
諸塵垢乃至虛空皆因妄想之所生起斯元
本覺妙明真精妄以發生諸器世間如演若
多迷頭認影妄元无因於妄想中立因緣性
迷因緣者稱爲自然彼虛空性猶實幻生因
緣自然皆是衆生妄心計度阿難知妄所起
說妄因緣若妄元无說妄因緣元无所有何
況不知推自然者是故如來與汝發明五陰
本因同是妄想汝體先因父母想生汝心非
想則不能來想中傳命如我先言心想酢味
口中涎生心想登高足心酸起懸崖不有酢
物未來汝體必非虛妄通倫口水如何因談
酢出是故當知汝現色身名爲堅固第一妄
想即此所說臨高想心能令汝形真受酸澀
由因受生能動色體汝今現前順益違損二

上博 70 (51613)　大佛頂如來蜜因脩證了義諸菩薩萬行首楞嚴經卷第十　(16－13)

想即此所說臨高想心能令汝形真受酸澀
由因受生能動色體汝今現前順益違損二
現驅馳名爲虛明第二妄想由汝念慮使汝
色身身非念倫汝身何因隨念所使種種取像
心生形取與念相應寤即想心寐爲諸夢則
汝想念搖動妄情名爲融通第三妄想化理
不住運運密移甲長髮生氣銷容皺日夜
相代曾無覺悟阿難此若非汝云何體遷如
必是真汝何无覺則汝諸行念念不停名爲
幽隱第四妄想又汝精明湛不搖處名恒常
者於身不出見聞覺知若實精真不容習妄
何因汝等曾於昔年覩一奇物經歷年歲憶
忘俱无於後忽然覆覩前異記憶宛然曾不
遺失則此精了湛不搖中念念受熏有何籌
算阿難當知此湛非真如急流水望如恬靜
流急不見非是无流若非想元寧受想習非
汝六根互用合開此之妄想无時得滅故汝
現在見聞覺知中串習幾則湛了內罔象虛
无第五顛倒細微精想
阿難是五受陰五妄想成汝今欲知因界淺
深唯色與空是色邊際唯觸及離是受邊
際唯記與妄是想邊際唯滅與生是行邊際湛
入合湛歸識邊際此五陰元重疊生起生因識

上博 70 (51613)　大佛頂如來蜜因脩證了義諸菩薩萬行首楞嚴經卷第十　(16－14)

入合湛歸識邊際此五陰元重疊生起生因識
有滅從色除理則頓悟乘悟併銷事非頓
除因次第盡我已示汝劫波巾結何所不明
再此詢問汝應將此妄想根元心得開通傳
示將來末法之中諸脩行者令識虛妄深厭
自生知有涅槃不戀三界
阿難若復有人遍滿十方所有虛空盈滿七
寶持以奉上微塵諸佛承事供養心元虛度
於意云何是人以此施佛因緣得福多不阿
難答言虛空元盡珍寶元邊昔有衆生施佛
七錢捨身猶獲轉輪王位況復現前虛空既
窮佛土充遍皆施珍寶窮劫思議尚不能及
是福云何更有邊際
佛告阿難諸佛如來語元虛妄若復有人身
具四重十波羅夷瞬息即經此方他方阿鼻
地獄乃至窮盡十方元間靡不經歷能以一
念將此法門於末劫中開示末學是人罪障
應念銷滅變其所受地獄苦因成安樂國得
福超越前之施人百倍千倍千万億倍如是乃
至算數譬喻所不能及阿難若有衆生能
誦此經能持此呪如我廣說窮劫不盡依我
教言如教行道真成菩提元復魔業
佛說此經已比丘比丘尼優婆塞優婆夷一切

上博 70 (51613) 大佛頂如來蜜因脩證了義諸菩薩萬行首楞嚴經卷第十 (16－15)

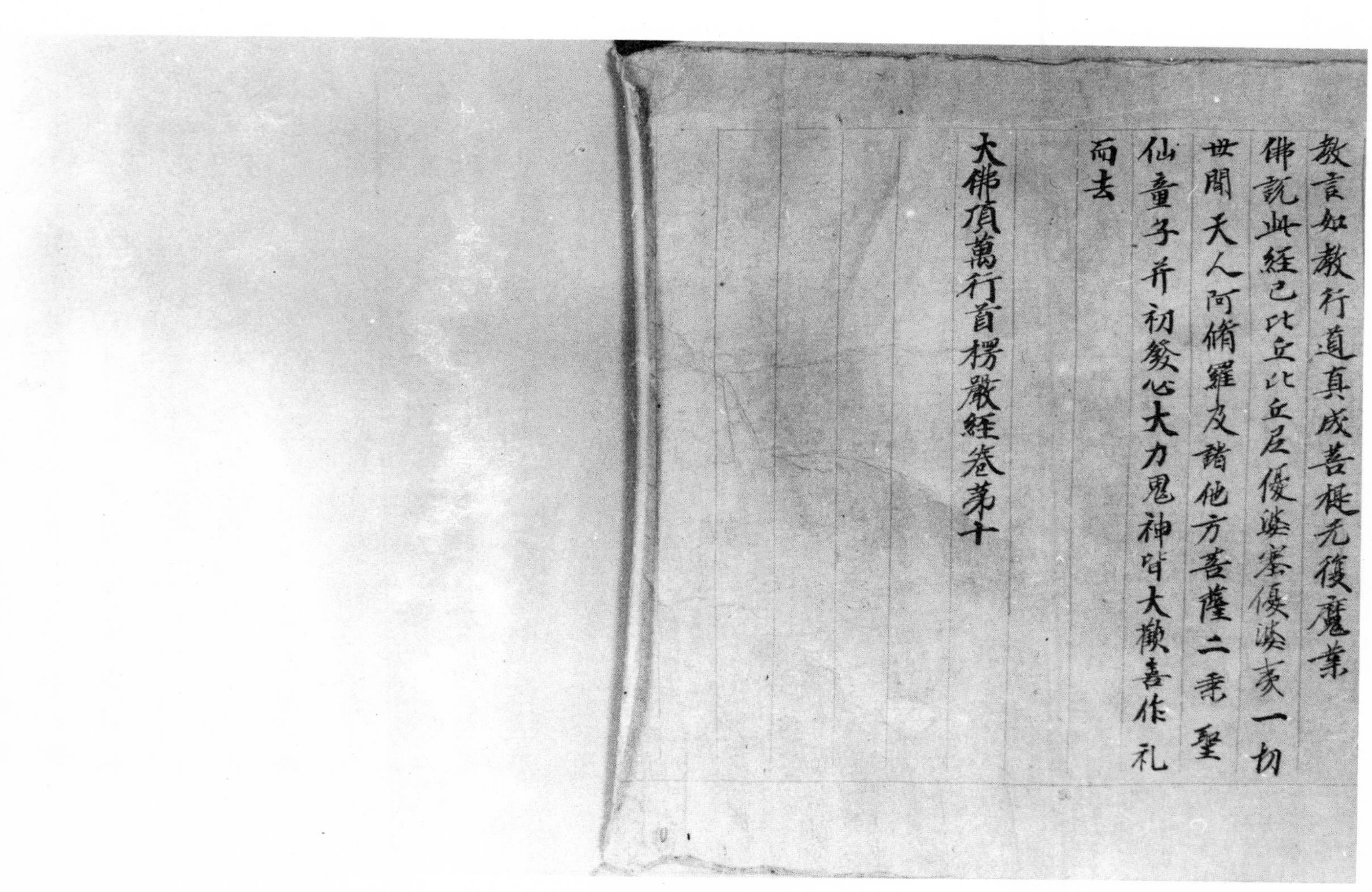
教言如教行道真成菩提元復魔業
佛說此經已比丘比丘尼優婆塞優婆夷一切
世間天人阿脩羅及諸他方菩薩二乘聖
仙童子并初發心大力鬼神皆大歡喜作礼
而去

大佛頂萬行首楞嚴經卷第十

上博 70 (51613) 大佛頂如來蜜因脩證了義諸菩薩萬行首楞嚴經卷第十 (16－16)

維摩詰所説經文殊師利問疾品第五　巻中
尒時佛告文殊師利汝行詣維摩詰問疾文
殊師利白佛言世尊彼上人者難為酬對深
達實相善説法要辯才无滞智慧无礙一切
菩薩法式悉知諸佛秘藏无不得入降伏衆
魔遊戲神通其慧方便皆已得度雖然當承
佛聖旨詣彼問疾於是衆中諸菩薩大弟子
釋梵四天王等咸作是念今二大士文殊師利
維摩詰共談必説妙法即時八千菩薩五百
聲聞百千天人皆欲隨從於是文殊師利與
諸菩薩大弟子衆及諸天人恭敬圍繞入毗
耶離大城尒時長者維摩詰心念今文殊師
利與大衆俱来即以神力空其室内除去所
有及諸侍者唯置一牀以疾而卧文殊師利
既入其舍見其室空无諸所有獨寢一牀時
維摩詰言善来文殊師利不来相而来不見

上博 71 (51614)　維摩詰所説經卷中　(11－1)

既入其舍見其室空无諸所有獨寢一牀時
維摩詰言善来文殊師利不来相而来不見
相而見文殊師利言如是居士若来已更不来
若去已更不去所以者何来者无所從来去
者无所至所可見者更不可見且置是事
居士是疾寧可忍不療治有損不至增乎世
尊慇懃致問无量居士是疾何所因起其生
久如當云何滅維摩詰言從癡有愛則我病
生以一切衆生病是故我病若一切衆生病
滅者則我病滅所以者何菩薩為衆生故
入生死有生死則有病若衆生得離病者則
菩薩无復病譬如長者唯有一子其子得病
父母亦病若子病愈父母亦愈菩薩如是於
諸衆生愛之若子衆生病則菩薩病衆生病
愈菩薩亦愈又言是疾何所因起菩薩疾者
以大悲起文殊師利言居士此室何以空无
侍者維摩詰言諸佛國土亦復皆空又問以
何為空答曰以空空又問空何用空答曰以
无分別空故空又問空可分別耶答曰分別
亦空又問空當於何求答曰當於六十二見
中求又問六十二見當於何求答曰當於諸
佛解脫中求又問諸佛解脫當於何求答曰
當於一切衆生心行中求又仁所問何无侍

上博 71 (51614)　維摩詰所説經卷中　(11－2)

佛解脫中求又問諸佛解脫當於何求荅曰
當於一切衆生心行中求又仁所問何无侍
者一切衆魔及諸外道皆吾侍也所以者何
衆魔者樂生死菩薩於生死而不捨外道者
樂諸見菩薩於諸見而不動文殊師利言居
士所疾爲何等相維摩詰言我病无形不可
見又問此病身合耶心合耶荅曰非身合身
相離故亦非心合心如幻故又問地大水大
火大風大於此四大何大之病荅曰是病非
地大亦不離地大水火風大亦復如是而衆
生病從四大起以其有病是故我病尒時文
殊師利問維摩詰言菩薩應云何慰喻有疾
菩薩維摩詰言說身无常不說厭離於身說
身有苦不說樂於涅槃說身无我而說教導
衆生說身空寂不說畢竟寂滅說悔先罪而
不說入於過去以己之疾愍於彼疾當識宿
世无數劫苦當念饒益一切衆生憶所脩福
念於淨命勿生憂惱常起精進當作醫王療
治衆病菩薩應如是慰喻有疾菩薩令其歡
喜文殊師利言居士有疾菩薩云何調伏其
心維摩詰言有疾菩薩應作是念今我此病皆
從前世妄想顛倒諸煩惱生无有實法誰受
病者所以者何四大合故假名爲身四大无
主身亦无我又此病起皆由著我是故於我
不應生著既知病本即除我想及衆生想當

上博 71 (51614) 維摩詰所説經卷中 (11－3)

主身亦无我又此病起皆由著我是故於我
不應生著既知病本即除我想及衆生想當
起法想應作是念但以衆法合成此身起唯
法起滅唯法滅又此法者各不相知起時不
言我起滅時不言我滅彼有疾菩薩爲滅法
想當作是念此法想者亦是顛倒顛倒者是
即大患我應離之云何爲離離我我所云何
離我我所謂離二法云何離二法謂不念内
外諸法行於平等云何平等謂我等涅槃等
所以者何我及涅槃此二皆空以何爲空但
以名字故空如此二法无決定性得是平
等无有餘病唯有空病空病亦空是有疾菩
薩以无所受而受諸受未具佛法亦不滅受
而取證也設身有苦當念惡趣衆生起大悲心
我既調伏亦當調伏一切衆生但除其病而不
除法爲斷病本而教導之何謂病本謂有
攀緣從有攀緣則有病本何所攀緣謂之三
界云何斷攀緣以无所得若无所得則无攀緣
何謂无所得謂離二見何謂二見謂内見外
見是无所得文殊師利是爲有疾菩薩調伏
其心爲斷老病死苦是菩薩菩提若不如是
已所脩治爲无惠利譬如勝怨乃可爲勇如
是兼除老病死者菩薩之謂也彼有疾菩薩
應復作是念如我此病非真非有衆生病亦

上博 71 (51614) 維摩詰所説經卷中 (11－4)

是無除老病死者菩薩之謂也彼有疾菩薩
應復作是念如我此病非真非有衆生病亦
非真非有作是觀時於諸衆生若起愛見大
悲即應捨離所以者何菩薩斷除客塵煩惱
而起大悲愛見悲者則於生死有疲厭心若
能離此无有疲厭在在所生不為愛見之所
覆也所生无縛能為衆生說法解縛如佛所
說若自有縛能解彼縛无有是處若自无縛
能解彼縛斯有是處是故菩薩不應起縛何
謂縛何謂解貪著禪味是菩薩縛以方便生
是菩薩解又无方便慧縛有方便慧解无慧
方便縛有慧方便解何謂无方便慧縛謂菩
薩以愛見心莊嚴佛土成就衆生於空无相
无作法中而自調伏是名无方便慧縛何謂
有方便慧解謂不以愛見心莊嚴佛土成就
衆生於空无相无作法中以自調伏而不疲
厭是名有方便慧解何謂无慧方便縛謂菩
薩住貪欲瞋恚邪見等諸煩惱而殖衆德本
是名无慧方便縛何謂有慧方便解謂離諸
貪欲瞋恚邪見等諸煩惱而殖衆德本迴向
阿耨多羅三藐三菩提是名有慧方便解文
殊師利彼有疾菩薩應如是觀諸法又復觀
身无常苦空非我是名為慧雖身有疾常在
生死饒益一切而不疲惓是名方便又復觀

上博 71 (51614) 維摩詰所說經卷中 (11－5)

生死饒益一切而不疲惓是名方便又復觀
身身不離病病不離身是病是身非新非故
是名為慧設身有疾而不永滅是名方便文
殊師利有疾菩薩應如是調伏其心不住其
中亦復不住不調伏心所以者何若住不調伏
心是愚人法若住調伏心是聲聞法是故菩
薩不當住於調伏不調伏心離此二法是菩
薩行在於生死不為汙行住於涅槃不永滅
度是菩薩行非凡夫行非賢聖行是菩薩
行非垢行非淨行是菩薩行雖過魔行而現
降伏衆魔是菩薩行求一切智无非時求是
菩薩行雖觀諸法不生不滅而不入正位是菩
薩行雖觀十二緣起而入諸邪見是菩薩行
雖攝一切衆生而不愛著是菩薩行雖樂遠離
而不依身心盡是菩薩行雖行三界而不壞
法性是菩薩行雖行於空而殖衆德本是菩
薩行雖行无相而度衆生是菩薩行雖行无
作而現受身是菩薩行雖行无起而起一切
善行是菩薩行雖行六波羅蜜而遍知衆生
心心數法是菩薩行雖行六通而不盡漏是
菩薩行雖行四无量心而不貪著生於梵世
是菩薩行雖行禪定解脫三昧而不隨禪生
是菩薩行雖行四念處而不永離身受心法
是菩薩行雖行四正勤而不捨身心精進是

上博 71 (51614) 維摩詰所說經卷中 (11－6)

是菩薩行雖行四念處而不永離身受心法
是菩薩行雖行四正勤而不捨身心精進是
菩薩行雖行四如意足而得自在神通是菩
薩行雖行五根而分別衆生諸根利鈍是菩
薩行雖行五力而樂求佛十力是菩薩行雖
行七覺分而分別佛之智慧是菩薩行雖行
八正道而樂行无量佛道是菩薩行雖行止
觀助道之法而不畢竟墮於寂滅是菩薩行
雖行諸法不生不滅而以相好莊嚴其身是
菩薩行雖現聲聞辟支佛威儀而不捨佛法
是菩薩行雖隨諸法究竟淨相而隨所應為
現其身是菩薩行雖觀諸佛國土永寂如空
而現種種清淨佛土是菩薩行雖得佛道轉于
法輪入於涅槃而不捨於菩薩之道是菩薩
行說是語時文殊師利所將大衆其中八千
天子皆發阿耨多羅三藐三菩提心

不思議品第六

尒時舍利弗見此室中无有牀坐作是念斯
諸菩薩大弟子衆當於何坐長者維摩詰知
其意語舍利弗言云何仁者為法來耶求牀坐
邪舍利弗言我為法來非為牀坐維摩詰言
唯舍利弗夫求法者不貪軀命何况牀坐夫
求法者非有色受想行識之求非有界入之
求非有欲色无色之求唯舍利弗夫求法者

上博 71 (51614) 維摩詰所說經卷中 (11－7)

求非有欲色无色之求唯舍利弗夫求法者
不著佛求不著法求不著衆求夫求法者
无見苦求无斷集求无造盡證脩道之求所
以者何法无戲論若言我當見苦斷集證滅
脩道是則戲論非求法也唯舍利弗法名寂滅
若行生滅是求生滅非求法也法名无染若
染於法乃至涅槃是則染著非求法也法无
行處若行於法是則行處非求法也法无取
捨若取捨法是則取捨非求法也法无處所
若著處所是則著處非求法也法名无相若
隨相識是則求相非求法也法不可住若住
於法是則住法非求法也法不可見聞覺知
若行見聞覺知是則見聞覺知非求法也法
名无為若行有為是求有為非求法也是
故舍利弗若求法者於一切法應无所求說
是語時五百天子於諸法中得法眼淨尒時
長者維摩詰問文殊師利仁者遊於无量千
萬億阿僧祇國何等佛土有好上妙功德成
就師子之座文殊師利言居士東方度卅六
恒河沙國有世界名須弥相其佛号須弥燈
王今現在彼佛身長八萬四千由旬其師子
座高八萬四千由旬嚴飾第一於是長者維
摩詰現神通力即時彼佛遣三萬二千師子之
座高廣嚴淨來入維摩詰室諸菩薩大弟子

上博 71 (51614) 維摩詰所說經卷中 (11－8)

座高八萬四千由旬嚴飾第一於是長者維
摩詰現神通力即時彼佛遣三萬二千師子之
座高廣嚴淨來入維摩詰室諸菩薩大弟子
釋梵四天王等昔所未見其室廣博悉皆苞
容三萬二千師子座无所妨礙於毗耶離城
及閻浮提四天下亦不迫迮悉見如故尒時
維摩詰語文殊師利就師子座與諸菩薩上
人俱坐當自立身如彼坐像其得神通菩薩
即自變形爲四萬二千由旬坐師子座諸新
發意菩薩及大弟子皆不能昇尒時維摩詰語
舍利弗就師子座舍利弗言居士此座高廣
吾不能昇維摩詰言唯舍利弗爲須彌燈王
如來作礼乃可得坐於是新發意菩薩及大
弟子即爲須弥燈王如來作礼便得坐師子
座舍利弗言居士未曾有也如是小室乃容
受此高廣之座於毗耶離城无所妨礙又於閻
浮提聚落城邑及四天下諸天龍王鬼神宮
殿亦不迫迮維摩詰言唯舍利弗諸佛菩薩
有解脫名不可思議若菩薩住是解脫者以
須弥之高廣內芥子中无所增減須弥山王
本相如故而四天王忉利諸天不覺不知己
之所入唯應度者乃見須弥入芥子中是名
不可思議解脫法門又以四大海水入一毛孔
不嬈魚鼈黿鼉水性之屬而彼大海本相

上博 71 (51614) 維摩詰所説經卷中 (11－9)

不可思議解脫法門又以四大海水入一毛孔
不嬈魚鼈黿鼉水性之屬而彼大海本相
如故諸龍鬼神阿脩羅等不覺不知己之所
入於此衆生亦无所嬈又舍利弗住不可思議
解脫菩薩斷取三千大千世界如陶家輪著
右掌中擲過恒河沙世界之外其中衆生
不覺不知己之所往又復還置本處都不
使人有往來想而此世界本相如故又舍利
弗或有衆生樂久住世而可度者菩薩即演
七日以爲一劫令彼衆生謂之一劫或有衆生
不樂久住而可度者菩薩即促一劫以爲七日
令彼衆生謂之七日又舍利弗住不可思議
解脫菩薩以一切佛土嚴飾之事集在一國
示於衆生又菩薩以一佛土衆生置之右掌
飛到十方遍示一切而不動本處又舍利弗
十方衆生供養諸佛之具菩薩於一毛孔
皆令得見又十方國土所有日月星宿於一
毛孔普使見之又舍利弗十方世界所有諸
風菩薩悉能吸著口中而身无損外諸樹木
亦不摧折又十方世界劫盡燒時以一切火
內於腹中火事如故而不爲害又於下方過
恒河沙等諸佛世界取一佛土舉著上方過
恒河沙无數世界如持針鋒舉一棗葉而无
所嬈又舍利弗住不可思議解脫菩薩能以

上博 71 (51614) 維摩詰所説經卷中 (11－10)

恒河沙无數世界如持針鋒舉一棗葉而无
所嬈又舍利弗住不可思議解脱菩薩能以
神通現作佛身或現辟支佛身或現聲聞身
或現帝釋身或現梵王身或現世主身或
現轉輪王身又十方世界所有衆聲上中下音
皆能變之令作佛聲演出无常苦空无我
之音及十方諸佛所説種種之法皆於其中
普令得聞舍利弗我今略説菩薩不可思議
解脱之力若廣説者窮劫不盡是時大迦葉

上博 71 (51614) 維摩詰所説經卷中 (11－11)

上博 71 (51614)V 1. 題簽

上博 71 (51614)V 2. 印章

妙法蓮華經授學无學人記品第九
尒時阿難羅睺羅而作是念我等每自思惟
設得受記不亦快乎即從坐起到於佛前頭
面禮足俱白佛言世尊我等於此亦應有分
唯有如來我等所歸又我等為一切世間天
人阿脩羅所見知識阿難常為侍者護持法
藏羅睺羅是佛之子若佛見授阿耨多羅三
藐三菩提記者我願既滿衆望亦足尒時學
无學聲聞弟子二千人皆從坐起偏袒右肩
到於佛前一心合掌瞻仰世尊如阿難羅睺
羅所願住立一面尒時佛告阿難汝於來世
當得作佛号山海慧自在通王如來應供正
遍知明行足善逝世間解无上士調御丈夫
天人師佛世尊當供養六十二億諸佛護持
法藏然後得阿耨多羅三藐三菩提教化二

上博 72 (51615) 妙法蓮華經卷第四 (9－1)

法藏然後得阿耨多羅三藐三菩提教化二
十千万億恒河沙諸菩薩等令成阿耨多羅
三藐三菩提國名常立勝幡其土清淨瑠璃
爲地劫名妙音遍滿其佛壽命无量千万億
阿僧祇劫若人於千万億无量阿僧祇劫中
筭數校計不能得知正法住世倍於壽命像
法住世復倍正法阿難是山海慧自在通王
佛爲十方无量千万億恒河沙等諸佛如來
所共讃嘆稱其功德尒時世尊欲重宣此義
而說偈言
我今僧中說　阿難持法者　當供養諸佛　然後成正覺
号曰山海慧　自在通王佛　其國土清淨　名常立勝幡
教化諸菩薩　其數如恒沙　佛有大威德　名聞滿十方
壽命无有量　以愍衆生故　正法倍壽命　像法復倍是
如恒河沙等　无數諸衆生　於此佛法中　種佛道因緣
尒時會中新發意菩薩八千人咸作是念我
等尚不聞諸大菩薩得如是記有何因緣而
諸聲聞得如是決尒時世尊知諸菩薩心之
所念而告之曰諸善男子我与阿難等於空
王佛所同時發阿耨多羅三藐三菩提心阿
難常樂多聞我常懃精進是故我已得成阿
耨多羅三藐三菩提而阿難護持我法亦護
將來諸佛法藏教化成就諸菩薩衆其本願
如是故獲斯記阿難面於佛前自聞受記及

上博 72 (51615)　妙法蓮華經卷第四　(9－2)

如是故獲斯記阿難面於佛前自聞受記及
國土莊嚴所願具足心大歡喜得未曾有即
時憶念過去无量千万億諸佛法藏通達无
㝵如今所聞亦識本願尒時阿難而說偈言
世尊甚希有　令我念過去　无量諸佛法　如今日所聞
我今无復疑　安住於佛道　方便爲侍者　護持諸佛法
尒時佛告羅睺羅汝於來世當得作佛号蹈
七寶華如來應供正遍知明行足善逝世間
解无上士調御丈夫天人師佛世尊當供養
十世界微塵等數諸佛如來常爲諸佛而作
長子猶如今也是蹈七寶華佛國土莊嚴壽
命劫數所化弟子正法像法亦如山海慧自
在通王如來无異亦爲此佛而作長子過是
已後當得阿耨多羅三藐三菩提尒時世尊
欲重宣此義而說偈言
我爲太子時　羅睺爲長子　我今成佛道　受法爲法子
於未來世中　見无量億佛　皆爲其長子　一心求佛道
羅睺羅密行　唯我能知之　現爲我長子　以示諸衆生
无量億千万　功德不可數　安住於佛法　以求无上道
尒時世尊見學无學二千人其意柔濡寂然
清淨一心觀佛佛告阿難汝見是學无學二千
人不唯然已見阿難是諸人等當供養五十
世界微塵數諸佛如來恭敬尊重護持法
藏末後同時於十方國各得成佛皆同一号

上博 72 (51615)　妙法蓮華經卷第四　(9－3)

藏末後同時於十方國各得成佛皆同一号
名曰寶相如來應供正遍知明行足善逝世
間解无上士調御丈夫天人師佛世尊壽命
一劫國土莊嚴聲聞菩薩正法像法皆悉同
等尒時世尊欲重宣此義而說偈言
是二千聲聞　今於我前住　悉皆与受記　未來當成佛
所供養諸佛　如上說塵數　護持其法藏　後當成正覺
各於十方國　悉同一名号　俱時坐道場　以證无上道
皆名為寶相　國土及弟子　正法与像法　悉等无有異
咸以諸神通　度十方衆生　名聞普周遍　漸入於涅槃
尒時學无學二千人聞佛授記歡喜踊躍而
護持助宣无量无邊諸佛之法教化饒益无
量衆生令立阿耨多羅三藐三菩提為淨佛
土故常懃精進教化衆生漸漸具足菩薩之
道過无量阿僧祇劫當於此土得阿耨多羅
三藐三菩提号曰法明如來應供正遍知明
行足善逝世間解无上士調御丈夫天人師
佛世尊其佛以恒河沙等三千大千世界為
一佛土七寶為地地平如掌无有山陵谿澗
溝壑七寶臺觀充滿其中諸天宮殿近處虛
空人天交接兩得相見无諸惡道亦无女人一
切衆生皆以化生无有婬欲得大神通身出
光明飛行自在志念堅固精進智慧普皆金
色三十二相而自莊嚴其國衆生常以二食

上博 72 (51615)　妙法蓮華經卷第四　(9－4)

光明飛行自在志念堅固精進智慧普皆金
色三十二相而自莊嚴其國衆生常以二食
一者法喜食二者禪悅食有无量阿僧祇千
万億那由他諸菩薩衆得大神通四无㝵智
善能教化衆生之類其聲聞衆筭數挍計
所不能知皆得具足六通三明及八解脫其
佛國土有如是等无量功德莊嚴成就劫名
寶明國名善淨其佛壽命无量阿僧祇劫法
住甚久佛滅度後起七寶塔遍滿其國尒時
世尊欲重宣此義而說偈言
諸比丘諦聽　佛子所行道　善學方便故　不可得思議
知衆樂小法　而畏於大智　是故諸菩薩　作聲聞緣覺
以无數方便　化諸衆生類　自說是聲聞　去佛道甚遠
度脫无量衆　皆悉得成就　雖小欲懈怠　漸當令作佛
內秘菩薩行　外現是聲聞　少欲厭生死　實自淨佛土
示衆有三毒　又現邪見相　我弟子如是　方便度衆生
若我具足說　種種現化事　衆生聞是者　心則懷疑惑
今此富樓那　於昔千億佛　懃脩所行道　宣護諸佛法
為求无上慧　而於諸佛所　現居弟子上　多聞有智慧
所說无所畏　能令衆歡喜　未曾有疲惓　而以助佛事
已度大神通　具四无㝵慧　知衆根利鈍　常說清淨法
演暢如是義　教諸千億衆　令住大乘法　而自淨佛土
未來亦供養　无量无數佛　護助宣正法　亦自淨佛土
常以諸方便　說法无所畏　度不可計衆　成就一切智

上博 72 (51615)　妙法蓮華經卷第四　(9－5)

未來亦供養　无量无數佛　護助宣正法　亦自淨佛土
常以諸方便　說法无所畏　度不可計衆　成就一切智
供養諸如來　護持法寶藏　其後得成佛　号名曰法明
其國名善淨　七寶所合成　劫名為寶明　菩薩衆甚多
其數无量億　皆度大神通　威德力具足　充滿其國土
聲聞亦无數　三明八解脫　得四无㝵智　以是等為僧
其國諸衆生　婬欲皆已斷　淳一變化生　具相莊嚴身
法喜禪悅食　更无餘食想　无有諸女人　亦无諸惡道
富樓那比丘　功德悉成滿　當得斯淨土　賢聖衆甚多
如是无量事　我今但略說
尒時千二百阿羅漢心自在者作是念我等
歡喜得未曾有若世尊各見授記如餘大弟
子者不亦快乎佛知此等心之所念告摩訶
迦葉是千二百阿羅漢我今當現前次第與
受阿耨多羅三藐三菩提記於此衆中我大弟
子憍陳如比丘當供養六万二千億佛然後
得成為佛号曰普明如來應供正遍知明行
足善逝世間解无上士調御丈夫天人師佛
世尊其五百阿羅漢優樓頻螺迦葉伽耶迦
葉那提迦葉迦留陀夷優陀夷阿㝹樓馱離
婆多劫賓那薄拘羅周陀莎伽陀等皆當得
阿耨多羅三藐三菩提皆同一号名曰普明
尒時世尊欲重宣此義而說偈言
憍陳如比丘　當見无量佛　過阿僧祇劫　乃成等正覺

上博 72 (51615)　妙法蓮華經卷第四　(9－6)

憍陳如比丘　當見无量佛　過阿僧祇劫　乃成等正覺
常放大光明　具足諸神通　名聞遍十方　一切之所敬
常說无上道　故号為普明　其國土清淨　菩薩皆勇猛
咸昇妙樓閣　遊諸十方國　以无上供具　奉獻於諸佛
作是供養已　心懷大歡喜　須臾還本國　有如是神力
佛壽六万劫　正法住倍壽　像法復倍是　法滅天人憂
其五百比丘　次第當作佛　同号曰普明　轉次而授記
我滅度之後　某甲當作佛　其所化世間　亦如我今日
國土之嚴淨　及諸神通力　菩薩聲聞衆　正法及像法
壽命劫多少　皆如上所說　迦葉汝已知　五百自在者
餘諸聲聞衆　亦當復如是　其不在此會　汝當為宣說
尒時五百阿羅漢於佛前得受記已歡喜踊
躍即從坐起到於佛前頭面礼足悔過自責
世尊我等常作是念自謂已得究竟滅度今
乃知之如无智者所以者何我等應得如來
智慧而便自以小智為足世尊譬如有人至
親友家醉酒而臥是時親友官事當行以无
價寶珠繫其衣裏与之而去其人醉臥都不
覺知起已遊行到於他國為衣食故勤力求
索甚大艱難若少有所得便以為足於後親友
會遇見之而作是言咄哉丈夫何為衣食乃
至如是我昔欲令汝得安樂五欲自恣於某
年月日以无價寶珠繫汝衣裏今故現在而
汝不知勤苦憂惱以求自活甚為癡也汝今

上博 72 (51615)　妙法蓮華經卷第四　(9－7)

會遇見之而作是言咄哉丈夫何爲衣食乃
至如是我昔欲令汝得安樂五欲自恣於其
年月日以无價寶珠繫汝衣裹今故現在而
汝不知勤苦憂惱以求自活甚爲癡也汝今
可以此寶貿易所須常可如意无所乏短佛
亦如是爲菩薩時教化我等令發一切智心
而尋廢忘不知不覺既得阿羅漢道自謂滅
度資生艱難得少爲足一切智願猶在不失
今者世尊覺悟我等作如是言諸比丘汝等
所得非究竟滅度我久欲令汝等種佛善根
以方便故示涅槃相而汝謂爲實得滅度世
尊我今乃知實是菩薩得受阿耨多羅三藐
三菩提記以是因緣甚大歡喜得未曾有尒
時阿若憍陳如等欲重宣此義而說偈言
我等聞无上　安隱授記聲　歡喜未曾有　礼无量智佛
今於世尊前　自悔諸過咎　於无量佛寶　得少涅槃分
如无智愚人　便自以爲足
譬如貧窮人　往至親友家　其家甚大富　具設諸餚饍
以无價寶珠　繫著內衣裹　嘿與而捨去　時臥不覺知
是人既已起　遊行詣他國　求衣食自濟　資生甚艱難
得少便爲足　更不願好者　不覺內衣裹　有无價寶珠
與珠之親友　後見此貧人　苦切責之已　示以所繫珠
貧人見此珠　其心大歡喜　富有諸財物　五欲而自恣
我等亦如是　世尊於長夜　常愍見教化　令種无上願
我等无智故　不覺亦不知　得少涅槃分　自足不求餘

上博 72 (51615)　妙法蓮華經卷第四　(9－8)

以方便故示涅槃相而汝謂爲實得滅度世
尊我今乃知實是菩薩得受阿耨多羅三藐
三菩提記以是因緣甚大歡喜得未曾有尒
時阿若憍陳如等欲重宣此義而說偈言
我等聞无上　安隱授記聲　歡喜未曾有　礼无量智佛
今於世尊前　自悔諸過咎　於无量佛寶　得少涅槃分
如无智愚人　便自以爲足
譬如貧窮人　往至親友家　其家甚大富　具設諸餚饍
以无價寶珠　繫著內衣裹　嘿與而捨去　時臥不覺知
是人既已起　遊行詣他國　求衣食自濟　資生甚艱難
得少便爲足　更不願好者　不覺內衣裹　有无價寶珠
與珠之親友　後見此貧人　苦切責之已　示以所繫珠
貧人見此珠　其心大歡喜　富有諸財物　五欲而自恣
我等亦如是　世尊於長夜　常愍見教化　令種无上願
我等无智故　不覺亦不知　得少涅槃分　自足不求餘
今佛覺悟我　言非實滅度　得佛无上慧　今乃爲真滅
我今從佛聞　受記莊嚴事　及轉次受決　身心遍歡喜

上博 72 (51615)　妙法蓮華經卷第四　(9－9)

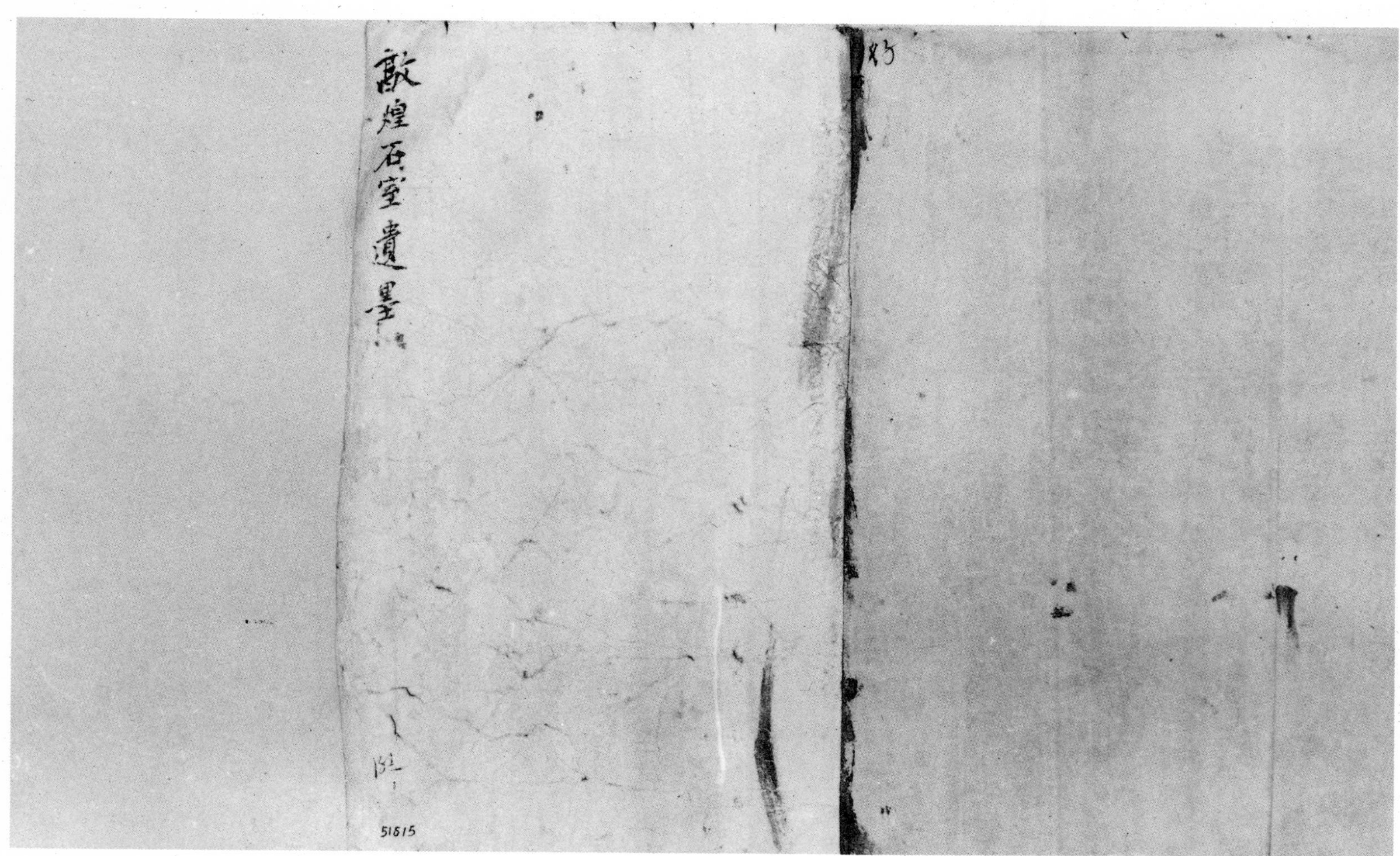

上博 72 (51615)V　1. 題簽

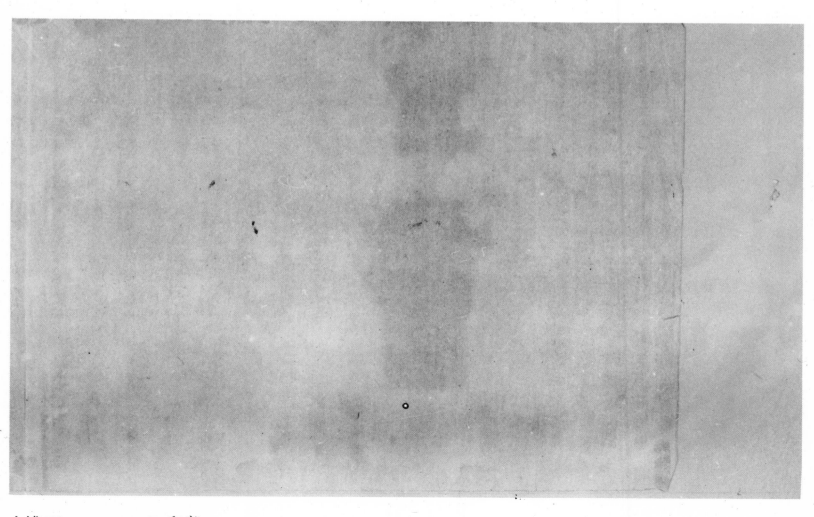

上博 72 (51615)V　2. 印章

信解受持者當知是人得近阿耨多羅三藐
三菩提藥王譬如有人渴乏須水於彼高原
穿鑿求之猶見乾土知水尚遠施功不已轉
見濕土遂漸至泥其心決定知水必近菩薩
亦復如是若未聞未解未能脩習是法華經
當知是人去阿耨多羅三藐三菩提尚遠若
得聞解思惟脩習必得近阿耨多羅三藐
三菩提所以者何一切菩薩阿耨多羅三藐
三菩提皆屬此經此經開方便門示真實相
是法華經藏深固幽遠无人能到今佛教化
成就菩薩而為開示藥王若有菩薩聞是法
華經驚疑怖畏當知是為新發意菩薩若聲
聞人聞是經驚疑怖畏當知是為增上慢者藥
王若有善男子善女人如來滅後欲為四衆說
是法華經者云何應說是善男子善女人
入如來室著如來衣坐如來座尒乃應為
四衆廣說其經如來室者一切衆生中大慈
悲心是如來衣者柔和忍辱心是如來座者
一切法空是安住是中然後以不懈怠心為諸
菩薩及四衆廣說是法華經藥王我於餘
國遣化人為其集聽法衆亦遣化比丘比丘
尼優婆塞優婆夷聽其說法是諸化人聞法
信受隨順不逆若說法者在空閑處我時廣
遣天龍鬼神乾闥婆阿脩羅等聽其說法我

上博 73 (51616)　妙法蓮華經卷第四　(3－1)

尼優婆塞優婆夷聽其說法是諸化人聞法
信受隨順不逆若說法者在空閑處我時廣
遣天龍鬼神乾闥婆阿脩羅等聽其說法我
雖在異國時時令說法者得見我身若於此
經忘失句逗我還為說令得具足尒時世尊
欲重宣此義而說偈言
欲捨諸懈怠　應當聽此經　是經難得聞　信受者亦難
如人渴須水　穿鑿於高原　猶見乾燥土　知去水尚遠
漸見濕土泥　決定知近水　藥王汝當知　如是諸人等
不聞法華經　去佛智甚遠　若聞是深經　決了聲聞法
是諸經之王　聞已諦思惟　當知此人等　近於佛智慧
若人說此經　應入如來室　著於如來衣　而坐如來座
處衆无所畏　應為分別說　大慈悲為室　柔和忍辱衣
諸法空為座　處此為說法　若說此經時　有人惡口罵
加刀杖瓦石　念佛故應忍　我千万億土　現淨堅固身
於无量億劫　為衆生說法　若我滅度後　能說此經者
我遣化四衆　比丘比丘尼　及清信士女　供養於法師
引導諸衆生　集之令聽法　若人欲加惡　刀杖及瓦石
則遣變化人　為之作衛護　若說法之人　獨在空閑處
寂寞无人聲　讀誦此經典　我尒時為現　清淨光明身
若忘失章句　為說令通利　若人具是德　或為四衆說
空處讀誦經　皆得見我身　若人在空閑　我遣天龍王
夜叉鬼神等　為作聽法衆　是人樂說法　分別无罣礙
諸佛護念故　能令大衆喜　若親近法師　速得菩薩道
隨順是師學　得見恒沙佛

上博 73 (51616)　妙法蓮華經卷第四　(3－2)

引導諸衆生　集之令聽法　若人欲加惡　刀杖及瓦石
則遣變化人　為之作衛護　若說法之人　獨在空閑處
寂漠无人聲　讀誦此經典　我尒時為現　清淨光明身
若忘失章句　為說令通利　若人具是德　或為四衆說
空處讀誦經　皆得見我身　若人在空閑　我遣天龍王
夜叉鬼神等　為作聽法衆　是人樂說法　分別无罣礙
諸佛護念故　能令大衆喜　若親近法師　速得菩薩道
隨順是師學　得見恒沙佛
妙法蓮華經見寶塔品第十一

上博 73 (51616)　妙法蓮華經卷第四　(3－3)

云何瑜伽謂四瑜伽何等為四一信二欲三
精進四方便當知其信有二行相及二依處
二行相者一信順行相二清淨行相二依處
者一觀察諸法道理依處二信解補特伽
羅神力依處欲有四種何等為四一為證得
欲二為請問欲三為修集資糧欲四為隨
順瑜伽欲為證得欲者謂如有一於上解
脫發生希慕如前廣說為請問欲者謂
如有一生希慕已往僧伽藍諸有諳同
修梵行成就瑜伽妙智者所為聽未聞為
聞究竟為修集資糧欲者謂如有一為戒
律儀清淨為根律儀清淨故於食知量減省
睡眠正知住中展轉增勝發生希慕為隨順
瑜伽欲者謂於无間加行殷重加行修習
道中發生希慕發生欲樂欲有所作精進有
四何等為四一為聞精進二為思精進三為
修精進四為障淨精進為聞精進者謂為
聽未聞聞已究竟勤心勇猛審決加行
為思精進者謂如所聞法獨處空閑思惟
其義等量觀察為修精進者謂入寂靜於
時時間勤修止觀為障淨精進者謂於晝夜
策勵精勤經行宴坐從諸障法淨修其心
勤心勇猛審決精進方便有四謂尸羅
律儀增上力故善守其念善守念故能无
放逸防護其心修諸善法无放逸故正於

上博 74 (51617)　瑜伽師地論卷第二十八　(6－1)

律儀增上力故善守其念善守念故能无
放逸防護其心修諸善法无放逸故正於
內修奢摩他增上慧法毗鉢舍那此四瑜伽
有十六種當知此中初由信故於應得義
深生信解信應得已於諸善法生起樂欲
由樂欲故晝夜策勵安住精勤堅固勇猛
發精進已攝受方便能得未得能觸未觸
能證未證故此四法說名瑜伽
云何作意四作意何等為四一力勵運轉作
意二有間運轉作意三无間運轉作意四
无功用運轉作意云何力勵運轉作意謂初
修業者令心於內安住等住或於諸法无
倒簡擇乃至未得所修作意爾時作意力
勵運轉由倍勵力折挫其心令住一境故名
力勵運轉作意云何有間運轉作意謂得
所修作意已後世出世道漸次升進了相作
意由三摩地思所間雜未能一向純修行
轉故名有間運轉作意云何无間運轉作意
謂從了相作意已後乃至行究竟作意是名
无間運轉作意云何无功用運轉作意謂如
行究竟果作意是名无功用運轉作意復
有所餘四種作意一隨順作意二對治作
意三順清淨作意四順觀察作意云何
隨順作意謂於所緣深生厭壞起正加行
而未斷惑云何對治作意謂能斷惑云何

上博 74 (51617) 瑜伽師地論卷第二十八 (6－2)

隨順作意謂於所緣深生厭壞起正加行
而未斷惑云何對治作意謂能斷惑云何
順清淨作意謂心下感取淨妙相策令歡
悅云何順觀察作意謂觀察作意由此作
意增上力故順觀煩惱斷與未斷間於所
緣境正作意時思惟幾相答四何等為四
一所緣相二因緣相三應遠離相四應修
習相所緣相者謂所知事同分影像明了
顯現因緣相者謂三摩地資糧積集隨順
教導與修俱行縕利樂欣於可厭法深生厭
患能審正知亂與不亂他不惱觸或人所
作或非人作或音聲作或功用作若毗鉢
舍那而為上首內略其心極攝藏觀後因
緣相若奢摩他而為上首發起勝觀極攝
藏此後因緣相應遠離相復有四種一者
沉相二者掉相三者著相四者亂相沉相者
謂由所緣相因緣相故令心下劣掉相者
謂由所緣相因緣相故令心高舉著相者
謂由所緣相因緣相故令心於境起染著
作諸惱亂亂相者謂由所緣相因緣相
故令心於外馳散擾動如是諸相如前等
引地中已說問如是作意於所緣境起勝解
時有幾勝解答九何等為九一有光淨勝
解二无光淨勝解三遲鈍勝解四極利勝
解五狹小勝解六廣大勝解七无量勝解
八清淨勝解九不清淨勝解有光淨勝解

上博 74 (51617) 瑜伽師地論卷第二十八 (6－3)

解二无光淨勝解三鈍勝解四利勝
解五狹小勝解六廣大勝解七无量勝解
八清淨勝解九不清淨勝解有光淨勝解
者謂於光明相澄心善取與光明俱所有
勝解无光淨勝解者謂於光明相不能善
取與闇昧俱所有勝解遲鈍勝解者謂鈍
根身中所有勝解捷利勝解者謂利根身中
所有勝解狹小勝解者謂狹小信欲俱
行勝解及狹小所緣意解勝解如是作意
狹小故及所緣狹小故名狹小勝解廣大
勝解者謂廣大信欲俱行勝解及廣大所
緣意解勝解如是作意廣大故及所緣廣大
故名廣大勝解无量勝解者謂无邊无際
信欲俱行勝解及无邊无際所緣意解勝
解如是作意无量故及所緣无量故名
无量勝解清淨勝解者謂已善脩已成滿
已究竟俱行勝解不清淨勝解者謂未善
脩未成滿未究竟俱行勝解
問脩瑜伽者凡有幾種瑜伽所作答四何等
爲四一所依滅二所依轉三遍知所緣四愛
樂所緣所依滅及所依轉者謂勤脩習瑜
伽作意故所有麁重俱行所依漸次而滅所有
輕安俱行所依漸次而轉是名所依滅及所
依轉瑜伽所作遍知所緣及愛樂所緣者謂
或有遍知所緣愛樂所緣與所依滅轉而爲
上首由此遍知所緣愛樂所緣增上力故令

上博 74 (51617) 瑜伽師地論卷第二十八 (6－4)

上首由此遍知所緣愛樂所緣增上力故令
所依滅及所依轉或有遍知所緣愛樂所緣
用所依清淨而爲上首由此所依清淨增上
力故令遍知所緣得善清淨及愛樂所緣得
善清淨於其所作成辦時轉是名四種脩瑜
伽者瑜伽所作
問脩瑜伽師凡有幾種答三何等爲三一
初脩業瑜伽師二已習行瑜伽師三度作
意瑜伽師云何初脩業瑜伽師謂有二種
初脩業者一於作意初脩業二淨煩惱
初脩業者云何於作意初脩業者謂初脩
業補特伽羅安住一緣勤脩作意乃至未
得所脩作意未能觸證心一境性云何淨煩
惱初脩業者謂已證得所脩作意諸煩
惱欲淨其心發起攝受正勤脩習了相作
意名淨煩惱初脩業者云何已習行瑜伽師
謂除了相作意於餘乃至加行究竟五作
意中已善脩習云何度作意瑜伽師謂住
加行究竟果作意徑中由此趣過加行方便
所脩作意安住脩果是故說名已度作意
又始從脩習善法欲已去乃至未起順決
擇分善根於爾所時名初脩業若已起順
決擇分善根所謂煗頂隨順諦忍世第一
法名已習行若已證入正性離生得諦現
觀不由他緣於佛聖教不爲餘緣之所引奪

上博 74 (51617) 瑜伽師地論卷第二十八 (6－5)

所脩作意安住脩果是故說名已度作意
又始從脩習善法欲已去乃至未起順決
擇分善根於尒所時名初脩業若已起順
決擇分善根所謂煗頂隨順諦忍世第一
法若已習行若已證入正性離生得諦現
觀不由他緣於佛聖教不爲餘緣之所引奪
當於尒時名度作意由彼超過他緣作
意住非他緣所有作意是故名爲已度作
意

上博 74 (51617) 瑜伽師地論卷第二十八 (6－6)

上博 75 (54863) 金剛般若波羅蜜經 (包首)

得多羅三藐三菩
[illegible]來可說何以故如來所說
法皆不可取不可說非法非非法所以者何
一切賢聖皆以无爲法而有差別
須菩提於意云何若人滿三千大千世界七
寶以用布施是人所得福德寧爲多不須菩
提言甚多世尊何以故是福德即非福德性
是故如來說福德多若復有人於此經中受
持乃至四句偈等爲他人說其福勝彼何以
故須菩提一切諸佛及諸佛阿耨多羅三藐
三菩提法皆從此經出須菩提所謂佛法者
即非佛法
須菩提於意云何須陁洹能作是念我得須
陁洹果不須菩提言不也世尊何以故須陁洹
名爲入流而无所入不入色聲香味觸法是
名須陁洹須菩提於意云何斯陁含能作
是念我得斯陁含果不須菩提言不也世尊
何以故斯陁含名一往來而實无往來是名
斯陁含須菩提於意云何阿那含能作是念
我得阿那含果不須菩提言不也世尊何以
故阿那含名爲不來而實无來是故名阿那
含須菩提於意云何阿羅漢能作是念我得
阿羅漢道不須菩提言不也世尊何以故實
无有法名阿羅漢世尊若阿羅漢作是念我
得阿羅漢道即爲著我人衆生壽者世尊佛

上博 75 (54863) 金剛般若波羅蜜經 (11－1)

得阿羅漢道即爲著我人衆生壽者世尊佛
說我得无諍三昧人中最爲第一是第一離
欲阿羅漢我不作是念我是離欲阿羅漢世
尊我若作是念我得阿羅漢道世尊則不說
須菩提是樂阿蘭那行者以須菩提實无所
行而名須菩提是樂阿蘭那行
佛告須菩提於意云何如來昔在然燈佛所
於法有所得不世尊如來在然燈佛所於法
實无所得須菩提於意云何菩薩莊嚴佛土
不不也世尊何以故莊嚴佛土者則非莊嚴
是名莊嚴是故須菩提諸菩薩摩訶薩應如
是生清淨心不應住色生心不應住聲香味
觸法生心應无所住而生其心須菩提譬如
有人身如須弥山王於意云何是身爲大不
須菩提言甚大世尊何以故佛說非身是名
大身
須菩提如恒河中所有沙數如是沙等恒河
於意云何是諸恒河沙寧爲多不須菩提言
甚多世尊但諸恒河尚多无數何況其沙須
菩提我今實言告汝若有善男子善女人以
七寶滿尒所恒河沙數三千大千世界以用
布施得福多不須菩提言甚多世尊佛告須
菩提若善男子善女人於此經中乃至受持
四句偈等爲他人說而此福德勝前福德復
次須菩提隨說是經乃至四句偈等當知此
處一切世間天人阿脩羅皆應供養如佛塔

上博 75 (54863) 金剛般若波羅蜜經 (11－2)

次須菩提隨說是經乃至四句偈等當知此
處一切世間天人阿脩羅皆應供養如佛塔
廟何況有人盡能受持讀誦須菩提當知是
人成就最上第一希有之法若是經典所在
之處則為有佛若尊重弟子
爾時須菩提白佛言世尊當何名此經我等
云何奉持佛告須菩提是經名為金剛般若
波羅蜜以是名字汝當奉持所以者何須菩
提佛說般若波羅蜜則非般若波羅蜜須菩
提於意云何如來有所說法不須菩提白佛
言世尊如來无所說須菩提於意云何三千
大千世界所有微塵是為多不須菩提言甚
多世尊須菩提諸微塵如來說非微塵是名
微塵如來說世界非世界是名世界須菩提
於意云何可以三十二相見如來不不也世
尊不可以三十二相得見如來何以故如來
說三十二相即是非相是名三十二相須菩
提若有善男子善女人以恒河沙等身命
布施若復有人於此經中乃至受持四句偈
等為他人說其福甚多
爾時須菩提聞說是經深解義趣涕淚悲泣
而白佛言希有世尊佛說如是甚深經典我
從昔來所得慧眼未曾得聞如是之經世尊
若復有人得聞是經信心清淨則生實相當
知是人成就第一希有功德世尊是實相者
則是非相是故如來說名實相世尊我今得

上博 75 (54863) 金剛般若波羅蜜經 (11－3)

則是非相是故如來說名實相世尊我今得
聞如是經典信解受持不足為難若當來世
後五百歲其有眾生得聞是經信解受持是
人則為第一希有何以故此人无我相人相
眾生相壽者相所以者何我相即是非相人
相眾生相壽者相即是非相何以故離一切
諸相則名諸佛佛告須菩提如是如是若復
有人得聞是經不驚不怖不畏當知是人甚
為希有何以故須菩提如來說第一波羅蜜
非第一波羅蜜是名第一波羅蜜須菩提忍
辱波羅蜜如來說非忍辱波羅蜜何以故須
菩提如我昔為歌利王割截身體我於爾時
无我相无人相无眾生相无壽者相何以故
我於往昔節節支解時若有我相人相眾生
相壽者相應生瞋恨須菩提又念過去於五
百世作忍辱仙人於爾所世无我相无人相
无眾生相无壽者相
是故須菩提菩薩應離一切相發阿耨多羅
三藐三菩提心不應住色生心不應住聲香
味觸法生心應生无所住心若心有住則為
非住是故佛說菩薩心不應住色布施須菩提
菩薩為利益一切眾生應如是布施如來說
一切諸相即是非相又說一切眾生則非眾
生須菩提如來是真語者實語者如語者不
誑語者不異語者須菩提如來所得法此法
无實无虛須菩提若菩薩心住於法而行布
施如人入闇則无所見若菩薩心不住於法

上博 75 (54863) 金剛般若波羅蜜經 (11－4)

无實无虛須菩提若菩薩心住於法而行布
施如人入闇則无所見若菩薩心不住於法
而行布施如人有目日光明照見種種色須
菩提當來之世若有善男子善女人能於此
經受持讀誦則為如來以佛智慧悉知是人
悉見是人皆得成就无量无邊功德
須菩提若有善男子善女人初日分以恒河
沙等身布施中日分復以恒河沙等身布施
後日分亦以恒河沙等身布施如是无量百
千万億劫以身布施若復有人得聞是經信
心不逆其福勝彼何況書寫受持讀誦為人
解說須菩提以要言之是經有不可思議不
可稱量无邊功德如來為發大乘者說為發
最上乘者說若有人能受持讀誦廣為人說
如來悉知是人悉見是人皆得成就不可量
不可稱无有邊不可思議功德如是人等則
為荷擔如來阿耨多羅三藐三菩提何以故
須菩提若樂小法者著我見人見眾生見壽
者見則於此經不能聽受讀誦為人解說須
菩提在在處處若有此經一切世間天人阿
脩羅所應供養當知此處則為是塔皆應恭
敬作禮圍遶以諸華香而散其處復次須菩
提若有善男子善女人受持讀誦此經若為
人輕賤是人先世罪業應墮惡道以今世人
輕賤故先世罪業則為消滅當得阿耨多羅
三藐三菩提須菩提我念過去无量阿僧祇
劫於然燈佛前得值八百四千万億那由他

上博 75 (54863) 金剛般若波羅蜜經 (11－5)

劫於然燈佛前得值八百四千万億那由他
諸佛悉皆供養承事无空過者若復有人於
後末世能受持讀誦此經所得功德於我所
供養諸佛功德百分不及一千万億分乃至
筭數譬喻所不能及須菩提若善男子善女
人於後末世有受持讀誦此經所得功德我
若具說者或有人聞心則狂亂狐疑不信須
菩提當知是經義不可思議果報亦不可思
議
尒時須菩提白佛言世尊善男子善女人發
阿耨多羅三藐三菩提心云何應住云何降
伏其心佛告須菩提善男子善女人發阿耨
多羅三藐三菩提者當生如是心我應滅度
一切眾生滅度一切眾生已而无有一眾生
實滅度者何以故若菩薩有我相人相眾生
相壽者相則非菩薩所以者何須菩提實无
有法發阿耨多羅三藐三菩提者須菩提於
意云何如來於然燈佛所有法得阿耨多羅
三藐三菩提不不也世尊如我解佛所說義
佛於然燈佛所无有法得阿耨多羅三藐三
菩提佛言如是如是須菩提實无有法如來
得阿耨多羅三藐三菩提須菩提若有法如
來得阿耨多羅三藐三菩提然燈佛則不與
我受記汝於來世當得作佛号釋迦牟尼以
實无有法得阿耨多羅三藐三菩提是故然
燈佛與我受記作是言汝於來世當得作佛
号釋迦牟尼何以故如來者即諸法如義若

上博 75 (54863) 金剛般若波羅蜜經 (11－6)

燈佛與我受記作是言汝於來世當得作佛
号釋迦牟尼何以故如來者即諸法如義若
有人言如來得阿耨多羅三藐三菩提須菩
提實无有法佛得阿耨多羅三藐三菩提須
菩提如來所得阿耨多羅三藐三菩提於是
中无實无虛是故如來說一切法皆是佛法
須菩提所言一切法者即非一切法是故名
一切法須菩提譬如人身長大須菩提言世
尊如來說人身長大則為非大身是名大身須
菩提菩薩亦如是若作是言我當滅度无量
衆生則不名菩薩何以故須菩提實无有法名
為菩薩是故佛說一切法无我无人无衆生
无壽者須菩提若菩薩作是言我當莊嚴佛
土是不名菩薩何以故如來說莊嚴佛土者
即非莊嚴是名莊嚴須菩提若菩薩通達无
我法者如來說名真是菩薩
須菩提於意云何如來有肉眼不如是世尊
如來有肉眼須菩提於意云何如來有天眼
不如是世尊如來有天眼須菩提於意云何
如來有慧眼不如是世尊如來有慧眼須菩
提於意云何如來有法眼不如是世尊如來
有法眼須菩提於意云何如來有佛眼不如
是世尊如來有佛眼
須菩提於意云何恒河中所有沙佛說是沙
不如是世尊如來說是沙須菩提於意云何
如一恒河中所有沙有如是等恒河是諸恒

上博 75 (54863) 金剛般若波羅蜜經 (11－7)

如一恒河中所有沙有如是等恒河是諸恒
河所有沙數佛世界如是寧為多不甚多世
尊佛告須菩提爾所國土中所有衆生若干
種心如來悉知何以故如來說諸心皆為非
心是名為心所以者何須菩提過去心不可
得現在心不可得未來心不可得
須菩提於意云何若有人滿三千大千世界
七寶以用布施是人以是因緣得福多不如
是世尊此人以是因緣得福甚多須菩提若
福德有實如來不說得福德多以福德无故
如來說得福德多須菩提於意云何佛可以
具足色身見不不也世尊如來不應以具足
色身見何以故如來說具足色身即非具足色
身是名具足色身須菩提於意云何如來可
以具足諸相見不不也世尊如來不應以具足諸
相見何以故如來說諸相具足即非具足是
名諸相具足
須菩提汝勿謂如來作是念我當有所說法
莫作是念何以故若人言如來有所說法即
為謗佛不能解我所說故須菩提說法者无
法可說是名說法須菩提白佛言世尊佛得
阿耨多羅三藐三菩提為无所得耶如是如
是須菩提我於阿耨多羅三藐三菩提乃至
无有少法可得是名阿耨多羅三藐三菩提
復次須菩提是法平等无有高下是名阿耨
多羅三藐三菩提以无我无人无衆生无壽
者修一切善法則得阿耨多羅三藐三菩提

上博 75 (54863) 金剛般若波羅蜜經 (11－8)

復次須菩提是法平等无有高下是名阿耨
多羅三藐三菩提以无我无人无衆生无壽
者脩一切善法則得阿耨多羅三藐三菩提
須菩提所言善法者如來說非善法是名善
法須菩提若三千大千世界中所有諸須弥
山王如是等七寶聚有人持用布施若人以
此般若波羅蜜經乃至四句偈等受持讀誦
為他人說於前福德百分不及一百千万億分
乃至筭數譬喻所不能及
須菩提於意云何汝等勿謂如來作是念我
當度衆生須菩提莫作是念何以故實无有
衆生如來度者若有衆生如來度者如來則
有我人衆生壽者須菩提如來說有我者則
非有我而凡夫之人以為有我須菩提凡夫
者如來說即非凡夫須菩提於意云何可以
三十二相觀如來不須菩提言如是如是以三
十二相觀如來佛言須菩提若以三十二相觀
如來者轉輪聖王則是如來須菩提白佛言世
尊如我解佛所說義不應以三十二相觀如
來尒時世尊而說偈言
若以色見我 以音聲求我 是人行邪道 不能見如來
須菩提汝若作是念如來不以具足相故得
阿耨多羅三藐三菩提須菩提莫作是念如
來不以具足相故得阿耨多羅三藐三菩提
須菩提汝若作是念發阿耨多羅三藐三菩
提者說諸法斷滅莫作是念何以故發阿耨
多羅三藐三菩提者於法不說斷滅相須菩

上博 75 (54863) 金剛般若波羅蜜經 (11－9)

多羅三藐三菩提者於法不說斷滅相須菩
提若菩薩以滿恒河沙等世界七寶布施若
復有人知一切法无我得成於忍此菩薩勝
前菩薩所得功德須菩提以諸菩薩不受福
德故須菩提白佛言世尊云何菩薩不受福
德須菩提菩薩所作福德不應貪著是故說
不受福德
須菩提若有人言如來若來若去若坐若卧
是人不解我所說義何以故如來者无所從
來亦无所去故名如來須菩提若善男子善
女人以三千大千世界碎為微塵於意云何是
微塵衆寧為多不甚多世尊何以故若是
微塵衆實有者佛則不說是微塵衆所以
者何佛說微塵衆則非微塵衆
世尊如來所說三千大千世界則
世界何以故若世界實有者則
來說一合相則非一合相是名一
一合相者則是不可說但凡夫之人
事須菩提若人言佛說我見人
者見須菩提於意云何是人解
世尊是人不解如來所說義何以故世尊說
我見人見衆生見壽者見即非我見人見衆
生見壽者見是名我見人見衆生見壽者見
須菩提發阿耨多羅三藐三菩提心者於一
切法應如是知如是見如是信解不生法相須
菩提所言法相者如來說即非法相是名法

上博 75 (54863) 金剛般若波羅蜜經 (11－10)

須菩提發阿耨多羅三藐三菩提心者於一
切法應如是知如是見如是信解不生法相須
菩提所言法相者如來說即非法相是名法
相須菩提若有人以滿无量阿僧祇世界七
寶持用布施若有善男子善女人發菩薩心
者持於此經乃至四句偈等受持讀誦為
人演說其福勝彼云何為人演說不取於相
如如不動何以故
一切有為法 如夢幻泡影 如露亦如電 應作如是觀
佛說是經已長老須菩提及諸比丘比丘尼
優婆塞優婆夷一切世間天人阿脩羅聞佛
所說皆大歡喜信受奉行

金剛般若波羅蜜經

上博 75 (54863)　金剛般若波羅蜜經　(11－11)

上博 76（63821） 釋迦牟尼涅槃圖

自來六朝唐代經卷書世目之
為經生體 其實不但經卷即抄
寫其他典籍悉皆如是 所見晉
宋以來經史殘篇如春秋經三國
志世說新書之類雖字有工拙
而體式不殊蓋相沿習尚使之然
也至唐鍾紹京有名一時其經
生書之尤工者此卷字畫可稱
精能觀其下筆及迴轉停帶
皆有法度
子杰留心字學其寶玩之
甲申端陽前二日於重慶
嘉陵江畔 石田小築平跋

上博 77 (69592) 妙法蓮華經序品第一 (題跋5－1)

衆生又見彼土現在諸佛及聞諸佛所說經
法并見彼諸比丘比丘尼優婆塞優婆夷諸
脩行得道者復見諸菩薩摩訶薩種種因
緣種種信解種種相貌行菩薩道復見諸佛
般涅槃者復見諸佛般涅槃後以佛舍利起
七寶塔尒時彌勒菩薩作是念今者世尊現
神變相以何因緣而有此瑞今佛世尊入于三
昧是不可思議現希有事當以問誰誰能荅
者復作此念是文殊師利法王之子已曾親
近供養過去无量諸佛必應見此希有之相
我今當問尒時比丘比丘尼優婆塞優婆夷
及諸天龍鬼神等咸作此念是佛光明神通
之相今當問誰尒時彌勒菩薩欲自決疑又
觀四衆比丘比丘尼優婆塞優婆夷及諸天
龍鬼神等衆會之心而問文殊師利言以何

嘉陵江畔 石田小築平跋

上博 77 (69592) 妙法蓮華經序品第一 (4－1)

觀四衆比丘比丘尼優婆塞優婆夷及諸天
龍鬼神等衆會之心而問文殊師利言以何
因緣而有此瑞神通之相放大光明照于東
方萬八千土悉見彼佛國界莊嚴於是彌勒
菩薩欲重宣此義以偈問曰
文殊師利 導師何故 眉間白毫 大光普照
雨曼陀羅 曼殊沙華 栴檀香風 悅可衆心
以是因緣 地皆嚴淨 而此世界 六種震動
時四部衆 咸皆歡喜 身意快然 得未曾有
眉間光明 照于東方 萬八千土 皆如金色
從阿鼻獄 上至有頂 諸世界中 六道衆生
生死所趣 善惡業緣 受報好醜 於此悉見
又覩諸佛 聖主師子 演說經典 微妙第一
其聲清淨 出柔軟音 教諸菩薩 无數億萬
梵音深妙 令人樂聞 各於世界 講說正法
種種因緣 以无量喻 照明佛法 開悟衆生
若人遭苦 厭老病死 為說涅槃 盡諸苦際
若人有福 曾供養佛 志求勝法 為說緣覺
若有佛子 修種種行 求无上慧 為說淨道
文殊師利 我住於此 見聞若斯 及千億事
如是衆多 今當略說 我見彼土 恒沙菩薩
種種因緣 而求佛道 或有行施 金銀珊瑚
真珠摩尼 車𤦲馬瑙 金剛諸珍 奴婢車乘
寶飾輦輿 歡喜布施 迴向佛道 願得是乘
三界第一 諸佛所歎 或有菩薩 駟馬寶車
欄楯華蓋 軒飾布施 復見菩薩 身肉手足

上博 77 (69592) 妙法蓮華經序品第一 (4－2)

寶飾輦輿 歡喜布施 迴向佛道 願得是乘
三界第一 諸佛所歎 或有菩薩 駟馬寶車
欄楯華蓋 軒飾布施 復見菩薩 身肉手足
及妻子施 求无上道 又見菩薩 頭目身體
欣樂施與 求佛智慧 文殊師利 我見諸王
往詣佛所 問无上道 便捨樂土 宮殿臣妾
剃除鬚髮 而被法服 或見菩薩 而作比丘
獨處閑靜 樂誦經典 又見菩薩 勇猛精進
入於深山 思惟佛道 又見離欲 常處空閑
深修禪定 得五神通 又見菩薩 安禪合掌
以千萬偈 讚諸法王 復見菩薩 智深志固
能問諸佛 聞悉受持 又見佛子 定慧具足
以无量喻 為衆講法 欣樂說法 化諸菩薩
破魔兵衆 而擊法鼓 又見菩薩 寂然宴默
天龍恭敬 不以為喜 又見菩薩 處林放光
濟地獄苦 令入佛道 又見佛子 未嘗睡眠
經行林中 勤求佛道 又見具戒 威儀无缺
淨如寶珠 以求佛道 又見佛子 住忍辱力
增上慢人 惡罵捶打 皆悉能忍 以求佛道
又見菩薩 離諸戲笑 及癡眷屬 親近智者
一心除亂 攝念山林 億千萬歲 以求佛道
或見菩薩 餚饍飲食 百種湯藥 施佛及僧
名衣上服 價直千萬 或无價衣 施佛及僧
千萬億種 栴檀寶舍 衆妙臥具 施佛及僧
清淨園林 華果茂盛 流泉浴池 施佛及僧
如是等施 種種微妙 歡喜无猒 求无上道

上博 77 (69592) 妙法蓮華經序品第一 (4－3)

清淨園林 華果茂盛 流泉浴池 施佛及僧
如是等施 種種微妙 歡喜无猒 求无上道
或有菩薩 說寂滅法 種種教詔 无數衆生
或見菩薩 觀諸法性 无有二相 猶如虛空
又見佛子 心无所著 以此妙慧 求无上道
文殊師利 又見菩薩 佛滅度後 供養舍利
又見佛子 造諸塔廟 无數恒沙 嚴飾國界
寶塔高妙 五千由旬 縱廣正等 二千由旬
一一塔廟 各千幢幡 珠交露幔 寶鈴和鳴
諸天龍神 人及非人 香華伎樂 常以供養
文殊師利 諸佛子等 為供舍利 嚴飾塔廟
國界自然 殊特妙好 如天樹王 其華開敷
佛放一光 我及衆會 見此國界 種種殊妙
諸佛神力 智慧希有 放一淨光 照无量國
我等見此 得未曾有 佛子文殊 願決衆疑
四衆欣仰 瞻仁及我 世尊何故 放斯光明
佛子時答 決疑令喜 何所饒益 演斯光明
佛坐道場 所得妙法 為欲說此 為當授記
示諸佛土 衆寶嚴淨 及見諸佛 此非小緣
文殊當知 四衆龍神 瞻察仁者 為說何等

上博 77 (69592) 妙法蓮華經序品第一 (4－4)

文殊當知 四衆龍神 瞻察仁者 為說何等

敦
煌石室藏經四十年來所見唯唐
時經佛書寫一律平勻風會然也
文殊師利於佛前已為老師疑梵
本閒譯迴出今譯之外法華何
特罕曾寫 敦煌諸山見示旋以贈
識者佛旋閱張君大千特寫此山
寄我因記瑣內云此生不刊雕門閣

上博 77 (69592) 妙法蓮華經序品第一 (題跋5－2)

寄我日記瑣內云十生不到雁門關
劉𤇆遊征遍市閱頌仗洞天如
錦地大千世界華頭山及圖至
乃雁宕山也雖感華妙而自歎燉
煌之无緣今 子杰先生過訪以
五石宝經一段屬題遂為記今昔
惟憾目不能效宋畢夫罪矣 趙照
燉煌寫經出自清之季年當
時學部捆載數百箱欲考
校譯經異同其議旋寢
自後經卷往往散落人間至
為易得收藏家所蓄燉煌所
出雜書畫

上博 77 (69592) 妙法蓮華經序品第一 (題跋5－3)

為易得收藏家所蓄燉煌所
出雜書畫於佛經尤不甚重
視然其中固多有六朝人書
不甚為唐時經生所寫要其
筆勢古茂者自足珍歡安可
以流傳較多而忽之此卷
書法端重大似隋人所作為
陳君益廷以贈
子杰先生者又得趙沈二公
作跋西州古物輸入極少即
燉煌經亦屬罕見况此尤稱
佳書耶展觀數過因漫題
請正 甲申秋九月廿日 元基
此經端凝初唐人書也 玉

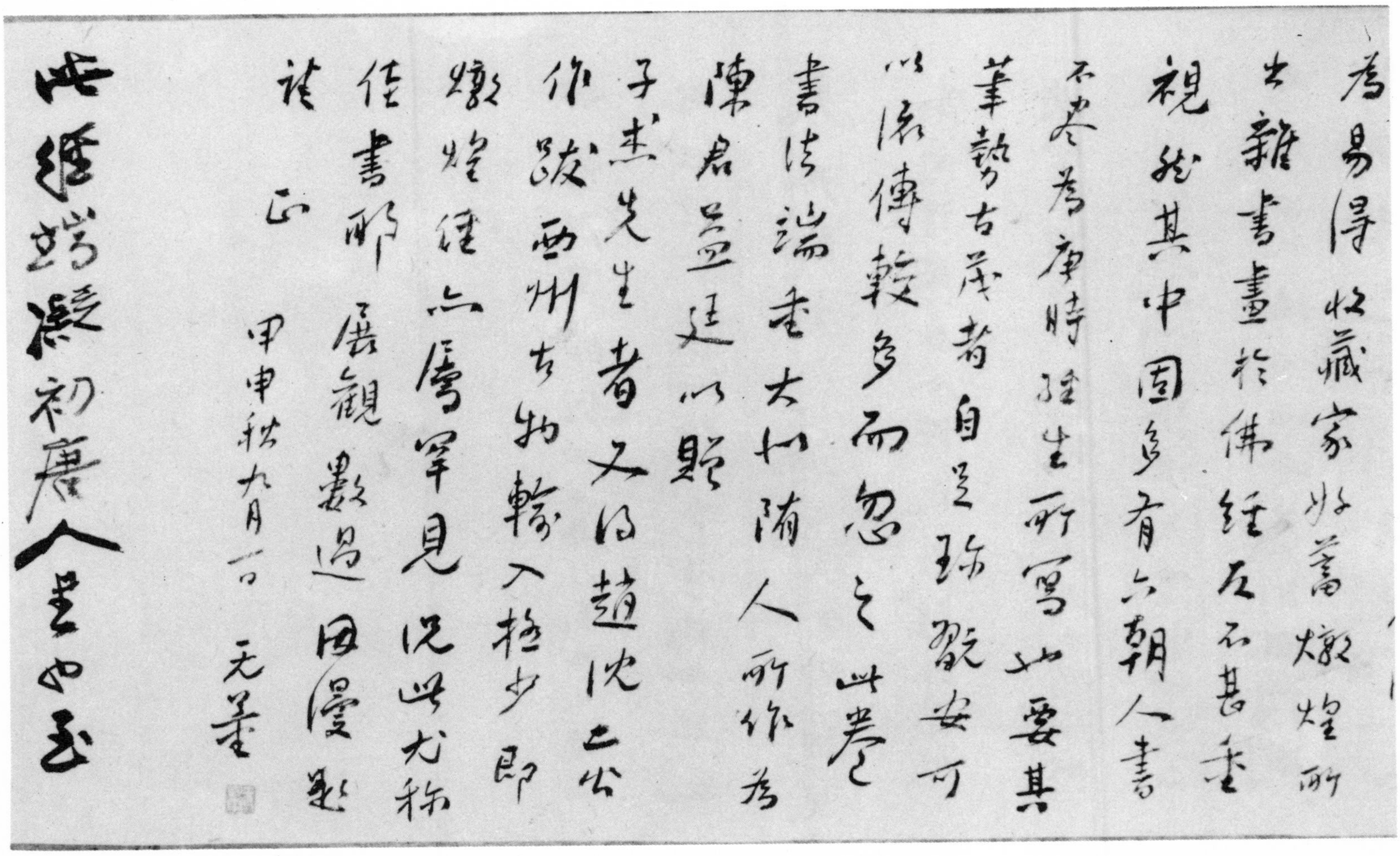

上博 77 (69592) 妙法蓮華經序品第一 (題跋5－4)

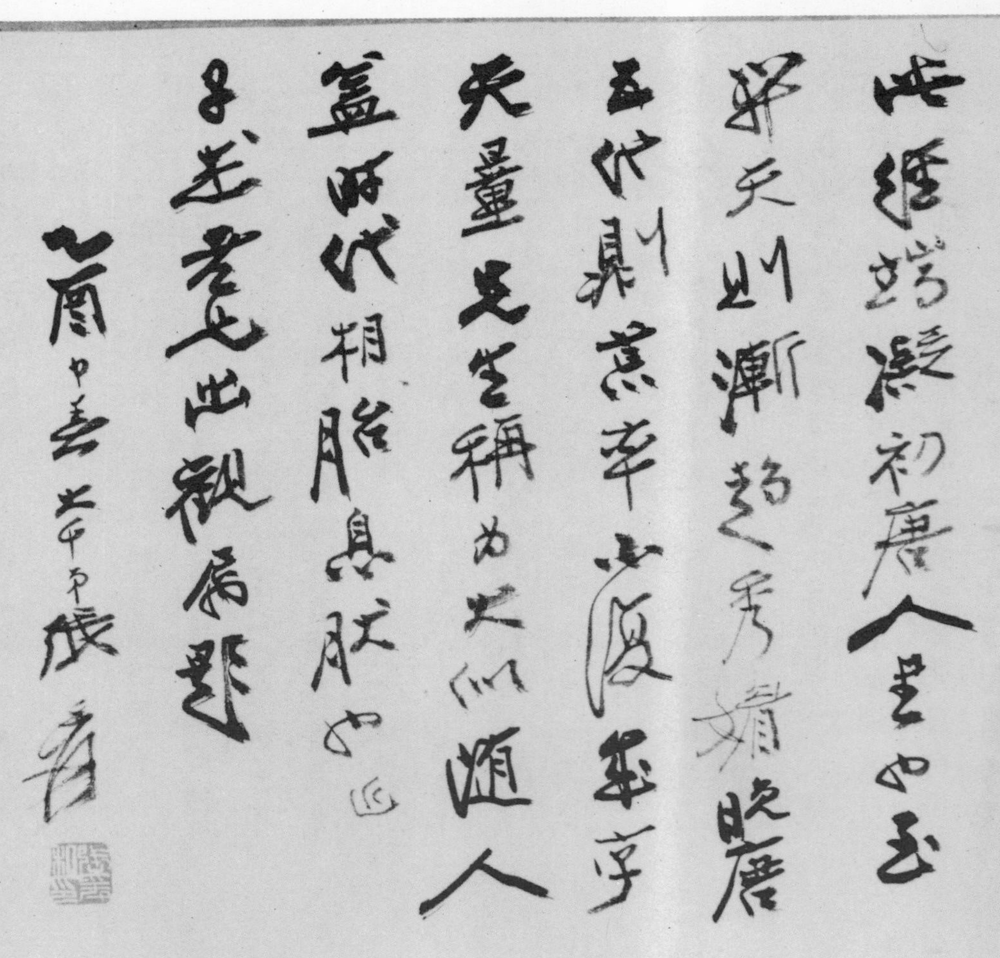

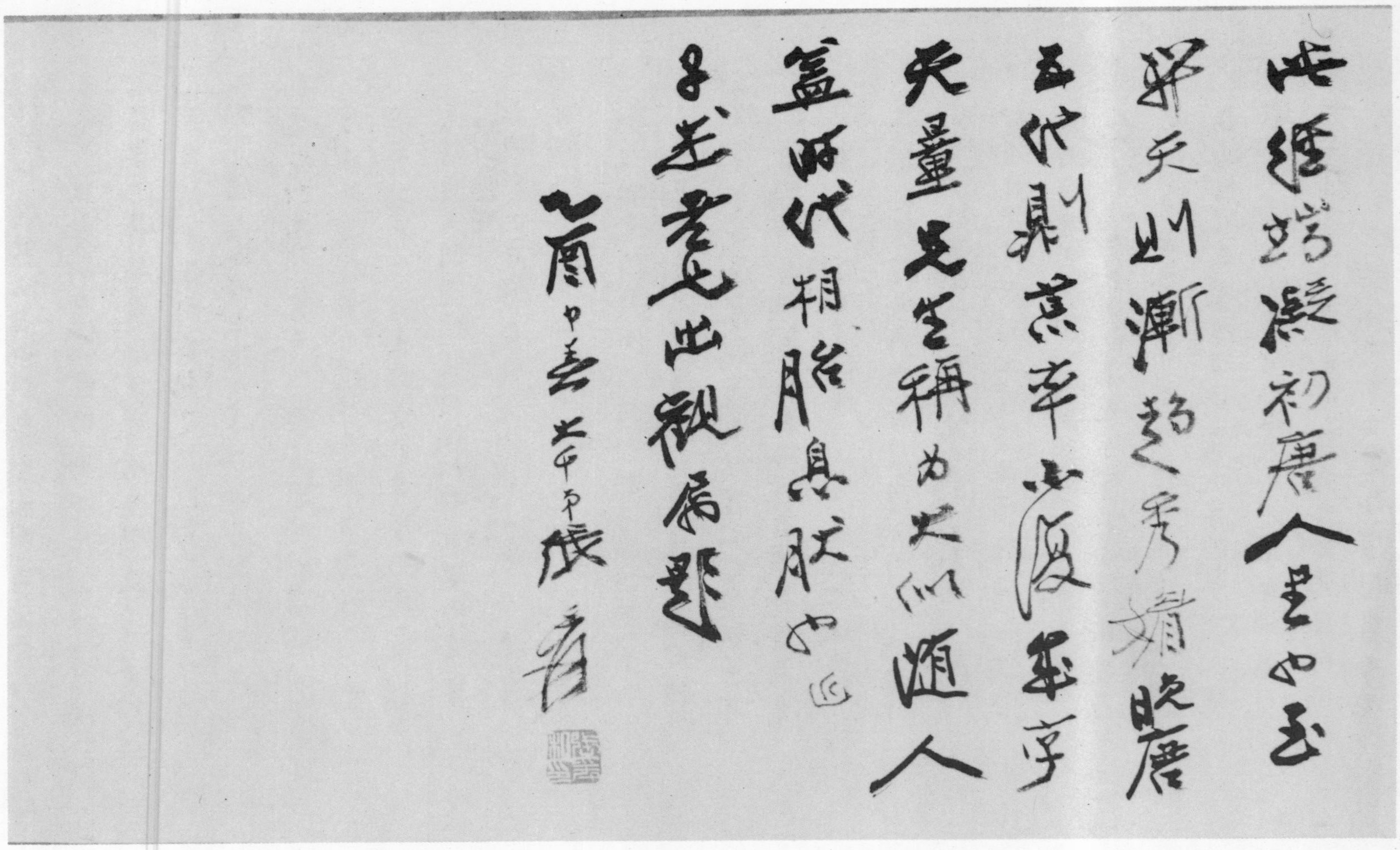

上博 77 (69592)　妙法蓮華經序品第一　　(題跋5－5)

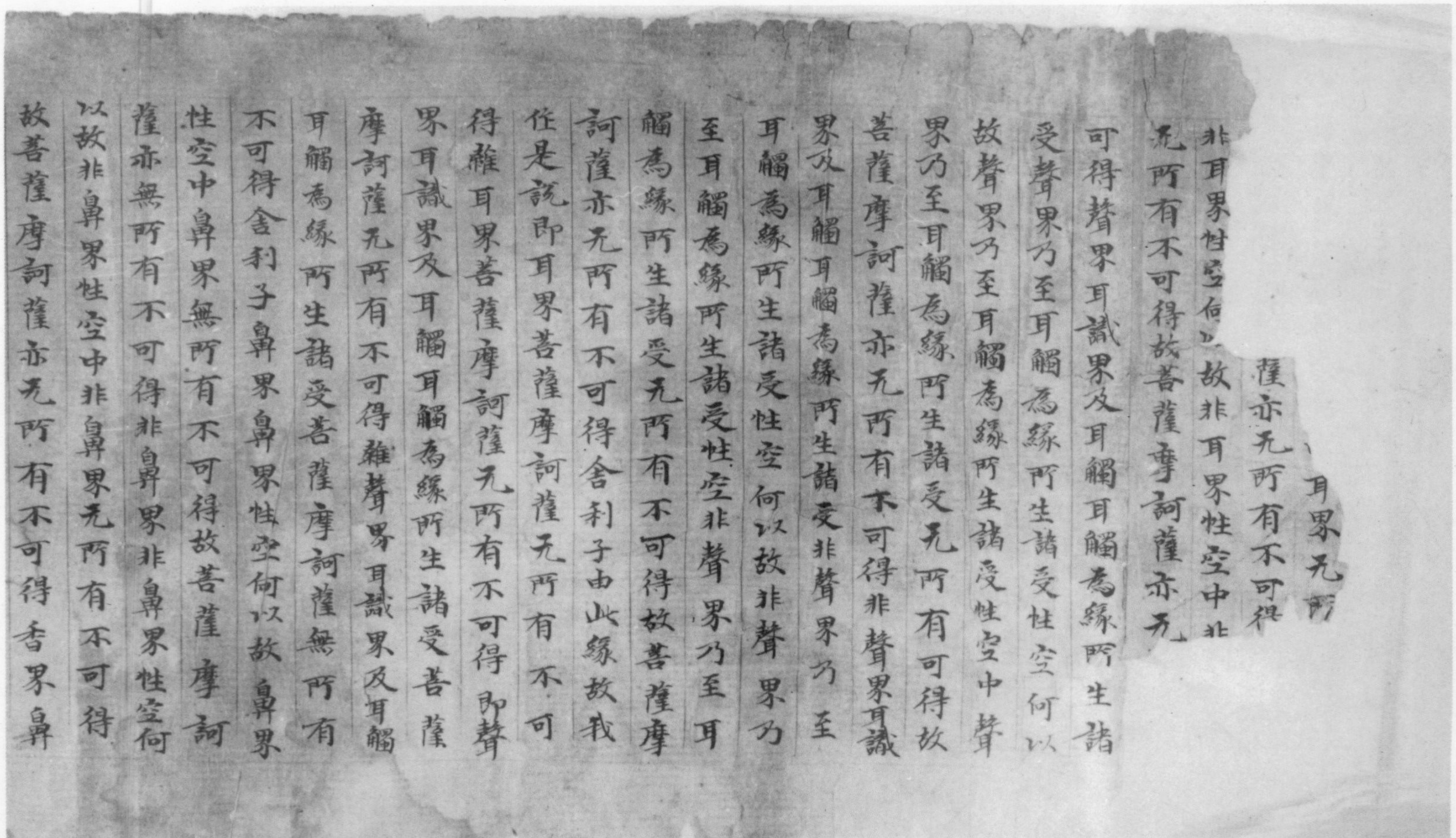

耳界无所
薩亦无所有不可得
非耳界性空何以故非耳界性空中非
无所有不可得故菩薩摩訶薩亦无
可得聲界耳識界及耳觸耳觸為緣所生諸
受聲界乃至耳觸為緣所生諸受性空何以
故聲界乃至耳觸為緣所生諸受性空中聲
界乃至耳觸為緣所生諸受无所有可得故
菩薩摩訶薩亦无所有不可得非聲界耳識
界及耳觸耳觸為緣所生諸受非聲界乃至
耳觸為緣所生諸受性空何以故非聲界乃
至耳觸為緣所生諸受性空非聲界乃至耳
觸為緣所生諸受无所有不可得故菩薩摩
訶薩亦无所有不可得舍利子由此緣故我
作是說即耳界菩薩摩訶薩无所有不可
得離耳界菩薩摩訶薩无所有不可得即聲
界耳識界及耳觸耳觸為緣所生諸受菩薩
摩訶薩无所有不可得離聲界耳識界及耳觸
耳觸為緣所生諸受菩薩摩訶薩無所有
不可得舍利子鼻界鼻界性空何以故鼻界
性空中鼻界無所有不可得故菩薩摩訶
薩亦無所有不可得非鼻界非鼻界性空何
以故非鼻界性空中非鼻界无所有不可得
故菩薩摩訶薩亦无所有不可得香界鼻

上博 78 (69594)　大般若波羅蜜多經卷第六十四　　(5－1)

以故非鼻界性空中非鼻界无所有不可得
故菩薩摩訶薩亦无所有不可得香界鼻
識界及鼻觸鼻觸為緣所生諸受香界乃
至鼻觸為緣所生諸受性空何以故香界乃
至鼻觸為緣所生諸受性空中香界乃至鼻觸
為緣所生諸受无所有不可得故菩薩摩訶
薩亦無所有不可得非香界鼻識界及鼻
觸鼻觸為緣所生諸受非香界乃至鼻觸
為緣所生諸受性空何以故非香界乃至鼻
觸為緣所生諸受性空中非香界乃至鼻
觸為緣所生諸受無所有不可得故菩薩摩
訶薩亦无所有不可得舍利子由此緣故我
作是說即鼻界菩薩摩訶薩無所有不可得
離鼻界菩薩摩訶薩无所有不可得即香界
鼻識界及鼻觸鼻觸為緣所生諸受菩薩摩
訶薩无所有不可得離香界鼻識界及鼻觸
鼻觸為緣所生諸受菩薩摩訶薩無所有不
可得舍利子舌界舌界性空何以故舌界性空
空中舌界无所有不可得故菩薩摩訶薩亦
無所有不可得非舌界非舌界性空何以故非
舌界性空中非舌界无所有不可得故菩薩
摩訶薩亦无所有不可得味界舌識界及
舌觸舌觸為緣所生諸受味界乃至舌觸為
緣所生諸受性空何以故味界乃至舌觸為緣
所生諸受性空中味界乃至舌觸為緣所生
諸受无所有不可得故菩薩摩訶薩亦无

上博 78 (69594)　大般若波羅蜜多經卷第六十四　(5－2)

緣所生諸受性空何以故味界乃至舌觸為緣
所生諸受性空中味界乃至舌觸為緣所生
諸受无所有不可得故菩薩摩訶薩亦无
所有不可得非味界舌識界及舌觸舌觸為
緣所生諸受非味界乃至舌觸為緣所生諸受
性空何以故非味界乃至舌觸為緣所生諸
受性空中非味界乃至舌觸為緣所生諸受
无所有不可得故菩薩摩訶薩亦无所有不
可得舍利子由此緣故我作是說即舌界菩
薩摩訶薩無所有不可得離舌界菩薩摩
訶薩無所有不可得即味界舌識界及舌觸
舌觸為緣所生諸受菩薩摩訶薩无所有不
可得離味界舌識界及舌觸舌觸為緣所生
諸受菩薩摩訶薩无所有不可得舍利子身
界身界性空何以故身界性空中身界无所
有不可得故菩薩摩訶薩亦無所有不可得
非身界非身界性空何以故非身界性空中
非身界無所有不可得故菩薩摩訶薩亦无
所有不可得觸界身識界及身觸身觸為緣
所生諸受觸界乃至身觸為緣所生諸受性
空何以故觸界乃至身觸為緣所生諸受性
空中觸界乃至身觸為緣所生諸受无所有
不可得故菩薩摩訶薩亦无所有不可得非
觸界身識界及身觸身觸為緣所生諸受非
觸界乃至身觸為緣所生諸受性空何以故
非觸界乃至身觸為緣所生諸受性空中非

上博 78 (69594)　大般若波羅蜜多經卷第六十四　(5－3)

觸界乃至身觸為緣所生諸受性空何以故
非觸界乃至身觸為緣所生諸受性空中非
觸界乃至身觸為緣所生諸受无所有不可
得故菩薩摩訶薩亦无所有不可得舍利子
由此緣故我作是說即身界菩薩摩訶薩无
所有不可得離身界菩薩摩訶薩無所有不
可得即觸界身識界及身觸身觸為緣所生
諸受菩薩摩訶薩無所有不可得離觸界身
識界及身觸身觸為緣所生諸受菩薩摩訶薩
無所有不可得舍利子意界意界性空何以故意
界性空中意界无所有不可得故菩薩摩
訶薩亦无所有不可得非意界非意界性空
何以故非意界性空中非意界无所有不可得
故菩薩摩訶薩亦无所有不可得法界意
識界及意觸意觸為緣所生諸受法界乃至
意觸為緣所生諸受性空何以故法界乃至
意觸為緣所生諸受性空中法界乃至意觸
為緣所生諸受无所有不可得故菩薩摩訶
薩亦无所有不可得非法界意識界及意觸
意觸為緣所生諸受非法界乃至意觸為緣
所生諸受性空何以故非法界乃至意觸為
緣所生諸受性空中非法界乃至意觸為緣
所生諸受无所有不可得故菩薩摩訶薩亦
无所有不可得舍利子由此緣故我作是說
即意界菩薩摩訶薩无所有不可得離意
界菩薩摩訶薩无所有不可得即法界意識

上博 78 (69594)　大般若波羅蜜多經卷第六十四　(5－4)

无所有不可得舍利子由此緣故我作是說
即意界菩薩摩訶薩无所有不可得離意
界菩薩摩訶薩无所有不可得即法界意識
界及意觸意觸為緣所生諸受菩薩摩訶薩无
所有不可得離法界意識界及意觸意觸為
緣所生諸受菩薩摩訶薩无所有不可得
舍利子地界地界性空何以故地界性空中
地界无所有不可得故菩薩摩訶薩亦无所
有不可得非地界非地界性空何以故非地界
性空中非地界无所有不可得故菩薩摩
訶薩亦无所有不可得水火風空識界水火
風空識界性空何以故水火風空識界性空中
水火風空識界无所有不可得故菩薩摩
訶薩亦无所有不可得非水火風空識界非
水火風空識界性空何以故非水火風空識
界性空中非水火風空識界无所有不可得
故菩薩摩訶薩亦无所有不可得舍利子由
此緣故我作是說即地界菩薩摩訶薩无所
有不可得離地界菩薩摩訶薩无所有不可
得即水火風空識界菩薩摩訶薩无所有不
可得離水火風空識界菩薩摩訶薩无所有
不可得

上博 78 (69594)　大般若波羅蜜多經卷第六十四　(5－5)

上博 78 (69594)V　印章　　(2－1)

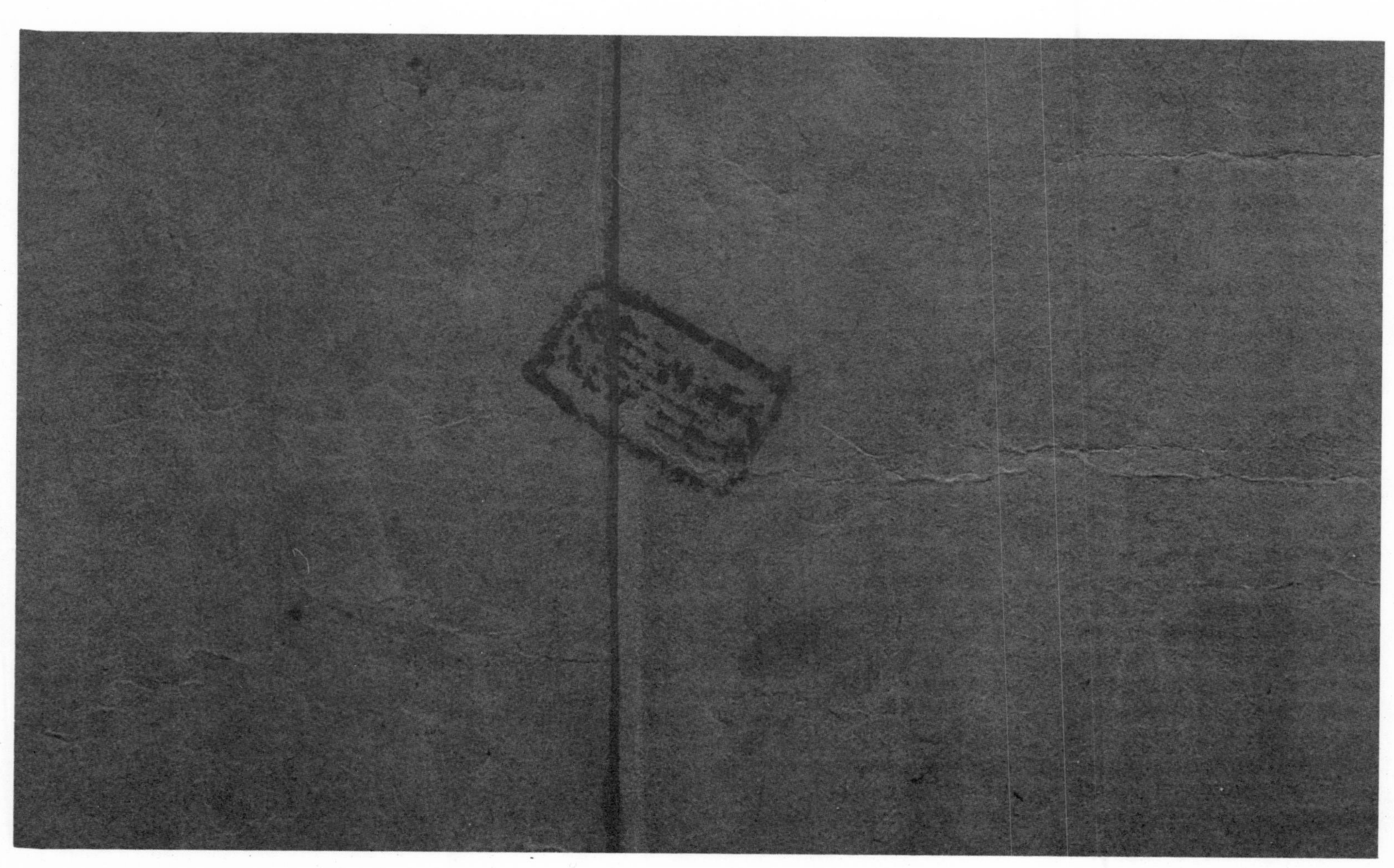

上博 78 (69594)V　印章　　(2－2)

妙法蓮華經如来壽量品第十六
尒時佛告諸菩薩及一切大衆諸善男子汝
等當信解如来誠諦之語復告大衆汝等當
信解如来誠諦之語又復告諸大衆汝等當
信解如来誠諦之語是諸菩薩大衆弥勒為
首合掌白佛言世尊唯願說之我等當信受
信語如是三白已復言唯願說之我等當信
受佛語尒時世尊知諸菩薩三請不止而告
之言汝等諦聽如来秘密神通之力一切世
閒天人及阿脩羅皆謂今釋迦牟尼佛出釋
氏宮去伽耶城不遠坐於道場得阿耨多羅
三藐三菩提然善男子我實成佛已来无量
无邊百千万億那由他劫譬如五百千万億
那由他阿僧祇三千大千世界假使有人末
為微塵過於東方五百千万億那由他阿僧
祇國乃下一塵如是東行盡是微塵諸善子
子於意云何是諸世界可得思惟挍計知其
數不弥勒菩薩等俱白佛言世尊是諸世界
无量无邊非筭數所知亦非心力所及一切
聲聞辟支佛以无漏智不能思惟知其限數
我等住阿惟越致地於是事中亦所不達世
尊如是諸世界无量无邊尒時佛告大菩薩
衆諸善男子今當分明宣語汝等是諸世界

上博 79 (69595)　妙法蓮華經如來壽量品第十六　(6－1)

尊如是諸世界无量无邊尒時佛告大菩薩
衆諸善男子今當分明宣語汝等是諸世界
若著微塵及不著者盡以為塵一塵一劫我
成佛已来復過於此百千万億那由他阿僧
祇劫自從是来我常在此娑婆世界說法教
化亦於餘處百千万億那由他阿僧祇國導
利衆生諸善男子於是中閒我說然燈佛等
又復言其入於涅槃如是皆以方便分別諸
善男子若有衆生来至我所我以佛眼觀其
信等諸根利鈍隨所應度處處自說名字不
同年紀大小亦復現言當入涅槃又以種種
方便說微妙法能令衆生發歡喜心諸善男
子如来見諸衆生樂於小法德薄垢重者為
是人說我少出家得阿耨多羅三藐三菩提
然我實成佛已来久遠若斯但以方便教化
衆生令入佛道作如是說諸善男子如来所
演經典皆為度脫衆生或說已身或說他身
或示已身或示他身或示已事或示他事諸
所言說皆實不虛所以者何如来如實知見
三界之相无有生死若退若出亦无在世及
滅度者非實非虛非如非異不如三界見於
三界如斯之事如来明見无有錯謬以諸衆
生有種種性種種欲種種行種種憶想分別
故欲令生諸善根以若干因緣譬喻言辭種

上博 79 (69595)　妙法蓮華經如來壽量品第十六　(6－2)

故欲令生諸善根以若干因緣譬喻言辭種
種說法所作佛事未曾暫癈如是我成佛已
来甚大久遠壽命无量阿僧祇劫常住不滅
諸善男子我本行菩薩道所成壽命今猶未
盡復倍上數然今非實滅度而便唱言當取
滅度如来以是方便教化衆生所以者何若
佛久住於世薄德之人不種善根貧窮下賤
貪著五欲入於憶想妄見網中若見如来常
在不滅便起憍恣而懷猒怠不能生難遭想
恭敬之心是故如来以方便說比丘當知諸
佛出世難可值遇所以者何諸薄德人過无
量百千万億劫或有見佛或不見者以此事
故我作是言諸比丘如来難可得見斯衆生
等聞如是語必當生於難遭之想心懷戀慕
渴仰於佛便種善根是故如来雖不實滅而
言滅度又善男子諸佛如来法皆如是為度
衆生皆實不虛譬如良醫智慧聰達明練方
藥善治衆病其人多諸子息若十二十乃至
百數以有事緣遠至餘國諸子於後飲他毒
藥藥發悶亂宛轉于地是時其父還来歸家
諸子飲毒或失本心或不失者遥見其父皆
大歡喜拜跪問訊善安隱歸我等愚癡誤服
毒藥願見救療更賜壽命父見子等苦惱如
是依諸經方求好藥草色香美味皆悉具足

上博 79 (69595) 妙法蓮華經如來壽量品第十六 (6－3)

是依諸經方求好藥草色香美味皆悉具足
擣簁和合與子令服而作是言此大良藥色
香美味皆悉具足汝等可服速除苦惱无復
衆患其諸子中不失心者見此良藥色香俱
好即便服之病盡除愈餘失心者見其父来
雖亦歡喜問訊求索治病然與其藥而不肯
服所以者何毒氣深入失本心故於此好色
香藥而謂不美父作是念此子可愍為毒所
中心皆顛倒雖見我喜求索救療如是好藥
而不肯服我今當設方便令服此藥即作是
言汝等當知我今衰老死時已至是好良藥
今留在此汝可取服勿憂不差作是教已復
至他國遣使還告汝父已死是時諸子聞父
背喪心大憂惱而作是念若父在者慈愍我
等能見救護今者捨我遠喪他國自惟孤露
无復恃怙常懷悲感心遂醒悟乃知此藥色
味香美即取服之毒病皆愈其父聞子悉已
得差尋便来歸咸使見之諸善男子於意云
何頗有人能說此良醫虛妄罪不不也世尊
佛言我亦如是成佛已来无量无邊百千万
億那由他阿僧祇劫為衆生故以方便力言
當滅度亦无有能如法說我虛妄過者尒時
世尊欲重宣此義而說偈言
自我得佛来 所經諸劫數 无量百千万 億載阿僧祇

上博 79 (69595) 妙法蓮華經如來壽量品第十六 (6－4)

世尊欲重宣此義而說偈言
自我得佛來　所經諸劫數　无量百千万　億載阿僧祇
常說法教化　无數億衆生　令入於佛道　尒來无量劫
為度衆生故　方便現涅槃　而實不滅度　常住此說法
我常住於此　以諸神通力　令顛倒衆生　雖近而不見
衆見我滅度　廣供養舍利　咸皆懷戀慕　而生渴仰心
衆生既信伏　質直意柔濡　一心欲見佛　不自惜身命
時我及衆僧　俱出靈鷲山
我時語衆生　常在此不滅　以方便力故　現有滅不滅
餘國有衆生　恭敬信樂者　我復於彼中　為說无上法
汝等不聞此　但謂我滅度
我見諸衆生　沒在於苦惱　故不為現身　令其生渴仰
因其心戀慕　乃出為說法　神通力如是　於阿僧祇劫
常在於鷲山　及餘諸住處　衆生見劫盡　大火所燒時
我此土安隱　天人常充滿　園林諸堂閣　種種寶莊嚴
寶樹多華菓　衆生所遊樂　諸天擊天鼓　常作衆伎樂
雨曼陀羅華　散佛及大衆　我淨土不毀　而衆見燒盡
憂怖諸苦惱　如是悉充滿　是諸罪衆生　以惡業因緣
過阿僧祇劫　不聞三寶名　諸有脩功德　柔和質直者
則皆見我身　在此而說法　或時為此衆　說佛壽无量
久乃見佛者　為說佛難值　我智力如是　慧光照无量
壽命无數劫　久脩業所得　汝等有智者　勿於此生疑
當斷令永盡　佛語實不虛　如醫善方便　為治狂子故
實在而言死　无能說虛妄　我亦為世父　救諸苦患者
為凡夫顛倒　實在而言滅　以常見我故　而生憍恣心

上博 79 (69595)　妙法蓮華經如來壽量品第十六　(6－5)

壽命无數劫　久脩業所得　汝等有智者　勿於此生疑
當斷令永盡　佛語實不虛　如醫善方便　為治狂子故
實在而言死　无能說虛妄　我亦為世父　救諸苦患者
為凡夫顛倒　實在而言滅　以常見我故　而生憍恣心
放逸著五欲　墮於惡道中　我常知衆生　行道不行道
隨應所可度　為說種種法　每自作是意　以何令衆生
得入无上道　速成就佛身

上博 79 (69595)　妙法蓮華經如來壽量品第十六　(6－6)

大般涅槃經光明遍照高貴德王菩薩品之三　廿三
復次善男子一切凡夫雖善護身心猶故生
於三種惡覺以是因緣雖斷煩惱得生非想
非非想處猶故還墮三惡道中善男子譬如
有人度於大海垂到彼岸沒水而死凡夫之人
亦復如是垂盡三有還墮三塗何以故無善
覺故何等善覺所謂六念處凡夫之人善心
羸劣不善熾盛善心羸故慧心薄少慧心薄
故增長諸漏菩薩摩訶薩慧眼清淨見三覺
過知是三覺有種種患常與衆生作三乘怨
三覺因緣乃令無量凡夫衆生不見佛性無
量劫中生顛倒心謂佛世尊無常樂我唯有
一淨如來畢竟入於涅槃一切衆生無常無
樂無我無淨顛倒心故言有常樂我淨實無
三乘顛倒心故言有三乘一實之道真實不
虛顛倒心故言無一實是三惡覺常爲諸佛
及諸菩薩之所呵責是三惡覺常害於我或
亦害他有是三覺一切諸惡常來隨從是三
覺者即爲三縛連綴衆生無邊生死菩薩摩
訶薩常作如是觀察三覺菩薩或時有因緣
故應生欲覺嘿然不受譬如端正淨潔之人
不受一切糞穢不淨如熱鐵丸人無受者如
婆羅門性不受牛宍如飽滿人不受惡食如
轉輪王不與一切旃陀羅等同坐一牀菩薩

上博 80 (71558)　大般涅槃經卷第二十三　(17－1)

婆羅門性不受牛宍如飽滿人不受惡食如
轉輪王不與一切旃陀羅等同坐一牀菩薩
摩訶薩惡賤三覺不受不味亦復如是何以
故菩薩思惟衆生知我是良福田我當云
何受是惡法若受惡覺則不任爲衆生福
田我自不言是良福田衆生見相便言我
是我今若起如是惡覺則爲欺誑一切衆生
我於往昔以欺誑故無量劫中流轉生死墮
三惡道我若惡心受人信施一切天人及五
通仙悉當證知而見呵責我若惡覺受人信
施或令施主果報減少或空無報我若惡心
受檀越施則與施主而爲讎怨一切施主恒
於我所起赤子想我當云何取誑於彼而生
怨想何以故或令施主不得果報或少果故
我常自稱爲出家人夫出家人不應起惡若
起惡者則非出家出家之人身口相應若不
相應則非出家我棄父母兄弟妻子眷屬知識
出家脩道正是脩集諸善覺時非是脩集不
善覺時譬如有人入海求寶不取真珠直取
水精亦如有人棄妙音樂遊戲糞穢如捨寶
女與婢交通如棄金器用於瓦杅如棄甘露
服食毒藥如捨親舊良善之醫從怨惡醫求藥
而服我亦如是捨離大師如來世尊甘露法
味而服魔怨種種惡覺人身難得如優曇鉢
華我今已得如來難值過優曇華我今已值
清淨法寶難得見聞我今已聞猶如盲龜值

上博 80 (71558)　大般涅槃經卷第二十三　(17－2)

華我今已得如來難值過優曇華我今已值
清淨法寶難得見聞我今已聞猶如盲龜值
浮木孔人命不停過於山水今日雖存明亦
難保云何縱心令住惡法壯色不停猶如奔
馬云何恃怙而生憍慢猶如惡鬼伺求人過
四大惡鬼亦復如是常來伺求我之過失云
何當令惡覺發起譬如朽宅垂崩之屋我命
亦尒云何起惡我名沙門沙門之人名覺善
故菩薩觀於五陰如旃陀羅復次菩薩觀察
五陰如旃陀羅旃陀羅人常懷害心五陰亦
尒常懷諸結惱害之心如人無足刀杖侍從
當知必為旃陀羅人之所欺害眾生亦尒無
足無刀無有侍從則為五陰之所賊害足名
為戒刀名為慧侍從名為善知識也無此三
事故為五陰之所賊害是故菩薩觀於五陰
如旃陀羅復次善男子菩薩摩訶薩觀察五
陰過旃陀羅何以故眾生若為五旃陀羅之所
欺者不墮地獄為陰害者則墮地獄是故
菩薩觀察五陰過旃陀羅作是觀已而作願言
我寧終身近旃陀羅不能暫時近於五陰旃陀
羅者唯能害於欲界癡人是五陰賊遍害三
界凡夫眾生旃陀羅人唯能欺殺有罪之人
是五陰賊不問眾生有罪無罪悉能害之旃
陀羅人不害衰老婦女稚小是五陰賊不間
眾生老稚婦女一切悉害是名菩薩深觀此

上博 80 (71558)　大般涅槃經卷第二十三　(17－3)

陀羅人不害衰老婦女稚小是五陰賊不間
眾生老稚婦女一切悉害是名菩薩深觀此
陰過旃陀羅是故發願寧當終身近旃陀羅
不能暫時親近五陰復次善男子旃陀羅者
唯害他人終不自害五陰之賊自害害他及旃陀
羅旃陀羅人可以善言錢財寶貨求而得
脫五陰不尒不可強以善言誘錢財寶貨
求而得脫旃陀羅人於四時中不必常殺五
陰不尒常於念念害諸眾生旃陀羅旃陀羅人唯在
一處可有逃避五陰不尒遍一切處無可逃避
旃陀羅人雖復害人害已不隨五陰不尒殺
眾生已隨逐不離是故菩薩寧以終身近旃
陀羅不能暫時近於五陰有智之人以善方便
得脫五陰善方便者即八聖道六波羅蜜
四無量心以是方便而得解脫身心不為五陰
所害何以故身如金剛心如虛空是故身心
難可沮壞以是義故菩薩觀陰成就種種諸
不善法生大怖畏脩八聖道亦如彼人畏
四毒蛇五旃陀羅涉路而去無所顧留詐親
善者名為貪愛菩薩摩訶薩深觀愛結如怨
詐親若知實者則無能為若不知者必為所
害貪愛亦尒若知其性則不能令眾生輪轉
生死苦中如其不知輪迴六趣具受眾苦何
以故愛之為病難捨離故如怨詐親難可遠
離怨詐親者常伺人便令愛別離怨憎合會
愛亦如是令人遠離一切善法近於一切不

上博 80 (71558)　大般涅槃經卷第二十三　(17－4)

以故愛之為病難捨離故如怨詐親難可遠
離怨詐親者常伺人便令愛別離怨憎合會
愛亦如是令人遠離一切善法近於一切不
善之法以是義故菩薩摩訶薩深觀貪愛如
怨詐親見不見故聞不聞故如凡夫人見生
死過雖有智慧以癡覆故後還不見聲聞緣
覺亦復如是雖見不見雖聞不聞何以故以
愛心故所以者何見生死過不能疾至阿耨
多羅三藐三菩提以是義故菩薩摩訶薩觀
此愛結如怨詐親云何名為怨詐親相如怨
不實詐現實相不可親近詐現近相實是不
善詐現善相實是不愛詐為愛相何以故常
伺人便欲為害故愛亦如是常為眾生非實
詐實非近詐近非善詐善非愛詐愛常誑一
切輪迴生死以是義故菩薩觀愛如怨詐親
怨詐親者但見身口不覩其心是故能誑愛
亦如是唯為虛誑實不可得是故能惑一切
眾生怨詐親者有始有終易可遠離愛不如
是無始無終難可遠離怨詐親者遠則難知
近則易知愛不如是近尚難知況復遠也以
是義故菩薩觀愛過於詐親一切眾生以愛
結故遠大涅槃近於生死遠常樂我淨近無
常苦無我無淨是故我於處處經中說為三
垢於現在事以無明故不見過患不能捨離
愛怨詐親終不能害有智之人是故菩薩深

上博 80 (71558)　大般涅槃經卷第二十三　(17－5)

愛怨詐親終不能害有智之人是故菩薩深
觀此愛生大怖畏脩八聖道猶如彼人畏四
毒蛇五旃陁羅及一詐親決路不迴空聚落
者即是六入菩薩摩訶薩觀是內入空無所
有猶如空聚如彼怖人既入聚已乃至不見
有一居人遍捉瓨器不得一物菩薩亦爾諦
觀六入空無所有不見眾生一物之實是故
菩薩觀內六入空無所有如彼空聚善男子
彼空聚落群賊遠望終不生於空虛之想凡
夫之人亦復如是於六入聚不生空想以其
不能生空相故輪迴生死受無量苦善男子
群賊既至乃生空想菩薩亦爾觀此六入常
生空想生空想故則不輪迴生死受苦菩薩
摩訶薩於此六入常無顛倒無顛倒故是故
不復輪迴生死復次善男子譬如群賊入此
空聚則得安樂煩惱諸賊亦復如是入此六
入則得安樂如賊住空聚心無所畏煩惱群
賊亦復如是住是六入亦無所畏如彼空聚
乃是師子虎狼種種惡獸之所住處是內六
入亦復如是一切眾惡煩惱走獸之所住處
是故菩薩深觀六入空無所有純是一切不
善住處復次善男子菩薩摩訶薩觀內六入
空無所有如彼空聚何以故虛誑不實故空
無所有作有想故實無有樂作樂想故實無
有人作人想故內六入者亦復如是空無所
有而作有想實無有樂而作樂想實無有人

上博 80 (71558)　大般涅槃經卷第二十三　(17－6)

無所有作有想故實無
有人作人想故內六入者亦復如是空無所
有而作有想實無有樂而作樂想實無有人
而作人想唯有智人乃能知之得其真實復
次善男子如空聚落或時有人或時無人六
入不爾一向無人何以故性常空故智者所
知非是眼見是故菩薩觀內六入多諸怨害
脩八聖道不休不息猶如彼人畏四毒蛇五
旃陀羅一詐親善及六大賊怖著正路六大
賊者即外六塵菩薩摩訶薩觀此六塵如
六大賊何以故能劫一切諸善法故如六大
賊能劫一切人民財寶是六塵賊亦復如是
能劫一切衆生善財如六大賊若入人舍則
能劫奪現家所有不擇好惡令巨富者忽爾
貧窮是六塵賊亦復如是若入人根則能劫
奪一切善法善法既盡貧窮孤露作一闡提
是故菩薩諦觀六塵如六大賊復次善男子
如六大賊欲劫人時要因內人若無內人賊
便中還是六塵賊亦復如是欲劫善法要因
內有衆生知見常樂我淨不空等相若內無
有如是等想六塵惡賊則不能劫一切善法
有智之人內無是相凡夫則有是故六塵常
來侵奪善法之財不善護故為其所劫護者
名慧有智之人能善防護故不被劫是故菩
薩觀是六塵如六大賊等無差別復次善男
子如六大賊能為人民身心苦惱是六塵賊

上博 80 (71558) 大般涅槃經卷第二十三 (17－7)

子如六大賊能為人民身心苦惱是六塵賊
亦復如是常為衆生身心苦惱六大賊者唯
能劫人現在財物是六塵賊常劫衆生三世
善財六大賊者夜則歡樂六塵惡賊亦復如
是處無明闇則得歡樂是六大賊唯有諸王
乃能遮止六塵惡賊亦復如是唯佛菩薩乃
能遮止是六大賊凡欲劫奪不擇端政種姓
聰哲多聞博學豪貴貧賤六塵惡賊亦復如
是欲劫善法不擇端政乃至貧賤是六大賊
雖有諸王截其手足猶故不能令其心息六
塵惡賊亦復如是雖須陀洹斯陀含阿那含
截其手足亦不能令不劫善法如勇健人乃
能摧伏是六大賊諸佛菩薩亦復如是乃能
摧伏六塵惡賊譬如有人多諸種族宗黨熾
盛則不為彼六賊所劫衆生亦爾有善知識
不為六塵惡賊所劫是六大賊若見人物則
能偷劫六塵不爾若見若知若聞若嗅若嘗
若覺皆悉能劫六大賊者唯能劫奪欲界人
財不能劫奪色無色界六塵惡賊則不如是
能劫三界一切善寶是故菩薩諦觀六塵過
彼六賊作是觀已脩八聖道直往不迴如彼怖
人畏四毒蛇五旃陀羅一詐親者及六大賊
捨空聚落涉路而去路值河者即是煩惱云
何菩薩觀此煩惱猶如大河如彼駛河能漂香
象煩惱駛河亦復如是能漂緣覺是故菩
薩深觀煩惱猶如駛河深難得底故名為河

上博 80 (71558) 大般涅槃經卷第二十三 (17－8)

為煩惱駛河亦復如是能漂緣覺是故菩
薩深觀煩惱猶如駛河深難得底故名為河
邊不可得故名為大其中多有種種惡魚煩
惱大河亦復如是唯佛菩薩能得底故故名
極深唯佛菩薩得其邊故故名廣大常害一切
癡眾生故故名惡魚是故菩薩觀此煩惱猶
如大河如大河水能長一切草木叢林煩惱
大河亦復如是能長眾生二十五有是故菩薩
觀此煩惱猶如大河譬如有人墮大河水無
有慚愧眾生亦爾墮煩惱河無有慚愧如墮
河者未得其底即便命終墮煩惱河亦復如
是未盡其底周迴輪轉二十五有所言底者名
為空相若有不修如是空相當知是人不得
出離二十五有一切眾生不能善修空無相故
常為煩惱駛河所漂如彼大河唯能壞身不
能漂沒一切善法煩惱大河則不如是能壞
一切身心善法彼大暴河唯能漂沒欲界中
人煩惱大河乃能漂沒三界人天世間大河
手抱腳蹹則到彼岸煩惱大河唯有菩薩因
六波羅蜜乃能得度如大河水難可得度煩
惱大河亦復如是難可得度云何名為難可
得度乃至十住諸大菩薩猶故未能畢竟得
度唯有諸佛乃畢竟度是故名為難可得度
譬如有人為河所漂不能修集毫末之善眾
生亦爾為煩惱河所漂沒者亦復不能修集
善法如人墮河為水所漂餘有力者則能拔

善法如人墮河為水所漂餘有力者則能拔
濟墮煩惱河為一闡提聲聞緣覺乃至諸佛
不能救濟世間大河劫盡之時七日並照能
令枯涸煩惱大河則不如是聲聞緣覺雖修
七覺猶不能乾是故菩薩觀諸煩惱猶如暴
河譬如彼人畏四毒蛇五旃陀羅一詐親善
及六大賊捨空聚落隨路而去既至河上取
草為栰者菩薩亦爾畏四大蛇五旃陀羅愛
詐親善六入空聚六塵惡賊至煩惱河修戒
定慧解脫解脫知見六波羅蜜三十七品以
為船栰依乘此栰度煩惱河到於彼岸常樂
涅槃菩薩修行大涅槃者作是思惟我若不
能忍受如是身苦心苦則不能令一切眾生
度煩惱河以是思惟雖有如是身心苦惱嘿
然忍受以忍受故則不生漏如是菩薩尚無
諸漏況佛如來而當有漏是故諸佛不名有
漏云何如來非無漏也如來常行有漏中故
有漏即是二十五有是故聲聞凡夫之人言
佛有漏諸佛如來真實無漏善男子以是因
緣諸佛如來無有定相善男子是故犯四重
禁謗方等經及一闡提悉皆不定
爾時光明遍照高貴德王菩薩摩訶薩言如
是如是誠如聖教一切諸法皆悉不定以不
定故當知如來亦不畢竟入於涅槃如佛先
說菩薩摩訶薩修大涅槃聞不聞中有涅槃

定故當知如來之不畢竟入於涅槃如佛先
說菩薩摩訶薩脩大涅槃聞不聞中有涅槃
涅槃云何涅槃云何大涅槃尒時佛讚光明
遍照高貴德王菩薩摩訶薩言善哉善哉善
男子若有菩薩得念捴持乃能如汝之所諮
問善男子如世人言有海大海有河大河有
山大山有地大地有城大城有衆生大衆生
有王大王有人大人有天中天有道大道涅
槃亦尒有涅槃大涅槃云何涅槃善男子如
人飢餓得少飯食名為安樂如是安樂亦名
涅槃如病得差則名安樂如是安樂亦名
涅槃如人怖畏得歸依處則得安樂如是安
樂亦名涅槃如貧窮人獲七寶物則得安樂
如是安樂亦名涅槃如人觀骨不起貪欲則
得安樂如是安樂亦名涅槃如是涅槃不得名
為大涅槃也何以故以飢渴故病故怖故生
貪著故是名涅槃非大涅槃善男子若凡
夫人及以聲聞或曰世俗或曰聖道斷欲界
結則得安樂如是安樂亦名涅槃不得名為
大涅槃也能斷初禪乃至能斷非想非非想
處結則得安樂如是安樂亦名涅槃不得名
為大涅槃也何以故還生煩惱有習氣故
云何名為煩惱習氣聲聞緣覺有煩惱氣所
謂我身我衣我去我來我說我聽諸佛如來
入於涅槃涅槃之性無我無樂唯有常淨是
則名為煩惱習氣佛法衆僧有差別相如來

上博 80 (71558) 大般涅槃經卷第二十三 (17－11)

則名為煩惱習氣佛法衆僧有差別相如來
畢竟入於涅槃聲聞緣覺諸佛如來所得涅
槃等無差別以是義故二乘所得非大涅槃何
以故無常樂我淨故常樂我淨乃得名為大
涅槃也善男子譬如有處能受衆水名為
海隨有聲聞緣覺菩薩諸佛如來所入之處
名大涅槃四禪三三昧八背捨八勝處十一
切處隨能攝取如是無量諸善法者名大涅
槃善男子譬如有河第一香象不能得底則
名為大聲聞緣覺至十住菩薩不見佛性名
為涅槃非大涅槃若能了了見於佛性則得
名為大涅槃也是大涅槃唯大香象王能盡
其底大象王者謂諸佛也善男子若摩訶那
伽及鉢揵他大力士等逕歷多時所不能上乃
名大山聲聞緣覺及諸菩薩摩訶那伽大
力士等所不能見如是乃名大涅槃也復次
善男子隨有小王之所住處名曰小城轉輪
聖王所住之處乃名大城聲聞緣覺八万六
万四万二万一万住處名為涅槃無上法主
聖王住處乃得名為大般涅槃以是故名大
般涅槃善男子譬如有人見四種兵不生怖
畏當知是人名大衆生若有衆生於三惡道
煩惱惡業不生怖畏而能於中廣度衆生當
知是人得大涅槃若有人能供養父母恭敬
沙門及婆羅門脩治善法所言誠諦無有欺

上博 80 (71558) 大般涅槃經卷第二十三 (17－12)

知是人得大涅槃若有人能供養父母恭敬
沙門及婆羅門脩治善法所言誠諦無有欺
誑能忍諸惡惠施貧乏名大丈夫菩薩亦尒
有大慈悲憐愍一切於諸衆生猶如父母能
度衆生於生死河普示衆生一實之道是則
名為大般涅槃善男子大名不可思議若不
可思議一切衆生所不能信是則名為大般
涅槃唯佛菩薩之所見故名大涅槃以何因
緣復名為大以無量因緣然後乃得故名為
大善男子如世間人以多因緣之所得者則
名為大涅槃亦尒以多因緣之所得故故名
為大云何復名為大涅槃有大我故名大涅
槃涅槃無我大自在故名為大我云何名為
大自在也有八自在則名為我何等為八一
者能示一身以為多身身數大小猶如微塵
充滿十方無量世界如來之身實非微塵以
自在故現微塵身如是自在則為大我二者示
一塵身滿於三千大千世界如來之身實不
滿於三千大千世界何以故以無邊故直以自
在故滿三千大千世界如是自在名為大我
三者能以滿此三千大千世界之身輕舉飛
空過於三十恒河沙等諸佛世界而無鄣㝵
如來之身實無輕重以自在故能為輕重如
是自在名為大我四者以自在故而得自在
云何自在如來一心安住不動所可示化無

上博 80 (71558) 大般涅槃經卷第二十三 (17－13)

云何自在如來一心安住不動所可示化無
量形類各令有心如來有時或造一事而令
衆生各各成辦如來之身常住一土而令他
土一切悉見如是自在名為大我五者根自在
故云何名為根自在也如來一根亦能見色
聞聲嗅香別味覺觸知法如來六根亦不
見色聞聲嗅香別味覺觸知法以自在故令
根自在如是自在名為大我六者以自在故
得一切法如來之心亦無得想何以故無所
得故若是有者可名為得實無所有云何名
得若使如來計有得想是則諸佛不得涅槃
以無得故名得涅槃以自在故得一切法得
諸法故名為大我七者說自在故如來演說
一偈之義經無量劫義亦不盡所謂若戒若
定若施若慧如來尒時都不生念我說彼
聽亦復不生一偈之想世間之人以四句為
偈隨世俗故說名為偈一切法性亦無有說
以自在故如來演說以演說故名為大我八
者如來遍滿一切諸處猶如虛空虛空之性
不可得見如來亦尒實不可見以自在故令
一切見如是自在名為大我如是大我名為
涅槃以是義故名大涅槃復次善男子譬如
寶藏多諸珍異百種具足故名大藏諸佛如
來甚深奧藏亦復如是多諸奇異具足無缺
名大涅槃復次善男子無邊之物乃名為大
涅槃無邊是故名大復次善男子有大樂故

上博 80 (71558) 大般涅槃經卷第二十三 (17－14)

涅槃無邊是故名大復次善男子有大樂故
名大涅槃涅槃無樂以四樂故名大涅槃何
等爲四一者斷諸樂故不斷樂者則名爲苦
若有苦者不名大樂以斷樂故則無有苦無
苦無樂乃名大樂涅槃之性無苦無樂是故
涅槃名爲大樂以是義故名大涅槃復次善
男子樂有二種一者凡夫二者諸佛凡夫之
樂無常敗壞是故無樂諸佛常樂無有變異
故名大樂復次善男子有三種受一者苦受
二者樂受三者不苦不樂受不苦不樂受是
亦爲苦涅槃雖同不苦不樂然名大樂以大
樂故名大涅槃二者大寂靜故名爲大樂涅
槃之性是大寂靜何以故遠離一切憒閙法
故以大寂故名大涅槃三者一切知故名爲
大樂非一切知不名爲樂諸佛如來一切知
故名爲大樂以大樂故名大涅槃四者身不
壞故名爲大樂身若可壞則不名樂如來之
身金剛無壞非煩惱身無常之身故名大樂
以大樂故名大涅槃善男子世間名字或有
因緣或無因緣有因緣者如舍利弗母名舍
利因母立字故名舍利弗如摩鍮羅道人生
摩鍮羅國因國立名故名摩鍮羅道人如目
揵連目揵連者即是姓也因姓立名故名目
揵連如我生於瞿曇種姓因姓立名稱爲瞿
曇如毗舍佉道人毗舍佉者即是星名因星
立名名毗舍佉如有六指因六指故名六指人

上博 80 (71558) 大般涅槃經卷第二十三 (17－15)

曇如毗舍佉道人毗舍佉者即是星名因星
立名名毗舍佉如有六指因六指故名六指人
如佛奴天奴因佛因天故名佛奴天奴以因
濕生故故名濕生如因聲故名爲迦迦羅名究
究羅呾呾羅如是等名是因緣名無因緣者如
蓮華地水火風虛空如曼陁婆一名二實一
名殿堂二名飲漿堂不飲漿亦復得名爲曼
陁婆如薩婆車多名爲蛇蓋實非蛇蓋是名
無因強立名字如坻羅婆夷名爲食油實不
食油强爲立名名爲食油是名無因强立名字
善男子是大涅槃亦復如是無有因緣强
爲立名善男子譬如虛空不因小空名爲大
也涅槃亦尒不因小相名大涅槃善男子譬
如有法不可稱量不可思議故名爲大涅槃
亦尒不可稱量不可思議故得名爲大般涅
槃以純淨故名大涅槃云何純淨淨有四種何
等爲四一者二十五有名爲不淨能永斷故
得名爲淨淨即涅槃如是涅槃亦得名有而是
涅槃實非是有諸佛如來隨世俗故說涅槃
有譬如世人非父言父非母言母實非父母
而言父母涅槃亦尒隨世俗故說言諸佛有
大涅槃二者業清淨故一切凡夫業不清淨
故無涅槃諸佛如來業清淨故故名大淨以
大淨故名大涅槃三者身清淨故身若無常
則名不淨如來身常故名大淨以大淨故名
大涅槃四者心清淨故心若有漏名曰不淨
佛心無漏故名大淨以大淨故名大涅槃善

上博 80 (71558) 大般涅槃經卷第二十三 (17－16)

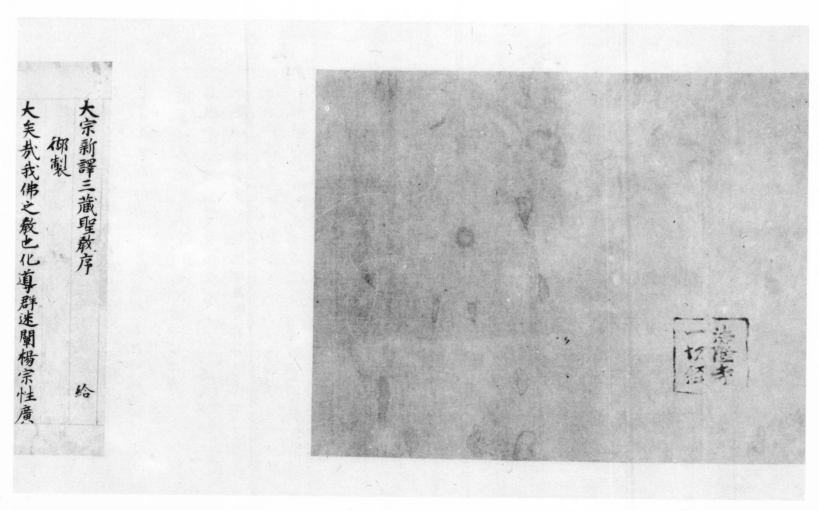
則名不淨如來身常故名大淨以大淨故名
大涅槃四者心清淨故心若有漏名曰不淨
佛心無漏故名大淨以大淨故名大涅槃善
男子是名善男子善女人脩行如是大涅槃
經具足成就初分功德

大般涅槃經卷第二十三

上博 80 (71558)　大般涅槃經卷第二十三　(17－17)

大宗新譯三藏聖教序　給
御製
大矣哉我佛之教也化導群迷闡揚宗性廣

上博附 01 (10697)　佛說金剛香菩薩大明成就儀軌經卷上　(15－1)

大宗新譯三藏聖教序
御製　給
大矣哉我佛之教也化導群迷闡揚宗性廣
博宏辯英彥莫能究其旨精微妙說庸愚豈
可度其源義理幽玄真空莫測包括萬象譬
喻無垠綜法網之紀綱演無際之正教拔四生
於苦海譯三藏之秘言天地變化乎陰陽日
月盈虧乎寒暑之則說諸善惡細則比於恒
沙含識萬端弗可盡述若窺像法如影隨形
離六情以長存歷千劫而可久須彌納藏於
芥子如來坦蕩於無邊達磨西來法傳東土
宣揚妙理順從指歸彼岸菩提愛河生滅用
行於五濁惡趣極溺於三業逐中經垂世之以
難窮道無私而求泰雪山貝葉若銀臺耀目
歲月煙蘿起香象之白速巍巍罕測杳杳難
名所以道資十聖德被三賢至道起於乾元
衆妙生乎太易總繁形類竅鑿昏明施彼是
非開茲蒙昧有西域法師天息災等常持
四忍早悟三乘翻貝葉之真詮續人天之
聖教芳猷重啓運偶昌時潤五聲於文章暢
四始於風律堂堂容止穆穆輝華曠劫而昏
蟄重明玄門昭顯軌範而旅究妙法淨衆騰
音利益有情俱登覺岸無成障礙拔諸疵癘
冥昧慈悲浩汗物表柔伏貪佷啓滌昏愚演
小乘聲聞令其儀論大乘正覺三其性合靈悟
而蒙福藏教缺而重興幻化迷途大宅深喻
雖設其教不知者多善念生而無量潛臻惡

上博附 01 (10697)　佛說金剛香菩薩大明成就儀軌經卷上　(15－2)

而蒙福藏教缺而重興幻化迷途大宅深喻
雖設其教不知者多善念生而無量潛臻惡
業興而隨緣皆墮調御四衆積行十方樹花
雨於金輪護恒沙於玉關有頂之風不可壞
無際之水弗能漂澄寂湛然圓明清淨之智
慧性空無染妄想解脫之因緣可以離煩惱
於心田可以得清涼於宇宙朕勉非博學釋
典微閑豈堪序　以示來者如爝螢燐火不
足比之於皎日將微蠡量海未能窮盡於深
淵者哉
佛說金剛香菩薩大明成就儀軌經卷上
西天譯經三藏朝散大夫試鴻臚卿傳法大師臣施護奉　詔譯
尒時世尊在覩史多天與無數百千俱胝那
由他菩薩共會一處時有無數百千俱胝那
由他天所謂娑多儗里酤摩囉多難你枳涇
嚩囉摩訶迦擺摩鼊涇嚩囉吠惹演多那羅
延等復有無數天龍阿蘇囉誐嚕拏巘達里
嚩緊那囉摩護囉誐藥叉羅叉娑及諸星曜
如是等衆皆悉來集在於佛會
尒時金剛手菩薩摩訶薩白佛言世尊今有
一切羅剎行於世間作大怖畏惟願世尊慈
於世間為除怖畏說金剛香菩薩大明使彼
羅剎及一切天龍八部乃至一切星曜行不
饒益者見彼大明皆悉迷悶怖畏馳散於諸衆
生不能為害世尊豈唯如是等衆見已怖畏乃
至帝釋亦失威力彼一切魔障現大忿怒諸
惡相者悉皆破壞於諸有情不能侵害

上博附 01 (10697)　佛說金剛香菩薩大明成就儀軌經卷上　(15－3)

生不前爲害世尊宣唯如是等衆見已怖畏乃
至帝釋亦失威力彼一切魔障現大忿怒諸
惡相者悉皆破壞於諸有情不能侵害
尒時金剛手菩薩摩訶薩重白佛言世尊今
正是時何以故一切魔等見在此會唯願世
尊宣說金剛香菩薩大明是時世尊即入三
摩地名普徧熾盛光大忿怒入此三摩地已
即於眼中放大光明作種種色其光普照一
切世界照已旋還於佛前住如大火聚即於
光中化出大忿怒身光焰熾盛住於佛前現
大惡相見者怖畏所有一切天龍藥叉羅叉
娑孃達里嚩阿蘇羅誐嚕拏緊那羅摩護羅
誐等及一切部多所有威力悉皆破壞
復次金剛手菩薩白佛言世尊如我所請願
爲宣說亦令當來持誦行人一切所作皆得
成就一切部多皆悉降伏凡有所求皆來給與
乃至地中伏藏悉皆獲得世尊此明威德之
力降伏加臨一切人非人等令其入密使
作歌舞及爲給使無不隨意乃至破彼身分
以充食噉亦不敢違世尊此大明力乃至加
臨山石无情之類亦可震動現入密相何況
一切天龍八部人非人等如是等衆若違逆
者皆令頭破
尒時化忿怒像於剎那須現身光明如日照
曜於金剛手菩薩前立即說金剛香大明
曰
曩謨室戰(二合)拏(一句)嚩日囉(二合)播拏(引)曳(引二)

上博附 01 (10697) 佛説金剛香菩薩大明成就儀軌經卷上 (15－4)

曩謨室戰(二合)拏(一句)嚩日囉(二合)播拏(引)曳(引二)
摩賀(引)藥乞叉(二合)細曩(引)鉢多(二合)曳(引三)唵
(引)曩謨(引)娑誐嚩帝(引四)阿(引)里也(二合五)嚩
日囉(二合)孃(引)馱(引)里(引六)阿你(引)迦囉涅弥(二合七)
設多娑賀娑囉(二合八)鉢囉(二合)入嚩禮(二合)多(九)
捺鉢多(二合)帝(引)惹(引)曳(十)沃仡囉(二合)阜摩
(十一)娑野(引)曩迦(引)曳(引十二)嘮(引)捺囉(二合)那
里舍(二合)曩(引)曳(引十三)尾迦囉(引)攞(引)曳(引十四)贊
拏(引)曳(引十五)摻波攞(引)曳(十六)瑜(引)藝(引)涅
嚩(二合)里(引)曳(引十七)阜(引)鬘(引)摩(二合)娑野(引)曩
迦(引)曳(引十八)沙吒目(二合)佉(引)曳(引十九)納嚩(引二合)
那舍普惹(引)曳(引二十)訥嚩(引二合)那舍你(引)怛囉
(二合)曳(引二十一)尾枳(引)囉拏(二合)計(引)舍(引)曳(引)
(二十二)阿你(引)迦嚕(引)波(二十三)尾尾馱吠(引)舍
馱(引)里枇(引)曳(引二十四)曀呬曳(引)呬(二合)娑誐嚩
底(二十五)麼賀(引)嚩日囉(二合)孃(引)馱(引)里(引)怛(引)
囉(二合)野(引)喃(引二十六)囉怛曩(引二合)南(引)薩底曳
(引二合)曩(二十七)怛你也(二合)他(引二十八)唵(引二十九)阿(引)迦
荼野阿(引)迦荼野(三十)嚩攞祢(引)嚩麼(四)(引)
涅嚩(二合)覽(一三十)誐嚕拏江(二合三十二)尾瑟女喚
(三合三十三)俱麼(引)覽(三十四)沒囉(二合)撼麼(二合)喃
(引三十五)卯捺嚕覽(二合三十六)贊捺嚕覽(二合)阿(引)祢底
揉(二合三十七)藥攞嚕乞叉(二合)傳(三十八)普(引)嚕
(三十九)畢哩(引)蟠(二合四十)閉舍(引)感(四十一)(矩)伴(引)
喃(四十二)阿仡寧(二合四十三)嚩(引)踰(四十四)野拏
(四十五)嚩嚕喃(四十六)馱曩能(四十七)矩吠覽(四十八)
(八)捺囉(二)意(引)捺嚕(四十九)乞里(二)捺囉(引)

上博附 01 (10697) 佛説金剛香菩薩大明成就儀軌經卷上 (15－5)

喃四十二 阿仡寧二合四十三 縛引 蹉四十四 野奔
四十五 縛嚕喃四十六 馱曩能四十七 矩吠覽四十八
鉢羅二合 蒁引 鉢底四十九 地里二合 多羅引
瑟吒三合 覽五十 尾嚕荼 劒五十一 尾嚕播引 乞
㓠二合五十二 吠每切引式 室羅二合 麼喃五十三 高矩迦
羅喃二合五十四 訥尾二合 迦羅喃二合五十五 怛里二合
迦羅喃二合五十六 尾迦羅喃二合五十七 沒里二合
賀迦羅喃二合五十八 健吒引 迦羅喃二合五十九 訥
嚕二合 娑迦羅喃二合六十 虞迦羅喃二合六十一 摩
賀引 迦羅喃二合六十二 麼賀引 迦引 朗六十三
難祢計引 溼縛二合 嚩覽六十四 勃陵二合 儗里引
知盈二合六十五 曩引 野劒六十六 尾曩引 野劒六十
七 半拏劒六十八 那麼劒六十九 路賀劒七十 謨引
賀劒七十一 沙瑟耻二合 祢引 吠孕二合引 唵引七十三
迦引 陵七十四 矩引 知盈二合七十五 儗里引 劒引七十六
訥里誐二合七十七 塢麼引 里引七十八 迦底也二合
以寧引七十九 贊拏迦引 底也二合 以寧引八十
麼賀引 迦引 底也二合 以寧二合八十一 野舍溼
弥二合 寧引八十二 愛舍引 寧八十三 乃里底梯二合
八十四 迦引 礼引八十五 麼賀引 迦引 礼引八十六 乞蒭
二合 捺羅二合 迦引 礼引八十七 縛日羅二合 迦引 礼
引八十八 跋捺羅二合 迦礼引八十九 祖攞迦引 礼引九十
阿儗你二合 梯引九十一 縛引 野尾熵二合九十二 舍
引 礼引 舍引 礼引 迦縛引 里底二合引九十三 羅
引 怛里二合九十四 屏底盈二合九十五 爍訖鼎二合九十六
設多引 乞曬二合引九十七 麼賀引 設多引 乞曬
二合 吽捺羅引 二合 抳九十八 沒羅二合 槭摩引 二合

上博附 01 (10697) 佛說金剛香菩薩大明成就儀軌經卷上 (15－6)

設多引 乞曬二合 九十七 麼賀
二合 吽捺羅引 二合 抳九十八 沒羅二合 槭摩引 二合
引 抳九十九 嬌引 麼引 里引一百 麼引 四引 溼縛
二合 里一百一 吠引 瑟拏二合下尾所切 尾引一百二 酥婆誐
引一百三 左捫抳引一百四 嘮引 捺里二合一百五 縛引
羅引 曲引一百六 嬌吠引 里引一百七 曳引 左引 你
曳二合引 麼麼一百八 三麼曳引 曩底瑟姹
演二合 底一百九 擔引 薩里綱二合引 阿引 縛引
賀一百一十 以沙也二合引 弥一百一十一 尸伽嚩覽二合 伽
哩二合 根拏二合 伽哩一百一十二 仡哩二合 根拏二合 跋
野仡哩二合 根拏二合 跛野一百一十三 攞攞攞攞
一百一十四 唵引一百一十五 虞魯虞魯一百一十六 虎嚕虎
魯一百一十七 祖魯祖魯一百一十八 毋魯毋魯一百一十九
度努度努一百二十 縛麼縛麼一百二十一 達磨達
麼一百二十二 馱羅馱羅一百二十三 摩羅摩羅一百二十四
馱迦馱迦一百二十五 攞虎攞虎一百二十六 嚩覽誐嚩覽
誐一百二十七 嚩覽誐跛野一百二十八 惹臘波二合 惹臘波
一百二十九 惹臘播引 跛野惹臘播引二合 跛野一百三十
布引 羅布羅一百三十一 布羅野布羅野一百三十二 布
引 羅引 跛野布引 羅引 跛野一百三十三 攞虎攞虎
一百三十四 阿引 曩野阿引 曩野一百三十五 阿引 尾舍
阿尾舍一百三十六 阿引 吠引 舍野阿引 吠舍野
一百三十七 唵引一百三十八 曩謨引 婆誐嚩帝引一百三十九
麼賀引 嚩日羅二合 馱引 里引一百四十 阿你引
迦羅溼弥二合一百四十一 設多娑賀薩羅二合 鉢
羅二合 入嚩二合 礼多一百四十二 捻鉢多二合 帝引
惹洗引一百四十三 惹馱室贊二合 拏嚩日羅二合 播

上博附 01 (10697) 佛說金剛香菩薩大明成就儀軌經卷上 (15－7)

惹洗(引一百四十三)悉馱室贊(二合)孥嚩曰羅(二合)播
抳(引一百四十四)羅(引)倪也(引二合)皷野底(一百四十五)唵
(引一百四十六)紇哩(二合一百四十七)西(一百四十八)郝郝郝郝郝(一百四十九)
斛(引一百五十)紇里(二合一百五十一)吽(一百五十二)發吒(半音一百五十三)
嚂嚂嚂嚂(一百五十四)娑嚩(二合)賀(引一百五十五)
尒時化忿怒像說此大明已復說金剛香
菩薩大明諸成就法若以此明加持安息
香燒之能令一切八部所有天人藥叉乃
至魑魅等所執悉能除解
復次行者於大自在天像前誦此明復以
忿怒相觀天像又以五淨水沐浴天像又用白
檀香作塗香塗天像身以諸香花而作供養
然以二手按像誦大明從初夜至明旦誦聲
不輟其大自在天決定化身作外道形相來
誦者前默然而立誦者見已即禮拜告言聖
者善來其化像報言善來善來誦者即以所
願求之天即與願一切皆得天像與行者願
已隱沒不現行者得悉地已此後一切所作
悉得隨意或作息災增益敬愛降伏及句召
者決定成就若作息災當用不塡地瞿摩夷
塗四方曼拏羅成已用銀鉢一口先磨白
檀作塗香塗鉢內外令徧即盛淨水令滿安
曼拏羅中誦大明一百八徧加持彼鉢鉢即
入寂或起離壇或動或顫知法成就即以此
水灌於人頂或令人飲一切災難皆得息滅
若以此水灑於城邑聚落其中人民災難
皆息一切有情皆獲利益

上博附 01 (10697) 佛說金剛香菩薩大明成就儀軌經卷上 (15－8)

皆息一切有情皆獲利益
復次若爲國王及大軍衆作息災者當用
酪白麻子白粳米牛乳等相和作護摩一
誦大明一稱王名一作護摩至千徧王及軍
衆災難皆息
又法或畫金剛香菩薩身白色作爲衆生降
甘露雨相於此像前日三時誦大明復觀想
此像得現前已復念斛字一切災難無不息
滅或有冤家來相凌逼者當用牛乳作護摩
誦大明千徧冤自退散災難息滅或用安
息香白麻子并酥同作護摩息一切災
又法或作增益者當畫大羅剎女身作黃
色有十六臂手中各有執持一切殊妙嚴飾
其身畫像成已用諸香花而作供養於此
像前誦大明不輟至羅剎女自現可使句召
一切夜叉羅剎并諸眷屬能滿行者一切所
求財穀亦能出於地中伏藏隨意使用
復次畫夜叉像身作白色復以白色香作塗
香塗彼像身以白花供養於此像前口誦
大明手持白花一誦一擲打彼像身日三時
滿七日誦明數滿八千徧彼夜叉出現爲誦
人僕從一切役使不敢違逆或侍司送一切財
寶或出地中伏藏當令誦人獲大富盛
復次作敬愛法畫金剛香菩薩像身作赤
色有十二臂各有執持以上妙天衣裝嚴其
身畫像成已行人於像前作觀想觀畫像
身放大赤光剎那之頃徧照三界其中一

上博附 01 (10697) 佛說金剛香菩薩大明成就儀軌經卷上 (15－9)

色有十二臂各有執杖以上妙天衣裝嚴其
身盡像成已行人於像前作觀想觀盡像
身放大赤光刹那之頃徧照三界其中一
切天人羅刹乃至一切人非人等皆悉敬愛
作觀成已方可求事行人欲求敬愛者先誦
大明滿一千遍然用赤檀木作彼形像安於
金剛香菩薩像前行人取迦羅尾羅花於
菩薩像前一誦大明一稱彼名一擲彼像誦
滿七徧決定獲得彼之敬愛
又法用吉祥木造男女像或作童男童女
像稱彼名用白芥子擲彼像至七晝夜必
得敬愛
又法用白芥子白檀香相和誦大明八十
万徧令一切人頂戴得一切敬愛
又法若欲令冤家失心狂亂者用人骨作
金剛橛長八指以安息香及牛肉同燒薰橛
埋冤家門前彼即三日內失心離家狂走或
用牛肉狗肉牛尿相和為泥作冤家像埋尸
陁林中彼即并諸眷屬出離千由旬外
又法欲令冤家出本國者亦用人骨作金剛
橛以人血染線纏橛打摩醯濕嚩羅頭上行
人用左足踏摩醯濕嚩羅天尾十四日或用
八日行人誦大明不輟直至彼天出大苦聲
其冤家失心狂亂并諸眷屬出於曠野由
如獸群
又法欲極破冤家者當畫金剛香菩薩身黑

上博附 01 (10697)　佛說金剛香菩薩大明成就儀軌經卷上　(15－10)

又法欲極破冤家者當畫金剛香菩薩身黑
色百臂作忿怒相手執旗幡金剛杵金剛鋌
羂索三叉戟弓箭鉞斧大斧骨棒金剛鉤枯
尸人頭髑髏等種種器仗及百千妙好嚴
飾其身放大光明踰於日月作破一切冤家
相彼一切藥叉羅刹娑及一切大惡鬼神詠
悉破壞驚怖馳散若欲破壞冤家至死
者行者先誦大明八千徧然後以人骨作
金剛橛長二指作忿怒心晝夜不輟誦大
明八千徧加持橛已用牛肉為泥作冤家形
像長八指用前橛釘其頂或口腸耳腦或膝
及膝足等處經一七日彼冤家身決定破
壞如阿梨樹枝乃至一切大惡悉能破壞
又法欲破壞冤家至極者用牛尿并鹽醋
同煎成泥與淨土瞿摩夷或吉祥草相和
作冤家像復用白芥子徧塗彼像以火炙至
冤家得病決定至死
又法用佉你羅木作橛長八指加持八百徧
稱冤家名釘彼形像於刹那頃彼自禁縛或
用尸灰作冤家像以人骨作金剛橛釘彼身
分當得熱病乃至殞歿
又法用鐵作橛長二指加持一百徧埋於冤
家門外三日內定離本家或將前橛埋於
大自在天廟中埋時稱冤家名彼即得大自
在天魅或稱名埋於空舍中彼即得畢舍左
魅或取黑地口中沫塗坏器內令冤家食之
須臾即死

上博附 01 (10697)　佛說金剛香菩薩大明成就儀軌經卷上　(15－11)

魅或取黑地口中沫塗坏器内令寃家食之
須臾即死
又法或用鐵作骨橛長六指先稱寃家名
誦大明七徧加持安息香用燒熏骨橛埋寃
家舍中彼即得大苦惱若出去骨橛苦惱即
觧
又法用顛摩木作橛長十二指打頭臂腸
三處及稱名又用牛毛馬香稱名燒之彼
得毋鬼所魅
又法用阿栗迦木作寃家形像於腹中書本
名以人骨作釘釘於頭臂腸三處彼即苦
惱若去釘如故
又法用瞿摩夷作寃家形像用白芥子徧
塗像身口誦大明直至像乾埋於尸陁林
中於上誦大明八百徧加持白芥子散擲
於上行者所求皆得成就
又法同前造像取人牛狗三肉并白芥子塗
像安寃家本舍中彼即迷倒亦不入舍
復次行人若欲求現女鬼者往尸陁林中
用毒藥及鹽并血相和誦大明作護摩日
三時滿七日至夜於護摩爐内現一女鬼
相皃端正光明照耀至行者前行者即備
白食出生及閼伽等時女鬼言我甚飢行
者即報言我已為汝辦訖即出生食及閼
伽等與之亦此依佛勅汝受隨意女鬼得
食已告行者言汝所求事我悉令汝皆得
成就女鬼言訖即隱身不現

上博附 01 (10697) 佛說金剛香菩薩大明成就儀軌經卷上 (15－12)

食已告行者言汝所求事我悉令汝皆得
成就女鬼言訖即隱身不現
復次說禁縛法用雌黃作寃家形像以尸
灰徧塗像身及塗金剛杵行人以左足踏金
剛杵右足踏彼像誦大明須臾寃家及眷
屬失心狂亂去離本處
復次說發遣寃家法行者先持誦大明一百
徧然後觀想根本徽妙字化成駱駝復觀前
字乘彼駱駝又想一人以骨橛打彼寃家
然想自身在風輪内面南坐誦普字發遣
誦聲不輟直至寃家隱沒不現此觀想法
可發遣金剛薩埵豈況寃家若用白芥子
安息香相和加持一百徧作護摩者一切
寃家速離本處
復說成就法行者先於帛上或髑髏上畫
金剛香菩薩身赤色於足下畫寃家像皆
之行者作忿怒相誦大明不輟復以棘刺白
芥子鹽用作護摩寃家速得失心狂亂
又法於青帛上用人血調青畫寃家形像
行者於八日或七日至中夜時出生食祭祀
有來受此食者報行者言使我作何時行
者即以寃家報之復以忿怒相稱寃家名
大明作護摩至七日彼即破壞命終
又法用顛摩木作寃家段段截之像別用顛
摩木爲柴與像身同作護摩誦大明一誦
一燒彼寃家其身破壞復次於尸陁林中
收取花鬘燒安息香誦大明八百徧加持彼

上博附 01 (10697) 佛說金剛香菩薩大明成就儀軌經卷上 (15－13)

一焼彼寃家其身破壞復次於尸陁林中
收取花鬘焼安息香誦大明八百徧加持彼
鬘散於寃家舍彼并眷屬悉患三日瘧或將
鬘埋於寃家門前彼寃家速趣命終
或用焼安息香熏牛肉以此肉作護摩一
誦大明一稱寃家名一擲火中至三夜彼
寃家即患四日瘧若欲解除用乳汁作護
摩即痊可如故
又法用尸灰塗曼拏羅又用尸灰作寃家
像安曼拏羅中用紅色花打彼像一誦一
擲至三日擲像於火中其寃家身即破
壞

佛說金剛香菩薩大明成就儀軌經卷上

應　制較會藏經字學賜紫沙門臣　雲□　證義
講法華經百法論賜紫沙門臣　象圓　證義
講唯摩金剛若般經明教大師賜紫沙門臣　直夫
講法華經百法唯識論正法大師賜紫沙門臣　守遵
講唯摩上生經百法論宣教大師賜紫沙門臣　忘達　證義
講八經四論法濟大師賜紫沙門臣　德□　證義
講唯摩上生經因明唯識論證覺大師賜紫沙門臣　守貞　證義
講圓覺經起信唯識論崇梵大師賜紫沙門臣　仁敬　證義
應　制慧通大師賜紫沙門臣　智遜　綴文
梵學光梵大師賜紫沙門臣　惟淨　筆授
梵樂傳大教通梵大師賜紫沙門臣　清沼　筆授

上博附 01 (10697)　佛説金剛香菩薩大明成就儀軌經卷上　(15－14)

應　制慧通大師賜紫沙門臣　智遜　綴文
梵學光梵大師賜紫沙門臣　惟淨　筆授
梵樂傳大教通梵大師賜紫沙門臣　清沼　筆授
左街副僧錄宣秘教門事智照大師賜紫沙門臣　惠溫　證義
西天譯經三藏朝散大夫試鴻臚卿傳教大師臣　法天　證梵文
西天譯經三藏朝散大夫試光祿卿明教大師臣　法賢　證梵文
殿頭高品朝奉郎檢校國子祭酒守內侍省內謁者監兼御史少卿驍騎尉賜緋魚袋臣[illegible]　監譯
右內率府副率銀青光祿大夫檢校兵部尚書兼御史大夫上柱國監譯經臣張[illegible]
翰林學士中大夫中書舍人權主判六部流內銓兼判昭文館柱國清河縣開國男食邑三百戶賜紫金魚袋臣張洎　潤文

大宋淳化五年四月　日進

一校了

上博附 01 (10697)　佛説金剛香菩薩大明成就儀軌經卷上　(15－15)

唐寫本佛告比丘鬱單越經　西蠡

佛告比丘鬱單越經

佛告比丘鬱單越天下多有諸山其彼山側
有諸園觀浴池生衆雜華樹木清涼華果豐
茂无數衆鳥相和而鳴又其山中多衆流水
其水洋順无有卒暴衆華覆上汎汎徐流挾
岸兩邊多衆樹木枝条柔弱華果繁熾地生
耎草槃縈右旋色如孔翠香如婆師耎若天
衣其地柔耎以足蹈地地凹四寸舉足還復
地平如掌无有高下比丘彼鬱單越土四面
有四阿耨達池各縱廣百由旬其水澄清无
有垢穢以七寶塹廁砌其邊乃至无數衆鳥
相和悲鳴與摩陁延池嚴飾无異彼四大池
各出四大河廣十由旬其水洋順无有卒暴
衆華覆上汎汎徐流挾岸兩邊多衆樹木枝
條柔弱華果繁熾地生耎草盤縈右旋色如
孔翠香猶婆師耎若天衣其地柔耎以足蹈
地地凹四寸舉足還復地平如掌无有高下

上博附 02 (13838)　佛說長阿含第四分世記經鬱單曰品第二　(8－1)

孔翠香猶婆師耎若天衣其地柔耎以足蹈
地地凹四寸舉足還復地平如掌无有高下
又彼土地无有溝澗坑坎荊棘株杌亦无蚊虻
蚖蚰蜂蠍虎豹惡獸地純衆寶无有石沙陰
陽調柔四氣和順不寒不熱无衆惱患其地
潤澤塵穢不起如油塗地无有遊塵百草常
生无有冬夏樹木繁茂華果熾盛地生耎草
盤縈右旋色如孔翠香猶婆師耎若天衣其地
柔耎以足蹈地地凹四寸舉足還復地平如
掌无有高下其土常有自然粳米不種自生
无有糠糩如白華聚猶忉利天食衆味具足
其土常有自然釜鍑有摩尼珠名曰焰光置
於鍑下飯熟光滅不假樵火不勞人功其土
有樹名曰曲躬葉葉相次天雨不漏彼諸男
女止宿其下復有香樹高七十里華果繁茂
其果熟時皮殼自裂自然香出其樹或高六
十里或五十卌極小高五里皆華果繁茂其
果熟時皮殼自裂自然香出復有衣樹高七
十里華果繁茂其果熟時皮殼自裂出種種
衣其樹或高六十里五十四十極小高五里
皆華果繁茂出種種衣復有莊嚴樹高七十
里華果繁茂其果熟時皮殼自裂出種種嚴

上博附 02 (13838)　佛說長阿含第四分世記經鬱單曰品第二　(8－2)

里華果繁茂其果熟時皮殼自裂出種種嚴
身之具其樹或高六十里五十卌里稍小高
五里皆華果繁茂出種種嚴身之具復有華
鬘樹高七十里華果繁茂其果熟時皮殼自
裂出種種鬘樹或高六十里五十卌里稍小
高五里亦皆華果繁茂出種種鬘復有器樹
高七十里華果繁茂其果熟時皮殼自裂出
種種器其樹或高六十里五十卌稍小高五
里皆華果繁茂出種種器復有果樹高七十
里華果繁茂其果熟時皮殼自裂出種種果
樹或高六十里五十卌稍小高五里皆華果
繁茂出種種果復有樂器樹高七十里華果
繁茂其果熟時皮殼自裂出種種樂器其樹
或高六十里五十卌稍小高五里皆華果繁
茂出種種樂器其土有池名曰善見縱廣百
由旬其水清澄无有垢穢以七寶塹廁砌其
邊繞池四面有七重欄楯七重羅網七重行樹
乃至无數眾鳥相和而鳴亦復如是其善見
池北有樹名菴婆羅周圍七里上高百里枝
葉四布遍五十里其善見池東出善道河廣
一由旬其水徐流无有迴曲種種雜華覆被
水上挾岸兩邊樹木繁茂枝條柔弱華果熾

上博附 02 (13838)　佛説長阿含第四分世記經欝單曰品第二　(8－3)

一由旬其水徐流无有迴曲種種雜華覆被
水上挾岸兩邊樹木繁茂枝條柔弱華果熾
盛地生耎果盤縈右旋色如孔翠香如婆師
耎若天衣其地柔耎足蹈地時地凹四寸舉
足還復地平如掌无有高下又其河中有眾
寶船彼方人民欲入中洗浴遊戲時脫衣岸
上乘船中流遊戲娛樂訖已渡水遇衣便著
先出先著後出後著不求本衣次至香樹樹
為曲躬其人手取種種雜香以自塗身次到
衣樹樹為曲躬其人手取種種雜衣隨意所
著次到莊嚴樹樹為曲躬其人手取種種莊
嚴以自嚴飾次到鬘樹樹為曲躬其人手取
種種雜鬘以著頭上次到器樹樹為曲躬其
人手取種種寶器取寶器已次到果樹樹為
曲躬其人手取種種美果或食者或口含者
或漉汁飲者次到樂器樹樹為曲躬其人手
取種種樂器調弦鼓之並以妙聲和弦而行
詣於園林隨意娛樂或一日二日至于七日然
後復去无有定處善見池南出妙體河善見
池西出妙味河善見池北出光影河亦復如
是善見池東有園林名善見縱廣百由旬繞
園四邊有七重欄楯七重羅網七重行樹雜

上博附 02 (13838)　佛説長阿含第四分世記經欝單曰品第二　(8－4)

是善見池東有園林名善見縱廣百由旬繞
園四邊有七重欄楯七重羅網七重行樹雜
色間廁七寶所成其園四面有四大門周帀
欄楯皆七寶成園內清淨無有荊棘其地平
正無有溝澗坑坎陵阜亦無蚊蝱蠅虱蚖虵
蜂蠍虎狼惡獸地純眾寶無有石沙陰陽調
柔四氣和順不寒不熱無眾惱患其地潤澤
無有塵穢如油塗地遊塵不起百草常生無
有冬夏樹木繁茂華果熾盛地生濡草盤
縈右旋色如孔翠香如婆師濡若天衣其地
柔濡足蹈地時地凹四寸舉足還復其園常
生自然粳米無有糠糩如白華聚眾味具足
如忉利天食其園常有自然釜鍑有摩尼珠
名曰焰光置於鍑下飯熟光滅不假樵火不
勞人功其園有樹名曰曲躬葉葉相次天雨
不漏使諸男女止宿其下復有香樹高七十
里華果繁茂其果熟時皮殼自裂出種種香
樹有高六十里五十卌至高五里華果繁茂
出種種香乃至樂器樹亦復如是其土人民
至彼園中遊戲娛樂一日二日至于七日其善
見園無人守護隨意遊戲然後復去善見
池南有園林名大善見善見池西有園林名

上博附 02 (13838) 佛説長阿含第四分世記經欝單曰品第二 (8－5)

池南有園林名大善見善見池西有園林名
曰娛樂善見池北有園林名曰等華亦復如
是其土中夜後夜阿耨達龍王數數隨時起
清淨雲周遍世界而降甘雨如搆牛頃以八
味水潤澤普洽水不留停地無泥潦猶如鬘
師以水灑華使不萎枯潤澤鮮明時彼土於
中夜後無有雲翳空中清明海出涼風清淨
柔和微吹人身舉體快樂其土豐饒人民熾
盛設須食時以自然粳米著於釜中以焰光珠
置於釜下飯自熟珠光自滅諸有來者自
恣食之其主不起飯終不盡若其主起飯則
盡賜其飯鮮潔如白華聚其味具足如忉利
天食彼食此飯無有眾病氣力充足顏色和
悅無有衰耗又其土人身體相類顏貌同等
不可分別其貌少壯如閻浮提廿許人其人
口齒平正潔白密緻無間髮紺青色無有塵
落髮垂八指齊眉而止不長不短若其土人
起欲心時則熟視女人而捨之去彼女隨後
往詣園林若彼女人是彼男子父親母親骨
肉中表不應行欲者樹不曲蔭各自散去若
非父親母親骨肉中表應行欲者樹則曲躬
迴蔭其身隨意娛樂一日二日或至七日爾

上博附 02 (13838) 佛説長阿含第四分世記經欝單曰品第二 (8－6)

迴旋其身隨意娛樂一日二日或至七日尒
乃散去彼人懷妊七日八日便產隨生男女
置於四衢大交道頭捨之而去諸有行人經
過其邊出指含嗽指出甘乳充適兒身過七
日已其兒長成與彼人等男向男衆女向女衆
彼人命終不相哭泣莊嚴死尸置四衢道捨
之而去有鳥名憂慰禪伽接彼死尸置於他
方又其土人大小便時地即為開便利訖已
地還自合其土人民无所繫戀亦无畜積壽
命常定死盡生天彼人何故壽命常定其人
前世脩十善行身壞命終生欝單越壽命千
歲不增不減是故彼人壽命正等復次殺生
者墮惡趣不殺者生善趣如是竊盜邪婬兩
舌惡口妄言綺語貪取嫉妬邪見者墮惡趣
中不盜不婬不兩舌惡口妄言綺語不貪取
嫉妬邪見者則生善趣若有不殺不盜不婬
不兩舌惡口妄言綺語不貪取嫉妬邪見身
壞命終生欝單越壽命千歲不增不減是故
彼人壽命正等復次慳恡貪取不能施惠死
墮惡道開心不恡能為施惠者則生善處有
人施沙門婆羅門及施貧窮乞兒瘡病困苦
者給其衣服飲食乘輿華鬘塗香牀榻房舍

上博附02（13838） 佛説長阿含第四分世記經欝單曰品第二 （8－7）

人施沙門婆羅門及施貧窮乞兒瘡病困苦
者給其衣服飲食乘輿華鬘塗香牀榻房舍
又造立塔廟燈燭供養其人身壞命終生欝
單越壽命千歲不增不減是故彼人壽命正
等何故稱欝單越人為勝其土人民不受十
善舉動自然與十善合身壞命終生天善處
是故彼人得稱為勝欝單越欝單越者其義
云何於三天下其土最上最勝故名欝單越
欝單越秦言最上

唐世最重書律經生書多有虞褚風格流傳於世者雖不著
書人姓名而具眼者藉其紙色審其字體參觀其品韻固一
望而知為唐人所書此欝單越經一百四十六行二十七字為
顧覲家艮菴方伯所藏嗣君駿林中翰以重值購自同郡徐氏筆

上博附02（13838） 佛説長阿含第四分世記經欝單曰品第二 （8－8、題跋6－1）

望而知為唐人所書此欝單越經一百四十六行二十七字為
顧親家艮菴方伯所藏嗣君駿㛃中翰以重值購自同郡徐氏筆
意清逸之中饒有勁健之致程易疇謂與職思堂帖所刻七寶
轉輪王經為[illegible]一手所書余未見職思堂帖見董思翁戲鴻堂第
一卷刻有轉輪王經數行題為鍾紹京書與此經細校易疇
之言實[illegible]稱碩論思翁刻[illegible]堂帖在萬曆三十一年
適[illegible]得靈飛經以筆法絕似[illegible]定為鍾紹
京書非拾袁清容牙慧也余家有唐人書律藏經第四卷
分第六通計三百六行二十七字書於硬黃紙初藏畢秋帆
尚書後歸歙鮑氏安素軒王夢樓題為唐人書經[illegible]
王惕甫評[illegible]與[illegible]欝單越經[illegible]
二經並校互勘評審字之結體與[illegible]
[illegible]融流通一氣 國朝至乾嘉[illegible]
士大夫[illegible]
[illegible]
唐宋寫經必執審定觀其品平題跋亦真無愧為法眼藏昔
傳鮮于伯機愛護七寶轉輪王經秘藏之所輒有神光燭人今我
兩家衡宇相望寿此希世妙跡必有一片吉羊雲氣護持[illegible]世
有雷張其人望寶氣所在巧取豪奪自今以後保毋輕出示人
梁閒扁鐍未可遽喚昔人之癡也 艮翁以為篤論以諗駿㛃未時在
光緒五年己卯一友四月又八日愉庭吳雲書於兩罍軒

上博附 02 (13838) 佛說長阿含第四分世記經欝單曰品第二 (題跋6－2)

光緒五年己卯一友四月又八日愉庭吳雲書於兩罍軒

右唐人書欝單越經前未署題而呼為欝單
越者以是經開章云欝單越天下多有諸山
巳又詳陳是山水土草木以及一切物類人
民謠俗之異狀末乃解欝單越義為秦言冣
上以結之故遂呼為欝單越經也其書堅挺
瘦勁類褚河南唐一代人寫經皆如此風格
亦不似唐以後人雖前後未署寫經者姓名
然可斷其為唐人無疑也楼職思堂帖中刻
七寶轉輪王經跋以為鍾紹京手蹟相傳鮮
于困學珍藏室中夜有神光燭人而永樂中
金幼孜跋亦謂上以內府秘藏鍾紹京書賜

上博附 02 (13838) 佛說長阿含第四分世記經欝單曰品第二 (題跋6－3)

金幼孜跋亦謂上以內府秘藏鍾紹京書賜
之曰鍾書超出虞褚然則七寶轉輪王經遠
自元世至於明初定為鍾筆流傳相授確有
端緒此卷字體筆法氣韵一一相同無豪髮
爽則謂是經為即寫轉輪王經者一手所出
豈曰似之實惟其有之也然余考唐書鍾紹
京本傳云初為司農錄事以善書直鳳閣武
后時署宮殿明堂銘九鼎皆其筆睿宗中會
討韋氏難拜官進爵封戶後坐事貶秦階封
開元十五年入朝元宗憫之授官遷職久之
年踰八十卒而七寶轉輪王經署貞觀廿二
年其年歲在戊申也下數開元十五年丁卯
歲計八十年紹京卒年踰八十遠在丁卯之
後則貞觀廿二年紹京猶未生也執此以難
鮮于困學諸人其將何辭以對今世家之有
之人皆以為鍾紹京書者曰靈飛經董香光
極愛之言每寫法華經輒先展閱一過且謂
袁清容定為鍾筆余按靈飛經後署開元廿
六年太歲戊寅史不載紹京卒於何年然斷
在開元十五年後考其初仕以善書直鳳閣
鳳閣官名武后所改是時紹京初仕度其年
當在二三十歲間至於戊寅八十內耳例以

上博附 02 (13838)　佛說長阿含第四分世記經欝單曰品第二　(題跋6－4)

當在二三十歲間至於戊寅八十內耳例以
文待詔八十七歲猶能作小楷跋米臨蘭亭
則紹京書此固不為異事也此經不著書人
亦無年號然仰逼轉輪俯侔靈飛洵為唐人
法書傑製必求其人實之則以靈飛經為鍾
書虛舟吏部然且疑其非是大書特書而為
香光正其誤此考古者所當從吾夫子闕疑
之訓也余謂寶是經者但當如困學之寶轉
輪王經香光之寶靈飛經所謂具正法眼悟
第一義神與古會如斯焉而已矣洪生受嘉
自邗江見寄言其內兄鮑子席芬收藏將摸
勒上石令余鑒別為揚搉論之如此嘉慶四
年十月既望程瑤田時年七十五

余舊題靈飛經有句曰不知袁桷緣
何事強換題籤鍾紹京蓋十年前
嘗概意是經尋其曲折中多褚法
故不信香光之說也今觀歙鮑氏所
藏是經硬黃本堅緻墨潤入帋髓

上博附 02 (13838)　佛說長阿含第四分世記經欝單曰品第二　(題跋6－5)

故不信香光之説也今覩歙鮑氏所藏是經硬黄本堅緻墨潤入帋髓而行筆正與靈飛法流相接自是世間銘心絶品因遂借畱逾月仿寫五六通能使舊時學靈飛所得一筆兩筆復來腕下其為唐人真迹無疑唐經生書在世者多矣又何必求其人以實之而後為精鑒哉乃用大藏諸經通例定其名曰佛告比丘欝單越經而為之書其後嘉慶九年歲在甲子夏五月望後十日長洲王芑孫審定於真州之樂儀書院

安陽新出土唐永隆中傅當仁等造阿弥陁佛像欵識十四行小楷其行筆結字與此宛肖如出一手永隆在高宗朝具知歐褚以後顔柳以前唐人自有此一家書而是鍾非鍾更無足問也是歲六月既望芑孫又題

上博附 02 (13838)　佛説長阿含第四分世記經欝單曰品第二　　(題跋6－6)

上博附 03 (34667)　法花玄贊卷第六　　(包首)

上博附 03 (34667)　法花玄贊卷第六　(3－1)

上博附 03 (34667)　法花玄贊卷第六　(3－2)

法花玄贊卷第六

上博附 03 (34667)　法花玄贊卷第六　　(3－3)

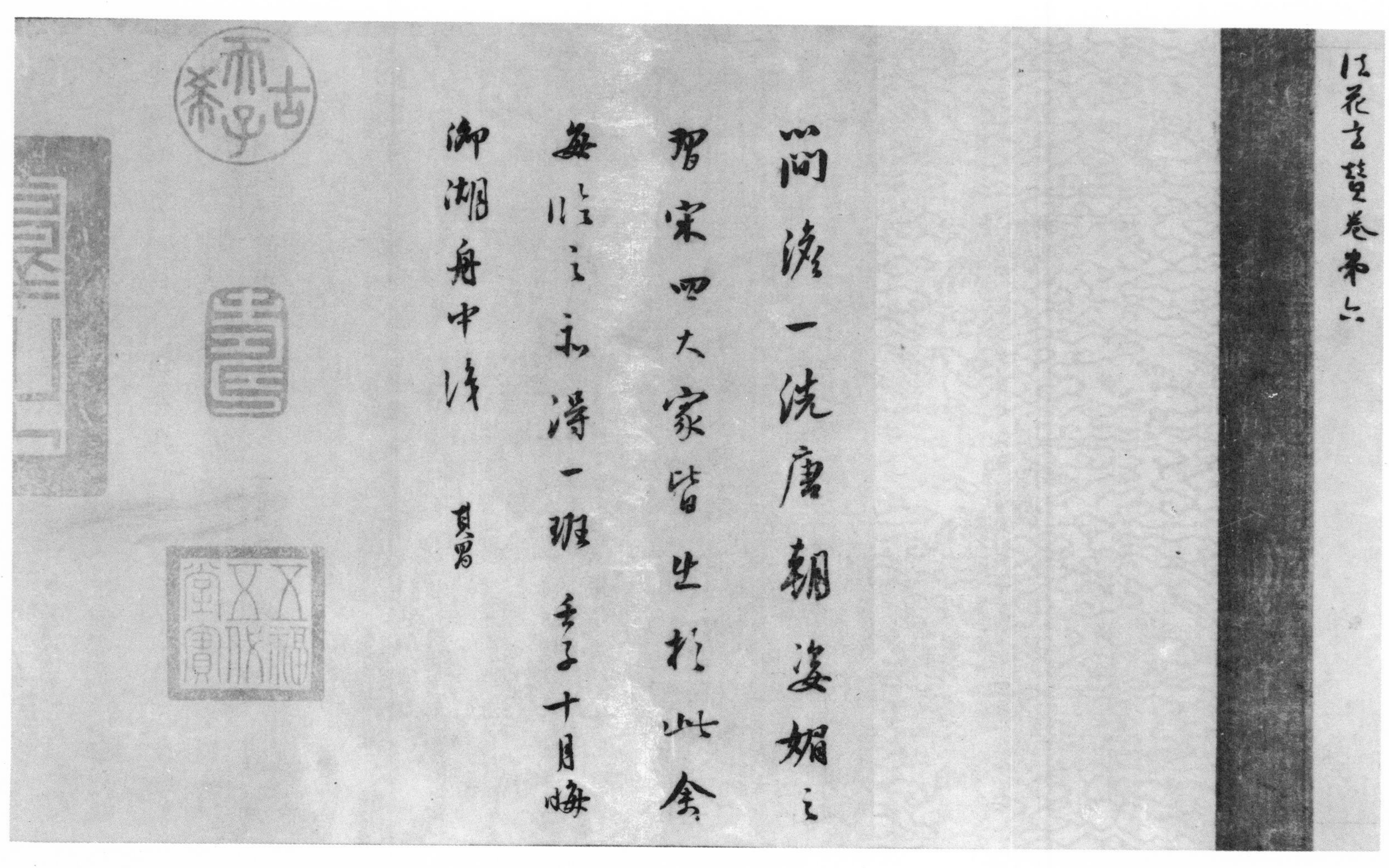

上博附 03 (34667)　法花玄贊卷第六　　(題跋2－1)

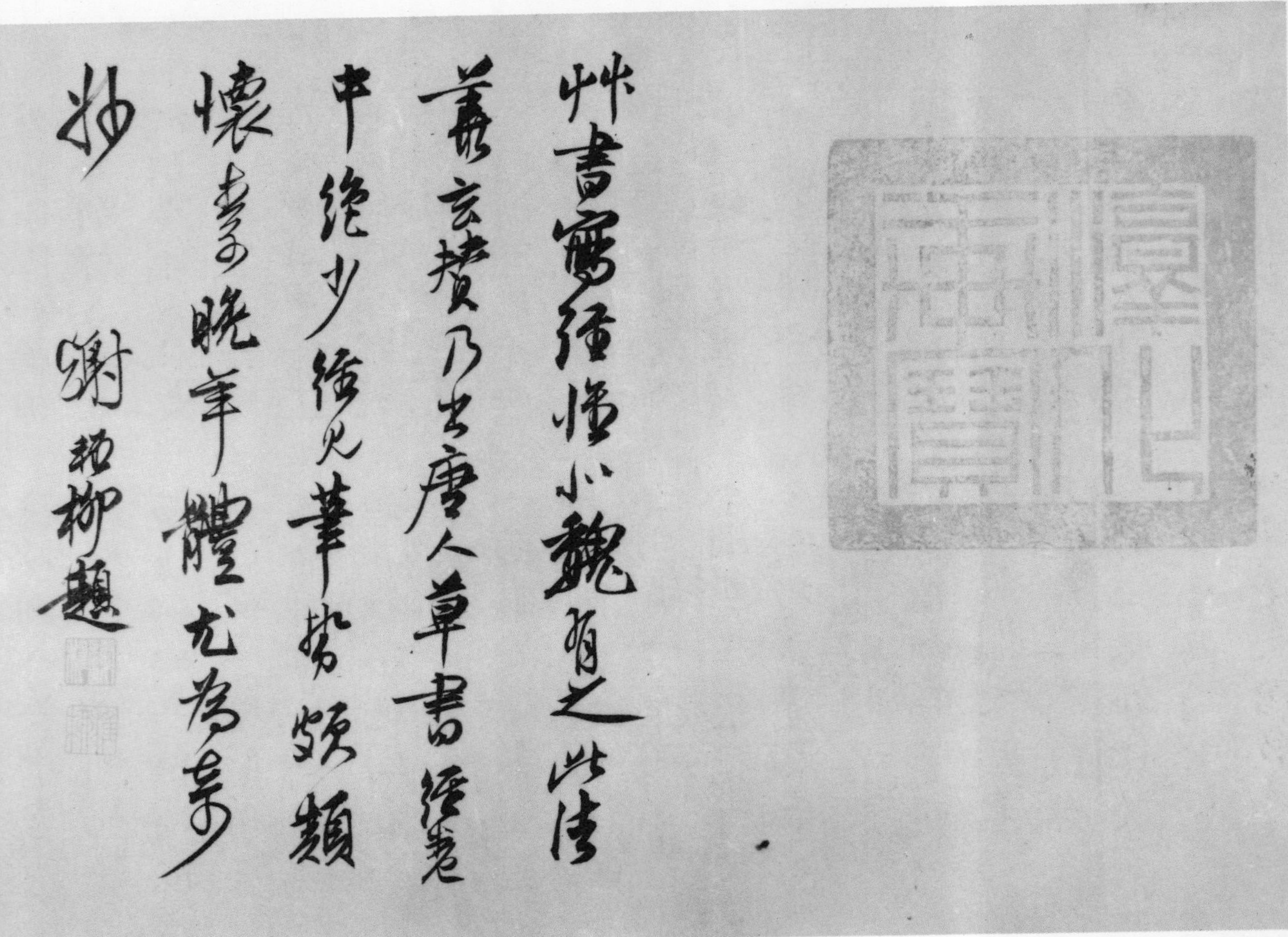

艸書寫經惟小魏有之此法
華玄贊乃出唐人草書經卷
中絕少傳見筆勢頗類
懷素晚年體尤為奇
妙　謝□柳題

上博附 03 (34667)　法花玄贊卷第六　　(題跋2－2)

福州等覺禪院住持傳法慧大師達杲收印經板頭錢恭為
今上皇帝祝延　聖壽闔郡官僚同資祿位彫造
大藏經印板五百餘函　時大觀三年八月　日謹題
佛說一切如來真實攝大乘現證三昧大教
王經卷第五　　匡
西天譯經三藏朝奉大夫試光祿卿傳法大師賜紫沙門臣施護奉　詔譯
金剛界大曼拏羅廣大儀軌分第一之五
爾時具德持金剛者聞諸如來勸請語已即
入一切如來三昧出生金剛加持三摩地說
此金剛界大曼拏羅頌曰
復次我今當演說　最上廣大曼拏羅
其相猶如金剛界　是故名為金剛界
如教次第應安立　曼拏羅中諸相分
先以大薩埵大印　普徧加持作觀想
於前印處即當起　如理觀視於諸方
以高舉相次第行　金剛薩埵應念誦
應取新線堅妙合　釋其分量而善用
行人持線以秤量　隨力應作曼拏羅
其壇四方及四門　復以四刹而嚴飾
及以四線而交絡　繒帛妙線等莊嚴
於其四隅諸分位　及諸門戶相合處

上博附 04 (34668)　佛說一切如來真實攝大乘現證三昧大教王經卷第五　　(18－1)

其壇四方及四門　復以四綵而嚴飾
及以四線而交絡　繒帛妙線等莊嚴
於其四隅諸分位　及諸門戶相合處
各各鈿飾金剛寶　次第抨外曼拏羅
外壇中心如輪相　復次漸入於中宮
以金剛線善抨量　設以八柱而間飾
於彼金剛勝住處　而復飾以五輪壇
於是所立輪壇中　如教安立佛形像
於彼中心曼拏羅　佛像周圍當安布
四勝三昧邪印契　如其次第應圖畫
以金剛步而漸進　次第安四曼拏羅
所謂阿閦佛等四　一切佛像皆安立
先畫阿閦曼拏羅　持金剛等衆齊等
次畫寶生曼拏羅　金剛藏等衆圓滿
次無量壽曼拏羅　金剛眼等衆清淨
不空成就曼拏羅　金剛巧業等應畫
於內輪壇諸隅分　當畫金剛明妃衆
其外輪壇四隅處　應畫佛供養等四
然後於彼四門中　安四護門大明王
次復於外輪壇處　各應安立大薩埵
然後如其本部儀　結勝三昧邪印契
金剛阿闍梨入已　開印普徧爲警覺
次誦金剛警覺心　阿字是爲所啟令

上博附04 (34668)　佛說一切如來真實攝大乘現證三昧大教王經卷第五　(18－2)

次誦金剛警覺心　阿字是爲所啟令
作自加持稱自名　然後金剛作成就
金剛阿闍梨次結　薩埵金剛鉤召印
復作彈指徧警覺　召請一切佛菩薩
即剎那間一切佛　金剛薩埵同集會
徧滿一切曼拏羅　普徧召請咸來集
然後次應結大印　金剛薩埵乃親近
一徧應誦百八名　依法次第而稱讚
既集會已施歡喜　一切如來悉堅固
金剛薩埵本法成　作大慈文而安住
然後於其四門處　金剛鉤等應作法
勝大羯磨印等作　以三昧法而安立
勝三昧邪等諸印　薩埵金剛等亦然
應誦惹吽鑁呼明　求大薩埵法成就
然後佛等一切衆　并大薩埵咸集會
依法鉤召即徧入　悉得相應而敬愛
然作秘密供養事　諸大我者悉歡喜
如教利益諸衆生　能作一切成就事
如是一切曼拏羅　於中所有諸法用
是即金剛阿闍梨　如教所作諸事業
復次宣說金剛界中諸曼拏羅所有弟子入
壇法等廣大儀軌今先說彼弟子入曼拏羅
儀諸欲入者謂應先於普徧無餘諸有情界

上博附04 (34668)　佛說一切如來真實攝大乘現證三昧大教王經卷第五　(18－3)

復次宣説金剛界中諸曼拏羅所有弟子入
壇法等廣大儀軌今先説彼弟子入曼拏羅
儀諸欲入者謂應先於普徧無餘諸有情界
起救護心悉令獲得適悦快樂及得一切最
上悉地諸有入此大曼拏羅者不應揀擇是
器非器何以故世尊謂有有情造大罪業彼
或於此大曼拏羅見已入已即得當離一切
惡趣世尊或有有情受諸飲食五欲娛樂世
間義利堅着不捨即以此世間之法而為先
行但能於此曼拏羅中隨欲所作亦得一切
意願圓滿世尊或有有情愛樂戲笑歌舞飲
食快樂等事又復於此一切如來大乘現證
三昧法性不了知故入餘天族壇中為求一
切意願圓滿取着彼中愛樂快樂戲笑等事
乃於一切如來曼拏羅中受學法等妄生怖
畏而不能入於彼惡趣壇路門中生住着心
如是等類若能於此金剛界大曼拏羅相應
而入為求一切適悦快樂勝愛樂事最上悉
地者亦得成就即能轉彼入諸惡趣現前道
等世尊或有有情修正法者愛樂一切如来
祕密悲法最上方便悉地果等為求無上佛
菩提故修習一切禪定解脱地位等法徧歷
無量無邊菩者如來等類入此金剛界大曼

上博附 04 (34668)　佛説一切如來真實攝大乘現證三昧大教王經卷第五　(18－4)

無量無邊菩者如來等類入此金剛界大曼
拏羅中如来之果即能速證不為難得況餘
一切成就法等
復次宣説禮敬儀軌謂先普禮四方一切如
来先作金剛合掌全身委地禮東方如来大
明曰
唵引薩哩嚩二合怛他引誐多一句布儒仁祖切波
塞他二合那引野引怛摩二合引喃你哩夜二合
引怛夜引彌薩哩嚩二合怛他引誐多二嚩日
羅二合薩埵引提瑟姹二合沙鈝引切身下同三
如前金剛合掌安於心間即以額禮南方如
来大明曰
唵引薩哩嚩二合怛他引誐多一句布惹引毗尸
引哥引夜引怛摩二合引喃你哩夜二合怛夜
引彌薩哩嚩二合怛他引誐多二嚩日羅二合囉
怛那二合阿毗詵左鈝引三
如前金剛合掌復安於頭即以口禮西方如
来大明曰
唵引薩哩嚩二合怛他引誐多一句布惹引鉢囉
二合嚩哩多二合那引夜引怛摩二合引喃你哩夜
二合怛夜引彌薩哩嚩二合怛他引誐多二嚩
日羅二合達哩摩二合引鉢囉二合嚩哩多二合引野
鈝引三

上博附 04 (34668)　佛説一切如來真實攝大乘現證三昧大教王經卷第五　(18－5)

日羅合達哩摩引鉢嚩合嚩哩多引野
鉿三引
如前金剛合掌從頭漸下安於心間即以偈
禮此方如來大明曰
唵引薩哩嚩合二怛他引誐多引一句布惹引萵哩
摩合二尼引怛摩引二合喃你哩夜引二合怛夜引
彌薩哩嚩合二怛他引誐多二嚩日羅合二萵哩
摩二合酤嚕引鉿三引
然後金剛阿闍梨令金剛弟子以緋帛覆面
結薩埵金剛印誦此大明曰
三摩野薩怛鍐三合一句
然後以二中指持於華鬘成印即入曼拏羅
誦此大明曰
三摩野吽引一句
入曼拏羅已然後授此誓誡言汝今已得入
一切如來曼拏羅中當觀我即從彼金剛智
所生由是金剛智故汝即當得一切如來一
切悉地況餘所有悉地法邪若有不見大曼
拏羅者汝不應為說此三昧法若為說者違
越三昧然後金剛阿闍梨自結薩埵金剛印
安於金剛弟子頂安已作是言諸不應說人
汝為說者以此三昧金剛摧碎汝頂次以三
昧印水誦是心明加持一徧然後授與弟子

上博附 04 (34668)　佛説一切如來真實攝大乘現證三昧大教王經卷第五　(18－6)

汝為說者以此三昧金剛摧碎汝頂次以三
昧印水誦是心明加持一徧然後授與弟子
令飲說此誓心大明曰
嚩日囉合二薩埵娑煬帝引鞑切身下同一句紇哩合二
捺曳引三摩嚩悉體合二多二你哩毗合二鞑怛
怛刹合二赧夜引夜三引鞑禰突嚕二合夜引禰
鈐那野四嚩日嚕引二合捺迦姹五
然以誓誡告弟子言汝從今已後想我即同
金剛手尊如我所作汝亦應作汝當於我勿
生輕慢無令於汝返招殃咎命終之後墮大
地獄復授誓誡心曰
薩哩嚩合二怛他引誐多引室左引二合提底瑟
姹合二當引一句嚩日羅合二薩都引彌引阿引尾
舍覩二
然後金剛阿闍梨即結薩埵金剛印說是大
明曰
阿煬多怛三合二摩踰引嚩日嚂三合一句嚩日囉
合二薩埵彌帝三蜜哩合三多二阿引尾舍野覩
帝捺曳引二合嚩二嚩日囉合二夜引耶末穪多
覽四嚩日羅引二合尾引舍惡五
然後開前薩埵金剛印復結忿怒拳如大乘
現證三昧等法以金剛語隨其所樂應當持
誦然作召入法當召入時從微妙智生以是

上博附 04 (34668)　佛説一切如來真實攝大乘現證三昧大教王經卷第五　(18－7)

現證三昧等法以金剛語隨其所樂應當持
誦然作召入法當召入時從微妙智生以是
智故即能如應覺了他心知過去未來等事
得心堅固能於一切如來教中息除諸苦及
得遠離一切怖畏得一切薩埵一切如來威
力加持得一切悉地現前成辦得未曾有歡
喜適悅妙樂出生於彼妙樂中或得成就諸
三摩地或得成就諸陀羅尼或得圓滿一切
意願或復得成一切如來然後即用彼印安
於自心以解弟子誦是大明曰
唵引底瑟姹二合嚩日囉二合一句捺哩二合廚引彌
引娑嚩二賒引說命引彌引娑嚩三紇哩二合
捺野彌引提底瑟姹二合四薩哩嚩二合悉亭左
彌引鉢囉二合野蹉五吽引六訶訶訶訶呼引七
次令弟子以所持華鬘拋於曼拏羅中誦是
大明曰
鉢囉二合底引蹉嚩日囉二合呼引一句
然後華所隨處即是本尊成就次復以其華
鬘繫弟子頭上誦是大明曰
唵引鉢囉二合帝屹哩二合恨拏二合播一句彌鉿薩
播摩賀引末羅二怛夜引末馱夜引底引那
摩賀引薩怛吠引三合那三鉢囉二合底柰覩引
婆嚩帝四尸引竭覽二合左引寫悉斂切身下同底五

上博附 04 (34668) 佛説一切如來真實攝大乘現證三昧大教王經卷第五 (18－8)

摩賀引薩怛吠引二合那三鉢囉二合底柰覩引
婆嚩帝四尸引竭覽二合左引寫悉斂切身下同底五
然後阿闍梨為其弟子除去面帛誦是大明曰
唵引嚩日囉二合薩埵沙煬底寧一句作刹訥伽
二合吒那怛怛鉢二合囉二烏訥伽二合引吒野
引底薩哩嚩二合引刹三引嚩日囉二合作刹羅稱多
覽四咽嚩日囉二合播舍五
然令弟子於大曼拏羅中次第觀視弟子於
曼拏羅中繞觀視時即得一切如來威力加
持金剛薩埵安住自心即見曼拏羅中有其
種種光明輪等諸神通事入一切如來妙加
持性或見其德大持金剛者為現本身或見
如來等從是已後所有一切義利一切意願
隨欲所作皆得成就乃至得成持金剛尊及
成一切如來如是大曼拏羅徧觀視已然後
金剛阿闍梨以金剛加持寶瓶香水灌弟子
頂誦是大明曰
嚩日囉二合引毗詵左一句
然後阿闍梨隨以一印而為繫鬘作自標幟
安雙手中如是告言汝今已受諸佛如來金
剛灌頂得一切佛攝受於汝汝當普得金剛
成就說是大明曰
唵引嚩日囉二合引禔鉢底埵引句一阿毗詵左

上博附 04 (34668) 佛説一切如來真實攝大乘現證三昧大教王經卷第五 (18－9)

成就說是大明曰

唵引嚩日囉二合引禔鉢底埵引一句阿毗詵左

引彌底瑟姹二合二嚩日囉二合三摩野薩怛鑁三合三

次當授與弟子金剛灌頂名說是大明曰

唵引嚩日囉二合薩埵埵引一句摩毗詵左引彌

嚩日囉二合那引摩引毗尸引哥多二合四引嚩

日囉二合那引摩三

若為弟子授金剛名應加係字隨用而呼如上說入一切曼拏羅廣大儀軌

復次問弟子言汝愛樂義利出生悉地智邪神通成辦悉地智邪持明成辦悉地智邪乃至一切如來最上成辦悉地智邪然後隨其所樂如應為說應先啟示義利成辦悉地印智頌曰

金剛影像先安立　如應觀想在心中

隨方觀想彼地形　是處即當見伏藏

金剛影像徧圖畫　如應觀想在空中

隨所隨處乃應觀　是處即當見伏藏

金剛影像住於右　智者隨應如理觀

自言是處有伏藏　如言隨現即真實

金剛影像徧所成　如應觀想於已身

觀其徧入隨隨處　是處即當見伏藏

彼等心大明曰

上博附 04 (34668)　佛說一切如來真實攝大乘現證三昧大教王經卷第五　(18－10)

觀其徧入隨隨處　是處即當見伏藏

彼等心大明曰

嚩日囉二合儞提一句

囉怛那二合儞提一句

達哩摩二合儞提一句

迦哩摩二合儞提一句

次當啟示金剛神通成辦悉地印智頌曰

金剛徧入所生已　金剛水成金剛形

如應觀想速成就　即能於其水上行

金剛徧入所生已　隨其所宜自色形

如應觀想彼相應　即得自身同佛色

如前徧入已身已　自身即同於虛空

如應觀想隨所欲　即得隱身而自在

金剛徧入自生性　觀想自身如金剛

然後騰踊而高升　即能隨意虛空行

彼等心大明曰

嚩日囉二合惹囉一句

嚩日囉二合嚕引波一句

嚩日囉二合哥引舍一句

嚩日囉二合摩歆呼郎切一句

次當啟示金剛持明成辦悉地印智頌曰

妙月影像徧圖畫　上踊空中隨意行

觀想雙手持金剛　金剛持明得成就

上博附 04 (34668)　佛說一切如來真實攝大乘現證三昧大教王經卷第五　(18－11)

妙月歡偽徧圖畫　上踊空中隨意行
觀想雙手持金剛　金剛持明得成就
妙月歡偽淨周徧　金剛大寶如應觀
隨其所欲清淨身　於刹那中即騰踊
外於淨月輪相中　手持金剛妙蓮華
觀想金剛眼清淨　即得持明法成就
次於淨妙月輪中　羯磨金剛當觀想
速持金剛妙巧業　一切持明得成就
彼等心大明曰
嚩日囉二合達囉一句
囉怛那二合達囉一句
達哩摩二合達囉一句
迦哩摩二合達囉一句
次當敎示一切如來最上成辦悉地印智頌曰
巧業金剛三摩地　思惟徧滿虛空界
隨其所欲金剛身　於刹那中即騰踊
薩埵清淨三摩地　觀想最上亦復然
獲得自在五神通　速疾大智得成就
金剛薩埵衆所成　偕如虛空極廣大
堅固隨念速疾成　自身即得持金剛
諸佛歡偽衆所成　離郭寥廓等靈
於一切佛等持門　是中證得諸佛果
彼等心大明曰

上博附 04 (34668)　佛説一切如來真實攝大乘現證三昧大教王經卷第五　(18－12)

於一切佛等持門　是中證得諸佛果
彼等心大明曰
嚩日囉二合嚩日囉二合一句　薩埵薩埵一句
戍馱戍馱一句
沒馱沒馱一句
如是一切悉地智成辦已
復次宣説秘密抱持堪忍法門先為宣説誓
心明曰
唵引嚩日囉二合薩埵沙爛帝鑁一句訖哩二合捺
曳引三摩嚩悉體引二合多二你哩毗引二合鑁
怛怛剎二合赦夜引夜引三鑁禰沒嚕引二合夜禰
摩那煬四
次説誓誡言汝今不應違越於此誓心三昧
無令於汝返招殃咎勿使此身命終之後隨
大地獄然後敎示秘密印智頌曰
金剛徧入發生已　以金剛掌微細指
一切等搆而齊拍　山石尚能作敬愛
金剛徧入法相應　金剛妙縛能摧壞
彼微細指和合時　山石亦能徧驚振
即以如前徧入法　彼金剛縛悉展舒
而復諸指使徧開　刹那能壞於百族
微細徧入法相應　所有諸指皆等搆
以金剛縛而作解　[illegible]

上博附 04 (34668)　佛説一切如來真實攝大乘現證三昧大教王經卷第五　(18－13)

而復諸指使偏界　刹那能壞於百族
微細偏入法相應　所有諸指皆等捕
以金剛縛而作解　能奪一切極惡者
復次宣說秘密成就若男子若女人謂應偏
入於娑嚩中彼偏入已想彼諸身普偏展舒
彼心大明曰
嚩日羅(二合)嚩舍(一句)　嚩日羅(二合引)吠舍(一句)
嚩日羅(二合)訶那(一句)　嚩日羅(二合)訶羅(一句)
授彼心已然後啟示本尊四種印智
復說此誓誡言諸餘未知此一印者汝當慎
勿為其指示何以故是彼有情以不見大曼
拏羅故輒結是印者不得成就彼即生疑返
招殃咎速趣命終墮於無間大地獄中復墮
惡趣
復次宣說一切如來薩埵成就大印智是即
一切如來現證菩提印頌曰
先從心智發生已　次應觀想金剛月
自身即是諸佛形　復當觀想金剛界
由此纔獲成就間　即得智壽及力年
一切隨意悉能行　乃至佛果不難得
次說結金剛薩埵成就大印頌曰
以高舉相戲擲杵　作金剛慢自在勢
安住身語心金剛　金剛薩埵即已是

上博附 04 (34668)　佛說一切如來真實攝大乘現證三昧大教王經卷第五　(18－14)

安住身語心金剛　金剛薩埵即已是
由此一切能偏行　一切欲主樂妙樂
壽力勝色及神通　金剛薩埵等無異
而彼身語心金剛　如其圖畫順修習
具足所有標幟印　即作大薩埵成就
復次宣說於諸啟　能成及彼所成法
諸成就者大事業　今當次第而宣說
日日先當依時分　如應作自加持等
諸成就法善作已　然後隨欲而自在
復說大印成就廣大儀軌頌曰
金剛偏入發生已　大印所作如儀軌
其印如前法所結　隨應觀想大薩埵
彼智薩埵得見已　即應觀想於自身
結印鉤召偏入已　作敬愛已得成就
彼心大明曰
嚩日羅(二合)薩埵惡
此是金剛偏入心
嚩日羅(二合)薩埵捺哩(二合)舍(一句)
此是大士隨念心
惹吽(引)鍐呼(引)
此是大薩埵鉤召偏入妙縛敬愛心復次頌曰
此三摩邪薩怛鍐　偏入於彼後月輪
觀自身即薩埵故　誦三摩邪薩怛鍐

上博附 04 (34668)　佛說一切如來真實攝大乘現證三昧大教王經卷第五　(18－15)

此是大薩埵鉤召徧入妙縛敬愛心復次頌曰
此三摩耶薩怛鍐　徧入於彼後月輪
觀自身即薩埵故　誦三摩耶薩怛鍐
由彼薩埵大印故　觀想已身即彼身
以金剛語妙成就　即一切印皆能成
若誦卷吽鍐呼明　即能徧入一切佛
起如善意妙相應　即得廣大勝成就
復次我説羯磨法　金剛羯磨勝無上
諸佛隨念妙悉地　速疾得成正覺身
薩埵金剛妙成就　獲得一切印主宰
大寶金剛成就故　即為一切寶主宰
妙法金剛由成就　即能任持諸佛法
羯磨金剛印相應　能辦金剛衆事業
金剛薩埵法成就　由結薩埵大智印
金剛鉤召法相應　持金剛者悉能召
金剛妙愛大印智　即能喜愛一切佛
金剛善哉法相應　即得諸佛皆歡喜
金剛寶印如儀軌　即得諸佛授灌頂
金剛妙光法相應　金剛光明悉獲得
持習金剛幢相應　即得一切願圓滿
金剛大笑法相應　得與諸佛同喜笑
金剛妙法理相應　即能任持金剛法
由金剛利法相應　即得諸佛勝妙慧

上博附04 (34668)　佛説一切如來真實攝大乘現證三昧大教王經卷第五　(18－16)

由金剛利法相應　即得諸佛勝妙慧
持習金剛輪因故　即能轉彼大法輪
金剛妙語若相應　即得諸佛語成就
金剛勝業成就故　速得金剛勝事業
金剛甲冑若被身　得金剛身妙堅固
金剛藥叉由成就　金剛藥叉等無異
以金剛拳妙縛成　得一切印皆成就
金剛嬉戲成就故　即得金剛妙樂事
金剛寶鬘法相應　得一切佛施灌頂
金剛妙歌相應故　即得金剛妙歌詠
金剛旋舞法相應　普能供養一切佛
金剛燒香法相應　普施世間大適悅
金剛妙華法相應　能作世間敬愛事
金剛燈明大印契　以供養故得淨眼
金剛塗香妙相應　能除一切諸苦惱
金剛鉤召法相應　能作鉤召諸勝業
以金剛索相應故　普令一切徧引入
金剛鏁法相應故　即能堪任一切縛
由金剛鈴徧警覺　一切徧入令歡喜

佛説一切如來真實攝大乘現證三昧大教王經卷第五

詳對經沙門　臣　正源

上博附04 (34668)　佛説一切如來真實攝大乘現證三昧大教王經卷第五　(18－17)

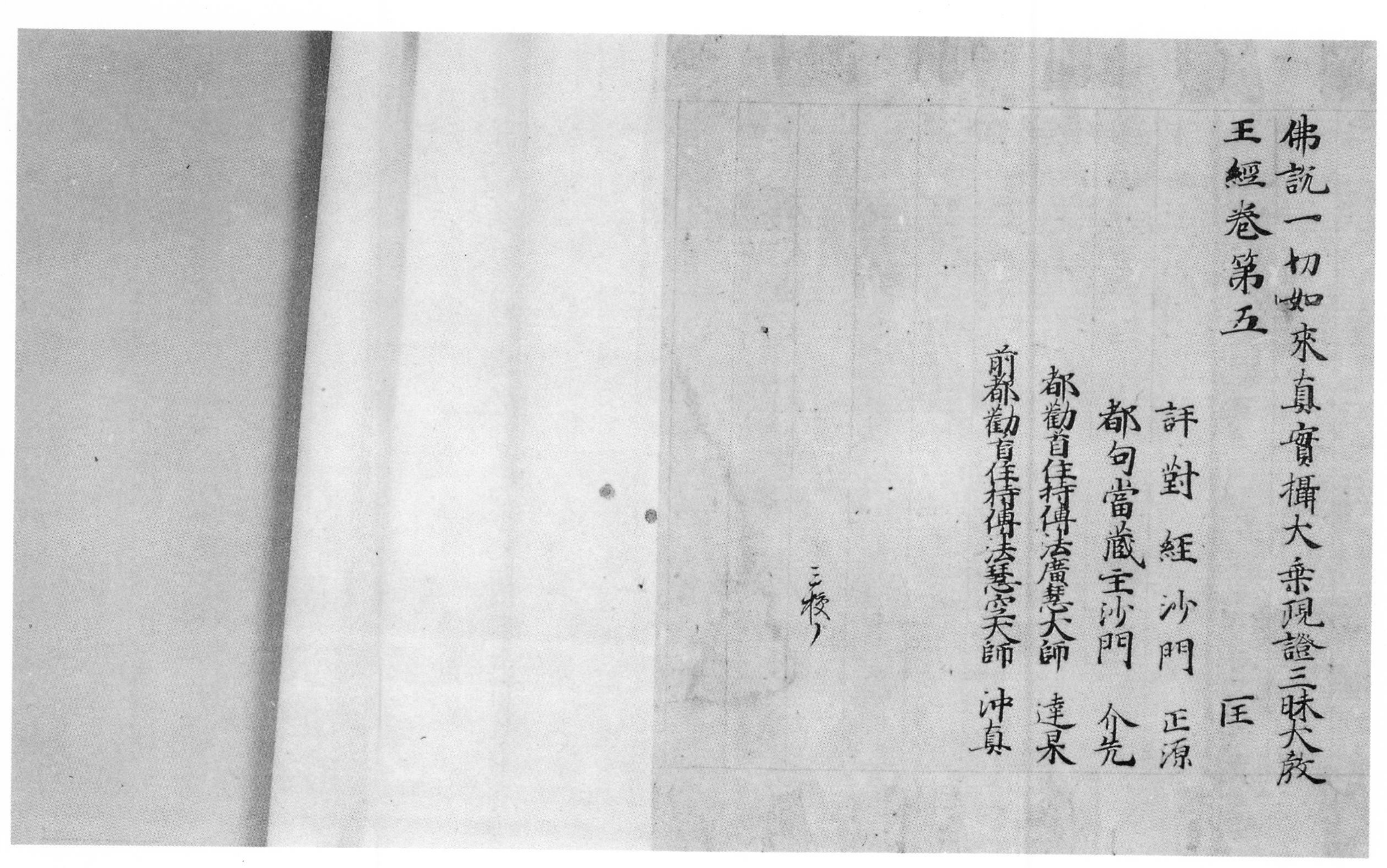

上博附 04 (34668) 佛説一切如來真實攝大乘現證三昧大教王經卷第五 (18－18)

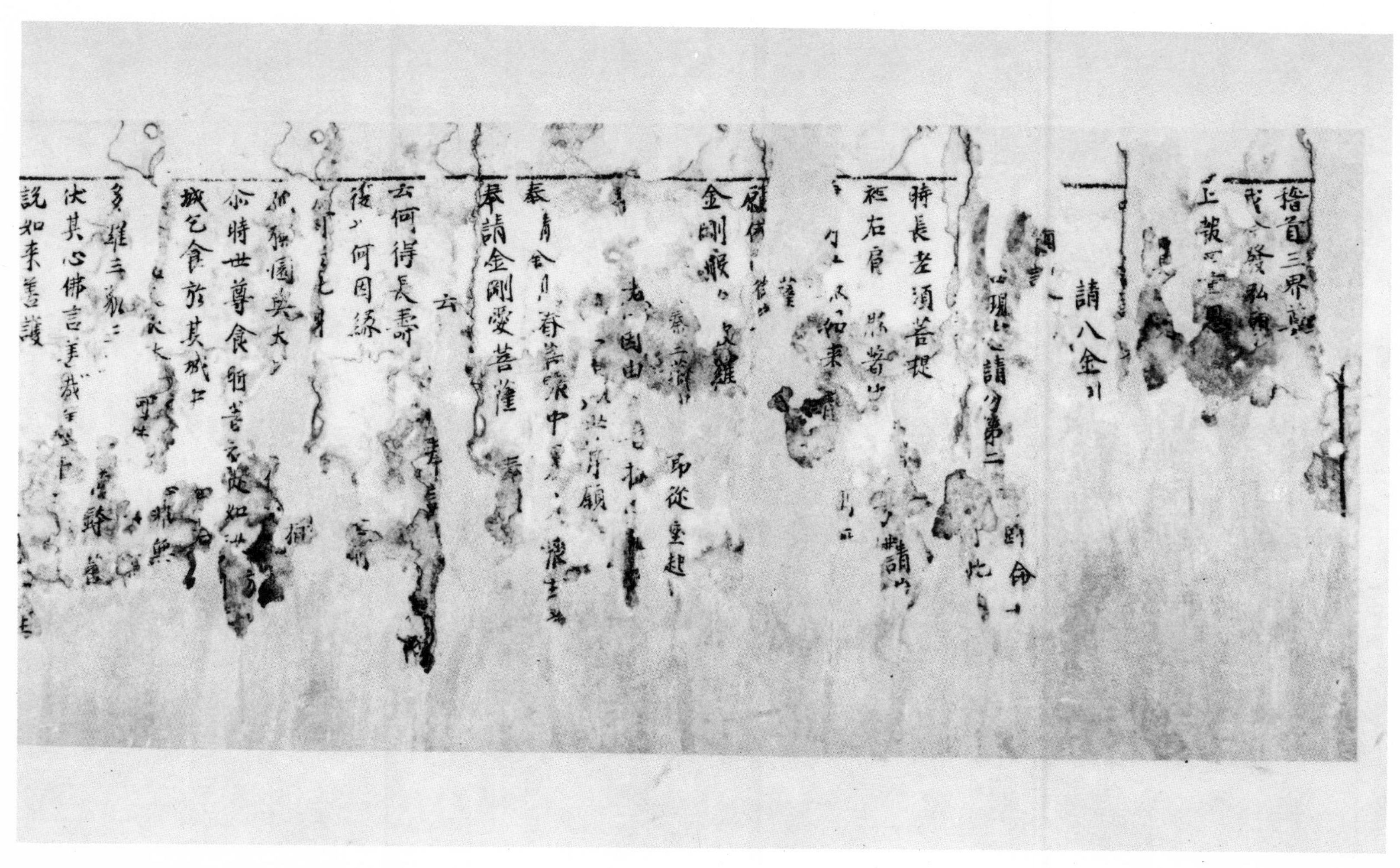

上博附 05 (35765) 金剛般若波羅蜜經 (14－1)

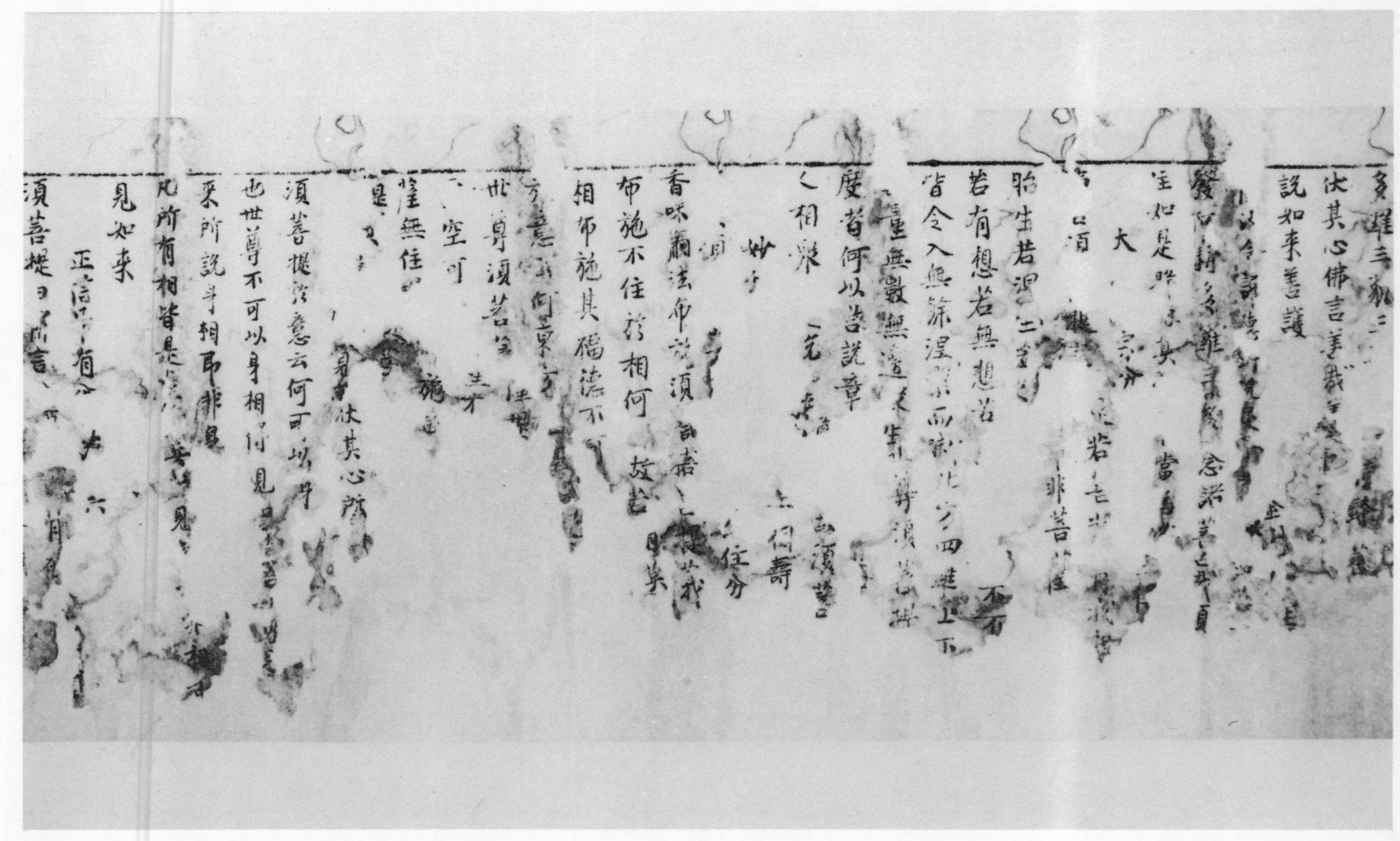

上博附 05 (35765)　金剛般若波羅蜜經　(14－2)

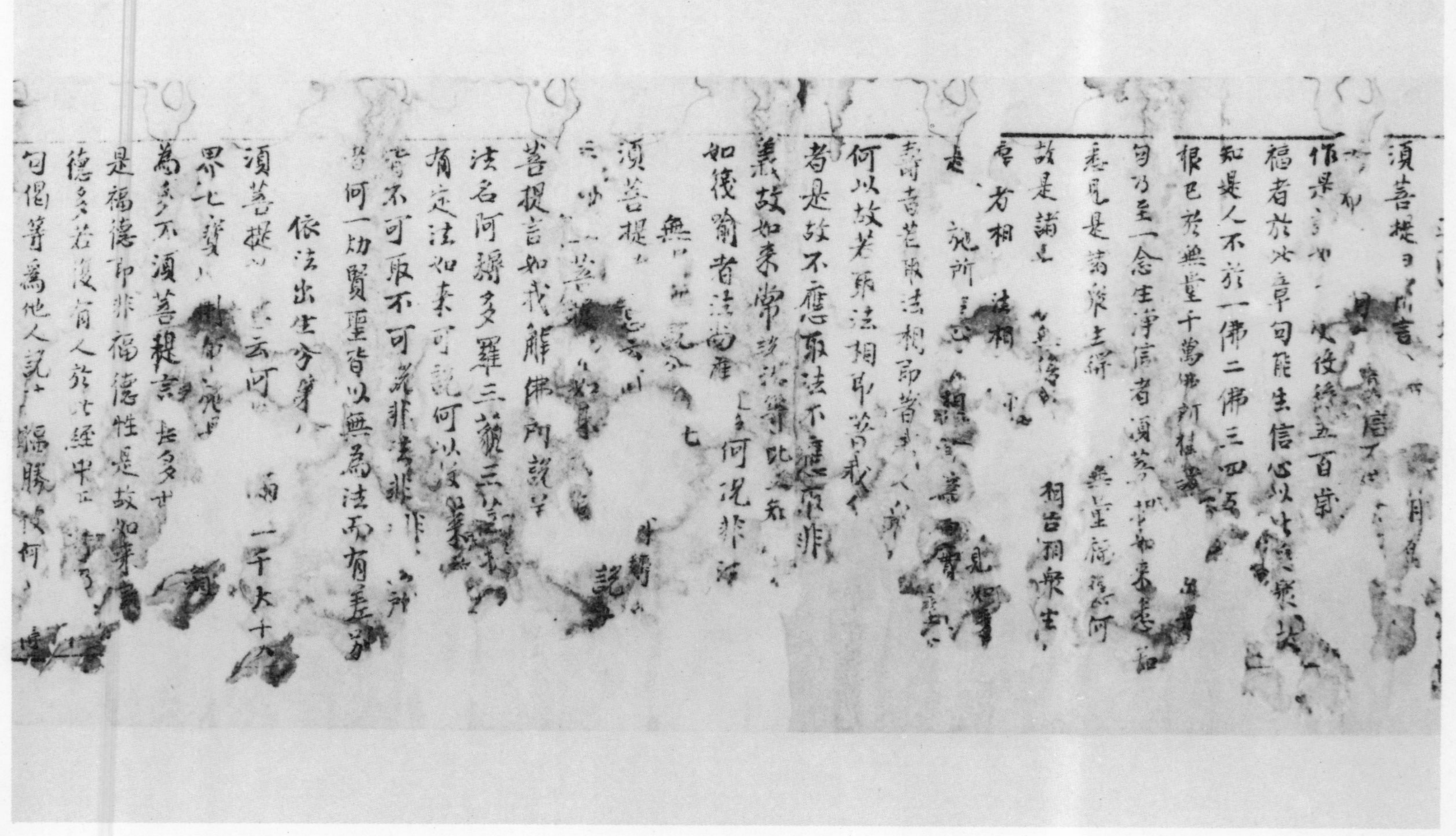

上博附 05 (35765)　金剛般若波羅蜜經　(14－3)

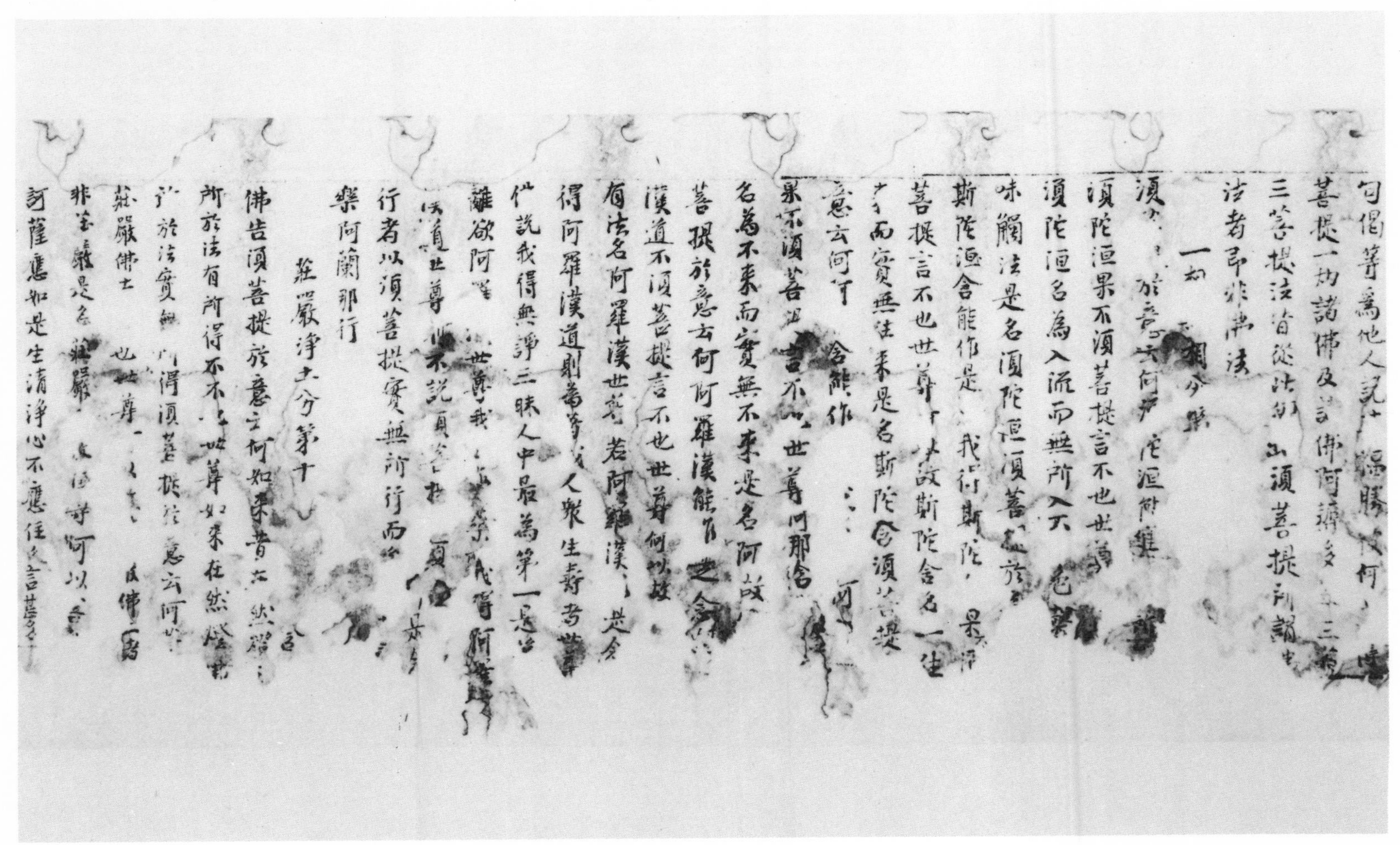

上博附 05 (35765) 金剛般若波羅蜜經 (14－4)

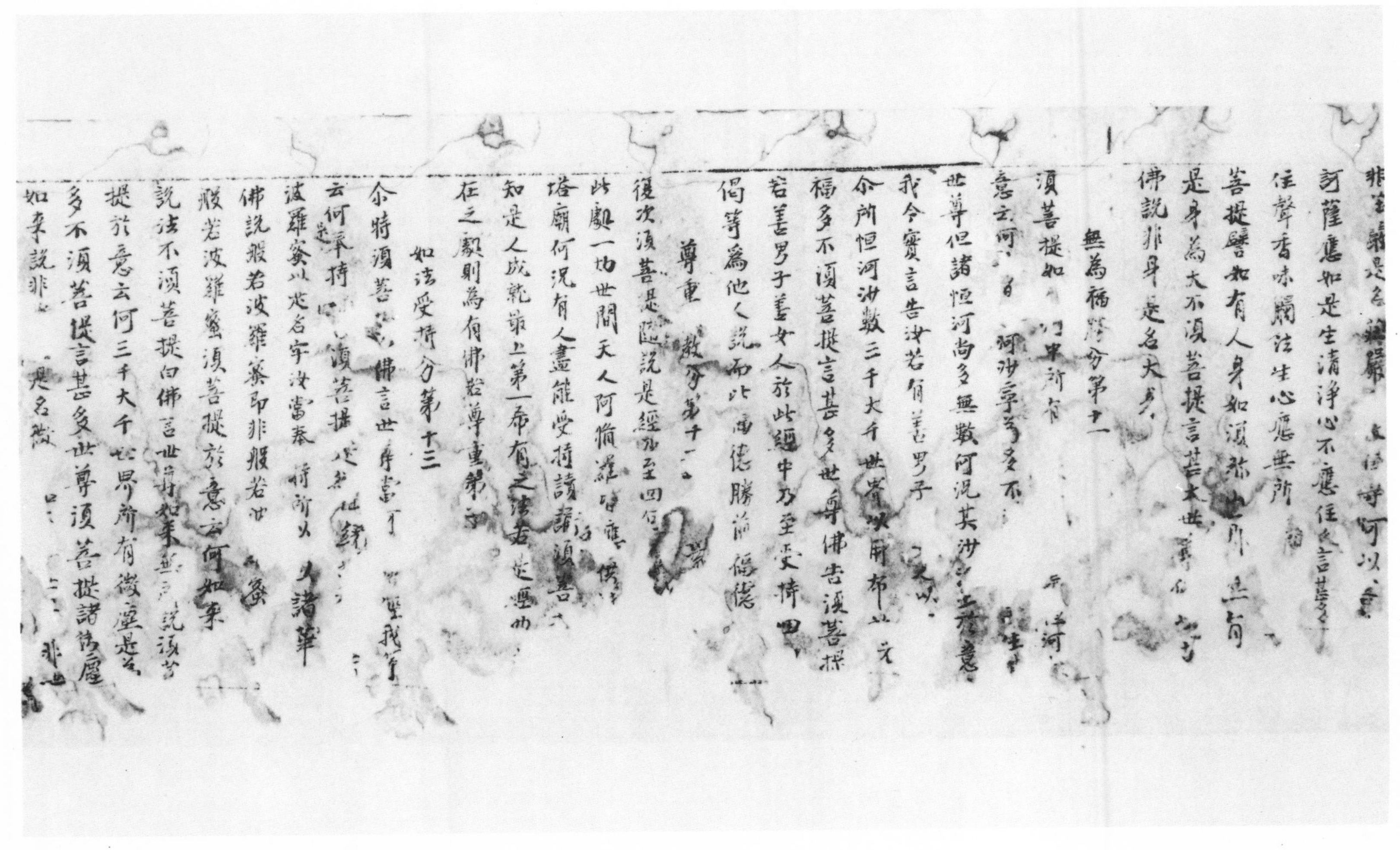

上博附 05 (35765) 金剛般若波羅蜜經 (14－5)

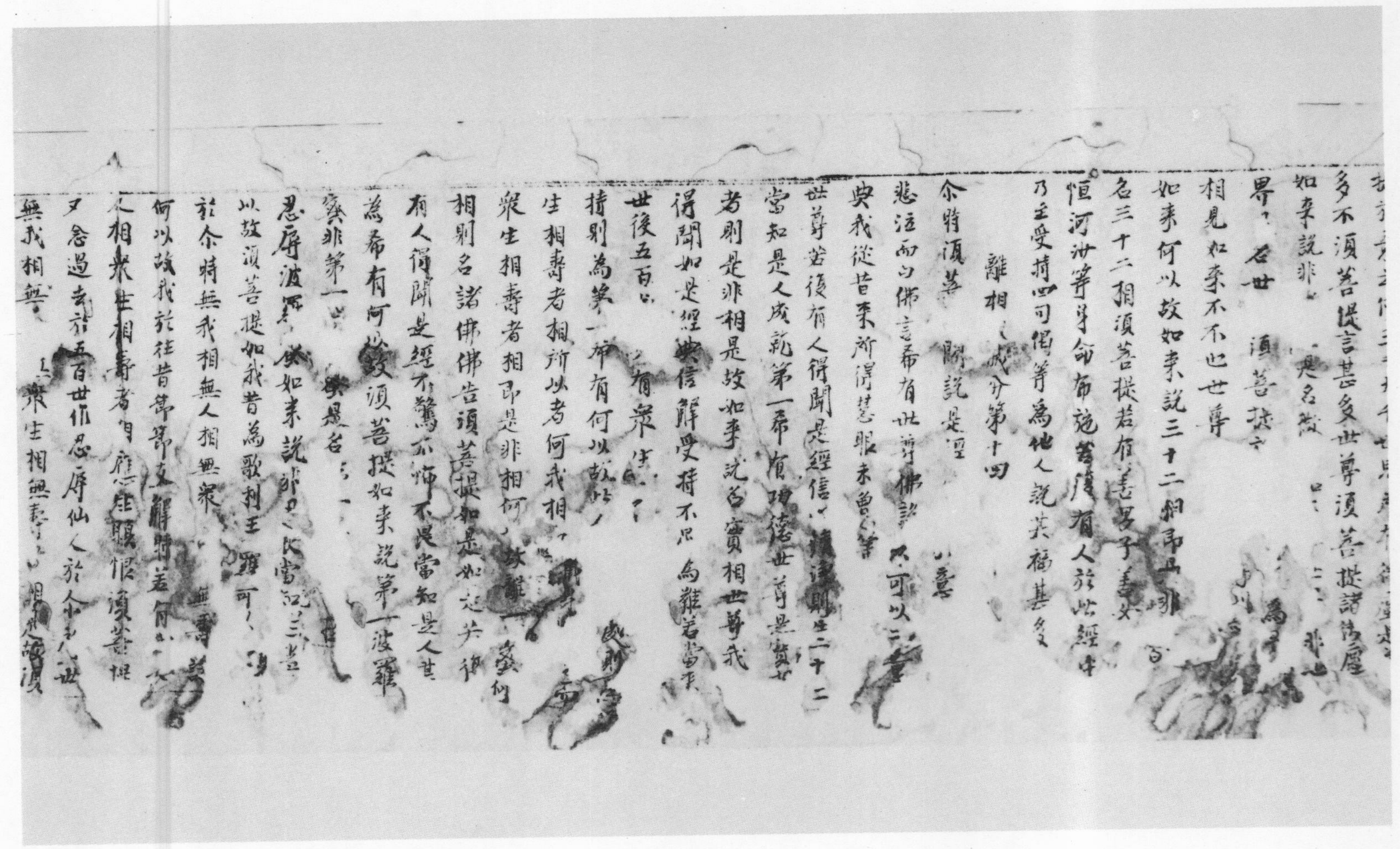

上博附 05 (35765) 金剛般若波羅蜜經 (14－6)

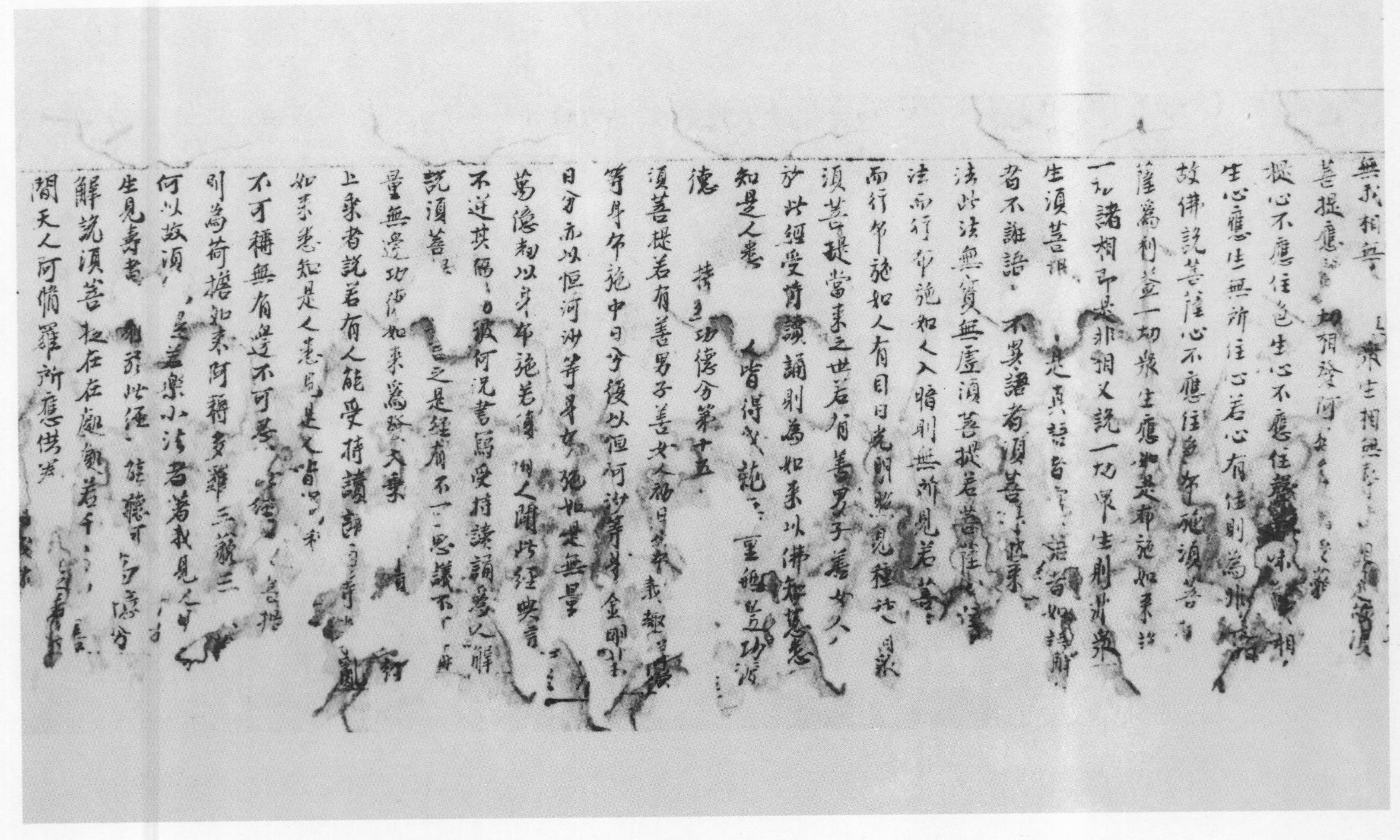

上博附 05 (35765) 金剛般若波羅蜜經 (14－7)

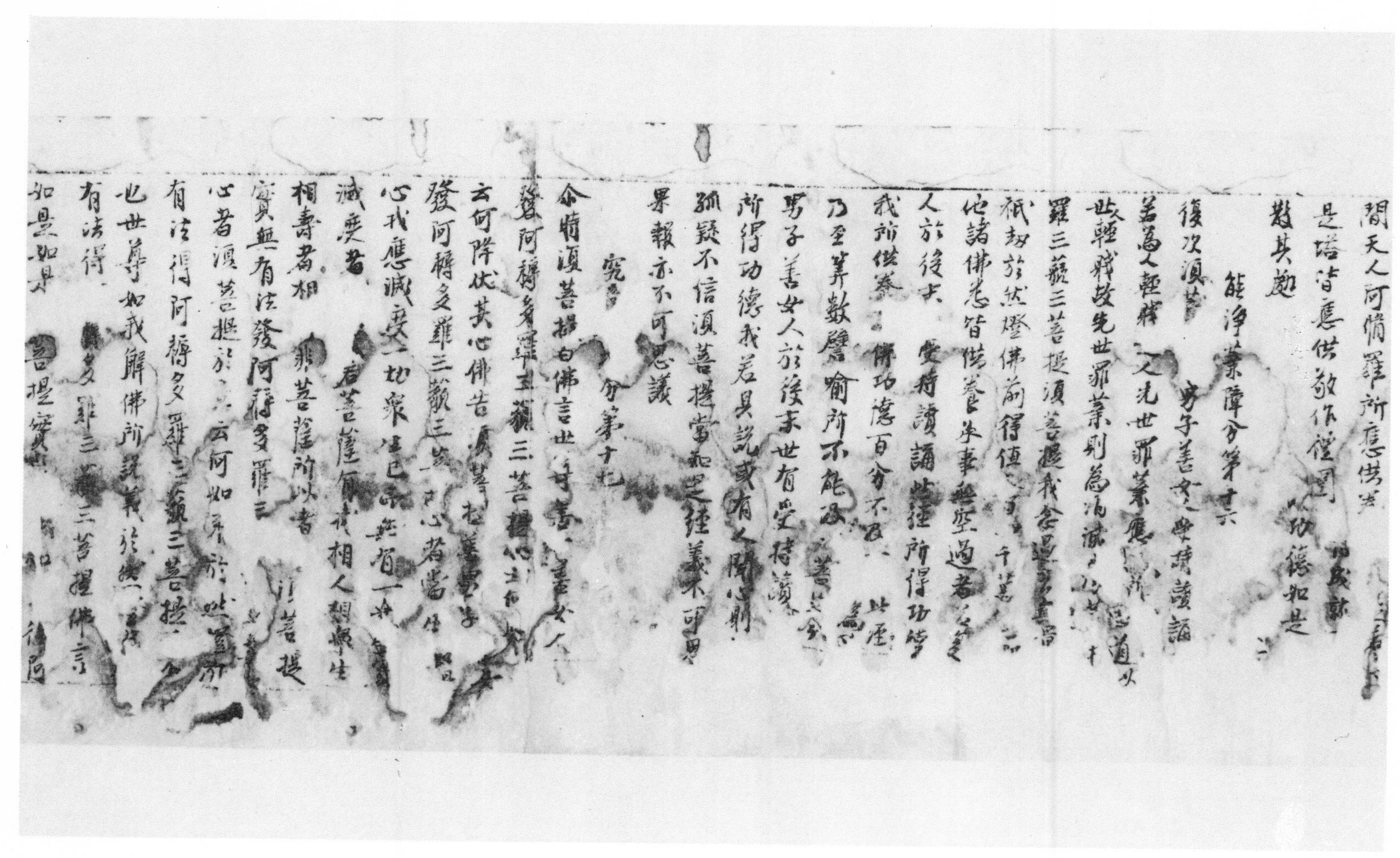

上博附 05 (35765) 金剛般若波羅蜜經 (14－8)

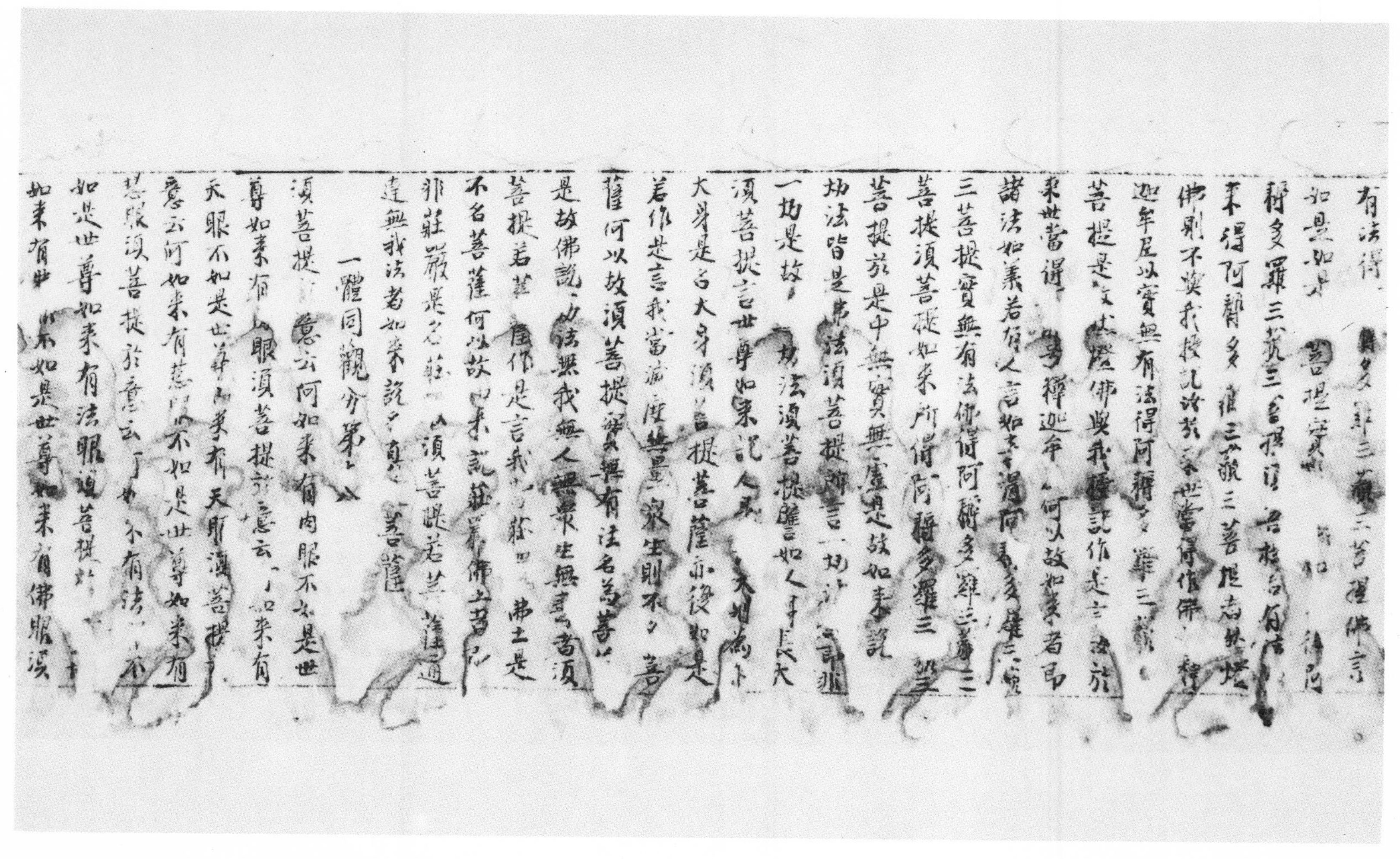

上博附 05 (35765) 金剛般若波羅蜜經 (14－9)

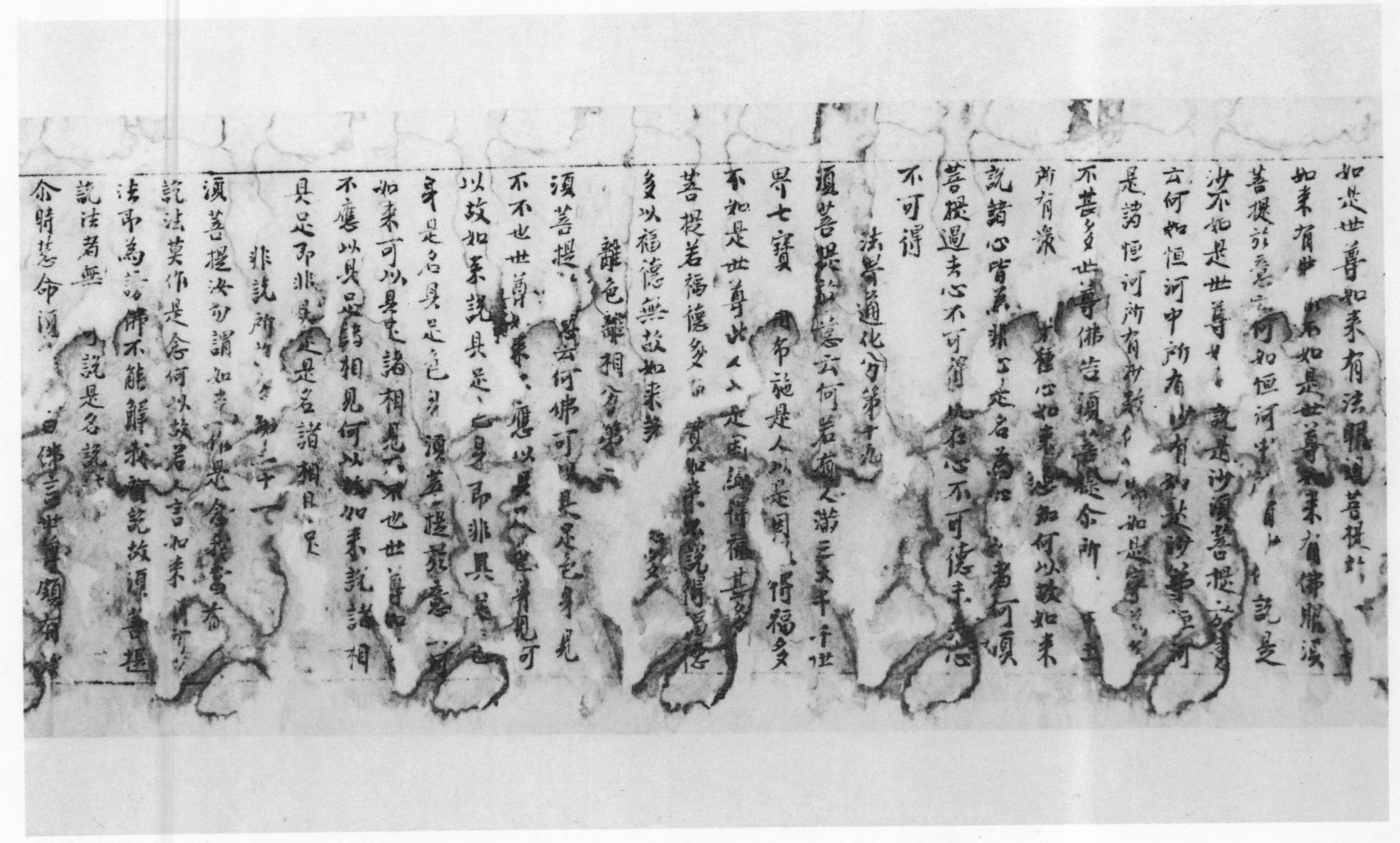

上博附 05 (35765)　金剛般若波羅蜜經　　(14－10)

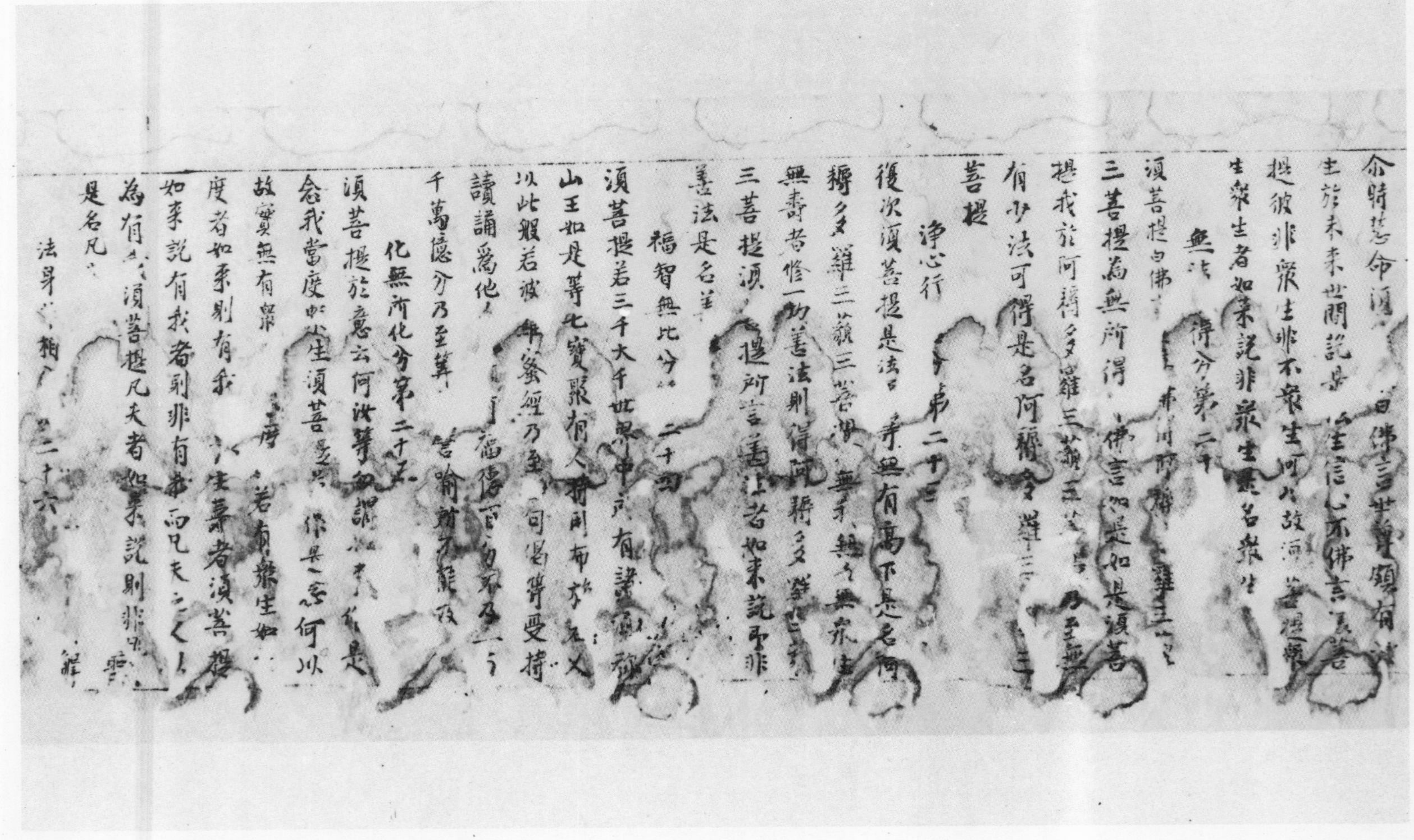

上博附 05 (35765)　金剛般若波羅蜜經　　(14－11)

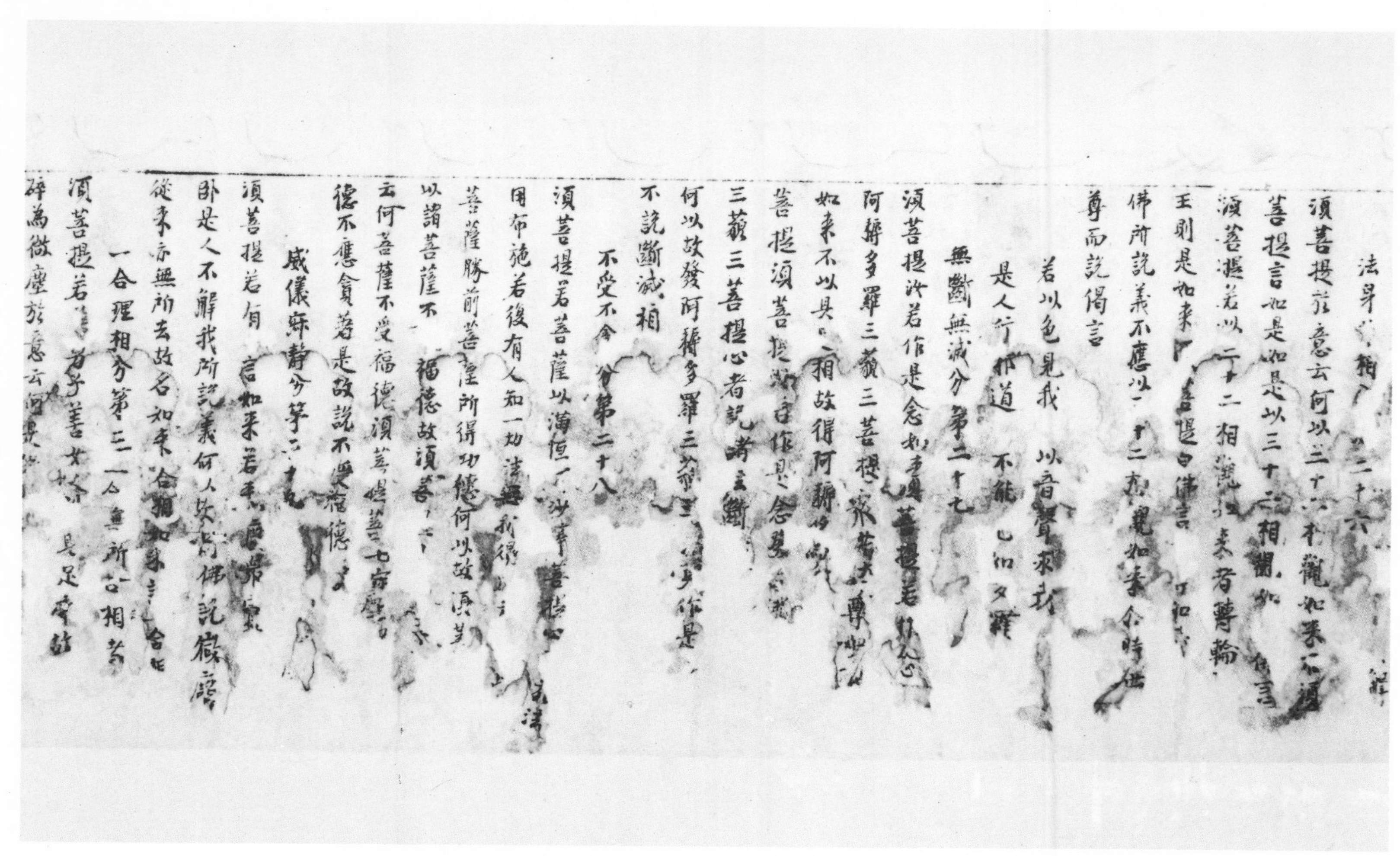

上博附 05 (35765)　金剛般若波羅蜜經　(14－12)

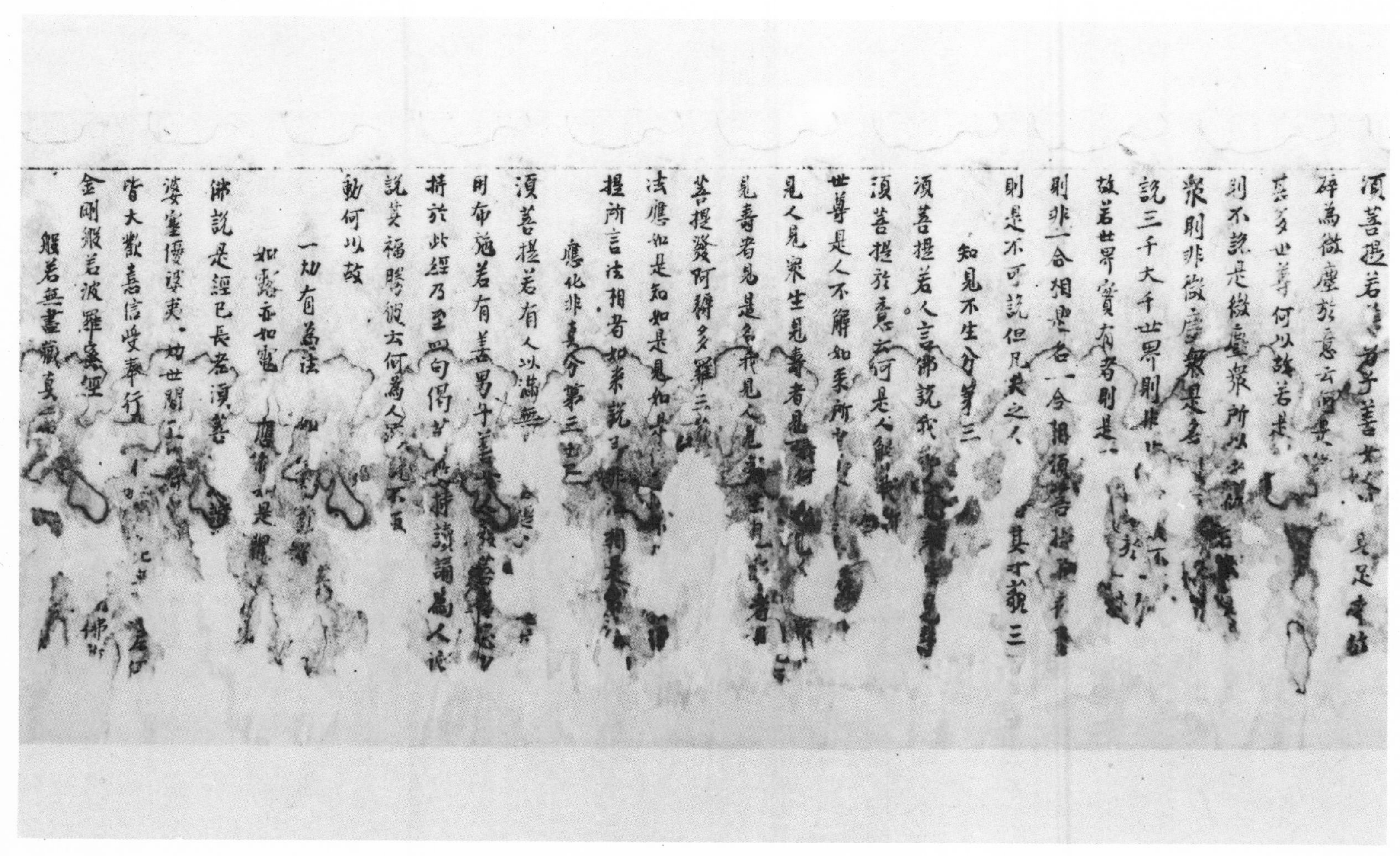

上博附 05 (35765)　金剛般若波羅蜜經　(14－13)

上博附 05 (35765) 金剛般若波羅蜜經 (14－14)

上博附 06 (35817) 妙法蓮華經卷第一卷端佛畫及題記 (包首)

上博附 06 (35817) 妙法蓮華經卷第一卷端佛畫及題記 (3－1)

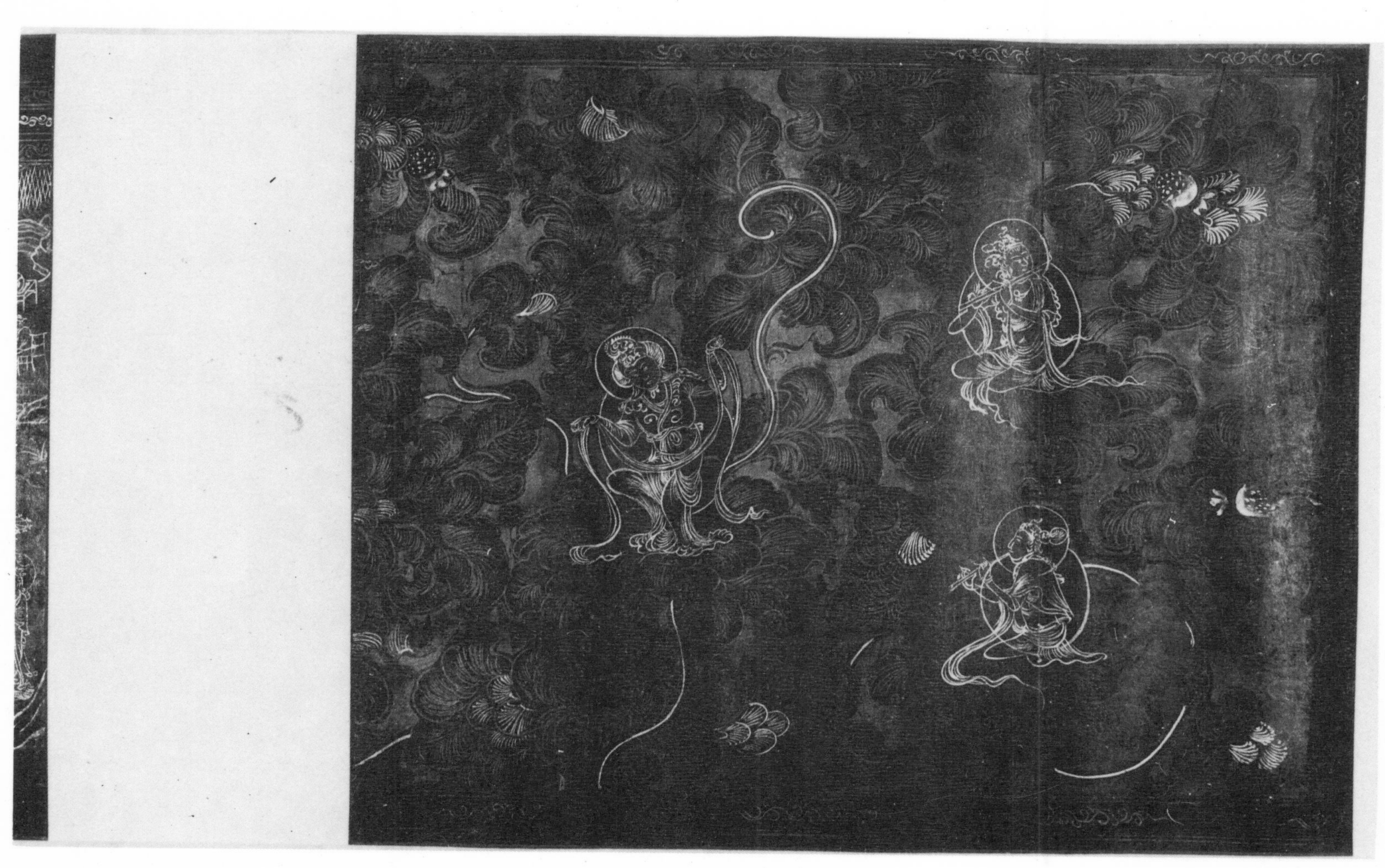

上博附 06 (35817) 妙法蓮華經卷第一卷端佛畫及題記 (3－2)

上博附 06 (35817)　妙法蓮華經卷第一卷端佛畫及題記　(3–3)

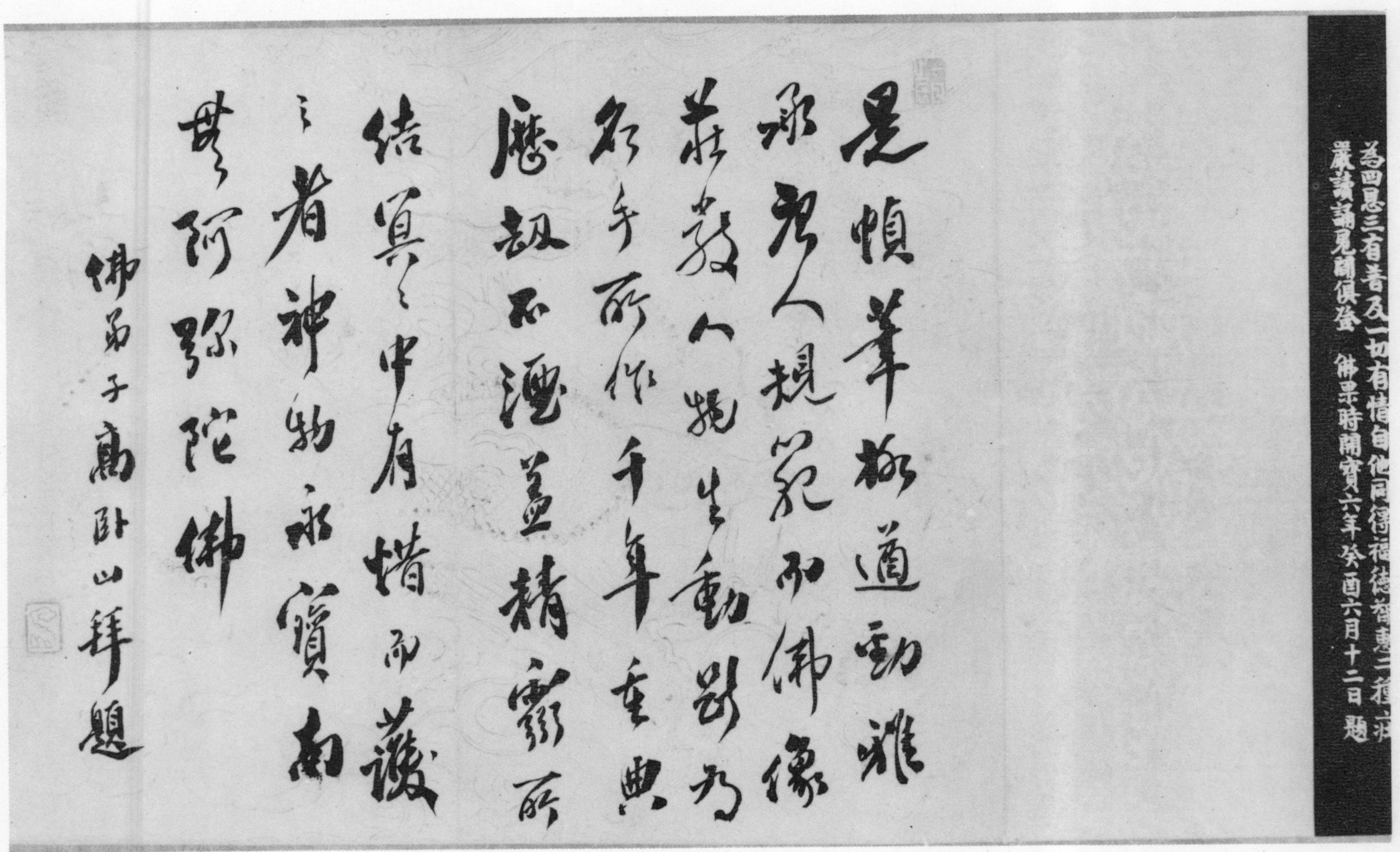

上博附 06 (35817)　妙法蓮華經卷第一卷端佛畫及題記　(題跋)

上博附 07 (37503)　妙法蓮華經卷第五　　(册首)

上博附 07 (37503)　妙法蓮華經卷第五　　(29－1)

奉為四恩三有普及一切有情自他同得福德智惠二種莊
嚴讀誦見聞俱登　佛果時開寶六年癸酉六月十二日題

妙法蓮華經卷第五

姚秦三藏法師鳩摩羅什奉詔譯

安樂行品第十四

尒時文殊師利法王子菩薩摩訶薩白佛言
世尊是諸菩薩甚為難有敬順佛故發大誓
願於後惡世護持讀誦說是法華經世尊菩薩
摩訶薩於後惡世云何能說是經佛告文殊
師利若菩薩摩訶薩於後惡世欲說是經當
安住四法一者安住菩薩行處親近處能為
衆生演說是經文殊師利云何名菩薩摩訶
薩行處若菩薩摩訶薩住忍辱地柔和善順
而不卒暴心亦不驚又復於法無所行而觀
諸法如實相亦不行不分別是名菩薩摩訶
薩行處云何名菩薩摩訶薩親近處菩薩摩
訶薩不親近國王王子大臣官長不親近諸
外道梵志尼揵子等及造世俗文筆讚詠外
書及路伽耶陁逆路伽耶陁者亦不親近諸
有凶戲相扠相撲及那羅等種種變現之戲
又不親近旃陁羅及畜猪羊雞狗畋獵漁捕
諸惡律儀如是人等或時來者則為說法無
所希望又不親近求聲聞比丘比丘尼優婆

上博附07 (37503)　妙法蓮華經卷第五　(29－2)

所希望又不親近求聲聞比丘比丘尼優婆
塞優婆夷亦不問訊若於房中若經行處若
在講堂中不共住止或時來者隨宜說法無
所希求文殊師利又菩薩摩訶薩不應於女
人身取能生欲想相而為說法亦不樂見若
入他家不與小女處女寡女等共語亦復不
近五種不男之人以為親厚不獨入他家若
有因緣須獨入時但一心念佛若為女人說
法不露齒笑不現胸臆乃至為法猶不親厚
況復餘事不樂畜年少弟子沙彌小兒亦不
樂與同師常好坐禪在於閑處修攝其心文
殊師利是名初親近處復次菩薩摩訶薩觀
一切法空如實相不顛倒不動不退不轉如
虛空無所有性一切語言道斷不生不出不
起無名無相實無所有無量無邊無礙無障
但以因緣有從顛倒生故說常樂觀如是法
相是名菩薩摩訶薩第二親近處尒時世尊
欲重宣此義而說偈言
若有菩薩　於後惡世　無怖畏心　欲說是經
應入行處　及親近處　常離國王　及國王子
大臣官長　凶險戲者　及旃陁羅　外道梵志
亦不親近　增上慢人　貪著小乘　三藏學者
破戒比丘　名字羅漢　及比丘尼　好戲笑者
深著五欲　求現滅度　諸優婆夷　皆勿親近

上博附07 (37503)　妙法蓮華經卷第五　(29－3)

深著五欲 求現滅度 諸優婆夷 皆勿親近
若是人等 以好心來 到菩薩所 為聞佛道
菩薩則以 無所畏心 不懷悕望 而為說法
寡女處女 及諸不男 皆勿親近 以為親厚
亦莫親近 屠兒魁膾 畋獵漁捕 為利殺害
販肉自活 衒賣女色 如是之人 皆勿親近
凶險相撲 種種嬉戲 諸婬女等 盡勿親近
莫獨屏處 為女說法 若說法時 無得戲笑
入里乞食 將一比丘 若無比丘 一心念佛
是則名為 行處近處 以此二處 能安樂說
又復不行 上中下法 有為無為 實不實法
亦不分別 是男是女 不得諸法 不知不見
是則名為 菩薩行處 一切諸法 空無所有
無有常住 亦無起滅 是名智者 所親近處
顛倒分別 諸法有無 是實非實 是生非生
在於閑處 修攝其心 安住不動 如須彌山
觀一切法 皆無所有 猶如虛空 無有堅固
不生不出 不動不退 常住一相 是名近處
若有比丘 於我滅後 入是行處 及親近處
說斯經時 無有怯弱 菩薩有時 入於靜室
以正憶念 隨義觀法 從禪定起 為諸國王
王子臣民 婆羅門等 開化演暢 說斯經典
其心安隱 無有怯弱
文殊師利 是名菩薩 安住初法 能於後世

上博附 07 (37503) 妙法蓮華經卷第五 (29－4)

文殊師利 是名菩薩 安住初法 能於後世
說法華經
又文殊師利 如來滅後 於末法中 欲說是經
應住安樂行 若口宣說 若讀經時 不樂說人
及經典過 亦不輕慢 諸餘法師 不說他人好
惡長短 於聲聞人 亦不稱名 說其過惡 亦不
稱名讚歎其美 又亦不生怨嫌之心 善修如
是安樂心故 諸有聽者 不逆其意 有所難問
不以小乘法答 但以大乘 而為解說 令得一
切種智 尒時世尊 欲重宣此義 而說偈言
菩薩常樂 安隱說法 於清淨地 而施床座
以油塗身 澡浴塵穢 著新淨衣 內外俱淨
安處法座 隨問為說 若有比丘 及比丘尼
諸優婆塞 及優婆夷 國王王子 群臣士民
以微妙義 和顏為說 若有難問 隨義而答
因緣譬喻 敷演分別 以是方便 皆使發心
漸漸增益 入於佛道 除嬾惰意 及懈怠想
離諸憂惱 慈心說法 晝夜常說 無上道教
以諸因緣 無量譬喻 開示眾生 咸令歡喜
衣服臥具 飲食醫藥 而於其中 無所悕望
但一心念 說法因緣 願成佛道 令眾亦尒
是則大利 安樂供養 我滅度後 若有比丘
能演說斯 妙法華經 心無嫉恚 諸惱障礙
亦無憂愁 及罵詈者 又無怖畏 加刀杖等

上博附 07 (37503) 妙法蓮華經卷第五 (29－5)

亦無憂愁 及罵詈者 又無怖畏 加刀杖等
亦無擯出 安住忍故 智者如是 善修其心
能住安樂 如我上說 其人功德 千萬億劫
筭數譬喻 說不能盡
又文殊師利菩薩摩訶薩於後末世法欲滅
時受持讀誦斯經典者無懷嫉妬諂誑之心
亦勿輕罵學佛道者求其長短若比丘比丘
尼優婆塞優婆夷求聲聞者求辟支佛者求
菩薩道者無得惱之令其疑悔語其人言汝
等去道甚遠終不能得一切種智所以者何
汝是放逸之人於道懈怠故又亦不應戲論
諸法有所諍競當於一切衆生起大悲想於
諸如來起慈父想於諸菩薩起大師想於十
方諸大菩薩常應深心恭敬禮拜於一切衆
生平等說法以順法故不多不少乃至深愛
法者亦不為多說文殊師利是菩薩摩訶薩
於後末世法欲滅時有成就是第三安樂行
者說是法時無能惱亂得好同學共讀誦是
經亦得大衆而來聽受聽已能持持已能誦
誦已能說說已能書若使人書供養經卷恭
敬尊重讚歎尒時世尊欲重宣此義而說偈
言
若欲說是經 當捨嫉恚慢 諂誑邪偽心 常修質直行
不輕蔑於人 亦不戲論法 不令他疑悔 云汝不得佛

上博附 07 (37503) 妙法蓮華經卷第五 (29－6)

不輕蔑於人 亦不戲論法 不令他疑悔 云汝不得佛
是佛子說法 常柔和能忍 慈悲於一切 不生懈怠心
十方大菩薩 愍衆故行道 應生恭敬心 是則我大師
於諸佛世尊 生無上父想 破於憍慢心 說法無障礙
第三法如是 智者應守護 一心安樂行 無量衆所敬
又文殊師利菩薩摩訶薩於後末世法欲滅
時有持是法華經者於在家出家人中生大
慈心於非菩薩人中生大悲心應作是念如
是之人則為大失如來方便隨宜說法不聞
不知不覺不問不信不解其人雖不問不信
不解是經我得阿耨多羅三藐三菩提時隨
在何地以神通力智慧力引之令得住是法
中文殊師利是菩薩摩訶薩於如來滅後有
成就此第四法者說是法時無有過失常為
比丘比丘尼優婆塞優婆夷國王王子大臣
人民婆羅門居士等供養恭敬尊重讚歎虛
空諸天為聽法故亦常隨侍若在聚落城邑
空閑林中有人來欲難問者諸天晝夜常為
法故而衛護之能令聽者皆得歡喜所以者
何此經是一切過去未來現在諸佛神力所
護故文殊師利是法華經於無量國中乃至
名字不可得聞何況得見受持讀誦文殊師
利譬如強力轉輪聖王欲以威勢降伏諸國
而諸小王不順其命時轉輪王起種種兵而

上博附 07 (37503) 妙法蓮華經卷第五 (29－7)

而諸小王不順其命時轉輪王起種種兵而
往討伐王見兵衆戰有功者即大歡喜隨功
賞賜或與田宅聚落城邑或與衣服嚴身之
具或與種種珍寶金銀琉璃車𤦲馬瑙珊瑚
琥珀象馬車乘奴婢人民唯髻中明珠不以
與之所以者何獨王頂上有此一珠若以與
之王諸眷屬必大驚怪文殊師利如來亦復
如是以禪定智慧力得法國土王於三界而
諸魔王不肯順伏如來賢聖諸將與之共戰
其有功者心亦歡喜於四衆中為說諸經令
其心悅賜以禪定解脫無漏根力諸法之財
又復賜與涅槃之城言得滅度引導其心令
皆歡喜而不為說是法華經文殊師利如轉
輪王見諸兵衆有大功者心甚歡喜以此難
信之珠久在髻中不妄與人而今與之如來
亦復如是於三界中為大法王以法教化一
切衆生見賢聖軍與五陰魔煩惱魔死魔共
戰有大功勳滅三毒出三界破魔網尒時如
來亦大歡喜此法華經能令衆生至一切智
一切世間多怨難信先所未說而今說之文
殊師利此法華經是諸如來第一之說於諸
說中最為甚深末後賜與如彼強力之王久
護明珠今乃與之文殊師利此法華經諸佛
如來秘密之藏於諸經中最在其上長夜守

上博附 07 (37503) 妙法蓮華經卷第五 (29－8)

如來秘密之藏於諸經中最在其上長夜守
護不妄宣說始於今日乃與汝等而敷演之
尒時世尊欲重宣此義而說偈言
常行忍辱 哀愍一切 乃能演說 佛所讚經
後末世時 持此經者 於家出家 及非菩薩
應生慈悲 斯等不聞 不信是經 則為大失
我得佛道 以諸方便 為說此法 令住其中
譬如強力 轉輪之王 兵戰有功 賞賜諸物
象馬車乘 嚴身之具 及諸田宅 聚落城邑
或與衣服 種種珍寶 奴婢財物 歡喜賜與
如有勇健 能為難事 王解髻中 明珠賜之
如來亦尒 為諸法王 忍辱大力 智慧寶藏
以大慈悲 如法化世 見一切人 受諸苦惱
欲求解脫 與諸魔戰 為是衆生 說種種法
以大方便 說此諸經 既知衆生 得其力已
末後乃為 說是法華 如王解髻 明珠與之
此經為尊 衆經中上 我常守護 不妄開示
今正是時 為汝等說 我滅度後 求佛道者
欲得安隱 演說斯經 應當親近 如是四法
讀是經者 常無憂惱 又無病痛 顏色鮮白
不生貧窮 卑賤醜陋 衆生樂見 如慕賢聖
天諸童子 以為給使 刀杖不加 毒不能害
若人惡罵 口則閉塞 遊行無畏 如師子王
智慧光明 如日之照 若於夢中 但見妙事

上博附 07 (37503) 妙法蓮華經卷第五 (29－9)

若人惡罵　口則閉塞　遊行無畏　如師子王
智慧光明　如日之照　若於夢中　但見妙事
見諸如來　坐師子座　諸比丘衆　圍繞說法
又見龍神　阿脩羅等　數如恒沙　恭敬合掌
自見其身　而為說法　又見諸佛　身相金色
放無量光　照於一切　以梵音聲　演說諸法
佛為四衆　說無上法　見身處中　合掌讚佛
聞法歡喜　而為供養　得陁羅尼　證不退智
佛知其心　深入佛道　即為授記　成最正覺
汝善男子　當於來世　得無量智　佛之大道
國土嚴淨　廣大無比　亦有四衆　合掌聽法
又見自身　在山林中　脩習善法　證諸實相
深入禪定　見十方佛
諸佛身金色　百福相莊嚴　聞法為人說　常有是好夢
又夢作國王　捨宮殿眷屬　及上妙五欲　行詣於道場
在菩提樹下　而處師子座　求道過七日　得諸佛之智
成無上道已　起而轉法輪　為四衆說法　經千萬億劫
說無漏妙法　度無量衆生　後當入涅槃　如烟盡燈滅
若後惡世中　說是第一法　是人得大利　如上諸功德
妙法蓮華經從地涌出品第十五
尒時他方國土諸來菩薩摩訶薩過八恒河
沙數於大衆中起合掌作礼而白佛言世尊
若聽我等於佛滅後在此娑婆世界勤加精
進護持讀誦書寫供養是經典者當於此土
而廣說之尒時佛告諸菩薩摩訶薩衆止善

上博附 07 (37503)　妙法蓮華經卷第五　(29－10)

進護持讀誦書寫供養是經典者當於此土
而廣說之尒時佛告諸菩薩摩訶薩衆止善
男子不須汝等護持此經所以者何我娑婆
世界自有六萬恒河沙等菩薩摩訶薩一一
菩薩各有六萬恒河沙眷屬是諸人等能於
我滅後護持讀誦廣說此經佛說是時娑婆
世界三千大千國土地皆震裂而於其中有
無量千萬億菩薩摩訶薩同時涌出是諸菩
薩身皆金色三十二相無量光明先盡在此
娑婆世界之下此界虛空中住是諸菩薩聞
釋迦牟尼佛所說音聲從下發來一一菩薩
皆是大衆唱導之首各將六萬恒河沙眷屬
況將五萬四萬三萬二萬一萬恒河沙等眷
屬者況復乃至一恒河沙半恒河沙四分之
一乃至千萬億那由他分之一況復千萬億
那由他眷屬況復億萬眷屬況復千萬百萬
乃至一萬況復一千一百乃至一十況復將
五四三二一弟子者況復單己樂遠離行如
是等比無量無邊筭數譬喻所不能知是諸
菩薩從地出已各詣虛空七寶妙塔多寶如
來釋迦牟尼佛所到已向二世尊頭面礼足
及至諸寶樹下師子座上佛所亦皆作礼右
繞三帀合掌恭敬以諸菩薩種種讚法而以
讚歎住在一面欣樂瞻仰於二世尊是諸菩

上博附 07 (37503)　妙法蓮華經卷第五　(29－11)

讚歎住在一面欣樂瞻仰於二世尊是諸菩
薩摩訶薩從初涌出以諸菩薩種種讚法而
讚於佛如是時間經五十小劫是時釋迦牟
尼佛默然而坐及諸四衆亦皆默然五十小
劫佛神力故令諸大衆謂如半日尒時四衆
亦以佛神力故見諸菩薩遍滿無量百千萬
億國土虛空是菩薩衆中有四導師一名上
行二名無邊行三名淨行四名安立行是四
菩薩於其衆中最為上首唱導之師在大衆
前各共合掌觀釋迦牟尼佛而問訊言世尊
少病少惱安樂行不所應度者受教易不不
令世尊生疲勞耶尒時四大菩薩而說偈言
世尊安樂 少病少惱 教化衆生 得無疲倦
又諸衆生 受化易不 不令世尊 生疲勞耶
尒時世尊於菩薩大衆中而作是言如是如
是諸善男子如來安樂少病少惱諸衆生等
易可化度無有疲勞所以者何是諸衆生世
世已來常受我化亦於過去諸佛恭敬尊重
種諸善根此諸衆生始見我身聞我所說即
皆信受入如來慧除先修習學小乘者如是
之人我今亦令得聞是經入於佛慧尒時諸
大菩薩而說偈言
善哉善哉 大雄世尊 諸衆生等 易可化度
能問諸佛 甚深智慧 聞已信行 我等隨喜

上博附 07 (37503) 妙法蓮華經卷第五 (29－12)

能問諸佛 甚深智慧 聞已信行 我等隨喜
於時世尊讚歎上首諸大菩薩善哉善哉善
男子汝等能於如來發隨喜心尒時弥勒菩
薩及八千恒河沙諸菩薩衆皆作是念我等
從昔已來不見不聞如是大菩薩摩訶薩衆
從地涌出住世尊前合掌供養問訊如來時
弥勒菩薩摩訶薩知八千恒河沙諸菩薩等
心之所念并欲自決所疑合掌向佛以偈問
曰
無量千萬億 大衆諸菩薩 昔所未曾見 願兩足尊說
是從何所來 以何因緣集 巨身大神通 智慧叵思議
其志念堅固 有大忍辱力 衆生所樂見 為從何所來
一一諸菩薩 所將諸眷屬 其數無有量 如恒河沙等
或有大菩薩 將六萬恒沙 如是諸大衆 一心求佛道
是諸大師等 六萬恒河沙 俱來供養佛 及護持是經
將五萬恒沙 其數過於是 四萬及三萬 二萬至一萬
一千一百等 乃至一恒沙 半及三四分 億萬分之一
千萬那由他 萬億諸弟子 乃至於半億 其數復過上
百萬至一萬 一千及一百 五十與一十 乃至三二一
單己無眷屬 樂於獨處者 俱來至佛所 其數轉過上
如是諸大衆 若人行籌數 過於恒沙劫 猶不能盡知
是諸大威德 精進菩薩衆 誰為其說法 教化而成就
從誰初發心 稱揚何佛法 受持行誰經 修習何佛道
如是諸菩薩 神通大智力 四方地震裂 皆從中涌出

上博附 07 (37503) 妙法蓮華經卷第五 (29－13)

從誰初發心 稱揚何佛法 受持行誰經 修習何佛道
如是諸菩薩 神通大智力 四方地震裂 皆從中涌出
世尊我昔來 未曾見是事 願說其所從 國土之名号
我常遊諸國 未曾見是衆 我於此衆中 乃不識一人
忽然從地出 願說其因緣 今此之大會 無量百千億
是諸菩薩等 皆欲知此事 是諸菩薩衆 本末之因緣
無量德世尊 唯願決衆疑
尒時釋迦牟尼分身諸佛從無量千萬億他
方國土來者在於八方諸寶樹下師子座上
結加趺坐其佛侍者各各見是菩薩大衆於
三千大千世界四方從地涌出住於虚空各
白其佛言世尊此諸無量無邊阿僧祇菩薩
大衆從何所來尒時諸佛各告侍者諸善男
子且待須臾有菩薩摩訶薩名曰弥勒釋迦
牟尼佛之所授記次後作佛已問斯事佛今
荅之汝等自當因是得聞尒時釋迦牟尼佛
告弥勒菩薩善哉善哉阿逸多乃能問佛如
是大事汝等當共一心被精進鎧發堅固意
如來今欲顯發宣示諸佛智慧諸佛自在神
通之力諸佛師子奮迅之力諸佛威猛大勢
之力尒時世尊欲重宣此義而說偈言
當精進一心 我欲說此事 勿得有疑悔 佛智叵思議
汝今出信力 住於忍善中 昔所未聞法 今皆當得聞
我今安慰汝 勿得懷疑懼 佛無不實語 智慧不可量
所得第一法 甚深叵分別 如是今當說 汝等一心聽

上博附 07 (37503) 妙法蓮華經卷第五 (29－14)

我今安慰汝 勿得懷疑懼 佛無不實語 智慧不可量
所得第一法 甚深叵分別 如是今當說 汝等一心聽
尒時世尊說此偈已告弥勒菩薩我今於此
大衆宣告汝等阿逸多是諸大菩薩摩訶薩
無量無數阿僧祇從地涌出汝等昔所未見
者我於是娑婆世界得阿耨多羅三藐三菩
提已教化示導是諸菩薩調伏其心令發道
意此諸菩薩皆於是娑婆世界之下此界虚
空中住於諸經典讀誦通利思惟分別正憶
念阿逸多是諸善男子等不樂在衆多有所
說常樂靜處懃行精進未曾休息亦不依止
人天而住常樂深智無有障礙亦常樂於諸
佛之法一心精進求無上慧尒時世尊欲重
宣此義而說偈言
阿逸汝當知 是諸大菩薩 從無數劫來 修習佛智慧
悉是我所化 令發大道心 此等是我子 依止是世界
常行頭陁事 志樂於靜處 捨大衆憒閙 不樂多所說
如是諸子等 學習我道法 晝夜常精進 為求佛道故
在娑婆世界 下方空中住 志念力堅固 常懃求智慧
說種種妙法 其心無所畏 我於伽耶城 菩提樹下坐
得成最正覺 轉無上法輪 尒乃教化之 令初發道心
今皆住不退 悉當得成佛 我今說實語 汝等一心信
我從久遠來 教化是等衆
尒時弥勒菩薩摩訶薩及無數諸菩薩等心

上博附 07 (37503) 妙法蓮華經卷第五 (29－15)

我從久遠來 教化是等衆
尒時弥勒菩薩摩訶薩及無數諸菩薩等心
生疑惑怪未曾有而作是念云何世尊於少
時間教化如是無量無邊阿僧祇諸大菩薩
令住阿耨多羅三藐三菩提即白佛言世尊
如來爲太子時出於釋宮去伽耶城不遠坐
於道場得成阿耨多羅三藐三菩提從是已
來始過四十餘年世尊云何於此少時大作
佛事以佛勢力以佛功德教化如是無量大
菩薩衆當成阿耨多羅三藐三菩提世尊此
大菩薩衆假使有人於千萬億劫數不能盡
不得其邊斯等久遠已來於無量無邊諸佛
所植諸善根成就菩薩道常修梵行世尊如
此之事世所難信譬如有人色美髮黑年二
十五指百歲人言是我子其百歲人亦指年
少言是我父生育我等是事難信佛亦如是
得道已來其實未久而此大衆諸菩薩等已
於無量千萬億劫爲佛道故勤行精進善入
出住無量百千萬億三昧得大神通久修梵
行善能次第習諸善法巧於問答人中之寶
一切世間甚爲希有今日世尊方云得佛道
時初令發心教化示導令向阿耨多羅三藐
三菩提世尊得佛未久乃能作此大功德事
我等雖復信佛隨宜所說佛所出言未曾虛

上博附 07 (37503) 妙法蓮華經卷第五 (29－16)

我等雖復信佛隨宜所說佛所出言未曾虛
妄佛所知者皆悉通達然諸新發意菩薩於
佛滅後若聞是語或不信受而起破法罪業
因緣唯然世尊願爲解說除我等疑及未來
世諸善男子聞此事已亦不生疑尒時弥勒
菩薩欲重宣此義而說偈言
佛昔從釋種 出家近伽耶 坐於菩提樹 尒來尚未久
此諸佛子等 其數不可量 久已行佛道 住於神通力
善學菩薩道 不染世間法 如蓮華在水 從地而涌出
皆起恭敬心 住於世尊前 是事難思議 云何而可信
佛得道甚近 所成就甚多 願爲除衆疑 如實分別說
譬如少壯人 年始二十五 示人百歲子 髮白而面皺
是等我所生 子亦說是父 父少而子老 舉世所不信
世尊亦如是 得道來甚近 是諸菩薩等 志固無怯弱
從無量劫來 而行菩薩道 巧於難問答 其心無所畏
忍辱心決定 端正有威德 十方佛所讚 善能分別說
不樂在人衆 常好在禪定 爲求佛道故 於下空中住
我等從佛聞 於此事無疑 願佛爲未來 演說令開解
若有於此經 生疑不信者 即當墮惡道 願今爲解說
是無量菩薩 云何於少時 教化令發心 而住不退地
妙法蓮華經如來壽量品第十六
尒時佛告諸菩薩及一切大衆諸善男子汝
等當信解如來誠諦之語復告大衆汝等當
信解如來誠諦之語又復告諸大衆汝等當
信解如來誠諦之語是時菩薩大衆弥勒爲

上博附 07 (37503) 妙法蓮華經卷第五 (29－17)

信解如来誠諦之語又復告諸大衆汝等當
信解如来誠諦之語是時菩薩大衆弥勒為
首合掌白佛言世尊唯願説之我等當信受
佛語如是三白已復言唯願説之我等當信
受佛語尒時世尊知諸菩薩三請不止而告
之言汝等諦聽如来祕密神通之力一切世
間天人及阿脩羅皆謂今釋迦牟尼佛出釋
氏宮去伽耶城不遠坐於道場得阿耨多羅
三藐三菩提然善男子我實成佛已来無量
無邊百千萬億那由他劫譬如五百千萬億
那由他阿僧祇三千大千世界假使有人抹
為微塵過於東方五百千萬億那由他阿僧
祇國乃下一塵如是東行盡是微塵諸善男
子於意云何是諸世界可得思惟挍計知其
數不弥勒菩薩等俱白佛言世尊是諸世界
無量無邊非筭數所知亦非心力所及一切
聲聞辟支佛以無漏智不能思惟知其限數
我等住阿惟越致地於是事中亦所不達世
尊如是諸世界無量無邊尒時佛告大菩薩
衆諸善男子今當分明宣語汝等是諸世界
若著微塵及不著者盡以為塵一塵一劫我
成佛已来復過於此百千萬億那由他阿僧
祇劫自從是来我常在此娑婆世界説法教
化亦於餘處百千萬億那由他阿僧祇國導
利衆生諸善男子於是中間我説然燈佛等

上博附 07 (37503) 妙法蓮華經卷第五 (29－18)

化亦於餘處百千萬億那由他阿僧祇國導
利衆生諸善男子於是中間我説然燈佛等
又復言其入於涅槃如是皆以方便分別諸
善男子若有衆生来至我所我以佛眼觀其
信等諸根利鈍隨所應度處處自説名字不
同年紀大小亦復現言當入涅槃又以種種
方便説微妙法能令衆生發歡喜心諸善男
子如来見諸衆生樂於小法德薄垢重者為
是人説我少出家得阿耨多羅三藐三菩提
然我實成佛已来久遠若斯但以方便教化
衆生令入佛道作如是説諸善男子如来所
演經典皆為度脱衆生或説己身或説他身
或示己身或示他身或示己事或示他事諸
所言説皆實不虚所以者何如来如實知見
三界之相無有生死若退若出亦無在世及
滅度者非實非虚非如非異不如三界見於
三界如斯之事如来明見無有錯謬以諸衆
生有種種性種種欲種種行種種憶想分別
故欲令生諸善根以若干因縁譬喻言詞種
種説法所作佛事未曾暫廢如是我成佛已
来甚大久遠壽命無量阿僧祇劫常住不滅
諸善男子我本行菩薩道所成壽命今猶未
盡復倍上數然今非實滅度而便唱言當取
滅度如来以是方便教化衆生所以者何若

上博附 07 (37503) 妙法蓮華經卷第五 (29－19)

滅度如來以是方便教化衆生所以者何若
佛久住於世薄德之人不種善根貧窮下賤
貪著五欲入於憶想妄見網中若見如來常
在不滅便起憍恣而懷厭怠不能生難遭之
想恭敬之心是故如來以方便說比丘當知
諸佛出世難可值遇所以者何諸薄德人過
無量百千萬億劫或有見佛或不見者以此
事故我作是言諸比丘如來難可得見斯衆
生等聞如是語必當生於難遭之想心懷戀
慕渴仰於佛便種善根是故如來雖不實滅
而言滅度又善男子諸佛如來法皆如是為
度衆生皆實不虛譬如良醫智慧聰達明練
方藥善治衆病其人多諸子息若十二十乃
至百數以有事緣遠至餘國諸子於後飲他
毒藥藥發悶亂宛轉于地是時其父還來歸
家諸子飲毒或失本心或不失者遙見其父
皆大歡喜拜跪問訊善安隱歸我等愚癡誤
服毒藥願見救療更賜壽命父見子等苦惱
如是依諸經方求好藥草色香美味皆悉具
足擣簁和合與子令服而作是言此大良藥
色香美味皆悉具足汝等可服速除苦惱無
復衆患其諸子中不失心者見此良藥色香
俱好即便服之病盡除愈餘失心者見其父
來雖亦歡喜問訊求索治病然與其藥而不

上博附 07 (37503)　妙法蓮華經卷第五　(29－20)

來雖亦歡喜問訊求索治病然與其藥而不
肯服所以者何毒氣深入失本心故於此好
色香藥而謂不美父作是念此子可愍為毒
所中心皆顛倒雖見我喜求索救療如是好
藥而不肯服我今當設方便令服此藥即作
是言汝等當知我今衰老死時已至是好良
藥今留在此汝可取服勿憂不差作是教已
復至他國遣使還告汝父已死是時諸子聞
父背喪心大憂惱而作是念若父在者慈愍
我等能見救護今者捨我遠喪他國自惟孤
露無復恃怙常懷悲感心遂醒悟乃知此藥
色味香美即取服之毒病皆愈其父聞子悉
已得差尋便來歸咸使見之諸善男子於意
云何頗有人能說此良醫虛妄罪不不也世
尊佛言我亦如是成佛已來無量無邊百千
萬億那由他阿僧祇劫為衆生故以方便力
言當滅度亦無有能如法說我虛妄過者爾
時世尊欲重宣此義而說偈言
自我得佛來　所經諸劫數　無量百千萬　億載阿僧祇
常說法教化　無數億衆生　令入於佛道　爾來無量劫
為度衆生故　方便現涅槃　而實不滅度　常住此說法
我常住於此　以諸神通力　令顛倒衆生　雖近而不見
衆見我滅度　廣供養舍利　咸皆懷戀慕　而生渴仰心
衆生既信伏　質直意柔軟　一心欲見佛　不自惜身命

上博附 07 (37503)　妙法蓮華經卷第五　(29－21)

衆見我滅度　廣供養舍利　咸皆懷戀慕　而生渴仰心
衆生既信伏　質直意柔軟　一心欲見佛　不自惜身命
時我及衆僧　俱出靈鷲山　我時語衆生　常在此不滅
以方便力故　現有滅不滅　餘國有衆生　恭敬信樂者
我復於彼中　為說無上法　汝等不聞此　但謂我滅度
我見諸衆生　沒在於苦惱　故不為現身　令其生渴仰
因其心戀慕　乃出為說法　神通力如是　於阿僧祇劫
常在靈鷲山　及餘諸住處　衆生見劫盡　大火所燒時
我此土安隱　天人常充滿　園林諸堂閣　種種寶莊嚴
寶樹多華菓　衆生所遊樂　諸天擊天鼓　常作衆伎樂
雨曼陀羅華　散佛及大衆　我淨土不毀　而衆見燒盡
憂怖諸苦惱　如是悉充滿　是諸罪衆生　以惡業因緣
過阿僧祇劫　不聞三寶名　諸有修功德　柔和質直者
則皆見我身　在此而說法　或時為此衆　說佛壽無量
久乃見佛者　為說佛難值　我智力如是　慧光照無量
壽命無數劫　久修業所得　汝等有智者　勿於此生疑
當斷令永盡　佛語實不虛　如醫善方便　為治狂子故
實在而言死　無能說虛妄　我亦為世父　救諸苦患者
為凡夫顛倒　實在而言滅　以常見我故　而生憍恣心
放逸著五欲　墮於惡道中　我常知衆生　行道不行道
隨所應可度　為說種種法　每自作是意　以何令衆生
得入無上慧　速成就佛身

妙法蓮華經分別功德品第十七

尒時大會聞佛說壽命劫數長遠如是無量
無邊阿僧祇衆生得大饒益於時世尊告弥

上博附 07 (37503)　妙法蓮華經卷第五　(29－22)

無邊阿僧祇衆生得大饒益於時世尊告弥
勒菩薩摩訶薩阿逸多我說是如來壽命長
遠時六百八十萬億那由他恒河沙衆生得
無生法忍復有千倍菩薩摩訶薩得聞持陀
羅尼門復有一世界微塵數菩薩摩訶薩得
樂說無礙辯才復有一世界微塵數菩薩摩
訶薩得百千萬億無量旋陀羅尼復有三千
大千世界微塵數菩薩摩訶薩能轉不退法
輪復有二千中國土微塵數菩薩摩訶薩能
轉清淨法輪復有小千國土微塵數菩薩摩
訶薩八生當得阿耨多羅三藐三菩提復有
四四天下微塵數菩薩摩訶薩四生當得阿
耨多羅三藐三菩提復有三四天下微塵數
菩薩摩訶薩三生當得阿耨多羅三藐三菩
提復有二四天下微塵數菩薩摩訶薩二生
當得阿耨多羅三藐三菩提復有一四天下
微塵數菩薩摩訶薩一生當得阿耨多羅三
藐三菩提復有八世界微塵數衆生皆發阿
耨多羅三藐三菩提心佛說是諸菩薩摩訶
薩得大法利時於虛空中雨曼陀羅華摩訶
曼陀羅華以散無量百千萬億寶樹下師子
座上諸佛并散七寶塔中師子座上釋迦牟
尼佛及久滅度多寶如來亦散一切諸大菩
薩及四部衆又雨細末栴檀沈水香華於虛

上博附 07 (37503)　妙法蓮華經卷第五　(29－23)

薩及四部衆又雨細抹栴檀沉水香華於虛
空中天鼓自鳴妙聲深遠又雨千種天衣垂
諸瓔珞真珠瓔珞摩尼珠瓔珞如意珠瓔珞
遍於九方。衆寶香爐燒無價香自然周至供
養大會一一佛上有諸菩薩執持幡蓋次第
而上至于梵天是諸菩薩以妙音聲歌無量
頌讚歎諸佛尒時彌勒菩薩從座而起偏袒
右肩合掌向佛而說偈言
佛說希有法 昔所未曾聞 世尊有大力 壽命不可量
無數諸佛子 聞世尊分別 說得法利者 歡喜充遍身
或住不退地 或得陀羅尼 或無礙樂說 萬億旋總持
或有大千界 微塵數菩薩 各各皆能轉 不退之法輪
復有中千界 微塵數菩薩 各各皆能轉 清淨之法輪
復有小千界 微塵數菩薩 餘各八生在 當得成佛道
復有四三二 如此四天下 微塵諸菩薩 隨數生成佛
或一四天下 微塵數菩薩 餘有一生在 當成一切智
如是等衆生 聞佛壽長遠 得無量無漏 清淨之果報
復有八世界 微塵數衆生 聞佛說壽命 皆發無上心
世尊說無量 不可思議法 多有所饒益 如虛空無邊
雨天曼陀羅 摩訶曼陀羅 釋梵如恒沙 無數佛土來
雨栴檀沉水 繽紛而亂墜 如鳥飛空下 供散於諸佛
天鼓虛空中 自然出妙聲 天衣千萬種 旋轉而來下
衆寶妙香爐 燒無價之香 自然悉周遍 供養諸世尊
其大菩薩衆 執七寶幡蓋 高妙萬億種 次第至梵天

上博附07 (37503) 妙法蓮華經卷第五 (29－24)

其大菩薩衆 執七寶幡蓋 高妙萬億種 次第至梵天
一一諸佛前 寶幢懸勝幡 亦以千萬偈 歌詠諸如來
如是種種事 昔所未曾有 聞佛壽無量 一切皆歡喜
佛名聞十方 廣饒益衆生 一切具善根 以助無上心
尒時佛告彌勒菩薩摩訶薩阿逸多其有衆
生聞佛壽命長遠如是乃至能生一念信解
所得功德無有限量若有善男子善女人為
阿耨多羅三藐三菩提故於八十萬億那由
他劫行五波羅蜜檀波羅蜜尸羅波羅蜜羼
提波羅蜜毗梨耶波羅蜜禪波羅蜜除般若
波羅蜜以是功德比前功德百分千分百千
萬億分不及其一乃至筭數譬喻所不能知
若善男子有如是功德於阿耨多羅三藐三
菩提退者無有是處尒時世尊欲重宣此義
而說偈言
若人求佛慧 於八十萬億 那由他劫數 行五波羅蜜
於是諸劫中 布施供養佛 及緣覺弟子 并諸菩薩衆
珍異之飲食 上服與臥具 栴檀立精舍 以園林莊嚴
如是等布施 種種皆微妙 盡此諸劫數 以迴向佛道
若復持禁戒 清淨無缺漏 求於無上道 諸佛之所歎
若復行忍辱 住於調柔地 設衆惡來加 其心不傾動
諸有得法者 懷於增上慢 為此所輕惱 如是亦能忍
若復勤精進 志念常堅固 於無量億劫 一心不懈息
又於無數劫 住於空閑處 若坐若經行 除睡常攝心

上博附07 (37503) 妙法蓮華經卷第五 (29－25)

又於無數劫　住於空閑處　若坐若經行　除睡常攝心
以是因緣故　能生諸禪定　八十億萬劫　安住心不亂
持此一心福　願求無上道　我得一切智　盡諸禪定際
是人於百千　萬億劫數中　行此諸功德　如上之所說
有善男女等　聞我說壽命　乃至一念信　其福過於彼
若人悉無有　一切諸疑悔　深心須臾信　其福為如此
其有諸菩薩　無量劫行道　聞我說壽命　是則能信受
如是諸人等　頂受此經典　願我於未來　長壽度衆生
如今日世尊　諸釋中之王　道場師子吼　說法無所畏
我等未來世　一切所尊敬　坐於道場時　說壽亦如是
若有深心者　清淨而質直　多聞能總持　隨義解佛語
如是之人等　於此無有疑
又阿逸多若有聞佛壽命長遠解其言趣是
人所得功德無有限量能起如來無上之慧
何況廣聞是經若教人聞若自持若教人持
若自書若教人書若以華香瓔珞幢幡繒蓋
香油蘇燈供養經卷是人功德無量無邊能
生一切種智阿逸多若善男子善女人聞我
說壽命長遠深心信解則為見佛常在耆闍
崛山共大菩薩諸聲聞衆圍繞說法又見此
娑婆世界其地琉璃坦然平正閻浮檀金以
界八道寶樹行列諸臺樓觀皆悉寶成其菩
薩衆咸處其中若有能如是觀者當知是為
深信解相又復如來滅後若聞是經而不毀

上博附 07 (37503)　妙法蓮華經卷第五　(29－26)

深信解相又復如來滅後若聞是經而不毀
呰起隨喜心當知已為深信解相何況讀誦
受持之者斯人則為頂戴如來阿逸多是善
男子善女人不須為我復起塔寺及作僧坊
以四事供養衆僧所以者何是善男子善女
人受持讀誦是經典者為已起塔造立僧坊
供養衆僧則為以佛舍利起七寶塔高廣漸
小至于梵天懸諸幡蓋及衆寶鈴華香瓔珞
抹香塗香燒香衆鼓伎樂簫笛箜篌種種舞
戲以妙音聲歌唄讚頌則為於無量千萬億
劫作是供養已阿逸多若我滅後聞是經典
有能受持若自書若教人書則為起立僧坊
以赤栴檀作諸殿堂三十有二高八多羅樹
高廣嚴好百千比丘於其中止園林浴池經
行禪窟衣服飲食床褥湯藥一切樂具充滿
其中如是僧坊堂閣若干百千萬億其數無
量以此現前供養於我及比丘僧是故我說
如來滅後若有受持讀誦為他人說若自書
若教人書供養經卷不須復起塔寺及造僧
坊供養衆僧況復有人能持是經兼行布施
持戒忍辱精進一心智慧其德最勝無量無
邊譬如虛空東西南北四維上下無量無邊
是人功德亦復如是無量無邊疾至一切種
智若人讀誦受持是經為他人說若自書若

上博附 07 (37503)　妙法蓮華經卷第五　(29－27)

智若人讀誦受持是經爲他人說若自書若
教人書復能起塔及造僧坊供養讚歎聲聞
衆僧亦以百千萬億讚歎之法讚歎菩薩功
德又爲他人種種因緣隨義解說此法華經
復能清淨持戒與柔和者而共同止忍辱無
瞋志念堅固常貴坐禪得諸深定精進勇猛
攝諸善法利根智慧善答問難阿逸多若我
滅後諸善男子善女人受持讀誦是經典者
復有如是諸善功德當知是人已趣道場近
阿耨多羅三藐三菩提坐道樹下阿逸多是
善男子善女人若坐若立若行處此中便應
起塔一切天人皆應供養如佛之塔尒時世
尊欲重宣此義而說偈言
若我滅度後 能奉持此經 斯人福無量 如上之所說
是則爲具足 一切諸供養 以舍利起塔 七寶而莊嚴
表刹甚高廣 漸小至梵天 寶鈴千萬億 風動出妙音
又於無量劫 而供養此塔 華香諸瓔珞 天衣衆伎樂
然香油蘇燈 周匝常照明 惡世法末時 能持是經者
則爲已如上 具足諸供養 若能持此經 則如佛現在
以牛頭栴檀 起僧坊供養 堂有三十二 高八多羅樹
上饌妙衣服 床臥皆具足 百千衆住處 園林諸浴池
經行及禪窟 種種皆嚴好 若有信解心 受持讀誦書
若復教人書 及供養經卷 散華香抹香 以須曼瞻蔔
阿提目多伽 薰油常然之 如是供養者 得無量功德

上博附 07 (37503) 妙法蓮華經卷第五 (29－28)

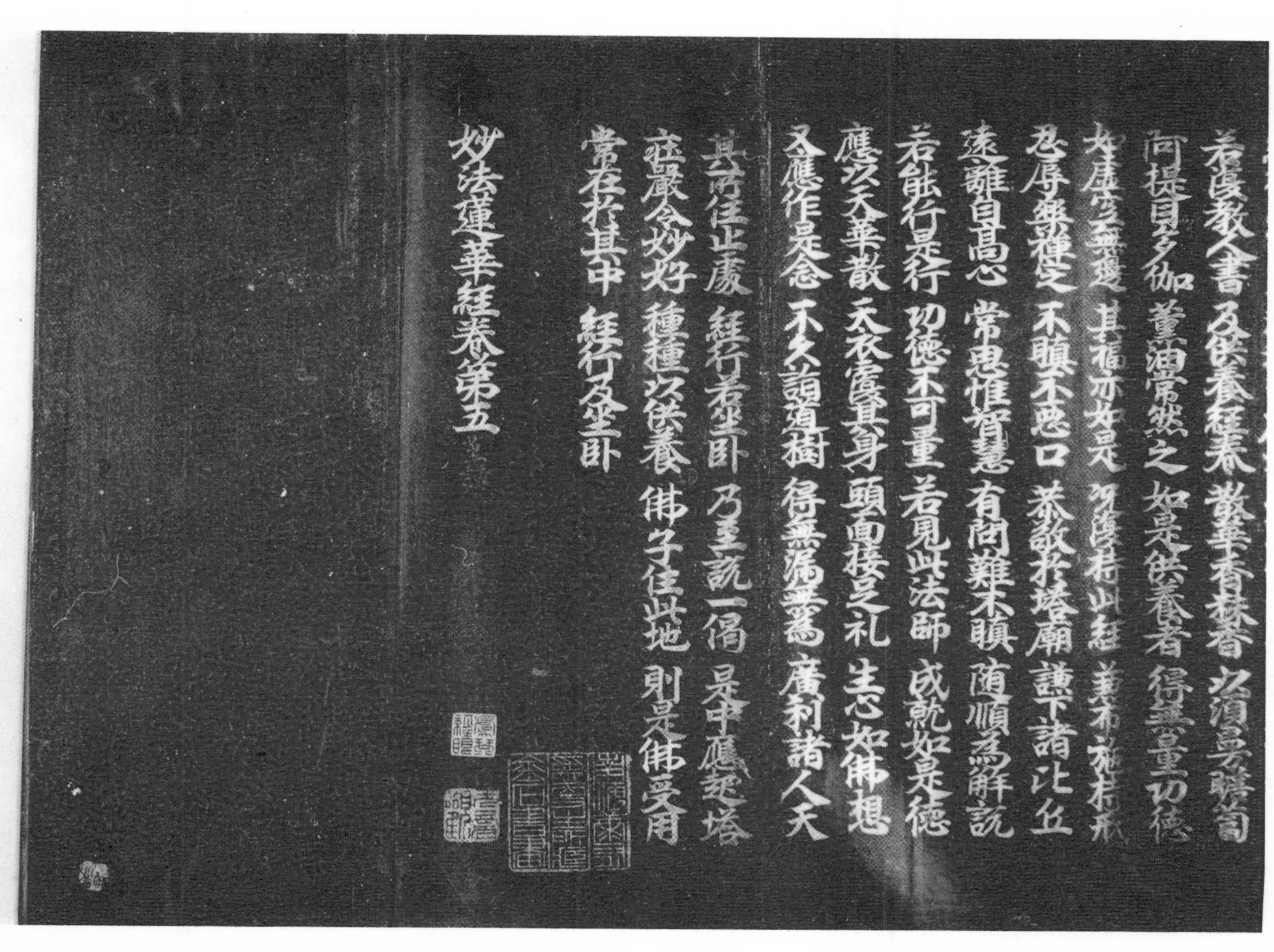
若復教人書 及供養經卷 散華香抹香 以須曼瞻蔔
阿提目多伽 薰油常然之 如是供養者 得無量功德
如虛空無邊 其福亦如是 況復持此經 兼布施持戒
忍辱樂禪定 不瞋不惡口 恭敬於塔廟 謙下諸比丘
遠離自高心 常思惟智慧 有問難不瞋 隨順爲解說
若能行是行 功德不可量 若見此法師 成就如是德
應以天華散 天衣覆其身 頭面接足禮 生心如佛想
又應作是念 不久詣道樹 得無漏無爲 廣利諸人天
其所住止處 經行若坐臥 乃至說一偈 是中應起塔
莊嚴令妙好 種種以供養 佛子住此地 則是佛受用
常在於其中 經行及坐臥

妙法蓮華經卷第五

上博附 07 (37503) 妙法蓮華經卷第五 (29－29)

上博附 08 (38193)　大方廣佛華嚴經卷第十一　　(包首)

上博附 08 (38193)　大方廣佛華嚴經卷第十一　　(17－1)

大方廣佛華嚴經卷第十一

章 一十二紙

大和寧國藏

上博附 08 (38193) 大方廣佛華嚴經卷第十一 (17－2)

大方廣佛華嚴經卷第十一

章 一十二紙

大和寧國藏

毗盧遮那品第六

尒時普賢菩薩復告大衆言諸佛子乃往古
世過世界微塵數劫復倍是數有世界海名
普門淨光明此世界海中有世界名勝音依
摩尼華網海住須弥山微塵數世界而為眷
屬其形正圓其地具有無量莊嚴三百重衆
寶樹輪圍山所共圍遶一切寶雲而覆其上
清淨無垢光明照耀城邑宮殿如須弥山衣
服飲食隨念而至其劫名曰種種莊嚴

諸佛子彼勝音世界中有香水海名清淨光
明其海中有大華須弥山出現名華焰普莊
嚴幢十寶欄楯周帀圍遶於其山上有一大
林名摩尼華枝輪無量華樓閣無量寶臺觀
周迴布列無量妙香幢無量寶山幢迥極莊
嚴無量寶芬陁利華處處敷榮無量香摩尼
蓮華網周帀垂布樂音和悅香雲照曜數各
無量不可紀極有百万億那由他城周帀圍
遶種種衆生於中止住

諸佛子此林東有一大城名焰光明人王所
都百万億那由他城周帀圍遶清淨妙寶所
共成立縱廣各有七千由旬七寶為郭樓櫓
却敵悉皆崇麗七重寶塹香水盈滿優鉢羅

上博附 08 (38193) 大方廣佛華嚴經卷第十一 (17－3)

卻敵悉皆崇麗七重寶塹香水盈滿優鉢羅
華波頭摩華拘物頭華芬陁利華悉是衆寶
處處分布以為嚴飾寶多羅樹七重圍遶宮
殿樓閣悉寶莊嚴種種妙網張施其上塗香
散華芬瑩其中有百万億那由他門悉寶莊
嚴一一門前各有四十九寶尸羅幢次第行
列復有百万億園林周帀圍遶其中皆有種
種雜香摩尼樹香周流普熏衆鳥和鳴聽者
歡悅此大城中所有居人靡不成就業報神
足乘空往來行同諸天心有所欲應念皆至
其城次南有一天城名樹華莊嚴其次右旋
有大龍城名曰究竟次有夜叉城名金剛勝
妙幢次有乾闥婆城名曰妙宮次有阿脩羅
城名曰寶輪次有迦樓羅城名妙寶莊嚴次
有梵天王城名種種妙莊嚴如是等百万億
那由他數此一一城各有百万億那由他樓
閣所共圍遶一一皆有無量莊嚴
諸佛子此寶華枝輪大林之中有一道場名
寶華遍照以衆大寶分布莊嚴摩尼華輪遍
滿開敷然以香燈具衆寶色焰雲彌覆光網
普照諸莊嚴具常出妙寶一切樂中恒奏雅
音摩尼寶王現菩薩身種種妙華周遍十方
其道場前有一大海名香摩尼金剛出大蓮
華名華蘂焰輪其華廣大百億由旬莖葉鬚

上博附 08 (38193)　大方廣佛華嚴經卷第十一　(17－4)

華名華蘂焰輪其華廣大百億由旬莖葉鬚
臺皆是妙寶十不可說百千億那由他蓮華
所共圍遶常放光明恒出妙音周遍十方
諸佛子彼勝音世界最初劫中有十須彌山
微塵數如來出興於世其第一佛号一切功
德山須彌勝雲諸佛子應知彼佛將出現時
一百年前此摩尼華枝輪大林中一切莊嚴
周遍清淨所謂出不思議寶焰雲發歎佛功
德音演無數佛音聲舒光布網彌覆十方宮
殿樓閣互相照曜寶華光明騰聚成雲復出
妙音說一切衆生前世所行廣大善根說三
世一切諸佛名号說諸菩薩所脩願行究竟
之道說諸如來轉妙法輪種種言詞現如是
等莊嚴之相顯示如來當出於世其世界中
一切諸王見此相故善根成熟悉欲見佛而
來道場
尒時一切功德山須彌勝音佛於其道場大
蓮華中忽然出現其身周普等真法界一切
佛剎皆示出生一切道場悉詣其所無邊妙
色具足清淨一切世間無能映奪具衆寶相
一一分明一切宮殿悉現其像一切衆生咸
得目見無邊化佛從其身出種種色光充滿
世界如於此清淨光明香水海華焰莊嚴幢
須彌頂上摩尼華枝輪大林中出現其身而

上博附 08 (38193)　大方廣佛華嚴經卷第十一　(17－5)

須彌頂上摩尼華枝輪大林中出現其身而
坐於座其勝音世界有六十八千億須弥山
頂悉亦於彼現身而坐
尒時彼佛即於眉間放大光明其光名發起
一切善根音十佛剎微塵數光明而為眷屬
充滿一切十方國土若有衆生應可調伏其
光照觸即自開悟息諸惑熱裂諸蓋網摧諸
障山淨諸垢濁發大信解生勝善根永離一
切諸難恐怖滅除一切身心苦惱起見佛心
趣一切智時一切世間主并其眷屬無量百
千蒙佛光明所開覺故悉詣佛所頭面礼足
諸佛子彼焰光明大城中有王名喜見善慧
統領百万億那由他城夫人婇女三万七千
人福吉祥為上首王子五百人（別本云二万五千人）大威光
為上首大威光太子有十千夫人妙見為上
首尒時大威光太子見佛光明已以昔所修
善根力故即時證得十種法門何謂為十所
謂證得一切諸佛功德輪三昧證得一切佛
法普門陁羅尼證得廣大方便藏般若波羅
蜜證得調伏一切衆生大莊嚴大慈證得普
雲音大悲證得生無邊功德最勝心大喜證
得如實覺悟一切法大捨證得廣大方便平
等藏大神通證得增長信解力大願證得普
入一切智光明辯才門尒時大威光太子獲

上博附 08 (38193)　大方廣佛華嚴經卷第十一　(17－6)

入一切智光明辯才門尒時大威光太子獲
得如是法光明已承佛威力普觀大衆而說
頌言
世尊坐道場　清淨大光明　譬如千日出　普照虛空界
無量億千劫　導師時乃現　佛今出世間　一切所瞻奉
汝觀佛光明　化佛難思議　一切宮殿中　寂然而正受
汝觀佛神通　毛孔出焰雲　照曜於世間　光明無有盡
汝應觀佛身　光網極清淨　現形等一切　遍滿於十方
妙音遍世間　聞者皆歡樂　隨諸衆生語　讚歎佛功德
世尊光所照　衆生悉安樂　有苦皆滅除　心生大歡喜
觀諸菩薩衆　十方來萃止　悉放摩尼雲　現前稱讚佛
道場出妙音　其音極深遠　能滅衆生苦　此是佛神力
一切咸恭敬　心生大歡喜　共在世尊前　瞻仰於法王
諸佛子彼大威光太子說此頌時以佛神力
其聲普遍勝音世界時喜見善慧王聞此頌
已心大歡喜觀諸眷屬而說頌言
汝應速召集　一切諸王衆　王子及大臣　城邑宰官等
普告諸城內　疾應擊大鼓　共集所有人　俱行往見佛
一切四衢道　悉應鳴寶鐸　妻子眷屬俱　共往觀如來
一切諸城郭　宜令悉清淨　普建勝妙幢　摩尼以嚴飾
寶帳羅衆網　伎樂如雲布　嚴備在虛空　處處令充滿
道路皆嚴淨　普雨妙衣服　巾馭汝寶乘　與我同觀佛
各各隨自力　普雨莊嚴具　一切如雲布　遍滿虛空中
香焰蓮華蓋　半月寶瓔珞　及無數妙衣　汝等皆應雨

上博附 08 (38193)　大方廣佛華嚴經卷第十一　(17－7)

香焰蓮華蓋半月寶瓔珞及無數妙衣汝等皆應雨
須弥香水海上妙摩尼輪及清淨栴檀悉應雨滿空
衆寶華瓔珞莊嚴淨無垢及以摩尼燈皆令在空住
一切持向佛心生大歡喜妻子眷屬俱往見世所尊
尒時喜見善慧王與三万七千夫人婇女俱
福吉祥為上首五百王子俱大威光為上首
六万大臣俱慧力為上首如是等七千七百
千億那由他衆前後圍遶從焰光明大城出
以王力故一切大衆乘空而往諸供養具遍
滿虛空至於佛所頂礼佛足却坐一面復有
妙華城善化幢天王與十億那由他眷屬俱
復有究竟大城淨光龍王與二十五億眷屬
俱復有金剛勝幢城猛健夜叉王與七十七
億眷屬俱復有無垢城喜見乾闥婆王與九
十七億眷屬俱復有妙輪城淨色思惟阿脩
羅王與五十八億眷屬俱復有妙莊嚴城十
力行迦樓羅王與九十九千眷屬俱復有遊
戲快樂城金剛德緊那羅王與十八億眷屬
俱復有金剛幢城寶稱幢摩睺羅伽王與三
億百千那由他眷屬俱復有淨妙莊嚴城最
勝梵王與十八億眷屬俱如是等百万億那
由他大城中所有諸王并其眷屬悉共往詣
一切功德須弥勝雲如來所頂礼佛足却坐
一面時彼如來為欲調伏諸衆生故於衆會

上博附08 (38193) 大方廣佛華嚴經卷第十一 (17－8)

一面時彼如來為欲調伏諸衆生故於衆會
道場海中說普集一切三世佛自在法脩多
羅世界微塵數脩多羅而為眷屬隨衆生心
悉令獲益是時大威光菩薩聞是法已即獲
一切功德須弥勝雲佛宿世所集法海光明
所謂得一切法聚平等三昧智光明一切法
悉入最初菩提心中住智光明十方法界普
光明藏清淨眼智光明觀察一切佛法大願
海智光明入無邊功德海清淨行智光明趣
向不退轉大力速疾藏智光明法界中無量
變化力出離輪智光明決定入無量功德圓
滿海智光明了知一切佛決定解莊嚴成就
海智光明了知法界無邊佛現一切衆生前
神通海智光明了知一切佛力無所畏法智
光明尒時大威光菩薩得如是無量智光明
已承佛威力而說頌言
我聞佛妙法 而得智光明 以是見世尊 往昔所行事
一切所生處 名号身差別 及供養於佛 如是我咸見
往昔諸佛所 一切皆承事 無量劫修行 嚴淨諸剎海
捨施於自身 廣大無涯際 修治最勝行 嚴淨諸剎海
耳鼻頭手足 及以諸宮殿 捨之無有量 嚴淨諸剎海
能於一一剎 億劫不思議 修習菩提行 嚴淨諸剎海
普賢大願力 一切佛海中 修行無量行 嚴淨諸剎海
如因日光照 還見於日輪 我以佛智光 見佛所行道

上博附08 (38193) 大方廣佛華嚴經卷第十一 (17－9)

如因日光照 還見於日輪 我以佛智光 見佛所行道
我觀佛剎海 清淨大光明 寂靜證菩提 法界悉周遍
我當如世尊 廣淨諸剎海 以佛威神力 修習菩提行
諸佛子時大威光菩薩以見一切功德山須
彌勝雲佛承事供養故於如來所心得悟了
為一切世間顯示如來往昔行海顯示往昔
菩薩行方便顯示一切佛功德海顯示普入
一切法界清淨智顯示一切道場中成佛自
在力顯示佛力無畏無差別智顯示普示現
如來身顯示不可思議佛神變顯示莊嚴無
量清淨佛土顯示普賢菩薩所有行願令如
須彌山微塵數眾生發菩提心佛剎微塵數
眾生成就如來清淨國土尒時一切功德山
須彌勝雲佛為大威光菩薩而說頌言
善哉大威光 福藏廣名稱 為利眾生故 發趣菩提道
汝獲智光明 法界悉充遍 福慧咸廣大 當得深智海
一剎中修行 經於剎塵劫 如汝見於我 當獲如是智
非諸劣行者 能知此方便 獲大精進力 乃能淨剎海
一一微塵中 無量劫修行 彼人乃能得 莊嚴諸佛剎
為一一眾生 輪迴經劫海 其心不疲懈 當成世導師
供養一一佛 悉盡未來際 心無暫疲猒 當成無上道
三世一切佛 當共滿汝願 一切佛會中 汝身安住彼
一切諸如來 誓願無有邊 大智通達者 能知此方便
大光供養我 故獲大威力 令塵數眾生 成熟向菩提

上博附 08 (38193) 大方廣佛華嚴經卷第十一 (17－10)

大光供養我 故獲大威力 令塵數眾生 成熟向菩提
諸修普賢行 大名稱菩薩 莊嚴佛剎海 法界普周遍
諸佛子汝等應知彼大莊嚴劫中有恒河沙
數小劫人壽命二小劫諸佛子彼一切功德
須彌勝雲佛壽命五十億歲彼佛滅度後有
佛出世名波羅蜜善眼莊嚴王於彼摩尼華
枝輪大林中而成正覺尒時大威光童子見
彼如來成等正覺現神通力即得念佛三昧
名無邊海藏門即得陁羅尼名大智力法淵
即得大慈名普隨眾生調伏度脫即得大悲
名遍覆一切境界雲即得大喜名一切佛功
德海威力藏即得大捨名法性虛空平等清
淨即得般若波羅蜜名自性離垢法界清淨
身即得神通名無礙光普隨現即得辯才名
善入離垢淵即得智光名一切佛法清淨藏
如是等十千法門皆得通達尒時大威光童
子承佛威力為諸眷屬而說頌言
不可思議億劫中 導世明師難一遇
此土眾生多善利 而今得見第二佛
佛身普放大光明 色相無邊極清淨
如雲充滿一切土 處處稱揚佛功德
光明所照咸歡喜 眾生有苦悉除滅
各令恭敬起慈心 此是如來自在用
出不思議變化雲 放無量色光明網
十方國土皆充滿 此佛神通之所見

上博附 08 (38193) 大方廣佛華嚴經卷第十一 (17－11)

出不思議變化雲　放無量色光明網
十方國土皆充滿　此佛神通之所現
一一毛孔現光雲　普遍虛空發大音
所有幽冥靡不照　地獄衆苦咸令滅
如來妙音遍十方　一切言音咸具演
隨諸衆生宿善力　此是大師神變用
無量無邊大衆海　佛於其中皆出現
普轉無盡妙法輪　調伏一切諸衆生
佛神通力無有邊　一切剎中皆出現
善逝如是智無礙　為利衆生成正覺
汝等應生歡喜心　踊躍愛樂極尊重
我當與汝同詣彼　若見如來衆苦滅
發心迴向趣菩提　慈念一切諸衆生
悉住普賢廣大願　當如法王得自在
諸佛子大威光童子說此頌時以佛神力其
聲無礙一切世界皆悉得聞無量衆生發菩
提心時大威光王子與其父母并諸眷屬及
無量百千億那由他衆生前後圍遶寶蓋如
雲遍覆虛空共詣波羅蜜善眼莊嚴王如來
所其佛為說法界體性清淨莊嚴修多羅世
界海微塵等修多羅而為眷屬彼諸大衆聞
此經已得清淨智名入一切淨方便得於地
名離垢光明得波羅蜜輪名示現一切世間
愛樂莊嚴得增廣行輪名普入一切剎土無

上博附 08 (38193)　大方廣佛華嚴經卷第十一　(17－12)

愛樂莊嚴得增廣行輪名普入一切剎土無
邊光明清淨見得趣向行輪名離垢福德雲
光明幢得隨入證輪名一切法海廣大光明
得轉深發趣行名大智莊嚴得灌頂智慧海
名無功用修極妙見得顯了大光明名如來
功德海相光影遍照得出生願力清淨智名
無量願力信解藏時彼佛為大威光菩薩而
說頌言
善哉功德智慧海　發心趣向大菩提
汝當得佛不思議　普為衆生作依處
汝已出生大智海　悉能遍了一切法
當以難思妙方便　入佛無盡所行境
已見諸佛功德雲　已入無盡智慧地
諸波羅蜜方便海　大名稱者當滿足
已得方便總持門　及以無盡辯才門
種種行願皆修習　當成無等大智慧
汝已出生諸願海　汝已入於三昧海
當具種種大神通　不可思議諸佛法
究竟法界不思議　廣大深心已清淨
普見十方一切佛　離垢莊嚴衆剎海
汝已入我菩提行　昔時本事方便海
如我修行所淨治　如是妙行汝皆悟
我於無量一一剎　種種供養諸佛海
如彼修行所得果　如是莊嚴汝咸見

上博附 08 (38193)　大方廣佛華嚴經卷第十一　(17－13)

如彼修行所得果　如是莊嚴汝咸見
廣大劫海無有盡　一切剎中修淨行
堅固擔願不可思　當得如來此神力
諸佛供養盡無餘　國土莊嚴悉清淨
一切劫中修妙行　汝當成佛大功德
諸佛子波羅蜜善眼莊嚴王如來入涅槃已
喜見善慧王尋亦去世大威光童子受轉輪
王位彼摩尼華枝輪大林中第三如來出現
於世名最勝功德海時大威光轉輪聖王見
彼如來成佛之相與其眷屬及四兵衆城邑
聚落一切人民并持七寶俱往佛所以一切
香摩尼莊嚴大樓閣奉上於佛時彼如來於
其林中說菩薩普眼光明行修多羅世界微
塵數修多羅而為眷屬尒時大威光菩薩聞
此法已得三昧名大福德普光明得此三昧
故悉能了知一切菩薩一切衆生過現未來
福非福海時彼佛為大威光菩薩而說頌言
善哉福德大威光　汝等今來至我所
慈念一切衆生海　發勝菩提大願心
汝為一切苦衆生　起大悲心令解脫
當作羣迷所依怙　是名菩薩方便行
若有菩薩能堅固　修諸勝行無猒怠
最勝最上無礙解　如是妙智彼當得
福德光者福幢者　福德處者福海者

上博附 08 (38193)　大方廣佛華嚴經卷第十一　(17－14)

福德光者福幢者　福德處者福海者
普賢菩薩所有願　是汝大光能趣入
汝能以此廣大願　入不思議諸佛海
諸佛福海無有邊　汝以妙解皆能見
汝於十方國土中　悉見無量無邊佛
彼佛往昔諸行海　如是一切汝咸見
若有住此方便海　必得入於智地中
此是隨順諸佛學　決定當成一切智
汝於一切剎海中　微塵劫海修諸行
一切如來諸行海　汝皆學已當成佛
如汝所見十方中　一切剎海極嚴淨
汝剎嚴淨亦如是　無邊願者所當得
今此道場衆會海　聞汝願已生欣樂
皆入普賢廣大乘　發心迴向趣菩提
無邊國土一一中　悉入修行經劫海
以諸願力能圓滿　普賢菩薩一切行
諸佛子彼摩尼華枝輪大林中復有佛出号
名稱普聞蓮華眼幢是時大威光於此命終
生須弥山上寂靜寶宮天城中為大天王名
離垢福德幢共諸天衆俱詣佛所雨寶華雲
以為供養時彼如來為說廣大方便普門遍
照修多羅世界海微塵數修多羅而為眷屬
時天王衆聞此經已得三昧名普門歡喜藏
以三昧力能入一切法實相海獲是益已從

上博附 08 (38193)　大方廣佛華嚴經卷第十一　(17－15)

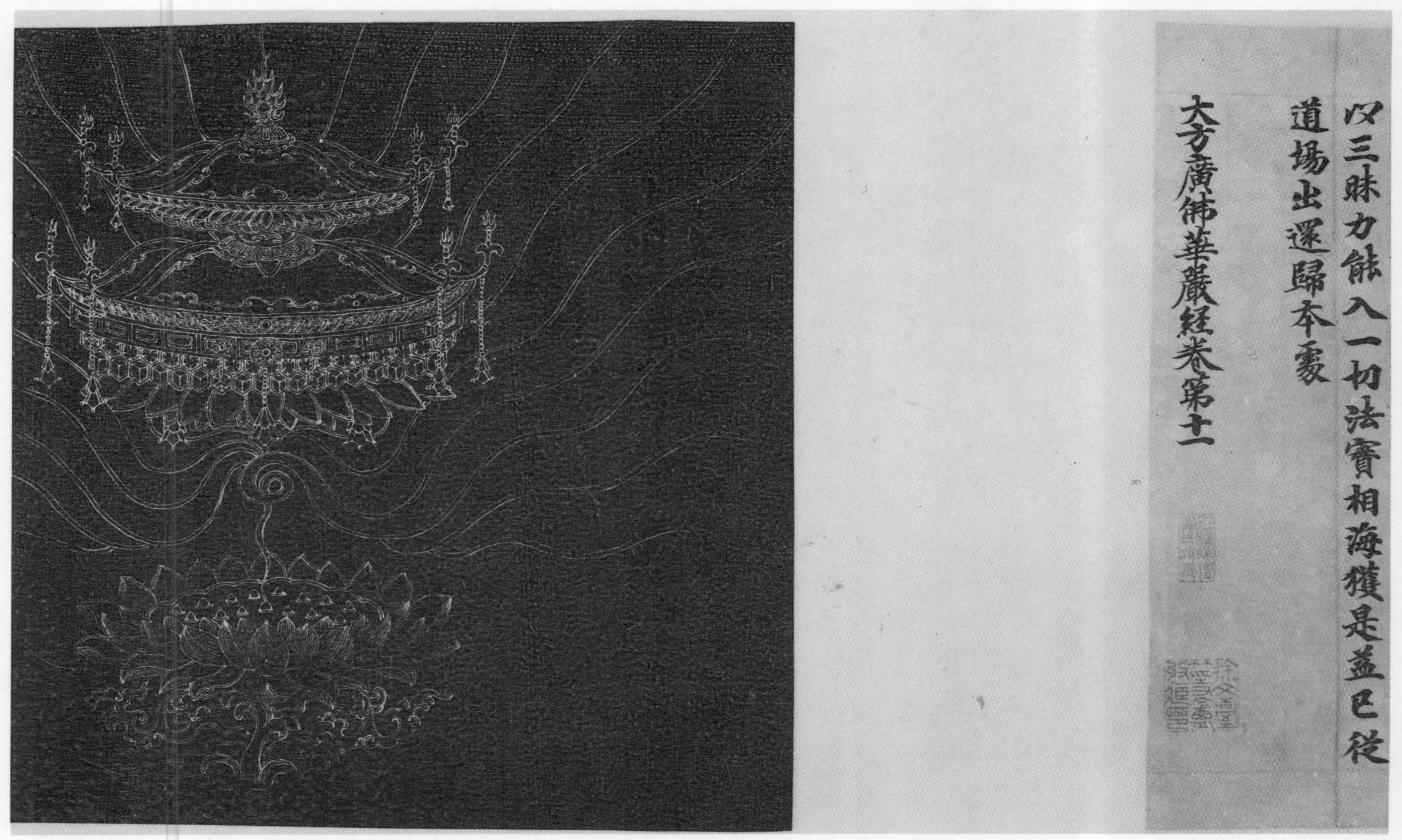
以三昧力能入一切法實相海獲是益已從
道場出還歸本處
大方廣佛華嚴經卷第十一

上博附 08 (38193)　大方廣佛華嚴經卷第十一　(17－16)

上博附 08 (38193)　大方廣佛華嚴經卷第十一　(17－17)

上博附 09 (41125) 胞胎經一卷 (包首)

如其本宿所種諸惡自然得之或復為盲聾
瘖瘂愚癡身生癩瘡生無眼目口不能言諸
門隔閉跛蹇秃傴本自所作自然得之父母
所憎違失法義所以者何如是阿難宿命所
稱法非之行
佛告阿難假使其人前世奉行衆德不犯諸
惡諸善來趣謂十德行喜於惠施無慳垢心
奉受先聖師父之命身中諸節應當長者即
清淨長當應鮮潔自然鮮潔應麁清淨即麁
清淨應當細小即多細小應多清淨即多清
淨應少清淨即少清淨應滑鮮潔即滑鮮潔
應當忍少即便忍少應當為雄即成為雄所
樂好聲即得好聲所樂瓔珞即得寶瓔應當
為黑即成為黑所樂言語即得所樂如是阿
難隨宿所種功德諸為善自然為衆生所喜
見端政好潔色像第一其身口意所求所作
所願則得如意所以者何是故阿難宿命所
種自然得之
佛告阿難假使有男即趣母右脅累趺坐兩
手掌着面背外面向其母生藏之下熟藏之
上五繫自縛如在革囊假使是女在母腹左
脅累趺坐手掌博面生藏之下熟藏之上五

上博附 09 (41125) 胞胎經一卷 (9－1)

上五䙃自縛如在革囊假使是女在母腹左
脅黑跌坐手掌博面生蔵之下熟蔵之上五
䙃自縛如在革囊假使母多食其兒不安食
太少其兒不安食多膩其兒不安食無膩其
兒不安太熱太冷欲得利不利甜酢麁細其
食如是或多少而不調均兒則不安習色欲
過差兒則不安在風過差兒則不安或多行
來馳走有所度越或上樹木兒則不安
佛告阿難兒在母腹勤苦懊惱衆患諸難乃
如是乎俗人自謂生在安處其若如是何況
惡趣勤劇之患諸苦艱難不可譬喻誰富樂
在母胞胎乎
佛告阿難第二十八七日在其胞裏於母腹
蔵即起八念乘騎想園觀想樓閣想遊觀
牀榻想流河想泉水想浴池想
佛告阿難第二十九七日在其胎裏於母腹
中蔵自然有風名曰體中間持其皮膚使其
淨潔顏色固然隨其宿行宿作黑行色現為
黑形體如漆宿作不白不黑行色現不白不
黑體像一貌宿行索無光潤色現索無光潤
普體皆尒宿行體種潤澤得潤澤福色柔軟
普身一等宿行白色面貌正白普體亦然宿
行黃色面貌黃色普體亦然阿難是世間人

上博附 09 (41125) 胞胎經一卷 (9－2)

普身一等宿行白色面貌正白普體亦然宿
行黃色面貌黃色普體亦然阿難是世間人
有是六色隨本所種自然獲之
佛告阿難第三十七日在其胞裏於母腹蔵
自然風起吹其兒體令生毛髮隨宿所行或
令其兒毛髮正黑妙好無量或生髮黃人所
不喜
佛告阿難第三十一七日其胞裏於母腹蔵
兒身轉大具足第三十二七日在其胞裏於
母腹蔵兒身自成無所乏少第三十三七日
第三十四七日第三十五七日三十六七日
兒身成滿骨節堅實德於胞裏不以為樂
佛告阿難第三十七七日在其胞裏於母腹
蔵自然生念如在羅網欲得走出為不淨想
瑕穢之想牢獄之想幽冥之想不以為樂
佛告阿難第三十八七日在其胞裏於母腹
蔵自然有華風名曰何所垂起吹轉兒身令

上博附 09 (41125) 胞胎經一卷 (9－3)

藏自然有華風名曰何所垂起吹轉兒身令

佛告阿難生死之苦甚為勤劇人生若男或
生女適生墮地痛不可言甚不善哉懊惱辛
酸或以衣受觸其形體若以衾受卧著所處
或在牀上或置于地或覆或露或在暑熱或
寒冷因是之故遭其苦患酷劇難稱辟如阿
難虵虺牛之皮所懸著處若在壁上即化為

上博附 09 (41125) 胞胎經一卷 (9－4)

難虵虺牛之皮所懸著處若在壁上即化為
虫還食其皮若使樹木苗草陂水設復在虛
空中所倚即自生虫還食其形在所依倚則
亦生虫還食其形兒始生時則以手受苦痛
懊惱不可稱限或以衣受觸如前其形體或
稍以長大飢渴寒熱其母小心推燥居濕養
育除其不淨所謂先聖法律正是其母乳哺
之恩
佛告阿難如是勤苦誰當樂處父母脉胎兒
生未久摶飯養身身即生八萬種虫周遍繞
動食兒身體髮本虫名曰舌舐依於髮根食
其髮虫名在脩行道地中一名舌舐二名重
舐三種在頭上名曰堅固傷毀害
佛告阿難人身苦惱如是八萬種虫晨夜食
其形體令人羸瘦少氣疲極令身得痛或成
寒熱衆患苦惱不可數也煩躁苦極飢亦極
行復極住亦極設身有病復求醫藥欲除其
病在母胎時苦不可言既生為人極壽百歲
或長或短百歲之中凡更百春百夏百秋百
冬百歲之中更千二百月春更三月夏更三
月秋更三月冬更三月百歲之中分其明白
青冥部凡更二千四百十五日春更六百十
五日夏更六百十五日秋更六百十五日冬

上博附 09 (41125) 胞胎經一卷 (9－5)

五日夏更六百十五日秋更六百十五日冬
更六百十五日百歲之中凡更七萬二千飯
春更万八千食夏更万八千食秋更万八千
食冬更萬八千食或懷不食時或瞋不食時
或食窮乏時或有所作不食時醉放逸不食
時或齋不時食皆在万二千飯中如是阿難
勤苦厄惱誰當樂處母腹胎如是衆患忩忩
未曾得安衆緣所縛或眼痛病或耳鼻口舌
齒痛腦脚喉咽短氣腰脊髀肘拳腕諸百節
病痛諸患風寒諸熱疥癩虛痔惡瘡癰疽黃
疽咳逆顛狂盲聾瘖瘂癡惷疣癃瘚百節煩
疼臚脹滯下身體浮腫如是阿難地水火風
一增則生百病風適多則百病生熱多則生
百病寒多則生百病食多則增百病三事合
會風寒熱衆四百四病同時俱起何況其餘
不可計患或截手或截脚耳鼻或斬頭或鏁
繫鞭杖榜笞閑在牢獄考掠加刑或畏於人
或畏非人地獄餓鬼畜生之難勤苦曠野蚊
虻蚤虱蚑蜂之難虎狼師子虵虺之懼如是
計之苦不可言有多所永種勤苦根不得則
憂有所志樂多不如意既所得當復守護生
業勤苦有所獲得志願無猒塵勞之惱多所
妨閡佛語阿難取要言之五陰則苦諸入諸

上博附 09 (41125) 胞胎經一卷 (9－6)

妨閡佛語阿難取要言之五陰則苦諸入諸
衰思想多念由此生苦因斯起其愓愓自貢
高自在心意不安一一諸義當觀自然譬如
車輪不在一處卧起在牀在地歌舞戲笑當
觀苦想假使經行坐起行步常當思苦懊惱
衆患不可稱數無有一可快所經行處不起
安想止頓坐而不行不在牀搨亦當知之勤
苦阿難言勿起安想
佛告阿難設在威儀而不休息則有若干無
量苦與心自想念謂安不苦如是阿難生死
難樂計有二患自觀身苦為他人苦觀此二
義當自察之吾雖出家何因致慧得報果實
安隱無患所從受食衣被牀卧病瘦醫藥令
其主人得大果報獲大光焰無極普義
佛告阿難當學如此於阿難意云何色為有
常無常阿難答曰無常天中天設無常為苦
不苦阿難白佛甚苦天中天又無常事當復
離別法不常存賢聖弟子聞講此義寧當發
念有吾有我是我所不阿難白佛不也天中
天色痛痒生死識有常無常答曰無常曰假
使為無常為苦為安賢聖弟子聞講說此寧
有吾有我是我所不答曰不也天中天是故
阿難計一切色過去當來今現在者內外麁
細微妙好醜若遠若近無我無彼亦非我身

上博附 09 (41125) 胞胎經一卷 (9－7)

阿難計一切色過去當來今現在者內外麁
細微妙瑕穢若遠若近無我無彼亦非我身
明達智者即觀如平等不即假使阿難賢聖
弟子猒於色者痛痒思想生死識者設使能
猒則離塵垢離塵垢則度設志於度至度見
慧盡于生死稱揚梵行身所作則辦則度彼
岸示在此際佛說是經時賢者阿難得諸法
法眼生其五百比丘漏盡意解賢者阿難五
百弟子諸天龍神聞經歡喜

胞胎經一卷

大宋皇祐元年歲次己丑正月二十三日起首寫造

都會首顏 允茂 高 惟節

顧 德 曹 惟鑠 孫 希遜 錢 文祿

勾當維那僧 志宣 監院賜紫 元寓

勸緣住持賜紫淨慧大師 顯微

蘇州長洲縣尹山鄉弟子何 承臻并妻

徐氏二娘捨淨財寫此經一函上答

四恩下資三有各保身位安康者

上博附 09 (41125) 胞胎經一卷 (9-8)

徐氏二娘捨淨財寫此經一函上答

四恩下資三有各保身位安康者

上博附 09 (41125) 胞胎經一卷 (9-9)

上博附 10 (42206) 大般若波羅蜜多經 (包首)

若波羅蜜多相應
復次舍利子諸菩薩摩訶薩修行般若波羅
蜜多不觀一切智與色處若相應若不相應
何以故尚不見有色處況觀一切智與色處
若相應若不相應不觀一切智與聲香味觸
法處若相應若不相應何以故尚不見有聲
香味觸法處況觀一切智與聲香味觸法處
若相應若不相應舍利子諸菩薩摩訶薩修
行般若波羅蜜多與如是法相應故當言與
般若波羅蜜多相應
復次舍利子諸菩薩摩訶薩修行般若波羅
蜜多不觀一切智與眼界若相應若不相應
何以故尚不見有眼界況觀一切智與眼界
若相應若不相應不觀一切智與耳鼻舌身
意界若相應若不相應何以故尚不見有耳
鼻舌身意界況觀一切智與耳鼻舌身意界
若相應若不相應舍利子諸菩薩摩訶薩修
若相應若不相應何以故不見後際故不觀
色與現在若相應若不相應何以故不見現

上博附 10 (42206) 1. 大般若波羅蜜多經卷第五 (16－1)

色與現在若相應若不相應何以故不見現在故不觀受想行識與現在若相應若不相應何以故不見現在故復次舍利子諸菩薩摩訶薩修行般若波羅蜜多不觀前際與後際若相應若不相應不觀前際與現在若相應若不相應不觀後際與前際若相應若不相應不觀後際與現在若相應若不相應不觀現在與前際若相應若不相應不觀現在與後際若相應若不相應不觀前際與後際現在若相應若不相應不觀後際與前際現在若相應若不相應不觀現在與前際後際若相應若不相應不觀前際後際現在若相應若不相應何以故舍利子三世空故舍利子諸菩薩摩訶薩修行般若波羅蜜多與如是法相應故當言與般若波羅蜜多相應

復次舍利子諸菩薩摩訶薩修行般若波羅蜜多不觀一切智與過去若相應若不相應何以故尚不見有過去況觀一切智與過去若相應若不相應不觀一切智與未來若相應若不相應何以故尚不見有未來況觀一切智與未來若相應若不相應不觀一切智與現在若相應若不相應何以故尚不見有

上博附10（42206）　1．大般若波羅蜜多經卷第五　（16－2）

切智與未來若相應若不相應不觀一切智與現在若相應若不相應何以故尚不見有現在況觀一切智與現在若相應若不相應舍利子諸菩薩摩訶薩修行般若波羅蜜多與如是法相應故當言與般若波羅蜜多相應

復次舍利子諸菩薩摩訶薩修行般若波羅蜜多不觀一切智與色若相應若不相應何以故尚不見有色況觀一切智與色若相應行般若波羅蜜多與如是法相應故當言與般若波羅蜜多相應

復次舍利子諸菩薩摩訶薩修行般若波羅蜜多不觀一切智與色界若相應若不相應何以故尚不見有色界況觀一切智與色界若相應若不相應不觀一切智與聲香味觸法界若相應若不相應何以故尚不見有聲香味觸法界況觀一切智與聲香味觸法界若相應若不相應舍利子諸菩薩摩訶薩修行般若波羅蜜多與如是法相應故當言與般若波羅蜜多相應

復次舍利子諸菩薩摩訶薩修行般若波羅

上博附10（42206）　1．大般若波羅蜜多經卷第五　（16－3）

復次舍利子諸菩薩摩訶薩修行般若波羅
蜜多不觀一切智與眼識界若相應若不相
應何以故尚不見有眼識界況觀一切智與
眼識界若相應若不相應不觀一切智與耳
鼻舌身意識界若相應若不相應何以故尚
不見有耳鼻舌身意識界況觀一切智與耳
鼻舌身意識界若相應若不相應舍利子諸
菩薩摩訶薩修行般若波羅蜜多與如是法
相應故當言與般若波羅蜜多相應
復次舍利子諸菩薩摩訶薩修行般若波羅
蜜多不觀一切智與眼觸若相應若不相應
何以故尚不見有眼觸況觀一切智與眼觸
若相應若不相應不觀一切智與耳鼻舌身
意觸若相應若不相應何以故尚不見有耳
鼻舌身意觸況觀一切智與耳鼻舌身意觸
若相應若不相應舍利子諸菩薩摩訶薩修
行般若波羅蜜多與如是法相應故當言與
般若波羅蜜多相應
復次舍利子諸菩薩摩訶薩修行般若波羅
復次舍利子諸菩薩摩訶薩修行般若波羅
蜜多不觀一切智與無明若相應若不相應

上博附 10 (42206)　1. 大般若波羅蜜多經卷第五　(16－4)

蜜多不觀一切智與無明若相應若不相應
何以故尚不見有無明況觀一切智與無明
若相應若不相應不觀一切智與行識名色
六處觸受愛取有生老死愁歎苦憂惱若相
應若不相應何以故尚不見有行乃至老死
愁歎苦憂惱況觀一切智與行乃至老死愁
歎苦憂惱若相應若不相應舍利子諸菩薩
摩訶薩修行般若波羅蜜多與如是法相應
故當言與般若波羅蜜多相應
復次舍利子諸菩薩摩訶薩修行般若波羅
蜜多不觀一切智與布施波羅蜜多若相應
若不相應何以故尚不見有布施波羅蜜多
況觀一切智與布施波羅蜜多若相應若不
相應不觀一切智與淨戒安忍精進靜慮般
若波羅蜜多若相應若不相應何以故尚不
見有淨戒安忍精進靜慮般若波羅蜜多況
觀一切智與淨戒安忍精進靜慮般若波羅
蜜多若相應若不相應舍利子諸菩薩摩訶
薩修行般若波羅蜜多與如是法相應故當
言與般若波羅蜜多相應
復次舍利子諸菩薩摩訶薩修行般若波羅

上博附 10 (42206)　1. 大般若波羅蜜多經卷第五　(16－5)

復次舍利子諸菩薩摩訶薩修行般若波羅
蜜多不觀一切智與內空若相應若不相應何
以故尚不見有內空況觀一切智與內空
若相應若不相應不觀一切智與外空內外
空空空大空勝義空有為空無為空畢竟空
無際空散空無變異空本性空自相空共相
空一切法空不可得空無性空自性空無性
自性空若相應若不相應何以故尚不見有
外空乃至無性自性空況觀一切智與外空
乃至無性自性空若相應若不相應舍利子
諸菩薩摩訶薩修行般若波羅蜜多與如
是法相應故當言與般若波羅蜜多相應
復次舍利子諸菩薩摩訶薩修行般若波羅
蜜多不觀一切智與四念住若相應若不相
應何以故尚不見有四念住況觀一切智與
四念住若相應若不相應不觀一切智與四
正斷四神足五根五力七等覺支八聖道支
若相應若不相應何以故尚不見有四正斷
乃至八聖道支況觀一切智與四正斷乃至
八聖道支若相應若不相應舍利子諸菩薩
摩訶薩修行般若波羅蜜多與如是法相應

上博附10 (42206)　1. 大般若波羅蜜多經卷第五　(16－6)

摩訶薩修行般若波羅蜜多與如是法相應
故當言與般若波羅蜜多相應
復次舍利子諸菩薩摩訶薩修行般若波羅
蜜多不觀一切智與苦聖諦若相應若不相
應何以故尚不見有苦聖諦況觀一切智與
苦聖諦若相應若不相應不觀一切智與集
滅道聖諦若相應若不相應何以故尚不見
有集滅道聖諦況觀一切智與集滅道聖諦
若相應若不相應舍利子諸菩薩摩訶薩修
行般若波羅蜜多與如是法相應故當言與
般若波羅蜜多相應
復次舍利子諸菩薩摩訶薩修行般若波羅
蜜多不觀一切智與四靜慮若相應若不相
應何以故尚不見有四靜慮況觀一切智與
四靜慮若相應若不相應不觀一切智與四
無量四無色定若相應若不相應何以故尚
不見有四無量四無色定況觀一切智與四
無量四無色定若相應若不相應舍利子諸
菩薩摩訶薩修行般若波羅蜜多與如是法
如道相智真如即一切相智真如一切相智
真如即善法真如善法真如即不善法真如

上博附10 (42206)　1. 大般若波羅蜜多經卷第五　2. 大般若波羅蜜多經第二分佛母品第四十六之二　(16－7)

真如即善法真如善法真如即不善法真如
不善法真如即無記法真如無記法真如即
世間法真如世間法真如即出世間法真如
出世間法真如即有漏法真如有漏法真如
即無漏法真如無漏法真如即有為法真如
有為法真如即無為法真如無為法真如即
過去法真如過去法真如即未來法真如未
來法真如即現在法真如現在法真如即預
流果真如預流果真如即一來果真如一來
果真如即不還果真如不還果真如即阿羅
漢果真如阿羅漢果真如即獨覺菩提真如
獨覺菩提真如即一切菩薩摩訶薩行真如
一切菩薩摩訶薩行真如即諸佛無上正等
菩提真如諸佛無上正等菩提真如即一切
如來應正等覺真如一切如來應正等覺真
如即一切有情真如善現若一切如來應正
等覺真如若一切有情真如若一切法真如
無二無二處是一真如如是真如無別異故
無壞無盡不可分別善現一切如來應正等
覺依深般若波羅蜜多證一切法真如究竟
乃得無上正等菩提由此故說甚深般若波

上博附10 (42206)　2. 大般若波羅蜜多經第二分佛母品第四十六之二　(16－8)

乃得無上正等菩提由此故說甚深般若波
羅蜜多能生諸佛是諸佛母能示諸佛世間
實相善現如是如來應正等覺依深般若波
羅蜜多能如實覺知一切法真如不虛妄性
不變異性由如實覺真如相故說名如來應
正等覺時具壽善現白佛言世尊甚深般若
波羅蜜多所證一切法真如不虛妄性不變
異性極為甚深難見難覺世尊一切如來應
正等覺皆用一切法真如不虛妄性不變異

般若波羅蜜多乃至布施波羅蜜多如是名
為宣說真正般若靜慮精進安忍淨戒布施
波羅蜜多時天帝釋復白佛言世尊云何善
男子善女人等說無所得般若乃至布施波
羅蜜多名說真正般若乃至布施波羅蜜多
佛言憍尸迦若善男子善女人等為發無上
菩提心者宣說般若乃至布施波羅蜜多作
如是言來善男子應修般若乃至布施波羅
蜜多汝正修時不應觀色若常若無常若樂
若苦若我若無我不應觀受想行識若常若
無常若樂若苦若我若無我如是不應觀眼
處乃至意處色處乃至法處眼界乃至意界

上博附10 (42206)　2. 大般若波羅蜜多經第二分佛母品第四十六之二
3. 大般若波羅蜜多經卷第四百三十一　(16－9)

處乃至意處色處乃至法處眼界乃至意界
色界乃至法界眼識界乃至意識界眼觸乃
至意觸眼觸為緣所生諸受乃至意觸為緣
所生諸受四靜慮四無量四無色定四念住
乃至一切相智若常若無常若樂若苦若我
若無我何以故善男子色色自性空乃至一
切相智一切相智自性空是色自性即非自
性乃至是一切相智自性即非自性若非自
性即是般若乃至布施波羅蜜多於此般若
乃至布施波羅蜜多色不可得彼常無常樂
苦我無我亦不可得乃至一切相智不可得
彼常無常樂苦我無我亦不可得所以者何
此中尚無色等可得何況有彼常無常樂苦
我無我可得善男子汝若能修如是般若乃
至布施波羅蜜多是修般若乃至布施波羅
蜜多憍尸迦是善男子善女人等作此等說
是謂宣說真正般若乃至布施波羅蜜多復
次憍尸迦若善男子善女人等為發無上菩
提心者宣說般若乃至布施波羅蜜多作如
無量諸相諸天當知如是諸相一切如來應
正等覺為欲饒益世間天人阿素洛等依世

上博附 10 (42206) 3. 大般若波羅蜜多經卷第四百三十一

4. 大般若波羅蜜多經卷第二分示相品第四十七之一 (16－10)

正等覺為欲饒益世間天人阿素洛等依世
俗諦以想等想施設言說不依勝義諸天當
知甚深般若波羅蜜多如是諸想世間天人
阿素洛等皆不能壞何以故世間天人阿素
洛等皆有相故諸天當知諸相不能破壞諸
相諸相不能了知諸相諸相不能破壞無相
諸相不能了知無相無相不能破壞諸相
無相不能了知諸相無相不能破壞無相無
相不能了知無相何以故若相若無相若相
無相皆無所有能破能知所破所知破者知
者不可得故諸天當知如是諸相非色所作
非受想行識所作非眼處所作非耳鼻舌身
意處所作非色處所作非聲香味觸法處所
作非眼界所作非耳鼻舌身意界所作非色
界所作非聲香味觸法界所作非眼識界所
作非耳鼻舌身意識界所作非眼觸所作非
耳鼻舌身意觸所作非眼觸為緣所生諸受
所作非耳鼻舌身意觸為緣所生諸受所作
非布施波羅蜜多所作非淨戒安忍精進靜
慮般若波羅蜜多所作非內空所作非外空
內外空空空大空勝義空有為空無為空畢

上博附 10 (42206) 4. 大般若波羅蜜多經第二分示相品第四十七之一 (16－11)

內外空空空大空勝義空有為空無為空畢
竟空無際空散無散空本性空自共相空一
切法空不可得空無性空自性空無性自性
空所作非真如所作非法界法性不虛妄性
不變異性平等性離生性法定法住實際虛
空界不思議界所作非苦聖諦所作非集滅
道聖諦所作非四靜慮所作非四無量四無
色定所作非八解脫所作非八勝處九次第
定十遍處所作非四念住所作非四正斷四
如來應正等覺常所行處去來今世一切如
來應正等覺行是處故證得無上正等菩提
為諸有情分別開示一切法相謂分別開示
色相分別開示受想行識相分別開示眼處
相分別開示耳鼻舌身意處相分別開示色
處相分別開示聲香味觸法處相分別開示
眼界相分別開示耳鼻舌身意界相分別開
示色界相分別開示聲香味觸法界相分別
開示眼識界相分別開示耳鼻舌身意識界
相分別開示眼觸相分別開示耳鼻舌身意
觸相分別開示眼觸為緣所生諸受相分別
開示耳鼻舌身意觸為緣所生諸受相分別

上博附10 (42206)　4. 大般若波羅蜜多經第二分示相品第四十七之一　(16－12)

開示耳鼻舌身意觸為緣所生諸受相分別
開示布施波羅蜜多相分別開示淨戒安忍
精進靜慮般若波羅蜜多相分別開示內空
相分別開示外空內外空空空大空勝義空
有為空無為空畢竟空無際空散無散空本
性空自共相空一切法空不可得空無性空
自性空無性自性空相分別開示真如相分
別開示法界法性不虛妄性不變異性平等
性離生性法定法住實際虛空界不思議界
相分別開示苦聖諦相分別開示集滅道聖
諦相分別開示四靜慮相分別開示四無量
四無色定相分別開示八解脫相分別開示
八勝處九次第定十遍處相分別開示四念
住相分別開示四正斷四神足五根五力七
等覺支八聖道支相分別開示空解脫門相
分別開示無相無願解脫門相分別開示淨
觀地相分別開示種姓地第八地具見地薄
地離欲地已辦地獨覺地菩薩地如來地相
分別開示極喜地相分別開示離垢地發光
神足五根五力七等覺支八聖道支所作非
空解脫門所作非無相無願解脫門所作非

上博附10 (42206)　4. 大般若波羅蜜多經第二分示相品第四十七之一　(16－13)

空解脫門所作非無相無願解脫門所作非
淨觀地所作非種姓地第八地具見地薄地
離欲地已辦地獨覺地菩薩地如來地所作
非極喜地所作非離垢地發光地焰慧地極
難勝地現前地遠行地不動地善慧地法雲
地所作非五眼所作非六神通所作非如來
十力所作非四無所畏四無礙解大慈大悲
大喜大捨十八佛不共法所作非三十二大
士相所作非八十隨好所作非無忘失法所
作非恒住捨性所作非一切陁羅尼門所作
非一切三摩地門所作非一切智所作非道
相智一切相智所作諸天當知如是諸相非
天所作非非天所作非人所作非非人所作
非天所有非非天所有非人所有非非人所
有非有漏非無漏非世間非出世間非有為
非無為無所繫屬不可宣說諸天當知甚深
般若波羅蜜多遠離衆相不應問言甚深般
若波羅蜜多以何為相汝諸天等於意云何
設有問言虛空何相如是發問為正問不諸
天荅言不也世尊不也善逝何以故虛空無
體無相無為不應問故世尊告曰甚深般若

上博附10 (42206) 4. 大般若波羅蜜多經第二分示相品第四十七之一 (16－14)

體無相無為不應問故世尊告曰甚深般若
波羅蜜多亦復如是不應為問然諸法相有
佛無佛法界法住佛於此相如實覺知故名
如來應正等覺
時諸天衆俱白佛言如來所覺如是諸相極
為甚深難見難覺如來現覺如是相故於一
切法無礙智轉一切如來應正等覺住如是
相分別開示甚深般若波羅蜜多為諸有情
集諸法相方便開示令於般若波羅蜜多得
無礙智希有世尊甚深般若波羅蜜多是諸
地焰慧地極難勝地現前地遠行地不動地
善慧地法雲地相分別開示五眼相分別開
示六神通相分別開示如來十力相分別開
示四無所畏四無礙解大慈大悲大喜大捨
十八佛不共法相分別開示三十二大士相
相分別開示八十隨好相分別開示無忘失
法相分別開示恒住捨性相分別開示一切
陁羅尼門相分別開示一切三摩地門相分
別開示預流果相分別開示一來不還阿羅
漢果獨覺菩提相分別開示一切菩薩摩訶
薩行相分別開示諸佛無上正等菩提相分

上博附10 (42206) 4. 大般若波羅蜜多經第二分示相品第四十七之一 (16－15)

別開示預流果相分別開示一來不還阿羅
漢果獨覺菩提相分別開示一切菩薩摩訶
薩行相分別開示諸佛無上正等菩提相分
別開示一切智相分別開示道相智一切相
智相

維皇宋熙寧元年龍集戊申二月甲辰朔二十六日己巳起首寫造周 同書
同校勘僧 法蘊
勾當寫造大藏報願僧 惠明
都勸緣住持傳法沙門 智禮 并校勘

上博附 10 (42206) 4. 大般若波羅蜜多經第二分示相品第四十七之一 (16－16)

上博附 11 (51079) 大方廣佛花嚴經卷第卅二 (包首)

大方廣佛花嚴經十迴向品第廿五之十　卅二　新譯

法隆寺
一切經

佛子云何為菩薩摩訶薩等法界無量迴向
佛子此菩薩摩訶薩以離垢繒而繫其頂住
法師位廣行法施起大慈悲安立眾生於菩
提心常行饒益無有休息以菩提心長養善
根為諸眾生作調御師示諸眾生一切智道
為諸眾生作法藏日善根光明普照一切於
諸眾生其心平等修諸善行無有休息心淨
無染智慧自在不捨一切善根道業作諸眾
生大智商主普令得入安隱正道為諸眾生
而作導首令修一切善根法行為諸眾生作
不可壞堅固善友令其善根增長成就佛子
此菩薩摩訶薩以法施為首發生一切清淨
白法攝受趣向一切智心殊勝願力究竟堅

上博附 11 (51079)　大方廣佛花嚴經卷第卅二　(20－1)

白法攝受趣向一切智心殊勝願力究竟堅
固成就增益具大威德依善知識心無諂誑
思惟觀察一切智門無邊境界以此善根如
是迴向願得修習成就增長廣大無礙一切境
界願得於佛正教之中乃至聽聞一句一偈
受持演說願得憶念與法界等無量無邊一
切世界去來現在一切諸佛既憶念已修菩
薩行又願以此念佛善根為一眾生於一世
界盡未來劫修菩薩行如於一世界盡法界
虛空界一切世界皆亦如是如為一眾生為
一切眾生亦復如是以善方便一一皆為盡
未來劫大誓莊嚴終無離佛善知識想常見
諸佛現在其前無有一佛出興於世不得親
近一切諸佛及諸菩薩所讚所說清淨梵行
誓願修行悉令圓滿所謂不破梵行不缺梵
行不雜梵行無點梵行無失梵行無能蔽梵
行佛所讚梵行無所依梵行無所得梵行增
益菩薩清淨梵行三世諸佛所行梵行無礙

上博附 11 (51079)　大方廣佛花嚴經卷第卅二　(20－2)

行佛所讚梵行無所依梵行無所得梵行增
益菩薩清淨梵行三世諸佛所行梵行無礙
梵行無著梵行無諍梵行無滅梵行安住梵
行無比梵行無動梵行無亂梵行無恚梵行
佛子菩薩摩訶薩若能為己修行如是清淨
梵行則能普為一切眾生令一切眾生皆得
安住令一切眾生皆得開曉令一切眾生皆
得成就令一切眾生皆得清淨令一切眾
生皆得無垢令一切眾生皆得照明令一
切眾生離諸塵染令一切眾生無諸障翳令
一切眾生離諸熱惱令一切眾生離諸纏縛
令一切眾生永離諸惡令一切眾生無諸惱
害畢竟清淨何以故菩薩摩訶薩自於梵行
不能清淨不能令他而得清淨自於梵行而
有退轉不能令他無有退轉自於梵行而有
失壞不能令他無有失壞自於梵行而有遠
離不能令他常不遠離自於梵行而有懈怠
不能令他不生懈怠自於梵行不生信解不

上博附 11 (51079) 大方廣佛花嚴經卷第卅二 (20－3)

離不能令他常不遠離自於梵行而有懈怠
不能令他不生懈怠自於梵行不生信解不
能令他心生信解自於梵行而不安住不能
令他而得安住自於梵行而不證入不能令
他心得證入自於梵行而有放捨不能令他
恒不放捨自於梵行而有散動不能令他心
不散動何以故菩薩摩訶薩住無倒行說無
倒法所言誠實如說修行淨身口意離諸雜
染住無礙行滅一切障菩薩摩訶薩自得淨心
為他演說清淨心法自修和忍以諸善根調
伏其心令他和忍以諸善根調伏其心自離
疑悔亦令他人永離疑悔自得淨信亦令他
得不壞淨信自住正法亦令眾生安住正法
佛子菩薩摩訶薩復以法施所生善根如是
迴向所謂願我獲得一切諸佛無盡法門普
為眾生分別解說皆令歡喜心得滿足摧滅
一切外道異論願我能為一切眾生演說三
世諸佛法海於一一法生起一一法義理一

上博附 11 (51079) 大方廣佛花嚴經卷第卅二 (20－4)

一切外道異論願我能爲一切衆生演説三
世諸佛法海於一一法生起一一法義理一
一法名言一一法安立一一法解説一一法
顯示一一法門戸一一法悟入一一法觀察
一一法分位悉得無邊無盡法藏獲無所畏
具四辯才廣爲衆生分别解説窮未來際而无
有盡爲欲令一切衆生立勝志願出生无礙
無謬失辯爲欲令一切衆生皆生歡喜爲欲
令一切衆生成就一切淨法光明隨其類音
演説無斷爲欲令一切衆生深信歡喜住一
切智辯了諸法俾無迷惑作是念言我當普
於一切世界爲諸衆生精勤修習得遍法界
無量自在身得遍法界無量廣大心具等法
界無量清淨音聲現等法界無量衆會道場
脩等法界無量菩薩業得等法界無量
菩薩住證等法界無量菩薩平等學等
法界無量菩薩法住等法界無量菩薩行
入等法界無量菩薩迴向是爲菩薩摩訶

上博附 11 (51079) 大方廣佛花嚴經卷第卌二 (20－5)

法界無量菩薩法住等法界無量菩薩行
入等法界無量菩薩迴向是爲菩薩摩訶
薩以諸善根而爲迴向爲令衆生悉得成就
一切智故佛子菩薩摩訶薩復以善根如是
迴向所謂爲欲見等法界無量諸佛調伏等
法界無量衆生住持等法界無量佛刹證等
法界無量菩薩智獲等法界無量無所畏成
等法界無量諸菩薩陁羅尼得等法界無量
諸菩薩不思議住具等法界無量功德滿等
法界無量利益衆生善根又願以此善根故
令我得福德平等智慧平等力平等无畏
平等清淨平等自在平等正覺平等説法
平等義平等決定平等一切神通平等如是
等法皆悉圓滿如我所得願一切衆生亦如
是得如我無異佛子菩薩摩訶薩復以善根
如是迴向所謂如法界無量善根迴向亦復
如是所得智慧終无有量如法界無邊善根
迴向亦復如是見一切佛无有其邊如法界

上博附 11 (51079) 大方廣佛花嚴經卷第卌二 (20－6)

如是迴向所謂如法界無量善根迴向亦復
如是所得智慧終无有量如法界無邊善根
迴向亦復如是見一切佛无有其邊如法界
無限善根迴向亦復如是詣諸佛刹无有齊
限如法界無際善根迴向亦復如是於一切世
界修菩薩行無有涯際如法界無斷善根迴
向亦復如是住一切智永不斷絶如法界一性
善根迴向亦復如是與一切衆生同一智性如
法界自性清淨善根迴向亦復如是令一切衆
生究竟清淨如法界隨順善根迴向亦復如是
令一切衆生悉皆隨順普賢行願如法界莊嚴
善根迴向亦復如是令一切衆生以普賢行而
爲莊嚴如法界不可失壞善根迴向亦復如是
令諸菩薩永不失壞諸清淨行佛子菩薩摩
訶薩復以此善根如是迴向所謂願以此善根承
事一切諸佛菩薩皆令歡喜願以此善根速
得趣入一切智性願以此善根遍一切處修一
切智願以此善根令一切衆生常得往覲一

上博附 11 (51079)　大方廣佛花嚴經卷第卅二　(20－7)

得趣入一切智性願以此善根遍一切處修一
切智願以此善根令一切衆生常得往覲一
切諸佛願以此善根令一切衆生常見諸佛
能作佛事願以此善根令一切衆生恒得見
佛不於佛事生怠慢心願以此善根令一切
衆生常得見佛心喜清淨無有退轉願以此
善根令一切衆生常得見佛心善解了願以
此善根令一切衆生常得見佛不生執著願
以此善根令一切衆生常得見佛了達无礙
願以此善根令一切衆生常得見佛成普賢
行願以此善根令一切衆生常見諸佛現在
其前無時暫捨願以此善根令一切衆生常
見諸佛出生菩薩無量諸力願以此善根令
一切衆生常見諸佛於一切法永不忘失佛
子菩薩摩訶薩又以諸善根如是迴向所謂
如法界無起性迴向如法界根本性迴向如
法界自體性迴向如法界無依性迴向如法界
無忘失性迴向如法界空無性迴向如法界

上博附 11 (51079)　大方廣佛花嚴經卷第卅二　(20－8)

法界自體性迴向如法界無依性迴向如法界
無忘失性迴向如法界空無性迴向如法界
寂靜性迴向如法界無處所性迴向如法界
無遷動性迴向如法界無差別性迴向佛子
菩薩摩訶薩復以法施所有宣示所有開悟
及因此起一切善根如是迴向所謂願一切
衆生成菩薩法師常爲諸佛之所護念願一
切衆生作無上法師方便安立一切衆生於
一切智願一切衆生作無屈法師一切問難
莫能窮盡願一切衆生作無礙法師得一切
法無礙光明願一切衆生作智藏法師能善
巧說一切佛法願一切衆生成諸如來自在
法師善能分別如來智慧願一切衆生作如
眼法師說如實法不由他教願一切衆生作
憶持一切佛法法師如理演說不違句義願
一切衆生作修行無相道法師以諸妙相而自
莊嚴放無量光善入諸法願一切衆生作大
身法師其身普遍一切國土興大法雲雨諸

上博附 11 (51079) 大方廣佛花嚴經卷第卌二 (20－9)

莊嚴放無量光善入諸法願一切衆生作大
身法師其身普遍一切國土興大法雲雨諸
佛法願一切衆生作護法藏法師建無勝幢
護諸佛法令正法海無所缺減願一切衆生
作一切法日法師得佛辯才巧說諸法願一
切衆生作妙音方便法師善說無邊法界之
藏願一切衆生作到法彼岸法師以智神通
開正法藏願一切衆生作安住正法法師演
說如來究竟智慧願一切衆生作了達諸法
法師能說無量無盡功德願一切衆生作不
誑世間法師能以方便令入實際願一切衆
生作破諸魔衆法師善能覺知一切魔業願
一切衆生作諸佛所攝受法師離我我所攝
受之心願一切衆生作安隱一切世間法師
成就菩薩說法願力佛子菩薩摩訶薩復以
諸善根如是迴向所謂不以取著業故迴向
不以取著報故迴向不以取著心故迴向不
以取著法故迴向不以取著事故迴向不以取

上博附 11 (51079) 大方廣佛花嚴經卷第卌二 (20－10)

諸善根如是迴向所謂不以取著業故迴向
不以取著報故迴向不以取著心故迴向不
以取著法故迴向不以取著事故迴向不以取
著因故迴向不以取著語言音聲故迴向
不以取著名句文身故迴向不以取著迴向
故迴向不以取著利益衆生故迴向佛子菩
薩摩訶薩復以善根如是迴向所謂不為躭
著色境界故迴向不為躭著聲香味觸法境
界故迴向不為求生天故迴向不為求欲樂
故迴向不為著欲境界故迴向不為求眷屬
故迴向不為求自在故迴向不為求生死樂
故迴向不為著生死故迴向不為樂諸有故
迴向不為求和合樂故迴向不為求可樂著
處故迴向不為懷毒害心故迴向不壞善根
故迴向不依三界故迴向不著諸禪解脫三
昧故迴向不住聲聞辟支佛乘故迴向但為
教化調伏一切衆生故迴向但為成滿一切
智智故迴向但為得無礙智故迴向但為得

上博附 11 (51079) 大方廣佛花嚴經卷第卅二 (20－11)

智智故迴向但為得無礙智故迴向但為得
無障礙清淨善根故迴向但為令一切衆生
超出生死證大智慧故迴向但為令大菩提
心如金剛不可壞故迴向但為成就究竟不
死法故迴向但為以无量莊嚴莊嚴佛種性
示現一切智自在故迴向但為求菩薩一切
法明大神通智故迴向但為於盡法界虛空
界一切佛刹行普賢行圓滿不退被堅固大
願鎧令一切衆生住普賢地故迴向但為盡
未來劫度脫衆生常無休息示現一切智地
無礙光明恒不斷故迴向佛子菩薩摩訶薩
以彼善根迴向時以如是心迴向所謂以本
性平等心迴向以法性平等心迴向以一切
衆生無量平等心迴向以無諍平等心迴向
以自性無所起平等心迴向以知諸法無亂
心迴向以入三世平等心迴向以出生三世
諸佛種性心迴向以得不退失神通心迴向
以生成一切智行心迴向又為令一切衆生

上博附 11 (51079) 大方廣佛花嚴經卷第卅二 (20－12)

諸佛種性心迴向以得不退失神通心迴向
以生成一切智行心迴向又為令一切衆生
永離一切地獄故迴向為令一切衆生不入
畜生趣故迴向為令一切衆生不往閻羅王
處故迴向為令一切衆生除滅一切障道法
故迴向為令一切衆生滿足一切善根故迴
向為令一切衆生能應時轉法輪令一切歡
喜故迴向為令一切衆生入十力輪故迴向
為令一切衆生滿足菩薩無邊清淨法願故
迴向為令一切衆生隨順一切善知識教菩
提心器得滿足故迴向為令一切衆生受持
修行甚深佛法得一切佛智光明故迴向為
令一切衆生修諸菩薩無障礙行常現前故
迴向為令一切衆生常見諸佛現其前故迴
向為令一切衆生清淨法光明常現前故迴
向為令一切衆生無畏大菩提心常現前故
迴向為令一切衆生菩薩不思議智常現前
故迴向為令一切衆生普救護衆生令清淨

上博附 11 (51079) 大方廣佛花嚴經卷第卅二 (20－13)

迴向為令一切衆生菩薩不思議智常現前
故迴向為令一切衆生普救護衆生令清淨
大悲心常現前故迴向為令一切衆生以不
可説不可説勝妙莊嚴具莊嚴一切諸佛刹
故迴向為令一切衆生摧滅一切衆魔鬬諍
羅網業故迴向為令一切衆生於一切佛刹
皆無所依修菩薩行故迴向為令一切衆生
發一切種智心入一切佛法廣大門故迴向
佛子菩薩摩訶薩又以此善根正念清淨迴
向智慧決定迴向盡知一切佛法方便迴向
為成就無量無礙智故迴向欲滿足清淨殊
勝心故迴向為一切衆生住大慈故迴向為
一切衆生住大悲故迴向為一切衆生住大
喜故迴向為一切衆生住大捨故迴向為永
離二著住勝善根故迴向為思惟觀察分別
演説一切緣起法故迴向為立大勇猛幢心
故迴向為立無能勝幢藏故迴向為破諸魔
衆故迴向為得一切法清淨無礙心故迴向

上博附 11 (51079) 大方廣佛花嚴經卷第卅二 (20－14)

故迴向為立無能勝幢藏故迴向為破諸魔
衆故迴向為得一切法清淨無礙心故迴向
為修一切菩薩行不退轉故迴向為得樂求
第一勝法心故迴向為得樂求諸功德法自
在清淨一切智智心故迴向為滿一切願除
一切諍得佛自在無礙清淨法為一切衆生
轉不退法輪故迴向為得如來最上殊勝法
智慧日百千光明之所莊嚴普照一切法界
衆生故迴向為欲調伏一切衆生隨其所樂
常令滿足不捨本願盡未來際聽聞正法修
習大行得淨智慧離垢光明斷除一切憍慢
消滅一切煩惱裂愛欲網破愚癡闇具足無
垢無障礙法故迴向為一切衆生於阿僧祇
劫常勤修習一切智行無有退轉一一令得
無礙妙慧示現諸佛自在神通無有休息故
迴向佛子菩薩摩訶薩以諸善根如是迴向
時不應貪着三有五欲境界何以故菩薩摩
訶薩應以無貪善根迴向應以無瞋善根迴

上博附 11 (51079) 大方廣佛花嚴經卷第卌二 (20－15)

時不應貪着三有五欲境界何以故菩薩摩
訶薩應以無貪善根迴向應以無瞋善根迴
向應以無癡善根迴向應以不害善根迴向
應以離慢善根迴向應以不諂善根迴向應
衆魔業親近善友成已大願請諸衆生設大
施會佛子菩薩摩訶薩復以此法施所生善
根如是迴向所謂令一切衆生得淨妙音得
柔軟音得天鼓音得無量無數不思議音得
以質直善根迴向應以精勤善根迴向應以
修習善根迴向佛子菩薩摩訶薩如是迴向
時得淨信心於菩薩行歡喜忍受修習清淨
大菩薩道具佛種性得佛智慧捨一切惡離
可愛樂音得清淨音得周遍一切佛刹音得
百千那由他不可説功德莊嚴音得高遠音
得廣大音得滅一切散亂音得充滿法界音
得攝取一切衆生語言音得一切衆生無邊
音聲智得一切清淨語言音聲智得無量語
言音聲智得最自在音入一切音聲智得一

上博附 11 (51079) 大方廣佛花嚴經卷第卌二 (20－16)

音聲智得一切清淨語言音聲智得無量語
言音聲智得最自在音入一切音聲智得一
切清淨莊嚴音得一切世間無猒足音得究
竟不繫屬一切世間音得歡喜音得佛清淨
語言音得說一切佛法遠離癡翳名稱普聞
音得令一切衆生得一切法陀羅尼莊嚴音
得說一切無量種法音得普至法界無量衆
會道場音得普攝持不可思議法金剛句音
得開示一切法音得能說不可說字句差別
智藏音得演說一切法無所著不斷音得一
切法光明照曜音得能令一切世間清淨究
竟至於一切智音得普攝一切法句義音得
神力護持自在無礙音得到一切世間彼岸
智音又以此善根令一切衆生得不下劣音
得無怖畏音得無染著音得一切衆會道
歡喜音得隨順美妙音得善說一切佛法音
得斷一切衆生疑念皆令覺悟音得具足辯
才音得普覺悟一切衆生長夜睡眠音佛子

上博附 11 (51079) 大方廣佛花嚴經卷第卅二 (20－17)

得斷一切衆生疑念皆令覺悟音得具足辯
才音得普覺悟一切衆生長夜睡眠音佛子
菩薩摩訶薩復以諸善根如是迴向所謂願
一切衆生得離衆過惡清淨法身願一切衆
生得離衆過惡淨妙功德願一切衆生得離
衆過惡清淨妙相願一切衆生得離衆過惡
清淨業果願一切衆生得離衆過惡清淨一
切智心願一切衆生得離衆過惡無量清淨
菩提心願一切衆生得離衆過惡了知諸根
清淨方便願一切衆生得離衆過惡清淨信
解願一切衆生得離衆過惡清淨勤修無礙
行願願一切衆生得離衆過惡清淨正念智
慧辯才佛子菩薩摩訶薩復以諸善根爲一切
衆生如是迴向願得種種清淨妙身所謂光
明身離濁身無染身清淨身極清淨身離塵
身極離塵身離垢身可愛樂身無障礙身於
一切世界現諸業像於一切世間現言說像
於一切宮殿現安立像如淨明鏡種種色像

上博附 11 (51079) 大方廣佛花嚴經卷第卅二 (20－18)

於一切宮殿現安立像如淨明鏡種種色像
自然顯現示諸衆生大菩提行示諸衆生甚
深妙法示諸衆生種種功德示諸衆生修行
之道示諸衆生成就之行示諸衆生菩薩行
願示諸衆生於一世界一切世界佛興於世
示諸衆生一切諸佛神通變化示諸衆生一
切菩薩不可思議解脫威力示諸衆生成滿
普賢菩薩行願一切智性菩薩摩訶薩以如
是等微妙淨身方便攝取一切衆生悉令成
就清淨功德一切智身佛子菩薩摩訶薩復
以法施所生善根如是迴向願身隨住一切
世界修菩薩行衆生見者皆悉不虛發菩提
心永無退轉順真實義不可傾動於一切世
界盡未來劫住菩薩道而無疲猒大悲均普
量同法界知衆生根應時說法常不休息於
善知識心常正念乃至不捨一剎那頃一切
諸佛常現在前心常正念未曾暫懈修諸善
根無有虛偽置諸衆生於一切智令不退轉

上博附 11 (51079) 大方廣佛花嚴經卷第卌二 (20－19)

諸佛常現在前心常正念未曾暫懈修諸善
根無有虛偽置諸衆生於一切智令不退轉
具足一切佛法光明持大法雲受大法雨修
菩薩行入一切衆生入一切佛剎入一切諸法
入一切三世入一切衆生業報智入一切菩
薩善巧方便智入一切菩薩出生智入一切
菩薩清淨境界智入一切佛自在神通入一
切無邊法界於此安住修菩薩行

大方廣佛花嚴經卷第卌二

法隆寺
一切經

唐人寫經卷子自光緒間甘肅敦煌石室所發之
後傳世遂多耳濡目染余所見者不止數百卷
矣此卷吾家舊藏非敦煌發現今其先不知

上博附 11 (51079) 大方廣佛花嚴經卷第卌二 (20－20)

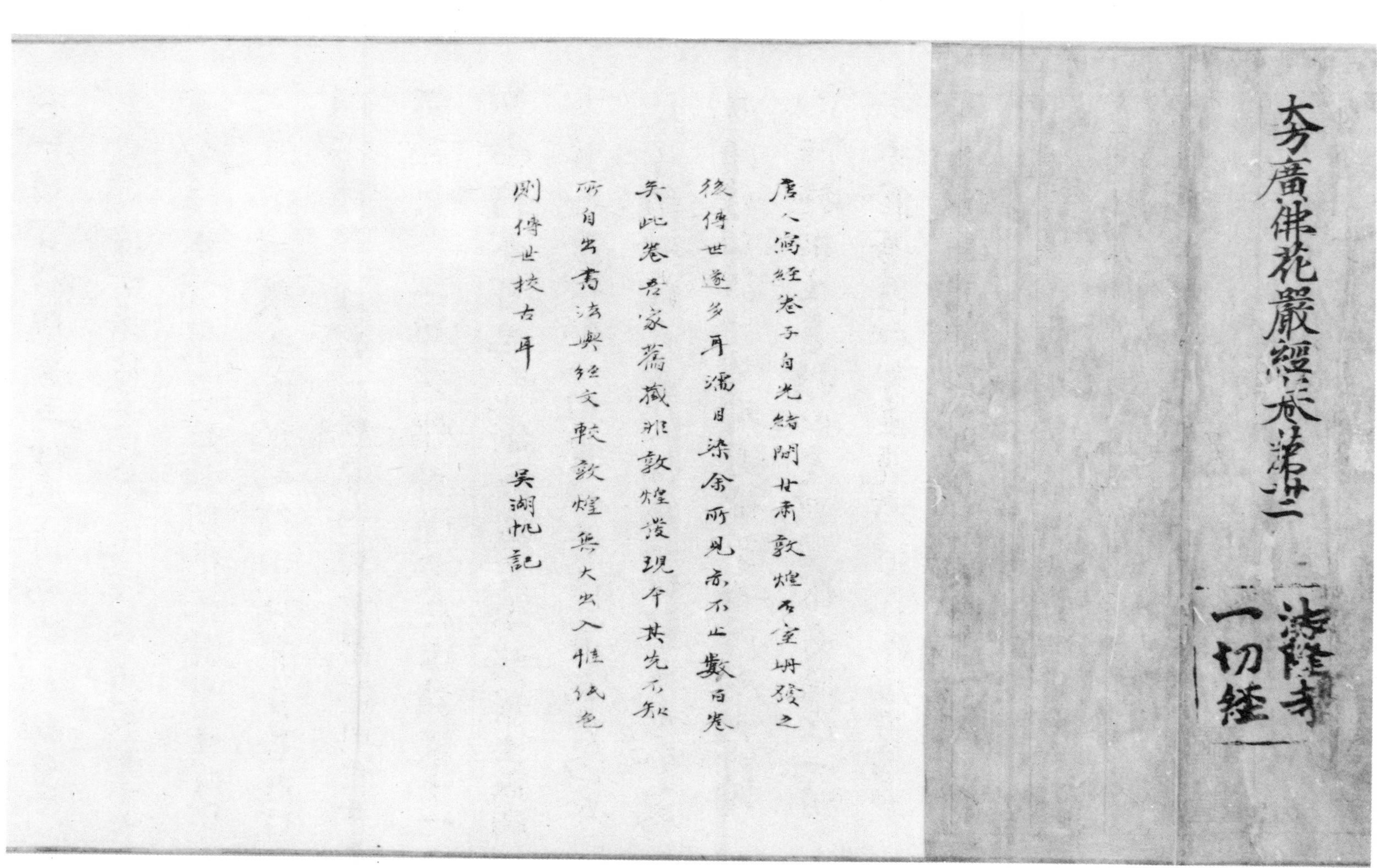
大方廣佛花嚴經卷第卅二

法隆寺一切經

唐人寫經卷子自光緒間甘肅敦煌石室開發之
後傳世遂多耳濡目染余所見亦不止數百卷
矣此卷吾家舊藏非敦煌發現今其先不知
所自出書法與經文較敦煌無大出入惟紙色
則傳世較古耳

吳湖帆記

上博附 11 (51079) 大方廣佛花嚴經卷第卅二 (題跋2－1)

隋書經籍志云晉義熙中沙門支法領從于
闐國得華嚴經三萬六千偈至金陵宣譯
華嚴本經載譯者為于闐國三藏沙門
實叉難陀此卷帶隋字體均在唐以前以
時證事則法隆寺者當為晉義熙間之寺
字所譯者當指實叉難陀之初譯本無
疑惟吳須合與籍均未載其人容再考之
今在東安得此卷攜之都門啟證道利
津雅重青實光亦在啟向以百金購得唐
人所寫蓮花殘經八尺帶唐字體均遜于
此萬萬而此卷累累然五千六百餘字筆力
微勁經語完全長至二丈有餘並經吳須
合珍藏者洵不易得之古物也子孫其永
寶之

癸亥暮秋雨丁志于安次牧愛堂

上博附 11 (51079) 大方廣佛花嚴經卷第卅二 (題跋2－2)